V. C. ANDREWS®

Stunden der Nacht

Autorin:

Mit ihrem ersten Roman *Blumen der Nacht* wurde V. C. Andrews zur Bestsellerautorin. Es folgten unzählige weitere spektakuläre Erfolge, unter anderem *Wie Blüten im Wind, Dornen des Glücks* oder *Schatten der Vergangenheit.* Nach ihrem Tod brachte ihre Familie zusammen mit einem sorgfältig ausgewählten Autor eine neue V. C. Andrews-Serie auf den Markt, die mit dem Titel *Zerbrechliche Träume* begann und weltweit ein begeistertes Echo hervorrief. Inzwischen gibt es bereits vier packende mehrbändige Familiengeschichten, eine fünfte, die Logan-Saga, deren Bände ebenfalls bei Goldmann erscheinen werden, ist in Vorbereitung. V. C. Andrews-Romane wurden in unzählige Sprachen übersetzt und faszinieren Millionen Leser in aller Welt.

Im Taschenbuch sind außerdem von V. C. Andrews® erschienen:

DAS ERBE VON FOXWORTH HALL:

Gärten der Nacht. Roman (9163) · Blumen der Nacht. Roman (6617) · Dornen des Glücks. Roman (6619) · Wie Blüten im Wind. Roman (6618) · Schatten der Vergangenheit. Roman (8841)

DIE CASTEEL-SAGA:

Dunkle Wasser. Roman (8655) · Schwarzer Engel. Roman (8964) · Gebrochene Schwingen. Roman (9301) · Nacht über Eden. Roman (9833) · Dunkle Umarmung. Roman (9882)

DIE CUTLER-SAGA:

Zerbrechliche Träume. Roman (42045) · Geheimnis im Morgengrauen. Roman (41222) · Kind der Dämmerung. Roman (41304) · Stimmen aus dem Dunkel. Roman (41305) · Stunden der Nacht. Roman (42404)

DIE LANDRY-SAGA:

Ruby. Roman (42533) · Dunkle Verheißung. Roman (43202) · Fesseln der Erinnerung. Roman (41590) · Tödlicher Zauber. Roman (41598) · Karussell der Nacht. Roman (41629)

DIE LOGAN-SAGA:

Melody. Roman (41635) · Im Netz der Lügen. Roman (35111)

und:

Das Netz im Dunkel. Roman (6764)

V. C.
ANDREWS®

Stunden der Nacht

Roman

Aus dem Amerikanischen
von Uschi Gnade

GOLDMANN

Die amerikanische Originalausgabe erschien unter dem Titel
»Darkest Hour«
bei Pocket Books, New York

Umwelthinweis:
Alle bedruckten Materialien dieses Taschenbuches
sind chlorfrei und umweltschonend.
Das Papier enthält Recycling-Anteile.

Der Goldmann Verlag
ist ein Unternehmen der Verlagsgruppe Bertelsmann

Ungekürzte Taschenbuchausgabe 12/96

The books in this new series are based on characters, ideas,
and storytelling techniques originated by the late V. C. Andrews
and completed by a specially selected writer working under
the direction of the V. C. Andrews estate.

Umschlaggestaltung: Design Team München
Umschlagfoto: Ernst Wrba
Druck: Elsnerdruck, Berlin
Verlagsnummer: 43691
AB · Herstellung: sc
Made in Germany
ISBN 3-442-43691-5
www.goldmann-verlag.de

3 5 7 9 10 8 6 4

Inhalt

Liebe Virginia-Andrews-Leser,

diejenigen unter uns, die Virginia Andrews gekannt und geliebt haben, wissen, daß ihr nichts in ihrem Leben so wichtig war wie ihre Romane. Nie war sie so stolz wie in dem Moment, als sie das erste gedruckte Exemplar von *Blumen der Nacht* in der Hand hielt.

Virginia war eine einzigartige und begnadete Erzählerin, die Tag für Tag fieberhaft schrieb. Ständig entwikkelte sie Ideen für neue Geschichten, aus denen schließlich Romane werden sollten. Gleich nach dem Stolz auf ihre Werke kam für sie die Freude, die es ihr bereitete, Briefe von Lesern zu erhalten, die von ihren Büchern beeindruckt waren.

Seit ihrem Tod haben viele von Ihnen an uns geschrieben und angefragt, ob weiterhin neue Romane von V. C. Andrews erscheinen würden. Kurz bevor sie starb, gelobten wir uns, einen Weg zu finden, um weitere Geschichten zu entwickeln, die ihrer Phantasie entsprungen sind.

Angefangen mit den letzten Bänden der Casteel-Saga, haben wir eng mit einem sorgsam ausgewählten Autor zusammengearbeitet, um ihre Begabung durch das Erschaffen neuer Romane wie *Zerbrechliche Träume, Geheimnis im Morgengrauen, Kind der Dämmerung, Stimmen aus dem Dunkel* und jetzt *Stunden der Nacht* weiterzuentwickeln, die von ihrem wunderbaren Erzähltalent inspiriert worden sind.

Stunden der Nacht ist der abschließende Teil der Cutler-Saga. Wir glauben, es hätte V. C. Andrews große Freude bereitet, wenn sie gewußt hätte, daß vielen von Ihnen dieses weitere Lesevergnügen vergönnt ist. Andere Romane, darunter etliche, die sich auf Geschichten gründen, die Virginia noch vor ihrem Tod fertigstellen konnte, werden in den kommenden Jahren veröffentlicht werden, und wir hoffen, daß sie Ihnen soviel bedeuten werden wie bisher auch.

Hochachtungsvoll
DIE ANDREWS-FAMILIE

Prolog

Es war einmal

Ich habe mich immer als ein Aschenbrödel empfunden, das nie von einem Prinzen mit einem gläsernen Schuh entdeckt und in ein wunderbares Leben entführt wurde. Anstelle eines Prinzen kam bei mir ein Geschäftsmann, der mich in einem Kartenspiel gewann, und ganz so, wie ein Chip über den Tisch geschoben wird, wurde ich von einer Welt in eine andere geworfen.

Aber das war schon immer mein Los gewesen, schon vom Tag meiner Geburt an. Daran sollte sich nichts ändern, bis ich endlich in der Lage war, selbst etwas daran zu ändern, und dabei hielt ich mich an die Philosophie, die mir ein alter schwarzer Arbeiter auf der Plantage The Meadows unterbreitet hatte, als ich noch ein kleines Mädchen gewesen war. Er hieß Henry Patton, und sein Haar war so weiß wie Schnee. Oft saß ich mit ihm auf einem gefällten Zedernstamm vor dem Räucherhaus, während er mir ein kleines Kaninchen oder einen Fuchs schnitzte. An einem Sommertag, an dem sich gerade ein Sturm zusammenbraute und sich dunkle Wolken am Horizont zu türmen begannen, unterbrach er sich und deutete auf eine Eiche mit einem dicken Stamm, die auf der östlichen Wiese stand.

»Siehst du diesen Ast dort, der sich im Wind biegt, Kind?« fragte er.

»Ja, Henry«, sagte ich.

»Also, meine Mammy hat mir mal was über diesen Ast erzählt. Weißt du, was sie mir erzählt hat?«

Ich schüttelte den Kopf, und meine goldfarbenen Zöpfe schwangen um mein Gesicht und schlugen mir sachte auf den Mund.

»Sie hat mir erzählt, daß ein Ast, der sich nicht vom Wind beugen läßt, bricht.« Er richtete den Blick seiner großen dunklen Augen fest auf mich, und die Augenbrauen waren fast so weiß wie sein Haar. »Denk immer daran, dich mit dem Wind zu biegen, Kind«, riet er mir, »damit du nie zerbrichst.«

Ich holte tief Atem. Die Welt um mich herum schien mir damals von soviel Weisheit geschwängert zu sein, und Wissen und Gedankengut, Philosophie und Aberglaube lauerten in der Form eines Schattens, im Flug der Rauchschwalben, in der Farbe der Raupen und in den Blutflekken in Hühnereiern. Ich brauchte nichts weiter zu tun, als zuzuhören und dazuzulernen, aber ich stellte auch gern Fragen.

»Was passiert, wenn der Wind aufhört zu wehen, Henry?«

Er lachte und schüttelte den Kopf. »Tja, dann kannst du deinen eigenen Weg gehen, Kind.«

Der Wind legte sich erst, als ich bereits mit einem Mann verheiratet war, den ich nicht liebte, doch als sich der Wind legte, befolgte ich Henrys Rat.

Ich ging meinen eigenen Weg.

Erster Teil

I

Schwestern

Als ich sehr jung war, glaubte ich, wir seien so etwas wie die königliche Familie. Wir schienen genauso wie die Prinzen und Prinzessinnen, die Könige und Königinnen in den Märchen zu leben, die meine Mutter mir und meiner jüngeren Schwester Eugenia so gern vorlas. Eugenia saß dann mucksmäuschenstill da, und ihre Augen waren weit aufgerissen und von Ehrfurcht erfüllt wie meine, obwohl sie schon damals ziemlich kränkelte. Unsere ältere Schwester Emily konnte es nicht leiden, wenn man ihr vorlas, und sie zog es vor, statt dessen den größten Teil der Zeit allein zu verbringen.

So wie die majestätischen Männer und Frauen, die über die Seiten der Bücher in unserer Bibliothek stolzierten, lebten auch wir in einem großen schönen Haus, das von endlosen Morgen erstklassiger Tabakfelder auf fruchtbarem Boden und von den schönen Wäldern Virginias umgeben war. Wir hatten eine große Wiese vor dem Haus, die sich leicht abschüssig über eine breite Fläche dahinzog, und darauf wuchsen dichter Klee und Hundszahngras, und es gab weiße Marmorbrunnen und kleine Steingärten und dekorative schmiedeeiserne Bänke. An Sommertagen quollen die Glyzinien üppig von den Veranden und hingen bis auf die rosafarbenen hängenden Myrthensträucher und die weißblühenden Magnolien, von denen unser Haus umgeben war.

Unsere Plantage wurde The Meadows genannt, und

kein Besucher, ob er nun ein alter oder ein neuer Bekannter war, kam über den Kies der langen Zufahrt, ohne sich zur Pracht unseres Anwesens zu äußern, denn in jenen Zeiten widmete sich Papa der Instandhaltung mit nahezu religiöser Inbrunst. Irgendwie, vielleicht aufgrund der abgeschiedenen Lage, fern von der Straße, die an der Plantage vorbeiführte, wurde The Meadows von den Plündereien und den Zerstörungen verschont, zu denen es während des Bürgerkriegs auf so vielen Plantagen im Süden kam. Es gab keine Yankee-Soldaten, die ihre Absätze in unsere edlen Holzfußböden gruben oder ihre Säcke mit unseren wertvollen Antiquitäten füllten. Großvater Booth war der Überzeugung, daß die Plantage nur verschont geblieben war, um deutlich klarzustellen, daß The Meadows etwas ganz Besonderes war. Papa erbte von ihm diese Hingabe, mit der er an unserem prunkvollen Anwesen hing, und er gelobte, er würde seinen letzten Dollar dafür aufwenden, diese Schönheit zu erhalten.

Papa erbte auch den Rang unseres Großvaters. Unser Großvater war Rittmeister in General Lees Kavallerie gewesen – das war genauso gut, als sei er zum Ritter geschlagen worden, und uns allen vermittelte es das Gefühl, adelig zu sein. Papa war zwar selbst nie wirklich beim Militär gewesen, doch er sah sich immer als Rittmeister Booth an und sorgte dafür, daß andere so von ihm sprachen.

Und so hatten wir, wie an einem Königshof, Dutzende von Bediensteten und Arbeitern, die ständig bereit waren, uns zu bedienen. Meine Lieblinge unter den Bediensteten waren natürlich Louella, unsere Köchin, deren Mamma auf der Plantage der Wilkes, keine zwanzig Meilen südlich von unserem Haus, Sklavin gewesen war, und Henry, dessen Daddy, ebenso ein früherer Sklave, im Bürgerkrieg gekämpft hatte und umgekommen war. Er hatte auf der Seite der Konföderierten gekämpft, weil »er fand, die Treue gegenüber seinem Herrn sei wichtiger als seine persönliche Freiheit«, wie Henry es ausdrückte.

Ich dachte aber auch, wir seien Majestäten, weil wir in unserem luxuriösen Haus so viele edle und kostspielige Gegenstände herumstehen hatten: Vasen aus blinkendem Silber und Gold, Statuen aus allen erdenklichen Ländern Europas, allerlei feinen handbemalten Schnickschnack und Elfenbeinfiguren, die aus dem Orient und aus Indien kamen. Kristallprismen baumelten an Lampenschirmen, an Wandleuchtern und an Lüstern und brachen die Farben, und wenn es der Sonne gelang, sich durch die Spitzengardinen einzuschleichen, schillerten unzählige Regenbögen. Wir aßen von handbemaltem Porzellan, benutzten silbernes Besteck und ließen uns das Essen auf Platten aus reinem Sterlingsilber vorlegen.

Unsere Möbel entstammten vielen Epochen, doch alle waren elegant. Es schien, als stünde jeder Raum im Wettstreit mit den übrigen und täte sein bestes, um die anderen Zimmer auszustechen. Mammas Lesezimmer mit den hellblauen Satinvorhängen und dem weichen Teppich, der aus Persien importiert war, war der hellste Raum. Wer hätte sich auf Mammas purpurner Samtchaiselongue mit den Goldborten nicht wie eine Königin gefühlt? Am frühen Abend, wenn sie sich elegant auf dieser Liege rekelte, setzte Mamma ihre Brille mit dem Perlmuttgestell auf und las ihre Liebesromane, obwohl Papa sich darüber aufregte und mit ihr schimpfte, denn er behauptete, sie vergiftete sich die Seele mit unreinen Worten und sündigen Gedanken. Demzufolge setzte Papa kaum je einen Fuß in ihr Lesezimmer. Wenn er etwas von ihr wollte, schickte er einen der Dienstboten oder Emily hin, damit sie sie holten.

Papas Büro war so geräumig, daß selbst er – ein Mann, der barfuß rund einen Meter neunzig maß und breite, kräftige Schultern und lange muskulöse Arme hatte –

hinter seinem überdimensionalen Schreibtisch aus dunklem Eichenholz verloren wirkte. Immer wenn ich dort eintrat, erhoben sich die mächtigen Möbelstücke im Halbdämmer bedrohlich vor mir, insbesondere die hochlehnigen Stühle mit den breiten Armlehnen. Porträts von Papas Vater und von seinem Großvater ragten über ihm auf, schauten mich finster aus wuchtigen dunklen Rahmen an, während er im Schein seiner Schreibtischlampe arbeitete und das Haar ihm in weichen Locken in die Stirn fiel.

Überall in unserem ganzen Haus hingen Bilder. Es gab praktisch keine Wand in keinem Zimmer, an der keine Bilder gehangen hätten, viele davon Porträts von Booth-Vorfahren: Männer mit grimmigen Gesichtern, spitzen Nasen und dünnen Lippen, und doch hatten viele kupferbraune Bärte und Schnurrbärte, genau wie Papa. Manche der Frauen waren hager und hatten ebenso harte Gesichter wie die Männer, und viele schauten mit einem zurechtweisenden oder entrüsteten Ausdruck herab, als sei das, was ich gerade tat, was ich gesagt hatte oder sogar das, was ich mir gedacht hatte, in ihren puritanischen Augen ungehörig. Überall sah ich Ähnlichkeiten mit Emily, und doch konnte ich in keinem der alten Gesichter auch nur die entfernteste Ähnlichkeit mit meinem entdecken.

Auch Eugenia sah anders aus, aber Louella glaubte, es läge daran, daß sie ein kränkliches Baby gewesen war und daß sich bei ihr ein Leiden herausgebildet hatte, das ich erst aussprechen konnte, als ich fast acht Jahre alt war. Ich glaube, ich hatte Angst davor, das Wort zu sagen, weil ich fürchtete, der Klang könnte irgendwie zur Ansteckung führen. Mein Herz hämmerte, wenn ich hörte, wie jemand die Worte sagte, vor allem Emily, die es nach Angaben meiner Mutter schon perfekt nachsprechen konnte, als sie den Namen der Krankheit zum ersten Mal hörte. Mukoviszidose.

Aber Emily war schon immer ganz anders als ich. Nichts von den Dingen, die ich spannend fand, fand sie spannend. Sie spielte nie mit Puppen und machte sich auch nie etwas aus hübschen Kleidern. Sie empfand es als lästig, sich das Haar zu bürsten, und es störte sie auch nicht, wenn es ihr wie alter Hanf matt in die Augen hing und an ihren Wangen klebte – die dunkelbraunen Strähnen sahen immer schmutzig und farblos aus. Sie fand es nicht aufregend, durch ein Feld zu rennen und Jagd auf ein Kaninchen zu machen oder an heißen Sommertagen im Teich zu waten. Sie freute sich nicht über das Blühen der Rosen oder über die Farbenpracht der wildwachsenden Veilchen, die sich plötzlich öffneten. Mit einer Arroganz, die noch wuchs, als sie mehr und immer mehr in die Höhe schoß, nahm Emily alles Schöne als eine Selbstverständlichkeit hin.

Emily war kaum zwölf Jahre alt, als sie mich eines Tages zur Seite zog und ihre Augen zu winzigen Schlitzen zusammenkniff, wie sie es immer tat, wenn sie etwas Wichtiges sagen wollte. Sie sagte mir, ich müßte sie als etwas ganz Besonderes behandeln, weil sie am Morgen eben dieses Tages gesehen hätte, wie der Finger Gottes aus dem Himmel gekommen sei und The Meadows berührt hätte: eine Belohnung für Papas und ihre enorme Frömmigkeit.

Mutter sagte immer, sie glaubte fest daran, daß Emily am Tag ihrer Geburt bereits zwanzig Jahre alt gewesen war. Sie schwor auf einen Packen Bibeln, daß es sie zehn Monate gekostet hatte, sie zu gebären, und Louella stimmte ihr darin zu, daß »ein Baby, das so lange kocht, einfach anders sein muß«.

Solange ich zurückdenken kann, war Emily herrisch. Was ihr Spaß machte, war, den Zimmermädchen nachzulaufen und sich über ihre Arbeit zu beschweren. Sie kam mit Begeisterung mit erhobenem Zeigefinger zu Mutter oder Louella gerannt, und der Staub oder der Schmutz auf ihrer Fingerspitze sollten beweisen, daß die Mädchen ihre Arbeit nicht gut genug erledigten. Als sie zehn war, machte sie sich gar nicht mehr die Mühe, zu Mamma oder zu Louella zu laufen; sie brüllte die Mädchen selbst an und schickte sie los, damit sie die Bibliothek, das Wohnzimmer oder Papas Büro augenblicklich noch einmal putzten. Besonderen Spaß machte es ihr, sich bei Papa einzuschmeicheln, und sie prahlte ständig damit, wie sie das Mädchen dazu gebracht hatte, die Möbel auf Hochglanz zu polieren oder jedes einzelne der Bücher von seinen dunklen Eichenregalen zu nehmen und die Einbände einzeln abzustauben.

Papa behauptete zwar, er hätte keine Zeit, etwas anderes als die Bibel zu lesen, doch er hatte eine wunderbare Sammlung alter Bücher, vor allem in Leder gebundene Erstausgaben, deren unberührte und ungelesene Seiten an den Rändern leicht vergilbt waren. Wenn Papa auf einer seiner Geschäftsreisen war und niemand mich beobachtete, schlich ich mich in sein Büro und zog die Bände von den Regalen. Ich stapelte sie neben mir auf dem Fußboden und schlug sie vorsichtig auf. Viele waren mit schönen Tintezeichnungen versehen, aber ich blätterte einfach nur die Seiten um und tat so, als könnte ich lesen und die Worte verstehen. Ich konnte es kaum erwarten, alt genug zu werden, um zur Schule zu gehen und das Lesen zu lernen.

Unsere Schule lag gleich außerhalb von Upland Station. Es war ein kleines graues Schindelgebäude mit drei Steinstufen und einer Kuhglocke, die Miss Walker dazu benutzte, die Kinder nach dem Mittagessen oder den Pausen zusammenzurufen. Ich habe Miss Walker nie anders als alt erlebt, selbst am Anfang, als ich noch klein war und sie wahrscheinlich nicht älter als dreißig sein konnte. Aber sie trug ihr stumpfes schwarzes Haar in einem strengen Knoten und hatte immer dicke Brillengläser, die sie glotzäugig erscheinen ließen.

Als Emily eingeschult wurde, kehrte sie täglich mit grauenerregenden Geschichten darüber nach Hause zurück, wie fest Miss Walker bösen Buben wie Samuel Turner oder Jimmy Wilson auf die Hände schlug. Obwohl sie erst sieben Jahre alt war, war Emily stolz darauf, daß Miss Walker sich ganz auf sie verließ; sie sollte die anderen Kinder bei ihr verpetzen, wenn sie sich in irgendeiner Form schlecht benahmen. »Durch mich hat Miss Walker Augen hinten im Kopf«, verkündete sie hochmütig. »Ich brauche nur mit dem Finger auf jemanden zu deuten, und Miss Walker zieht ihm die Narrenkappe über die Augen und stellt ihn in die Ecke. Und mit bösen kleinen Mädchen tut sie dasselbe«, warnte sie mich, und ihre Augen blitzten vor Schadenfreude.

Aber gleichgültig, was Emily auch tat, um die Schule als etwas Beängstigendes hinzustellen – für mich blieb sie weiterhin eine wunderbare Verheißung, denn ich wußte, daß innerhalb der Mauern dieses alten grauen Hauses der Schlüssel zum Mysterium der Wörter lag: das Geheimnis des Lesens. Wenn ich dieses Geheimnis erst einmal kannte, würde es auch mir möglich sein, die Einbände von Hunderten und Aberhunderten von Büchern aufzuschlagen, die sich bei uns zu Hause in den Regalen stapelten, und ich würde in andere Welten reisen können, an andere Orte, und viele neue und interessante Menschen kennenlernen.

Natürlich tat mir Eugenia leid, die nie zur Schule würde gehen können. Mit dem Älterwerden verbesserte sich ihr Zustand nicht, sondern verschlechterte sich noch mehr. Sie war immer sehr dünn, und ihre Haut verlor nie die fahle Blässe. Dennoch bewahrten ihre kornblumenblauen Augen den strahlenden, hoffnungsvollen Blick, und als ich endlich tatsächlich anfing, zur Schule zu gehen, war sie begierig darauf, sich anzuhören, was ich den Tag über erlebt und was ich gelernt hatte. Mit der Zeit ersetzte ich Mamma, wenn es darum ging, ihr vorzulesen. Eugenia, die nur ein Jahr und einen Monat jünger war als ich, rollte sich dann neben mir zusammen und legte ihren kleinen Kopf auf meinen Schoß, ihr langes, ungeschnittenes hellbraunes Haar breitete sich auf meinen Beinen aus, und sie lauschte mit ihrem träumerischen Lächeln auf den Lippen, wenn ich ihr eines unserer Kinderbücher vorlas.

Miss Walker sagte, keines, auch nicht ein einziges ihrer Schulkinder hätte so schnell lesen gelernt wie ich. So eifrig und entschlossen war ich. Kein Wunder, daß mir das Herz vor Aufregung und Glück nahezu zersprang, als Mamma erklärte, man sollte mir erlauben, mit dem Schulbesuch zu beginnen. Im Spätsommer verkündete Mamma eines Abends beim Abendessen, daß ich zur Schule gehen sollte, obwohl ich zu Beginn des Schuljahrs noch nicht ganz fünf Jahre alt sein würde.

»Sie ist so klug«, sagte sie zu Papa. »Es wäre ein Jammer, sie noch ein Jahr länger warten zu lassen.« Wie üblich, wenn er keine Einwände gegen etwas hatte, was Mamma gerade sagte, schwieg Papa; sein schwerer Kiefer bewegte sich unablässig, und seine dunklen Augen wandten sich nicht nach links und nicht nach rechts. Jeder andere als wir hätte geglaubt, er sei taub oder so tief in Gedanken versunken, daß er kein Wort gehört hatte. Aber Mamma gab sich mit seiner Reaktion zufrieden. Sie wandte sich an meine ältere Schwester Emily, die das hagere Gesicht zu einer höhnischen und angewiderten Miene verzogen hatte. »Emily kann sich um sie kümmern; stimmt's, Emily?«

»Nein, Mamma. Lillian ist noch zu klein, um zur Schule zu gehen. Sie schafft den weiten Weg nicht. Es sind drei Meilen!« jammerte Emily. Sie war noch keine neun, schien aber in jedem Jahr genug für zwei Jahre zu wachsen. Sie war so groß wie eine Zwölfjährige. Papa sagte, sie schösse in die Höhe wie eine Bohnenstange.

»Natürlich schafft sie das, du schaffst das doch gewiß?« fragte Mamma und sah mich mit ihrem strahlenden Lächeln an. Mammas Lächeln war unschuldiger und kindlicher als mein eigenes. Sie bemühte sich sehr, sich durch nichts betrüben zu lassen, doch sie weinte selbst um das armseligste Geschöpf und stöhnte an manchen Tagen sogar über die Regenwürmer, die so dumm waren, nach Regenfällen auf die Schieferplatten des Weges zu kriechen, auf denen die Sonne Virginias sie dann röstete.

»Ja, Mamma«, sagte ich und war ganz aufgeregt bei dem Gedanken. Gerade an jenem Morgen hatte ich davon geträumt, zur Schule zu gehen. Der Fußweg schreckte mich nicht ab. Wenn Emily es schaffte, dann schaffte ich das auch, dachte ich mir. Ich wußte, daß Emily den größten Teil des Heimwegs gemeinsam mit den Thompson-Zwillingen zurücklegte, Betty Lou und Emma Jean, doch die letzte Meile mußte sie allein bewältigen. Emily hatte keine Angst. Sie fürchtete sich vor nichts, nicht vor den tiefsten Schatten auf der Plantage, nicht vor den Gespenstergeschichten, die Henry erzählte, vor rundweg gar nichts.

»Gut. Morgen früh nach dem Frühstück werde ich Henry den Wagen anspannen lassen, damit er uns in die Stadt fährt, und dort werden wir uns ansehen, was Mrs. Nelson an hübschen neuen Schuhen und neuen Kleidern für dich im Laden hat«, sagte Mamma, die sich schon darauf freute, mich neu einzukleiden.

Mamma ging furchtbar gern einkaufen, aber Papa haßte es und fuhr selten, wenn überhaupt, mit ihr nach Lynchburg in die größeren Kaufhäuser, gleichgültig, wie gut Mamma ihm auch zuredete oder wie sehr sie darüber klagte. Er sagte ihr, seine Mutter hätte sich ihre meisten

Kleider selbst genäht, und vor ihr hätte ihre Mutter schon dasselbe getan. Aber sie haßte das Nähen und das Stricken, und sämtliche Hausarbeiten waren ihr zuwider. Das Kochen und das Putzen fand sie nur dann spannend, wenn sie eines ihrer luxuriösen Abendessen oder Barbecues veranstaltete. Dann stolzierte sie gefolgt von unseren Zimmermädchen und Louella durch das Haus und traf Entscheidungen darüber, was geändert oder dekoriert und was gekocht und vorbereitet werden sollte.

»Sie braucht kein neues Kleid und neue Schuhe, Mamma«, bemerkte Emily, die ihr Gesicht zur Miene einer alten Dame verzogen hatte – die Augen zusammengekniffen, die Lippen dünn, die Stirn in Falten gelegt. »Auf dem Weg wird sie sich doch nur alles kaputtmachen.«

»Unsinn«, sagte Mamma und lächelte weiterhin. »Jedes kleine Mädchen wird für den ersten Schultag neu eingekleidet und bekommt neue Schuhe.«

»Ich nicht«, gab Emily zurück.

»Du wolltest nicht mit mir einkaufen gehen, aber ich habe dich dazu gebracht, das neue Kleid und die neuen Schuhe anzuziehen, die ich für dich gekauft habe, erinnerst du dich nicht mehr?« fragte Mamma lächelnd.

»Die Schuhe haben gedrückt, und ich habe sie ausgezogen und meine älteren Schuhe wieder angezogen, sowie ich aus dem Haus gegangen war«, enthüllte Emily.

Papa riß die Augen etwas auf und wandte seinen Blick ins Leere, jetzt in ihre Richtung, und ein seltsamer Ausdruck von Interesse trat auf sein Gesicht, während er weiterhin kaute.

»Das ist doch nicht dein Ernst?« fragte Mamma. Immer, wenn etwas Furchtbares oder Unerhörtes vorfiel, glaubte Mamma zuerst, es müsse unwahr sein, und wenn sie sich dann damit auseinandersetzen mußte, vergaß sie es schlicht und einfach.

»Doch, das habe ich getan«, erwiderte Emily stolz. »Die neuen Schuhe stehen oben, zuunterst auf dem Boden meines Kleiderschranks.«

Mamma lächelte unbeirrt weiter und fragte: »Vielleicht könnten sie Lillian passen?«

Das brachte Papa zum Lachen.

»Wohl kaum«, sagte er. »Emily hat doppelt so große Füße.«

»Ja«, sagte Mamma verträumt. »Also gut, wir fahren dann morgen früh als erstes nach Upland Station, Lillian, mein Schatz.«

Ich konnte es kaum erwarten, es Eugenia zu erzählen. Die meiste Zeit bekam sie die Mahlzeiten in ihr Zimmer gebracht, weil es für sie zu ermüdend war, aufrecht an einem Eßtisch zu sitzen. All unsere Mahlzeiten waren ziemlich aufwendige Angelegenheiten. Sie begannen damit, daß Papa aus der Bibel vorlas, und nachdem Emily das Lesen gelernt hatte, tat auch sie es oft. Aber er suchte die Passagen aus. Papa aß gern und genoß jeden Bissen. Als erstes gab es immer Salat oder Obst und dann eine Suppe, sogar an heißen Sommertagen. Papa blieb gern am Tisch sitzen und wartete, während das Geschirr abgeräumt und der Tisch für das Dessert neu gedeckt wurde. Manchmal las er die Zeitung, vor allem den Wirtschaftsteil, und bei alledem mußten Emily, Mamma und ich auch sitzen bleiben und warten.

Mamma plapperte dann unermüdlich vor sich hin und erzählte von dem Klatsch, der ihr zu Ohren gekommen war, oder von einem Liebesroman, den sie gerade las, aber Papa hörte selten auch nur ein Wort, und Emily war immer abgelenkt und in ihre eigenen Gedanken vertieft. Folglich schien es, als seien Mamma und ich allein miteinander. Ich war ihr bestes Publikum. Die Schicksalsprüfungen und der Aufruhr bei unseren Nachbarn, die Erfolge und Fehlschläge der Familien aus der Umgebung, faszinierten mich. Jeden Samstagnachmittag kamen Mammas Freundinnen entweder zum Kaffee zu uns, oder Mamma traf sich bei einer der anderen Familien mit ihnen. Es schien, als erzählten sie einander genug Neuigkeiten für den Rest der Woche.

Mamma fiel immer gerade wieder etwas ein, was ihr jemand vor vier oder fünf Tagen erzählt hatte, und sie platzte damit heraus, als sei es eine große Zeitungsschlagzeile, gleichgültig, wie geringfügig und unwesentlich die Information auch scheinen mochte.

»Martha Hatch hat sich letzten Donnerstag zu Hause im Treppenhaus einen Zeh gebrochen, aber sie hat erst gemerkt, daß er gebrochen ist, als er sich dunkelblau verfärbt hat.«

Im allgemeinen fiel ihr zu den Dingen, die geschehen waren, etwas Ähnliches ein, was vor vielen, vielen Jahren vorgefallen war, und daran erinnerte sie sich dann. Gelegentlich fiel auch Papa etwas ein. Wenn die Geschichten und die Neuigkeiten interessant genug waren, gab ich sie an Eugenia weiter, wenn ich nach dem Essen bei ihr vorbeischaute. Aber an dem Abend, an dem Mamma ankündigte, ich würde die Schule besuchen, hatte ich nur von diesem einen Gesprächsthema zu berichten. Ansonsten hatte ich nichts gehört. Mein Kopf war angefüllt mit spannenden Überlegungen.

Jetzt würde ich andere Mädchen kennenlernen und mich mit ihnen anfreunden. Ich würde lesen und schreiben lernen.

Eugenia hatte das einzige Schlafzimmer im Erdgeschoß, das nicht einem der Dienstmädchen zugeteilt war. Es war schon früh beschlossen worden, daß es für sie einfacher war, als sich die Treppe mühsam hinauf- und hinunterzuschleppen. Sobald ich vom Tisch aufstehen durfte, eilte ich durch den Korridor. Ihr Schlafzimmer lag im hinteren Teil des Hauses, hatte aber ein paar große

Fenster, von denen aus man auf das westliche Feld schauen konnte, damit sie sah, wie die Sonne unterging und die Feldarbeiter sich mit dem Tabak abmühten.

Sie hatte gerade ihr eigenes Essen zu sich genommen, als ich in ihr Zimmer platzte.

»Mamma und Papa haben entschieden, daß ich dieses Jahr eingeschult werde«, rief ich aus. Eugenia lächelte und schien so aufgeregt zu sein, wie sie es gewesen wäre, wenn sie diejenige gewesen wäre, die eingeschult werden sollte. Sie zupfte an ihrem langen hellbraunen Haar. Wenn sie in ihrem breiten Bett mit dem massiven dicken Kopfteil und den Bettpfosten saß, die zweimal so hoch wie ich waren, sah Eugenia noch jünger aus, als sie es war. Ich wußte, daß ihre Krankheit ihre körperliche Entwicklung gehemmt hatte, aber in meinen Augen ließ sie das nur noch kostbarer erscheinen, wie ein zartes Püppchen aus China oder Holland. Sie verschwand geradezu in ihrem Nachthemd. Es bauschte sich nach allen Seiten um sie. Ihre Augen waren das Auffälligste an ihr. Diese kornblumenblauen Augen sahen so glücklich aus, wenn sie lachte, daß sie schon fast selbst zu lachen schienen.

»Mamma nimmt mich mit zu Nelson's, um mir ein Kleid und neue Schuhe zu kaufen«, sagte ich und kroch über ihre dicke weiche Matratze, um mich neben sie zu setzen. »Weißt du, was ich tun werde?« fuhr ich fort. »Ich werde all meine Bücher mit nach Hause bringen und meine Hausaufgaben jeden Tag in deinem Zimmer machen. Ich werde dir alles beibringen, was ich lerne«, versprach ich. »Auf die Art wirst du allen anderen in deinem Alter voraus sein, wenn du mit der Schule anfängst.«

»Emily sagt, daß ich nie zur Schule gehen werde«, berichtete Eugenia.

»Emily hat keine Ahnung. Sie hat Mamma gesagt, ich würde den Fußweg zur Schule nicht schaffen, aber ich werde jeden Tag vor ihr dort ankommen. Aus reinem

Trotz«, fügte ich hinzu und kicherte. Eugenia kicherte auch. Ich drückte meine kleine Schwester an mich. Sie fühlte sich für meine Begriffe immer so dünn und zerbrechlich an, und daher griff ich nur sachte zu. Dann lief ich los, um mich fertigzumachen, damit ich mit Mamma nach Upland Station fahren konnte, um mein erstes Schulkleid zu kaufen.

Mamma forderte Emily auf, mit uns zu kommen, doch sie weigerte sich. Ich war zu aufgeregt, um mich daran zu stören, und obwohl es Mamma ärgerte, daß Emily sich so wenig für das interessierte, was Mamma »Weiberkram« nannte, war Mamma fast so aufgeregt wie ich und befaßte sich nicht länger damit. Sie seufzte lediglich und sagte: »Mir schlägt sie gewiß nicht nach.«

Dafür schlug ich ihr mit Gewißheit nach. Ich ging liebend gern in Mammas und Papas Schlafzimmer, wenn sie allein war, und dann setzte ich mich neben sie an ihre Frisierkommode, während sie sich das Haar bürstete und sich schminkte. Und Mamma plapperte mit Begeisterung unaufhörlich mit unseren Spiegelbildern in dem ovalen Marmorrahmen, ohne beim Reden den Kopf zu drehen. Es war, als seien wir zu viert, Mamma und ich und unsere Zwillinge, die unsere Stimmungen widerspiegelten und genauso reagierten, wie eineiige Zwillinge es vielleicht getan hätten.

Mamma war als Debütantin in die Gesellschaft eingeführt worden. Ihre Eltern stellten sie der Elite des Südens auf einem Ball vor. Sie besuchte ein Mädchenpensionat, und ihr Name war oft in den Klatschspalten aufgetaucht, und daher wußte sie ganz genau, wie ein junges Mädchen sich anziehen und benehmen sollte, und sie war eifrig darauf bedacht, mir soviel wie möglich beizubringen. Mit mir an ihrer Seite saß sie vor ihrer Frisierkommode und bürstete sich das wunderschöne Haar, bis es wie gesponnenes Gold aussah, und dabei schilderte sie mir all die eleganten Parties, die sie besucht hatte, und sie beschrieb mir bis in alle Einzelheiten, von den Schuhen bis zu ihrem Edelsteindiadem, was sie getragen hatte.

»Eine Frau muß ganz besonders großen Wert auf ihr Erscheinungsbild legen«, sagte sie zu mir. »Im Gegensatz zu den Männern stehen wir immer auf der Bühne. Männer können jahrelang mit derselben Frisur rumlaufen oder immer wieder dieselbe Sorte Schuhe anziehen. Sie schminken sich nicht, und sie brauchen sich auch keine besonders großen Sorgen über kleine Hautunreinheiten zu machen. Aber eine Frau...« sagte sie zu mir und unterbrach sich, um sich zu mir umzudrehen und ihre zarten braunen Augen auf mein Gesicht zu richten, »eine Frau hat ständig große Auftritte zu meistern, vom ersten Schultag an bis zu dem Tag, an dem sie durch den Hauptgang zum Altar schreitet, um zu heiraten. Jedesmal wenn eine Frau einen Raum betritt, wenden sich ihr alle Blicke zu, und in diesem ersten Augenblick werden sofort Schlüsse über sie gezogen. Unterschätze niemals die Bedeutung des ersten Eindrucks, Lillian, mein Schätzchen.« Sie lachte und wandte sich wieder zum Spiegel um. »Wie meine Mamma früher immer sagte: Wer sich zum ersten Mal ins Wasser stürzt, macht alle ganz besonders naß und erregt soviel Aufsehen damit, daß sich die Umwelt ewig daran erinnern wird.«

Ich bereitete mich gerade auf meinen ersten Sprung ins Wasser vor, darauf, das erste Mal gesellschaftliches Aufsehen zu erregen. Ich würde zur Schule gehen. Mamma und ich eilten zur Kutsche, die vor der Tür stand. Henry half uns beiden beim Einsteigen, und Mamma spannte ihren Sonnenschirm auf, um ihr Gesicht gegen die Sonne zu schützen, denn in jenen Zeiten war Sonnenbräune etwas, was sich nur ein Feldarbeiter leisten konnte.

Henry stieg auf den Kutschbock und drängte Belle und Babe, unsere Kutschpferde, sich voranzuschleppen.

»Der Rittmeister hat ein paar von diesen Schlaglöchern vom letzten Unwetter noch nicht auffüllen lassen, Mrs. Booth. Sie da hinten sollten sich also alle gut festhalten. Es wird ein wenig holprig werden«, warnte er.

»Machen Sie sich um uns nur keine Sorgen, Henry«, sagte sie.

»Ich muß mir Sorgen machen«, erwiderte er und zwinkerte mir zu. »Heute habe ich schließlich zwei erwachsene Frauen in meiner Kutsche sitzen.«

Mamma lachte. Ich konnte meine Aufregung kaum verbergen, denn ich bekam zum ersten Mal in einem Laden ein Kleid gekauft. Die spätsommerlichen Regenfälle hatten im Kies der Auffahrt schwere Schäden angerichtet, doch ich bemerkte kaum, wie wir auf der Fahrt nach Upland Station durchgerüttelt wurden. Die Vegetation am Wegesrand war unglaublich dicht. Nie schien die Luft derart getränkt von dem Geruch der glattstämmigen weißen Rosen und der wildwachsenden Veilchen gewesen zu sein, und dazu kam noch der schwache Zitronenduft der Verbenen, die Mamma in Säckchen eingenäht in ihrem Kleiderschrank aufbewahrte und der jetzt ihrem Seidenkleid entströmte. Die kühleren Nächte hatten bisher noch nicht die Kraft gehabt, das Laub zu verfärben. Die Spottdrosseln und die Eichelhäher stritten sich um die bequemsten Plätze auf den Ästen der Magnolien. Es war wirklich ein prachtvoller Morgen.

Mamma nahm es auch wahr. Sie schien so aufgeregt wie ich zu sein, und sie erzählte mir eine Geschichte nach der anderen über ihre ersten Schultage. Im Gegensatz zu mir hatte sie keine älteren Geschwister gehabt, die sie hätten mitnehmen können. Aber Mamma war kein Einzelkind. Sie hatte eine jüngere Schwester gehabt, die an einer mysteriösen Krankheit gestorben war. Weder sie noch Papa sprachen gern über sie, und gerade Mamma stöhnte schließlich jedes Mal, wenn in ihrer Anwesenheit das Gespräch auf etwas Unerfreuliches oder gar Trauriges kam. Ständig schalt sie Emily für diese Unsitte aus. In Wirklichkeit hatte es wohl mehr von einem Flehen, sie solle damit aufhören.

»Mußt du unbedingt auf derart unerfreuliche und widerliche Dinge zu sprechen kommen, Emily«, lamentierte sie dann. Emily schloß daraufhin abrupt den Mund, schien sich aber immer darüber zu ärgern.

Nelson's Gemischtwarenladen war genau das, was er von sich behauptete: ein Geschäft, in dem es alles zu kaufen gab, von Rheumasalben bis hin zu den neuen maschinengenähten Reithosen, die aus den Fabriken im Norden kamen. Es war ein langgestreckter, ziemlich dunkler Laden, und am hintersten Ende befand sich die Abteilung für Bekleidung. Mrs. Nelson, eine kleingewachsene Frau mit grauen Locken und einem freundlichen und liebenswürdigen Gesicht, war für diese Abteilung zuständig. Die Kleider für Mädchen und Frauen hingen auf einem langen Gestell an der linken Wand.

Als Mamma ihr sagte, was wir suchten, holte Mrs. Nelson ein Maßband heraus und nahm meine Maße. Dann trat sie vor ihr Kleidergestell und zog alles heraus, wovon sie glaubte, es könnte mir passen, wenn man auch manches davon da und dort ein wenig würde ändern müssen. Mamma fand ein rosafarbenes Baumwollkleid mit einem Spitzenkragen und einer Passe ganz entzückend. Es hatte auch noch Rüschenärmel. Es war ein oder zwei Nummern zu groß für mich, aber Mamma und Mrs. Nelson beschlossen, wenn man die Taille einnähte und den Saum kürzte, ließe es sich machen. Dann setzten wir uns, und Mrs. Nelson holte die einzigen Schuhe, die mir vielleicht passen könnten: zwei Paare, eines aus schwarzem Lackleder mit Riemchen und eines mit Knöpfen. Mamma gefiel das mit den Riemchen. Auf dem Weg zur Ladentür kauften wir noch ein paar Bleistifte und einen Schreibblock, und ich war für meinen ersten Schultag vollständig ausgerüstet.

Am selben Abend nahm Louella die Änderungen an meinem neuen Kleid vor. Wir machten es in Eugenias Zimmer, damit sie zusehen konnte. Emily kam einmal kurz vorbei, schaute herein und schüttelte angewidert den Kopf.

»Niemand kommt in so schicken Sachen in die Schule«, beklagte sie sich bei Mamma.

»Doch, natürlich, Emily, meine Liebe, und am ersten Schultag erst recht.«

»Also, ich werde jedenfalls das tragen, was ich jetzt anhabe«, gab sie zurück.

»Das höre ich nicht gern, Emily, aber wenn es das ist, was du willst...«

»Miss Walker mag keine verzogenen Kinder«, fauchte Emily. Das war ihre abschließende Bemerkung zu den Aktivitäten, die die Aufmerksamkeit aller erregten, sogar Papas, und mit denen sich alle anderen im Haus in ihrer Vorstellung beschäftigten. Papa schaute ins Zimmer, um seine Zustimmung auszudrücken.

»Warte nur, bis du sie morgen früh von Kopf bis Fuß herausgeputzt siehst, Jed«, versprach ihm Mamma.

An jenem Abend konnte ich kaum einschlafen, weil ich so aufgeregt war. Meine Gedanken drehten sich immer wieder um die Dinge, die ich lernen würde, und die Kinder, die ich treffen würde. Einige von ihnen hatte ich kennengelernt, als Mamma und Papa eines ihrer aufwendigen Barbecues veranstalteten oder als wir Barbecues bei anderen besucht hatten. Die Thompson-Zwillinge hatten einen jüngeren Bruder, der etwa in meinem Alter war, Niles. Ich erinnerte mich noch daran, daß ich nie einen Jungen mit so dunklen Augen und einem so ernsten und nachdenklichen Gesicht gesehen hatte. Dann war da noch Lila Calvert, die letztes Jahr eingeschult worden war. Und Caroline O'Hara, die dieses Jahr gemeinsam mit mir zur Schule kommen würde.

Ich sagte mir, was ich auch an Hausaufgaben bekommen sollte, ich würde das Doppelte tun. Ich würde mich im Unterricht nie in Schwierigkeiten bringen oder nicht gut genug aufpassen, und wenn Miss Walker es so wollte, würde ich eifrig ihre Tafel putzen und ihre Spitzer ausklopfen, kleine Arbeiten, von denen ich wußte, daß Emily sie nur zu gern für die Lehrerin verrichtete.

Als Mamma an jenem Abend in mein Zimmer kam, um mir gute Nacht zu sagen, fragte ich sie, ob ich gleich morgen an Ort und Stelle den Entschluß fassen müßte, was ich werden wollte.

»Wie meinst du das, Lillian?« fragte sie mit einem erzwungenen Lächeln auf zusammengepreßten Lippen.

»Muß ich entscheiden, ob ich Lehrerin oder Ärztin oder Anwältin werden will?«

»Natürlich brauchst du dich nicht zu entscheiden. Du hast noch viele Jahre Zeit, um Pläne zu schmieden, aber ich denke eher, du wirst einem erfolgreichen jungen Mann eine wunderbare und schöne Ehefrau werden. Du wirst in einem Haus leben, das so groß ist wie The Meadows, und du wirst ein Heer von Dienstboten haben«, verkündete sie mit der unanzweifelbaren Gewißheit eines biblischen Propheten.

In Mammas Vorstellung würde ich später einmal in ein nobles Mädchenpensionat gehen, wie sie es getan hatte, und wenn der rechte Zeitpunkt gekommen war, würde ich in die gute Gesellschaft eingeführt, und irgendein gutaussehender reicher junger Aristokrat aus dem Süden würde mit seinem Werben um mich beginnen und schließlich Papa aufsuchen und bei ihm um meine Hand anhalten. Wir würden auf der Plantage eine große und aufwendige Hochzeit feiern, und dann würde ich fortgehen und allen aus der Kutsche zuwinken, und ich würde bis an mein Lebensende glücklich sein. Aber ich wünschte mir mehr, konnte einfach nicht anders, als mehr von meinem Leben zu erwarten. Das würde mein Geheimnis bleiben, etwas, was ich tief in meinem Herzen aufbewahrte, etwas, was ich nur Eugenia und keinem anderen enthüllen würde.

Am nächsten Morgen kam Mamma, um mich zu wekken. Sie wollte, daß ich mich vor dem Frühstück vollständig ankleidete und mich fertig machte. Ich schlüpfte in mein neues Kleid und zog meine neuen Schuhe an. Dann bürstete Mamma mir das Haar und band es mir mit einer rosafarbenen Schleife zusammen. Sie stand hinter mir, als wir beide in den hohen Spiegel schauten, in dem wir uns von Kopf bis Fuß sehen konnten. Von den vielen Malen, die Papa es mir laut aus der Bibel vorgelesen hatte, wußte ich, daß es eine abscheuliche Sünde war, sich in das eigene Spiegelbild zu verlieben, doch ich konnte nichts dagegen tun. Ich hielt den Atem an, als ich das kleine Mädchen betrachtete, das der Spiegel gefangenhielt.

Ich sah aus, als sei ich über Nacht erwachsen geworden. Nie hatte mein Haar so weich oder so goldfarben gewirkt, und auch meine blaugrauen Augen hatten nie derart geleuchtet.

»Oh, wie wunderschön du doch bist, mein Schätzchen«, rief Mamma aus. »Laß uns schnell nach unten laufen und dich dem Rittmeister vorführen.«

Mamma nahm mich an der Hand, und wir liefen durch den Korridor zur Treppe. Louella hatte bereits einige der Zimmermädchen vorgewarnt, die ihre Köpfe jetzt aus den Zimmern streckten, die sie gerade aufräumten und putzten. Ich sah das beifällige Lächeln der Mädchen und hörte sie kichern.

Papa blickte vom Tisch auf, als wir ins Zimmer kamen. Emily saß bereits steif und spröde da.

»Wir warten schon seit gut zehn Minuten auf euch, Georgia«, bemerkte Papa und ließ seine Taschenuhr zur Betonung laut zuschnappen.

»Heute ist ein ganz besonderer Morgen, Jed. Weide deine Augen an Lillian.«

Er nickte.

»Sie sieht gut aus, aber ich habe einen anstrengenden Tag vor mir«, sagte er. Emily wirkte selbstzufrieden, als Papa so barsch reagierte. Mamma und ich setzten uns an den Tisch, und Papa murmelte schnell das Tischgebet.

Sowie wir gefrühstückt hatten, gab Louella uns das Mittagessen, das sie für uns eingepackt hatte, und Emily tat kund, wir müßten uns eilen.

»Wir sind schon spät dran, weil wir mit dem Frühstück auf dich warten mußten«, jammerte sie und lief schnell auf die Haustür zu.

»Paß bloß gut auf deine kleine Schwester auf«, rief Mamma uns nach.

Ich hastete voran, so schnell ich es in meinen steifen, blinkenden neuen Schuhen konnte, und dabei umklammerte ich meinen Schreibblock, meine Bleistifte und mein Mittagessen. In der Nacht war ein kurzer, aber heftiger Regenschauer heruntergegangen, und wenn der Boden auch weitgehend wieder trocken war, dann stand das Regenwasser doch noch in den Schlaglöchern. Emily wirbelte eine Staubwolke auf, als sie über unsere Auffahrt marschierte, und ich tat mein Bestes, um dieser Staubwolke auszuweichen. Sie wollte nicht auf mich warten und mich auch nicht an der Hand nehmen.

Die Sonne ließ ihr Gesicht noch nicht ganz über die Baumwipfel lugen, und daher war die Luft noch ein wenig kühl. Ich wünschte, wir hätten etwas langsamer laufen und uns den Gesang der Vögel anhören können. An den Wegrändern standen wildwachsende Blumen, die noch in ihrer vollen Pracht blühten, und ich fragte mich, ob es nicht nett gewesen wäre, wenn wir Miss Walker einen kleinen Strauß pflückten. Ich fragte Emily, doch sie drehte sich kaum um, um mir zu antworten.

»Fang nicht gleich am ersten Tag an, dich einzuschmeicheln, Lillian.« Dann wandte sie sich zu mir um und fügte noch hinzu: »Und bring mich bloß nicht in Verlegenheit.«

»Ich will mich nicht einschmeicheln«, rief ich aus, aber Emily sagte daraufhin nur: »Pah« und lief weiter, und ihre Schritte wurden immer größer und schneller, so daß ich regelrecht rennen mußte, um mit ihr Schritt zu halten. Als wir am Ende unserer Einfahrt ankamen und auf die Straße einbiegen wollten, sah ich, daß sich auf der Straße eine große Pfütze gebildet hatte und noch von der vergangenen Nacht geblieben war. Emily sprang über ein paar große Steine und hielt mit bemerkenswerter Geschicklichkeit das Gleichgewicht, und dabei machte sie sich noch nicht einmal die Schuhsohlen naß. Aber in meinen Augen sah die Pfütze bedrohlich aus. Ich blieb stehen, und Emily wirbelte zu mir herum und stemmte die Arme in die Hüften.

»Kommst du, kleine Prinzessin?« fragte sie.

»Ich bin keine kleine Prinzessin.«

»Mamma hält dich aber dafür. Also, was ist jetzt?«

»Ich fürchte mich«, sagte ich.

»Das ist doch albern. Mach es einfach so wie ich... lauf über die Steine. Komm schon, oder ich lasse dich hier stehen«, drohte sie mir.

Widerstrebend setzte ich dazu an. Ich stellte meinen rechten Fuß auf den ersten Stein und streckte eifrig den linken Fuß aus, um ihn auf den nächsten Stein zu stellen, aber dabei streckte ich ihn zu weit aus und konnte den rechten Fuß jetzt nicht mehr nachziehen. Ich fing an zu weinen und Emily um Hilfe zu bitten.

»Ach, ich wußte doch gleich, daß du mir Probleme

machen wirst«, bekundete sie und kam zurück. »Gib mir die Hand«, befahl sie.

»Ich fürchte mich.«

»Gib mir die Hand!«

Ich konnte nur mit Mühe das Gleichgewicht halten, als ich mich vorbeugte, bis ich ihre Finger berühren konnte. Emily umklammerte fest meine Hand, und einen Moment lang tat sie gar nichts. In meinem Erstaunen schaute ich zu ihr auf und sah ein seltsames Lächeln über ihre Lippen spielen. Ehe ich zurückweichen konnte, zog sie mit einem Ruck an mir, und ich glitt von dem Stein und fiel nach vorn. Sie ließ mich los, und ich landete auf den Knien in der tiefsten Stelle der Pfütze. Das schlammige Wasser wurde schnell von meinem schönen neuen Kleid aufgesogen. Mein Schreibblock und mein Mittagessen versanken im Wasser, und ich verlor all meine Stifte.

Ich schrie auf und fing an zu weinen. Emily trat mit einem zufriedenen Gesichtsausdruck zurück und bot mir keine Hilfe an. Ich stand langsam auf und watete aus der Pfütze. Als ich auf trockenem Boden stand, schaute ich an mir herunter. Mein wunderschönes neues Kleid war schmutzig und naß. Meine Schuhe waren mit Lehm beschmiert, und der Schlamm sickerte durch meine rosafarbenen Baumwollsocken.

»Ich habe Mamma doch gesagt, daß sie dir keine schikken Kleider kaufen soll, aber sie wollte ja nicht auf mich hören«, sagte Emily.

»Was soll ich jetzt bloß tun?« ächzte ich. Emily zuckte die Achseln.

»Geh nach Hause. Du kannst ein anderes Mal mit der Schule anfangen.«

»Nein!« schrie ich. Ich schaute wieder auf die Pfütze. Mein neuer Schreibblock war direkt unter der Oberfläche des schmutzigen Wassers gerade noch zu

sehen, aber mein eingepacktes Mittagessen trieb auf der Pfütze. Ich zog es schnell heraus und lief an den Rand des Kieswegs, um mich auf einen großen Stein zu setzen. Emily entfernte sich eilig, und ihre Schritte beschleunigten sich weiterhin. Schon bald darauf hatte sie sich weit von der Auffahrt entfernt und mich ein gutes Stück hinter sich zurückgelassen. Ich saß da und weinte, bis meine Augen schmerzten. Dann stand ich auf und spielte mit dem Gedanken, wieder nach Hause zu gehen.

Genau das will Emily, dachte ich. Plötzlich spülte eine Woge von Zorn meinen Kummer und mein Selbstmitleid von mir. Ich strich mir mein neues Kleid glatt, so gut es eben ging, wischte mit etwas Laub den schlimmsten Schmutz ab und trottete dann hinter ihr her, und ich war entschlossener denn je, die Schule zu besuchen.

Als ich das Schulgebäude erreichte, waren alle Kinder bereits im Haus und saßen auf ihren Plätzen. Miss Walker hatte gerade begonnen, sie zu begrüßen, als ich zur Tür hereinkam. Die Tränen hatten mein Gesicht verschmiert, und die Schleife, die Mamma mir so sorgfältig ins Haar gebunden hatte, war herausgefallen. Sämtliche Gesichter wandten sich überrascht zu mir um, und Emily schien enttäuscht zu sein.

»Ach, du meine Güte«, sagte Miss Walker. »Was ist denn dir zugestoßen, mein Schätzchen?«

»Ich bin in eine Pfütze gefallen«, stöhnte ich. Die meisten Jungen lachten laut auf, aber mir fiel auf, daß Niles Thompson nicht lachte. Er schien wütend zu sein.

»Du armes Kleines. Wie heißt du denn?« fragte sie, und ich sagte es ihr. Sie drehte abrupt den Kopf um und sah Emily an.

»Ist das nicht deine Schwester?« fragte sie.

»Ich habe ihr gesagt, sie soll nach Hause gehen, nachdem sie in die Pfütze gefallen ist, Miss Walker«, sagte

Emily einschmeichelnd. »Ich habe ihr gesagt, sie wird wohl morgen mit der Schule anfangen müssen.«

»Ich will nicht bis morgen warten«, rief ich. »Heute ist der erste Schultag.«

»Also, Kinder«, sagte Miss Walker und nickte der Klasse zu. »Das ist genau die Haltung, von der ich hoffe, daß ihr sie alle lernen werdet. Emily«, sagte sie, »paß für mich auf die Schüler auf, solange ich mich um Lillian kümmere.«

Sie lächelte mich an und nahm mich an der Hand. Dann führte sie mich weiter ins Schulhaus hinein zu einem Bad. Sie gab mir Handtücher und Waschlappen und sagte, ich sollte mich so gut wie möglich saubermachen.

»Dein Kleid ist noch naß«, sagte sie. »Reib es nach Kräften trocken.«

»Ich habe meinen neuen Schreibblock und meine Stifte verloren, und mein Pausenbrot ist naß geworden«, stöhnte ich.

»Ich habe alles, was du brauchst, und du bekommst etwas von meinem Mittagessen ab«, versprach mir Miss Walker. »Wenn du fertig bist, komm zu deinen Schulkameraden.«

Ich schluckte und tat, was sie gesagte hatt. Als ich zurückkam, richteten sich wieder alle Augen auf mich, aber diesmal lachte niemand, und niemand lächelte auch nur. Nun ja, vielleicht lächelte Niles Thompson. Es schien so, doch es sollte noch eine ganze Weile dauern, bis ich erkannte, wann Niles sich freute und wann nicht.

Es sollte sich herausstellen, daß mein erster Schultag schön verlief. Miss Walker gab mir das Gefühl, etwas ganz Besonderes zu sein, vor allem, als sie mir eines von ihren eigenen Broten abgab. Emily wirkte verdrossen und unzufrieden, und sie mied mich fast den ganzen Tag, bis es an der Zeit war, sich auf den Heimweg zu machen.

Dann nahm sie mich, während Miss Walker zusah, an der Hand und führte mich fort. Als wir das Schulhaus hinter uns gelassen hatten und so weit gelaufen waren, daß man uns nicht mehr sehen konnte, ließ sie meine Hand los.

Die Thompson-Zwillinge und Niles legten zwei Drittel der Strecke mit uns zurück. Die Zwillinge und Emily liefen voraus, und Niles und ich trabten hinter ihnen her. Er redete nicht viel mit mir. Jahre später sollte ich ihn daran erinnern, daß er damals nur den Mund aufgemacht hatte, um mir zu erzählen, am Tag zuvor sei er hoch auf die Kiefer vor seinem Haus geklettert. Ich war gebührend beeindruckt, da ich wußte, wie hoch dieser Baum war. Als wir uns an der Auffahrt der Thompsons voneinander trennten, murmelte er eine schnelle Verabschiedung und rannte los. Emily schaute sich finster nach mir um und lief, so schnell sie konnte, weiter. Nachdem wir unsere Auffahrt zur Hälfte bewältigt hatten, blieb sie stehen und drehte sich zu mir um.

»Warum bist du nicht einfach nach Hause gegangen, statt uns zum Gespött der Schule zu machen?« fragte sie grob.

»Wir waren nicht das Gespött der Schule.«

»Oh, doch, das waren wir – und dir habe ich zu verdanken, daß meine Freundinnen mich jetzt auch auslachen.« Sie sah mich fest an, und ihre Augen wurden vor Wut schmaler. »Und du bist noch nicht einmal meine echte Schwester«, fügte sie hinzu.

Im ersten Moment erschienen mir diese Worte so seltsam, als hätte sie gesagt, Schweine könnten fliegen. Ich glaube, ich fing sogar an zu lachen, aber das, was sie als nächstes sagte, hielt mich schnell davon ab. Sie trat auf mich zu und wiederholte ihre Behauptung in einem lauten Flüsterton.

»Doch, das bin ich«, entgegnete ich.

»Nein, das bist du nicht. Mammas Schwester war in Wirklichkeit deine Mutter, und sie ist gestorben, als sie dich geboren hat. Wenn du nicht geboren worden wärst, wäre sie noch am Leben, und wir hätten dich nicht bei uns aufnehmen müssen. Auf dir lastet ein Fluch«, höhnte sie. »Wie auf Kain in der Bibel. Niemand wird dich je lieben wollen. Alle werden sich davor fürchten. Du wirst es ja sehen«, drohte sie und machte dann auf dem Absatz kehrt und marschierte los.

Ich lief langsamer hinter ihr her und versuchte, mir einen Reim auf das zu machen, was sie gesagt hatte.

Mamma saß im Wohnzimmer und wartete auf mich, als ich das Haus betrat. Sie stand auf und kam auf mich zu, um mich zu begrüßen. In dem Moment, in dem sie das schlammverschmierte Kleid und die lehmverkrusteten Schuhe sah, stieß sie einen Schrei aus, und ihre Hände hoben sich flatternd wie verängstigte kleine Vögelchen und ließen sich auf ihrer Kehle nieder.

»Was ist passiert?« fragte sie weinerlich.

»Ich bin heute morgen auf dem Weg zur Schule in eine Pfütze gefallen, Mamma.«

»Oh, mein armer Liebling.« Sie streckte die Arme aus, und ich rannte auf sie zu, flog in ihre Umarmung und ließ mich von ihren tröstlichen Küssen bedecken. Sie brachte mich nach oben, und ich zog mein neues Kleid und meine neuen Schuhe aus.

»Dein Hals und dein Haar sind schlammverkrustet. Du wirst ein Bad nehmen müssen. Emily hat mir kein Wort davon gesagt. Sie ist einfach wie üblich ins Haus stolziert und sofort in ihr Zimmer gegangen. Ich werde ein Wörtchen mit ihr reden müssen. Nimm du in der Zwischenzeit ein Bad«, sagte Mamma.

»Mamma«, rief ich, als sie auf meine Tür zuging. Sie drehte sich um.

»Was ist?«

»Emily hat gesagt, daß ich nicht ihre Schwester bin; sie hat gesagt, in Wirklichkeit war deine Schwester meine Mutter, und sie ist bei meiner Geburt gestorben«, berichtete ich ihr und wartete und hielt den Atem an, während ich damit rechnete, Mamma würde es abstreiten und über eine so unwahrscheinliche Geschichte lachen. Aber statt dessen wirkte sie bedrückt und verwirrt.

»Ach, du meine Güte«, sagte Mamma. »Und dabei hat sie es mir versprochen.«

»Dir was versprochen, Mamma?«

»Sie hat mir versprochen, es dir nicht zu sagen, solange du nicht viel, viel älter bist. Ach, du meine Güte«, sagte Mamma. Sie verzog ihr Gesicht zu dem wütendsten Ausdruck, der bei ihr nur irgend denkbar war. »Der Rittmeister wird schrecklich wütend auf sie sein«, fügte sie noch hinzu. »Ich kann nur immer wieder sagen, dieses Kind hat schlechte Anlagen, und woher es die hat, werde ich nie erfahren.«

»Aber, Mamma, sie hat gesagt, daß ich nicht ihre Schwester bin.«

»Ich werde dir alles genau erzählen, Schätzchen«, versprach mir Mamma. »Weine nicht.«

»Aber, Mamma, heißt das, daß Eugenia auch nicht meine Schwester ist?«

Mamma biß sich auf die Unterlippe und machte ganz den Eindruck, als würde sie selbst gleich weinen.

»Ich bin sofort wieder da«, sagte sie und lief eilig fort. Ich ließ mich auf mein Bett fallen und schaute ihr nach.

Was hatte all das zu bedeuten? Wie konnten Mamma und Papa nicht meine Mamma und mein Papa und Eugenia nicht meine Schwester sein?

Dieser Tag hätte einer der glücklichsten Tage meines Lebens sein sollen, der Tag meiner Einschulung, aber in jenem Augenblick schien es mir der furchtbarste Tag zu sein, den ich je erlebt hatte.

2

Die Wahrheit läßt sich nicht leugnen

Als Mamma zurückkam, um mit mir zu reden, hatte ich mich im Bett zusammengerollt und mir die Decke bis ans Kinn gezogen. Kurz nachdem sie mich allein gelassen hatte, hatte mich ein so furchtbares Frösteln überfallen, daß meine Zähne vor Kälte klapperten. Selbst als ich mich ganz eng in die Decke gehüllt hatte, wurde mir immer noch nicht so warm, daß ich aufhörte zu zittern. Ich fühlte mich, als sei ich wieder in diese kalte Pfütze gefallen.

»Oh, mein armes Kleines«, lamentierte Mamma und eilte an meine Seite. Sie glaubte, ich sei nur wegen der schrecklichen Dinge ins Bett gegangen, die gesagt worden waren. Sie strich mir das Haar, das mir in Strähnen in die Stirn gefallen war, aus dem Gesicht und küßte mich auf die Wange. In dem Augenblick, in dem sie das tat, richtete sie sich abrupt auf. »Du glühst ja!« sagte sie.

»Nein, Mamma, ganz bestimmt nicht. Mir ist ja so kalt... so kalt«, sagte ich zu ihr, doch sie schüttelte den Kopf.

»Du mußt dich erkältet haben, nachdem du in diese Pfütze gefallen und den ganzen Tag in deinem nassen Kleid rumgelaufen bist. Und jetzt hast du schrecklich hohes Fieber. Die Lehrerin hätte dich sofort wieder nach Hause schicken sollen.«

»Nein, Mamma. Ich habe mir das Kleid trockengewischt, und Miss Walker hat mir die Hälfte von ihrem

Pausenbrot abgegeben«, sagte ich. Mamma schaute mich an, als redete ich Kauderwelsch. Sie schüttelte den Kopf. Dann preßte sie die Handfläche auf meine Stirn und keuchte wieder vor Entsetzen.

»Du bist glühend heiß. Ich muß Doktor Cory kommen lassen«, beschloß sie und eilte aus dem Zimmer, um Henry zu suchen.

Seit Eugenia mit einem Lungenleiden geboren worden war, löste das leiseste Anzeichen einer Krankheit bei mir, Emily oder Papa Wogen von Sorge in Mamma aus. Sie lief dann auf und ab und rang die Hände. Ihr Gesicht wurde vor Panik weiß; ihre Augen wurden von Ängsten verdunkelt. Der alte Doktor Cory war schon so oft hierhergeholt worden, daß Papa sagte, sein Pferd könnte den Weg mit verbundenen Augen finden. Manchmal war Mamma derart außer sich, daß sie darauf beharrte, Henry sollte ihn augenblicklich in unserer Kutsche mitbringen und nicht erst warten, bis er seine eigenen Pferde angespannt hatte.

Doktor Cory lebte in einem kleinen Haus im nördlichen Teil von Upland Station. Er stammte aus dem Norden und war mit seiner Familie in den Süden gekommen, als er erst sechs Jahre alt war. Papa nannte ihn einen »konvertierten Yankee«. Doktor Cory war einer der ersten Einwohner von Upland Station, die sich ein Telefon installieren ließen, aber wir hatten immer noch keines. Papa sagte, wenn er eine dieser Klatschmaschinen im Haus aufstellen ließe, würde Mamma den größten Teil des Tages mit dem Ding am Ohr verbringen und ließe sich nicht mehr davon weglocken, und es sei ohnehin schon schlimm genug, daß sie einmal in der Woche mit den anderen Hennen gackerte.

Doktor Cory war ein winzigkleiner Mann, dessen erdbeerrotes Haar von grauen Strähnen durchzogen war, und seine mandelförmigen Augen waren so freundlich und wirkten so jung, daß ich fast immer schon erleichtert war, wenn nur sein besorgter Blick auf mich fiel. Er hatte immer irgendwelche Süßigkeiten in seinem abgeschabten dunkelbraunen Lederkoffer. Manchmal war es ein Dauerlutscher, manchmal eine Zuckerstange.

Während wir sein Eintreffen erwarteten, ließ Mamma mir von einem der Zimmermädchen eine weitere Steppdecke bringen. Das zusätzliche Gewicht und die Wärme vermittelten mir ein wenig mehr Behagen. Louella brachte mir gesüßten Tee, und Mamma flößte ihn mir mit einem Teelöffel ein. Das Schlucken fiel mir schwer, und das machte sie nur noch nervöser.

»Meine Güte, meine Güte«, summte sie immer wieder vor sich hin. »Was ist, wenn es Scharlach oder Tetanus oder eine Angina ist«, ächzte sie und leierte ihre Litanei möglicher Krankheiten herunter. Sie zählte alles aus dem medizinischen Wörterbuch auf, woran sie sich noch erinnern konnte. Ihre lilienweißen Wangen waren fleckig, und ihr Hals war rot. Wenn sie sich derart aufregte, bekam Mamma früher oder später diese Hautreizungen.

»Es sieht nicht nach Scharlach oder Tetanus aus«, sagte Louella. »Meine Schwester ist an Scharlach gestorben, und ich kannte einen Schmied, der an Tetanus gestorben ist.«

»Oooooooh«, stöhnte Mamma. Sie lief vom Fenster zur Tür und von dort wieder zum Fenster und hielt nach Doktor Cory Ausschau. »Ich habe dem Rittmeister doch gesagt, wir sollten längst ein Telefon haben. Dieser Mann ist unglaublich stur.«

Sie redete weiter vor sich hin und hüllte sich zum Trost in ihre eigenen Gedanken. Endlich, nach einer anscheinend endlosen Wartezeit, kam Doktor Cory, und Louella ging nach unten, um ihn zu mir zu führen. Mamma schluckte und nickte mir zu, wie ich von Kopf bis Fuß eingemummt dalag, als er mein Zimmer betrat.

»Jetzt regen Sie sich bloß nicht so auf, oder Sie machen sich selbst noch ganz krank vor Sorge, Georgia«, sagte er streng zu ihr.

Er setzte sich auf das Bett und sah mich lächelnd an.

»Wie geht es dir, meine süße Lillian?« fragte er.

»Ich friere immer noch«, klagte ich.

»Ja, ich verstehe. Tja, das kriegen wir hin.« Er öffnete seine Tasche und holte sein Stethoskop heraus. Ich machte mich auf das eiskalte Metall auf meiner Haut gefaßt, als er mich aufforderte, mich aufzusetzen und mein Nachthemd hochzuziehen, und daher zuckte ich schon zusammen, ehe er mich berührt hatte. Er lachte und hauchte sein Stethoskop an, ehe er es auf meinen Rücken preßte. Dann forderte er mich auf, tief Luft zu holen. Er preßte es mir auf die Brust, und ich wiederholte den Vorgang, atmete ein, so tief ich konnte.

Meine Temperatur wurde gemessen; ich mußte den Mund aufmachen und »ah« sagen, und dann schaute er mir in die Ohren. Während er mich untersuchte, klagte ihm Mamma ihr Leid darüber, was mir auf dem Schulweg zugestoßen war.

»Wer weiß, was in dieser Pfütze war? Sie könnte von Bakterien verseucht gewesen sein«, klagte sie.

Schließlich griff Doktor Cory in seine Arzneitasche und holte einen Dauerlutscher heraus.

»Davon wird das Halsweh auch gleich viel besser«, sagte er.

»Was hat sie? Was fehlt ihr, Doktor?« fragte Mamma, als er sich langsam erhob und seelenruhig begann, seine Sachen wieder in seine Tasche zu packen.

»Sie hat leichte Rötungen, eine kleine Infektion. Nichts allzu Ernstes, Georgia, glauben Sie mir. Diese Fälle kommen mir sehr oft beim Jahreszeitenwechsel unter. Wir werden ihr etwas Aspirin und ein wenig Schwefel geben. Viel Bettruhe und heißer Tee, und in ein bis zwei Tagen wird sie wieder wie neu sein«, versprach Doktor Cory.

»Aber ich muß zur Schule gehen!« rief ich aus. »Ich hatte heute meinen ersten Schultag.«

»Ich fürchte, du wirst trotzdem gleich Ferien machen müssen, meine Liebe«, sagte Doktor Cory. Wenn ich geglaubt hatte, ich hätte mich vorher schon elend gefühlt, dann war das nichts im Vergleich dazu, wie mir jetzt zumute war. Den Unterricht in der allerersten Woche versäumen, gleich am zweiten Tag? Was würde Miss Walker von mir denken?

Ich konnte mich nicht beherrschen; ich fing an zu weinen. Nach all den schrecklichen Dingen, die Emily gesagt und Mamma nicht abgestritten hatte, jetzt auch noch das – es schien mir einfach mehr zu sein, als ich verkraften konnte.

»Aber, aber«, sagte Doktor Cory. »Wenn du das tust, machst du dich nur noch kränker, und dann wird es länger dauern, bis du wieder zur Schule gehen kannst.«

Seine Worte erstickten mein Schluchzen nachhaltig, obgleich ich nichts dagegen tun konnte, daß mein Körper weiterhin zitterte und bebte. Er gab Mamma die Tabletten, die ich einnehmen sollte, und dann ging er. Sie folgte ihm aus meinem Zimmer, denn sie suchte immer noch Bestätigung dafür, daß das, was mir fehlte, nichts Ernsthaftes war. Ich hörte sie im Flur miteinander tuscheln, und dann hörte ich, wie Doktor Corys Schritte verhallten. Ich schloß die Augen, und die Tränen brannten hinter meinen Lidern. Mamma kam mit der Medizin zurück. Nachdem ich sie eingenommen hatte, ließ ich mich in die Kissen sinken und schlief ein.

Ich schlief lange, denn als ich wach wurde, sah ich, daß es draußen bereits dunkel war. Mamma hatte in meinem Zimmer eine kleine Kerosinlampe brennen lassen und eines der Zimmermädchen, Tottie, beauftragt, sich zu mir zu setzen und mich im Auge zu behalten, doch sie war selbst auf ihrem Stuhl eingeschlafen. Ich fühlte mich ein bißchen besser und fröstelte jetzt nicht mehr so sehr, doch meine Kehle fühlte sich so trocken wie Heu an. Ich stöhnte, und Tottie riß die Augen auf.

»Ach, Sie sind wach geworden, Miss Lillian? Wie fühlen Sie sich?«

»Ich möchte bitte etwas zu trinken haben, Tottie«, sagte ich.

»Wird auf der Stelle erledigt. Ich werde es Mrs. Booth sagen«, sagte sie und verschwand eilig. Gleich darauf kam Mamma zur Tür hereingestürzt. Sie drehte die Lampe höher und legte eine Hand auf meine Stirn.

»Das fühlt sich schon besser an«, ließ sie verlauten und stieß einen lange unterdrückten Seufzer der Sorge aus.

»Ich habe großen Durst, Mamma.«

»Louella ist schon auf dem Weg und bringt dir gesüßten Tee und etwas Toast und Marmelade, mein Liebling«, sagte sie und setzte sich auf mein Bett.

»Mamma, ich finde es furchtbar, daß ich morgen nicht zur Schule gehen darf. Das ist ungerecht.«

»Ich weiß, mein Schatz, aber du kannst nicht hingehen, wenn du krank bist, oder? Sonst wirst du nur noch kränker.«

Ich schloß die Augen und öffnete sie wieder, als Mamma versuchte, mein Bett bequemer für mich zu machen und die Kissen aufzuschütteln. Als Louella mit dem Tablett für mich hereinkam, richteten sie es so her, daß ich mich aufsetzen konnte. Mamma blieb bei mir sitzen, während ich meinen Tee nippte und auf dem Toast herumknabberte.

»Mamma«, sagte ich, denn jetzt fiel mir wieder ein, was dazu geführt hatte, daß ich mich so furchtbar fühlte, »was hat Emily gemeint, als sie gesagt hat, ich sei nicht ihre Schwester? Was wolltest du mir vorhin erzählen?«

Mamma seufzte tief, wie sie es immer tat, wenn ich ihr zu viele Fragen stellte. Dann schüttelte sie den Kopf und fächerte sich mit dem Spitzentaschentuch, das sie im rechten Ärmel ihres Kleides aufbewahrte, Luft zu.

»Emily hat etwas Böses getan, etwas sehr Böses, als sie diese Dinge zu dir gesagt hat. Der Rittmeister ist wütend auf sie, auch er, und wir haben sie in ihr Zimmer geschickt. Vor morgen soll sie nicht wieder runterkommen«, sagte Mamma, aber ich fand, das sei nicht gerade eine schwere Strafe für Emily. Sie war lieber in ihrem Zimmer, als mit der Familie zusammenzusitzen.

»Warum war das böse von ihr, Mamma?« fragte ich und war immer noch sehr verwirrt.

»Es war böse von ihr, weil Emily es besser hätte wissen müssen. Sie ist älter als du, und sie war damals alt genug, um zu sehen, was passiert ist. Der Rittmeister hat sich damals mit ihr zusammengesetzt und ihr deutlich erklärt, wie wichtig es ist, daß du nichts davon erfährst, solange du nicht alt genug bist, um es zu verstehen. Emily war zu der Zeit zwar ein klein wenig jünger, als du es heute bist, aber wir wußten, daß sie versteht, wie wichtig es ist, Dinge geheimzuhalten.«

»Und was ist das Geheimnis?« fragte ich flüsternd, denn nichts, was Mamma mir je erzählt hatte, hatte mich derart fasziniert.

Henry sagte immer, daß Häuser und Familien im Süden ganze Abstellkammern voller Geheimnisse hatten. »Wenn man eine Kellertür aufmachen würde, die jahrelang verschlossen gehalten wurde, dann fielen einem die Leichen nur so entgegen.« Ich wußte nicht genau, wie er das meinte, aber für mich gab es nichts Ergötzlicheres als Spukgeschichten und Geistererzählungen, nichts Köstlicheres als das Geheimnisvolle.

In ihren schönen blauen liebevollen Augen stand großer Schmerz, als Mamma widerstrebend mit den Händen auf dem Schoß tief Atem holte und begann.

»Wie du weißt, hatte ich eine jüngere Schwester, Violet. Sie war sehr hübsch und sehr zart... so zart wie ein Veilchen. Sie brauchte nichts weiter zu tun, als sich ein paar Minuten in die Nachmittagssonne zu stellen, und schon wurde ihre kirschblütenweiße Haut scharlachrot. Sie hatte deine blaugrauen Augen und deine Stupsnase. Ihre Züge waren tatsächlich fast so zart geschnitten wie Eugenias. Mein Papa hat sie seinen kleinen Winzling genannt, aber meiner Mamma war es verhaßt, wenn er das zu ihr gesagt hat.

Jedenfalls hat, kurz nachdem sie sechzehn geworden war, ein sehr gutaussehender junger Mann, der Sohn eines unserer nächsten Nachbarn, angefangen, um sie zu werben. Er hieß Aaron, und alle haben gesagt, er würde den Boden unter ihren Füßen küssen, und sie hatte ihn sehr lieb. Die Leute glaubten, es sei eine Romanze, wie man sie sich nur erträumen konnte, eine Liebesgeschichte von der Art, wie man es in Büchern lesen kann, so betörend und faszinierend wie Romeo und Julia, aber unglückseligerweise auch ebenso tragisch.

Aaron hat meinen Papa immer wieder um Erlaubnis gebeten, Violet heiraten zu dürfen, aber mein Papa war sehr eifersüchtig, wenn es um seinen kleinen Liebling ging. Er versprach immer wieder, es sich ernstlich zu überlegen, aber er hat die Entscheidung so lange wie möglich vor sich hergeschoben.

Wenn ich mir heute überlege«, sagte Mamma traurig, und dann seufzte sie und tupfte sich die Augen mit ihrem Spitzentaschentuch ab, »was damals passiert ist, dann ist es, als hätte Papa die Zukunft gekannt und Violet so lange wie möglich vor Unglück und Katastrophen bewahren wollen. Aber«, fügte Mamma hinzu, »damals war es noch schwieriger für eine junge Frau, etwas anderes zu tun, als zu heiraten. Das sollte Violets Los sein, ebenso, wie es auch meines war... von einem Mann umworben zu werden, der gutgebaut war, einem Mann, der Reichtum besaß und geachtet wurde, und ihm versprochen zu werden.

Und daher ließ sich Papa schließlich doch erweichen, und Violet und Aaron wurden getraut. Es war eine wunderschöne Hochzeit. Violet sah wie eine Kindbraut aus, wirkte in ihrem Brautkleid nicht älter als zwölf Jahre. Allen Gästen fiel es auf.

Kurz darauf wurde sie schwanger.« Mamma lachte. »Ich erinnere mich noch, daß man ihr selbst nach fünf Monaten noch kaum etwas angesehen hat.« Mammas Lächeln verflog. »Aber als sie im sechsten Monat war, ist ihr etwas Katastrophales zugestoßen. Ihr junger Ehemann Aaron wurde während eines Gewitters von seinem Pferd abgeworfen und ist mit dem Kopf auf einen Felsen geschlagen. Er war auf der Stelle tot«, sagte Mamma, und ihre Stimme überschlug sich. Sie schluckte, ehe sie fortfuhr.

»Violet war untröstlich. Sie welkte schnell dahin, wie eine Blume ohne Sonnenschein, denn ihre Liebe war für sie die Sonne; sie war es, die ihrem Leben seinen Glanz gab und es mit Verheißungen erfüllte. Inzwischen war auch unser Papa gestorben, und daher fühlte sie sich sehr allein. Es war qualvoll, mitanzusehen, wie sie dahinsiechte; man konnte es ihr an Kleinigkeiten anmerken: Ihr schönes Haar wurde stumpf und farblos, ihre Augen waren immer trübe, ihr Teint wurde sichtlich blässer und kränklicher, und es wurde ihr vollkommen gleichgültig, was sie anzog.

Frauen, die schwanger werden«, sagte Mamma, »sehen gewöhnlich gesünder aus als bisher in ihrem Leben. Wenn die Schwangerschaft glatt verläuft, ist es, als ob das Baby in ihrem Innern ihren Körper bereichert, ihn aufblühen läßt. Verstehst du das, Lillian?«

Ich nickte, obwohl ich es nicht wirklich verstand. Die meisten schwangeren Frauen, die ich gesehen hatte, wirkten alle unförmig und unbeholfen, und sie stöhnten, wenn sie sich setzten, stöhnten, wenn sie aufstanden, und hielten sich immer den Bauch, als würde das Baby jeden Moment rausfallen. Mamma lächelte und strich mir über das Haar.

»Wie dem auch sei, die arme Violet, die von der Tragödie geschwächt war und von ihrer Traurigkeit niedergedrückt wurde, wurde nicht kräftiger und gesünder. Sie trug ihre Schwangerschaft jetzt als eine Last und verbrachte täglich viele Stunden damit, ihrer verlorenen Liebe nachzutrauern.

Das Baby, das den Kummer durch ihren Körper aufnahm, entschloß sich, eher zur Welt zu kommen, als es zur Welt hätte kommen sollen. Eines Nachts bekam Violet große Schmerzen, und der Arzt wurde eilig an ihr Bett gerufen. Die Mühsal, das Kind zu gebären, war anscheinend endlos. Es zog sich durch die ganze Nacht und bis in den Morgen hinein. Ich war da, an ihrer Seite, und ich habe ihr die Hand gehalten, ihr den Schweiß von der Stirn gewischt und sie getröstet, so gut es eben ging, aber die Anstrengung war zu groß für sie.

Am späten Morgen des nächsten Tages bist du dann geboren worden, Lillian. Du warst ein wunderschönes Baby, und deine Gesichtszüge waren schon recht ausgeprägt, vollkommen geschnittene Gesichtszüge. Alle machten nur noch ah und oh, und alle hofften, deine Geburt würde Violet wieder aufrichten und ihr etwas geben, wofür sie leben konnte, aber nein, es war schon zu spät.

Kurz nachdem du zur Welt gekommen bist, hat Violets Herz aufgehört zu schlagen. Es war, als sei sie nur am Leben geblieben, damit du geboren werden konntest und ihr und Aarons Kind das Licht der Welt erblicken konnte. Sie starb im Schlaf, mit einem sanften, seligen Lächeln im Gesicht. Ich war sicher, daß Aaron für sie da war und sie bereits mit ausgestreckter Hand auf der anderen Seite erwartete, die Arme schon ausgebreitet hatte, um ihre Seele zu umarmen und sie mit seiner zusammenzuführen.

Meine Mamma war zu alt und krank, um für ein Kind zu sorgen, und daher habe ich dich hierher mitgenommen. Der Rittmeister und ich haben beschlossen, dich großzuziehen, als seist du unser eigenes Kind. Emily war vier Jahre und ein paar Monate alt, und daher wußte sie, daß wir das Baby meiner Schwester mitgebracht hatten, das jetzt bei uns leben sollte, aber wir haben oft mit ihr über dich gesprochen und ihr eingeprägt, daß sie das Geheimnis für sich behalten muß. Wir wollten, daß du eine wunderschöne Kindheit verbringst und immer das Gefühl hast, zu uns zu gehören. Wir wollten dich so lange wie möglich gegen die Tragödie und den Kummer abschirmen.

O Lillian, meine Süße«, sagte Mamma und umarmte mich, »du mußt uns immer als deine Mutter und deinen Vater ansehen und nicht als deine Tante und als deinen Onkel, denn wir lieben dich ebensosehr wie unsere beiden eigenen Töchter. Wirst du uns so sehen? Für immer?«

Ich wußte nicht, wie ich sie sonst hätte sehen sollen, und daher nickte ich, aber in den geheimsten Tiefen meines Herzens spürte ich einen Schmerz, einen abgrundtiefen dunklen und kalten Schmerz, von dem ich wußte, daß er sich nicht legen würde. Er würde für immer und ewig dort verweilen und mich daran erinnern, daß ich einst ein Waisenkind war und daß die beiden Menschen, die mich so sehr geliebt und verwöhnt hätten, wie sie einander liebten und verwöhnten, mir genommen worden waren, ehe ich die Gelegenheit gehabt hatte, sie kennenzulernen. Meine Neugier war geweckt.

Ich hatte Bilder von Violet gesehen, und ich wußte, wo noch mehr Bilder von ihr waren, aber ich hatte sie nie mit dem Maß an Interesse betrachtet, mit dem ich sie jetzt betrachten würde, das wußte ich. Bis jetzt war sie lediglich ein Gesicht gewesen, eine beklagenswerte Episode, ein dunkler Teil der Vorgeschichte meiner Familie, über den man besser nicht redete und an den man sich besser nicht erinnerte. Ich ahnte, daß ich noch tausend Fragen zu ihr und diesem jungen Mann, der Aaron hieß, würde stellen wollen, und ich war klug genug, um zu begreifen, daß jede Frage, die ich stellte, für Mamma schmerzlich sein würde, und daher würde sie die Antworten nur widerstrebend aus dem Teich ihrer Erinnerungen fischen.

»Du solltest dir über all das keine Gedanken machen«, sagte Mamma. »Es wird sich nichts ändern. In Ordnung?«

Wenn ich an jene Zeiten zurückdenke, wird mir klar, wie unschuldig und naiv Mamma damals war. Es würde sich nichts ändern? Das unsichtbare Band der Liebe, das uns miteinander verbunden hatte, riß. Ja, sie und Papa würden dem Namen nach meine Mutter und mein Vater bleiben, und so würde ich sie auch weiterhin nennen, doch das Wissen, daß sie es nicht waren, erfüllte mich mit einem Gefühl tiefer Einsamkeit.

Von jenem Tag an sollte ich oft ins Bett gehen und unglücklich über mein Leben sein und dabei eine heimtückische unterschwellige Strömung spüren, die meine Füße mit sich fortriß, bis ich mich abstrampelte wie jemand, der zwangsläufig untergehen und ertrinken wird. Dann schaute ich in die Dunkelheit und hörte wieder und immer wieder, wie Mamma mir sagte, daß ich hierher gehörte, dahin, wo ich war. Aber stimmte das? Oder hatte ein grausames Schicksal mich schlichtweg hier stranden lassen? Wie traurig es für Eugenia sein würde, wenn sie es herausfand, dachte ich, und ich entschied mich noch im selben Augenblick, daß ich diejenige sein wollte, die es ihr sagte. Das würde ich tun, sobald ich sicher war, daß sie alt genug war, um es wirklich zu verstehen.

Ich sah, wie wesentlich es für Mamma war, daß ich so tat, als spielte all das in Wirklichkeit gar keine Rolle, und daher lächelte ich, nachdem sie mir das Familiengeheimnis erzählt hatte und von mir die Bestätigung wollte, nichts würde sich jetzt ändern.

»Ja, Mamma, nichts wird sich ändern.«

»Gut. Und jetzt mußt du dich ganz darauf konzentrieren, wieder gesund zu werden und nicht an unerfreuliche Dinge zu denken«, schrieb sie mir vor. »Es dauert noch ein Weilchen, bis ich dir deine Tabletten gebe, und dann kannst du wieder einschlafen. Ich bin sicher, daß du dich morgen früh wesentlich besser fühlen wirst.« Sie küßte meine Wange und stand auf.

»Ich konnte in dir nie etwas anderes als mein eigenes Kind sehen«, beteuerte sie mir. Sie strahlte und ließ mich mit ihrem tröstlichsten Lächeln allein, damit ich grübeln konnte, was all das, was sie mir erzählt hatte, zu bedeuten hatte.

Am nächsten Morgen fühlte ich mich tatsächlich wesentlich besser. Der Schüttelfrost war vorbei, und meine Kehle war nicht mehr so trocken und mein Hals nicht mehr so rauh. Ich konnte sehen, daß es ein wunderbarer Tag zu werden versprach, mit kleinen Wattewölkchen, die an den tiefblauen Himmel geklebt zu sein schienen, und ich bedauerte es, den ganzen Tag im Haus verbringen zu müssen. Ich fühlte mich so gesund, daß ich aufstehen und zur Schule gehen wollte, aber Mamma war sofort da, um sicherzugehen, daß ich meine Tabletten nahm und meinen Tee trank. Sie bestand darauf, daß ich gut zugedeckt im Bett blieb. Meine Proteste blieben unbeachtet.

Sie erzählte mir zahlreiche Geschichten über Kinder, die nicht auf ihre Eltern gehört hatten und krank und immer kränker geworden waren, bis man sie schließlich ins Krankenhaus hatte bringen müssen.

Nachdem sie gegangen war, wurde die Tür langsam geöffnet, und als ich mich umdrehte, sah ich Emily dastehen und mich ansehen, und in ihren Augen stand eine größere Wut als alles, was ich je in ihrem Blick gesehen hatte.

Dennoch lächelte sie plötzlich, ein kaltes Lächeln, das ihre Lippen zu dünnen Strichen auseinanderzog und einen Schauer über meinen Rücken jagte.

»Du weißt ja, warum du krank bist«, sagte sie. »Das ist deine Strafe.«

»Nein, ganz bestimmt nicht«, erwiderte ich, ohne sie auch nur danach zu fragen, wofür ich bestraft werden sollte. Sie lächelte weiterhin.

»Oh, doch, du wirst bestraft. Du mußtest heulend zu Mamma rennen und ausplaudern, was ich dir gesagt habe. Du hast der Familie schon wieder Ärger gemacht. Das Abendessen war ganz furchtbar. Mamma hat nur noch gewimmert, und Papa hat uns beide angefaucht. Und all das nur deinetwegen. Du bist genau wie Jonas.«

»Nein, das bin ich nicht«, protestierte ich. Obwohl ich nicht sicher war, wer Jonas war, wußte ich, daß er nicht für etwas Gutes stehen konnte, wenn Emily so von ihm sprach.

»Oh, doch, das bist du. Du hast dieser Familie von dem Tag an Unglück gebracht, an dem du hier aufgenommen worden bist. Eine Woche nachdem du zu uns gekommen bist, ist Totties Vater von dem Heuwagen überfahren worden, und seine Brust war zermalmt, und dann hatten wir den Brand im Stall und haben die Kühe und die Pferde verloren. Du bist ein Fluch«, beschimpfte sie mich. Ich schüttelte den Kopf, und meine Tränen waren heiß und flossen unablässig. Sie kam ein paar Schritte näher auf mich zu, und ihre Augen waren mit einem solchen Haß auf mich gerichtet, daß ich mich in meinem Bett zusammenkauerte und mir die Decke wieder bis ans Kinn zog.

»Und dann, als Eugenia geboren worden ist, mußtest du ins Zimmer gehen und sie ansehen. Du mußtest die erste sein, sie noch vor mir sehen, und was ist passiert? Eugenia ist seitdem krank, und sie ist es bis heute. Sie hast du auch verflucht«, zischte sie.

»Das habe ich nicht getan!« schrie ich sie an. Es ging zu weit, mir die Schuld an der Krankheit meiner Schwester zuschieben zu wollen. Nichts war qualvoller für mich, als mitanzusehen, wie Eugenia um Atem rang, wie schnell sie nach einem kurzen Spaziergang ermüdete, wie sie sich damit abmühte, zu spielen und die Dinge zu tun, die alle kleinen Mädchen in ihrem Alter taten. Nichts brach mir so sehr das Herz wie ihr Anblick, wenn sie aus den Fenstern ihres Zimmers schaute und sich danach sehnte, über die Felder zu laufen, zu lachen und Vögel oder Eichhörnchen zu jagen. Ich war, soweit es irgend ging, für sie da, unterhielt sie, brachte sie zum Lachen und tat für sie die Dinge, die sie selbst nicht tun konnte, wogegen Emily kaum je mit ihr sprach oder auch nur die leiseste Sorge zeigte.

»Eugenia wird nicht lange leben, aber du wirst lange leben«, höhnte Emily. »Und das ist alles deine Schuld.«

»Hör auf! Hör auf, solche Dinge zu sagen!« kreischte ich, aber sie ließ sich nicht beirren und wich auch keinen Zentimeter zurück.

»Du hättest mich nicht verpetzen sollen«, erwiderte sie ruhig und legte damit offen, was der einzige Grund für ihre Gehässigkeit war. »Du hättest Papa nicht gegen mich aufbringen sollen.«

»Das habe ich nicht getan«, sagte ich und schüttelte

den Kopf. »Ich habe Papa nicht gesehen, seit ich von der Schule nach Hause gekommen bin«, fügte ich noch hinzu und schluchzte heftiger. Emily starrte mich einen Moment lang voller Abscheu an, und dann lächelte sie.

»Ich bete«, sagte sie. »Ich bete jeden Tag, daß Gott uns gegen den Fluch des Jonas beschützen möge. Eines Tages wird Er meine Gebete erhören«, gelobte sie und blickte zur Decke auf. Ihre Augen waren geschlossen, die Arme hingen an ihren Seiten herunter, und ihre Hände waren zu kleinen Fäusten geballt. »Und dann wirst du über Bord geworfen und von einem Walfisch geschluckt werden, genauso wie Jonas in der Bibel.«

Sie blieb einen Moment lang still stehen und senkte dann den Kopf und lachte, ehe sie auf dem Absatz kehrtmachte und mein Zimmer verließ. Zitternd vor Angst blieb ich zurück, und diesmal lag das Zittern wirklich nicht am Fieber.

Den ganzen Morgen über dachte ich über die Dinge nach, die Emily gesagt hatte, und ich fragte mich, ob daran irgend etwas Wahres sein könnte. Die meisten unserer Dienstboten, vor allem Louella und Henry, glaubten an Glück und Pech. Es gab Amulette, und es gab Anzeichen des Bösen; es gab auch ganz spezielle Dinge, die man tun mußte, um Unglück von sich abzuwenden. Ich erinnerte mich wieder daran, wie Henry einmal einen Mann angeschrien hatte, der dastand und Spinnen tötete, während er in der Scheune arbeitete.

»Du bringst uns allen Pech«, hatte Henry ihm vorgeworfen. Er hatte mich zu Louella geschickt, damit ich eine Handvoll Salz holte. Als ich mit dem Salz zurückgekommen war, hatte er den Mann veranlaßt, sich dreimal umzudrehen und das Salz über seine rechte Schulter zu werfen. Er sagte hinterher jedoch selbst, er glaubte nicht, daß das genügte, weil schon zu viele Spinnen getötet worden waren.

Wenn Louella in der Küche ein Messer fallen ließ, brach sie jedesmal sofort in Tränen aus, weil das bedeutete, daß jemand sterben wird, der einem nahesteht. Dann bekreuzigte sie sich ein dutzendmal und murmelte alle Gebete vor sich hin, die sich innerhalb von einer Minute aufsagen ließen, und sie hoffte, das Unheil sei abgewendet.

Henry konnte das Herabstürzen eines Vogels deuten oder das Schreien einer Eule interpretieren, und dann wußte er, ob jemand ein totes Baby zur Welt bringen oder aus unerklärlichen Gründen ins Koma versinken würde. Um die bösen Geister abzuschrecken, nagelte er Hufeisen über alle Türen, bei denen Papa es zuließ, und wenn ein Schwein oder eine Kuh ein mißgestaltetes Ferkel oder Kalb warf, brachte er einen großen Teil des Tages in der Erwartung einer größeren Katastrophe zu.

Aberglaube, Unglück, das man auf sich zog, und Flüche, all das waren Bestandteile der Welt, in der wir lebten. Emily wußte, welche Ängste ich hatte, als sie mir derart haßerfüllt gesagt hatte, ich brächte der ganzen Familie Unglück. Da ich jetzt mit Sicherheit wußte, daß meine Geburt für meine leibliche Mutter den Tod bedeutet hatte, glaubte ich unwillkürlich, daß Emily recht hatte. Ich hoffte nur, daß Henry ein Mittel wußte, das gegen jeden Fluch half, den ich über die Familie bringen könnte.

Mamma fand mich weinend vor, als sie am späteren Vormittag wieder zu mir kam. Unverständlicherweise glaubte sie, es läge daran, daß ich nicht zur Schule hatte gehen können. Ich wollte ihr nichts von Emilys Besuch bei mir erzählen, denn dann würde es noch mehr Ärger geben, an dem Emily mir hinterher die Schuld zuschieben würde. Daher nahm ich statt dessen meine Medikamente und schlief und wartete darauf, daß diese Krankheit mich aus ihren Klauen entließ.

Als Emily an jenem Tag aus der Schule zurückkam, streckte sie den Kopf zur Tür herein.

»Wie geht es der kleinen Prinzessin?« fragte sie Mamma, die bei mir saß.

»Viel besser«, sagte Mamma. »Hast du von eurer Lehrerin irgendwelche Schulaufgaben für sie mitgebracht?«

»Nein. Miss Walker sagt, sie kann nicht einfach alles zu Hause erledigen. Es muß in der Schule getan werden«, behauptete Emily. »Alle anderen neuen Schüler haben heute viel gelernt«, fügte sie noch hinzu und schlenderte dann weiter.

»Jetzt reg dich bloß nicht auf«, sagte Mamma zu mir. »Du wirst es ganz schnell nachholen.« Ehe ich Einwände erheben konnte, wechselte Mamma zu einem anderen Thema über. »Eugenia ist sehr besorgt, weil du krank bist, und sie läßt dir ausrichten, sie wünscht dir, daß du ganz schnell wieder gesund wirst.«

Das trug keineswegs dazu bei, daß ich mich besser fühlte. Eugenia, die die meiste Zeit ihres Lebens krank war und im Bett lag, machte sich Sorgen um mich. Falls ich auch nur das Geringste mit dem zu tun hatte, was meiner kleinen Schwester zugestoßen war, hoffte ich nur, Gott würde mich dafür bestrafen. Als Mamma ging, begrub ich mein Gesicht im Kissen, um meine Tränen zu ersticken. Zum ersten Mal fragte ich mich, ob Papa mir auch die Schuld an Eugenias Krankheit gab. Ich war sicher, daß er derjenige war, der Emily gesagt hatte, sie solle in der Bibel über Jonas nachlesen.

Papa kam in der ganzen Zeit, in der ich krank war, nie vorbei, um nach mir zu sehen, doch das lag daran, daß er es für eine reine Frauensache hielt, sich um kranke Kinder zu kümmern. Und außerdem, sagte ich mir hoffnungsvoll, hatte er immer soviel damit zu tun, sich zu vergewissern, daß die Plantage einträglich war. Wenn er sich nicht in sein Büro zurückzog und über den Büchern hockte, dann war er draußen und beaufsichtigte die Arbeiten auf der Farm oder sah sich auf den Tabakabsatzmärkten um. Mamma klagte über seine häufigen Reisen nach Lynchburg oder Richmond, sie sagte, sie wüßte, daß er sie für kleine Abstecher nutzte und um Geld Karten spielte. Bei mehr als einer Gelegenheit hatte ich sie dabei belauscht, wie sie deshalb stritten.

Papa hatte ein hitziges Temperament, und wenn es zu einer solchen Auseinandersetzung kam, endete sie gewöhnlich damit, daß etwas gegen eine Wand geworfen wurde und zerbrach oder daß Türen zugeknallt wurden. Mamma tauchte dann gewöhnlich mit tränenüberströmtem Gesicht auf. Zum Glück kam es nicht oft zu diesen Auseinandersetzungen. Sie brachen über uns herein wie Sommergewitter, schlagartig und heftig, doch schon nach kurzer Zeit waren sie vorbei.

Drei Tage, nachdem ich krank geworden war, wurde entschieden, ich sei wieder bei guter Gesundheit und könnte zur Schule gehen. Mamma bestand jedoch darauf, daß wenigstens dieses eine Mal Henry den Wagen anspannte und uns hinfuhr. Emily war verärgert über diese Vorstellung, als Mamma ihren Entschluß am Vorabend beim Essen verkündete.

»Als ich letztes Jahr krank war, bin ich nicht in die Schule gefahren worden«, protestierte sie.

»Du hast dich länger zu Hause erholt«, erwiderte Mamma. »Du brauchtest keinen Wagen, der dich hinfährt, meine liebe Emily.«

»Oh, doch, das hätte ich gebraucht. Ich war entsetzlich müde, als ich angekommen bin, aber ich habe mich nicht beklagt. Ich habe nicht gewimmert und geheult wie ein kleines Baby«, beharrte sie und schaute mich über den Tisch hinweg finster an. Papa griff sich die Zeitung. Wir warteten auf den Nachtisch und auf den Kaffee. Er blickte über den Rand der Zeitung und sah Emily mit einem vorwurfsvollen Blick an, der auch zu den Dingen gehörte, die sie mir anschließend vorwerfen würde, dachte ich.

»Ich kann laufen, Mamma«, sagte ich.

»Natürlich kannst du das, mein Schätzchen, aber es wäre unsinnig, einen Rückfall zu riskieren, und das bloß, um den Pferden ein paar Meilen zu ersparen, meinst du nicht auch?«

»Also, ich fahre jedenfalls nicht mit dem Wagen«, sagte Emily trotzig. »Ich bin schließlich kein Baby.«

»Laß sie laufen«, mischte sich Papa ein. »Wenn sie es unbedingt so haben will.«

»O Emily, meine Liebe, du kannst manchmal ohne den geringsten Grund furchtbar halsstarrig sein«, rief Mamma aus. Emily erwiderte nichts darauf, und am nächsten Morgen machte sie ihr Wort wahr. Sie war schon etwas eher losgegangen und lief so schnell sie konnte. Als Henry mit dem Pferd und dem Wagen vor dem Haus vorfuhr, war Emily schon längst die Auffahrt hinuntergelaufen. Ich setzte mich neben Henry, und wir machten uns auf den Weg, während Mamma mir Ermahnungen nachrief.

»Knöpf diese Jacke bloß nicht auf, Lillian, Schätzchen, und bleib in den Pausen nicht zu lange im Freien.«

»Ja, Mamma«, rief ich zurück. Henry trieb Belle und Babe an. Minuten später entdeckten wir Emily, die mit gesenktem Kopf vor uns herlief und ihren langen, dünnen Körper vorgebeugt hatte, damit sie bei jedem Schritt fest und schnell auftreten konnte. Als wir neben ihr anhielten, rief Henry sie.

»Wollen Sie jetzt aufsteigen, Miss Emily?«

Sie erwiderte nichts darauf und schaute auch nicht in unsere Richtung. Henry nickte und fuhr an ihr vorbei.

»Hab mal 'ne Frau gekannt, die auch so stur war«, sagte er. »Die wollte niemand heiraten, bis da dieser

Mann kommt und sich auf die Wette einläßt, daß er ihr die Sturheit austreiben kann. Er heiratet sie, und als sie aus der Kirche kommen, fahren sie in ihrem Wagen weg, der von diesem störrischen Maultier gezogen wird, das natürlich ihr gehört. Das Maultier rührt sich einfach nicht vom Fleck. Er steigt aus, baut sich vor dem Tier auf und sagt: ›Das war das erste Mal.‹ Er steigt wieder in den Wagen, und sie fahren weiter, bis das Maultier wieder stehenbleibt. Er steigt wieder aus und sagt: ›Das war das zweite Mal.‹ Sie setzen sich wieder in Bewegung, und dann bleibt das Maultier ein drittes Mal stehen. Diesmal steigt er aus und schießt das Maultier tot. Die Frau schreit ihn an, jetzt müßten sie ihr gesamtes Gepäck selbst tragen. Als sie fertig ist, schaut er ihr in die Augen und sagt: ›Das war das erste Mal.‹«

Henry brüllte vor Lachen über seine eigene Geschichte. Dann beugte er sich zu mir herunter und sagte: »Ich wünschte wirklich, es käme jemand, der zu Miss Emily sagt: ›Das war das erste Mal.‹«

Ich lächelte, obwohl ich nicht ganz sicher war, daß ich die Geschichte verstanden hatte, und ich wußte auch nicht ganz genau, was er damit meinte. Henry schien für jeden Anlaß eine Geschichte parat zu haben.

Miss Walker freute sich sehr, mich zu sehen. Sie gab mir einen Platz ziemlich weit vorn im Klassenzimmer, und den ganzen Tag lang überließ sie immer wieder die anderen Kinder sich selbst und befaßte sich mit mir allcin, um mich auf den Stand zu bringen, auf dem alle anderen waren. Am Ende des Schultags sagte sie mir, ich hätte die anderen eingeholt. Es sei, als hätte ich nicht einen Augenblick gefehlt. Emily hörte, wie sie mich lobte, wandte aber schnell den Blick ab.

Draußen wartete Henry mit dem Wagen, um uns nach Hause zu fahren. Diesmal stieg Emily ein, gleichgültig, ob sie erkannt hatte, wie dumm ihre Sturheit war, oder ob sie einfach nur müde war. Ich setzte mich vorn hin, und als wir losfuhren, bemerkte ich auf dem Boden des Wagens eine Decke, doch in der Mitte war sie irgendwie ausgebeult, und plötzlich bewegte sich diese Erhebung.

»Was ist das, Henry?« rief ich aus und fürchtete mich ein wenig. Emily sah mir über die Schulter.

»Das ist ein Geschenk für euch«, sagte er und streckte die Hand aus, um die Decke wegzuziehen, und darunter kam das süßeste weiße Kätzchen zum Vorschein, das ich je gesehen hatte.

»O Henry. Ist es ein Kätzchen oder ein Kater?« fragte ich und nahm es auf den Schoß.

»Ein Mädchen«, sagte Henry. »Ihre Mamma kümmert sich nicht mehr um sie. Jetzt ist sie ein Waisenkind.«

Das Kätzchen schaute aus verängstigten Augen zu mir auf, bis ich es streichelte und an mich drückte.

»Wie soll ich es nennen?«

»Nenn es Cotton«, schlug er vor. »Wenn es schläft und den Kopf in den Pfoten verbirgt, sieht es wirklich wie Baumwolle aus.«

Henry hatte recht. Für den Rest der Heimfahrt schlief Cotton auf meinem Schoß.

»Du kannst das Kätzchen nicht ins Haus mitnehmen«, sagte Emily, als wir in die Auffahrt bogen. »Papa will keine Tiere im Haus haben.«

»Wir werden ein Plätzchen im Stall finden«, versprach Henry, aber als wir vor dem Haus vorfuhren, stand Mamma auf der Veranda, weil sie sehen wollte, wie es mir ging, und ich konnte es kaum erwarten, ihr mein Kätzchen zu zeigen.

»Mir geht es gut, Mamma. Ich bin nicht müde und gar nichts, aber sieh dir das an«, sagte ich und hielt Cotton hoch. »Henry hat mir ein Geschenk gemacht. Es ist ein Kätzchen, und wir haben es Cotton genannt.«

»Oh, was für ein winziges Kätzchen«, sagte Mamma. »Wie niedlich.«

»Mamma«, sagte ich mit gesenkter Stimme, »darf ich Cotton in meinem Zimmer halten? Bitte. Ich lasse sie auch nicht aus meinem Zimmer raus. Ich füttere sie dort und achte darauf, daß sie immer sauber ist und...«

»Oh, ich weiß nicht, Schätzchen. Der Rittmeister duldet noch nicht einmal die Jagdhunde auf der Veranda.«

Ich schlug betrübt die Augen nieder. Wie konnte jemand etwas so Entzückendes und Zartes nicht in seinem Haus haben wollen?

»Sie ist doch noch ein Baby, Mamma«, flehte ich. »Henry sagt, ihre Mutter kümmert sich nicht mehr um sie. Und jetzt ist sie ein Waisenkind«, fügte ich hinzu. Mammas Augen wurden klein und traurig.

»Tja...«, sagte sie, »in der vergangenen Woche hast du es wirklich schwer gehabt. Vielleicht, aber nur für ein Weilchen.«

»Das geht nicht«, wandte Emily ein. Sie hatte sich im Hintergrund gehalten und gewartet, weil sie sehen wollte, was Mamma tat. »Papa wird das gar nicht gefallen.«

»Macht euch keine Sorgen, Mädchen, ich werde mit eurem Vater darüber reden.«

»Ich will dieses Kätzchen nicht im Haus haben«, sagte Emily zornig. »Es gehört nicht mir; es ist ihres. Er hat es ihr allein geschenkt«, sprudelte sie heraus und rannte durch die Haustür.

»Paß bloß auf, daß dieses Kätzchen niemals den Kopf aus deiner Tür hinausstreckt«, warnte mich Mamma.

»Darf ich sie Eugenia zeigen, Mamma? Darf ich?«

»Ja, aber dann bringst du sie in dein Zimmer.«

»Ich bringe eine Kiste und etwas Sand«, sagte Henry.

»Danke, Henry«, sagte Mamma und wandte sich an mich und drohte mit dem Finger. »Aber du wirst dafür verantwortlich sein, daß der Sand immer sauber ist«, fügte sie noch hinzu.

»Ich werde dafür sorgen, Mamma. Das verspreche ich dir.«

Eugenia strahlte vor Aufregung, als ich Cotton zu ihr brachte. Ich setzte mich auf ihr Bett und erzählte ihr alles über die Schule, über die Lektion im Lesen, die Miss Walker mir gegeben hatte, und über die Laute, die ich bereits lesen und aussprechen konnte. Während ich unermüdlich über meinen Schultag plauderte, spielte Eugenia mit Cotton, neckte sie mit einem Bindfaden und kraulte ihren Bauch. Als ich sah, wieviel Freude meine kleine Schwester daran hatte, fragte ich mich, warum Mamma und Papa nie auf den Gedanken gekommen waren, ihr ein eigenes Haustier zu schenken.

Plötzlich fing Eugenia an, zu husten und zu keuchen, wie sie es oft direkt vor einem ihrer Anfälle tat. In meiner Angst rief ich Mamma, die mit Louella herbeigeeilt kam. Ich nahm Cotton auf den Arm, während Mamma und Louella nach Eugenia sahen. Das Ergebnis war, daß Doktor Cory zu ihr gerufen werden mußte.

Als der Arzt gegangen war, kam Mamma in mein Zimmer. Ich saß mit Cotton in einer Ecke und war immer noch entsetzt über das, was vorgefallen war. Es schien Emilys Beschuldigungen zu bekräftigen: Ich brachte allen nur Pech.

»Tut mir leid, Mamma«, sagte ich eilig. Sie lächelte mich an.

»Es war nicht deine Schuld, Lillian, Schätzchen, aber Doktor Cory glaubt, Eugenia könnte allergisch gegen Katzen sein, und das verstärkt ihre Probleme nur noch mehr. Ich fürchte, du kannst das Kätzchen doch nicht im Haus halten. Henry wird ein nettes kleines Plätzchen im Stall finden, und du kannst es dort besuchen, so oft du willst.«

Ich nickte.

»Er wartet draußen. Du kannst sie jetzt zu ihm runterbringen und mit ihm ein neues Zuhause für sie suchen, in Ordnung?«

»In Ordnung, Mamma«, sagte ich und ging. Henry und ich stellten Cottons Kiste in einer Ecke dicht bei der ersten der Boxen auf. In den folgenden Tagen brachte ich Cotton an Eugenias Fenster, damit sie sie sehen konnte. Dann preßte sie ihr kleines Gesicht an die Scheibe und lächelte mein Kätzchen an. Es war ein furchtbares Gefühl für mich, daß sie Cotton nicht anfassen durfte. Was mir auch an Ungerechtigkeiten zustieß – nichts davon schien so furchtbar zu sein wie die Dinge, die meiner kleinen Schwester zustießen.

Selbst dann, wenn es etwas wie Glück und Pech gab, dachte ich mir, warum sollte Gott dann mich benutzen, um ein so süßes kleines Mädchen wie Eugenia zu strafen? Emily konnte nicht recht haben, dachte ich. Damit begann ich meine Abendgebete.

»Lieber Gott, bitte, sorg dafür, daß meine Schwester Emily sich irrt. Bitte.«

In den Wochen, die folgten, freute ich mich so sehr auf die Schule, daß es mir verhaßt war, wenn das Wochenende nahte. Ich richtete jedoch eine kleine eigene Schule mit nur einem Klassenzimmer für mich und Eugenia ein, ganz so, wie ich es ihr versprochen hatte. Wir hatten unsere eigene kleine Tafel und Kreide, und ich hatte meine eigene Fibel. Ich brachte viele, viele Stunden damit zu, Eugenia die Dinge beizubringen, die ich gelernt hatte, und obwohl sie noch zu jung war, um zur Schule zu gehen, legte sie eine bemerkenswerte Geduld an den Tag und lernte allmählich auch einiges.

Trotz ihrer kräftezehrenden Krankheit war Eugenia ein sehr fröhliches kleines Kind, das sich über die einfachsten Dinge freuen konnte: den Gesang einer Lerche, das Aufblühen von Knospen an den Magnolienbäumen oder auch nur über die Farben des Himmels, die von Azur bis hin zum Pastellblau eines Rotkehlchens reichten. Oft saß sie auf ihrem Platz am Fenster und schaute wie ein Gast von einem anderen Planeten, der eine Rundreise auf der Erde unternimmt und dem man täglich etwas Neues zeigt, auf die Welt hinaus. Eugenia hatte eine wunderbare Art, aus dem Fenster zu schauen und jedesmal etwas Neues entdecken zu können. »Sieh dir den Elefanten an, Lillian«, sagte sie zum Beispiel und deutete auf den knorrigen Ast einer Zeder, der tatsächlich Ähnlichkeit mit dem Rüssel eines Elefanten aufwies.

»Vielleicht kannst du Künstlerin werden, wenn du groß bist«, sagte ich zu ihr und schlug sogar Mamma vor, sie sollte Eugenia richtige Pinsel und Farben kaufen. Sie lachte darüber, kaufte ihr aber zumindest Buntstifte und Malbücher, aber jedesmal, wenn ich mit Mamma über Eugenias Zukunft sprach, wurde Mamma still und zog sich dann schnell zurück, um auf ihrem Spinett zu spielen oder ihre Bücher zu lesen.

Selbstverständlich kritisierte Emily alles, was ich mit Eugenia tat, und ganz besonders verhöhnte sie mich, weil wir in ihrem Zimmer Schule spielten.

»Sie versteht nichts von dem, was du ihr beibringst, und sie wird nie wirklich zur Schule gehen. Es ist die reinste Zeitvergeudung«, sagte sie.

»Nein, ganz bestimmt nicht, und sie wird zur Schule gehen.«

»Ihr fällt es schon schwer, einmal um das Haus zu laufen«, sagte Emily voller Zuversicht. »Kannst du dir vorstellen, daß sie auch nur am Ende der Auffahrt ankäme?«

»Henry wird sie im Wagen hinfahren«, sagte ich hartnäckig.

»Papa kann nicht zulassen, daß der Wagen und die

Pferde täglich zweimal für so etwas benutzt werden, und das jeden Tag; und außerdem hat Henry hier genug zu tun«, hob Emily selbstzufrieden hervor.

Ich versuchte, ihren Worten keine Beachtung zu schenken, obwohl ich tief in meinem Innern wußte, daß sie wahrscheinlich recht hatte.

Ich selbst machte in der Schule so schnell Fortschritte, daß Miss Walker mich den anderen Kindern als Musterbeispiel hinstellte. Fast jeden Tag rannte ich vor Emily die Auffahrt hinauf, um Mamma meine Arbeiten mit den kleinen Sternchen darauf zu zeigen. Beim Abendessen holte Mamma sie heraus, um sie Papa zu zeigen, und er sah dann auf die Blätter hinunter, kaute auf seinem Essen herum und nickte. Ich beschloß, all meine Arbeiten mit ausgezeichneten und sehr guten Noten in Eugenias Zimmer an die Wand zu hängen. Sie war genauso stolz darauf wie ich, und sie freute sich auch ebensosehr darüber.

Mitte November, in meinem ersten Schuljahr, trug mir Miss Walker immer mehr Verantwortung auf. Wie Emily half jetzt auch ich anderen Schülern, die Dinge zu lernen, die ich schnell begriffen hatte. Emily ging sehr streng mit den Schülern um, denen sie im Unterricht weiterhelfen sollte, und sie beschwerten sich über sie, wenn sie nicht aufpaßten. Viele mußten sich in die Ecke stellen, weil Emily Miss Walker irgend etwas über sie berichtet hatte. Bei den anderen Schülern war sie sehr unbeliebt, aber Miss Walker schien froh darüber zu sein. Sie konnte der Klasse den Rücken zukehren oder den Raum verlassen und sich dabei in Sicherheit wiegen, weil sie wußte, daß auf Emily Verlaß war und daß sich niemand in ihrer Gegenwart schlecht benehmen würde. Außerdem störte es Emily nicht, daß sie unbeliebt war. Sie genoß die Macht und die Autorität, und sie sagte mir immer wieder, in der ganzen Schule gäbe es ohnehin niemanden, mit dem sie gern befreundet wäre.

Eines Tages, nachdem sie Niles Thompson als den Schuldigen angegeben hatte, der ein nasses Papierkügelchen nach Charlie Gordon geworfen hatte, sagte Miss Walker zu Niles, er solle sich in die Ecke stellen. Er erhob Einwände und beteuerte seine Unschuld, aber Emily rückte nicht von ihrer Anschuldigung ab.

»Ich habe selbst genau gesehen, wie er es getan hat, Miss Walker«, sagte sie und richtete ihre stählernen Augen unerbittlich auf Niles.

»Das ist eine Lüge. Sie lügt«, protestierte Niles. Er sah mich an, und ich stand auf.

»Miss Walker, Niles hat nicht mit dem Papierkügelchen geworfen«, sagte ich und widersprach damit Emily. Emilys Gesicht lief dunkelrot an, und ihre Nasenlöcher weiteten sich wie bei einem Stier, der schnauben will.

»Bist du absolut sicher, daß es Niles war, Emily?« fragte Miss Walker.

»Ja, Miss Walker. Lillian sagt das nur, weil sie Niles mag«, erwiderte sie kalt. »Sie halten auf dem Schulweg praktisch Händchen.«

Jetzt war ich an der Reihe, rot zu werden. Sämtliche Jungen in der Schule grinsten, und einige der Mädchen kicherten.

»Das ist nicht wahr«, rief ich aus. »Ich…«

»Wenn Niles das Papierkügelchen nicht geworfen hat, Lillian, wer war es dann?« fragte Emily, die die Arme in die Hüften gestemmt hatte. Ich schaute Jimmie Turner an, der das Kügelchen geworfen hatte. Er schaute eilig weg. Ich konnte ihn nicht verpetzen, und daher schüttelte ich lediglich den Kopf.

»Also gut«, sagte Miss Walker. Sie schaute die Klasse finster an, bis alle die Augen auf ihre Pulte niederschlugen. »Das genügt.« Sie sah Niles an. »Hast du das Kügelchen geworfen, Niles?«

»Nein, Ma'am«, sagte er.

»Du hast bisher noch keine Schwierigkeiten gemacht, Niles, und daher werde ich dir diesmal glauben, daß du die Wahrheit sagst, aber wenn ich am Ende des Schultags auch nur ein angefeuchtetes Papierkügelchen auf dem Fußboden finde, werden sämtliche Jungen im Raum nach der Schule eine halbe Stunde nachsitzen. Ist das klar?«

Niemand sagte etwas. Als der Schultag endete, verließen wir stumm im Gänsemarsch das Schulhaus, und Niles kam auf mich zu.

»Danke, daß du dich für mich eingesetzt hast«, murmelte er. »Ich verstehe nicht, wie sie deine Schwester sein kann«, fügte er wütend hinzu und sah Emily finster an.

»Ich bin nicht ihre Schwester«, erwiderte Emily fröhlich. »Sie ist ein Waisenkind, das wir vor Jahren bei uns aufgenommen haben.« Sie sagte es so laut, daß alle Kinder es hören konnten. Alle sahen mich an.

»Nein, das stimmt nicht«, rief ich laut.

»Natürlich stimmt das. Ihre Mutter ist bei der Geburt gestorben, und wir mußten sie bei uns aufnehmen«, sagte sie. Dann kniff sie die Augen zusammen und trat vor, um noch hinzuzufügen: »Du bist ein Gast in meinem Haus. Du wirst auch nie etwas anderes als ein Gast dort sein. Alles, was meine Eltern dir geben, ist nichts weiter als ein Almosen. Wie man es einem Bettler gibt«, sagte sie und wandte sich triumphierend zu der Gruppe um, die sich um uns geschart hatte.

Da ich Angst hatte, ich würde in Tränen ausbrechen, rannte ich weg. Ich rannte, so weit ich konnte. Als ich stehenblieb, weinte ich wirklich. Ich weinte auf dem ganzen Heimweg. Mamma war wütend auf Emily und erwartete sie schon in der Tür, als sie nach Hause kam.

»Du bist die Älteste, Emily. Von dir sollte man erwarten können, daß du die Vernünftigste bist«, sagte Mamma zu ihr. »Ich bin sehr enttäuscht von dir, und der Rittmeister wird sich gar nicht freuen, wenn er etwas davon erfährt.«

Emily funkelte mich haßerfüllt an und rannte die Treppe hinauf zu ihrem Zimmer. Als Papa nach Hause kam, erzählte ihm Mamma, was Emily getan hatte, und er brüllte sie an und schalt sie heftig aus. Beim Abendessen war sie sehr still und weigerte sich, in meine Richtung zu sehen.

Am nächsten Tag in der Schule sah ich, daß viele der anderen Kinder über mich tuschelten. Emily sagte jetzt in meinem Beisein kein Wort mehr zu irgend jemandem, aber ich war sicher, daß sie ständig den anderen etwas zuflüsterte. Ich bemühte mich, mich davon nicht vom Lernen abhalten zu lassen und mir den Spaß an der Schule nicht verderben zu lassen, aber es war, als tauchte jeden Morgen eine schwarze Wolke über meinem Kopf auf und legte den ganzen Schulweg mit mir zurück.

Aber Emily begnügte sich nicht damit, mich vor meinen Schulkameraden so hinzustellen, daß ich mich unwohl fühlte und mir wie ein Ungeheuer vorkam. Ich hatte sie in Wut versetzt, als ich ihr widersprochen hatte, was Niles Thompson und das Papierkügelchen anging, und sie war wild entschlossen, mich so lange wie möglich mit Kleinigkeiten zu bestrafen. Ich versuchte, mich von ihr fernzuhalten und hinter ihr zurückzubleiben oder vor ihr herzulaufen, wenn wir den Schulweg zurücklegten, und ich tat mein Bestes, um sie den ganzen Tag über zu meiden.

Ich beklagte mich bei Eugenia über sie, und meine kleine Schwester lauschte mitfühlend, aber wir schienen beide zu wissen, daß Emily Emily war und bleiben würde und daß keine Möglichkeit bestand, sie zu ändern oder sie dazu zu bringen, daß sie aufhörte, Scheußlichkeiten zu tun und zu sagen. Wir nahmen sie einfach hin, so, wie wir schlechtes Wetter hingenommen hätten. Wir warteten darauf, daß es vorüberging.

Nur ein einziges Mal gelang es Emily, Eugenia und mich gleichzeitig zum Weinen zu bringen. Und ich gelobte mir, ihr das niemals zu vergessen.

3

Gelernte Lektionen

Wenn Cotton auch seit jenem furchtbaren Tag, an dem Eugenia mit einer gräßlichen Allergie auf sie reagiert hatte, nicht mehr ins Haus kommen konnte, dann schien unsere Katze doch die Liebe und die Zuneigung gespürt zu haben, die Eugenia ihr entgegenbrachte. Fast jeden Nachmittag, wenn die Sonne auf ihrem Weg nach Westen unser großes Haus umrundet hatte, kam Cotton anspaziert und suchte sich ein weiches Fleckchen Gras unter Eugenias Fenster, um sich dort zu rekeln und die Wärme in sich aufzusaugen. Dann lag sie da, schnurrte zufrieden und schaute zu Eugenia auf, die am Fenster saß und durch die Scheibe mit ihr redete. Eugenia fand es genauso spannend, mir von Cotton zu erzählen, wie ich es kaum erwarten konnte, ihr von der Schule zu berichten.

Manchmal war Cotton noch da, wenn ich nach Hause kam: ein weiches schneeweißes Wollknäuel, das sich auf einer smaragdfarbenen Unterlage präsentierte. Ich fürchtete immer, sie könnte grau und schmutzig werden und wie die anderen Katzen aussehen, die im Freien lebten und durch Lücken im Steinfundament schlichen oder in den dunklen Winkeln unseres Geräteschuppens und des Räucherhauses Zuflucht fanden. Auf ihrem milchweißen Fell hätte man jeden Fleck und jeden Schmutz gesehen, aber Cotton gehörte zu den Katzen, die kein Staubkorn auf sich dulden. Sie verbrachte Stunden damit, sich zu putzen und zu pflegen, und ihre rosarote Zunge glitt über ihre Pfoten und ihren Bauch, wenn sie mit geschlossenen Augen methodisch ihr Fell ableckte.

Cotton war schnell zu einer muskulösen und geschmeidigen Katze mit Augen herangewachsen, die wie Diamanten funkelten. Henry zog sie allen anderen Tieren auf der Plantage vor und fütterte sie häufig mit einem rohen Ei, und er sagte, das sei der Grund dafür, daß ihr Fell immer so dicht war und seidig schimmerte.

»Sie ist jetzt schon der gefürchtetste Jäger von dem ganzen Haufen«, erzählte er mir. »Also wirklich, ich habe gesehen, wie sie den Schatten einer Maus jagte, bis sie die Maus gefunden hat.«

Wenn Eugenia und ich nach der Schule an ihrem Fenster saßen und stundenlang miteinander redeten oder ich ihr etwas vorlas, dann unterbrachen wir, wenn Cotton kam oder ging. Aber was sie für uns zu etwas ganz Besonderem machte, war nicht ihr Geschick bei der Jagd. Es war die Art, wie sie auf dem Gelände der Plantage promenierte und sich mit einer Arroganz bewegte, die zu sagen schien: »Ich weiß, daß ich hier die schönste aller Katzen bin, und daran solltet ihr alle denken, das rate ich euch.« Eugenia und ich lachten darüber, und Cotton, die uns ganz gewiß hörte, blieb dann stehen und warf einen Blick in unsere Richtung, ehe sie weiterflanierte, um sich in einem ihrer Schlupfwinkel umzusehen.

Anstelle eines Halsbands banden wir Cotton eine von Eugenias rosaroten Haarschleifen um den Hals. Anfangs versuchte sie, sie abzureißen, aber mit der Zeit gewöhnte sie sich daran und hielt ihr Halsband so sauber wie ihr Fell. Es ging soweit, daß in unsere Gespräche mit Mamma und Papa, Louella und den anderen Hausangestellten, aber auch mit Emily, immer Geschichten über Cotton einflossen.

An einem grauen stürmischen Tag rannte ich nach der Schule die Auffahrt entlang, denn ich fürchtete, ich würde den Regenschauer noch abbekommen, der den aufgequollenen Wolken über mir im Nacken saß. Ich lief sogar noch schneller als Emily, die mit halbgeschlossenen Augen und einem Mund nach Hause lief, der so fest zugenäht wirkte, daß ihre dünnen Lippen in den Mundwinkeln weiß wurden. Ich wußte, daß etwas, was ich an jenem Tag getan hatte oder was an jenem Tag in der Schule vorgefallen war, sie geärgert und in Wut versetzt hatte. Ich dachte mir, es könnte vielleicht daran liegen, daß Miss Walker viel Aufhebens darum gemacht hatte, wie gut ich meine Schreibübungen bestanden hatte. Was es auch sein mochte, was sie verärgert hatte – es bewirkte, daß ihre hagere Gestalt am Bersten war, und ihre Schultern waren so weit hochgezogen, daß sie wie eine große Krähe aussah. Ich wollte sie und ihre scharfe Zunge vermeiden, denn sie hätte doch nur böse Worte vorgebracht, die dazu gedacht waren, mir ins Herz zu schneiden.

Der Kies stob unter meinen Füßen auf, als ich die restlichen hundert Meter zur Haustür rannte. Ich keuchte immer noch, als ich ins Haus stürmte und darauf versessen war, Eugenia meine ersten geschriebenen Sätze zu zeigen, die in leuchtend roter Tinte mit der Note »ausgezeichnet« versehen worden waren. Ich hielt die Seite in der Hand, umklammerte sie mit meiner kleinen Faust und schwenkte sie wie die Konföderiertenflagge, wie sie auf manchen unserer Gemälde abgebildet war, wenn sie im Kampf gegen die Yankees im Wind wehte. Meine Füße tappten laut über den Boden des Korridors, als ich im Laufschritt zu Eugenias Zimmer stürzte und aufgeregt hineinplatzte.

Aber ein einziger Blick auf sie genügte, und meine Freude legte sich schnell, und die Luft strömte so eilig aus meiner Lunge, wie die Luft aus einem Ballon mit einem Loch gewichen wäre. Eugenia hatte offensichtlich geweint; ihr Gesicht war noch von frischen Tränen verschmiert, die über ihre Wangen rannen und von ihrem Kinn tropften.

»Was ist passiert, Eugenia? Warum weinst du?« fragte ich und verzog das Gesicht, weil ich eine traurige Antwort erwartete. »Tut dir etwas weh?«

»Nein.« Sie wischte sich mit ihren Fäusten, die nicht größer als die Hände meiner Puppen waren, die Tränen aus dem Gesicht. »Es ist wegen Cotton«, sagte sie. »Sie ist verschwunden.«

»Verschwunden? Nein«, sagte ich und schüttelte den Kopf.

»Doch, sie ist verschwunden. Sie ist den ganzen Tag lang nicht an mein Fenster gekommen, und ich habe Henry gebeten, sie zu suchen«, erklärte Eugenia mit bebender Stimme.

»Na und?«

»Er kann sie nicht finden. Er hat schon überall nachgesehen«, sagte sie und hob die Handflächen nach oben. »Cotton ist weggelaufen.«

»Cotton würde nicht weglaufen«, sagte ich zuversichtlich.

»Henry sagt, sie muß weggelaufen sein.«

»Er irrt sich«, sagte ich. »Ich werde sie selbst suchen und sie an dein Fenster bringen.«

»Versprichst du mir das?«

»Hand aufs Herz«, sagte ich und machte auf dem Absatz kehrt, um ebensoschnell wieder aus dem Haus zu stürmen, wie ich hergerannt war.

Mamma, die in ihrem Lesezimmer war, rief: »Bist du das, Lillian?«

»Ich bin gleich wieder da, Mamma«, rief ich zurück und legte mein Schulheft und meine Schreibprüfung mit der Benotung »ausgezeichnet« auf einen kleinen Tisch in der Eingangshalle, ehe ich aus dem Haus lief, um Henry zu suchen. Ich sah Emily langsam auf das Haus zukommen. Sie hielt den Kopf steif, und ihre Augen waren weiter geöffnet.

»Henry kann Cotton nicht finden«, rief ich ihr zu. Sie verzog hämisch das Gesicht und ging unbeirrt auf das Haus zu. Ich rannte zum Stall und fand Henry dabei vor, daß er eine unserer Kühe molk. Wir hatten gerade genug Milchkühe, Hühner und Schweine für unseren eigenen Bedarf, und es war in erster Linie Henrys Aufgabe, nach ihnen zu sehen. Er hob den Kopf, als ich angerannt kam.

»Wo ist Cotton?« fragte ich und schnappte keuchend nach Luft.

»Weiß ich nicht. Sehr seltsam, die ganze Geschichte. Weibliche Katzen gehen im allgemeinen nicht streunen, wie Kater es tun. Sie ist schon seit einer ganzen Weile nicht mehr im Stall gewesen, und ich habe sie den ganzen Tag über nirgends auf der Plantage gesehen.« Er kratzte sich den Kopf.

»Wir müssen sie finden, Henry.«

»Ich weiß, Miss Lillian. Ich habe in jeder freien Minute, die ich hatte, nach ihr gesucht, aber kein Haar war von ihr zu sehen.«

»Ich werde sie finden«, sagte ich entschlossen und rannte wieder ins Freie. Ich sah mich im Schweinestall und im Hühnerstall um. Ich ging um die Ställe herum und folgte dem Pfad zum östlichen Feld, auf dem unsere Kühe grasten. Ich sah im Räucherhaus und im Geräteschuppen nach. Ich entdeckte all unsere Katzen, aber Cotton fand ich nicht. In meiner Verzweiflung lief ich auf die Tabakfelder und fragte einige unserer Arbeiter, ob sie sie gesehen hätten, aber niemand hatte sie gesehen.

Anschließend eilte ich wieder ins Haus, denn ich hoffte, Cotton sei von ihrem Ausflug, wohin auch immer er sie geführt hatte, inzwischen zurückgekehrt, doch Henry schüttelte einfach nur den Kopf, als er mich sah.

»Wo könnte sie bloß stecken, Henry?« fragte ich und stand selbst kurz vor den Tränen.

»Tja, Miss Lillian, das letzte, was mir noch einfällt, ist, daß diese Katzen manchmal zum Teich laufen, um mit den Pfoten die kleinen Fische zu fangen, die nah am Ufer schwimmen. Vielleicht...« sagte er und nickte.

»Laß uns nachsehen, Henry, ehe es anfängt zu regnen«, rief ich. Ich spürte bereits, daß die ersten dicken Tropfen auf meine Stirn fielen. Ich machte mich auf den Weg. Henry schaute zum Himmel auf.

»Wir werden mitten in das Unwetter geraten, Miss Lillian«, warnte er mich, aber ich blieb nicht stehen. Ich rannte den Weg zum Teich hinunter und achtete nicht auf das Gestrüpp, das meine Schienbeine zerkratzte. Das einzige, was jetzt zählte, war, Eugenia Cotton zu bringen. Als ich am Teich angekommen war, war ich enttäuscht. Es war nirgends etwas von ihr zu sehen, wie sie amUfer entlangstrich, weil sie sich erhoffte, kleine Fische zu fangen. Henry tauchte neben mir auf. Der Regen fing jetzt an, stärker und dichter zu fallen.

»Wir sollten jetzt lieber umkehren, Miss Lillian«, sagte er. Ich nickte, und meine Tränen vermischten sich mit den Tropfen, die auf meinen Wangen hafteten. Aber plötzlich packte Henry mich an der Schulter, hielt mich so roh fest, daß ich überrascht war.

»Gehen Sie nicht weiter, Miss Lillian«, befahl er mir und trat an den Wasserrand dicht neben dem kleinen Anlegesteg. Dort blieb er stehen, schaute nach unten und schüttelte den Kopf.

»Was ist los, Henry?« rief ich.

»Gehen Sie jetzt nach Hause, Miss Lillian. Gehen Sie schon«, sagte er in einem gebieterischen Tonfall, der mich ängstigte. Es sah Henry gar nicht ähnlich, so mit mir zu reden. Ich rührte mich nicht von der Stelle.

»Was ist los, Henry?« wiederholte ich forsch.

»Es ist kein hübscher Anblick, Miss Lillian«, sagte er. »Es ist wahrhaft kein hübscher Anblick.«

Langsam und ohne den Regen zu beachten, der heftiger geworden war, näherte ich mich dem Ufer des Teichs und schaute ins Wasser.

Dort lag sie, ein weißes Knäuel Baumwolle, der Mund weit offen, aber die Augen geschlossen. Um den Hals hatte sie nicht etwa Eugenias rosarote Haarschleife, sondern ihr war ein Stück Schnur umgebunden worden, und am Ende der Schnur war ein so schwerer Stein festgebunden, daß unser geliebtes Haustier unter Wasser bleiben und ertrinken mußte.

Mir brach fast das Herz; ich konnte mir nicht helfen. Ich fing an, laut zu schreien und zu kreischen und mit den Fäusten auf meine Oberschenkel zu trommeln.

»Nein, nein, nein!« schrie ich. Henry kam auf mich zu, und seine Augen waren von Kummer und Schmerz erfüllt, aber ich wartete nicht auf ihn. Ich machte kehrt und rannte zurück zum Haus, während die Regentropfen auf meine Stirn und meine Wangen klatschten und der Wind mein Haar peitschte. Ich keuchte so sehr, daß ich glaubte, ich würde sterben, als ich durch die Haustür rannte. Ich blieb in der Eingangshalle stehen, und meine Tränen flossen stärker und dichter. Mamma hörte mich und kam aus ihrem Lesezimmer gerannt; sie hatte die Brille noch auf der Nase. Ich schrie so laut, daß die Zimmermädchen und Louella ebenfalls angerannt kamen.

»Was ist los?« rief Mamma aus. »Was ist passiert?«

»Es ist wegen Cotton«, klagte ich. »O Mamma, jemand hat sie im Teich ertränkt.«

»Sie ertränkt?« Mamma holte hörbar Luft und preßte sich die Hände auf die Kehle. Sie schüttelte ungläubig den Kopf.

»Doch. Jemand hat ihr mit einer Schnur einen Stein an

den Hals gebunden und sie ins Wasser geworfen«, schrie ich.

»Gott sei uns gnädig«, sagte Louella und bekreuzigte sich eilig. Eines der Zimmermädchen tat dasselbe.

»Wer sollte so etwas tun?« fragte Mamma, und dann lächelte sie und schüttelte den Kopf. »So etwas Furchtbares täte doch niemand, mein Liebling. Die arme Katze muß ins Wasser gefallen sein.«

»Ich habe sie gesehen, Mamma. Ich habe sie unter der Wasseroberfläche gesehen. Frag ruhig Henry. Er hat sie auch gesehen. Sie hat eine Schnur um den Hals gebunden«, beharrte ich.

»Ach, du meine Güte. Ich habe ja solches Herzklopfen. Sieh dich nur an, Lillian. Du bist vollkommen durchnäßt. Geh gleich nach oben, damit du aus den nassen Sachen kommst, und nimm ein heißes Bad. Lauf schon, Schätzchen, ehe du so krank wirst, wie du es am ersten Schultag warst.«

»Aber, Mamma, Cotton ist ertränkt worden«, sagte ich.

»Daran kannst du nichts ändern, Lillian, und ich auch nicht. Geh jetzt bitte nach oben.«

»Ich muß es Eugenia sagen«, sagte ich. »Sie wartet schon auf mich.«

»Dann wirst du es ihr eben später erzählen, Lillian. Geh erst hoch, zieh die nassen Sachen aus, und nimm ein heißes Bad«, beharrte Mamma.

Ich senkte den Kopf und stieg langsam die Treppe hinauf. Als ich auf dem Absatz ankam, hörte ich, wie eine Tür sich quietschend öffnete, und ich sah, wie Emily aus ihrem Zimmer schaute.

»Cotton ist tot«, sagte ich zu ihr. »Sie ist ertränkt worden.«

Langsam, ganz langsam, verzog sich Emilys Gesicht zu einem kalten Lächeln. Mein Herz fing an zu klopfen.

»Hast du das getan?« fragte ich sie.

»Du warst es«, klagte sie mich an.

»Ich? Ich würde doch niemals...«

»Ich habe es dir doch gesagt: Du bist ein Jonas. Alles, was du anrührst, wird sterben oder leiden. Laß deine Hände von unseren schönen Blumen, rühr unsere Tiere nicht an, und halte dich von den Tabakfeldern fern, damit Papa nicht wie schon so einige andere Plantagenbesitzer Pleite macht. Schließ dich am besten in deinem Zimmer ein«, riet sie mir.

»Halt den Mund«, fauchte ich sie an, denn ich war zu sehr von Schmerz und Leid erfüllt, um mich noch vor ihren wütenden Blicken zu fürchten. »Du hast Cotton getötet. Du bist ein ganz fürchterlicher Mensch.«

Sie lächelte wieder und zog sich langsam in ihr Zimmer zurück, und dann schloß sie schnell die Tür.

Mir war so übel, daß ich mich ganz elend fühlte. Jedesmal, wenn ich die Augen schloß, sah ich die arme Cotton unter der Wasseroberfläche des Teichs treiben, der Mund offen, die Augen vom Tod fest verschlossen. Als ich in mein Bad kam, übergab ich mich. Mein Magen schmerzte so sehr, daß ich mich krümmte, bis der Schmerz verging. Ich sah, wie sehr ich mir die Beine zerkratzt hatte, als ich durch das Gestrüpp zwischen dem Haus und dem Teich gelaufen war, und erst jetzt fühlte ich den Schmerz. Langsam zog ich meine nassen Sachen aus und ließ mir das Badewasser ein.

Hinterher, als ich trocken und wieder angekleidet war, ging ich nach unten, um Eugenia die entsetzlichen Neuigkeiten mitzuteilen, und meine Beine waren bleischwer, als ich auf ihre Tür zuging; aber in dem Moment, in dem ich die Tür öffnete, wurde mir klar, daß sie es schon wußte.

»Ich habe Henry gesehen«, stöhnte sie durch ihre Tränen, »wie er Cotton auf dem Arm gehalten hat.«

Ich ging zu ihr, und wir umarmten einander, weil wir verzweifelt Trost suchten und hofften, ihn einander spenden zu können. Ich wollte ihr nicht erzählen, daß ich glaubte, Emily hätte es getan, aber sie schien zu wissen, daß es keine andere Menschenseele gab, die auf der Plantage lebte oder arbeitete und so grausam war, etwas derart Schreckliches anzurichten.

Wir lagen zusammen auf ihrem Bett und hielten einander in den Armen, und wir schauten beide zum Fenster hinaus in den starken Regen und blickten zu dem dunkelgrauen Himmel auf. Eugenia war nicht meine leibliche Schwester, aber sie war in einem vielleicht wahreren Sinn des Wortes meine Schwester, denn wir hatten beide ein tragisches Los und waren zu jung, um eine Welt zu verstehen, in der schöne und unschuldige Geschöpfe gequält und vernichtet wurden.

Die zerbrechliche Eugenia schlief in meinen Armen ein, während sie um etwas Kostbares und Schönes in unser beider Leben trauerte, und zum ersten Mal hatte ich wirklich Angst; nicht etwa Angst vor Emily, nicht etwa Angst vor Henrys Geistern, nicht etwa Angst vor Unwettern oder Unfällen, sondern Angst vor dem tiefen Kummer und Schmerz, von dem ich wußte, daß ich ihn zwangsläufig empfinden würde, wenn mir Eugenia auch genommen würde. Ich klammerte mich so lange wie irgend möglich an sie, und dann schlich ich mich hinaus, um zum Abendessen zu gehen.

Mamma wollte beim Abendessen nicht über Cotton reden, aber sie mußte Papa erklären, warum ich so verstört wirkte und so lustlos in meinem Essen herumstocherte. Er hörte zu und schluckte dann schnell den Bissen, den er gerade im Mund hatte, ehe er mit der offenen Handfläche auf den Tisch schlug, und zwar so fest, daß das Geschirr hochsprang. Sogar Emily wirkte verängstigt.

»Das kommt gar nicht in Frage«, sagte er. »Ich dulde unter gar keinen Umständen, daß der Kummer über irgendein blödes Tier an meinen Eßtisch getragen wird und alle aus der Fassung bringt. Die Katze ist tot, und daran läßt sich nichts ändern. Es gibt auch nichts mehr dazu zu sagen. Der Herr gibt, und der Herr nimmt.«

»Ich bin sicher, daß Henry ein neues Kätzchen für dich und Eugenia finden wird«, fügte Mamma lächelnd hinzu.

»Aber kein zweites wie Cotton«, erwiderte ich und hielt mühsam die Tränen zurück. »Sie war etwas ganz Besonderes, und jetzt ist sie tot«, jammerte ich. Emilys Lippen verzogen sich zu einem hämischen Grinsen.

»Georgia«, sagte Papa in einem vorwurfsvollen Tonfall.

»Laß uns über erfreuliche Dinge reden, Schätzchen«, sagte Mamma eilig. Sie sah mich mit einem strahlenden Lächeln an. »Wie ist es heute in der Schule gelaufen?« fragte sie.

Ich holte tief Atem und wischte mir die Wangen trokken.

»Ich habe ein ›ausgezeichnet‹ in Schreiben bekommen«, erwiderte ich stolz.

»Aber, das ist ja wunderbar«, sagte Mamma und schlug die Hände zusammen. »Ist das nicht großartig?« Sie sah Emily an, die so tat, als interessierte sie sich mehr für ihr Essen. »Warum läufst du nicht los und holst deine Arbeit, um sie dem Rittmeister zu zeigen, Schätzchen?« fragte sie.

Ich sah Papa an. Er schien kein Wort gehört zu haben oder sich nicht im entferntesten dafür zu interessieren. Seine Kiefer bewegten sich unermüdlich, seine Zähne bissen auf dem Fleisch in seinem Mund herum, und seine Augen waren ausdruckslos. Als ich mich nicht von der Stelle rührte, blickte er jedoch auf und sah mich an. Ich stand schnell auf und rannte in die Eingangshalle, in der ich meine Sachen auf dem Tisch hatte liegen lassen, doch als ich nach meiner Arbeit suchte, war das Blatt nicht da. Ich war sicher, daß ich es zuoberst hingelegt hatte. Ich schaute alle Zettel durch und schüttelte meine Fibel für den Fall, daß eines der Zimmermädchen das Blatt zwischen die Seiten gesteckt hatte, doch ich fand nichts.

Mir traten aus einem anderen Grund wieder Tränen in die Augen, als ich ins Eßzimmer zurückkehrte. Mamma lächelte voller Vorfreude, doch ich schüttelte nur den Kopf.

»Ich kann meine Arbeit mit der guten Note nicht finden«, sagte ich.

»Das kommt daher, daß du sie gar nicht bekommen hast«,warf Emily schnell ein. Sie gluckste vor Vergnügen. »Das hast du alles nur erfunden.«

»Nein, ganz bestimmt nicht. Du weißt selbst, daß ich ein ›ausgezeichnet‹ bekommen habe. Du hast gehört, wie Miss Walker es vor der ganzen Klasse gesagt hat«, rief ich ihr ins Gedächtnis zurück.

»Das war doch nicht heute. Heute habe ich nichts dergleichen gehört. Du bringst das mit einem anderen Tag durcheinander«, sagte sie und bedachte Papa mit einem Lächeln, als wollte sie damit sagen: »Kinder!«

Er unterbrach sich beim Essen, schluckte und lehnte sich zurück.

»Du solltest mehr Zeit auf deine Schularbeiten verwenden, junge Dame, und dich weniger darum sorgen, was irgendwelchen streunenden Tieren zustößt«, riet er mir.

Ich konnte nichts dagegen tun; ich fing an, schrecklich zu weinen, und ich heulte und schluchzte, wie ich es nie zuvor getan hatte.

»Georgia«, sagte Papa barsch. »Unternimm augenblicklich etwas gegen dieses Benehmen.«

»Hör zu, Lillian«, sagte Mamma, die aufstand und um den Tisch herum zu mir kam. »Du weißt doch, daß der Rittmeister solche Dinge am Essenstisch nicht leiden kann. Komm schon, Schätzchen, hör auf zu weinen.«

»In der Schule weint sie auch immer wegen irgendwelcher Kleinigkeiten«, log Emily. »Täglich schäme ich mich aus dem einen oder anderen Grund für sie.«

»Das ist nicht wahr!«

»Oh, doch. Miss Walker hat schon oft mit mir über dich geredet.«

»Du lügst!« schrie ich.

Papa schlug wieder mit der flachen Hand auf den Tisch, diesmal so fest, daß der Deckel der Butterdose klappernd über den Tisch hüpfte. Niemand sagte etwas; niemand rührte sich; ich hielt den Atem an. Dann streckte Papa den Arm aus und deutete mit seinem dicken rechten Zeigefinger auf mich.

»Bring dieses Kind nach oben, bis es sich so weit wieder beruhigt hat, daß es mit uns am Tisch sitzen und sich anständig benehmen kann«, befahl Papa. Seine dunklen Augen wurden vor Wut größer, und sein dichter Schnurrbart sträubte sich. »Den ganzen Tag lang arbeite ich hart und freue mich darauf, beim Abendessen meine Ruhe zu haben.«

»Schon gut, Jed. Reg dich nicht noch mehr auf. Komm mit, Lillian, mein Schatz«, sagte Mamma und nahm mich an der Hand. Sie führte mich aus dem Eßzimmer. Als ich mich noch einmal umsah, sah ich, daß Emily äußerst zufrieden wirkte. Um ihre Lippen spielte ein selbstzufriedenes Lächeln. Mamma führte mich nach oben und in mein Zimmer. Meine Schultern hoben und senkten sich, während ich lautlos schluchzte.

»Leg dich einfach ein Weilchen hin, Lillian, Liebes«, sagte Mamma und führte mich zu meinem Bett. »Du bist heute abend zu durcheinander, um mit uns zu essen. Ich werde Louella raufschicken, damit sie dir etwas zu essen und ein Glas warme Milch bringt, einverstanden, Schätzchen?«

»Mamma«, jammerte ich. »Emily hat Cotton ertränkt. Ich weiß, daß sie es war.«

»Oh, nein, mein Liebes. Etwas so Schreckliches täte Emily doch nicht. Solche Dinge darfst du nicht sagen, und schon gar nicht vor dem Rittmeister. Versprich mir, daß du es nicht tun wirst«, bat sie mich.

»Aber Mamma...«

»Versprich es mir, Lillian. Bitte«, flehte sie mich an.

Ich nickte. Ich begriff jetzt schon, daß Mamma alles getan hätte, um Unannehmlichkeiten zu vermeiden; wenn es unbedingt sein mußte, hätte sie selbst dann die Wahrheit ignoriert, wenn man sie ihr auf die Nase gebunden hätte; sie steckte den Kopf in ihre Bücher oder plauderte über Belanglosigkeiten; sie lachte über die Realität und wischte sie weg, bis sie nicht mehr zu sehen war, als hielte sie einen Zauberstab in der Hand.

»Gut, Liebling. Und jetzt wirst du eine Kleinigkeit essen und dann früh schlafen gehen, einverstanden? Morgen sieht dann alles viel besser und freundlicher aus. So kommt es immer«, erklärte sie. »Möchtest du vielleicht, daß ich dir noch helfe, dich fürs Bett fertigzumachen?«

»Nein, Mamma.«

»Louella wird gleich mit einer Kleinigkeit zu dir raufkommen«, wiederholte sie und ließ mich dann allein. Ich saß auf meinem Bett, holte tief Atem und stand dann auf, trat ans Fenster und schaute zum Teich. Die arme Cotton, dachte ich. Sie hatte nichts Böses getan. Ihr Pech war nur, daß sie hier geboren worden war, auf The Meadows. Vielleicht war das auch mein Pech – daß ich hierhergebracht worden war. Vielleicht war es meine Strafe dafür, daß ich den Tod meiner leiblichen Mutter verursacht hatte, dachte ich. Bei dieser Überlegung fühlte ich mich innerlich so hohl, daß jeder Schlag meines kleinen Herzens hinunter bis in meinen Magen und hinauf bis in meinen Kopf hallte und ich überall das Hämmern spürte. Wie sehr ich mir doch wünschte, ich hätte jemanden, mit dem ich reden könnte, jemanden, der mir zugehört hätte.

Ich kam auf eine Idee und verließ leise mein Zimmer, schlich mich sozusagen auf Zehenspitzen durch den Flur zu einem der Zimmer, von dem ich wußte, daß Mamma dort einen Teil ihrer persönlichen Habe in Truhen und Kisten verstaut hatte. Ich hatte mich schon früher in dem Zimmer aufgehalten, mich einfach dort umgesehen. In einer kleinen Metalltruhe mit Eisenbeschlägen bewahrte Mamma ein paar Habseligkeiten ihrer eigenen Mutter auf – ihren Schmuck, ihre Tücher und ihre Kämme. Unter einem kleinen Stapel alter Spitzenpetticoats waren ein paar alte Fotografien begraben. Dort bewahrte Mamma ihre einzigen Bilder von ihrer Schwester Violet, meiner leiblichen Mutter, auf. Mamma wollte jede Spur von Traurigkeit begraben, alles, was sie hätte unglücklich machen können. Als ich älter wurde, sollte ich mit der Zeit erkennen, daß kein anderer Mensch mehr als Mamma nach dem Glaubensbekenntnis lebte: »Aus den Augen, aus dem Sinn.«

Ich zündete die Kerosinlampe neben der Tür an und stellte sie neben mich auf den Boden vor die alte Truhe. Dann öffnete ich sie langsam und griff unter die Petticoats, um den kleinen Packen Bilder herauszuziehen. Ein gerahmtes Bild von Violet war dabei. Ich hatte es schon früher einmal kurz angeschaut. Jetzt hielt ich es auf dem Schoß und betrachtete das Gesicht der Frau sehr gründlich, die meine Mutter gewesen war. Ich entdeckte Sanftmut in ihren Augen, Sanftmut in ihrem Gesicht. Wie Mamma gesagt hatte, hatte Violet das Gesicht einer schönen Puppe, winzig und doch vollkommen geschnitten. Als ich dasaß und die Fotografie anstarrte, die sich bereits leicht bräunlich verfärbt hatte, erschien es, als sähe auch

Violet mich an, als sei ihr Lächeln mir zugedacht und die Wärme in ihren Augen dazu da, mich zu trösten. Ich berührte ihren Mund, ihre Wangen, ihr Haar und sprach das Wort aus, das auf meine Lippen strömte.

»Mamma«, sagte ich und drückte das Bild an mich. »Es tut mir leid. Ich wollte nicht schuld daran sein, daß du stirbst.«

Natürlich schwand das Lächeln nie von ihren Lippen; es war schließlich nur ein Bild, aber in meinem tiefsten Innern hoffte ich, daß sie sagte: »Es war nicht deine Schuld, mein Schätzchen, und ich bin immer noch für dich da.«

Ich legte das gerahmte Bild auf meinen Schoß und schaute einige der anderen alten Fotografien an, bis ich eines von meiner Mutter und einem jungen Mann fand. Er sah groß und breitschultrig aus und hatte ein gewinnendes Lächeln und einen dunklen Schnurrbart. Meine Mutter wirkte tatsächlich sehr jung neben ihm, aber sie machten ganz den Eindruck, als seien sie glücklich miteinander.

Das waren meine richtigen Eltern, dachte ich. Wenn sie noch am Leben gewesen wären, hätte ich mich jetzt nicht so elend gefühlt. Ich war vollkommen sicher, daß meine richtige Mutter Mitleid mit mir und Eugenia gehabt hätte. Sie hätte sich liebevoll um mich gekümmert und mich getröstet. In dem Augenblick begann ich, etwas zu ahnen, was ich immer deutlicher ahnen würde, in immer größerem Ausmaß und in immer entscheidenderen Formen, als ich älter wurde. Ich ahnte, wieviel ich verloren hatte, als es einem unbarmherzigen Schicksal gestattet worden war, sich herabzustürzen und mir meine richtigen Eltern zu nehmen, ehe ich auch nur ihre Stimmen gehört hatte.

In meiner Vorstellung hörte ich jetzt ihre Stimmen, fern und leise, aber liebevoll. Die Tränen rannen mir über die Wangen und tropften auf meinen Schoß. Mein kleines Herz pochte vor Traurigkeit. Nie hatte ich mich so allein gefühlt wie in diesem Augenblick.

Ehe ich weitere Fotos anschauen konnte, hörte ich, wie Louella nach mir rief. Ich packte alles schnell wieder an seinen Platz, machte die Lampe aus und eilte in mein Zimmer, aber ich wußte jetzt, daß ich immer dann, wenn mir entsetzlich zumute war oder wenn ich mich sehr unglücklich fühlte, wieder in dieses Zimmer gehen, diese Bilder in meinen Händen halten und mit meinen echten Eltern reden würde, die mir zuhören und bei mir sein würden.

»Wo bist du denn gewesen, Schätzchen?« fragte Louella, die neben dem Tisch stand, auf dem sie das Tablett für mich abgestellt hatte.

»Nirgends«, sagte ich schnell. Das würde mein Geheimnis sein, ein Geheimnis, das ich niemandem anvertrauen konnte, noch nicht einmal Louella, selbst Eugenia nicht, weil ich noch nicht wollte, daß sie erfuhr, daß wir in Wirklichkeit gar keine Schwestern waren.

»So, und jetzt wirst du einfach etwas essen, Schätzchen«, sagte Louella. »Und dann wirst du dich gleich viel besser fühlen.« Sie lächelte. »Nichts wärmt das Herz und die Seele so schnell wie ein voller Magen, vor allem, wenn das Essen schmeckt«, sagte sie.

In dem Punkt hatte Louella recht, und außerdem hatte ich wieder Hunger und war froh darüber, daß sie mir ein Stück von ihrer Apfeltorte zum Nachtisch gebracht hatte. Wenigstens konnte ich jetzt etwas essen, ohne Emily ins Gesicht sehen zu müssen, dachte ich, ich war schon für Kleinigkeiten dankbar.

Am nächsten Tag erzählte mir Henry, er hätte ein christliches Begräbnis für Cotton arrangiert.

»Der gütige Gott gibt allen Lebewesen ein klein wenig von sich selbst mit«, erklärte er mir. Er führte mich zu

Cottons Grab, auf dem er sogar ein kleines Holzkreuz aufgestellt und »Cotton« hineingeritzt hatte. Als ich das Eugenia erzählte, bat sie darum, an die Stelle gebracht zu werden. Mamma sagte, es sei zu kalt und daher könnte sie nicht aus dem Haus gehen, aber Eugenia weinte so sehr, daß Mamma nachgab und sagte, sie dürfe hingehen, wenn sie sich wirklich warm anzog. Als Mamma sie fertig eingepackt hatte, steckte Eugenia in drei Lagen Kleidern, darunter zwei Blusen, ein Pullover und ein Wintermantel. Mamma band ihr ein Halstuch so um den Kopf, daß nur noch ihr kleines Gesicht herausschaute. Die Kleidungsstücke waren so schwer, daß sie kaum laufen konnte. Sowie wir das Haus verlassen hatten und von der Veranda heruntergingen, hob Henry sie hoch und trug sie für den Rest des Weges auf seinen Armen.

Er hatte Cotton hinter dem Stall begraben.

»Ich wollte, daß sie nah an der Umgebung ist, in der sie gelebt hat«, erklärte er. Eugenia und ich standen händchenhaltend da und schauten das Holzkreuz an. Wir waren beide sehr traurig, aber keine von uns weinte. Mamma sagte, Tränen würden dazu führen, daß Eugenia sich unterkühlte.

»Wohin gehen Katzen, wenn sie sterben?« wollte Eugenia wissen. Henry kratzte sich das kurze lockige Haar und dachte einen Moment lang nach.

»Es gibt noch einen zweiten Himmel«, sagte er, »nur für Tiere, aber nicht für alle Tiere, sondern nur für ganz besondere Tiere, und jetzt, in diesem Augenblick, stolziert Cotton dort herum, gibt mit ihrem schönen Fell an und erregt den Neid der anderen besonderen Tiere.«

»Hast du meine Haarschleife auch dort vergraben?« fragte Eugenia.

»Selbstverständlich, Miss Eugenia.«

»Gut«, sagte Eugenia und blickte zu mir auf. »Dann ist meine Haarschleife jetzt auch im Himmel.«

Henry lachte und trug sie wieder zum Haus. Es dauerte so lange, sie auszuziehen, daß ich mich fragen mußte, ob der kurze Ausflug die Mühe wert gewesen war oder nicht. Aber als ich Eugenias Gesichtsausdruck sah, beschloß ich, es sei es wert gewesen.

Wir legten uns nie mehr ein richtiges Haustier zu. Ich glaube, wir fürchteten uns beide vor dem Leid, das kommen mußte, wenn wir es verlieren würden, wie wir Cotton verloren hatten. Diese Zeit von Leid war etwas, was man nicht öfter als einmal erleben wollte, wenn es sich irgend machen ließ. Außerdem hingen wir beide dem unausgesprochenen, aber tiefempfundenen Glauben an, daß Emily bei allem, was wir wirklich liebten, eine Möglichkeit finden würde, es zu zerstören und dann hinterher diese Zerstörung mit einem Zitat oder einer Geschichte aus der Bibel rechtfertigen würde.

Papa war sehr stolz darauf, daß Emily sich für die Religion interessierte und sich mit der Bibel befaßte. Sie half schon jetzt dem Geistlichen in der Sonntagsschule, in der sie ein noch größerer Tyrann war als in Miss Walkers Unterricht. In der Sonntagsschule waren die Kinder noch mehr geneigt, nicht aufzupassen, denn dort waren sie an schönen Tagen eingeschlossen, wenn sie doch viel lieber im Freien gespielt hätten. Der Geistliche erteilte Emily die Erlaubnis, denjenigen, die sich schlecht benahmen, auf die Hände zu schlagen. Sie schwang ihr schweres Lineal wie ein Racheschwert und ließ es krachend auf die Knöchel jedes kleinen Jungen oder Mädchens sausen, wenn sie im falschen Augenblick auch nur lächelten oder lachten.

Eines Sonntags befahl sie mir, die Hände umzudrehen, und dann schlug sie mir die Handflächen rot, weil ich Tagträumen nachgehangen hatte, als der Geistliche aus dem Raum gegangen war. Ich weinte nicht und jammerte auch nicht; ich richtete lediglich meinen Blick fest auf sie und schluckte den Schmerz, obwohl ich die Hände hinterher noch stundenlang nicht bewegen konnte. Ich wußte, daß es mir nichts genutzt hätte, wenn ich mich bei Mamma darüber beklagt hätte, und Papa hätte nur gesagt, wenn Emily zu dieser Maßnahme hätte greifen müssen, dann hätte ich es bestimmt verdient gehabt.

In jenem Jahr, meinem ersten Schuljahr, erschien es mir, als sei der Winter schneller als je zuvor zum Frühling geworden und der Frühling in die ersten Sommertage übergegangen. Miss Walker äußerte, ich sei auf dem Stand einer Zweitkläßlerin und könnte ebenso gut lesen und schreiben und sei in Mathematik sogar noch besser. Worte hatten wirklich eine Faszination auf mich. Sobald ich auf ein neues stieß, wollte ich es kennenlernen und seine Bedeutung ergründen. Obwohl Papas Bücher alle noch weit über mein Fassungsvermögen hinausgingen, hielt ich dennoch an meinen Versuchen fest, sie zu lesen und zu verstehen. Ab und zu verstand ich natürlich ganze Sätze und Bildunterschriften nicht. Bei jeder Neuentdekkung spürte ich, wie ich mich weiterentwickelte und meine Zuversicht wuchs.

Mamma wußte natürlich, daß ich mich in der Schule gut entwickelte, und sie schlug vor, ich sollte Papa damit überraschen, daß ich es lernte, einen Psalm zu lesen. Wir übten jeden Abend, bis ich sämtliche Worte aussprechen konnte. Schließlich kündigte Mamma eines Abends gegen Ende des ersten Schuljahres beim Abendessen an, ich würde die Mahlzeit damit eröffnen, daß ich den dreiundzwanzigsten Psalm lesen würde.

Emily blickte überrascht auf. Sie wußte nicht, wie lange und wie hart Mamma und ich daran gearbeitet hatten. Papa lehnte sich zurück, faltete die Hände auf dem Tisch und wartete. Ich schlug die Bibel auf und begann:

»›Der Herr ist mein… Hir… te, mir wird nicht… man… geln.‹«

Jedesmal, wenn ich über ein Wort stolperte, lächelte Emily.

»Papa«, fiel sie mir ins Wort, »bis sie damit fertig ist, sind wir längst verhungert.«

»Ruhe«, sagte er mürrisch. Als ich endlich am Ende angelangt war, schaute ich auf, und Papa nickte.

»Das war sehr gut, Lillian«, sagte er. »Ich möchte, daß du jeden Tag übst, bis du es zweimal so schnell lesen kannst. Dann kannst du ihn uns vor dem Abendessen wieder vorlesen.«

»Das wird eine ganze Weile dauern«, murrte Emily, aber Mamma lächelte, als hätte ich etwas noch viel Wunderbareres geleistet, als in einem Jahr das Lesen so gut wie ein Zweitkläßler zu lernen. Sie war immer darauf versessen, mit mir anzugeben, und sie packte jede Gelegenheit, die sich dazu bot, beim Schopf, vor allem bei ihren berühmten Barbecues. Das erste des kommenden Sommers fand schon in wenigen Tagen statt.

Aufwendige Barbecues gehörten bereits zu den Traditionen von The Meadows, soweit irgend jemand zurückdenken konnte. Es war die herkömmliche Art, in diesen Landesteilen den Sommer zu beginnen, und es hieß allgemein, gleichgültig, welchen Tag sich die Booths für ihre Party aussuchten, das Wetter war an jenem Tag immer besonders schön. Dieser Mythos bestätigte sich wieder einmal, als der Tag des Barbecues anbrach – ein wunderbarer Samstag im Juni. Es war, als wollte die Natur uns verwöhnen.

Der Himmel war azurblau, und er war mit seinen winzigen Wölkchen, die da und dort als Tupfer saßen, als hätte Gott persönlich sie gemalt, nie vollkommener gewesen. Spottdrosseln und Eichelhäher schwirrten verspielt und aufgeregt durch die Zweige der Magnolienbäume und mahnten bereits den Aufmarsch der Gäste, die bald eintreffen würden. Jede verfügbare Arbeitskraft war damit beschäftigt, die letzten Putzarbeiten vorzunehmen, die Möbel umzustellen und das große Festmahl vorzubereiten. Die festliche Atmosphäre nahm jeden einzelnen von uns gefangen.

Sogar das große Haus, das auf Grund seiner riesigen Räume und hohen Decken manchmal dunkel und trübsinnig war, wurde von dem strahlenden Sonnenschein, der hereindrang, verwandelt.

Mamma bestand darauf, daß sämtliche Vorhänge aufgezogen und an den Seiten festgebunden wurden, sämtliche Fenster wurden geöffnet, und natürlich war das Haus selbst am Vortag bis in den hintersten Winkel geputzt worden, denn schließlich würde es von jedem Augenpaar eines jeden Mitglieds einer jeden angesehenen und bedeutenden Familie inspiziert werden, der Mamma und Papa ihre wunderbar gravierten Einladungen zugeschickt hatten.

Die eierschalfarbenen Wände schimmerten matt; das Mahagoni und das Walnußholz der Möbel glänzten. Die geschrubbten und gebohnerten Böden funkelten wie Glas, und die Teppiche waren eingeschäumt worden, bis sie ganz frisch und neu aussahen. Eine warme Brise trieb ungehindert durch das Haus und trug den Duft nach Gardenien, Jasmin und Rosen mit sich.

Ich liebte unsere festlichen Barbecues, denn es gab nicht einen Winkel im Haus oder draußen, wo nicht geredet und gelacht wurde. Der Plantage bot sich eine Gelegenheit zu protzen, zu zeigen, was sich aus ihr machen ließ. Sie war wie ein schlafender Riese, der aus dem Winterschlaf erwachte. Papa sah nie so gut aus und wirkte nie so stolz auf sein Erbe.

Sämtliche Kochvorbereitungen hatten schon am Vorabend begonnen, als die Grillfeuer angezündet worden waren. Jetzt hatte sich überall Glutasche gebildet, das

Fleisch wurde an Spießen gedreht, und der Saft tropfte und zischte, wenn er auf die heißen Kohlen traf. Im Freien stieg allen der Duft nach brennenden Walnußbaumzweigen und gebratenem Schweinefleisch in die Nase. Papas Jagdhunde und alle Katzen, die in den Ställen wohnten, lungerten herum und warteten auf den Augenblick, in dem ihnen die Reste und Abfälle vorgeworfen wurden.

Hinter dem Stall, nicht weit von Cottons Grab, war ein zusätzliches Feuer entfacht worden, über dem Fleisch gegrillt wurde; und dort würden sich die Hausangestellten und die Feldarbeiter mit den Lakaien und den Fahrern der Gäste versammeln, um ihr eigenes Festmahl zu sich zu nehmen: Maiskuchen, Jamswurzeln, Innereien und Gekröse. Im allgemeinen machten sie ihre eigene Musik, und manchmal schien es ganz so, als hätten sie mehr Spaß als die gutgekleideten, reichen Leute, die in ihren elegantesten Kutschen, die von ihren besten Pferden gezogen wurden, die Auffahrt heraufkamen.

Vom ersten Tageslicht an bis zum Eintreffen der Gäste eilte Mamma durch das Haus und über das Gelände, gab Befehle und überprüfte deren Ausführung. Sie bestand darauf, daß die langen Gartentische mit frischem Leinen gedeckt wurden und daß bequemere Stühle aus dem Haus geholt und für diejenigen unter den Gästen aufgestellt werden sollten, die harte Bänke nicht mochten.

Als unsere ersten Gäste eintrafen, folgten sie so schnell aufeinander, daß die lange Auffahrt innerhalb von Minuten von Reitpferden und Kutschen voller Menschen gesäumt war, die einander Begrüßungen zuriefen. Die Kinder stiegen zuerst aus und versammelten sich auf dem Rasen vor dem Haus, um Versteckspiele zu organisieren. Mit ihrem Kreischen und Lachen verscheuchten sie die Schwalben, die auf der Suche nach ruhigeren Zufluchtsorten schnell über das Gelände zogen. Emilys Aufgabe bestand darin, die Kinder zu bewachen und dafür zu sorgen, daß keines von ihnen etwas Ungehöriges anstellte oder Streiche ausheckte. Laut und streng gab sie bekannt, welche Einrichtungen der Plantage den Kindern untersagt waren, und dann fing sie an, über das Gelände zu patrouillieren wie ein Polizist auf der Suche nach Gesetzesübertretern.

Sobald die Frauen aus ihren Kutschen stiegen, schlossen sie sich zu zwei getrennten Gruppen zusammen. Die älteren Frauen gingen ins Haus, um sich so gut wie nur irgend möglich gegen die Sonne und gegen Insekten zu schützen, während sie Höflichkeiten und Klatsch miteinander austauschten. Die jüngeren Frauen fühlten sich zur Laube und den Bänken hingezogen, und manche wurden dort von jungen Männern umworben, während andere hoffnungsvoll darauf warteten, in ihren hübschen neuen Kleidern bewundert zu werden.

Die älteren Männer hatten sich in kleinen Grüppchen über das Gelände verteilt und diskutierten über Politik oder Geschäfte. Unmittelbar bevor das Essen aufgetragen wurde, zog Papa mit ein paar Männern, die noch nicht auf The Meadows gewesen waren, los und führte sie durch das Haus, in erster Linie, um ihnen seine Schußwaffensammlung zu zeigen, die in seiner Bibliothek an der Wand hing. Er besaß Duellpistolen und handliche kleine Derringer, aber auch englische Gewehre.

Mamma war überall gleichzeitig und spielte die weltgewandte Gastgeberin. Sie lachte sowohl mit den Herren, als auch mit den Damen, und mit jedem wechselte sie ein paar Worte. Eine große Gesellschaft wie diese schien sie aufblühen zu lassen. Ihr goldfarbenes Haar brauchte keinen juwelenbesetzten Kamm, um zu schimmern, denn es leuchtete auch so und war üppig und voll, doch sie hatte sich trotzdem einen funkelnden Kamm hineingesteckt.

Ihre Augen waren voller Leben und Spannung, und ihr Lachen klang musikalisch.

Am Vorabend hatte sie, wie üblich, wegen ihrer armseligen Garderobe gestöhnt und darüber geklagt, wieviel breiter ihre Hüften seit dem Barbecue im letzten Jahr geworden waren. Weder Papa noch Emily schenkten ihr die geringste Beachtung. Ich war die einzige, die ein gewisses Interesse für ihre Klagen aufbrachte, aber auch nur, weil ich mich fragte, weshalb sie jammerte. Mamma hatte Schränke voller Kleider, und das trotz Papas Weigerung, mit ihr einkaufen zu gehen. Es gelang ihr regelmäßig, sich etwas Neues schneidern oder aus einem Geschäft mitbringen zu lassen, und sie war immer modisch gekleidet und frisiert. Sie besaß unzählige Kartons mit Schuhen und unzählige Schubladen voller Schmuck; einen Teil davon hatte sie in die Ehe mitgebracht, und einen Teil hatte sie sich seitdem zugelegt.

Ich hatte nie den Eindruck gehabt, sie würde dick oder häßlich, aber sie bestand darauf, ihre Hüften seien auseinandergegangen und jetzt sähe sie in allem, was sie anzog, wie ein Nilpferd aus. Wie immer wurden Louella und Tottie herangezogen, damit sie dabei halfen, eine Lösung zu finden, indem sie die Kleidungsstücke aussuchten, die ihr am meisten schmeichelten und ihre Unvollkommenheiten am besten verbargen.

Tottie hatte Mamma stundenlang das Haar gebürstet, während Mamma vor ihrer Frisierkommode saß und sich über die Vorbereitungen ausließ. Ihr Haar war lang, reichte ihr fast bis zur Taille, aber sie wollte es gekämmt und zu einem eleganten Knoten im Nacken aufgesteckt haben. Als ich all diesen Vorbereitungen zusah und mir die Frisuren, die Kleider und die neue Mode vorstellte, die die Frauen tragen würden, regte sich meine eigene aufkeimende Weiblichkeit. Ich verbrachte den größten

Teil des Tages vor dem Barbecue mit Eugenia, bürstete ihr das Haar und ließ mir das Haar von ihr bürsten.

Das Barbecue gehörte zu den wenigen Anlässen, zu denen Mamma es Eugenia gestattete, sich mit anderen Kindern zusammenzutun und stundenlang im Freien zu bleiben, solange sie nur darauf achtete, sich im Schatten aufzuhalten und nicht herumzurennen. Die Freude, der Trubel und insbesondere die frische Luft färbten ihre Wangen rosig, und zumindest eine Zeitlang sah sie nicht wie ein kränkelndes kleines Mädchen aus. Sie begnügte sich damit und fand es sogar aufregend, einfach nur unter einer Magnolie zu sitzen und den Jungen dabei zuzusehen, wie sie miteinander rangen und angaben, und die Mädchen zu beobachten, wie sie umherstolzierten und ihre Mütter und Schwestern nachahmten.

Am späten Nachmittag, nachdem alle von reichlichen Mengen an Essen und Getränken gesättigt waren, machten es sich die Gäste behaglich, und manche der älteren Leute schliefen auch tatsächlich im Schatten ein. Die jungen Männer spielten Hufeisenwerfen, und die Kinder wurden in entferntere Ecken verscheucht, damit sie mit ihrem Geschrei und ihrem Lachen die Erwachsenen nicht störten. Das war auch der Zeitpunkt, zu dem Eugenia, zwar unter Protesten, aber doch sichtlich müde, ins Haus gebracht wurde, um einen Mittagsschlaf zu halten.

Da sie mir leid tat, begleitete ich sie und setzte mich zu ihr in ihr Zimmer, bis ihre Augenlider dem Gewicht des Schlafs einfach nicht mehr widerstehen konnten und sich langsam schlossen. Als ihr schwerer Atem regelmäßig wurde, schlich ich mich auf Zehenspitzen aus ihrem Zimmer und schloß leise die Tür hinter mir. Inzwischen hatten sich die anderen Kinder hinter dem Haus eingefunden und aßen aufgeschnittene Wassermelonen. Ich entschloß mich, durch das Haus zu einer der Hintertüren zu gehen.

Als ich durch den Korridor eilte und an Papas Bibliothek vorbeikam, hörte ich ein perlendes weibliches Lachen, das mich faszinierte, weil direkt darauf die Laute einer gedämpften Stimme folgten. Die junge Frau kicherte erneut. Papa würde bestimmt sehr wütend werden, wenn jemand ohne sein Wissen seine Bibliothek betrat, dachte ich. Ich machte kehrt, lief ein paar Schritte zurück und lauschte noch einmal. Die Stimmen hatten sich zu einem Flüstern gesenkt. Neugieriger denn je öffnete ich die Tür zur Bibliothek einen Spalt weiter, und als ich hineinschaute, sah ich, wie Darlene Scotts Kleid hinten immer höher rutschte, während der Mann, der vor ihr stand, seine Hände unter ihrem Rock bewegte. Ich schnappte unwillkürlich nach Luft. Sie hörten mich, und als Darlene sich umdrehte, konnte ich sehen, wer der Mann war – Papa.

Sein Gesicht verfärbte sich so, daß ich glaubte, die Haut würde schmelzen. Grob stieß er Darlene Scott zur Seite und kam auf mich zu.

»Was hast du im Haus zu suchen?« fragte er barsch und packte mich an den Schultern. Er beugte sich zu mir vor. Sein Atem roch stark nach Bourbon, in den sich ein schwacher Duft nach Minze mischte. »Es ist allen Kindern verboten worden, das Haus zu betreten.«

»Ich... ich war...«

»Nun?« fragte er und rüttelte mich an den Schultern.

»Oh, sie hat doch nur einen Schrecken gekriegt, Jed«, sagte Darlene, die sich neben ihn stellte und ihm eine Hand auf die Schulter legte. Das schien ihn ein wenig zu beruhigen, und er richtete sich wieder auf.

Darlene Scott war eine der hübschesten jungen Damen in der Gegend. Sie hatte dichte rotblonde Locken und kornblumenblaue Augen. Es gab keinen einzigen jungen Mann im heiratsfähigen Alter, der nicht den Kopf verdrehte, um ihren zarten weißen Teint anzusehen, wenn sie vorbeikam.

Ich schaute von Papa zu Darlene, die lächelnd auf mich herabsah und sich das Kleid glattstrich.

»Also, was ist?« fragte Papa.

»Ich war bei Eugenia, bis sie eingeschlafen ist, Papa«, sagte ich. »Und jetzt gehe ich wieder raus zum Spielen.«

»Dann geh schon«, sagte er, »und laß dich nicht noch einmal von mir dabei erwischen, daß du den Kopf durch Türen steckst, um Erwachsenen nachzuspionieren, hast du gehört?«

»Ja, Papa«, sagte ich und blickte zu Boden, denn die Glut in seinen Augen versengte mich und ließ mich so sehr zittern, daß meine Knie zusammenschlugen. Ich hatte ihn noch nie so wütend erlebt. Es war, als stünde ich vor einem vollkommen Fremden.

»Jetzt geh schon«, befahl er mir und schlug die Hände fest zusammen. Ich machte auf dem Absatz kehrt und floh durch die Tür. Darlenes Kichern folgte mir.

Draußen auf der Veranda holte ich Atem. Mein Herz hämmerte so heftig, daß ich glaubte, es würde ein Loch in meine Brust schlagen. Ich war in einem derartigen inneren Aufruhr, daß ich nicht schlucken konnte. Warum hatte Papa seine Hand unter Darlene Scotts Rock gesteckt? Wo war Mamma? fragte ich mich.

Plötzlich öffnete sich die Tür hinter mir. Ich drehte mich um, und mein Herz pochte noch heftiger, weil ich erwartete, Papa zu sehen, der immer noch wütend war, dem jedoch noch etwas anderes eingefallen war, was er mit mir tun oder zu mir sagen wollte. Aber es war nicht Papa; es war Emily.

Sie kniff die Augen zusammen.

»Was tust du hier?« fragte sie.

»Nichts«, sagte ich eilig.

»Papa will nicht, daß irgendwelche Kinder ins Haus gebracht werden«, sagte sie.

»Ich habe niemanden ins Haus mitgenommen. Ich war nur bei Eugenia.«

Sie richtete ihren durchdringenden Blick auf mein Gesicht. Sie war von hinten auf mich zugekommen. Sie war ebenfalls durch das Haus ins Freie gekommen und hatte eine ihrer Patrouillen hinter sich gebracht. Gewiß hatte sie Papa und Darlene Scott auch gesehen oder gehört, dachte ich. In ihrem Gesicht stand etwas, was mir das sagte, und doch wagte ich nicht, sie danach zu fragen. Einen Moment lang machte sie den Eindruck, als könnte sie mich danach fragen, doch dieser Gesichtsausdruck verflog.

»Dann geh schon zu deinen kleinen Freunden«, befahl sie mir hämisch.

Ich sprang die Stufen hinunter und entfernte mich so eilig von dem Haus, daß ich über die Wurzel eines Baums stolperte. Ich konnte mich im Fallen abfangen, und als ich mich umdrehte, rechnete ich damit, von Emily ausgelacht zu werden. Aber sie war bereits verschwunden, hatte sich wie ein Geist in Luft aufgelöst.

An jenem Nachmittag, der den Sommeranfang markierte, begriff ich auf meine kindliche Art, daß viele Geister in The Meadows hausten. Es waren nicht Henrys Geister, keine Geister von der Art, die in mondhellen Nächten heulten oder in Dachböden auf und ab liefen. Es waren die Geister der Falschheit, die finsteren Geister, die in den Herzen mancher Menschen lebten und den Herzen anderer übel mitspielten.

Zum ersten Mal, seit ich auf diese feudale Plantage mit ihrer stolzen Geschichte des Südens gebracht worden war, verspürte ich Furcht vor den Schatten im Innern des Hauses. Hier hätte ich mich eigentlich zu Hause fühlen sollen, aber ich würde mich nicht mehr so ungezwungen und unschuldig wie bisher durch dieses Haus bewegen wie bisher.

Wenn ich jetzt zurückblicke, wird mir klar, daß wir unsere Unschuld in vielerlei Hinsicht verlieren, und die schmerzlichste Form ist diejenige, zu begreifen, daß die Menschen, von denen wir erwarten könnten, daß sie uns über alles lieben und für uns sorgen, in Wirklichkeit nur an sich selbst und an ihr eigenes Vergnügen denken. Es ist schmerzlich, weil es einem bewußt macht, wie allein man in Wirklichkeit ist.

An jenem Nachmittag lief ich weiter und war darauf versessen, im Gelächter anderer Kinder unterzutauchen und für den Moment, solange ich konnte, die Enttäuschungen weit von mir zu schieben, die das Erwachsenwerden mit sich bringt. In jenem Sommer, vielleicht viele Jahre zu früh, ging mir ein kostbarer Teil meiner Kindheit verloren.

4

Von Jonas zu Isebel

Wenn ich jetzt zurückblicke, scheint es mir, daß damals der Sommer sehr schnell in den Herbst und der Herbst in den Winter überging. Nur das Frühjahr ließ länger und immer länger darauf warten, sein knospendes Angesicht zu zeigen. Vielleicht erschien es mir so, weil ich sehr ungeduldig war und der Winter immer ewig zu währen schien. Er neckte uns mit seinen ersten Schneefällen, mit denen er gelobte, die Welt in ein funkelndes Wunderland zu verwandeln, in dem die Zweige der Bäume glitzerten.

Die ersten Schneefälle ließen uns immer an Weihnachten denken, an ein prasselndes Feuer im Kamin, an köstliche Abendessen, an Berge von Geschenken und den Spaß, den es machte, den Baum zu schmücken, etwas, was gewöhnlich Eugenia und mir überlassen blieb. Über die leicht abschüssigen Wiesen breitete der Winter seine verheißungsvolle weiche weiße Decke. An diesen frühen Winterabenden, nachdem die Wolken über die gläserne Oberfläche eines dunkelblauen Himmels geglitten waren, ließen der Mond und die Sterne den Schnee schimmern. Von meinem Fenster im ersten Stock aus konnte ich auf etwas hinausschauen, was wie durch Zauberhand von einem trockenen gelben Feld in einen See aus Milch verwandelt worden war, in dem winzige Diamanten trieben.

Die Jungen in der Schule waren immer versessen darauf, den großen Auftritt des Winters zu erleben. Wie sie ihre bloßen Hände in den eiskalten Schnee stecken und vor Freude lachen konnten, erstaunte mich. Miss Walker verhängte immer strengere Verbote, nicht mit Schneebällen zu werfen. Die Strafen, wenn man dabei in der Schule oder in der Nähe des Schulgeländes ertappt wurde, waren hart, und somit hatte Emily ein weiteres Schwert in der Hand, das sie über die Köpfe derer halten konnte, die sich ihr widersetzten.

Aber gerade den Jungen garantierten Schneefälle die endlosen Stunden des Vergnügens, das sie aus ihren Schlittenfahrten schöpften, aus ihren Schneeballschlachten und aus dem Schlittschuhlaufen, wenn die Seen und Teiche dick genug zugefroren waren. Der Tümpel auf The Meadows, der für mich nie mehr so wie früher sein würde, seit er die arme Cotton bereitwillig in sich aufgenommen hatte, bekam eine dünne Eiskruste, aber aufgrund des schnellfließenden Bachs, der ihn speiste, war seine Eisschicht immer dünn und heimtückisch. Sämtliche Bäche auf unserem Land flossen im Winter immer schneller und führten mehr Wasser, das sehr kalt und doch ganz klar und verlockend aussah.

Im Winter waren die Tiere, die wir uns hielten, stiller, und ihre Bäuche waren anscheinend mit eisiger Luft gefüllt, die aus ihren Nüstern und aus ihren Mäulern strömte. Immer wenn es stark schneite, taten mir die Schweine und die Hühner leid, die Kühe und die Pferde. Henry sagte mir, ich sollte mir keine Sorgen machen, weil ihre Körper dickere Häute und ein dichtes Gefieder oder dichtes Fell hatten, aber ich konnte mir nicht vorstellen, daß einem in einem ungeheizten Stall warm war, wenn die beißenden Winde vom Norden herunterpeitschten und um das Haus kreisten, bis sie jeden einzelnen Spalt gefunden hatten.

Louella und die Zimmermädchen, die in den Schlafzimmern ohne Kamin im hinteren Teil des Erdgeschosses schliefen, machten sich Backsteine warm und legten sie in ihre Betten, damit sie nicht froren. Henry war einen großen Teil des Tages damit beschäftigt, Feuerholz für die diversen Kamine in dem großen Haus zu besorgen. Papa beharrte darauf, daß sein Büro immer sehr gut beheizt wurde. Obwohl er es oft stundenlang, manchmal sogar tagelang nicht betrat, brüllte er wie ein verwundeter Bär, wenn er eintrat und sein Büro kalt vorfand, und dann schickte er alle Dienstboten in alle Richtungen aus, damit sie Henry suchten.

In den Wintermonaten war der Schulweg für Emily und mich manchmal unangenehm und manchmal fast nicht zu schaffen, durch den Wind und das Schneetreiben, den kalten Regen und die Graupelschauer. Gelegentlich kam es vor, daß Mamma Henry schickte, damit er uns abholte, aber die meiste Zeit hielt Papa ihn mit seinen Arbeiten im Haus derart auf Trab, daß er uns weder zur Schule bringen noch uns von dort abholen konnte.

Der Winter schien Emily nicht das geringste auszumachen. Sie hatte das ganze Jahr über denselben grimmigen Gesichtsausdruck. Wenn überhaupt, dann schien sie den monotonen grauen Himmel zu genießen. Er bestärkte sie in ihrem Glauben, daß die Welt ein dunkler und trostloser Ort war, an dem nur die religiöse Hingabe Licht und Wärme spenden konnte. Ich fragte mich immer wieder, was für Gedanken Emily wohl durch den Kopf gehen mochten, wenn sie zielstrebig und stumm dahintrabte und ihre Beine sich in einem gleichmäßigen unbeirrten Rhythmus über die Auffahrt und die Straße bewegten, die uns zur Schule und zurück führte. Der Wind konnte durch die Bäume pfeifen; der Himmel konnte so unfreundlich und finster sein, daß ich mir immer wieder sagen mußte, es sei nicht mitten in der Nacht; die Luft konnte so kalt sein, daß unsere Nasenlöcher mit winzigen Eiskristallen eingefaßt waren. Wir konnten sogar durch prasselnden eiskalten Regen laufen, und Emilys Gesichtsausdruck blieb unverändert. Ihre Augen waren immer auf etwas Fernes gerichtet. Sie nahm die Schneeflocken nicht wahr, die auf ihrer Stirn und ihren Wangen schmolzen. Ihr war nie kalt an den Füßen, und ihre Hände froren nie, obwohl ihre Finger so rot wie meine und die Spitze ihrer langen dünnen Nase sogar noch röter als meine war.

Meine Klagen ignorierte sie entweder, oder sie wandte sich gegen mich und schalt mich wütend dafür aus, daß ich es wagte, die Welt zu kritisieren, die Gott für uns erschaffen hatte.

»Aber warum will Er, daß wir derart frieren und unglücklich sind?« rief ich dann aus, und Emily sah mich finster an, schüttelte den Kopf und nickte dann, als bestätigte sich für sie ein Verdacht, den sie schon mein ganzes Leben lang gehegt hatte.

»Hörst du denn in der Sonntagsschule gar nicht zu? Gott erlegt uns Prüfungen und Drangsal auf, um uns in unserer Entschlossenheit zu stärken«, sagte sie durch zusammengebissene Zähne.

»Was für eine Entschlossenheit?« Ich hätte niemals gezögert, eine Frage zu stellen, wenn es um etwas ging, was ich nicht wußte. Mein Wissensdurst und mein Wunsch, die Dinge zu verstehen, waren so groß, daß ich sogar Emily Fragen stellte.

»Unsere Entschlossenheit, das Böse und die Sünde abzuwehren«, sagte sie. Dann richtete sie sich auf ihre hochmütige Art auf und fügte noch hinzu: »Aber bei dir könnte jede Buße bereits zu spät kommen. Du bist ein Jonas.«

Sie ließ sich keine Gelegenheit entgehen, mich daran zu erinnern.

»Nein, das bin ich nicht«, beharrte ich und stritt matt den Fluch ab, den Emily mir anlasten wollte. Sie lief weiter, denn sie war sicher, daß sie recht hatte, und sie glaubte zuversichtlich, sie hätte ein ganz spezielles Ohr, um Gottes Wort zu hören, ein ganz spezielles Auge, um Seine Werke zu sehen. Wer gab ihr das Recht, sich eine solche Macht anzumaßen? fragte ich mich. War unser Geistlicher schuld, oder lag es an Papa? Ihre Bibelkenntnisse freuten ihn, aber als wir älter wurden, schien er für sie auch keine Zeit mehr zu haben, ebensowenig wie für mich und Eugenia. Der große Unterschied war der, daß Emily sich nicht daran zu stören schien. Niemand kostete das Alleinsein mehr aus als sie. Sie hielt niemanden für den angemessenen Umgang, und aus dem einen oder anderen Grund mied sie noch mehr als alle anderen Eugenia.

Trotz der Rückschläge, die Eugenia in ihrem Kampf gegen ihre furchtbare Krankheit ständig widerfuhren, verlor sie nie ihr liebes Lächeln oder ihr reizendes Wesen. Ihr Körper blieb klein und zerbrechlich; ihre Haut, die sowohl im Winter als auch im Sommer gegen die Strahlen der Sonne von Virginia geschützt und vor ihnen bewahrt wurde, war immer nur magnolienweiß. Als sie neun Jahre alt war, sah sie wie ein Kind von nicht mehr als vier oder fünf Jahren aus. Ich hegte die Hoffnung, mit dem Älterwerden würde ihr Körper kräftiger werden, und die grausame Krankheit, die sie einengte, würde sich abschwächen. Aber statt dessen zeigte sich ihre Entkräftung immer wieder in Kleinigkeiten, und jedesmal brach es mir das Herz.

Im Lauf der Jahre fiel es ihr immer schwerer, auch nur noch im Haus herumzulaufen. Sie brauchte so lange, um sich die Treppe hinaufzuschleppen, daß es qualvoll war, ihr dabei zuzuhören; lange Sekunden verstrichen, während man darauf wartete, sie den nächsten schmerzhaften Schritt machen zu hören. Sie schlief immer mehr; ihre Arme ermüdeten schnell, wenn sie dasaß und sich das eigene Haar bürstete, Haar, das trotz allem wuchs und glänzte, und sie mußte dann auf mich oder Louella warten, damit wir ihr beim Bürsten halfen. Das einzige, was sie zu ärgern schien, war, daß ihre Augen ermüdeten, wenn sie las. Schließlich nahm Mamma sie mit, um ihr eine Brille zu besorgen, und sie mußte ein schweres Brillengestell mit dicken Gläsern tragen, die sie, so sagte sie, wie einen Ochsenfrosch aussehen ließen. Sie hatte das Lesen fast so schnell gelernt wie ich.

Mamma hatte Mr. Templeton engagiert, einen pensionierten Schullehrer, damit er Eugenia Hausunterricht gab, aber als sie zehn war, mußten die Unterrichtszeiten auf ein Viertel des ursprünglichen Pensums gekürzt werden, weil Eugenia nicht die Energie für lange Schulstunden hatte. Nach dem Unterricht eilte ich in ihr Zimmer und stellte fest, daß sie eingeschlafen war, während sie eine Rechenaufgabe löste oder eine Grammatikübung machte. Das Schulheft lag auf ihrem Schoß, und den Stift hielt sie noch zwischen ihren kleinen Fingern. Im allgemeinen nahm ich ihr alles aus der Hand und deckte sie zu. Später beschwerte sie sich dann darüber.

»Warum weckst du mich nicht einfach auf, Lillian? Ich schlafe ohnehin schon genug. Nächstes Mal rüttelst du mich an den Schultern, hast du gehört?«

»Ja, Eugenia«, sagte ich, aber ich brachte es nicht übers Herz, sie aus ihrem Tiefschlaf zu wecken, einem Schlaf, von dem ich wünschte, daß er sie irgendwie wieder gesund machen würde.

Später im Lauf desselben Jahres beugten sich Mamma und Papa den Wünschen des Arztes und kauften Eugenia einen Rollstuhl. Wie üblich hatte Mamma versucht, die Augen vor dem zu verschließen, was geschah, versucht, die Realität zu leugnen, daß sich Eugenias Zustand verschlechterte. Sie schob Eugenias auffallend schlechte Tage auf das Wetter oder auf etwas, was sie gegessen, oder gar etwas, was sie nicht gegessen hatte.

»Eugenia wird es bald wieder bessergehen«, sagte sie zu mir, wenn ich mit einer neuen Sorge zu ihr kam. »Es geht allen immer nur besser, Lillian, vor allem Kindern.«

In was für einer Welt mochte Mamma bloß leben? fragte ich mich. Glaubte sie wirklich, sie könnte in unserem Leben eine neue Seite aufschlagen und feststellen, daß sich alles zum Besseren gewandt hatte? Sie fühlte sich weitaus wohler in der Welt des Scheins. Immer wenn ihren Freundinnen der Stoff für ihre Klatschgeschichten ausgegangen war, fing Mamma augenblicklich an, ihnen vom Leben und von den Lieben der Romanfiguren ihrer Lieblingsromane zu erzählen. Etwas im wirklichen Leben erinnerte sie immer an irgend jemanden oder irgend etwas, was sie in einem ihrer Bücher gelesen hatte. Wenn Mamma anfing zu reden, durchforsteten im ersten Moment alle Anwesenden ihr Gedächtnis, um sich daran zu erinnern, wer das jetzt war, über den sie gerade sprach.

»Julia Summers. Ich kann mich nicht an eine Julia Summers erinnern«, sagte Mrs. Dowling dann, und Mamma zögerte und lachte schließlich.

»O nein, natürlich nicht, meine Liebe. Julia Summers ist die Heidin in *Herz-Drei*, meinem neuen Roman.«

Dann lachten alle, und Mamma redete weiter, und sie war begierig darauf, sich schnell wieder in die sichere und rosarote Welt ihrer Illusionen zu begeben, eine Welt, in der kleine Mädchen wie Eugenia immer größere Fortschritte machten und eines Tages aus ihren Rollstühlen aufstanden.

Als wir jedoch Eugenia erst einmal den Rollstuhl besorgt hatten, ermutigte ich sie immer wieder, sich hineinzusetzen, damit ich sie durch das Haus oder immer dann, wenn Mamma fand, es sei warm genug draußen, im Freien herumfahren konnte. Henry kam angerannt und half mir, Eugenia die Treppe hinunterzutragen, indem er sie und den Stuhl schwungvoll hochhob. Ich fuhr sie über die Plantage, damit sie sich ein neugeborenes Kalb ansehen konnte, oder wir betrachteten uns die Küken. Wir sahen zu, wie Henry und die anderen die Pferde striegelten. Auf der Plantage gab es immer soviel Arbeit, und es gab immer etwas Interessantes für Eugenia zu sehen.

Ganz besonders gern mochte sie die ersten Frühlingstage. In ihren Augen stand ein strahlendes Lächeln, wenn ich sie umherfuhr, damit sie sich die Hartriegelbäume genau ansehen konnte, die sich als undurchdringliche Massen von weißen oder rosafarbenen Blüten gegen einen frischen grünen Hintergrund absetzten. Die Wiesen waren von gelben Narzissen und Butterblumen übersät. Alles erfüllte Eugenia mit Verwunderung, und ich war zumindest für ein Weilchen in der Lage, ihr dabei zu helfen, ihre Krankheit zu vergessen.

Nicht etwa, daß sie ständig geklagt hätte. Wenn sie sich schlecht fühlte, dann sah sie mich lediglich an und sagte: »Ich glaube, ich sollte jetzt lieber wieder ins Haus gehen, Lillian. Ich muß mich ein Weilchen hinlegen. Aber bleib bei mir«, fügte sie eilig hinzu, »und erzähl mir noch einmal, wie Niles Thompson dich gestern angesehen hat und was er auf dem Heimweg gesagt hat.«

Ich weiß nicht genau, wann es mir klar wurde, aber schon sehr bald verstand ich, daß meine Schwester Eugenia durch mich und meine Geschichten lebte. Auf unseren alljährlichen Barbecues und Parties sah sie die meisten der Jungen und Mädchen, von denen ich ihr erzählte, aber sie hatte so wenig Kontakt zu ihnen, daß sie von mir abhängig war, damit ich ihr von dem Leben außerhalb ihres Zimmers erzählte. Ich versuchte, Freundinnen nach Hause mitzubringen, aber die meisten fühlten sich in

Eugenias Zimmer unbehaglich, einem Raum, in dem viele medizinische Hilfsmittel standen, die ihr das Atmen erleichtern sollten, und Tische, die mit Tablettenröhrchen bedeckt waren. Ich machte mir Sorgen, die meisten, die Eugenia sahen und feststellten, wie klein sie für ihr Alter war, könnten sie als mißgebildet ansehen, und ich wußte, daß Eugenia klug genug war, um die Furcht und das Unbehagen in ihren Augen zu sehen. Nach einer Weile erschien es mir einfacher, nur noch Geschichten nach Hause mitzubringen.

Ich saß an Eugenias Bett, während sie mit geschlossenen Augen und einem zarten Lächeln auf den Lippen still dalag, und ich berichtete ihr alles, was in der Schule vorgefallen war, bis in die kleinsten Einzelheiten. Sie wollte immer wissen, was die anderen Mädchen anhatten, wie sie ihr Haar trugen, worüber sie gern redeten und was sie gern taten. Sie wollte nicht nur wissen, was wir an dem jeweiligen Tag gelernt hatten, sondern es faszinierte sie auch, wer sich womit Ärger eingehandelt hatte. Jedesmal, wenn ich in irgendeinem Zusammenhang Emily erwähnte, nickte Eugenia einfach nur und sagte so etwas wie: »Sie versucht eben, sich einzuschmeicheln.«

»Sei nicht so nachsichtig, Eugenia«, protestierte ich. »Emily will sich nicht nur bei Miss Walker oder Papa und Mamma einschmeicheln. Sie will sich selbst einen Gefallen tun. Es macht ihr Spaß, ein Ungeheuer zu sein.«

»Wie kann ihr das Spaß machen?« sagte Eugenia dann.

»Du weißt doch, welches Vergnügen es ihr bereitet, herrisch und grausam zu sein, und wie gern sie mir in der Sonntagsschule auf die Finger geklopft hat.«

»Der Geistliche zwingt sie doch dazu, solche Dinge zu tun, oder nicht?« fragte Eugenia dann. Ich wußte, daß Mamma ihr dieses dumme Geschwätz vorgesetzt hatte, damit Eugenia sich nichts Böses dachte. Wahrscheinlich wollte Mamma gern selbst an die Dinge glauben, die sie

Eugenia über Emily erzählte. Auf diese Weise brauchte auch sie sich nicht mit der Wahrheit auseinanderzusetzen.

»Er sagt ihr nicht, daß es ihr Spaß machen soll«, beharrte ich. »Und du solltest einmal sehen, wie ihre Augen leuchten. Also wirklich, sie macht dann fast einen glücklichen Eindruck.«

»Ein solches Ungeheuer kann sie doch nicht sein, Lillian.«

»Ach, nein? Hast du Cotton ganz vergessen?« erwiderte ich, und vielleicht kam es härter und kälter heraus, als es hätte klingen sollen. Ich sah, wie sehr meine Worte Eugenia schmerzten, und ich bereute es augenblicklich. Aber der Kummer, der ihr Gesicht verzerrte, fiel schnell von ihr ab, und sie lächelte wieder.

»Erzähl mir jetzt von Niles, Lillian. Ich möchte alles über Niles hören. Bitte.«

»Einverstanden«, sagte ich und beruhigte mich wieder. Ich redete ohnehin gern über Niles Thompson. Bei Eugenia konnte ich meine tiefsten Gefühle offenbaren. »Er braucht dringend einen Haarschnitt«, sagte ich lachend. »Das Haar fällt ihm über die Augen und bis auf die Nase. Jedesmal, wenn ich ihn im Unterricht ansehe, streicht er sich die Strähnen aus dem Gesicht.«

»Sein Haar ist jetzt ganz schwarz«, sagte Eugenia, der etwas, was ich vor ein paar Tagen erzählt hatte, wieder einfiel. »Rabenschwarz.«

»Ja«, sagte ich lächelnd. Eugenia schlug die Lider auf und lächelte ebenfalls.

»Hat er dich heute wieder angestarrt? Sag schon, hat er es getan?« fragte sie aufgeregt. Wie sehr ihre Augen doch manchmal leuchten konnten. Ich brauchte ihr nur in die Augen zu sehen, und schon konnte ich vergessen, wie krank sie war.

»Jedesmal, wenn ich hingesehen habe, hat er mich angestarrt«, sagte ich, und meine Stimme war fast ein Flüstern.

»Und das hat dein Herz schneller und immer schneller schlagen lassen, bis du Atemnot hattest?« Ich nickte. »Wie ich, nur aus einem schöneren Grund«, fügte sie hinzu. Dann lachte sie, ehe ich dazu kam, mit ihr zu leiden. »Was hat er gesagt? Erzähl mir noch einmal, was er gestern auf dem Heimweg gesagt hat.«

»Er hat gesagt, ich hätte das reizendste Lächeln von allen Mädchen in der ganzen Schule«, erwiderte ich und dachte wieder daran, wie Niles damit herausgerückt war. Wir waren nebeneinander hergelaufen, wenige Meter hinter Emily und den Zwillingen, wie üblich. Er hatte gegen einen kleinen Stein getreten, dann aufgeblickt und war einfach mit den Worten herausgeplatzt. Dann hatte er die Augen wieder niedergeschlagen. Einen Moment lang wußte ich nicht, was ich sagen oder wie ich darauf reagieren sollte. Schließlich hatte ich dann gemurmelt: »Danke.«

»Mir ist nichts anderes eingefallen, was ich hätte sagen können«, berichtete ich Eugenia. »Ich sollte ein paar von Mammas Liebesromanen lesen, damit ich weiß, wie man mit einem Jungen redet.«

»Das ist schon in Ordnung. Du hast genau das richtige gesagt«, versicherte mir Eugenia. »Dasselbe hätte ich auch gesagt.«

»Wirklich?« Ich dachte darüber nach. »Dann hat er kein Wort mehr gesagt, bis wir an der Abzweigung zum Haus der Thompsons angekommen waren. Dort hat er gesagt: Wir sehen uns morgen, Lillian, und er ist eilig weitergelaufen. Ich weiß ganz sicher, daß er verlegen war und sich gewünscht hat, ich hätte mehr gesagt.«

»Du wirst es tun«, versicherte mir Eugenia. »Beim nächsten Mal.«

»Es wird kein nächstes Mal geben. Wahrscheinlich hält er mich für eine taube Nuß.«

»Nein, ganz bestimmt nicht. Du bist inzwischen das

klügste Mädchen in der ganzen Schule. Du bist sogar noch klüger als Emily«, sagte Eugenia stolz.

Das stimmte. Da ich mehr als die vorgeschriebene Lektüre las, wußte ich Dinge, die Schüler mehrerer Klassen über mir hätten wissen sollen. Ich las unsere Geschichtsbücher, verbrachte viele lange Stunden in Papas Büro und las sorgfältig seine Sammlung von Büchern über das alte Griechenland und das alte Rom. Es gab viele Dinge, die Emily nicht gelesen hätte, selbst dann nicht, wenn Miss Walker es vorschlug, weil Emily glaubte, es handele sich um Bücher über sündige Zeiten und sündige Menschen. Demzufolge wußte ich viel mehr als sie über Mythologie und das Altertum.

Und ich war schneller im Multiplizieren und Dividieren von Zahlen als Emily. Das ärgerte sie nur um so mehr. Ich erinnere mich noch, daß ich einmal dazukam, als sie sich mit einer Zahlenschlange abmühte. Ich sah ihr über die Schulter, und als sie die Gesamtsumme hinschrieb, sagte ich, sie hätte es nicht richtig gemacht.

»Du hast vergessen, diese eins hier mit rüberzunehmen«, sagte ich und deutete auf die entsprechende Spalte. Sie drehte sich zu mir um.

»Wie kannst du es wagen, mir nachzuspionieren und meine Arbeiten zu lesen? Du willst ja doch nur abschreiben«, warf sie mir vor.

»Oh, nein, Emily«, sagte ich. »Ich wollte dir doch nur helfen.«

»Ich will deine Hilfe nicht. Wage es nicht, mir zu sagen, was richtig und was falsch ist. Das kann nur Miss Walker beurteilen«, behauptete sie. Ich zuckte die Achseln und ging weiter, aber als ich mich noch einmal umsah, konnte ich sehen, daß sie das Ergebnis, das sie auf die Seite geschrieben hatte, energisch ausradierte.

In einem allzu wahren Sinne wuchsen wir drei in verschiedenen Welten auf, obwohl wir unter demselben

Dach lebten und dieselben zwei Menschen als Eltern hatten. Gleichgültig, wieviel Zeit ich auch mit Eugenia verbrachte, wieviel wir gemeinsam unternahmen und was ich für sie tat, ich wußte doch, daß ich nie würde fühlen können, was sie fühlte, und ich würde auch nie wirklich beurteilen können, wie schwer es für sie war, die meiste Zeit abgekapselt zu sein und die Welt nur als Außenstehende zu verfolgen. Emilys Gott jagte mir Angst ein; ich zitterte und bebte tatsächlich, wenn sie mir mit seinem Zorn und seiner Rache drohte. Wie blind und wahllos er doch war, dachte ich, und zu welchen großen und schmerzlichen Taten mußte er imstande sein, wenn er es zuließ, daß ein so lieber und reizender Mensch wie Eugenia litt, während Emily arrogant durch die Gegend stolzierte.

Emily lebte ebenfalls in ihrer persönlichen Welt. Im Gegensatz zu Eugenia war Emily keine hilflose Gefangene wider Willen; Emily kapselte sich aus freiem Willen ab, zog sich nicht in echte Wände aus Gips und Farbe und Holz zurück, sondern hinter Mauern aus Wut und Haß. Sie zementierte jede kleinste Öffnung mit Bibelzitaten oder Geschichten aus der Bibel zu. Ich dachte damals oft, daß sich sogar der Geistliche vor ihr fürchtete, Angst hatte, sie könnte hinter eine große, dunkle und geheime Sünde kommen, die er einst begangen hatte, und Gott darüber unterrichten.

Und dann war da natürlich noch ich, vielleicht die einzige, die wirklich in The Meadows lebte, die über die Felder rannte und Steine in die Bäche warf, die ins Freie ging, um an den Blumen zu riechen und den Duft der Tabakpflanzen einzuatmen, die Zeit mit den Arbeitern verbrachte und jeden einzelnen, der auf der Plantage arbeitete, bei seinem Vornamen kannte.

Ja, trotz der dunklen Wolke des Schmerzes, die die wahren Umstände meiner Geburt über mir schweben ließen, und obwohl ich eine Schwester wie Emily hatte, genoß ich meine Jugend auf The Meadows so gut wie möglich.

Diese Plantage wird niemals ihren Zauber verlieren, dachte ich damals. Stürme würden hereinbrechen, und Stürme würden vorüberziehen, aber es würde immer wieder ein warmer Frühling folgen. Natürlich war ich damals noch sehr jung. Ich konnte mir noch nicht einmal annähernd vorstellen, wie dunkel und wie kalt es werden konnte, wie allein ich sein würde, sobald meine Jugend vorbei wäre.

Als ich zwölf Jahre alt war, fing ich an, Veränderungen an meinem Körper wahrzunehmen, die Mamma dazu brachte, mir zu sagen, ich würde eine wunderschöne junge Frau werden, eine Blume des Südens. Es machte Spaß, als hübsch angesehen zu werden, und es machte mir Spaß, daß andere Leute, vor allem Mammas Freundinnen, ihre Bewunderung über mein weiches Haar ausdrückten, meinen strahlenden Teint und die Schönheit meiner Augen. Plötzlich, fast über Nacht, so schien es mir, fingen meine Kleider an, an bestimmten Stellen zu kneifen, und das lag nicht daran, daß ich zuviel zunahm. Wenn überhaupt, war die kindliche Pausbäckigkeit von mir abgefallen, und die geraden, knabenhaften Formen meines Körpers begannen, eindeutig Rundungen und Wölbungen aufzuweisen. Ich war immer zart gebaut gewesen und hatte einen schlanken Körper gehabt, wenn ich auch nie annähernd so schlaksig wie Emily gewesen war, die so schnell in die Höhe geschossen war, daß es aussah, als sei sie über Nacht gestreckt worden.

Emilys Körpergröße verlieh ihr ein reifes Aussehen, doch es war eine Reife, die sich nur in ihrem Gesicht zeigte. Der Rest ihres Heranreifens zur Frau war entweder vergessen oder ignoriert worden. Ihre Formen rundeten sich nirgends oder wurden weicher, so wie meine, und im Alter von zwölf Jahren war ich ziemlich sicher, daß mein Busen doppelt so groß wie ihrer war. Ich wußte es nicht, weil ich Emily nie unbekleidet gesehen hatte, noch nicht einmal in einem Slip.

Eines Abends, als ich gerade ein Bad nahm, kam Mamma herein und bemerkte, daß mein Heranreifen zur Frau eingesetzt hatte.

»Ach, du meine Güte!« rief sie lächelnd aus. »Dein Busen wächst ja viel früher als meiner. Wir werden dir neue Unterwäsche kaufen müssen, Lillian.«

Ich spürte mich von Kopf bis Fuß erröten, vor allem, als Mamma unermüdlich weiterplapperte und mir ausmalte, wie meine Figur die jungen Männer, die mich ansahen, buchstäblich umwerfen würde. Sie würden mich alle mit dieser Eindringlichkeit ansehen, »die dir das Gefühl gibt, sie wollen sich dein Gesicht und deine Figur bis in alle Einzelheiten merken«. Mamma liebte es, die Formulierungen aus ihren Liebesromanen und die Lektionen, die sie dort gelernt hatte, bei jeder Gelegenheit, die sich bot, auf unser Alltagsleben anzuwenden.

Weniger als ein Jahr später hatte ich zum ersten Mal meine Periode. Niemand hatte mir gesagt, was ich zu erwarten hatte. Emily und ich kamen an einem späten Frühlingstag von der Schule zurück.Es war schon sommerlich warm, und daher trugen Emily und ich lediglich unsere Kleider. Zum Glück hatten wir uns gerade von den Thompson-Zwillingen und von Niles verabschiedet, denn andernfalls hätte ich mich zu Tode geschämt. Ohne jede Vorwarnung wurde ich plötzlich von einem schrecklichen Krampf gepackt. Der Schmerz war so groß, daß ich mir die Hände auf den Bauch preßte und mich krümmte.

Emily, die sich darüber ärgerte, daß sie stehenbleiben mußte, drehte sich abrupt um und schnitt eine Grimasse des Abscheus, als ich auf einem Fleckchen Gras kauerte und stöhnte. Sie kam ein paar Schritte auf mich zu und stemmte sich die Arme in die knochigen Hüften, und ihre Ellbogen waren so spitz, als sie gegen ihre dünne Haut stießen, daß ich glaubte, die Knochen würden die Haut zerreißen.

»Was ist los mit dir?« fragte sie barsch.

»Ich weiß es nicht, Emily. Es tut so weh.« Der nächste Krampf durchzuckte mich mit stechenden Schmerzen, und wieder stöhnte ich.

»Laß das sein!« schrie Emily. »Du benimmst dich wie ein Schwein, das geschlachtet wird.«

»Ich kann nichts dafür«, ächzte ich, und die Tränen strömten mir über das Gesicht. Emily verzog unwillig das Gesicht.

»Steh auf, und lauf weiter«, befahl sie. Ich versuchte, mich aufzurichten, konnte es aber nicht.

»Ich kann nicht.«

»Dann lasse ich dich eben hier«, drohte sie. Sie dachte einen Moment lang nach. »Wahrscheinlich kommt es von etwas, was du gegessen hast. Hast du wie üblich einen Bissen von Niles Thompsons grünem Apfel abgebissen?« fragte sie. Ich hatte schon immer das Gefühl, daß Emily Niles und mich in der Mittagspause beobachtete.

»Nein, heute nicht«, sagte ich.

»Ich bin sicher, daß du lügst, wie sonst auch. Also gut«, sagte sie und wollte sich abwenden. »Ich kann nicht...«

Ich faßte mir zwischen die Beine, weil ich dort eine seltsame warme Nässe spürte, und als ich meine Finger herauszog, sah ich das Blut. Diesmal war mein Aufheulen bestimmt für die Arbeiter auf der Plantage vernehmbar, obwohl wir noch fast eine Meile zu laufen hatten.

»Mir passiert etwas ganz Furchtbares!« schrie ich und drehte meine Handfläche um, damit Emily das Blut sehen konnte. Sie starrte es einen Moment lang an, und ihre Augen wurden größer und immer größer, und ihr breiter Mund mit den dünnen Lippen zog sich wie ein Gummiband in ihre Wangen.

»Du hast deine Zeit!« schrie sie, als ihr klar wurde, wo meine Hand gewesen war und warum ich solche Schmerzen hatte. Sie deutete anklagend mit dem Finger auf mich. »Du hast deine Zeit.«

Ich schüttelte den Kopf. Ich hatte keine Ahnung, wovon sie sprach, und ich verstand auch nicht, warum sie so wütend war.

»Das ist zu früh.« Sie wich vor mir zurück, als hätte ich Scharlach oder die Masern. »Du bist eine Tochter Satans, soviel steht fest.«

»Nein, das bin ich nicht. Emily, bitte, hör auf…«

Sie schüttelte angewidert den Kopf und wandte sich von mir ab und murmelte eines ihrer Gebete vor sich hin, als sie sich auf den Weg machte, immer schneller lief und immer größere Schritte machte und mich in meiner Panik zurückließ. Ich fing an zu weinen. Als ich noch einmal nachsah, kam immer noch Blut. Ich konnte es an der Innenseite meines Beins herunterlaufen sehen. Ich brüllte vor Angst. Der Schmerz in meinem Bauch hatte nicht nachgelassen, aber der Anblick des Bluts lenkte mich lange genug ab, um aufzustehen. Ich schluchzte hysterisch, und mein Körper zitterte und bebte unbeherrscht, als ich einen Fuß vor den anderen setzte, dann noch einen Schritt machte, und noch einen. Ich schaute nicht an meinem Bein herunter, obwohl ich spürte, wie das Blut in meinen Strumpf rann. Statt dessen lief ich weiter und hielt mir den Bauch. Erst als ich schon fast am Haus angekommen war, fiel mir wieder ein, daß ich all meine Bücher und Schulhefte im Gras liegen gelassen hatte. Daraufhin schluchzte ich noch heftiger.

Emily hatte mir niemanden entgegengeschickt. Wie üblich war sie ins Haus marschiert und die Stufen zu ihrem Zimmer hinaufgestiegen. Mamma hatte gar nicht erst gemerkt, daß ich nicht mit ihr gekommen war. Sie hörte sich auf ihrem Grammophon Musik an und las ihren neuesten Roman, als ich die Haustür öffnete und lauthals schrie. Es dauerte ein paar Minuten, bis sie mich hörte, und dann kam sie auf mich zugelaufen.

»Was ist denn jetzt schon wieder los?« rief sie. »Ich war gerade an einer besonders spannenden Stelle und...«

»Mamma«, heulte ich, »mir fehlt etwas, etwas ganz Furchtbares! Es ist unterwegs passiert. Ich habe schreckliche Krämpfe bekommen, und dann habe ich angefangen zu bluten, aber Emily ist weggerannt und hat mich im Stich gelassen. Meine Bücher habe ich auch alle liegen lassen!« jammerte ich.

Mamma kam näher und sah das Blut, das an meinem Bein herunterrann.

»Ach, du meine Güte, du meine Güte!« sagte sie und preßte sich die rechte Handfläche auf die Wange. »Du hast jetzt schon deine Zeit.«

Ich sah schockiert zu ihr auf, und mein Herz hämmerte.

»Genau das hat Emily auch gesagt.« Ich rieb mir die Tränen von den Wangen. »Was heißt das?«

»Das heißt«, sagte Mamma seufzend, »daß du früher, als ich erwartet hätte, eine Frau wirst. Komm mit, mein Liebes«, sagte sie und streckte die Hand aus, »wir werden dich waschen und alles in Ordnung bringen.«

»Aber ich habe meine Bücher auf der Straße liegen lassen, Mamma.«

»Ich werde Henry hinschicken, damit er sie holt. Mach dir deshalb keine Sorgen. Jetzt wollen wir erst einmal nach dir sehen«, beharrte sie.

»Ich verstehe das nicht. Es ist einfach so passiert...

mein Bauch hat weh getan, und dann habe ich angefangen zu bluten. Bin ich krank?«

»Das ist eine Frauenkrankheit, Lillian, mein Liebes. Von jetzt an«, sagte sie und nahm meine Hand, um mir etwas zu sagen, was mich in Grauen versetzen sollte, »wird dir dies einmal im Monat passieren, jeden Monat.«

»Jeden Monat!« Sogar Eugenia passierten nicht allmonatlich dieselben Schrecklichkeiten. »Warum, Mamma? Was fehlt mir?«

»Dir fehlt gar nichts, meine Liebe. Das geht allen Frauen so«, sagte sie. »Laß uns nicht lange daran herumgrübeln«, beharrte sie seufzend. »Es ist zu unerfreulich. Ich mag noch nicht einmal daran denken. Immer, wenn es dazu kommt, mache ich mir vor, es sei nicht passiert«, fuhr sie fort. »Ich tue natürlich, was ich tun muß, aber ich schenke dieser ganzen Sache einfach nicht mehr Beachtung, als sein muß.«

»Aber es tut so weh, Mamma.«

»Ja, ich weiß«, sagte sie. »Manchmal muß ich in den ersten Tagen im Bett bleiben.«

Mamma blieb tatsächlich von Zeit zu Zeit im Bett. Ich hatte mir darüber bisher nie Gedanken gemacht, aber jetzt wurde mir klar, daß eine gewisse Regelmäßigkeit hinter ihrem Verhalten verborgen war. Papa schien in diesen Zeiten sehr ungeduldig zu sein und mied sie. Gewöhnlich hielt er sich fern und befand es für nötig, eine seiner Geschäftsreisen zu unternehmen.

Oben in meinem Zimmer gab mir Mamma eine kurze Erklärung dafür ab, was der Schmerz und das Blut zu bedeuten hatten. Ich reifte zur Frau heran. Noch mehr entsetzte mich, als ich erfuhr, daß mein Körper sich in einer Form verändert hatte, die es mir ermöglichte, ein eigenes Baby zu bekommen. Ich mußte mehr darüber wissen, aber jede Frage, die ich stellte, wurde von Mamma entweder ignoriert, oder sie verzog das Gesicht und bat mich, wir sollten nicht mehr über derart gräßliche Dinge reden. Mamma erklärte mir, wie eine Frau sich an jenen Tagen schützte, und dann beendete sie schnell unser Gespräch. Meine Neugier war jedoch geweckt. Ich brauchte unbedingt mehr Informationen, mehr Antworten. Ich begab mich in Papas Bibliothek, denn ich hoffte, dort etwas in seinen medizinischen Büchern zu finden. Ich fand tatsächlich einen kurzen Bericht über die Fortpflanzungsorgane der Frau, und ich erfuhr etwas genauer, warum die Blutungen monatlich auftraten. Es war so schockierend, daß einem das einfach zustieß. Ich fragte mich unwillkürlich, welche anderen Überraschungen mich noch erwarteten, wenn ich älter wurde und mein Körper sich immer weiter entwickelte.

Emily streckte den Kopf in die Bibliothek und sah mich auf dem Fußboden sitzen, in meine Lektüre vertieft. Ich war derart in Gedanken versunken, daß ich sie nicht hörte, als sie näher kam.

»Das ist ja widerlich«, sagte sie und schaute auf die Darstellung der weiblichen Fortpflanzungsorgane hinunter. »Aber mich wundert nicht, daß du dir so etwas ansiehst.«

»Das ist nicht widerlich. Das sind sachliche wissenschaftliche Informationen, genau wie in unseren Schulbüchern.«

»Eben nicht. So etwas würde niemals in unseren Schulbüchern stehen«, erwiderte sie selbstsicher.

»Ich mußte doch erfahren, was mir zugestoßen ist. Du wolltest mir ja nicht helfen«, fauchte ich sie an. Sie schaute finster auf mich herunter. Als ich so auf dem Fußboden saß, wirkte Emily aus diesem Gesichtswinkel noch größer und hagerer, und ihre Gesichtszüge waren so scharf geschnitten, als sei sie aus einem Granitblock gemeißelt worden.

»Weißt du denn nicht, was das in Wirklichkeit heißt, warum es uns zustößt?«

Ich schüttelte den Kopf, und sie verschränkte die Arme unter der Brust und hob den Kopf, bis ihre Augen zur Decke schauten.

»Das ist Gottes Fluch, den er uns für das auferlegt hat, was Eva im Paradies getan hat. Von da an hat er dafür gesorgt, daß alles, was mit der Schwangerschaft und der Geburt zu tun hat, schmerzhaft und widerlich ist.« Sie schüttelte den Kopf und sah wieder auf mich hinunter. »Was glaubst du wohl, warum diese Schmerzen und diese ekelhaften Dinge dir schon so früh zugestoßen sind?« fragte sie und beantwortete dann schnell ihre eigene Frage. »Weil du außerordentlich schlecht bist, weil du selbst ein wandelnder Fluch bist.«

»Nein, das bin ich nicht«, sagte ich matt, und die Tränen verschleierten meine Augen. Sie lächelte.

»Täglich findet sich ein neuer Beweis dafür«, sagte sie triumphierend. »Das ist nur einer unter vielen. Mamma und Papa werden es schon noch merken und dich eines Tages fortschicken, und dann wirst du in einem Heim für Mädchen leben, die vom rechten Weg abgekommen sind«, drohte sie.

»Nein, das werden sie nicht tun«, sagte ich ohne große Zuversicht. Was war, wenn Emily recht hatte? Sie schien in allen anderen Punkten recht zu haben.

»Oh, doch, das werden sie tun. Sie werden es tun müssen, weil du andernfalls einen Fluch nach dem anderen über uns bringen wirst. Du wirst es ja sehen«, gelobte sie. Sie schaute noch einmal in das Buch. »Vielleicht wird Papa reinkommen und dich dabei ertappen, wie du dieses ekelhafte Zeug liest und es dir anschaust. Mach nur so weiter«, sagte sie, und dann machte sie auf dem Absatz kehrt und stolzierte selbstsicher aus der Bibliothek. Ihre letzten Worte erfüllten mich mit noch mehr Grauen. Ich klappte das Buch zu und stellte es wieder auf seinen Platz im Regal. Dann zog ich mich in mein Zimmer zurück, um über die scheußlichen Dinge nachzudenken, die Emily mir an den Kopf geworfen hatte. Was war, wenn sie recht hatte? fragte ich mich. Ich konnte nicht anders, als mir immer wieder diese Frage zu stellen.

Was war, wenn sie recht hatte?

Die Krämpfe waren immer noch so heftig, daß ich zum Abendessen nicht nach unten gehen wollte, aber Tottie kam mit meinen Büchern und Schulheften und berichtete mir, Eugenia hätte nach mir gefragt und sich gewundert, daß ich nach der Schule nicht bei ihr vorbeigeschaut hätte. Der glühende Wunsch, sie zu sehen, gab mir neue Kraft, und ich ging zu ihr, um es ihr zu erklären. Sie lag da und riß die Augen vor Erstaunen so weit auf, wie ich es getan hatte, während sie mir zuhörte. Als ich ausgeredet hatte, schüttelte sie den Kopf und fragte, ob ihr das wohl auch zustoßen würde.

»Mamma sagt, und das steht auch in den Büchern, die ich gelesen habe, daß es uns allen zustößt«, sagte ich.

»Mir wird es nicht passieren«, sagte sie prophetisch. »Mein Körper wird bis zu meinem Tod der Körper eines kleinen Mädchens bleiben.«

»Sag nicht so schreckliche Dinge«, rief ich aus.

»Das klingt ganz nach Mamma«, sagte Eugenia lächelnd. Ich mußte zugeben, daß das stimmte, und zum ersten Mal, seit ich von der Schule zurückgekommen war, lächelte ich.

»Ich kann einfach nichts dafür, daß ich klinge wie sie, wenn du bedrückende und deprimierende Dinge sagst.«

Eugenia zuckte die Achseln.

»Nach allem, was du mir erzählst, Lillian, klingt es nicht so, als sei es bedrückend und deprimierend, wenn ich meine erste Periode nicht bekomme«, erwiderte sie, und ich mußte lachen.

Ausgerechnet Eugenia, dachte ich, half mir dabei, den eigenen Schmerz zu vergessen.

An jenem Abend wollte Papa beim Abendessen wissen, warum ich nur wenig Appetit hatte und warum ich so blaß und krank aussah. Mamma sagte ihm, ich würde jetzt zur Frau, und Papa drehte sich zu mir um und sah mich auf eine ganz seltsame Art an. Es war, als sähe er mich zum ersten Mal. Seine dunklen Augen wurden schmaler.

»Sie wird so hübsch werden wie Violet«, sagte Mamma seufzend.

»Ja«, stimmte Papa ihr zu meinem Erstaunen zu. »Sie ist es jetzt schon.«

Ich warf über den Tisch hinweg einen Blick auf Emily. Ihr Gesicht war scharlachrot angelaufen. Papa war also nicht der Meinung, daß ich Flüche und Katastrophen auf The Meadows herabbeschwor, dachte ich glücklich. Auch Emily wurde das klar. Sie biß sich fest auf die Unterlippe.

»Darf ich heute abend die Bibelstelle aussuchen, Papa?« fragte sie.

»Natürlich, nur los, Emily«, sagte er und faltete seine großen Hände auf dem Tisch. Emily schaute mich an und schlug das Buch auf.

»›Und der Herr sprach: Wer hat dir's gesagt, daß du nackt bist? Hast du nicht gegessen von dem Baum, davon ich dir gebot, du solltest nicht davon essen?

Da sprach Adam‹«, sagte Emily und wandte mir ihren Blick zu, »›das Weib, das du mir zugeteilt hast, gab mir von dem Baum, und ich aß.‹«

Sie schaute wieder in die Bibel und las vor, wie Gott die Schlange strafen würde. Dann las sie mit einer klareren und lauteren Stimme: »›Und zum Weibe sprach er: Ich will dir viel Schmerzen schaffen, wenn du schwanger wirst; du sollst mit Schmerzen Kinder gebären...‹«

Sie schlug das Buch zu und lehnte sich zurück, und ein Ausdruck der Zufriedenheit stand auf ihrem Gesicht.

Weder Mamma noch Papa sagten im ersten Moment etwas. Dann räusperte sich Papa.

»Ja, also... sehr gut, Emily.« Er senkte den Kopf. »Wir danken dir für diese Gaben, Herr.«

Er fing an, sich energisch über sein Essen herzumachen, doch gelegentlich unterbrach er sich beim Essen, um mich anzusehen, und das trug noch etwas mehr zu der Verwirrung an diesem Tag bei, der der bisher seltsamste und verwirrendste Tag in meinem ganzen Leben gewesen war.

Die Veränderungen, die sich im Anschluß daran bei mir vollzogen, waren wesentlich subtiler. Mein Busen wuchs weiterhin langsam und stetig, bis Mamma eines Tages äußerte, ich hätte jetzt einen Spalt zwischen den Brüsten.

»Dieser kleine dunkle Zwischenraum zwischen unseren Brüsten«, teilte sie mir flüsternd mit, »übt eine enorme Faszination auf die Männer aus.«

Dann erzählte sie mir von einer weiblichen Romanfigur aus einem ihrer Bücher, die bewußt Mittel und Wege suchte, diesen Teil ihres Körpers zu enthüllen und betont herauszustellen. Sie trug Unterwäsche, die ihre Brüste anhob und zusammenpreßte, »damit sie vorquellen und der Spalt noch tiefer wird«. Allein schon bei dem Gedanken daran pochte mein Herz heftig.

»Die Männer haben hinter ihrem Rücken über sie geredet und sie als eine Verführerin bezeichnet«, sagte Mamma. »Du wirst von jetzt an aufpassen müssen, Lillian, daß du nichts tust, was die Männer dazu bringt, zu glauben, du könntest vielleicht eine von der Sorte sein. Es gibt lockere Mädchen, die sich nie den Respekt eines achtbaren Mannes erwerben.«

Plötzlich nahmen Dinge, die so gewöhnlich und belanglos zu sein schienen, eine neue Bedeutung an und brachten Gefahren mit sich, und Emily nahm eine neue Verantwortung auf sich, obwohl ich sicher war, daß niemand sie darum gebeten hatte. Das sagte sie mir mehr oder weniger eines Morgens auf dem Schulweg.

»Da du jetzt deine Periode hast«, erklärte sie, »bin ich ganz sicher, daß du etwas tun wirst, was Schande über unsere Familie bringen wird. Ich werde dich genau im Auge behalten.«

»Ich werde keine Schande über unsere Familie bringen«, fauchte ich sie an. Eine weitere subtile Veränderung, die sich an mir vollzogen hatte, war die, daß ich jetzt größeres Selbstvertrauen hatte. Es war, als sei eine Woge der Reife über mich hinweggespült und hätte mich um Jahre älter geworden zurückgelassen. Emily würde mich jetzt nicht mehr in Angst und Schrecken versetzen, dachte ich. Aber sie lächelte lediglich auf ihre selbstsichere und arrogante Art.

»Oh, doch, das wirst du tun«, sagte sie voraus. »Das Böse, das in dir steckt, wird bei jeder sich bietenden Gelegenheit in jeder erdenklichen Form Gestalt annehmen.« Sie machte auf dem Absatz kehrt und lief auf ihre gewohnte selbstgerechte Art weiter.

Natürlich war mir klar, daß ich jetzt in einer ganz anderen Art im Scheinwerferlicht stand, daß alles, was ich tat und sagte, beurteilt und bewertet werden würde. Ich mußte sichergehen, daß jeder einzelne Knopf meiner Bluse geschlossen war und nicht aufgehen konnte. Wenn ich zu dicht neben einem Jungen stand, weiteten sich Emilys Augen vor Interesse, und sie verfolgte jede meiner Gesten. Sie wartete nur darauf, sich auf mich zu stürzen, zu sehen, wie mein Arm einen Arm streifte, Schultern einander berührten oder, Gott behüte, mein Busen irgendeinen Körperteil irgendeines Jungen streifte, und sei es nur versehentlich, im Vorübergehen. Kaum ein Tag verging, an dem sie mich nicht beschuldigte, ich hätte geflirtet. In ihren Augen lächelte ich entweder zu oft oder bewegte meine Schultern zu eindeutig.

»Es ist für dich ein ganz einfacher und kurzer Schritt, von einem Jonas zu einer Isebel zu werden«, behauptete sie.

»Das ist es eben nicht«, gab ich zurück, obwohl ich nicht sicher war, wie sie das meinte. Aber an jenem Abend schlug sie beim Abendessen die Bibel auf und suchte sich ihren Text aus dem 1. Buch der Könige aus. Ihr Blick war so wütend wie immer, als sie die Augen starr auf mich richtete und las.

»›Und es war ihm ein Geringes, daß er wandelte in der Sünde Jerobeams, des Sohnes Nebats, und nahm dazu Isebel, die Tochter Ethbaals, des Königs zu Sidon, zum Weibe und ging hin und diente Baal und betete ihn an.‹«

Als sie mit dem Lesen fertig war, ertappte ich Papa wieder dabei, daß er mich auf eine seltsame Art ansah, nur schaute er diesmal so, als fände er, Emily könnte recht haben, ich könnte die Tochter des Bösen sein. Ich wurde sehr unsicher und wandte schnell den Blick ab.

Da Emily wie ein Geier über mir schwebte, der ständig nur darauf wartete, sich herabzustürzen, war ich hin- und hergerissen zwischen den Gefühlen, die sich entwickelten und zunahmen, Gefühlen, die mir den Wunsch eingaben, mit Jungen zusammenzusein, insbesondere mit Niles, und Schuldgefühlen. Wenn Niles mein Lächeln vorher schon gemocht hatte, dann schien er inzwischen von mir hypnotisiert zu sein. Ich glaube nicht, daß ich mich je im Unterricht umgedreht habe, ohne festzustellen, daß er mich anstarrte, und seine dunklen Augen waren sanft und voller Interesse. Ich spürte, wie ich von Kopf bis Fuß errötete, und ich nahm das Prickeln wahr, das ständig direkt unter meinen Brüsten einsetzte und sich spiralförmig durch meinen Bauch und meine Oberschenkel ausbreitete. Ich glaubte, es könnte mir bestimmt jeder meine Gefühle im Gesicht ablesen, und ich schlug schnell die Augen nieder, nachdem ich mich noch kurz vergewissert hatte, ob Emily mich auch nicht beobachtete. Das tat sie nämlich fast immer.

Jetzt blieb Emily auf dem Heimweg von der Schule immer ein wenig hinter mir zurück, damit sie hinter Niles und mir herlaufen konnte, sie wollte nicht mehr vor uns hergehen. Die Zwillinge klagten darüber, wie langsam sie lief, aber Emily ignorierte sie oder sagte ihnen, sie sollten einfach schon vorauslaufen. Natürlich spürte auch Niles Emilys Blicke und begriff, daß er einen gehörigen Abstand zu mir wahren mußte. Wenn wir Bücher oder Papiere miteinander austauschten, mußten wir sichergehen, daß unsere Finger einander nicht berührten, wenn Emily hinsah.

Eines Nachmittags in jenem Frühling bot sich uns eine Atempause, in der wir von Emilys wachsamen Augen verschont blieben. Miss Walker bat sie, nach der Schule noch zu bleiben, um ihr bei gewissen Schreibarbeiten behilflich zu sein. Emily freute sich über diese zusätzliche Verantwortung und genoß das Gefühl von Macht und Autorität, das sie ihr verlieh, und daher erklärte sie sich sofort bereit.

»Geh unter allen Umständen gleich nach Hause«, warnte sie mich in der Tür. Sie sah Niles und die Zwillinge an, die auf mich warteten. »Und paß bloß auf, daß du nichts tust, was Schande über die Booths bringt.«

»Ich bin selbst eine Booth«, fauchte ich sie an. Sie verzog hämisch das Gesicht und wandte sich ab.

Während des größten Teils des Heimwegs war ich wütend. Die Zwillinge, die es wie üblich eilig hatten, liefen schneller als Niles und ich. Es dauerte nicht lange, bis sie aus unserer Sicht verschwunden waren. Er und ich hatten unsere Lateinlektionen geübt und Konjugationen immer wieder aufgesagt, als er plötzlich stehenblieb und zu einem schmalen Weg hinsah, der nach rechts von der

Straße abzweigte. Wir waren bereits kurz vor der Abbiegung zu seinem Haus.

»Hier ist ein ganz toller Teich«, sagte er. »Er wird von einem kleinen Wasserfall gespeist, und das Wasser ist so klar, daß man die Fische in Schwärmen herumschwimmen sehen kann. Soll ich es dir zeigen? Es ist nicht weit von hier«, sagte er und fügte dann hinzu: »Es ist sozusagen mein persönliches, geheimes Versteck. Als ich klein war, habe ich geglaubt, es sei ein verwunschener Ort. Das glaube ich heute noch«, gestand er und wandte schüchtern die Augen ab.

Ich lächelte unwillkürlich. Niles wollte mich in ein Geheimnis einweihen, das er nie einer anderen Menschenseele, noch nicht einmal seinen Schwestern, erzählt hatte. Das Vertrauen, das er in mich setzte, schmeichelte mir, und gleichzeitig war ich sehr aufgeregt.

»Wenn es wirklich nur ein kleines Stückchen ist«, sagte ich. »Ich muß bald nach Hause.«

»Es ist ganz nah«, versprach er mir. »Komm mit.« Mit einer kühnen Bewegung streckte er den Arm aus und nahm meine Hand. Dann sprang er von der Straße und zog mich schnell mit sich. Ich lachte und protestierte, aber er trabte unbeirrt weiter, bis wir plötzlich, wie er es versprochen hatte, vor einem kleinen Teich standen, der im Wald verborgen war. Wir standen da und schauten über das Wasser hinweg auf den Wasserfall. Eine Krähe schwang sich von einem Baum und schwebte über den Teich. Die Sträucher und das Gras um den Teich herum wirkten grüner und üppiger als überall sonst, und das Wasser war einmalig klar. Ich konnte sehen, wie sich die Schwärme von kleinen Fischen derart synchron bewegten, daß es ganz so aussah, als hätten sie ein Unterwasserballett einstudiert. Ein großer Ochsenfrosch auf einem umgefallenen Baumstamm, der halb im Wasser lag, sah uns an und quakte.

»O Niles«, sagte ich. »Du hast recht gehabt. Dieser Ort ist wirklich verwunschen.«

»Ich dachte mir, daß es dir hier gefällt«, sagte er lächelnd. Er hielt immer noch meine Hand. »Ich komme immer hierher, wenn ich aus irgendwelchen Gründen traurig bin, und wenige Momente später fühle ich mich wieder froh. Und weißt du was?« sagte er. »Wenn du dir etwas wünschen willst, dann knie dich einfach hin, streck die Fingerspitzen ins Wasser, mach die Augen zu, und wünsch dir was.«

»Wirklich?«

»Mach schon«, redete er mir zu. »Versuch es doch.«

Ich holte tief Atem und überlegte mir, daß ich mir etwas wirklich Spannendes wünschen wollte. Ich wünschte mir, Niles und ich könnten einander küssen. Ich kam nicht dagegen an, denn als ich die Augen schloß, sah ich uns vor mir, wie wir es taten. Nachdem ich die Finger ins Wasser gestreckt hatte, stand ich wieder auf und öffnete die Augen.

»Wenn du willst, kannst du mir sagen, was du dir gewünscht hast«, sagte er. »Das wird nichts daran ändern, daß dein Wunsch wahr wird.«

»Das geht nicht«, sagte ich. Ich wußte nicht, ob ich errötete oder ob er mir meinen Wunsch von meinen Augen ablesen konnte, aber er sah mich an, als hätte er verstanden.

»Weißt du, was ich gestern getan habe?« sagte er. »Ich bin hier gewesen und habe mir gewünscht, irgendwie würde ich es schaffen, dich hierher mitzunehmen und dir den Teich zu zeigen. Und sieh nur«, sagte er und breitete die Arme aus, »hier bist du jetzt. Möchtest du mir nicht sagen, was du dir gewünscht hast?« Ich schüttelte den Kopf. »Ich habe mir auch noch etwas anderes gewünscht«, sagte er. Seine Augen wurden liebevoller, suchten meine und sahen mich fest an. »Ich habe mir gewünscht, du könntest das erste Mädchen sein, das ich je küssen werde.«

In dem Moment, in dem er es sagte, spürte ich, wie mir das Herz stehenblieb und dann zu hämmern begann. Wie konnte es bloß sein, daß er sich dasselbe gewünscht hatte, und noch dazu am selben Ort? War das hier wirklich ein verwunschener Teich? Ich schaute wieder ins Wasser und wandte mich ihm dann wieder zu. Ich sah in seine Augen, seine dunklen Augen, die sehnsüchtig warteten, und ich schloß meine Augen. Mein Herz raste, als ich mich zu ihm vorbeugte, mich fest an ihn schmiegte und dann die Berührung seiner weichen, warmen Lippen spürte, die sich auf meine legten. Es war ein schneller Kuß, fast zu kurz, um daran glauben zu können, daß es tatsächlich passiert war, aber es war passiert. Als ich die Augen wieder aufschlug, stellte ich fest, daß er immer noch dicht genug vor mir stand und seine Lippen meinen Mund jeden Moment wieder hätten berühren können. Er öffnete ebenfalls die Augen und trat dann zurück.

»Sei nicht böse«, sagte er schnell. »Ich konnte es einfach nicht lassen.«

»Ich bin nicht böse.«

»Du bist mir nicht böse?«

»Nein.« Ich biß mir auf die Lippen, und dann gestand ich es ihm. »Ich habe mir dasselbe gewünscht«, sagte ich, und dann drehte ich mich eilig um, um auf dem Weg zur Straße zurückzulaufen, ehe mir das Herz zersprang. Ich stürzte auf die Straße und schnappte keuchend nach Luft. Mein Haar hatte sich gelöst und fiel mir in die Stirn und auf die Wangen. Einen Moment lang war ich so aufgeregt, daß ich sie gar nicht sah. Aber als ich mich umdrehte und in Richtung Schule schaute, kam Emily mir entgegen. Sie blieb aufgeregt stehen. Im nächsten Moment tauchte auch Niles aus den Wäldern auf.

Und mein Herz, das so leicht wie eine Feder geworden

war, wurde zu einem Klumpen Blei. Ohne zu zögern, rannte ich den ganzen Weg nach Hause, von Emilys anklagenden Augen gehetzt. Selbst nachdem ich die Tür schon hinter mir geschlossen hatte, konnte ich sie immer noch Isebel rufen hören.

5

Erste Liebe

Ich saß in meinem Zimmer auf dem Bett und zitterte vor Angst. Ich sah Mamma nicht, als ich ins Haus kam, aber als ich an Papas Büro vorbeikam, sah ich, daß die Tür offenstand, und mein Blick fiel kurz auf ihn, wie er hinter seinem Schreibtisch saß und arbeitete; Rauch stieg spiralförmig von seiner dicken Zigarre auf, die in einem Aschenbecher lag, und daneben stand sein Glas mit Bourbon und Minze. Er schaute nicht von seinen Papieren auf. Ich eilte nach oben und frisierte mein Haar, aber wenn ich mir die Wangen auch noch so heftig schrubbte, dann ließ sich doch die Röte nicht entfernen. Ich würde für den Rest meines Lebens schuldbewußt und beschämt aussehen, dachte ich. Und warum? Was hatte ich bloß derart Schreckliches getan?

Wenn überhaupt, fand ich, dann war es wunderbar gewesen. Ich hatte einen Jungen geküßt... mitten auf die Lippen, und das zum ersten Mal! Es war nicht so gewesen, wie es in Mammas Liebesromanen geschildert wurde. Niles hatte seine Arme nicht um mich geschlungen, mich nicht an sich gezogen und mich durch die Luft gewirbelt; aber für mich war es genauso aufregend gewesen wie diese langen, umwerfenden Küsse, die die Frauen in Mammas Büchern immer bekamen und bei denen ihr Haar im Wind wehte oder ihre Schultern entblößt waren, damit die Lippen des Mannes vom Mund über den Hals ihren Weg dorthin fanden. Die Vorstellung, er könnte das tun, erschreckte und faszinierte mich zugleich. Ob ich wohl ohnmächtig würde? Würde ich in seinen Armen zusammensinken und so hilflos werden wie die Frauen in Mammas Romanen?

Ich streckte mich flach auf dem Bett aus, um davon zu träumen, von Niles und mir zu träumen und...

Plötzlich hörte ich das Geräusch schwerer Schritte im Gang, aber es waren nicht Emilys Schritte, und Mammas waren es auch nicht. Es waren Papas schwere Schritte. Das Klappern, mit dem die Absätze seiner Stiefel auf den Boden trafen, war unverwechselbar. Ich setzte mich eilig auf und hielt den Atem an, und ich erwartete, er würde an meiner Tür vorbei zu seinem Schlafzimmer gehen, doch er blieb vor meiner Tür stehen, und im nächsten Augenblick öffnete er sie, trat ein und schloß die Tür leise hinter sich.

Papa kam selten in mein Zimmer. Ich glaubte, ich hätte die Male, die er hergekommen war, an den Fingern abzählen können. Einmal hatte Mamma ihn mitgebracht, um ihm zu zeigen, welche Umbauten sie an meinen Kleiderschränken vornehmen lassen wollte, da sie behauptete, sie müßten geräumiger sein. Dann war er, als ich die Masern gehabt hatte, kurz an der Tür stehen geblieben, um nach mir zu sehen, aber er haßte es, mit kranken Kindern zu tun zu haben, und Eugenia besuchte er kaum öfter als mich. Ich erinnere mich noch, jedesmal, wenn er tatsächlich in mein Zimmer kam, gedacht zu haben, wie groß er doch war und wie klein meine Sachen neben ihm wirkten. Es war wie mit Gulliver in Lilliput, dachte ich und erinnerte mich an die Geschichte, die ich gerade erst kürzlich gelesen hatte.

Aber Papa kam mir in verschiedenen Räumen immer wie ein anderer vor. Am unwohlsten schien er sich im Wohnzimmer mit all den zierlichen Einrichtungsgegenständen und den zerbrechlichen Dingen aus Porzellan und Glas zu fühlen. Es war, als glaubte er, Mammas kostbare Vasen und Figürchen würden zu Staub zerfallen, wenn er sie mit seinen großen Händen und den dicken Fingern auch nur anrührte. Einen besonders unbehaglichen Eindruck vermittelte er auf dem kleinen Seidensofa oder dem hochlehnigen Stuhl mit dem zierlichen Gestell. Er wollte stabile, massige, schwere und robuste Möbel um sich haben, und er knurrte immer wieder mißmutig, wenn Mamma sich darüber beklagte, wie er sich auf einen ihrer kostbaren französischen Stühle aus der Provence plumpsen ließ.

In Eugenias Zimmer erhob er nie die Stimme. Dort bewegte er sich ehrfürchtig. Ich wußte, daß er sich genausosehr davor fürchtete, Eugenia zu berühren, wie davor, Mammas kostbare Gegenstände in die Hand zu nehmen. Aber er war nie jemand gewesen, der nach außen hin viel Zuneigung zeigte. Wenn er Eugenia oder mich überhaupt geküßt hatte, als wir kleine Mädchen waren, dann war es immer nur ein kurzer Kuß auf die Wange gewesen. Und dann, als erstickte es ihn, das zu tun, räusperte er sich unweigerlich. Ich habe nie gesehen, daß er Emily je geküßt hätte. Genauso benahm er sich gegenüber Mamma, die er in unserer Gegenwart nie in den Arm nahm oder küßte, die er nie liebevoll berührte. Es schien sie jedoch nicht zu stören, und daher vermuteten Eugenia und ich jedesmal, wenn wir darüber sprachen, so sollte es nun einmal zwischen Mann und Frau sein, und das sei das Normale, gleichgültig, was wir in Büchern lasen. Dennoch fragte ich mich unwillkürlich immer wieder, ob das der Grund war, weshalb Mamma so sehr an ihren Liebesromanen hing – es war der einzige Platz, an dem sie Romantik finden konnte.

Abends am Eßtisch erschien Papa immer ganz besonders herablassend und behandelte uns bei den frommen Texten, die gelesen wurden, und bei seinem Segen wie ein hoher Kirchenbeamter, der zu Besuch gekommen war, und dann konzentrierte er sich ganz auf das Essen und verlor sich in seinen eigenen Gedanken, wenn Mamma ihn nicht mit etwas, was sie sagte, herausriß. Seine Stimme war normalerweise tief und barsch. Jedesmal, wenn er etwas sagen oder eine Frage beantworten mußte, tat er es sehr schnell und vermittelte mir das Gefühl, er wünschte, er könnte sein Abendessen allein einnehmen und müßte sich nicht von seiner Familie ablenken lassen.

In seinem Büro war er immer der Rittmeister, der hinter seinem Schreibtisch saß oder sich mit einer strammen militärischen Haltung bewegte – die Schultern zurückgezogen und gerade, den Kopf hocherhoben, die Brust vorgestreckt. Unter dem Porträt seines Vaters, auf dem er die Konföderierten-Uniform trug und sein Säbel im Sonnenschein glänzte, saß Papa und brüllte die Bediensteten und insbesondere Henry an, der oft schon wenige Zentimeter vor der Tür stehenblieb und mit dem Hut in der Hand die Befehle erwartete. Alle fürchteten sich, ihn in seinem Büro zu stören. Selbst Mamma stöhnte: »Ach, du meine Güte, du meine Güte, ich muß zum Rittmeister gehen und mit ihm reden«, als würde von ihr erwartet, daß sie durch Feuer oder über glühende Kohlen liefe. Als Kind graute mir davor, ins Büro zu gehen, wenn er dort war. Ich lief noch nicht einmal an seiner Tür vorbei, wenn es sich irgendwie vermeiden ließ.

Und wenn er fort war und ich mir seine Bücher und seine Sachen ansehen konnte, dann war es, als hätte ich einen gewaltigen Raum betreten, den Teil einer Kirche, in dem kostbare religiöse Reliquien aufbewahrt wurden. Ich lief auf Zehenspitzen über den Boden und zog die Bücher so sachte und leise, wie es nur irgend ging, von den Regalen, und immer wieder warf ich Blicke auf den Schreibtisch, um mich zu vergewissern, daß Papa nicht plötzlich aus heiterem Himmel aufgetaucht war, sich nicht aus dem

Nichts materialisiert hatte. Als ich älter wurde, wuchs mein Selbstvertrauen, und ich sah das Büro nicht mehr mit einer derartigen Beklommenheit, aber ich fürchtete nach wie vor, ich könnte Papa verärgern, und er könnte wütend auf mich werden.

Daher spürte ich, als er jetzt mit grüblerischem Gesicht und finsteren Augen mein Zimmer betrat, wie mein Herzschlag erst aussetzte und dann um so schneller wieder klopfte. Er nahm eine aufrechte Haltung ein, die Hände hinter dem Rücken, und richtete seinen Blick lange Zeit starr auf mich, ohne auch nur ein Wort zu sagen. Seine Augen schienen zu brodeln, als sie sich lodernd in mich gruben. Ich verschlang die Finger ineinander und wartete ängstlich ab.

»Steh auf«, befahl er mir plötzlich.

»Was, Papa?« Die Panik packte mich, und einen Moment lang konnte ich mich nicht von der Stelle rühren.

»Steh auf«, wiederholte er. »Ich will dich genau betrachten, dich unter einem ganz neuen Gesichtspunkt betrachten«, sagte er und nickte. »Ja. Steh auf.«

Ich tat es und strich mir den Rock glatt.

»Bringt diese Lehrerin euch denn keine gute Haltung bei?« knurrte er. »Läßt sie euch nicht mit einem Buch auf dem Kopf herumlaufen?«

»Nein, Papa.«

»Pah«, sagte er und kam auf mich zu. Er packte meine Schultern mit seinen starken Fingern und drückte so fest zu, daß es weh tat. »Zieh die Schultern zurück, Lillian, oder du wirst eines Tages Emilys Gang haben und auch so wie sie aussehen«, fügte er noch hinzu, was mich überraschte. Er hatte sie bisher noch nie in meinem Beisein kritisiert. »Ja, so ist es besser«, sagte er. Seine Augen musterten mich kritisch, und sein Blick richtete sich auf meinen knospenden Busen. Er nickte.

»Du bist über Nacht um ein paar Jahre älter geworden«, bemerkte er. »Ich hatte in der letzten Zeit so viel zu tun, daß ich nicht dazu gekommen bin, darauf zu achten, was hier direkt unter meiner Nase passiert.« Er nahm wieder eine außerordentlich aufrechte Haltung ein. »Deine Mamma hat dir von den Blümchen und den Bienchen erzählt, vermute ich?«

»Blümchen und Bienchen, Papa?« Ich dachte einen Moment lang nach und schüttelte dann den Kopf. Er räusperte sich.

»Also, ich meine nicht direkt die Blümchen und die Bienchen, Lillian. Das ist nur ein Ausdruck. Ich meine, sie hat dir erzählt, was sich zwischen einem Mann und einer Frau abspielt? Du bist anscheinend bereits eine Frau. Du solltest solche Dinge wissen.«

»Sie hat mir erzählt, wie die Babies gemacht werden«, sagte ich.

»Ah ja. Und das ist alles?«

»Sie hat mir von den Frauen in ihren Büchern erzählt und wie...«

»Ach, ihre verfluchten Bücher!« schrie er. Er deutete mit seinem dicken rechten Zeigefinger auf mich. »Damit bringst du dich nur noch viel schneller in Schwierigkeiten«, warnte er mich.

»Womit, Papa?«

»Mit diesen dämlichen Geschichten.« Er nahm wieder eine stramme Haltung ein. »Emily ist zu mir gekommen, um mir von deinem Benehmen zu berichten«, sagte er. »Und das ist kein Wunder, wenn du die Bücher deiner Mutter gelesen hast.«

»Ich habe nichts Böses getan, Papa. Wirklich, ich...« Er hob die Hand.

»Ich will die Wahrheit hören, und zwar schnell. Bist du aus dem Wald gerannt, wie Emily es behauptet?«

»Ja, Papa.«

»Ist im nächsten Moment der kleine Thompson hinter dir hergerannt und hat geschnauft und geächzt wie ein Hund, der hinter einer läufigen Hündin her ist?«

»Er ist mir nicht nachgerannt, nicht wirklich, Papa. Wir waren...«

»Hast du dir die Bluse zugeknöpft, als du aus dem Wald gelaufen kamst?« fragte er barsch.

»Mir die Bluse zugeknöpft? Oh, nein, Papa. Emily lügt, wenn sie das behauptet«, protestierte ich.

»Knöpf deine Bluse auf«, befahl er.

»Was, Papa?«

»Du hast mich gehört. Du sollst deine Bluse aufknöpfen. Jetzt mach schon.«

Ich tat es schnell. Er trat näher und schaute auf mich herab, und sein Blick fiel auf den oberen Ansatz meiner Brüste. Als er jetzt so dicht vor mir stand, roch ich unwillkürlich den Bourbon und die Minze in seinem Atem. Der Geruch war stärker denn je.

»Hast du diesem Jungen erlaubt, seine Hand dort hinzulegen?« fragte er und wies mit einer Kopfbewegung auf meinen entblößten Busen. Einen Moment lang konnte ich nichts darauf sagen. Ich errötete so schnell und so tief, daß ich glaubte, ich würde ohnmächtig vor seinen Füßen zusammensacken. Es war, als sei es Papa irgend wie gelungen, meine kühnsten Phantasien zu erraten.

»Nein, Papa.«

»Mach die Augen zu«, befahl er mir. Ich tat es. Im nächsten Moment spürte ich seine Finger auf meiner Brust. Sie fühlten sich so heiß an, daß ich glaubte, sie würden meine Haut verbrennen. »Laß die Augen geschlossen«, ordnete er an, als ich sie aufschlug. Ich schloß sie wieder, und er bewegte seine Finger weiter nach unten, bis ich spürte, wie sie von der oberen Wölbung meiner Brüste in den Spalt dazwischen glitten, der klein, aber deutlich erkennbar war. Es schien fast so, als wollte er den Umfang meiner Brüste messen. Dort blieben seine Finger einen Moment lang liegen, und dann zog er sie zurück. Ich machte die Augen auf.

»Ist es das, was er dir getan hat?« fragte er mit einer heiseren, krächzenden Stimme.

»Nein, Papa«, sagte ich, und meine Lippen und mein Kinn zitterten.

»Also gut«, sagte er und räusperte sich. »Und jetzt knöpf deine Bluse so schnell wie möglich wieder zu. Mach schon.« Er trat zurück, verschränkte die Arme unter der Brust und sah mir zu.

Ich knöpfte meine Bluse möglichst schnell wieder zu, aber meine Finger fummelten furchtbar lange an den Knöpfen herum.

»Mhm«, sagte er wie ein Detektiv. »Genau das behauptete Emily. Sie hätte dich so an deinen Knöpfen herumfummeln sehen, als du aus dem Wald gerannt kamst.«

»Sie lügt, Papa.«

»Und jetzt hör mir gut zu«, sagte er. »Deine Mamma weiß nichts davon, weil Emily direkt zu mir gekommen ist. Wir können von Glück sagen, daß es nur Emily war, die dich gesehen hat, und nicht eine Schar von Fremden, als du allein mit einem Jungen aus dem Wald gerannt bist und dir dabei die Bluse zugeknöpft hast.«

»Aber, Papa...«

Er hob die Hand.

»Ich weiß, wie es ist, wenn ein gesundes junges Mädchen über Nacht aufblüht und zur Frau wird. Man braucht schließlich nichts weiter zu tun, als ein paar Tiere auf der Farm zu beobachten, die läufig sind, und dann versteht man dieses Feuer im Blut«, sagte Papa. »Ich will keine weiteren Geschichten über dich und den Jungen hören, wie ihr im dunklen Wald herumkriecht oder Verstecke aufsucht, um dort gottlose Dinge zu tun, hast du verstanden, Lillian? Hast du mich verstanden?« setzte er mir hartnäckig zu.

»Ja, Papa«, sagte ich mit gesenktem Kopf. Emily hatte gesprochen, und ihre Worte wurden hier als bare Münze genommen, insbesondere von Papa, dachte ich betrübt.

»Gut. Also, deine Mamma weiß nichts von alledem und braucht damit auch gar nicht erst belästigt zu werden. Sag ihr also nichts über meinen heutigen Besuch bei dir, verstanden?«

»Ja, Papa.«

»Ich werde von jetzt an besser auf dich aufpassen, Lillian, mich mehr um dich kümmern. Mir war nur nicht klar, wie schnell du erwachsen geworden bist.« Er trat wieder dichter vor mich und legte seine Hand so sachte auf mein Haar, daß ich überrascht aufblickte. »Du wirst eine Schönheit werden, und ich will nicht, daß irgendwelche sexbesessenen kleinen Jungen dich verderben, hast du gehört?«

Ich nickte und war zu schockiert, um etwas zu sagen. Er dachte einen Moment lang nach und nickte dann, um sich seine eigenen Überlegungen zu bestätigen.

»Ja«, sagte er. »Ich sehe schon, wo ich bei deiner Erziehung eine größere Rolle spielen muß. Georgia, sie geht ganz in ihren Liebesromanen auf, Geschichten, die nichts mit der Realität zu tun haben. Eines Tages in naher Zukunft werden wir beide, du und ich, uns gemeinsam hinsetzen und ein Gespräch unter Erwachsenen führen. Wir werden uns darüber unterhalten, was sich zwischen Männern und Frauen abspielt und worauf du achten mußt, wenn es um junge Männer geht.« Er lächelte fast, und seine Augen funkelten so hell, daß er einen Moment lang jünger wirkte. »Ich sollte es schließlich wissen. Ich war ja selbst einmal ein junger Mann.«

Der Anflug eines Lächelns verflog schnell wieder.

»Aber bis dahin kommst du mir nicht vom rechten Pfad ab, Lillian. Hast du gehört?«

»Ja, Papa.«

»Keine Abstecher mehr mit dem kleinen Thompson und auch mit keinem anderen Jungen. Jeder Junge, der anständig und ordentlich um dich werben will, kommt vorher zu mir und redet mit mir. Stell das jedem einzelnen gegenüber klar, und du wirst keine Schwierigkeiten bekommen, Lillian.«

»Ich habe nichts Böses getan, Papa«, sagte ich.

»Vielleicht nicht, aber was böse aussieht, das ist auch böse. Das ist nun einmal der Lauf der Welt, und du solltest es dir merken«, sagte er. »Wenn zu meinen Jugendzeiten eine junge Frau ohne Anstandsdame allein mit einem Mann im Wald spazierengegangen ist, dann mußte der Mann sie heiraten, oder sie ist als verdorben angesehen worden.«

Ich starrte ihn einen Moment lang an. Warum war die Frau diejenige, die als verdorben angesehen wurde? Warum nicht auch der Mann? Wie kam es, daß Männer solche Dinge riskieren durften, Frauen aber nicht? fragte ich mich. Und was war damit, daß ich vor vielen Jahren einmal Papa und Darlene Scott bei einem unserer aufwendigen Barbecues miteinander ertappt hatte? Die Erinnerung war noch ziemlich lebhaft, aber ich wagte es nicht, diese zu erwähnen, obwohl es mir als etwas im Gedächtnis geblieben war, was nicht nur schlimm aussah, sondern schlimm war.

»Also gut«, sagte Papa. »Und denk daran, kein Wort zu deiner Mutter. Es wird ein Geheimnis zwischen uns beiden bleiben, und wir werden dieses Geheimnis begraben.«

»Und Emily«, rief ich ihm erbittert ins Gedächtnis zurück.

»Emily tut alles, was ich ihr sage, und so wird es

immer bleiben«, bekundete er. Dann wandte er sich ab und ging zur Tür. Er warf noch einen letzten Blick auf mich zurück, und sein strenges Gesicht verzog sich zu einem schnellen Lächeln. Ebenso schnell hatte er sich wieder unter Kontrolle und schaute finster, ehe er mich allein ließ, damit ich in Ruhe über die merkwürdigen Dinge nachdenken konnte, die sich gerade zwischen uns abgespielt hatten. Ich konnte es kaum erwarten, nach unten zu laufen und Eugenia alles zu erzählen.

Eugenia hatte keinen guten Tag gehabt. In der letzten Zeit war sie immer mehr von ihren Atemgeräten abhängig geworden und nahm viel Medizin. Ihr Mittagsschlaf zog sich immer mehr in die Länge, bis es manchmal ganz den Eindruck erweckte, als schliefe sie mehr Zeit als sie wach war. Sie kam mir sogar blasser und magerer vor. Schon die kleinste Verschlechterung ihres Gesundheitszustands erschreckte mich, und daher pochte mein Herz immer sehr heftig, wenn ich sie so sah, und ich konnte kaum schlucken. Ich betrat ihr Zimmer und stellte fest, daß sie im Bett lag und ihr Kopf auf dem großen, weichen weißen Kissen noch kleiner als sonst wirkte. Es war, als versinke sie in der Matratze und schrumpfte vor meinen Augen, fiele in sich zusammen, bis sie ganz und gar verschwinden würde. Obwohl es ihr eindeutig schlecht ging und sie sehr matt war, leuchteten ihre Augen in dem Moment auf, in dem ich eintrat.

Sie mühte sich damit ab, sich auf die Ellbogen hochzuziehen, damit sie sich aufsetzen konnte. Ich lief schnell zu ihr und half ihr dabei. Dann schüttelte ich ihr Kissen auf und machte es ihr möglichst bequem. Sie bat um ein Glas Wasser und nippte daran.

»Ich habe dich schon erwartet«, sagte sie und reichte mir das Glas. »Wie war es heute in der Schule?«

»Soweit in Ordnung. Was ist los mit dir? Geht es dir

heute nicht gut?« fragte ich. Ich setzte mich auf ihr Bett und hielt ihre kleine Hand, eine Hand, die so klein und zart war, daß sie sich anfühlte, als sei sie aus Luft gemacht, als sie auf meiner Handfläche lag.

»Mit mir ist alles in Ordnung«, sagte sie eilig. »Erzähl mir von der Schule. Habt ihr etwas Neues durchgenommen?«

Ich berichtete ihr kurz von der Mathematikstunde und dem Geschichtsunterricht und auch, wie Robert Martin Erna Elliots Pferdeschwanz in das Tintenfaß getaucht hatte.

»Als sie aufgestanden ist, ist ihr die Tinte hinten auf das Kleid getropft. Miss Walker war wütend. Sie ist mit Robert rausgegangen und hat ihn mit ihrem Zollstock so fest geschlagen, daß wir ihn durch die Wände hören konnten. Er wird eine Woche lang nicht sitzen können«, sagte ich, und Eugenia lachte. Ihr Lachen ging jedoch in einen fürchterlichen Husten über, einen Anfall, der sie derart schüttelte, daß ich glaubte, sie würde in Stücke zerspringen. Ich hielt sie im Arm und klopfte ihr sachte auf den Rücken, bis der Husten nachließ. Ihr Gesicht war rot, und sie machte den Eindruck, als bekäme sie keine Luft.

»Ich hole Mamma«, rief ich und wollte schon aufstehen, aber sie packte mit erstaunlicher Kraft meine Hand und schüttelte den Kopf.

»Es ist schon gut«, sagte sie flüsternd. »Das passiert oft. Es wird schon wieder gut werden.«

Ich biß mir auf die Unterlippe, schluckte meine Tränen und setzte mich wieder neben sie.

»Wo warst du?« fragte sie. »Warum bist du erst so spät zurückgekommen?«

Ich holte tief Atem und erzählte ihr die Geschichte. Sie war begeistert, als sie von dem verwunschenen Teich hörte und ich ihr von meinem Wunsch und von Niles'

Wünschen erzählte und ihr berichtete, was wir getan hatten, und ihr Gesicht rötete sich vor Aufregung. Sie fand all das so spannend, daß sie ihre Krankheit vergaß und auf dem Bett herumhopste und mich anflehte, ihr alles noch einmal von vorn zu schildern, aber diesmal noch genauer, bis in alle Einzelheiten. Ich war noch gar nicht bei dem entsetzlichen Teil der Geschichte angelangt. Also erzählte ich ihr noch einmal, wie Niles mich darum gebeten hatte, mit ihm zu kommen, damit er mir seinen Lieblingsplatz zeigen konnte. Ich erzählte ihr von den Vögeln und den Fröschen, aber das war nicht das, was sie hören wollte. Sie wollte ganz genau wissen, wie es war, von einem Jungen auf die Lippen geküßt zu werden.

»Es ist alles so schnell gegangen, daß ich mich nicht mehr daran erinnere«, sagte ich. Auf ihrem Gesicht drückte sich eine solche Enttäuschung aus, daß ich es mir noch einmal überlegte und hinzufügte: »Aber ich erinnere mich noch daran, daß mir ein kleiner Schauer über den Rücken gelaufen ist.« Eugenia nickte mit weit aufgerissenen Augen. »Und nachdem der Augenblick vorbei war...«

»Welcher Augenblick?« warf sie eilig ein.

»Der Schauer wurde zu einer Woge von Wärme. Mein Herz hat schneller geschlagen. Ich habe so dicht vor ihm gestanden, daß ich in seine Augen aufschauen und mein eigenes Spiegelbild in seinen Pupillen sehen konnte.«

Eugenias Mund war immer noch weit geöffnet.

»Dann habe ich Angst bekommen und bin aus dem Wald gerannt, und das ist der Moment, in dem Emily mich gesehen hat«, sagte ich und erzählte ihr, was das an Folgen nach sich gezogen hatte. Sie lauschte gebannt, als ich ihr berichtete, daß Papa sich wie ein Detektiv benommen und mir befohlen hatte, das Geschehen so, wie er es sich vorstellte, noch einmal nachzuspielen.

»Er hat geglaubt, Niles hätte seine Hand in deine Bluse gesteckt?«

»Mhm.« Es war mir zu peinlich, und daher sagte ich ihr nicht, wie lange Papa seine Finger auf meinen Brüsten hatte liegen lassen. Eugenia war ebenso verwirrt von seinem Verhalten wie ich, aber sie ging nicht näher darauf ein. Statt dessen nahm sie meine Hände in ihre und versuchte, mich zu trösten.

»Emily ist doch nur neidisch, Lillian. Laß dir von ihr nicht vorschreiben, was du tun sollst«, sagte sie.

»Ich fürchte mich«, sagte ich. »Ich fürchte mich vor den Geschichten, die sie erfinden wird.«

»Ich möchte den verwunschenen Teich sehen«, erklärte Eugenia plötzlich mit überraschender Energie. »Bitte. Bitte, bring mich hin. Niles soll auch mitkommen.«

»Mamma wird es mir nicht erlauben, und Papa will nicht, daß ich ohne Begleitung mit Jungen zusammen bin.«

»Wir erzählen ihnen nichts davon. Wir gehen einfach hin«, sagte sie. Ich lehnte mich lächelnd zurück.

»Also wirklich, Eugenia Booth«, sagte ich und ahmte Louella nach. »Wie kannst du nur so reden.«

Ich konnte mich nicht erinnern, daß Eugenia je vorgeschlagen hatte, etwas zu tun, was Mamma oder Papa als ungehörig angesehen hätten.

»Wenn Papa dahinterkommt, werde ich ihm sagen, daß ich deine Anstandsdame war.«

»Du weißt doch, daß es eine Erwachsene sein muß«, sagte ich.

»Oh, bitte, Lillian, bitte«, flehte sie mich an und zog an meinem Ärmel. »Sag es Niles«, flüsterte sie. »Sag ihm, er soll sich hier mit uns treffen... am kommenden Samstag, einverstanden?«

Eugenias Betteln überraschte und belustigte mich. In der letzten Zeit brachte sie für nichts – nicht für das Eintreffen von neuen Kleidern oder neuen Spielen, nicht für Louellas Versprechen, sie würde ihr ihre Lieblingsplätzchen oder ihren Lieblingskuchen backen –, aber auch für gar nichts mehr Interesse auf oder freute sich darüber. Sie begeisterte sich nicht einmal mehr dafür, wenn ich sie in ihrem Rollstuhl über die Plantage fuhr, damit sie sich genau ansehen konnte, was alles passierte. Es war das erste Mal seit langer Zeit, daß ihr etwas wichtig genug war, um gegen die entkräftende Krankheit anzukämpfen, die sie in ihrem eigenen zerbrechlichen kleinen Körper gefangenhielt. Diesen Wunsch konnte ich ihr einfach nicht abschlagen, und ich wollte es auch gar nicht, ungeachtet der Warnungen und Drohungen Papas. Nichts reizte mich so sehr wie die Vorstellung, mit Niles an den verwunschenen Teich zurückzukehren.

Am nächsten Tag auf dem Schulweg kam Niles nicht umhin, die Kälte in Emilys Augen zu bemerken. Sie sagte kein Wort zu ihm, aber sie beobachtete mich mit Adleraugen. Ich konnte nichts weiter als »Guten Morgen« zu ihm sagen, und dann mußte ich an Emilys Seite weiterlaufen. Er lief neben seinen Schwestern her, und wir mieden beide jeden Blickkontakt. Später dann, beim Mittagessen, während Emily einen Auftrag ausführte, den Miss Walker ihr erteilt hatte, schlich ich mich zu Niles und erzählte ihm, was Emily getan hatte.

»Es tut mir leid, daß du Ärger bekommen hast«, sagte Niles.

»Schon gut«, sagte ich. Dann erzählte ich ihm von Eugenias Wunsch. Seine Augen wurden vor Erstaunen größer, und ein kleines Lächeln bildete sich um seine Lippen.

»Und das tätest du, nach allem, was passiert ist?« fragte er. Seine Augen wurden liebevoller, als er meinen Blick suchte und mir ins Gesicht sah, während ich immer wieder erklärte, wie wichtig es Eugenia war.

»Es tut mir so leid, daß sie so krank ist«, sagte er.

»Natürlich möchte ich auch gern noch einmal hingehen«, fügte ich hinzu. Er nickte.

»In Ordnung. Ich werde am Samstag nachmittag in der Nähe eures Hauses auf euch warten, und wir bringen sie hin. Um welche Zeit?«

»Nach dem Mittagessen mache ich oft Spaziergänge mit ihr. Etwa um zwei«, sagte ich, und unser Rendezvous war abgemacht. Wenige Momente später tauchte Emily auf, und Niles entfernte sich eilig, um mit anderen Jungen zu reden. Emily sah mich mit ihrer finsteren Miene so durchdringend an, daß ich die Augen niederschlagen mußte, ihren Blick aber immer noch in meinem Nacken spüren konnte. An jenem Nachmittag und an jedem weiteren Nachmittag vor dem Wochenende lief ich auf dem Heimweg neben Emily her, und Niles blieb zwischen seinen Schwestern. Wir redeten kaum ein Wort miteinander und sahen uns selten an. Emily schien zufrieden zu sein.

Als der Samstag nachmittag näherrückte, steigerte sich Eugenias Aufregung immer mehr. Sie redete von nichts anderem mehr.

»Was ist, wenn es regnet?« stöhnte sie. »Oh, ich würde sterben, wenn es regnet und ich noch eine Woche warten muß.«

»Es wird nicht regnen; das wird es nicht wagen«, sagte ich mit solcher Zuversicht zu ihr, daß sie strahlte. Sogar Mamma bemerkte beim Abendessen, Eugenias Gesichtsfarbe sähe viel gesünder aus. Sie erzählte Papa, daß einer der neuen Medikamente, die die Ärzte ihr verschrieben hatten, unter Umständen Wunder wirken könnte. Papa nickte wie üblich wortlos, aber Emily schien argwöhnisch zu sein. Natürlich spürte ich, daß sie mich ständig im Auge behielt, und ich bildete mir sogar ein, daß sie spät abends in mein Zimmer schaute, weil sie sehen wollte, ob ich schlief.

Am Freitag nach der Schule kam sie in mein Zimmer,

als ich mich gerade umzog. Emily kam fast so selten in mein Zimmer wie Papa. Ich konnte mich nicht erinnern, je mit ihr gespielt zu haben, und als ich noch kleiner war und sie manchmal gebeten wurde, auf mich aufzupassen, nahm sie mich immer in ihr Zimmer mit und brachte mich dazu, still in einer Ecke zu sitzen und mit Stiften zu malen oder mit einer Puppe zu spielen, während sie las. Ich durfte ihre Sachen nie anfassen, wobei ich sagen muß, daß ich gar nicht erst gewollt hätte. Ihr Zimmer, dessen Vorhänge fast immer zugezogen waren, war trostlos und finster. An den Wänden hatte sie statt Bildern Kreuze und die Belobigungsschreiben hängen, die der Geistliche verfaßt hatte, der in der Sonntagsschule unterrichtete. Sie hatte nie eine Puppe oder ein Spiel besessen, und leuchtende Farben waren ihr verhaßt.

Ich war im Bad, als sie in mein Zimmer kam. Ich hatte gerade meinen Rock ausgezogen und stand im BH und im Schlüpfer vor dem Spiegel und bürstete mir das Haar, das ich gelöst hatte. Mamma half mir immer, es morgens für die Schule aufzustecken, und es war ein angenehmes Gefühl, mein Haar nach dem Schultag zu lösen und es zu bürsten, bis es mir weich über die Schultern fiel. Ich war stolz auf mein Haar; es fiel mir bis weit auf den Rücken.

Emily war so leise in mein Zimmer gekommen, daß ich ihre Anwesenheit gar nicht bemerkt hatte, bis sie an der Badetür auftauchte. Ich drehte mich erschrocken um und ertappte sie dabei, wie sie mich anstarrte. Einen Moment lang glaubte ich, ihre Augen seien grün vor Neid, doch dieser Ausdruck wich schnell einer mißbilligenden Miene.

»Was willst du?« fragte ich. Sie schaute mich noch einen Moment lang an, ohne ein Wort zu sagen, und ihre Augen sogen meinen Körper in sich auf. Ihre Gedanken, woran auch immer sie denken mochte, zogen ihre Mundwinkel nach unten.

»Du solltest einen engeren BH tragen«, sagte sie schließlich. »Deine kleinen Brüste wippen beim Laufen zu sehr, und jeder kann alles sehen, was du hast, genau wie bei Shirley Potter«, sagte sie hämisch.

Shirley Potters Familie war die ärmste, die wir kannten. Shirley mußte abgelegte Kleidungsstücke tragen, und manche waren ihr zu eng, andere wiederum zu weit. Sie war zwei Jahre älter als ich, und die Art, auf die die Jungen sich die Hälse verrenkten, um ihr in die Bluse zu schauen, wenn sie sich bückte, war für Emily und die Thompson-Zwillinge eines der Lieblingsthemen.

»Den hat mir Mamma gekauft«, erwiderte ich. »Er hat die richtige Größe für mich.«

»Er sitzt zu lose«, beharrte sie und lächelte dann fast, als sie hinzufügte: »Ich weiß, daß du Niles Thompson erlaubt hast, seine Finger da reinzustecken, als du mit ihm im Wald warst, stimmt's? Und ich wette, er war noch nicht einmal der erste.«

»Nein, das habe ich ihm nicht erlaubt, und du hättest Papa auch nicht erzählen dürfen, ich hätte mir die Bluse zugeknöpft, als ich aus dem Wald gerannt kam.«

»So war es aber!«

»Nein, so war es nicht.«

Sie kam unerschrocken näher. Trotz ihrer hageren Gestalt konnte Emily einschüchternder wirken als Miss Walker und allemal einschüchternder als Mamma.

»Weißt du, was manchmal passiert, wenn du dich da von einem Jungen anfassen läßt?« fragte sie. »Du bekommst auf dem ganzen Hals einen Ausschlag, der tagelang bleiben kann. Irgendwann wird es dir einmal passieren, und dann braucht Papa nur einen Blick auf dich zu werfen. Wenn er die Pusteln sieht, weiß er gleich, was los ist.«

»Ich habe es ihm doch gar nicht erlaubt«, wimmerte ich und wich zurück. Es war mir verhaßt, wie finster

Emily blicken konnte. Ihr Mund verzog sich zu einem dünnen Lächeln. Als redete sie durch derart dünne Lippen, daß ich glaubte, sie würden zerreißen.

»Er spritzt aus ihnen raus, verstehst du, der Samen. Sogar dann, wenn er nur auf deinem Schlüpfer oder auf deiner Strumpfhose landet, könnte er durchsickern, und dann bist du schwanger.«

Ich starrte sie an. Wovon sprach sie? Was sollte das heißen: Er spritzt aus ihnen raus? Wie konnte das sein? Hatte sie etwa recht?

»Weißt du, was sie sonst noch tun?« fuhr sie fort. »Sie fassen sich selbst an und sorgen dafür, daß sie anschwellen, bis ihnen der Samen in die Hände strömt, und dann... fassen sie dich dort an«, sagte sie und schaute auf die Stelle zwischen meinen Beinen, »und davon kann man auch schwanger werden.«

»Nein ganz bestimmt nicht«, sagte ich, wenn auch nicht allzu selbstsicher. »Du versuchst doch bloß, mir Angst zu machen.«

Sie lächelte.

»Glaubst du, mich stört es, wenn du schwanger wirst und in deinem Alter mit einem dicken Bauch rumlaufen mußt? Glaubst du etwa, mich stört es, wenn du vor mörderischen Schmerzen schreist, weil das Baby so groß ist, daß es nicht rauskommen kann? Mach doch, laß dich doch schwängern«, sagte sie herausfordernd. »Vielleicht passiert dir dasselbe, was deiner leiblichen Mutter passiert ist, und dann sind wir dich endlich los.« Sie drehte sich um und ging. Dann blieb sie noch einmal stehen und schaute sich um. »Wenn er dich das nächste Mal anfaßt, solltest du dich lieber vergewissern, daß er sich vorher nicht selbst berührt hat«, warnte sie mich und ließ mich voller Furcht zurück. Ich fing an, vor Angst zu zittern, und daher schlüpfte ich eilig in meine Hauskleidung.

An jenem Abend nach dem Abendessen schlich ich

mich leise in Papas Büro. Er war auf einer seiner Geschäftsreisen, und daher konnte ich unbesorgt hingehen und brauchte nicht zu fürchten, er könnte sehen, was ich dort vorhatte. Ich wollte in dem Buch lesen, in dem der menschliche Körper und seine Fortpflanzung erklärt wurden, weil ich wissen wollte, ob dort irgend etwas stand, was die Dinge bestätigte, die Emily gesagt hatte. Ich konnte nichts darüber finden, aber auch das erleichterte mich nicht. Ich hatte zu große Angst, Mamma danach zu fragen, und ich kannte sonst niemanden außer Shirley Potter, der etwas über Jungen und Sex wußte. Ich dachte mir, irgendwann würde ich schon noch den Mut aufbringen, sie danach zu fragen.

Am nächsten Tag nach dem Mittagessen half ich Eugenia, genauso, wie wir es geplant hatten, in ihren Rollstuhl, und wir brachen zu unserer üblichen nachmittäglichen Spazierfahrt auf. Emily war nach oben in ihr Zimmer gegangen, und Mamma war mit ihren Freundinnen zum Mittagessen bei Emma Whitehall. Papa war immer noch nicht von seiner Geschäftsreise nach Richmond zurückgekehrt.

Eugenia kam mir viel leichter vor, als ich sie aus dem Bett hob und ihr auf den Stuhl half. Ich konnte spüren, wie ihre Knochen sich durch die Haut bohrten. Ihre Augen schienen tiefer in ihren Schädel gesunken zu sein, und ihre Lippen waren bei weitem bleicher als noch vor ein paar Tagen, aber sie war so voller Vorfreude, daß ihre mangelnde Kraft sie nicht von unserem Ausflug abbringen konnte, und was ihr an Energie fehlte, machte sie durch Aufregung wett.

Ich fuhr sie langsam die Auffahrt hinunter und heuchelte Interesse an den glattstämmigen weißen Rosen und den wildwachsenden Veilchen. Die Knospen der blühenden Holzapfelbäume waren aufgeplatzt und tiefrosa. Auf den Wiesen um uns herum wob das wilde Geißblatt einen

Teppich aus Weiß und Rosa. Die Eichelhäher und die Spottdrosseln schienen ebenso aufgeregt über unser Wagnis zu sein wie wir selbst. Sie schwirrten von Ast zu Ast und zwitscherten und folgten uns. In der Ferne trieb eine Reihe von kleinen Wattewölkchen in einer Lämmerkarawane von einem Ende des Himmels zum anderen. Die Luft war so warm und der Himmel so blau, daß wir uns gar keinen schöneren Frühlingstag für einen Spaziergang hätten aussuchen können. Wenn die Natur uns je dazu bringen konnte, den Umstand zu würdigen, daß wir am Leben waren, dann heute, dachte ich.

Eugenia schien dasselbe zu empfinden, als sie jeden Anblick und jeden Laut in sich aufsog und den Kopf von einer Seite auf die andere drehte, während ich sie über den Kies schob. Ich dachte, wahrscheinlich sei sie zu warm gekleidet, aber sie hielt ihren Schal mit einer Hand ganz fest, und mit der anderen paßte sie gut auf, daß die Decke auf ihrem Schoß nicht verrutschte. Als wir am Ende der Auffahrt angekommen waren, blieb ich stehen, und wir sahen beide erst zurück und schauten dann einander an und lächelten wie Komplizen. Dann schob ich sie auf die Straße. Es war das erste Mal, daß jemand sie in ihrem Rollstuhl bis hierher geschoben hatte. Ich schob sie so schnell wie möglich weiter. Wenige Momente später kam Niles Thompson hinter einem Baum hervor, um uns zu begrüßen.

Mein Herz fing an zu rasen. Ich sah mich noch einmal um, weil ich mich vergewissern wollte, daß niemand uns beobachtete.

»Hallo«, sagte Niles. »Wie geht es dir, Eugenia?«

»Mir geht es gut«, sagte sie eilig, und ihre Augen funkelten, als sie von Niles zu mir und dann wieder zu Niles sah.

»Dann möchtest du also meinen verwunschenen Teich sehen, was?« fragte er sie. Sie nickte.

»Laß uns schnell hingehen, Niles«, sagte ich.

»Laß mich sie schieben«, bot er an.

»Sei vorsichtig«, warnte ich ihn, und wir machten uns auf den Weg. Wenige Augenblicke später bogen wir auf den Pfad ein. Er war stellenweise nicht wirklich breit genug für den Rollstuhl, aber Niles schob die Räder über Sträucher und Wurzeln und blieb zwischendurch sogar einmal stehen, um die Räder vorn anzuheben. Ich konnte sehen, daß Eugenia jeden einzelnen Augenblick unseres heimlichen Ausflugs auskostete. Endlich waren wir an dem Teich angelangt.

»Oh…« rief Eugenia aus und klatschte mit den kleinen Händen. »Wie schön es hier ist!«

Als wollte die Natur, daß dies ein ganz besonderer Augenblick für sie war, sprang ein Fisch in die Luft und tauchte wieder unter Wasser, aber ehe wir fröhlich lachen konnten, erhob sich ein Schwarm Spatzen in die Luft, schwang sich so plötzlich und synchronisiert von den Ästen auf, daß es aussah, als flögen die Blätter davon. Ochsenfrösche sprangen ins Wasser und dann wieder hinaus, als wollten sie uns etwas bieten. Dann sagte Niles: »Seht nur«, und er deutete auf den Teich, an dem ein Reh erschienen war und Wasser trank. Es schaute uns einen Moment lang an. Furchtlos trank es weiter und machte dann ohne jede Eile kehrt, um wieder im Wald zu verschwinden.

»Das ist ja wirklich ein verwunschener Teich!« rief Eugenia aus. »Ich kann es spüren.«

»Ich habe es auch gleich gespürt, als ich den Teich zum ersten Mal gesehen habe«, sagte Niles. »Du weißt ja, was du tun mußt. Du mußt deine Finger ins Wasser tauchen.«

»Wie könnte ich das tun?«

Niles sah mich an.

»Ich kann dich zum Wasser tragen«, sagte Niles.

»O Niles, wenn du sie fallen läßt…«

»Er wird mich nicht fallen lassen«, erklärte Eugenia

mit ihrer prophetischen Gewißheit. »Tu es, Niles. Trag mich hin.«

Niles sah mich noch einmal an, und ich nickte, aber ich war voller Sorge. Wenn er sie fallen ließ und sie sich die Kleider durchnäßte, würde Papa mich tagelang im Räucherhaus einsperren, dachte ich. Aber Niles hob Eugenia mit anmutiger Behutsamkeit aus dem Stuhl. Sie errötete, als er sie auf seinen Armen hielt. Ohne jedes Zögern stieg er ins Wasser und bückte sich mit ihr, bis ihre Finger die Wasseroberfläche berühren konnten.

»Mach die Augen zu, und wünsch dir was«, sagte Niles zu ihr. Sie tat es, und dann trug er sie wieder zu ihrem Rollstuhl. Nachdem sie wieder da saß, bedankte sie sich bei ihm.

»Willst du wissen, was ich mir gewünscht habe?« fragte sie mich.

»Wenn du es aussprichst, könnte es passieren, daß es nicht wahr wird«, sagte ich und warf einen Blick auf Niles. »Das trifft nicht zu, wenn sie es nur dir sagt«, erklärte Niles, als sei er der Fachmann, wenn es um verzauberte Teiche und Wünsche ging.

»Bück dich, Lillian. Bück dich zu mir herunter«, ordnete Eugenia an. Ich tat es, und sie brachte ihre Lippen dicht an mein Ohr.

»Ich habe mir gewünscht, daß ihr euch noch einmal küßt, du und Niles, hier, an diesem Ort, direkt vor meinen Augen«, sagte sie. Ich errötete unwillkürlich. Als ich mich wieder aufgerichtet hatte, stand ein schalkhaftes Lächeln auf Eugenias Gesicht. »Du hast gesagt, es sei ein verwunschener Teich. Mein Wunsch muß also in Erfüllung gehen«, neckte sie mich.

»Eugenia. Du hättest dir etwas für dich allein wünschen sollen.«

»Wenn man sich nur etwas für sich selbst wünscht, wird es wahrscheinlich nicht wahr«, sagte Niles.

»Niles. Sporn sie nicht auch noch an.«

»Ich nehme an, wenn du mir ins Ohr flüsterst, was sie sich gewünscht hat, nachdem sie es dir jetzt schon gesagt hat, dann kann das auch nichts schaden. Solange die Frösche es nicht hören«, fügte er noch hinzu und stellte augenblicklich seine eigenen Regeln auf.

»Das tue ich aber nicht!«

»Sag es ihm, Lillian«, drängte mich Eugenia. »Bitte. Sag es ihm schon.«

»Eugenia.« Ich errötete von Kopf bis Fuß und spürte diese Pusteln, von denen Emily gesagt hatte, ich bekäme sie, obwohl Niles und ich einander nicht berührt hatten. Aber das störte mich nicht. Es war ein unglaublich gutes Gefühl.

»Du solltest es mir lieber sagen«, neckte mich Niles. »Sie könnte sich sonst übermäßig aufregen.«

»Ja, ganz bestimmt«, drohte Eugenia und verschränkte die Arme vor dem Körper. Sie tat so, als schmollte sie.

»Eugenia.« Mein Herz hämmerte. Ich sah Niles an, der es bereits zu wissen schien.

»Und?« sagte er.

»Ich habe ihr erzählt, was wir beide hier das erste Mal getan haben. Sie möchte, daß wir es wieder tun«, sagte ich eilig. Niles' Augen strahlten, und er lächelte.

»Was für ein wunderbarer Wunsch. Tja, wir können sie ja nicht enttäuschen«, sagte Niles. »Wir müssen ohnehin den Ruf des Teichs und seines Zaubers wahren.«

Er stellte sich vor mich, und diesmal legte er die Hände auf meine Arme, um mich näher an sich zu ziehen. Ich schloß die Augen, und seine Lippen legten sich auf meine. Er ließ sie viel länger als beim letzten Mal dort liegen und trat dann zurück.

»Zufrieden, Schwesterchen?« fragte ich und überspielte meine Verlegenheit. Sie nickte, und ihr Gesicht strahlte vor Aufregung.

»Tja, ich habe mir auch etwas gewünscht«, sagte Niles. »Ich habe mir gewünscht, ich könnte Eugenia dafür danken, daß sie so gern meinen Teich sehen wollte, und ich möchte mich mit einem Kuß bei ihr dafür bedanken«, sagte er. Eugenias Mund klappte auf, als Niles auf sie zuging und ihr einen schnellen Kuß auf die Wange drückte. Sie legte ihre Hand dorthin, als hätte er einen Teil seiner Lippen auf ihrer Haut zurückgelassen.

»Wir wollten uns jetzt lieber wieder auf den Rückweg machen«, sagte ich. »Ehe man uns vermißt.«

»Stimmt«, sagte Niles. Er drehte Eugenias Stuhl um, und wir schoben sie durch den Wald zur Straße. Niles begleitete uns, bis wir unsere Auffahrt erreicht hatten.

»Hat dir der Ausflug zum Teich Spaß gemacht, Eugenia?« fragte er.

»O ja«, sagte sie.

»Ich komme bald zu dir und besuche dich«, versprach er. »Bis bald, Lillian.«

Wir sahen ihm nach, als er fortging, und dann fing ich an, Eugenia die Auffahrt hinaufzuschieben.

»Er ist der netteste Junge, den ich je kennengelernt habe«, sagte sie. »In Wirklichkeit habe ich mir gewünscht, ihr beide würdet euch eines Tages verloben und heiraten.«

»Wirklich?«

»Mhm. Würde dir das gefallen?« fragte sie.

Ich dachte einen Moment lang darüber nach.

»Ja«, sagte ich dann. »Ich glaube schon.«

»Dann hat Niles vielleicht doch recht gehabt; vielleicht ist es ein verwunschener Teich.«

»O Eugenia, du hättest dir etwas für dich selbst wünschen sollen.«

»Selbstsüchtige Wünsche gehen nicht in Erfüllung hat Niles gesagt.«

»Ich werde wieder hingehen und mir etwas für dich wünschen«, versprach ich ihr. »Schon sehr bald.«

»Ich weiß, daß du das tun wirst«, sagte Eugenia und lehnte sich in ihrem Stuhl zurück. Die Erschöpfung zog über sie wie eine dunkle Gewitterwolke.

Als wir gerade vor dem Haus angekommen waren, wurde die Haustür aufgerissen, und Emily trat mit verschränkten Armen ins Freie. Sie schaute finster auf uns herunter.

»Wo wart ihr beiden?« fragte sie schroff.

»Wir haben nur einen netten Spaziergang miteinander gemacht«, sagte ich.

»Ihr wart lange fort«, sagte sie argwöhnisch.

»O Emily«, sagte Eugenia. »Mach nicht alles Schöne schlecht, was andere Menschen tun. Vielleicht magst du das nächste Mal mit uns kommen, wenn wir einen Spaziergang machen.«

»Du warst zu lange mit ihr draußen«, sagte Emily. »Sieh sie dir nur an. Sie ist erschöpft.«

»Nein, das bin ich nicht«, sagte Eugenia.

»Mamma wird wütend werden, wenn sie zurückkommt«, sagte Emily, ohne Eugenia zu beachten.

»Erzähl es ihr nicht, Emily. Sei keine Klatschbase. Das ist nicht nett von dir. Du hättest Papa auch nicht über Lillian und Niles erzählen dürfen. Das führt doch nur zu Ärger und bösem Blut«, schalt Eugenia sie. »Und Lillian hat nichts Böses getan. Du weißt selbst, daß sie niemals etwas Böses täte.«

Ich hielt den Atem an. Emilys Gesicht lief zum ersten Mal seit langer Zeit puterrot an. Sie konnte sich mit jedem streiten, und sie konnte sowohl Erwachsene als auch Kinder in Verlegenheit bringen und sie anfauchen, wenn es sein mußte, aber sie konnte nicht gemein zu Eugenia sein. Ihre Augen funkelten mich statt dessen wütend an.

»Das sieht ihr ähnlich – dich gegen mich aufzubringen«, bekundete Emily und machte auf dem Absatz kehrt, um wieder ins Haus zu gehen.

Mich zu verteidigen, kostete Eugenia ihren letzten Rest an Kraft. Sie ließ den Kopf zur Seite sinken. Ich rief schnell nach Henry, damit er mir half, sie die Stufen zum Haus hinaufzutragen. Sowie wir im Haus angelangt waren, schob ich sie zu ihrem Zimmer und legte sie wieder ins Bett. Sie war so matt wie eine Gliederpuppe. Wenige Momente später war sie eingeschlafen, aber ich glaube, sie träumte von dem Teich, denn selbst in ihrem Zustand furchtbarer Erschöpfung schlief sie mit einem kleinen Lächeln auf den Lippen.

Auf dem Weg zur Treppe lief ich durch das Haus, aber als ich gerade an Papas Büro vorbeikam, kam Emily heraus und packte so abrupt meinen Arm, daß ich nach Luft schnappte. Sie stieß mich gegen die Wand.

»Du hast sie zu diesem dämlichen Teich mitgenommen, stimmt's?« fragte sie. Ich schüttelte den Kopf. »Lüg mich nicht an. Ich bin doch nicht blöde. Ich habe die kleinen Zweige und das Gras in den Speichen der Räder ihres Rollstuhls gesehen. Papa wird vor Wut außer sich sein«, drohte sie mir und brachte ihr Gesicht so nahe vor meines, daß ich den winzigen Leberfleck direkt unter ihrem rechten Auge sehen konnte. »Niles war auch da, stimmt's?« klagte sie mich an und schüttelte meinen Arm.

»Laß mich los!« schrie ich. »Du bist furchtbar!«

»Du hast sie gegen mich aufgehetzt, stimmt's?« Sie ließ mich los, aber sie lächelte. »Das ist schon in Ordnung. Etwas anderes kann man von einem leibhaftigen Fluch auch nicht erwarten. Du wirst deine teuflische Saat überall pflanzen, wohin du auch gehst, und in jeden, der mit dir zu tun hat.

Aber deine Zeit wird kommen. Das Gewicht meiner Gebete wird dich erdrücken«, drohte sie.

»Laß mich in Ruhe!« kreischte ich, und Tränen strömten über meine Wangen. »Ich bin kein Fluch, ich bin kein Fluch.«

Das gemeine Lächeln wich nicht von ihrem Gesicht, ein Lächeln, das mich die Treppe hinaufhetzte, aber es sickerte unter meiner Tür hindurch und schlich sich nachts sogar in meine Träume ein.

Ob es an den Dingen lag, die Eugenia gesagt hatte, oder ob es eine Folge der Ränke war, die sie in ihrem eigenen gehässigen Geist schmiedete – jedenfalls erzählte Emily weder Mamma noch Papa etwas von meinem Ausflug mit Eugenia. An jenem Abend saß sie beim Essen stumm da und gab sich damit zufrieden, die Drohung über meinem Kopf zu schwingen. Ich übersah sie, so gut es eben ging, aber Emilys Augen waren so groß und funkelten zeitweise so finster, daß es schwer war, ihrem Blick auszuweichen.

Aber das änderte nichts; sie hatte ihren eigenen, ganz persönlichen Racheplan ausgeheckt, und wie üblich würde sie ihn mit ihrem religiösen Glauben rechtfertigen. In ihren Händen wurde die Bibel zu einer Waffe, und die führte sie erbarmungslos, wann immer sie es für notwendig hielt. Keine Strafe war zu schwer, kein See von vergossenen Tränen zu groß. Gleichgültig, wie sehr sie uns verletzte, sie legte sich zufrieden in dem Glauben schlafen, sie hätte das Werk Gottes verrichtet.

Wie Henry einmal gesagt hatte, und dabei hatte er Emily direkt angesehen: »Der Teufel, der hat keinen besseren Kämpfer auf seiner Seite als den selbstgerechten Mann oder die selbstgerechte Frau, die dieses gräßliche Schwert schwingt.«

Schon bald sollte ich die scharfe Schneide dieses Schwertes spüren.

6

Gemeine Tricks

Von allen Menschen, die mir je in meinem Leben begegnen sollten, war niemand, der es fertigbrachte, den Alltag ganz normal zu bestreiten und dabei Ränke hinter dem Rücken anderer zu schmieden, derart verschlagen wie Emily, und niemand meisterte seine Sache so gut. Sie hätte den besten Spionen auf Erden das Spionieren beibringen können; sie hätte Brutus Unterricht erteilen können, ehe er Julius Cäsar verriet. Ich war der Überzeugung, daß der Teufel persönlich sie als Studienobjekt benutzte, ehe er in Aktion trat.

Im Lauf der Woche, die auf Eugenias und meinen samstäglichen Ausflug folgte, verlor Emily kein Wort mehr darüber und sie zeigte auch nicht mehr Wut oder Aggressivität als sonst. Sie schien völlig in ihre Arbeit für den Geistlichen und die Sonntagsschule vertieft zu sein, aber auch in ihre Schularbeiten, und sie ging sogar öfter aus dem Haus als üblicherweise. Eugenia gegenüber veränderte sich ihr Verhalten kaum. Wenn überhaupt, dann schien sie etwas umgänglicher zu sein, und an einem Abend erbot sie sich sogar freiwillig, Eugenia das Essen zu bringen.

Sie suchte Eugenia ohnehin einmal in der Woche auf, um ihr religiöse Unterweisungen zukommen zu lassen – ihr eine biblische Geschichte vorzulesen oder ihr die Lehren der Kirche zu erklären. Bei mehr als einer Gelegenheit schlief Eugenia ein, während Emily ihr vorlas, und

Emily ärgerte sich schrecklich darüber und war nicht bereit, Eugenias Entschuldigungen anzunehmen.

Aber diesmal, als sie zu ihr ging und ihr aus dem Matthäus-Evangelium vorlas und Eugenia einschlief, hielt ihr Emily keinen Vortrag darüber, wie wichtig es war, wach zu bleiben und aufmerksam zuzuhören, wenn aus der Bibel laut vorgelesen wurde. Sie schlug das Buch nicht so fest zu, daß Eugenia die Augen aufriß. Statt dessen stand sie leise auf und schlich sich so lautlos wie einer von Henrys Geistern aus dem Zimmer. Sogar Eugenia hatte das Gefühl, sie hätte sich gebessert.

»Ihr tut es eben leid, was sie getan hat«, meinte Eugenia. »Sie will doch nur, daß wir sie liebhaben.«

»Ich glaube nicht, daß sie von irgend jemandem geliebt werden möchte, nicht von Mamma, nicht von Papa, vielleicht noch nicht einmal von Gott«, erwiderte ich, aber ich sah, wie sehr es Eugenia erschreckte, daß ich so wütend auf Emily war, und daher lächelte ich und dachte an etwas anderes. »Stell dir vor, sie würde sich wirklich verändern«, sagte ich. »Stell dir vor, sie ließe sich das Haar wachsen und bände es mit einer hübschen Seidenschleife zusammen, oder sie würde einmal ein hübsches Kleid anziehen und nicht immer nur diese alten grauen Säcke und diese klobigen Schuhe mit den Absätzen, die sie noch größer wirken lassen, als sie es ohnehin schon ist.«

Eugenia lächelte, als seien das nur Luftschlösser, die sich schnell in Rauch auflösen würden.

»Warum auch nicht?« fuhr ich fort. »Warum sollte sie sich nicht wie durch Zauberhand über Nacht verändern können? Vielleicht, weil sie eine ihrer Visionen hatte und ihr in der Vision befohlen worden ist, sie sollte sich ändern.

Plötzlich würde sie sich nicht mehr nur noch Kirchenmusik anhören, und sie würde Bücher lesen und Spiele spielen...«

»Stell dir vor, sie hätte einen Freund«, sagte Eugenia, die mein Spiel jetzt mitspielte.

»Und sie entschlösse sich, Lippenstift aufzutragen und sich eine Spur Rouge auf die Wangen zu tupfen?«

Eugenia unterdrückte ein Kichern.

»Und sie würde ihren Freund auch an den verwunschenen Teich mitnehmen.«

»Was würde sich die neue Emily wohl wünschen?« fragte ich mich laut.

»Auch einen Kuß?«

»Nein, keinen Kuß.« Ich dachte einen Moment lang nach und sah dann Eugenia an und lächelte fröhlich und strahlend.

»Was denn?« fragte sie. »Sag es mir«, verlangte sie und hopste auf ihrem Bett herum, als ich zögerte.

»Sie würde sich einen Busen wünschen«, erwiderte ich. Eugenia schnappte nach Luft und schlug sich die Hand vor den Mund.

»Ach, du meine Güte«, sagte sie. »Wenn Emily das gehört hätte.«

»Das wäre mir gleichgültig. Weißt du, wie die Jungen in der Schule sie hinter ihrem Rücken nennen?« fragte ich und setzte mich neben Eugenia auf ihr Bett.

»Wie denn?«

»Sie nennen sie Miss Plättbrett.«

»Nein, doch nicht im Ernst?«

»Es ist ihre eigene Schuld, so, wie sie sich anzieht und das bißchen Busen, was sie hat, plattdrückt. Sie will keine Frau sein, und sie will kein Mann sein.«

»Was will sie denn dann sein?« fragte Emily und wartete geduldig auf meine Antwort.

»Eine Heilige«, sagte ich schließlich. »Sie ist ohnehin so kalt und so hart wie die Statuen in der Kirche. Aber«, fügte ich seufzend hinzu, »wenigstens ist sie uns in den letzten Tagen nicht in die Quere gekommen, und sie ist sogar in der Schule ein bißchen netter zu mir gewesen. Sie hat mir gestern zum Mittagessen ihren Apfel gegeben.«

»Du hast zwei gegessen?«

»Ich habe einen Niles gegeben«, gestand ich.

»Hat Emily das gesehen?«

»Nein. Sie war während des Mittagessens die ganze Zeit im Haus und hat Miss Walker geholfen, Arbeiten in Rechtschreibung zu korrigieren.« Wir schwiegen beide einen Moment lang, und dann nahm ich Eugenias Hand in meine. »Rate mal, was passiert ist«, sagte ich zu ihr. »Niles möchte sich am Samstag wieder mit uns treffen. Er möchte mit uns einen Spaziergang zum Bach machen. Mamma hat ihre Freundinnen zum Essen eingeladen, und daher wird sie nichts dagegen haben, wenn sie uns nicht auch noch am Hals hat. Bete, daß es wieder schönes Wetter geben wird«, sagte ich.

»Das werde ich tun. Ich werde zweimal am Tag darum beten.«

Eugenia wirkte so glücklich wie schon lange nicht mehr, obwohl sie mehr Zeit denn je im Bett verbrachte. »Ich habe plötzlich großen Hunger«, bekundete sie. »Ist es bald Zeit zum Abendessen?«

»Ich gebe Louella Bescheid«, sagte ich und stand auf. »Ach, noch etwas, Eugenia«, sagte ich, als ich an der Tür stand. »Ich weiß, daß Emily netter zu uns war, aber ich bin trotzdem der Meinung, der nächste Samstag sollte unser Geheimnis bleiben.«

»Einverstanden«, sagte Eugenia. »Hand aufs Herz, auf daß ich tot umfalle, wenn ich mein Wort breche.«

»Sag das nicht!« rief ich aus.

»Was?«

»Sag niemals ›auf daß ich tot umfalle‹.«

»Das ist doch nur eine Redewendung. Roberta Smith sagt das jedesmal, wenn ich sie auf unseren Barbecues sehe. Jedesmal, wenn jemand sie etwas fragt, sagt sie, auf daß...«

»Eugenia!«

»Schon gut«, sagte sie und schmiegte sich an ihre Decke. Sie lächelte. »Sag Niles, daß ich mich darauf freue, ihn am Samstag wiederzusehen.«

»Wird gemacht. Und jetzt kümmere ich mich um dein Abendessen«, sagte ich und ließ sie allein, damit sie davon träumen konnte, die Dinge zu tun, die ich und meine Freundinnen als alltäglich und selbstverständlich ansahen.

Ich weiß, daß Eugenia Emily nichts von unseren Plänen für den Samstag erzählte. Sie war zu besorgt, es könnte etwas eintreten, was uns von unserem Ausflug abhielt. Aber vielleicht kam Emily an ihre Tür, als sie um einen schönen Tag betete, oder vielleicht hatte sie uns auch nachspioniert und gelauscht, als Eugenia und ich miteinander geredet hatten. Vielleicht hatte sie es auch einfach nur geahnt. Wie dem auch sei, ich bin sicher, daß sie täglich neue Ränke schmiedete.

Gerade weil wir uns so sehr darauf freuten, dauerte es endlos, bis der Samstag kam, doch als es endlich soweit war, schien zum ersten Mal in dieser Woche die Sonne strahlend durch mein Fenster, um meine Wangen zu streicheln und meine Augen zu öffnen. Ich setzte mich voller Freude auf. Als ich aus dem Fenster schaute, sah ich ein Meer aus Blau, das sich von einem Horizont zum anderen erstreckte. Eine sanfte Brise strich durch das Geißblatt. Die Welt vor meinem Fenster war einladend und verheißungsvoll.

In der Küche erzählte mir Louella, Eugenia sei bereits bei Anbruch der Dämmerung wach gewesen.

»So hungrig habe ich sie morgens noch nie erlebt«, bemerkte sie. »Ich muß ihr schnell das Frühstück machen, ehe sie es sich wieder anders überlegt. Sie ist so dünn geworden, daß man praktisch durch sie hindurchschauen kann«, fügte sie betrübt hinzu.

Ich brachte Eugenia das Frühstück und fand sie erwartungsvoll und aufrecht sitzend vor.

»Wir hätten ein Picknick planen sollen, Lillian«, klagte sie. »Jetzt haben wir noch eine furchtbar lange Wartezeit bis nach dem Mittagessen.«

»Das machen wir das nächste Mal«, sagte ich. Ich stellte das Tablett auf ihren Nachttisch und sah ihr beim Essen zu. Sie war zwar hungriger als sonst, aber sie knabberte trotzdem nur wie ein verängstigtes Vögelchen an ihrem Essen herum. Bei ihr dauerte alles zweimal so lang wie bei einem gesunden Mädchen ihres Alters.

»Heute ist ein wunderschöner Tag, stimmt's, Lillian?«

»Einfach prachtvoll.«

»Gott muß all meine Gebete erhört haben.«

»Darauf wette ich. Er hatte gar keine Chance, sonst noch etwas zu hören«, scherzte ich, und Eugenia lachte. Ihr Lachen war Musik in meinen Ohren, obwohl es sich nur noch in einem dünnen, kleinen Stimmchen ausdrückte.

Ich ging ins Eßzimmer, um mit Emily und Mamma zu frühstücken. Papa war schon früher aufgestanden und zu einem Treffen der kleineren Tabakpflanzer nach Lynchburg gefahren, denn nach Papas Angaben befanden sie sich in einem Kampf um Leben und Tod mit den Körperschaften. Obwohl Papa nicht anwesend war, sprachen wir vor dem Essen ein Gebet. Emily sorgte dafür. Die Bibelstellen, die sie auswählte, und die Art, wie sie sie vorlas, hätten meinen Argwohn wecken sollen, aber ich freute mich so sehr auf unser Abenteuer, daß ich es kaum wahrnahm.

Sie hatte sich Kapitel neun des Exodus ausgesucht und las vor, wie Gott die Ägypter bestraft hatte, als der Pharao sich weigerte, die Hebräer ziehen zu lassen. Emilys Stimme dröhnte so laut über den Tisch, daß selbst Mamma zusammenzuckte und furchtsam aufsah.

»›Also ließ der Herr Hagel regnen über Ägyptenland, daß Hagel und Feuer untereinander fuhren, so grausam, daß es desgleichen in ganz Ägyptenland nie gewesen war, seitdem Leute darin gewesen sind.‹«

Sie hob die Augen von der Seite und funkelte mich über den Tisch hinweg finster an und bewies, daß sie jedes einzelne Wort auf der Seite auswendig gelernt hatte und es jetzt frei aufsagte.

»›Und der Hagel schlug in ganz Ägyptenland alles, was auf dem Felde war, Menschen und Vieh…‹«

»Emily, meine Liebe«, sagte Mamma freundlich. Sie hätte es niemals gewagt, sie zu unterbrechen, wenn Papa dabeigewesen wäre. »Für Feuer und Schwefel ist es noch etwas zu früh am Morgen, und mein Magen revoltiert ohnehin bereits.«

»Für Feuer und Schwefel ist es nie zu früh, Mamma«, gab Emily zurück, »aber oft ist es zu spät.« Sie schaute mich finster an.

»Meine Güte, ach, du meine Güte«, stöhnte Mamma. »Laß uns doch bitte einfach anfangen zu essen«, bat sie. »Louella«, rief sie, und Louella fing an, die Eicr und den Speck aufzutragen. Widerwillig schlug Emily die Bibel zu. Als sie das getan hatte, setzte Mamma dazu an, die neuesten deftigen Klatschgeschichten zu berichten, die sie sich an diesem Samstag bestätigen lassen würde.

»Martha Atwood ist gerade von einer Reise in den Norden zurückgekommen, und sie sagt, dort rauchen die Frauen in der Öffentlichkeit Zigaretten. Also, der Captain hatte eine Cousine«, fuhr sie fort. Ich hörte mir ihre Geschichten an, aber Emily hatte sich bereits wieder in ihre eigenen Gedanken vertieft. Aber als ich Mamma gegenüber erwähnte, ich würde mit Eugenia einen Ausflug machen, wurden Emilys Augen vor Interesse groß.

»Übertreibt es bloß nicht«, warnte Mamma. »Und sorg dafür, daß sie es mollig warm hat.«

»Ich werde dafür sorgen, Mamma.«

Ich ging nach oben, um mir etwas zum Anziehen herauszusuchen. Ich schaute nach Eugenia, um mich zu vergewissern, daß sie all ihre Medikamente schluckte und ein Schläfchen hielt, und dann versprach ich ihr, sie eine gute Stunde vor ihrem Aufbruch zu wecken, damit ich ihr helfen konnte. Ich würde ihr das Haar bürsten und mit ihr gemeinsam aussuchen, was sie anziehen konnte. Mamma hatte ihr ein neues Paar Schuhe und einen breitkrempigen blauen Hut gekauft, damit ihr Gesicht immer gegen die Sonne geschützt war, wenn sie sich aus dem Haus wagte. Ich räumte mein Zimmer auf, las ein Weilchen, aß eine Kleinigkeit zu Mittag und zog mich dann an. Aber als ich mich auf den Weg zu Eugenias Zimmer machte, fand ich sie bereits wach vor. Sie saß aufrecht im Bett, aber anstelle von Aufregung stand Sorge auf ihrem Gesicht.

»Was ist los, Eugenia?« fragte ich, sowie ich eingetreten war. Sie wies mit einer Kopfbewegung auf die Ecke ihres Zimmers, in der ihr Rollstuhl immer stand.

»Ich habe es gerade erst gemerkt«, sagte sie. »Er ist nicht da. Ich kann mich nicht erinnern, wann ich ihn das letzte Mal gesehen habe. Ich bin ganz durcheinander. Hast du ihn aus irgendeinem Grund geholt?«

Ich erstarrte, denn natürlich hatte ich ihren Rollstuhl nicht fortgebracht, und Mamma hatte beim Frühstück kein Wort davon gesagt, als ich ihr erzählt hatte, ich würde mit Eugenia einen Spaziergang machen.

»Nein, aber mach dir deshalb keine Sorgen«, sagte ich und zwang mich zu einem Lächeln. »Irgendwo im Haus muß er ja sein. Vielleicht hat Tottie ihn fortgeschoben, als sie dein Zimmer geputzt hat.«

»Meinst du, Lillian?«

»Ich bin ganz sicher. Ich werde mich sofort danach umsehen. Bis gleich«, sagte ich und reichte ihr ihre Haarbürste, »du kannst schon anfangen, dir das Haar zu bürsten.«

»In Ordnung«, sagte sie mit einem kleinen Stimmchen. Ich eilte aus dem Zimmer und rannte durch die Korridore und suchte Tottie. Ich fand sie beim Abstauben im Wohnzimmer vor.

»Tottie«, rief ich, »hast du Eugenias Rollstuhl aus ihrem Zimmer geschoben?«

»Ihren Rollstuhl?« Sie schüttelte den Kopf. »Nein, Miss Lillian. Das tue ich doch nie.«

»Hast du ihn irgendwo gesehen?« fragte ich verzweifelt. Sie schüttelte den Kopf.

Wie ein Huhn, das vor Henrys Metzgermesser davonläuft, raste ich durch das große Haus, schaute in ein Zimmer nach dem anderen, durchsuchte Abstellkammern und sah sogar in der Speisekammer nach.

»Was suchst du denn so verzweifelt, Kind?« fragte Louella. Sie servierte Mamma und ihren Gästen das Mittagessen und hatte ein Tablett mit kleinen Häppchen zubereitet.

»Eugenias Rollstuhl ist verschwunden«, rief ich. »Ich habe ihn schon überall gesucht.«

»Verschwunden? Warum sollte er verschwunden sein? Bist du ganz sicher?«

»Oh, ja, Louella.«

Sie schüttelte den Kopf.

»Vielleicht solltest du am besten deine Mutter danach fragen«, schlug sie vor. Natürlich, dachte ich. Warum hatte ich das nicht gleich getan? Mamma, die wegen ihrer Esseneinladung ganz aufgeregt war, hatte wahrscheinlich nur vergessen, mir zu sagen, was mit dem Rollstuhl geschehen war. Ich lief eilig ins Eßzimmer.

Mir kam es ganz so vor, als redeten sie alle gleichzeitig, und keiner hörte dem anderen zu. Unwillkürlich fand ich, Papa hätte recht, wenn er von diesen Zusammenkünften sagte, es handelte sich dabei um eine laute Schar von gackernden Hühnern, die viel Aufhebens um den Hahn machten. Aber ich platzte so abrupt hinein, daß alle sich unterbrachen und in meine Richtung sahen.

»Wie groß sie schon ist«, bemerkte Amy Grant.

»Vor fünfzig Jahren wäre sie jetzt schon durch den Gang zum Altar geschritten«, warf Mrs. Tiddydale ein.

»Ist etwas passiert, mein Liebling?« fragte Mamma, die weiterhin entschlossen lächelte.

»Eugenias Rollstuhl, Mamma. Ich kann ihn nicht finden«, sagte ich. Mamma sah die anderen Frauen an und lachte kurz.

»Aber, Schätzchen, etwas so Großes wie einen Rollstuhl kannst du doch gewiß finden.«

»Er steht nicht da, wo er sonst immer steht. In ihrem Zimmer ist er nicht, und ich habe im ganzen Haus danach gesucht und Tottie und Louella gefragt und...«

»Lillian«, sagte Mamma mit scharfer Stimme und gebot mir Einhalt. »Wenn du noch einmal nachsiehst und dabei sorgsam die Augen aufhältst, bin ich ganz sicher, daß du einen Rollstuhl findest. Und jetzt stell nicht gleich alles so hin wie die Schlacht von Gettysburg«, fügte sie noch hinzu und lachte, und die Frauen fielen im Chor in ihr Lachen ein.

»Ja, Mamma«, sagte ich.

»Und denk daran, was ich dir gesagt habe, Schätzchen. Bleibt nicht zu lang draußen, und sorge dafür, daß sie warm eingepackt ist.«

»Ich werde dafür sorgen, Mamma«, sagte ich.

»Du hättest ohnehin erst einmal all unsere Gäste begrüßen sollen, Lillian.« Sie verzog vorwurfsvoll ihr Gesicht.

»Es tut mir leid. Guten Tag.«

Die Frauen nickten mir alle zu und lächelten. Ich wandte mich ab und verließ langsam das Zimmer. Ehe ich die Tür erreicht hatte, hatten sie die Gespräche dort wieder aufgenommen, wo sie sie unterbrochen hatten, als sei ich gar nicht da gewesen. Langsam machte ich mich wieder auf den Weg zu Eugenias Zimmer. Ich blieb stehen, als ich sah, wie Emily die Treppe herunterkam.

»Wir können Eugenias Rollstuhl nicht finden«, rief ich. »Ich habe schon alle gefragt und überall nachgesehen.«

Sie nahm eine steife Haltung ein und sah mich höhnisch an.

»Du hättest mich gleich fragen sollen. Wenn Papa nicht da ist, weiß auf The Meadows niemand so gut Bescheid wie ich. Und schon gar nicht Mamma«, fügte sie hinzu.

»O Emily, du weißt, wo er ist. Gott sei Dank. Also, wo steckt er?«

»Er ist im Geräteschuppen. Henry hat bemerkt, daß an einem der Räder oder an der Achse etwas kaputt ist. Irgend so was. Ich bin sicher, daß der Schaden inzwischen repariert worden ist. Er hat bestimmt nur vergessen, den Rollstuhl zurückzubringen.«

»So etwas vergäße Henry nicht«, erwiderte ich laut. Emily haßte es, wenn man ihr widersprach.

»Dann hat er ihn eben nicht vergessen, und der Rollstuhl steht längst wieder in ihrem Zimmer. Steht er da? Steht er in ihrem Zimmer?« fragte sie grob.

»Nein«, sagte ich leise.

»Du behandelst diesen alten Schwarzen, als sei er eine Art Prophet aus dem Alten Testament. Er ist nichts weiter als der Sohn eines früheren Sklaven, ungebildet, ein Analphabet und voll von Ignoranz und Aberglauben«, fügte sie noch hinzu. »Also«, sagte sie und verschränkte die Arme, und dabei nahm sie eine stramme Haltung ein,

»wenn du den Rollstuhl haben willst, dann geh in den Geräteschuppen, und hol ihn.«

»In Ordnung«, sagte ich, da ich es eilig hatte, meine Ruhe vor ihr zu haben und den Rollstuhl zu holen. Ich wußte, daß die arme Eugenia in ihrem Zimmer wie auf heißen Kohlen saß, und ich konnte es nicht erwarten, den Rollstuhl in ihr Zimmer zu schieben und ein Lächeln auf ihr Gesicht zu zaubern. Ich lief durch die Haustür und sprang die Stufen vor dem Haus hinunter und eilte zum Geräteschuppen. Als ich dort angekommen war, öffnete ich die Tür und schaute hinein. Dort stand der Rollstuhl, genau, wie Emily gesagt hatte. Er stand in einer Ecke und wirkte unberührt, doch die Räder waren ein bißchen verschmutzt, weil er über die Wege gerollt worden war.

Das sah Henry so gar nicht ähnlich, dachte ich. Aber dann überlegte ich mir, daß Emily vielleicht recht hatte. Vielleicht war Henry gekommen, um den Stuhl zu holen, als Eugenia geschlafen hatte, und er hatte sie nicht geweckt, um ihr zu sagen, daß er ihren Rollstuhl mitnahm, um ihn zu reparieren. Wenn man bedachte, womit ihn Papa auf der Plantage beauftragte, dann war es kein Wunder, wenn er gelegentlich etwas vergaß, schloß ich. Ich betrat den Schuppen und ging auf den Stuhl zu, als plötzlich die Tür hinter mir zugeschlagen wurde.

Es war alles so schnell gegangen und so überraschend passiert, daß ich einen Moment lang nicht begriff, was vorgefallen war. Etwas war zu mir in den Schuppen geworfen worden, und dieses Etwas... bewegte sich. Einen Augenblick lang erstarrte ich. Durch die Ritzen in den Wänden des alten Geräteschuppens fiel so gut wie kein Licht, aber es genügte, um mich nach einer Weile erkennen zu lassen, was zu mir in den Schuppen geworfen worden war... ein Stinktier!

Henry stellte Fallen auf, um Hasen zu fangen. Er verteilte diese kleinen Käfige, in die sie krochen, um an dem Salat zu knabbern, und dann fiel die Tür zu. Hinterher entschied er, ob der Hase alt und fett genug war, um verspeist zu werden. Er bereitete liebend gern Kanincheneintopf zu. Ich wollte nichts davon wissen, weil ich mir einfach nicht vorstellen konnte, kleine Häschen zu essen. Sie sahen immer so lustig und süß aus, und sie wirkten so fröhlich, wenn sie am Gras knabberten oder durch die Wiesen hoppelten. Wenn ich darüber klagte, sagte Henry, solange man einen Hasen nicht nur zum Spaß umbrächte, sei das in Ordnung.

»Auf dieser Welt frißt jeder jeden auf, mein Kind«, erklärte er mir und deutete auf einen Spatzen. »Dieser Vogel da frißt Würmer, nicht wahr, und Fledermäuse, die fressen Insekten. Füchse jagen Hasen, verstehst du.«

»Ich will nichts darüber wissen, Henry. Erzähl es mir nicht, wenn ihr einen Hasen eßt. Erzähl es mir einfach nicht«, rief ich laut. Er lächelte und nickte.

»In Ordnung, Miss Lillian. Ich werde Sie nie sonntags zum Essen einladen, wenn es einen Hasen gibt.«

Aber gelegentlich fing Henry in einer seiner Fallen anstelle eines Hasen ein Stinktier. Dann kam er mit einem Sack und warf ihn über den Käfig. Solange das Stinktier im Dunkeln war, spritzte es dieses Zeug nicht herum, erklärte er mir. Ich nehme an, Emily hatte er es auch erzählt. Aber vielleicht hatte sie es auch einfach nur beobachtet. Sie beobachtete jeden, der auf The Meadows lebte, als sei es ihr befohlen worden, ihn dabei zu ertappen, wie er sich versündigte.

Das Stinktier, das offensichtlich wütend über seine bisherige Behandlung war, sah sich argwöhnisch seine Umgebung an. Ich versuchte, mich nicht zu rühren, aber ich hatte solche Angst, daß ich gegen meinen Willen einen Schrei ausstieß und von einem Fuß auf den anderen trat. Das Stinktier sah mich und spritzte mich gezielt an.

Ich kreischte und schrie und rannte zur Tür. Sie ging nicht auf. Ich mußte immer wieder dagegenhämmern, und das Stinktier sprühte mich noch einmal an, ehe es sich unter einen Holzverschlag zurückzog. Endlich ging die Tür auf. Ein Stock war dagegengestemmt worden, damit sie klemmte und sich nicht mühelos öffnen ließ. Ich fiel hin, und im Freien merkte ich erst, wie sehr ich von Kopf bis Fuß stank.

Henry kam mit einigen der anderen Arbeiter vom Stall gerannt, aber sie waren noch keine drei Meter von mir entfernt, als sie erstarrt stehenblieben und angeekelt aufschrien. Ich war hysterisch und schlug mit den Armen um mich, als würde ich von einem Bienenschwarm angegriffen und nicht vom Gestank eines Stinktieres. Henry holte tief Luft, und dann hielt er den Atem an und kam mir zu Hilfe. Er hob mich auf seine Arme und rannte mit mir zum Hintereingang des Hauses. Dort stellte er mich auf die Treppe und rannte ins Haus, um Louella zu holen. Ich hörte ihn rufen: »Es ist wegen Lillian! Sie ist im Geräteschuppen ganz übel von einem Stinktier angesprüht worden!«

Ich ertrug meinen eigenen Gestank nicht. Ich fing an, mir das dreckige Kleid herunterzureißen, und ich trat mir die Schuhe von den Füßen. Louella kam mit Henry aus dem Haus gerannt. Sie warf einen Blick auf mich und atmete einmal ein, und dann rief sie aus: »Gütiger Herr, erbarme dich!« Sie fächelte sich frische Luft zu und kam zu mir.

»Schon gut, schon gut. Louella bringt das schon wieder in Ordnung. Mach dir keine Sorgen. Mach dir keine Sorgen. Henry«, ordnete sie an, »bring sie in den Raum hinter der Speisekammer, in dem der alte Badezuber steht. Ich werde alles an Tomatensaft holen, was ich finden kann«, sagte sie. Henry wollte mich wieder hochheben, aber ich sagte, ich könnte laufen.

»Du brauchst nicht auch noch zu leiden«, sagte ich und schlug mir die Hände vor das Gesicht.

In dem Raum hinter der Speisekammer zog ich mich vollständig aus. Louella schüttete alles, was sie an Tomatensaft finden konnte, in die Wanne, jede Dose und jedes Glas, und dann schickte sie Henry los, damit er noch mehr besorgte. Ich heulte und schluchzte, als Louella mich mit dem Saft abwusch. Hinterher hüllte sie mich in feuchte Handtücher.

»Geh jetzt nach oben, und nimm ein heißes Bad, Schätzchen«, sagte sie. »Ich komme gleich nach.«

Ich versuchte, schnell durch das Haus zu laufen, aber nicht nur mein Herz war versteinert, sondern auch meine Beine. Mamma hatte ihre Essensgäste ins Lesezimmer mitgenommen, und dort hörten sie sich jetzt auf ihrem Grammophon Musik an und tranken Tee. Niemand hatte etwas von dem Tumult vor dem Haus mitbekommen. Ich spielte mit dem Gedanken, Mamma zu erzählen, was passiert war, doch ich entschloß mich, vorher ein Bad zu nehmen. Der Gestank war immer noch ziemlich heftig und hüllte mich wie eine Wolke ein.

Louella kam in mein Badezimmer nach und half mir dabei, mich abzuschrubben. Sie seifte mich mit den süßestduftenden Seifen im ganzen Haus ein, aber selbst danach konnte ich den Gestank noch riechen.

»Du hast es auch im Haar, Schätzchen«, sagte sie betrübt. »Dieses Shampoo kann nicht dagegen an.«

»Was soll ich bloß tun, Louella?«

»Ich habe so was schon ein paarmal erlebt«, sagte sie. »Ich fürchte, am besten schneidest du dir das Haar ab, Liebling«, sagte sie.

»Das Haar?«

Mein Haar war mein ganzer Stolz. Ich hatte dichteres und weicheres Haar als alle anderen Mädchen in der ganzen Schule. Das Eishampoo, das Louella und Henry mir verordnet hatten, hatte geholfen. Mein Haar war dicht und voll und kerngesund und fiel mir weit bis auf den Rücken. Mein Haar abschneiden? Ebensogut hätte ich mir das Herz rausschneiden können.

»Du kannst es endlos oft waschen, immer wieder, und du wirst nie damit zufrieden sein, weil du selbst merkst, daß der Geruch nie ganz verschwindet. Jeden Abend, wenn du deinen Kopf auf das Kopfkissen legst, wirst du es riechen, und die Kopfkissenbezüge werden auch danach riechen.«

»O Louella, ich kann mir das Haar nicht abschneiden. Das tue ich nicht«, sagte ich trotzig. Sie sah mich verdrossen an. »Ich bleibe den ganzen Tag hier und wasche es, bis es nicht mehr schlecht riecht«, sagte ich. »Ich schaffe das schon.«

Ich massierte und massierte und spülte und spülte, aber jedesmal, wenn ich die langen Strähnen vor mein Gesicht zog und daran roch, war der Geruch des Stinktiers noch da. Fast zwei Stunden später stieg ich widerwillig aus der Badewanne und stellte mich vor den Spiegel über dem Waschbecken in meinem Bad. Louella war die Treppe rauf- und runtergegangen und hatte mir alles gebracht, was ihr und Henry nur irgend eingefallen war und was vielleicht helfen könnte. Nichts hatte etwas genutzt. Ich schaute mich an. Meine Tränen waren versiegt, aber die Pein stand noch in meinen Augen.

»Hast du Mamma schon erzählt, was passiert ist?« fragte ich Louella, als sie wiederkam.

»Ja«, sagte sie.

»Hast du ihr auch erzählt, daß ich mir eventuell das Haar abschneiden muß?« fragte ich völlig benommen.

»Ja, Schätzchen, ich habe es ihr erzählt.«

»Und was hat sie dazu gesagt?«

»Sie hat gesagt, daß es ihr leid tut. Sie kommt nach oben und sieht nach dir, sowie ihre Gäste gegangen sind.«

»Hätte sie nicht eher herkommen können? Wenigstens für einen Moment?«

»Ich werde sie fragen«, sagte Louella. Kurz darauf kam sie zurück, aber ohne Mamma.

»Sie sagt, sie kann ihre Gäste im Moment nicht einfach allein lassen. Du solltest tun, was getan werden muß, Schätzchen, all dieses Haar wird nachwachsen, und zwar schneller, als du denkst.«

»Aber bis dahin werde ich mich hassen, Louella, und ich werde keinem Menschen mehr gefallen«, rief ich aus. »Niemand wird mich hübsch finden.«

»Oh, nein, mein Kind. Du hast ein hübsches Gesicht, eines der hübschesten Gesichter im Umkreis. Niemand wird je behaupten, daß du häßlich bist.«

»Oh, doch, das werden alle sagen«, stöhnte ich und dachte an Niles und daran, wie enttäuscht er sein würde, wenn er mich sah, und wie enttäuscht er jetzt in diesem Augenblick war, weil er auf Eugenia und auf mich wartete. Aber der Gestank schien von meinem Kopf auszustrahlen und mich ganz und gar einzuhüllen. Mit zitternden Fingern nahm ich die Schere und nahm die erste Strähne in Angriff, aber ich konnte den Schnitt nicht machen.

»Ich kann es nicht, Louella«, rief ich aus. »Ich kann es einfach nicht.« Ich begrub mein Gesicht in den Armen und schluchzte. Sie kam zu mir und legte mir eine Hand auf die Schulter.

»Möchtest du, daß ich es für dich tue, Kind?«

Widerstrebend und mit einem Herzen, das so hohl wie eine Walnußschale war, nickte ich. Louella nahm die ersten Strähnen in eine Hand und die Schere in die andere. Ich hörte das Klappern der Schere, hörte jeden Schnitt, der sich auch in mein Herz grub, und mein Körper schmerzte vor Kummer.

In ihrem dunklen Zimmer saß Emily im Schein ihrer

Kerosinlampe in einer Ecke und las in der Bibel. Ich konnte ihre Stimme durch die Wände dringen hören. Ich war ganz sicher, daß sie den Auszug aus Ägypten zu Ende las, den sie schon beim Frühstück hatte vorlesen wollen, ehe Mamma ihr ins Wort gefallen war.

»›... und der Hagel schlug alles Kraut auf dem Felde und zerbrach alle Bäume auf dem Felde...‹«

Zu den Klängen der Schere weinte ich mich in einen Zustand der Benommenheit.

Als Louella fertig war, kroch ich ins Bett, rollte mich zusammen und begrub meinen Kopf unter der Decke. Ich wollte mich nicht ansehen oder von irgend jemandem angesehen werden, keinen einzigen Moment lang. Louella versuchte, mich zu trösten, aber ich schüttelte nur den Kopf und stöhnte.

»Ich will nur noch die Augen zumachen, Louella, und so tun, als sei es nicht passiert.«

Sie ging, und dann, nachdem ihre Gäste nach Hause gegangen waren, kam Mamma endlich zu mir, um nach mir zu sehen.

»O Mamma!« rief ich aus und setzte mich im Bett auf. Ich schleuderte die Decke von mir, sowie sie mein Zimmer betreten hatte. »Sieh nur! Sieh nur, was sie mir angetan hat!«

»Wer? Louella? Aber ich dachte...«

»Nein, Mamma, nicht Louella.« Meine Brust hob und senkte sich. Ich schluchzte schwer und rieb mir mit den Händen die heißen Tränen aus den Augen. »Emily«, sagte ich. »Das hat mir Emily angetan!«

»Emily?« Mamma lächelte. »Ich fürchte, das verstehe ich nicht, Schätzchen. Wie könnte Emily...«

»Sie hat Eugenias Rollstuhl im Geräteschuppen versteckt. Sie hat in einer von Henrys Fallen ein Stinktier gefunden und eine Decke darüber geworfen. Sie hat mir gesagt, ich soll in den Geräteschuppen gehen. Als ich reingegangen war, hat sie das Stinktier in den Schuppen geworfen und mich mit ihm in dem Schuppen eingesperrt. Sie hat einen Stock gegen die Tür gestemmt. Sie ist ein Ungeheuer!«

»Emily? Oh, nein, das kann ich nicht glauben...«

»Sie hat es getan, Mamma, sie hat es wirklich getan«, beharrte ich und schlug mit den Fäusten auf meine Beine. Ich schlug so fest auf mich selbst ein, daß Mamma schokkiert war. Sie holte tief Atem und preßte sich die Hand auf die Brust und schüttelte dann den Kopf.

»Warum sollte Emily so etwas tun?«

»Weil sie furchtbar ist! Und sie ist neidisch. Sie wünscht, sie hätte Freundinnen. Sie wünscht...« Ich unterbrach mich, ehe ich zuviel sagte.

Mamma starrte mich einen Moment lang an und lächelte dann.

»Es muß eine Art Mißverständnis gewesen sein, eine tragische Konstellation von Vorgängen«, entschied Mamma. »Meine Kinder tun einander so etwas nicht an, und schon gar nicht Emily. Schließlich ist sie so fromm, daß der Geistliche sein eigenes Vorgehen in Frage stellt«, fügte Mamma lächelnd hinzu. »Das sagt mir jeder.«

»Mamma, sie glaubt, sie täte gute Werke, wenn sie etwas tut, was mir weh tut. Sie glaubt, im Recht zu sein. Geh doch zu ihr, und frag sie selbst. Frag sie schon!« kreischte ich.

»Aber, aber, Lillian, du darfst nicht so schreien. Wenn der Rittmeister nach Hause kommt und dich hört...«

»Sieh mich doch an! Sieh dir mein Haar an!« Ich zog an den ungleichmäßig geschnittenen kurzen Haaren, bis es weh tat.

Mammas Gesicht wurde sanfter.

»Das mit deinem Haar tut mir leid, Schätzchen. Es tut mir wirklich leid. Aber«, sagte sie lächelnd, »du wirst einen hübschen Hut tragen, und ich gebe dir ein paar von meinen seidenen Kopftüchern und...«

»Mamma, ich kann nicht den ganzen Tag lang mit einem Schal auf dem Kopf herumlaufen, und schon gar nicht in der Schule. Die Lehrerin wird es nicht erlauben, und...«

»Natürlich kannst du das, mein Liebes. Miss Walker wird bestimmt Verständnis dafür haben.« Sie lächelte wieder und schnupperte die Luft zwischen uns. »Ich rieche gar nichts mehr. Louella hat ihre Sache gut gemacht. Man käme gar nicht darauf, daß die etwas so Schlimmes zugestoßen ist.«

»Man käme nie darauf?« Ich preßte mir die Handflächen auf das kurze Haar. »Wie kannst du das bloß sagen? Sieh mich doch an. Du erinnerst dich doch noch, wie schön mein Haar gewesen ist, wie gern du mir beim Bürsten geholfen hast.«

»Das Schlimmste ist vorbei, mein Liebes«, erwiderte Mamma. »Ich werde dafür sorgen, daß du meine Schals bekommst. Und jetzt ruh dich einfach aus, Liebling«, sagte sie und wandte sich ab, um zu gehen.

»Mamma! Willst du denn nicht mit Emily reden? Wirst du Papa etwa nicht erzählen, was sie mir angetan hat?« fragte ich tränenüberströmt. Wie konnte sie übersehen, wie gräßlich all das war? Was wäre gewesen, wenn ihr dasselbe zugestoßen wäre? Sie war genauso stolz auf ihr Haar, wie ich auf meines gewesen war. Brachte sie etwa nicht viele Stunden täglich damit zu, es zu bürsten, und war sie etwa nicht diejenige, die mir gesagt hatte, ich sollte mein Haar gut pflegen und viel dafür tun? Ihr Haar war jetzt wie gesponnenes Gold, und mein Haar war jetzt wie die Stengel von abgeschnittenen Blumen, stand steif und ungleichmäßig ab.

»Oh, wozu denn die Qual länger als nötig ausdehnen und alle im Haus leiden lassen, Lillian? Was passiert ist,

ist passiert. Ich bin ganz sicher, daß es nur einer dieser unglücklichen kleinen Versehen war. Es ist eben passiert, und jetzt läßt sich nichts mehr dagegen tun.«

»Es war kein Versehen. Emily hat es mit Absicht getan! Ich hasse sie. Mamma, ich hasse sie!« Ich spürte, wie sich mein Gesicht vor Wut rötete. Mamma starrte mich an und schüttelte dann den Kopf.

»Natürlich haßt du sie nicht. Es geht nicht an, daß jemand hier in diesem Haus einen anderen haßt. Das ließe der Rittmeister niemals durchgehen«, sagte Mamma, als bastelte sie einen ihrer Liebesromane zusammen und könnte die häßlichen und betrüblichen Vorfälle einfach umschreiben oder herausstreichen. »Und jetzt laß dir von mir von der Party erzählen.«

Ich senkte den Kopf, als Mamma sich benahm, als sei nichts Ungewöhnliches vorgefallen. Als sei mir nichts zugestoßen, erzählte sie mir Bruchstücke der Gespräche, Klatschgeschichten, an denen sie und ihre Gäste sich den ganzen Nachmittag über ergötzt hatten. Ihre Worte gingen mir zum einen Ohr hinein und zum anderen wieder hinaus, aber sie schien es nicht zu merken oder sich nicht daran zu stören.

Ich ließ mein Gesicht auf das Kissen sinken und zog die Decke wieder um mich. Mammas Stimme plätscherte dahin, bis ihr die Geschichten ausgingen, und dann ließ sie mich allein, um ein paar ihrer Schals für mich zu suchen.

Ich holte tief Atem und drehte mich im Bett um. Ich fragte mich unwillkürlich, ob Mamma mehr Mitgefühl für mich aufgebracht hätte oder wütender über diesen Vorfall gewesen wäre, wenn sie meine leibliche Mutter und nicht meine Tante gewesen wäre. Plötzlich fühlte ich mich, zum ersten Mal, wahrhaft wie ein Waisenkind. Ich fühlte mich sogar noch elender als damals, als ich die Wahrheit erfahren hatte. Neuerliches Schluchzen ließ meinen Körper beben, bis ich zu müde war, um noch weiter zu weinen. Dann fiel mir die arme Eugenia wieder ein, und ich war sicher, daß sie von Louella und Tottie nur kleine Bröckchen Wahrheit vorgesetzt bekommen hatte. Ich stand wie eine Schlafwandlerin auf und zog meinen Morgenmantel an. All meine Bewegungen waren mechanisch. Ich vermied es jedesmal, mich umzusehen, wenn ich an den Spiegeln vorbeikam. Ich schlüpfte in meine kleinen Hausschuhe mit den Bändern und lief langsam aus meinem Zimmer und zu Eugenia.

In dem Moment, in dem ich eintrat und sie mich sah, fing sie an zu weinen. Ich eilte in ihre Arme, die sie zart wie Vogelschwingen um mich schlang, und dann weinte ich ein Weilchen an ihrer schmalen Schulter, ehe ich mich zurücklehnte, um ihr all die abscheulichen Begebenheiten zu erzählen. Sie lauschte mit weitaufgerissenen Augen und schüttelte den Kopf, als wollte sie die Einzelheiten abschütteln. Aber sie war gezwungen, sie zu akzeptieren, denn jedesmal, wenn sie mich ansah, sah sie mein kurzgeschnittenes Haar.

»Ich werde so nicht in die Schule gehen«, gelobte ich. »Ich werde nirgendwo hingehen, solange mein Haar nicht nachgewachsen ist.«

»Aber, Lillian, das könnte lange dauern. Du kannst nicht so viel in der Schule verpassen.«

»Wenn die anderen Kinder mich anstarren, sterbe ich, Eugenia.« Ich schlug die Augen nieder. »Vor allem Niles.«

»Du wirst das tun, was Mamma gesagt hat. Du wirst Schals und einen Hut tragen.«

»Sie werden mich auslachen. Dafür wird Emily schon sorgen«, behauptete ich. Eugenias Gesicht wurde traurig. Ihre Traurigkeit schien sie mit jedem Moment mehr schrumpfen zu lassen. Mir war entsetzlich zumute, weil ich sie nicht aufheitern oder etwas gegen ihren Kummer tun konnte. Kein Maß an Gelächter, an Scherzen oder an Ablenkung konnte dieses Leid überdecken oder uns vergessen lassen, was mir angetan worden war.

Es wurde angeklopft, und als wir uns umdrehten, sahen wir Henry.

»Hallo, Miss Lillian, Miss Eugenia. Ich bin nur vorbeigekommen, weil ich Ihnen sagen wollte... nun ja, weil ich sagen wollte, daß der Rollstuhl noch mindestens einen Tag lang ausgelüftet werden muß, Miss Eugenia. Ich habe ihn abgewaschen, so gut es irgend ging, und ich bringe ihn zurück, sowie er diesen Geruch verloren hat.«

»Danke, Henry«, sagte Eugenia.

»Ich will verflucht sein, wenn ich weiß, wie das Vieh in den Geräteschuppen gekommen ist«, sagte Henry.

»Wir wissen, wie, Henry«, sagte ich zu ihm. Er nickte.

»Ich habe in der Nähe eine meiner Kaninchenfallen gefunden«, sagte er. Er schüttelte den Kopf. »Eine solche Gemeinheit. Eine derartige Gemeinheit«, murmelte er vor sich hin und ging.

»Wohin gehst du?« fragte Eugenia, als ich müde und teilnahmslos von ihrem Bett aufstand.

»Wieder nach oben, schlafen. Ich bin erschöpft.«

»Kommst du nach dem Abendessen wieder zu mir?«

»Ich werde es versuchen«, sagte ich. Ich haßte mich dafür, wenn ich so war, haßte mich dafür, wenn ich mir selbst leid tat, vor allem in Gegenwart von Eugenia, die mehr Grund zu Selbstmitleid hatte als jeder andere, den ich kannte, aber mein Haar war so wunderschön gewesen. Seine Länge und seine Struktur, seine Weichheit und sein kräftiger Ton hatten mir das Gefühl gegeben, älter und weiblicher zu sein. Ich wußte, wie die Jungen mich ansahen. Jetzt würde mich niemand mehr ansehen, es sei denn, um über diesen kleinen Dummkopf zu lachen, der sich von einem Stinktier ansprühen ließ.

Am späten Nachmittag kam Tottie zu mir, um mir zu

sagen, Niles hätte geläutet, um nach Eugenia und mir zu fragen.

»O Tottie, hast du ihm etwa erzählt, was passiert ist? Das hast du doch nicht getan, oder doch?« rief ich aus.

Tottie zuckte die Achseln.

»Ich hätte nicht gewußt, was ich ihm sonst sagen soll. Miss Lillian.«

»Was hast du ihm gesagt? Was hast du ihm erzählt?« erkundigte ich mich eilig.

»Ich habe ihm nur gesagt, daß Sie im Geräteschuppen von einem Stinktier angesprüht worden sind und sich das Haar abschneiden mußten.«

»Oh, nein.«

»Er steht noch unten«, sagte Tottie. »Mrs. Booth redet gerade mit ihm.«

»Oh, nein«, stöhnte ich wieder auf und ließ mich auf das Bett zurücksinken. Es war mir ja so peinlich. Ich glaubte nicht, daß ich ihm je wieder unter die Augen kommen könnte.

»Mrs. Booth, sie sagt, Sie sollten runterkommen und Ihren Herrenbesuch begrüßen.«

»Runterkommen! Niemals! Ich verlasse dieses Zimmer nicht. Ich denke gar nicht daran, und sag ihr, daß alles Emilys Schuld ist.«

Tottie ging, und ich zog die Decke wieder um mich. Mamma kam nicht nach oben, um nach mir zu sehen. Sie zog sich zu ihrer Musik und ihren Büchern zurück. Der Nachmittag ging in den frühen Abend über. Ich hörte Papa nach Hause kommen, hörte seine schweren Schritte im Gang. Als sie meine Tür erreicht hatten, hielt ich den Atem an und erwartete, er würde reinkommen, weil er sehen wollte, was geschehen war. Sicher würde er mich fragen, was passiert war. Aber er ging an meiner Tür vorbei. Entweder Mamma hatte ihm nichts von dem Vorfall erzählt, oder sie hatte es wie eine belanglose Kleinigkeit hingestellt, dachte ich betrübt. Später hörte ich ihn dann auf dem Weg zum Abendessen wieder vorbeikommen, und auch diesmal sah er nicht nach mir. Tottie wurde nach oben geschickt, damit sie mir sagte, das Essen sei fertig, aber ich sagte ihr, ich hätte keinen Hunger. Keine fünf Minuten später kam sie ächzend und keuchend zurück, weil sie die Treppe raufgerannt war, um mir zu sagen, Papa bestünde darauf, daß ich zum Essen nach unten käme.

»Der Rittmeister sagt, ihn interessiert nicht, ob Sie auch nur einen Bissen essen, aber Sie könnten sich wenigstens auf Ihren Platz setzen«, richtete mir Tottie aus. »Er scheint so wütend zu sein, als könnte er alle Säue mit einem einzigen Beilhieb abschlachten«, fügte sie noch hinzu. »Sie sollten besser nach unten kommen, Miss Lillian.«

Widerstrebend stieg ich aus dem Bett. Betäubt sah ich mich im Spiegel an. Ich schüttelte den Kopf und bemühte mich zu leugnen, was ich sah, aber das Bild wollte nicht verschwinden. Fast wäre ich erneut in Tränen ausgebrochen. Louella hatte natürlich ihr Bestes getan, aber sie war trotzdem darauf aus gewesen, mein Haar so kurz wie möglich abzuschneiden. Ein paar Büschel waren länger als andere, und mein Haar sah um die Ohren herum ausgefranst aus. Ich band mir einen von Mammas Schals um den Kopf und ging nach unten.

Emilys Lächeln war schwach und zynisch, als ich meinen Platz am Tisch einnahm. Dann veränderte sich ihr Ausdruck, bis der übliche mißbilligende Blick wieder in ihr Gesicht gemeißelt war, und sie saß mit geradem Rükken und verschränkten Armen da. Die Bibel lag aufgeschlagen vor ihr auf dem Tisch. Ich bedachte sie mit dem haßerfülltesten Blick, den ich aufbieten konnte, doch er bewirkte nur, daß sich Freude in diese grauen Augen einschlich.

Mamma lächelte, Papa musterte mich kritisch, und sein Schnurrbart zuckte.

»Nimm diesen Schal am Eßtisch ab«, befahl er.

»Aber, Papa«, stöhnte ich. »Ich sehe furchtbar aus.«

»Eitelkeit ist eine Sünde«, sagte er. »Als der Teufel Eva im Paradies in Versuchung führen wollte, hat er ihr gesagt, sie sei so schön wie Gott. Nimm den Schal ab.« Ich zögerte und hoffte, Mamma würde mir zur Hilfe kommen, doch sie saß stumm da und hatte einen gequälten Ausdruck auf dem Gesicht. »Du sollst den Schal ablegen, habe ich gesagt«, befahl Papa.

Ich tat es mit niedergeschlagenen Augen. Als ich aufblickte, sah ich, wie sehr sich Emily freute.

»Beim nächsten Mal wirst du besser darauf achtgeben, wohin du gehst und was um dich herum vorgeht«, sagte Papa.

»Aber, Papa...«

Er hob die Hand, ehe ich weitersprechen konnte.

»Ich will kein Wort mehr über diesen Zwischenfall hören. Ich habe von deiner Mutter schon genug gehört. Emily...«

Emily lächelte und schaute in die Bibel.

»›Der Herr ist mein Hirte‹«, setzte sie an. Ich hörte nicht, was sie las. Ich saß da, und mein Herz war kalt wie Stein. Tränen strömten über meine Wangen, aber ich wischte sie nicht fort. Falls Papa es bemerkte, ging er nicht darauf ein. Sowie Emily ihren Text gelesen hatte, fing er an zu essen. Mamma begann, den neuesten Klatsch zu erzählen, den sie beim Mittagessen von ihren Freundinnen gehört hatte. Papa schien zuzuhören. Er nickte gelegentlich und lachte einmal sogar. Es war, als sei das, was mir zugestoßen war, vor vielen, vielen Jahren geschehen, und ich erlebte es nur in der Erinnerung noch einmal; ich war die einzige, die diese Erinnerung noch einmal durchlebte. Ich bemühte mich, etwas zu essen, wenn auch nur, damit Papa nicht wütend wurde, aber das Essen blieb mir in der Kehle stecken, und irgendwann fing ich dann an zu würgen und mußte ein Glas Wasser trinken.

Zum Glück endete auch dieses Abendessen, und ich ging zu Eugenia, wie ich es ihr versprochen hatte, doch sie schlief. Ich setzte mich eine Zeitlang neben ihr Bett und beobachtete, wie schwer sie atmete. Zwischendurch stöhnte sie einmal, doch ihre Augen öffneten sich nicht. Schließlich ließ ich sie allein und ging nach oben in mein Zimmer, ich war erschöpft von einem der gräßlichsten Tage meines ganzen Lebens.

Als ich mein Zimmer betreten hatte, ging ich ans Fenster, um auf die Wiesen hinauszuschauen, doch es war eine sehr dunkle Nacht. Der Himmel war verhangen. In der Ferne sah ich Wetterleuchten, und dann fielen die ersten Tropfen und schlugen wie dicke Tränen gegen die Fensterscheiben. Ich zog mich in mein Bett zurück. Wenige Momente, nachdem ich das Licht ausgeschaltet und die Augen geschlossen hatte, hörte ich, wie meine Tür geöffnet wurde, und ich schlug die Augen auf.

Emily stand dort, im Dunkeln.

»Bete um Vergebung«, sagte sie.

»Was?« Ich setzte mich abrupt auf. »Du willst, daß ich um Vergebung bete – nach allem, was du mir angetan hast? Du solltest hier diejenige sein, die um Vergebung betet. Du bist ein abscheuliches Geschöpf. Warum hast du das getan? Warum bloß?«

»Ich habe dir nichts getan. Der Herr hat dich für dein sündiges Handeln bestraft. Glaubst du, irgend etwas könnte geschehen, wenn Gott nicht wünschte, daß es geschieht? Ich habe es dir doch gesagt: Du bist ein wandelnder Fluch, ein verfaulter Apfel, der alle anderen Äpfel anstecken und verfaulen lassen könnte. Solange du nicht bußfertig bist, wirst du leiden, und du wirst niemals bußfertig sein«, fügte sie hinzu.

»Ich bin nicht böse, und ich habe mich nicht versündigt! Du bist böse, und du versündigst dich!«

Sie schloß meine Tür, aber ich schrie weiter.

»Du bist hier die Böse! Du bist die, die sich versündigt!«

Ich begrub mein Gesicht in den Händen und schluchzte, bis keine Tränen mehr kamen. Dann ließ ich mich auf mein Kopfkissen zurückfallen. Ich lag im Dunkeln da und fühlte mich seltsam, wie neben mir selbst. Immer wieder hörte ich Emilys scharfe, schneidende Stimme. »Du bist böse geboren, du bist ruchlos, ein Fluch.« Ich schloß die Augen und versuchte, ihre Stimme zu verdrängen, aber sie leierte in meinen Gedanken immer wieder dieselben Worte herunter, die sich tief in meine Seele bohrten.

Hatte sie recht? Warum hätte Gott es ihr gestatten sollen, mir derart weh zu tun? fragte ich mich. Sie kann nicht recht haben. Warum sollte Gott einen Menschen, der so liebevoll und nett wie Eugenia war, leiden sehen wollen? Nein, hier war der Teufel am Werk, nicht Gott.

Aber warum ließ Gott den Teufel sein Werk tun?

Wir werden alle auf die Probe gestellt, schloß ich. Tief in meinem Innern, begraben unter Bergen von Heuchelei und Illusion, keimte die Erkenntnis, daß die größte aller Proben mir innerhalb kürzester Zeit bevorstand. Meine Prüfung war bereits gekommen. Sie war schon immer da, schwebte wie eine dunkle Wolke, die für den Wind und Gebete unempfänglich war, über The Meadows. Sie hing dort und wartete nur darauf, bis ihre Zeit gekommen war.

Und dann ergoß sich aus ihr der Regen der Traurigkeit über uns, und die Tropfen waren so kalt, daß sie mein Herz für immer und ewig erfrieren lassen sollten.

7

Die Tragödie bricht herein

Am nächsten Tag erwachte ich mit entsetzlichen Magenkrämpfen. Ich hatte Bauchschmerzen und zu allem Überfluß auch noch sehr stark meine Periode. Diesmal tat es so weh, daß ich mich wirklich in Tränen auflöste. Mamma kam, weil sie mich weinen hörte. Sie war gerade auf dem Weg nach unten zum Frühstück gewesen. Als ich ihr erzählte, was mir fehlte, entfachte sie einen großen Wirbel. Wie üblich schickte sie Louella zu mir, damit sie nach mir sah. Louella versuchte, mir beim Ankleiden zu helfen, damit ich fertig für den Schulweg war, aber ich hatte solche Krämpfe, daß ich nicht laufen konnte. Ich blieb den ganzen Tag im Bett und auch den größten Teil des nächsten Tages.

Kurz bevor sie sich am folgenden Morgen auf den Schulweg machte, tauchte Emily in meiner Tür auf, um mir zu sagen, ich solle in mich gehen und dort die Antwort darauf suchen, daß meine Monatsblutungen mir so starke Schmerzen bereiteten. Ich tat so, als hätte ich sie weder gesehen noch gehört. Ich warf keinen Blick in ihre Richtung und antwortete auch nicht. Sie ging wieder. Aber ich fragte mich unwillkürlich, warum ihre Periode ihr niemals Schwierigkeiten machte. Es war fast so, als hätte sie sie nicht.

Trotz der Schmerzen, die damit verbunden waren, sah ich meine Periode als eine Form von Segen an, da sie es mir ermöglichte, nicht mit meinem abgeschnittenen Haar der Welt gegenübertreten zu müssen. Jedesmal, wenn ich mit dem Gedanken spielte, mich anzuziehen und aus dem Haus zu gehen, spürte ich, daß mein Bauch sich noch mehr verkrampfte. Wenn ich einen Hut trug oder mich mit Schals verhüllte, dann zögerte ich ja doch nur das Unvermeidbare hinaus – den schockierten und überraschten Ausdruck auf den Gesichtern der Mädchen und das Grinsen und das Lachen auf den Gesichtern der Jungen.

Am frühen Abend des zweiten Tages schickte Mamma jedoch Louella zu mir, damit sie mich zum Abendessen nach unten holte, in erster Linie, weil Papa so wütend war.

»Der Rittmeister sagt, du sollst augenblicklich runterkommen, Schätzchen. Er wartet mit dem Essen nur noch auf dich. Ich glaube tatsächlich, er kommt nach oben und holt dich persönlich, wenn du nicht freiwillig mit mir kommst«, sagte Louella. »Er tobt und rast, und er sagt, es gäbe in diesem Haus bereits ein invalides Kind; zwei würde er nicht verkraften.«

Louella zog eines meiner Kleider aus dem Schrank und machte mich zurecht. Als ich nach unten ging, sah ich, daß Mamma geweint hatte. Papas Gesicht war rot, und er zog an den Enden seines Schnurrbarts, etwas, was er immer tat, wenn er aufgebracht war.

»So ist es schon besser«, sagte er, als ich mich setzte. »Und jetzt laßt uns anfangen.«

Nachdem Emily gelesen hatte, diesmal anscheinend endlos, aßen wir schweigend. Mamma war offensichtlich nicht dazu aufgelegt, über ihre Freundinnen und deren Leben zu plaudern. Die einzigen Geräusche rührten daher, daß Papa auf seinem Fleisch herumkaute. Ansonsten klapperten nur das Besteck und das Geschirr. Plötzlich unterbrach sich Papa beim Kauen und wandte sich an mich, als sei ihm gerade etwas eingefallen. Er deutete mit seinem langen rechten Zeigefinger auf mich und sagte: »Du wirst zusehen, daß du morgen aufstehst und zur Schule gehst, Lillian. Verstanden? Ich will nicht noch ein Kind in diesem Haus haben, das man von vorn und von hinten bedienen muß. Und schon gar nicht ein Kind, das gesund und kräftig ist und dem nichts weiter fehlt als ein übliches Frauenleiden, das regelmäßig wiederkehrt. Hast du gehört?«

Ich schluckte erst einmal, ehe ich dazu ansetzte, etwas zu sagen, und ich bemühte mich, meine Augen von seinem strengen Gesichtsausdruck loszureißen, doch schließlich nickte ich nur matt und erwiderte: »Ja, Papa.«

»Es reicht ohnehin schon, wie über diese Familie geredet wird. Da ist die eine Tochter von der Stunde null an krank, und es ist bis heute nicht besser geworden...« Er sah Mamma an. »Wenn wir einen Sohn hätten...«

Mamma fing an zu schniefen.

»Laß das bei Tisch sein«, fauchte Papa. Er fing wieder an zu essen und entschloß sich dann, statt dessen doch lieber zu meckern. »Jede gute Familie im Süden hat einen Sohn, der ihren Namen trägt und weitergibt und ihr Erbe antritt. Das heißt, alle außer den Booths. Wenn ich abtrete, dann geht mit mir auch der Name meiner Familie unter und alles, wofür er steht«, beklagte er sich. »Jedesmal, wenn ich mein Büro betrete und zu meinem Großpapa aufschaue, schäme ich mich.«

Tränen standen in Mammas Augen, aber es gelang ihr, sie zurückzuhalten. In dem Moment tat sie mir mehr leid als ich mir selbst. Es war nicht ihre Schuld, daß sie nur Mädchen geboren hatte. Nach allem, was ich über die menschliche Fortpflanzung gelesen und in Erfahrung gebracht hatte, trug auch Papa einen Teil der Verantwortung dafür. Aber noch schmerzlicher war die Vorstellung, daß Mädchen den Ansprüchen nicht genügten. Wir waren Kinder zweiter Klasse, Trostpreise.

»Ich bin gern bereit, es noch einmal zu probieren, Jed«, stöhnte Mamma. Meine Augen wurden vor Erstaunen groß. Sogar Emily wirkte interessiert. Mamma würde ein weiteres Baby bekommen, in ihrem Alter? Papa knurrte nur und aß wieder weiter.

Nach dem Abendessen ging ich zu Eugenia. Ich mußte ihr erzählen, was Papa gesagt hatte und was Mamma gesagt hatte, aber im Korridor begegnete mir Louella, die mit Eugenias Essenstablett zurückkam. Alles schien gänzlich unberührt zu sein.

»Sie ist bei dem Versuch zu essen eingeschlafen«, sagte Louella kopfschüttelnd. »Das arme Ding.«

Ich eilte in Eugenias Zimmer und stellte fest, daß sie im Tiefschlaf lag. Ihre Lider waren fest geschlossen, und ihre Brust pfiff, als sie sich unter der Decke hob und senkte. Sie sah so bleich und ausgezehrt aus, daß ich im Herzen fröstelte. Ich wartete ein Weilchen, weil ich hoffte, sie würde wach werden, aber sie rührte sich nicht, und ihre Lider flatterten noch nicht einmal, und daher zog ich mich betrübt in mein Zimmer zurück.

An jenem Abend versuchte ich, etwas mit meinem Haar anzustellen, damit es einigermaßen anständig aussah. Ich steckte Nadeln hinein. Ich versuchte es mit einer Seidenschleife. Ich bürstete es unermüdlich, aber nichts schien zu helfen. Die kurzen Haare standen nach allen Seiten ab. Es sah einfach fürchterlich aus. Mir graute davor, zur Schule zu gehen, aber als ich Papas Stiefel am Morgen im Korridor hörte, sprang ich aus dem Bett und machte mich fertig. Emily lächelte strahlend. Nie hatte ich sie derart zufrieden erlebt. Wir brachen gemeinsam auf, aber ich ließ sie vorausgehen, damit die Zwillinge und sie einen Vorsprung von etwa zehn Metern hatten, als wir uns mit den Thompsons trafen. Niles und ich folgten Emily und den Zwillingen mit Abstand.

Er lächelte in dem Moment, in dem er mich sah. Ich

fühlte mich so matt und schwach, daß ich sicher war, ein heftiger Windstoß hätte mich fortwehen können. Ich hielt meine Hutkrempe fest und mied seine Blicke, als wir auf der Straße weitertrotteten.

»Guten Morgen«, sagte er. »Es freut mich, daß du heute wieder frisch und munter bist. Du hast mir gefehlt. Dein Mißgeschick tut mir leid.«

»O Niles, es ist entsetzlich gewesen, einfach gräßlich. Papa hat mich gezwungen, zur Schule zu gehen. Andernfalls hätte ich mich wieder unter meinen Decken begraben und wäre bis Weihnachten dort geblieben«, sagte ich.

»Das kannst du doch nicht tun. Es wird schon alles in Ordnung kommen«, versicherte er mir.

»Nein, ganz bestimmt nicht«, beharrte ich. »Ich sehe furchtbar aus. Warte nur, bis du mich ohne meinen Hut siehst. Du wirst mich nicht anschauen können, ohne zu lachen«, sagte ich zu ihm.

»Lillian, in meinen Augen könntest du niemals furchtbar aussehen«, erwiderte er, »und ich würde dich niemals auslachen.« Er wandte eilig den Blick ab, und nach diesem Geständnis stieg eine dunkle Röte seinen Hals und sein Gesicht empor. Seine Worte wärmten mir das Herz und gaben mir die Kraft, durchzuhalten. Aber seine Worte konnten ebensowenig wie alle anderen Worte oder Versprechen den Schmerz lindern und die Peinlichkeit abschwächen, die mir in der Schule bevorstand.

Emily hatte ganze Arbeit geleistet und alle davon unterrichtet, was vorgefallen war. Natürlich hatte sie dabei ausgelassen, welche Rolle sie gespielt hatte, und sie hatte es so hingestellt, als sei ich aus bloßer Dummheit mit einem Stinktier aneinandergeraten. Die Jungen drängten sich zusammen und erwarteten mich. Sie fingen an, sobald ich in den Weg zum Schulgebäude einbog.

Angeführt von Robert Martin begannen sie zu gröhlen: »Hier kommt unsere Stinkeliese!« Dann rümpften sie die Nasen und schnitten Grimassen, als entströmte der Geruch des Stinktiers jetzt noch meiner Haut und meinen Kleidern. Als ich weiterlief, wichen sie zurück und kreischten und deuteten auf mich. Ihr Gelächter erfüllte die Luft. Die Mädchen lächelten und lachten auch. Emily stand etwas abseits und beobachtete es voller Zufriedenheit. Ich senkte den Kopf und ging auf die Tür des Schulhauses zu, als Robert Martin mit großen Sätzen auf mich zusprang und meine Hutkrempe packte, um mir den Hut vom Kopf zu reißen und meine Blöße zu zeigen.

»Seht sie euch an. Sie ist glatzköpfig«, schrie Samuel Dobbs. Hysterisches Gelächter drang durch den Schulhof. Sogar Emily lächelte strahlend, statt mir zu Hilfe zu kommen. Tränen rannen über mein Gesicht, als die Jungen weiterhin im Chor sangen: »Stinkeliese, Stinkeliese, Stinkeliese.« Dann sangen sie zur Abwechslung: »Kahlkopf, Kahlkopf, Kahlkopf.«

»Gib ihr ihren Hut zurück«, sagte Niles zu Robert. Robert lachte trotzig und deutete dann auf ihn.

»Du bist mit ihr gekommen, also stinkst du auch«, sagte er drohend, und die Jungen deuteten auf Niles und lachten ihn aus.

Ohne zu zögern machte Niles einen Satz und packte Robert an den Knien. Im nächsten Moment hatten die beiden einander umklammert und wälzten sich auf dem Kies der Auffahrt. Sie wirbelten eine Staubwolke auf, während die anderen Jungen sie anfeuerten und kreischten. Robert war größer als Niles, stämmiger und kräftiger, aber Niles war so wütend, daß er es fertigbrachte, Robert von sich zu stoßen und sich dann auf ihn zu werfen. Dabei wurde mein Hut übel zugerichtet.

Endlich hörte Miss Walker den Tumult und kam aus dem Schulhaus geeilt. Sie schrie, und ein Befehl genügte, damit die beiden auseinandergingen. Sämtliche anderen Kinder traten gehorsam zurück. Sie hatte die Arme in die

Hüften gestemmt, aber sowie Niles und Robert sich voneinander lösten, packte sie beide an den Haaren, und als sie sie ins Schulhaus schleifte, waren die Gesichter der beiden zu schmerzverzerrten Grimassen verzogen. Gedämpftes Gelächter war zu vernehmen, aber niemand wagte es, in dem Moment Miss Walkers Zorn auf sich zu ziehen. Billy Simpson holte mir meinen Hut. Ich dankte ihm, aber ich konnte den Hut beim besten Willen nicht wieder aufsetzen. Er war sehr staubig, und die Krempe war vorn eingerissen. Mir war es inzwischen ohnehin gleichgültig, ob ich eine Kopfbedeckung trug oder nicht, und daher lief ich mit den anderen ins Schulgebäude und setzte mich auf meinen Platz.

Robert und Niles wurden zur Strafe in die Ecke gestellt und mußten sogar während der Mittagspause dort stehen bleiben, und dann mußten sie nach der Schule auch noch eine Stunde nachsitzen. Es spielte keine Rolle, wer die Schuld trug, betonte Miss Walker. Raufen war verboten, und jeder, der dabei ertappt wurde, würde bestraft werden. Ich sah Niles an und bedankte mich mit einem Blick bei ihm. Er hatte einen Kratzer vom Kinn bis über die linke Wange, und seine Stirn war voller Beulen, doch er erwiderte meinen Blick mit einem fröhlichen Lächeln.

Es ergab sich so, daß Miss Walker mich fragte, ob ich nach der Schule auch noch bleiben wollte, um den Stoff aufzuholen, den ich verpaßt hatte. Während Niles und Robert stumm und mit gefalteten Händen, steifem Rükken und erhobenem Kopf in der hintersten Bank sitzen mußten, arbeitete Miss Walker in der vordersten Bank mit mir. Sie versuchte, mich aufzuheitern, indem sie mir sagte, mein Haar würde im Handumdrehen wieder nachwachsen und kurzes Haar sei in manchen Gegenden ohnehin groß in Mode. Kurz bevor wir mit der Arbeit fertig waren, entließ sie Niles und Robert, aber nicht, ohne sie noch streng verwarnt und ihnen gesagt zu haben, wenn sie einen von beiden noch einmal beim Raufen erwischte oder ihr zu Ohren kam, einer von beiden hätte sich wieder mit anderen geprügelt, müßten die Eltern in die Schule kommen. Roberts Gesicht war deutlich anzusehen, daß er sich davor mehr als vor allem anderen fürchtete. In dem Moment, in dem er nach Hause gehen durfte, rannte er aus dem Gebäude. Niles wartete am Fuß des Hügels auf mich. Zum Glück war Emily schon gegangen.

»Das hättest du nicht tun dürfen, Niles«, sagte ich zu ihm. »Du hast dir umsonst Ärger eingehandelt.«

»Es war nicht umsonst. Robert ist ein... ein Esel. Es tut mir leid, daß dein Hut bei der Rauferei kaputtgegangen ist«, sagte Niles. Ich hielt den Hut mit meinen Büchern im Arm.

»Ich vermute, Mamma wird böse sein. Es war einer ihrer Lieblingshüte, aber ich glaube nicht, daß ich noch einmal versuchen werde, meinen Kopf zu bedecken. Außerdem sagt Louella, ich sollte die Luft an meinen Kopf lassen, weil das Haar dann schneller nachwächst.«

»Das klingt einleuchtend«, sagte Niles. »Und ich habe noch eine andere Idee«, fügte er mit strahlenden Augen hinzu.

»Was denn?« fragte ich eilig. Er antwortete mir mit einem Grinsen. »Niles Thompson, du wirst mir auf der Stelle sagen, wovon du redest, oder...«

Er lachte und beugte sich zu mir herüber, um es mir zuzuflüstern.

»Der verwunschene Teich.«

»Was? Was sollte das nutzen?«

»Du kommst einfach jetzt gleich mit mir, wir gehen hin«, sagte er und nahm mich an der Hand. Ich war bis dahin noch nie händchenhaltend mit einem Jungen über eine öffentliche Straße gelaufen. Er hielt meine Hand ganz fest und lief, so schnell er konnte. Ich mußte fast rennen, um mit ihm Schritt zu halten. Als wir den Weg durch den Wald erreicht hatten, sprangen wir über das Gras, wie wir es beim ersten Mal getan hatten, und schon bald waren wir am Teich angelangt.

»Dann fangen wir doch mal an«, sagte Niles und kniete sich ans Ufer. Er tauchte die Hände in den Teich und stand auf. »Wir werden das verzauberte Wasser auf dein Haar sprenkeln. Mach die Augen zu, und wünsch dir etwas, während ich es tue«, sagte er. Die Nachmittagssonne strömte durch die Bäume und ließ sein dichtes dunkles Haar glänzen. Seine Augen wurden noch zärtlicher, als er mir fest in die Augen sah. Ich hatte tatsächlich das Gefühl, mich mit ihm an einem geheimnisvollen und wunderbaren Ort aufzuhalten.

»Mach schon, schließ die Augen«, drängte er mich. Ich tat es und lächelte dabei. Seit Tagen hatte ich nicht mehr gelächelt. Ich spürte, wie die Tropfen durch mein kurzgeschnittenes Haar rannen und auf meine Kopfhaut fielen, und dann spürte ich, wie Niles' Lippen sich unerwartet auf meine legten. Ich riß die Augen vor Erstaunen auf.

»Das gehört zu den Regeln«, sagte er eilig. »Wenn jemand dich mit diesem Wasser besprenkelt, dann muß er den Wunsch mit einem Kuß besiegeln.«

»Niles Thompson, du schüttelst all diese frei erfundenen Regeln aus dem Ärmel, wie es dir gerade paßt, und das weißt du selbst.«

Er zuckte die Achseln und lächelte mich weiterhin zärtlich an.

»Ich schätze, ich konnte mich nicht zurückhalten«, gestand er.

»Du wolltest mich küssen, obwohl ich so aussehe?«

»Ja, dringend. Und ich will dich auch wieder küssen«, gab er zu.

Mein Herz hämmerte vor Freude. Ich holte tief Atem und sagte: »Dann tu es.«

War es schlimm, daß ich ihn aufforderte, mich noch einmal zu küssen? Hieß das, daß Emily recht hatte... daß ich sündhaft war? Es war mir gleichgültig, ich konnte einfach nicht glauben, daß sie recht hatte, und ich konnte mich von ihr auch nicht beirren lassen. Es war ein so schönes Gefühl, Niles' Lippen auf meinen zu spüren, zu schön, als daß daran etwas Böses sein konnte. Ich schloß die Augen, aber ich spürte, wie er mir zentimeterweise näher kam. Ich konnte ihn in jeder Pore fühlen. Meine Haut schien zu erwachen und unendlich viele Antennen auszustrecken, und jedes kleinste Härchen bebte.

Er schlang die Arme um mich, und wir küßten einander heftiger und länger denn je. Er ließ mich lange nicht los. Als er aufhörte, mich auf die Lippen zu küssen, küßte er mich auf die Wangen und dann wieder auf den Mund, und dann glitten seine Lippen über meinen Hals, und ich stöhnte leise.

Mein Körper explodierte vor Wonne. Stellen, die nie geprickelt hatten, prickelten. Eine Woge von Wärme strömte durch meine Adern, und ich beugte mich vor und wollte seine Lippen wieder auf meinen spüren.

»Lillian«, flüsterte er. »Ich war außer mir, als du nicht mit Eugenia aufgetaucht bist und ich gehört habe, was dir zugestoßen ist. Ich weiß, wie furchtbar dir zumute war, und ich habe mit dir gelitten. Als du dann nicht zur Schule gekommen bist, wollte ich schon zu dir kommen und noch einmal versuchen, dich zu sehen. Ich habe sogar mit dem Gedanken gespielt, aufs Dach zu klettern und nachts an dein Schlafzimmerfenster zu kommen.«

»Niles, das ist doch nicht dein Ernst? So etwas tätest du doch nicht, oder?« fragte ich, und diese Möglichkeit erschreckte mich, wenn mich bei dieser Vorstellung auch ein wonniger Schauer überlief. Was wäre gewesen, wenn ich völlig entkleidet gewesen wäre oder nur mein Nachthemd getragen hätte?

»Noch ein Tag ohne dich, und es hätte durchaus passieren können«, sagte er kühn.

»Ich dachte, du würdest mich so häßlich finden, daß du nichts mehr mit mir zu tun haben willst. Ich hatte schon Angst, daß du…«

Er legte mir einen Finger auf die Lippen.

»Sag nicht so alberne Sachen.« Er zog den Finger wieder fort und küßte mich erneut. Als er seinen Mund wieder auf meinen preßte, ließ ich mich matt in seine Arme sinken. Meine Knie waren weich, und langsam und anmutig sanken wir auf das Gras. Dort erkundeten wir unsere Gesichter mit den Fingern, den Lippen und den Augen.

»Emily sagt, daß ich ein schlechter Mensch bin, Niles. Es könnte etwas dran sein«, warnte ich ihn. Er fing an zu lachen. »Nein, im Ernst, sie sagt, ich sei ein Jonas und brächte nur Traurigkeit und Tragödien über die Menschen in meiner Nähe, Menschen, die… mich lieben.«

»Du machst mich nur glücklich«, sagte er. »Emily ist der Jonas. Miss Plättbrett«, fügte er hinzu, und wir lachten. Die Anspielung auf Emilys Flachbrüstigkeit lenkte seine Aufmerksamkeit auf meine Brüste. Ich sah, wie seine Augen meinen Busen in sich einsogen, und als ich die Augen schloß, stellte ich mir seine Hände auf meinen Brüsten vor. Jetzt, in diesem Moment, lag seine rechte Hand auf meiner Seite. Langsam senkte ich die linke Hand auf sein Handgelenk und zog seine Hand höher, bis seine Finger meine Brust streiften. Im ersten Augenblick sträubte er sich. Ich hörte, wie er tief Atem holte, aber ich konnte nicht aufhören. Ich preßte seine Handfläche auf meine Brust und legte dann meine Lippen auf seinen Mund. Seine Finger bewegten sich, bis sie meine Brustwarzen fanden, und ich stöhnte. Wir küßten uns und streichelten einander noch ein wenig. Die Glut und die Leidenschaft, die spiralförmig immer weitere Kreise zog und den größten Teil meines Körpers ergriff, begann mich zu erschrecken. Ich wollte mehr tun; ich wollte überall von Niles berührt werden, doch im Hintergrund konnte ich Emily leiern hören: »Sünderin, Sünderin, Sünderin.« Schließlich riß ich mich los.

»Ich sollte jetzt besser nach Hause gehen«, sagte ich. »Emily weiß, wann ich aus der Schule gekommen sein muß und wie lange ich für den Heimweg brauche.«

»Klar«, sagte Niles, obgleich er sehr enttäuscht wirkte.

Wir standen beide auf und klopften uns die Kleider ab. Dann eilten wir wortlos über den Weg und sprangen wieder auf die Straße. An der Abzweigung zu seinem Haus blieben wir stehen und sahen in alle Richtungen. Da niemand zu sehen war, küßten wir uns schnell zum Abschied, nicht mehr als ein flüchtiger Kuß. Aber auf dem gesamten restlichen Heimweg spürte ich seine Lippen auf meinen, und sie lösten sich erst von meinem Mund, als ich Doktor Corys Kutsche vor dem Haus stehen sah. Mir sank das Herz.

Eugenia, dachte ich. Oh, nein, mit Eugenia stimmt etwas nicht. Ich rannte den Rest des Weges und haßte mich dafür, mich derart wohl zu fühlen, während die arme Eugenia einen verzweifelten Kampf auf Leben und Tod führte.

Ich rannte zur Tür hinein und blieb dann in der Eingangshalle stehen, um keuchend Luft zu holen. Die Panik packte mich so sehr, daß ich mich nicht von der Stelle rühren konnte. Ich konnte die gedämpften Stimmen hören, die aus dem Korridor drangen, in dem Eugenias Zimmer lag. Sie wurden lauter und immer lauter, bis Doktor Cory mit Papa an seiner Seite auftauchte. Mamma lief hinter den beiden her. Ihr Gesicht war tränenüberströmt, und sie hielt ein Taschentuch in der Hand. Ein Blick in Doktor Corys Gesicht sagte mir, daß es ernster war denn je.

»Was fehlt Eugenia?« schrie ich. Mamma fing an, heftiger zu weinen und laut zu stöhnen. Papa war vor Verlegenheit und Wut dunkelrot angelaufen.

»Schluß jetzt, Georgia. Das nutzt niemandem etwas und macht es für uns nur noch schlimmer.«

»Sie wollen doch nicht auch noch krank werden, Georgia«, sagte Doktor Cory liebevoll. Mammas Wehklagen wurde zu einem Wimmern. Dann fiel ihr Blick auf mich, und sie schüttelte den Kopf.

»Eugenia liegt im Sterben«, stöhnte sie. »Es scheint so ungerecht zu sein, aber zu allem Überfluß hat sie jetzt auch noch die Masern.«

»Die Masern?«

»So geschwächt, wie ihr Körper ist, hat sie kaum eine Chance«, sagte Doktor Cory. »Es hat sie schlimmer erwischt als einen durchschnittlich gesunden Menschen, und sie hat nicht mehr viel Kraft übrig, um dagegen anzukämpfen«, sagte er. »Die Erkrankung ist schon so weit fortgeschritten wie bei einem Menschen, der seit mehr als einer Woche krank ist.«

Ich fing an zu weinen. Ich schluchzte so heftig, daß es meinen ganzen Körper erschütterte, und meine Brust schmerzte. Mamma und ich umarmten einander und weinten uns aus.

»Sie... liegt... im Moment... in einem tiefen... Koma«, keuchte Mamma zwischen zwei Schluchzern. »Doktor Cory sagt, es ist nur noch eine Frage von Stunden, und der Rittmeister will, daß sie hier stirbt, wie vor ihr schon die meisten Booths hier gestorben sind.«

»Nein!« schrie ich und riß mich aus ihren Armen los. Ich rannte durch den Korridor zu Eugenias Zimmer und fand Louella vor, die neben ihrem Bett saß.

»O Lillian, Schätzchen«, sagte sie und stand auf. »Du darfst ihr nicht nahe kommen. Es ist ansteckend.«

»Das ist mir egal«, rief ich und ging zu Eugenia.

Ihre Brust hob und senkte sich, da sie um Atem rang, hob und sekte sich qualvoll. Sie hatte dunkle Ringe unter den geschlossenen Augen, und ihre Lippen waren blau angelaufen. Ihre Haut hatte bereits die Blässe eines Leichnams angenommen, und die Pusteln fingen an, sie zu entstellen. Ich sank neben ihr auf die Knie und preßte die kleine Hand an meine Lippen, an die Lippen, die gerade Niles Thompsons Kuß genüßlich ausgekostet hatten. Meine Tränen rannen auf Eugenias Handgelenk und ihre Finger.

»Stirb bitte nicht, Eugenia«, murmelte ich. »Stirb bitte nicht.«

»Sie kann sich jetzt selbst nicht mehr helfen«, sagte Louella. »Jetzt liegt es in Gottes Hand.«

Ich schaute zu Louella auf und sah dann wieder Eugenia an, und die Angst, ich könnte meine bezaubernde Schwester Eugenia verlieren, ließ mein Herz zu kaltem Stein werden. Ich schluckte. Der Schmerz in meiner Brust war so stechend, daß ich glaubte, an Eugenias Bett das Bewußtsein zu verlieren. Ihre kleine Brust hob sich wieder, diesmal noch mühseliger, und ein seltsames Rasseln ertönte aus Eugenias Kehle.

»Ich sollte lieber den Doktor holen«, sagte Louella und eilte hinaus.

»Eugenia«, sagte ich und stand auf, um mich neben sie auf das Bett zu setzen, wie ich es schon so viele Male getan hatte. »Bitte, verlaß mich nicht. Bitte, kämpfe. Bitte.« Ich preßte ihre Hand an mein Gesicht und wiegte mich auf dem Bett hin und her. Dann lächelte ich und lachte schließlich. »Ich muß dir erzählen, was mir heute in der Schule zugestoßen ist und was Niles Thompson zu meiner Verteidigung unternommen hat. Das willst du doch sicher hören, stimmt's? Oder etwa nicht, Eugenia? Rate mal, was passiert ist«, flüsterte ich und beugte mich zu ihr vor. »Wir beide sind wieder an den verwunschenen

Teich gegangen. Ja, wirklich. Und wir haben uns immer wieder geküßt. Du willst das alles doch ganz genau hören, nicht wahr, Eugenia? Das willst du doch wissen?«

Ihre Brust hob sich. Ich hörte Papa und Doktor Cory ins Zimmer kommen. Ihre Brust senkte sich, und wieder rasselte es in ihrer Kehle, doch diesmal öffnete sie den Mund. Doktor Cory legte die Fingerspitzen seitlich auf ihren Hals und zog dann ihre Augenlider nach oben. Ich blickte zu ihm auf, als er sich zu Papa umdrehte und den Kopf schüttelte.

»Tut mir leid, Jed«, sagte er. »Es ist aus mit ihr.«

»NEIN!!!« schrie ich. »NEIN!!!«

Doktor Cory schloß Eugenias Augen.

Ich schrie und schrie. Louella hatte die Arme um mich gelegt und hob mich vom Bett, aber ich konnte sie nicht spüren. Ich fühlte mich, als triebe ich mit Eugenia fort, als hätte ich mich in Luft aufgelöst. Ich schaute zur Tür, weil ich Mamma suchte, doch sie war nicht da.

»Wo ist Mamma?« fragte ich Louella. »Wo ist sie?«

»Sie konnte nicht noch einmal herkommen«, sagte sie. »Sie ist nach oben gerannt, in ihr Zimmer.«

Ich schüttelte ungläubig den Kopf. Wie konnte es sein, daß sie Eugenias letzte Augenblicke nicht mit ihr verbringen wollte? Mein betroffener Blick fiel auf Papa, der dastand und auf Eugenias Leichnam hinunterschaute. Seine Lippen zitterten, aber er weinte nicht. Seine Schultern hoben und senkten sich, und dann wandte er sich ab und ging. Ich schaute Doktor Cory an.

»Wie konnte das so schnell passieren?« rief ich. »Das ist nicht gerecht.«

»Sie hat oft hohes Fieber gehabt«, sagte er. »Sie hatte oft Grippe. Diesmal haben wir uns überrumpeln lassen. Sie hatte noch nie ein starkes Herz, und all die Krankheiten haben ihren Tribut gefordert.« Er schüttelte den Kopf. »Du mußt jetzt wohl stark sein, Lillian«, sagte er.

»Deine Mutter wird einen starken Menschen als Stütze an ihrer Seite brauchen.«

Im Moment machte mir Mamma keine Sorgen. Mein Herz hatte eine so tiefe Wunde, daß mich nichts und niemand außer meiner toten Schwester interessierte. Ich sah sie an, wie sie von der Krankheit geschwächt in dem großen weichen Bett lag und so winzig und so ausgemergelt war, und ich konnte an nichts anderes mehr denken als an ihr Lachen, ihre strahlenden Augen und daran, wie aufgeregt sie immer war, wenn ich nach der Schule in ihr Zimmer stürmte, um ihr vom Tagesgeschehen zu berichten.

Komisch, dachte ich, denn das hatte ich mir bisher nie überlegt, aber ich hatte sie fast so sehr gebraucht wie sie mich. Als ich aus ihrem Zimmer kam und durch die langen, dunklen Korridore zum Treppenhaus des großen Hauses lief, wurde mir klar, wie unglaublich allein ich von jetzt an sein würde. Ich hatte keine Schwester mehr, mit der ich reden konnte, der ich meine tiefsten Geheimnisse erzählen konnte, niemanden, dem ich mich anvertrauen und dem ich trauen konnte. Da sie die Dinge, die ich tat und fühlte, miterlebt hatte, war Eugenia zu einem Teil meiner selbst geworden, und genauso fühlte ich mich jetzt – als sei ein Teil von mir gestorben. Meine Beine trugen mich die Stufen hinauf, aber ich hatte dabei nicht das Gefühl zu laufen. Ich kam mir vor, als triebe ich, als schwebte ich.

Nachdem ich den Treppenabsatz erreicht hatte und zu meinem Zimmer abbog, hob ich den Kopf und sah Emily im Schatten der ersten Biegung des Korridors stehen. Sie trat so steif wie eine Statue vor und umklammerte ihre dicke Bibel mit beiden Händen. Ihre Finger hoben sich weiß gegen den dunklen Ledereinband ab.

»Sie hat an dem Tag begonnen zu sterben, an dem sie dir unter die Augen gekommen ist«, deklamierte Emily.

»Der dunkle Schatten deines Fluchs ist über ihre winzige Seele gefallen und hat sie in dem Bösen ertränkt, das du in dieses Haus gebracht hast.«

»Nein«, schrie ich. »Das ist nicht wahr. Ich habe Eugenia geliebt. Ich habe sie mehr geliebt, als du jemals jemanden lieben könntest«, rief ich, aber sie blieb standhaft und unbeirrt.

»Sieh auf die Schrift«, sagte sie. Ihre Augen waren so fest auf mich gerichtet, daß sie den Eindruck machte, als hätte sie sich selbst hypnotisiert. Sie hob die Bibel hoch und hielt sie vor mich hin. »Hier stehen sie, die Worte, die dich in die Hölle zurückschicken werden, Worte, die Pfeile, Messer und Dolche für deine gottlose Seele sind.«

Ich schüttelte den Kopf.

»Laß mich in Ruhe. Ich bin nicht gottlos. Ich bin es nicht!« schrie ich und rannte fort, rannte vor ihren vorwurfsvollen Blicken und ihren haßerfüllten Worten fort, rannte fort vor ihrem versteinerten Gesicht, ihren knochigen Händen und ihrem steifen Körper. Ich rannte in mein Zimmer und knallte die Tür hinter mir zu. Dann ließ ich mich auf mein Bett fallen und weinte, bis meine Tränen versiegt waren.

Der Schatten des Todes kroch über The Meadows und hüllte das Haus ein. Sämtliche Arbeiter und Dienstboten, Henry und Tottie, einfach alle waren gedrückter Stimmung und standen oder saßen mit gesenkten Köpfen ins Gebet vertieft da. Alle, die Eugenia gekannt hatten, vergossen Tränen. Für den Rest des Nachmittags hörte ich ein ständiges Kommen und Gehen von Menschen im Haus. Todesfälle lösten, wie Geburten, immer einen Wirbel an Aktivitäten auf der Plantage aus. Schließlich stand ich auf und trat ans Fenster. Sogar die Vögel schienen niedergeschlagen und traurig zu sein und saßen wie Wachposten, die über geheiligten Boden wachen, auf den Ästen der Magnolien und der Zedern.

Ich stand am Fenster und beobachtete, wie die Nacht sich wie ein Sommergewitter heranwälzte und aus allen Ecken die Schatten zusammenzog. Aber es standen Sterne am Himmel, unzählige Sterne, und manche funkelten heller denn je.

»Sie heißen Eugenia willkommen«, flüsterte ich. »Es liegt an ihrer Güte, daß sie heute nacht soviel heller blinken. Paßt gut auf meine kleine Schwester auf«, flehte ich den Himmel an.

Louella klopfte an meine Tür.

»Der Rittmeister... der Rittmeister sitzt auf seinem Platz am Eßtisch«, sagte sie. »Er wartet, weil er heute vor der Mahlzeit ein ganz spezielles Gebet sprechen möchte.«

»Wer kann denn heute etwas essen?« schrie ich. »Wie können diese Menschen zu einem solchen Zeitpunkt ans Essen denken?« Louella gab mir keine Antwort. Sie preßte sich die Hand auf den Mund und wandte sich einen Moment lang ab, um sich zu fassen, und dann sah sie mich wieder an. »Sie sollten besser nach unten gehen, Miss Lillian.«

»Und was ist mit Eugenia?« fragte ich, und meine Stimme war so dünn, daß ich glaubte, sie würde bei jedem Wort zerspringen.

»Der Rittmeister hat die Leute vom Bestattungsinstitut bestellt, damit sie kommen und sie in ihrem eigenen Zimmer zurechtmachen, und dort wird sie bis zu ihrem Begräbnis liegen bleiben. Der Geistliche wird morgen früh hier sein, um bei ihr Wache zu halten und für sie zu beten.«

Ohne mir die Mühe zu machen, mir das tränenverschmierte Gesicht abzuwaschen, folgte ich Louella aus meinem Zimmer und die Treppe hinunter zum Eßzimmer, und dort fand ich Mamma in Schwarz und mit einem leichenblassen Gesicht vor. Ihre Augen waren geschlossen, und sie saß da und schaukelte sachte auf ihrem Stuhl. Auch Emily trug ein schwarzes Kleid, aber Papa hatte sich im Lauf des Tages nicht umgezogen. Ich ließ mich auf meinen Stuhl sinken.

Papa senkte den Kopf, und Mamma und Emily taten es ihm nach. Ich folgte ihrem Beispiel.

»Herr, wir danken Dir für deine Segnungen und hoffen, du wirst unsere geliebte Tochter, die von uns gegangen ist, an deinen Busen nehmen. Amen«, sagte er eilig und griff nach der Schüssel mit dem Kartoffelbrei. Ich starrte ihn ungläubig an.

Das war alles? Wir hatten manchmal schon fast zwanzig Minuten und bis zu einer halben Stunde dagesessen und Gebeten und Bibelstellen gelauscht, ehe wir etwas essen durften. Und das war alles, was es zu Eugenia zu sagen gab, ehe Papa sich bediente und wir mit dem Essen anfingen? Wer brachte überhaupt auch nur einen Bissen hinunter? Mamma holte tief Atem und lächelte mich an.

»Sie ruht jetzt in Frieden, Lillian«, sagte sie. »Sie hat endlich Frieden gefunden. Sie braucht nicht mehr zu leiden. Freu dich für sie.«

»Mich freuen? Mamma, ich kann mich nicht freuen«, rief ich. »Ich werde nie wieder froh sein!«

»Lillian!« fauchte Papa. »Ich dulde keine Hysterie am Eßtisch. Eugenia hat gelitten und gekämpft, und Gott hat beschlossen, sie von ihrem Elend zu erlösen, und das ist alles. Und jetzt iß, was auf dem Tisch steht, und benimm dich wie eine Booth, obwohl...«

»Jed!« rief Mamma aus.

Er sah erst sie und dann mich an.

»Hauptsache, du ißt, ohne Szenen zu machen«, sagte er.

»Du wolltest sagen, obwohl ich keine Booth bin, stimmt's, Papa? Genau das wolltest du nämlich sagen«, klagte ich ihn an und lief Gefahr, seinen Zorn auf mich zu ziehen.

»Na und?« sagte Emily hämisch. »Du bist keine Booth. Er erzählt keine Lügen.«

»Ich will keine Booth sein, wenn das heißt, Eugenia so schnell zu vergessen«, bekundete ich trotzig.

Papa streckte die Hand über den Tisch und schlug mir so schnell und so fest ins Gesicht, daß ich fast vom Stuhl gefallen wäre.

»JED!« schrie Mamma.

»Jetzt reicht es aber!« sagte Papa und stand auf. Als er mit finsterer Miene wütend auf mich heruntersah, wirkte er einen Augenblick lang doppelt so groß wie sonst. »Du solltest, verdammt noch mal, froh sein, den Namen Booth zu tragen. Das ist ein Name mit Tradition, auf den man stolz sein kann, und dieser Name ist ein Geschenk, das du immer zu schätzen wissen wirst, oder ich schicke dich in eine Schule für Waisenkinder, hast du gehört? Hast du gehört?« wiederholte Papa und drohte mir mit dem Finger.

»Ja, Papa«, sagte ich tonlos, doch der Schmerz stand noch in meinen Augen, und ich war sicher, daß das das einzige war, was er sah.

»Sie sollte sich dafür entschuldigen«, sagte Emily.

»Ja, das solltest du«, stimmte Papa ihr zu.

»Es tut mir leid, Papa«, sagte ich. »Aber ich kann nichts essen. Darf ich jetzt wieder gehen? Bitte, Papa.«

»Tu, was dir paßt«, sagte er und setzte sich.

»Danke, Papa«, sagte ich und stand schnell auf.

»Lillian«, rief Mamma mir nach, als ich mich vom Tisch abwandte. »Du wirst später Hunger haben.«

»Nein, ganz bestimmt nicht, Mamma.«

»Also, ich werde einen kleinen Happen essen, damit ich nachher keinen Hunger bekomme«, erklärte sie. Es war, als hätte die Tragödie die Uhr um viele Jahre zurückgedreht, und ihr geistiges Fassungsvermögen war jetzt das eines kleinen Mädchens. Ich konnte ihr nicht böse sein.

»In Ordnung, Mamma. Wir reden später noch miteinander«, sagte ich und verließ eilig den Raum, denn ich war dankbar dafür, daß ich entkommen konnte.

Vor dem Eßzimmer schlug ich gewohnheitsmäßig den Weg zu Eugenias Zimmer ein. Ich ging zu ihrer Tür und schaute hinein. Die einzige Lichtquelle war eine große Kerze, die hinter Eugenias Kopf aufgestellt worden war. Ich sah, daß die Leute vom Bestattungsunternehmen ihr eines ihrer schwarzen Kleider angezogen hatten. Ihr Haar war ordentlich um ihr Gesicht gebürstet, das so weiß wie eine Kerze war. Ihre Hände lagen auf ihrem Bauch, und sie hielt eine Bibel darin. Sie sah so aus, als ruhte sie tatsächlich in Frieden. Vielleicht hatte Papa recht; vielleicht sollte ich froh darüber sein, daß Gott sie zu sich genommen hatte.

»Gute Nacht, Eugenia«, flüsterte ich. Dann machte ich kehrt und rannte zu meinem Zimmer, floh in die willkommene Dunkelheit und die Erlösung, die der Schlaf mit sich brachte.

Der Geistliche traf am nächsten Morgen als erster ein, aber im Laufe des Tages erfuhren immer mehr unserer Nachbarn von Eugenias Ableben und kamen, um ihr Beileid zu bekunden. Emily nahm ihren Platz neben dem Geistlichen gleich an der Tür zu Eugenias Zimmer ein. Sie hielt sich die meiste Zeit an der Seite des Geistlichen auf, hielt wie er den Kopf gesenkt und bewegte ihre Lippen fast synchron mit seinen, als er Gebete und Psalmen aufsagte. Zwischendurch hörte ich sogar, wie sie ihn verbesserte, als er sich bei einem Satz versprach.

Die Männer zogen sich so schnell wie möglich zurück und gingen auf einen Whiskey mit Papa in seine Bibliothek, während sich die Frauen um Mamma herum im Wohnzimmer versammelten und sie trösteten. Den größten Teil des Tages verbrachte sie auf ihrer Chaiselongue, und ihr langes schwarzes Kleid war malerisch über die Kanten drapiert. Ihr herzförmiges Gesicht war bleich. Ihre Freundinnen sahen nach ihr und küßten und umarmten sie, und sie klammerte sich lange an ihren Händen fest, während sie schnieften und schluchzten.

Louella wurde angewiesen, Tabletts mit Essen und Getränken vorzubereiten, und die Hausangestellten huschten damit zwischen unseren Trauergästen herum. Im Lauf des Nachmittags waren zwischendurch so viele Menschen im Haus anwesend, daß ich mich an eine unserer aufwendigen Parties erinnert fühlte. Die Stimmen wurden wirklich lauter. Da und dort hörte ich ein Lachen. Am späten Nachmittag diskutierten die Männer mit Papa über Politik und Geschäfte, als unterschiede sich diese Zusammenkunft in nichts von ihren sonstigen Treffen. Gegen meinen Willen wußte ich es zu würdigen, daß Emily keinen Moment lang lächelte, kaum etwas aß und ihre Bibel nicht aus der Hand legte. Sie hielt die Stellung, eine leibhaftige Erinnerung an den traurigen Anlaß der Zusammenkunft. Die meisten Leute ertrugen es nicht, sie anzusehen oder sich länger in ihrer Gegenwart aufzuhalten. Ich konnte ihnen im Gesicht ansehen, wie sehr sie sie deprimierte.

Eugenia sollte natürlich auf dem Privatfriedhof der Familie auf The Meadows beerdigt werden. Als das Bestattungsinstitut mit dem Sarg kam, wurden meine Knie so weich, daß ich nicht länger stehen konnte. Schon allein der Anblick des dunklen Eichenkastens, der hereingetragen wurde, löste bei mir ein Gefühl aus, als hätte ich einen Hieb in die Magengrube bekommen. Ich ging ins Bad und erbrach jeden Bissen, den ich an jenem Tag mühsam heruntergewürgt hatte.

Mamma wurde gefragt, ob sie nach unten gehen und einen letzten Blick auf Eugenia werfen wollte, ehe der Sargdeckel geschlossen wurde. Sie konnte sich nicht dazu durchringen, aber ich ging noch einmal hin. Ich mußte die Kraft finden, mich ein letztes Mal von Eugenia zu verabschieden. Langsam und mit hämmerndem Herzen betrat ich ihr Zimmer. Der Geistliche empfing mich in der Tür.

»Deine Schwester sieht sehr schön aus«, sagte er. »Sie haben gute Arbeit geleistet.«

Ich sah erstaunt in sein hageres, knochiges Gesicht auf. Wie konnte jemand im Tod sehr schön aussehen? Eugenia wollte schließlich keine Party besuchen. Ihr stand es bevor, begraben zu werden und für immer und ewig im Dunkel eingeschlossen zu werden, und wenn es einen Himmel gab, in den ihre Seele eingehen konnte, dann hatte ihr körperliches Äußeres in diesem Augenblick nichts damit zu tun, was sie bis in alle Ewigkeit sein würde.

Ich wandte mich von ihm ab und ging auf den Sarg zu. Emily stand mit geschlossenen Augen auf der anderen Seite des Sarges und hatte den Kopf leicht zurückgedreht, während sie die Bibel an ihren Busen preßte. Ich wünschte, ich wäre gestern nacht, als niemand dort war, in Eugenias Zimmer gekommen. Das, was ich ihr sagen wollte, sollte niemand anderes hören und schon gar nicht Emily. Ich mußte ihr alles stumm sagen.

»Auf Wiedersehen, Eugenia. Ich werde dich immer vermissen. Aber jedesmal, wenn ich lache, werde ich dich gemeinsam mit mir lachen hören, das weiß ich ganz gewiß. Jedesmal, wenn ich weine, werde ich dich gemeinsam mit mir weinen hören, auch das weiß ich. Ich werde mich für uns beide in einen wunderbaren Menschen verlieben, und ich werde ihn doppelt so sehr lieben, weil du bei mir sein wirst. Alles, was ich tun werde, werde ich auch für dich tun.

Auf Wiedersehen, meine geliebte Schwester, meine kleine Schwester, die in mir nie etwas anderes als ihre Schwester gesehen hat. Auf Wiedersehen, Eugenia«, flüsterte ich und beugte mich über den Sarg, um meine Lippen auf ihre kalte Wange zu pressen. Als ich zurücktrat, sprangen Emilys Augen auf wie die Augen einer Spielzeugpuppe.

Sie sah mich finster an, und plötzlich trat Grauen auf ihr Gesicht. Es war, als sähe sie jemanden oder etwas anderes, etwas, was sie bis ins Mark ängstigte. Sogar der Geistliche war bestürzt über ihre Reaktion und kam mit der Hand auf dem Herzen an ihre Seite.

»Was ist, Schwester?« fragte er sie.

»Satan!« schrie Emily. *»Ich sehe Satan!«*

»Nein, Schwester«, sagte der Geistliche. »Nein.«

Aber Emily blieb standhaft. Sie hob den Arm und wies mit dem Finger auf mich.

»Verschwinde, Satan«, befahl sie.

Der Geistliche drehte sich zu mir um, und jetzt drückte sich auch auf seinem Gesicht Furcht aus. Ich konnte seine Gedanken lesen, als ich sah, welches Entsetzen seine Miene ausdrückte. Wenn Emily, seine frömmste Anhängerin, der religiöseste junge Mensch, mit dem er je zu tun gehabt hatte, behauptete, eine Vision zu haben und Satan vor sich stehen zu sehen, dann mußte es so sein.

Ich rannte aus dem Raum und lief in mein eigenes Zimmer, um dort zu warten, bis das Begräbnis begann. Die Minuten erschienen mir wie Stunden. Endlich war der Zeitpunkt gekommen, und ich schloß mich Mamma und Papa an. Papa mußte sie festhalten und stützen, als sie die Stufen hinunterstiegen und sich den Trauergästen anschlossen. Henry hatte den Wagen vorgefahren, gleich hinter den Leichenwagen. Er hielt den Kopf gesenkt, und als er mich anschaute, sah ich, daß Tränen in seinen

Augen standen. Mamma, Papa, Emily, der Geistliche und ich stiegen in die Kutsche. Die Trauergäste hatten sich hinter uns aufgereiht, über die gesamte Auffahrt, unter den dunklen Zedern, die die Allee säumten. Ich sah die Thompson-Zwillinge und Niles mit ihren Eltern dastehen. Niles' Gesicht drückte viel Mitgefühl und großen Kummer aus, und als ich die Wärme in seinen Augen sah, wünschte ich, er könnte neben mir im Wagen sitzen und meine Hand halten, mich tröstlich umarmen.

Es war ein perfekter Tag für eine Beerdigung, grau mit einem verhangenen Himmel. Eine leichte Brise wehte. All unsere Bediensteten und Arbeiter versammelten sich, um schweigend mitzulaufen. Als sich die Prozession gerade in Bewegung setzen wollte, sah ich einen Schwarm Rauchschwalben, der sich in den Himmel aufschwang und zu den Wäldern flog, als müßten sie vor einer solchen Flut von Traurigkeit fliehen.

Mamma fing an, leise zu weinen. Papa saß stoisch da und sah starr vor sich hin, ließ die Arme an den Seiten herunterhängen und war grau im Gesicht. Ich hielt Mammas Hand, Emily und der Geistliche saßen uns gegenüber und hielten ihre Bibeln fest.

Erst als ich sah, wie Eugenias Sarg hochgehoben und zu ihrem Grab getragen wurde, begriff ich voll und ganz, daß meine Schwester – meine liebste Freundin – mir für immer genommen worden war. Papa zog Mamma endlich fest in seine Arme, und sie konnte sich an ihn lehnen und den Kopf auf seine Schulter sinken lassen, als der Geistliche die letzten Gebete las.

Als ich die Worte »Staub zu Staub...« hörte, fing ich an, so heftig zu schluchzen, daß Louella nach vorn trat und einen Arm um mich legte. Sie und ich weinten gemeinsam. Nachdem es vorbei war, wandte sich der Trauerzug vom Grab ab und machte sich schweigend auf den Rückweg. Doktor Cory schloß sich Papa und

Mamma in der Kutsche an und flüsterte Mamma ein paar tröstliche Worte zu. Sie schien nahezu bewußtlos zu sein; sie hatte den Kopf zurücksinken lassen und die Augen geschlossen. Die Kutsche brachte uns wieder zum Haus, und dort halfen Louella und Tottie Mamma die Treppe zu ihrem Zimmer hinauf.

Während des restlichen Tages gingen Menschen ein und aus. Ich blieb im Wohnzimmer und begrüßte sie und nahm immer wieder ihre Beileidsbekundungen entgegen. Ich konnte sehen, daß Emily es fertigbrachte, jedem, der auf sie zuging, ein Gefühl von Unbehagen zu vermitteln. Beerdigungen waren ohnehin schon schwierig, und Emily trug wenig dazu bei, den Leuten das Gefühl zu geben, sie seien willkommen oder sie könnten sich normal verhalten. Die Leute redeten weit lieber mit mir. Sie sagten alle dieselben Sätze und erklärten mir, wie wichtig es sei, daß ich jetzt stark wäre und meiner Mutter half, und sie betonten, daß das Leiden der armen Eugenia gnädigerweise ein Ende gefunden hätte.

Niles war sehr nett. Er brachte mir etwas zu essen und zu trinken und hielt sich die meiste Zeit über in meiner Nähe auf. Jedesmal, wenn er an mich herantrat, schaute Emily ihn quer über den Raum hinweg finster an, aber mir war das gleichgültig. Endlich gelang es Niles und mir, uns von den Trauergästen zurückzuziehen und ins Freie zu gehen. Wir schlenderten in Richtung Westen um das Haus herum.

»Es ist nicht richtig, daß ein so netter Mensch wie Eugenia so früh stirbt«, sagte Niles schließlich. »Ich gebe nichts darauf, was der Geistliche an ihrem Grab gesagt hat.«

»Paß bloß auf, daß Emily das nicht hört, oder sie wird dich in die Hölle verdammen«, murmelte ich. Niles lachte. Wir blieben stehen und schauten in die Richtung, in der der private Friedhof lag. »Ohne meine kleine

Schwester werde ich sehr, sehr einsam sein«, sagte ich. Niles sagte nichts dazu, aber ich spürte, daß er meine Hand nahm und sie drückte.

Die Sonne stand am Horizont. Dunkle Schatten hatten begonnen, sich über die Felder auszubreiten und unter den knorrigen Zedern hervorzukommen. In der Ferne waren die Wolken jetzt ein wenig aufgerissen, und ein blauschwarzer Himmel, der Sterne verhieß, war zu sehen. Niles legte seinen Arm um mich. Es erschien mir einfach richtig so. Und dann ließ ich meinen Kopf an seine Schulter sinken. Wir standen stumm da und schauten über das Gelände von The Meadows, zwei junge Menschen, die von der Mischung aus Schönheit und Tragödie verwirrt und benommen sind, von der Macht des Lebens und der Macht des Todes.

»Ich weiß, daß du deine Schwester vermissen wirst«, sagte Niles, »aber ich werde tun, was ich kann, damit du dich nicht einsam fühlst«, versprach er. Und dann küßte er mich auf die Stirn.

»Das dachte ich mir doch«, hörten wir Emily sagen, und wir drehten uns beide abrupt um und sahen sie hinter uns stehen. »Dachte ich mir doch, daß ihr beide euch hier draußen rumtreibt und solche Dinge tut, sogar an einem Tag wie heute.«

»Wir haben nichts Böses getan, Emily. Laß uns in Ruhe«, fauchte ich sie an, doch sie lächelte nur. Sie wandte sich an Niles.

»Du Dummkopf!« schrie sie. »Sie wird dich ja doch nur vergiften, wie sie vom Tag ihrer Geburt an alles und jeden um sich herum vergiftet hat.«

»Das einzige Gift hier bist du«, gab Niles darauf zurück. Emily schüttelte den Kopf.

»Du hast verdient, was du bekommst«, warf sie ihm an den Kopf. »Du hast jedes Leid und jede Drangsal verdient, die sie über dich bringt.«

»Verschwinde, und laß uns in Ruhe!« befahl ich. »Verschwinde!« Ich bückte mich und hob einen Stein auf. »Oder ich schwöre, daß ich dich schlage, daß ich dich hiermit schlage«, sagte ich und hob den Arm.

Emily versetzte mich damit in Erstaunen, daß sie trotzig vortrat. Nicht ein bißchen Furcht stand auf ihrem Gesicht.

»Glaubst du, du könntest mir etwas tun? Ich habe eine Festung um mich herum. Meine Frömmigkeit hat dicke Mauern gebaut, damit du nicht an mich heran kannst. Aber du«, sagte sie und wandte sich dabei an Niles, »du hast keine solche Festung. Die Finger des Teufels schlingen sich jetzt, in diesem Augenblick, während wir miteinander reden, um deine Seele. Gott sei dir gnädig«, schloß sie und wandte sich ab, um zu gehen.

Ich ließ den Stein fallen und fing an zu weinen. Niles umarmte mich hastig.

»Laß dir von ihr keine Angst einjagen«, sagte er. »Ich habe jedenfalls keine Angst vor ihr.«

»O Niles, was ist, wenn sie recht hat?« stöhnte ich. »Was ist, wenn ich ein leibhaftiger Fluch für meine Mitmenschen bin?«

»Dann bist du der hübscheste und netteste Fluch, den ich kenne«, erwiderte er und wischte mir die Tränen vom Gesicht, ehe er mich auf die Wange küßte.

Ich sah in seine weichen dunklen Augen und lächelte.

Emily konnte nicht recht haben; sie konnte einfach nicht recht haben, dachte ich, aber als Niles und ich uns auf den Rückweg zum Haus machten, konnte ich den Anflug eines Zweifels nicht gänzlich verscheuchen; er lauerte in einem verborgenen Winkel meines Gemüts und ließ alles, was geschehen war und noch geschehen würde, wie einen Teil eines unseligen Schicksals erscheinen, das längst bestimmt worden war, ehe ich geboren wurde, und das nicht vor dem Tag enden würde, an dem ich starb.

In einer Welt, die die kleine Eugenia fortgeholt und ihr einen vorzeitigen und unverdienten Tod bestimmt hatte, schien nichts, was zu grausam oder zu ungerecht war, ausgeschlossen zu sein.

8

Mamma wird immer seltsamer

In den Monaten, die auf Eugenias Ableben folgten, wurde das Haus auf der Plantage für mich immer trister und finsterer. Zum einen hörte ich Mamma nicht mehr am frühen Morgen, wie sie den Zimmermädchen befahl, die Vorhänge zu öffnen, und ich hörte sie auch nicht mehr zwitschern, wie sehr doch die Menschen, genau wie die Blumen, den Sonnenschein brauchen, viel Sonnenschein... den süßen, süßen Sonnenschein. Ich hörte ihr Lachen nicht, wenn sie sagte: »Mich kannst du nicht zum Narren halten, Tottie Fields. Das kann keines meiner Zimmermädchen. Ich weiß, daß ihr euch alle davor fürchtet, die Vorhänge aufzuziehen, weil ihr Angst habt, ich könnte die Staubkörner in den Lichtstrahlen tanzen sehen.«

Vor Eugenias Tod scheuchte Mamma immer alle Haushaltshilfen herum, damit sie allmorgendlich an Schnüren zogen und das Tageslicht ins Haus ließen. Gelächter und Musik waren zu hören gewesen, und man hatte das Gefühl gehabt, daß die Welt wahrhaft erwachte. Natürlich gab es Bereiche des Hauses, die zu weit weg oder zu weit von einem Fenster entfernt waren, als daß die Morgensonne oder die Nachmittagssonne sie hätte aufhellen können, und selbst unsere Kronleuchter zeigten dort keine Wirkung. Aber als meine kleine Schwester noch am Leben war, lief ich durch die langen, breiten Korridore, ohne die Schatten wahrzunehmen, und ich hatte nie so gefröstelt oder mich derart niedergeschlagen gefühlt, weil ich wußte, daß sie bereits auf mich wartete und mich strahlend anlächelte, wenn ich zu ihr kam, um ihr guten Morgen zu sagen.

Gleich nach der Beerdigung wurde Eugenias Zimmer soweit wie möglich ausgeräumt, damit nichts mehr auf sie hinwies. Mamma war der Gedanke unerträglich, ihr Blick könnte auf Eugenias Sachen fallen. Sie befahl Tottie, Eugenias gesamte Kleidung in eine Truhe zu packen, und dann ließ sie die Truhe auf den Dachboden tragen und dort in eine Ecke stellen. Ehe Eugenias persönliche Habe verstaut wurde – ihr Schmuckkasten, ihre Bürsten und Kämme, Parfüms und andere Toilettenartikel –, fragte mich Mamma, ob ich etwas davon behalten wollte. Es war nicht etwa so, daß ich nichts hätte haben wollen, aber ich konnte nichts von diesen Dingen an mich nehmen. Diesmal war ich wie Mamma, oder wenigstens war ich ihr ein bißchen ähnlich. Es hätte mir das Herz noch mehr gebrochen, Eugenias Sachen in meinem Zimmer zu sehen.

Aber Emily zeigte plötzlich Interesse an Shampoos und Schaumbädern. Plötzlich waren Eugenias Ketten und Armbänder kein dämlicher Schnickschnack mehr, der nur dazu diente, die Eitelkeit zu fördern. Wie ein Geier stürzte sie sich auf Eugenias Zimmer und plünderte Kommoden und Schränke, um dies oder jenes für sich zu beanspruchen. Ich hatte den Eindruck, daß sie es aus reiner Bosheit tat. Mit einem heimtückischen Lächeln stolzierte sie an Mamma und mir vorbei, und ihre langen, dünnen Arme waren mit Eugenias Büchern und anderen Dingen beladen, die meiner kleinen Schwester früher einmal sehr kostbar gewesen waren. Ich hätte Emily das Lächeln gern vom Gesicht gezogen, wie Rinde von einem Baumstamm, damit sie als das dastand, was sie war: ein gemeines, widerwärtiges Geschöpf, das sich am Kummer und am Schmerz anderer Menschen labte. Aber Mamma hatte nichts dagegen, daß Emily Eugenias Dinge an sich nahm. Wenn ihre Sachen in Emilys Zimmer landeten, dann war das dasselbe, als würden sie auf dem Dachboden verstaut, denn Mamma betrat nur selten Emilys Zimmer.

Kurz nachdem Eugenias Bett abgezogen worden war, ihre Schränke und Kommoden geleert und ihre Regale ausgeräumt worden waren, wurden die Rolläden heruntergelassen und die Gardinen zugezogen. Das Zimmer wurde verschlossen und versiegelt wie ein Grab. An ihrem Gesichtsausdruck, als sie einen letzten Blick in Eugenias Zimmer warf, konnte ich Mamma ansehen, daß sie nie mehr einen Fuß in dieses Zimmer setzen würde. Es würde sich exakt so wie mit allem anderen verhalten, was sie nicht wahrhaben wollte: Eugenias Zimmer mit allem, was dazugehörte, würde für sie nicht mehr existieren, wenn es sich irgend machen ließ.

Mamma war verzweifelt darauf aus, ihrem Kummer ein Ende zu setzen, die Tragödie und den Schmerz, den sie angesichts des erlittenen Verlustes empfand, auszulöschen. Ich wußte, daß sie wünschte, sie hätte ihre Erinnerungen an Eugenia zuschlagen können wie den Einband eines ihrer Romane. Sie ging sogar so weit, einige der Fotografien von Eugenia abzuhängen, die sie in ihrem Lesezimmer an den Wänden hatte. Die kleineren verbarg sie ganz unten in einer ihrer Kommodenschubladen, und die großen ließ sie in Schränken auf den Boden legen oder an die Rückwand lehnen. Wenn ich je Eugenias Namen erwähnte, schloß Mamma die Augen und kniff sie so fest zu, daß sie den Eindruck machte, als litte sie unter starken Kopfschmerzen. Ich war sicher, daß sie auch ihre Ohren verschloß, denn sie wartete nur darauf, daß ich aufhörte zu reden, und dann nahm sie genau das wieder auf, womit sie sich gerade beschäftigt hatte, als ich sie unterbrochen hatte.

Papa nannte Eugenias Namen ohnehin nicht, abgesehen von einem gelegentlichen Gebet am Eßtisch. Er fragte nicht nach ihren Sachen, und, soweit ich das beurteilen konnte, erkundigte er sich auch nicht bei Mamma danach, warum sie die meisten Bilder abgehängt und in den hintersten Winkeln verstaut hatte. Nur Louella und ich schienen an Eugenia zu denken und ab und zu über sie zu sprechen.

Von Zeit zu Zeit besuchte ich ihr Grab. Lange Zeit rannte ich auch wirklich als erstes hin, wenn ich von der Schule nach Hause kam, und dann plapperte ich mit dem Grabhügel und dem Grabstein, und die Tränen ließen vor meinen Augen alles verschwimmen, während ich ihr auf dieselbe Art das Tagesgeschehen schilderte, wie ich es früher immer getan hatte. Aber allmählich zeitigte die Stille, die mir entgegenschlug, ihre Wirkung und forderte ihren Tribut. Es genügte mir nicht mehr, mir vorzustellen, wie Eugenia gelächelt oder gar gelacht hatte. Mit jedem Tag, der verging, wurden dieses Lächeln und dieses Lachen schwächer. Meine kleine Schwester ging wahrhaft von uns. Ich begriff, daß wir die Menschen, die wir lieben, nicht vergessen, aber das Licht ihres Lebens und die Wärme, die wir in ihrer Gegenwart spüren, wie eine Kerze im Dunkeln erlöschen, nachdem die Flamme kleiner und immer kleiner geworden ist, während die Zeit uns immer weiter von dem letzten, gemeinsam verbrachten Augenblick fortträgt.

Trotz ihrer Versuche, die Tragödie zu ignorieren und sie zu vergessen, war Mamma tiefer davon getroffen, als sie glaubte, sogar noch tiefer, als ich es bei ihr für möglich gehalten hätte. Es nutzte ihr nichts, Eugenias Zimmer abzuschließen und alles zu verstecken, was an sie erinnert hatte; es nutzte ihr auch nichts, jede Nennung ihres Namens zu vermeiden. Sie hatte ein Kind verloren, ein Kind, das sie geboren, gepflegt und großgezogen hatte, und allmählich begann Mamma, wenn auch mit kleinen Schritten, widerstrebend um Eugenia zu trauern, und ihre Trauer erfüllte jeden ihrer wachen Augenblicke.

Plötzlich zog sie sich nicht mehr so hübsch an, und sie machte sich auch keine Mühe mehr mit ihrem Haar und dem Make-up. Tagelang trug sie dasselbe Kleid, als bemerkte sie gar nicht, daß es zerknittert oder schmutzig war. Ihr mangelte es nicht nur an Kraft, sich das Haar zu bürsten, sondern sie brachte noch nicht einmal mehr das Interesse auf, Louella oder mich darum zu bitten, ihr zu helfen. Sie nahm von ihren Freundinnen keine Einladungen mehr an, und es konnten Monate vergehen, in denen sie keine Gäste einlud. Bald wurde niemand mehr eingeladen, und es kamen auch keine Besucher mehr.

Mir fiel auf, daß Mamma immer blasser wurde, und ihre traurigen Augen wurden immer stumpfer. Wenn ich an ihrem Lesezimmer vorbeikam, sah ich sie auf ihrer Chaiselongue liegen, aber sie las nicht etwa in ihren Büchern, sondern sah starr ins Leere und hatte ein geschlossenes Buch auf dem Schoß liegen. Die meiste Zeit hörte sie auch keine Musik.

»Ist alles in Ordnung mit dir, Mamma?« fragte ich sie oft, und dann drehte sie sich um, als hätte sie vergessen, wer ich war, und sie schaute mich lange Zeit an, ehe sie etwas darauf sagte.

»Was? Ja. Sicher, Lillian. Ich habe nur meine Tagträume geträumt. Mir fehlt nichts.« Sie bedachte mich mit einem hohlen Lächeln und versuchte zu lesen, doch wenn ich wieder nach ihr sah, fand ich sie genauso vor wie beim letzten Mal – sie quälte sich mit ihrer Verzweiflung herum, das Buch lag geschlossen auf ihrem Schoß, ihre Augen waren glasig und schauten starr ins Leere.

Falls Papa diese Dinge überhaupt zur Kenntnis nahm, dann kam er in meiner oder Emilys Gegenwart nie darauf zu sprechen. Er äußerte sich nicht zu ihrem ausgedehnten Schweigen am Eßtisch; er bemerkte nichts zu ihrem Äußeren und klagte auch nicht über ihre traurigen Augen und darüber, daß sie gelegentlich in Tränen ausbrach. Kurz nach Eugenias Tod fing Mamma häufig, anscheinend ohne jeden ersichtlichen Grund, plötzlich an zu weinen. Wenn es am Eßtisch dazu kam, stand sie auf und verließ das Eßzimmer. Papa blinzelte dann, sah ihr nach und aß weiter. Eines Abends, fast sechs Monate nach Eugenias Tod, als Mamma beim Abendessen wieder einmal so reagiert hatte, sprach ich ihn darauf an.

»Es wird immer schlimmer mit ihr, Papa«, sagte ich. »Es wird nicht besser. Sie liest nicht mehr und hört auch keine Musik mehr, und sie kümmert sich nicht mehr um das Haus. Sie will noch nicht einmal mehr ihre Freundinnen sehen oder sich von den anderen zum Tee einladen lassen.«

Papa räusperte sich und wischte sich die Bratensauce von den Lippen und aus dem Schnurrbart, ehe er sich an mich wandte.

»Meines Erachtens ist es gar nicht schlecht, daß sie nicht mehr mit diesen Hennen gackert«, erwiderte er. »Du kannst mir glauben, das ist kein Verlust. Und was diese dämlichen Bücher angeht, verfluche ich ohnehin den Tag, an dem sie das erste hier ins Haus gebracht hat. Meine Mutter hat nie Romane gelesen oder den ganzen Tag rumgesessen und sich auf dem Grammophon Musik angehört, das kann ich dir sagen.«

»Und was hat sie mit all ihrer Zeit angefangen, Papa?« fragte ich.

»Was sie getan hat? Also… ja, natürlich, sie hat gearbeitet«, sprudelte er hervor.

»Aber ich dachte, ihr hättet Dutzende und aber Dutzende von Sklavinnen gehabt.«

»Das kann man wohl sagen! Ich rede nicht von Feldarbeit oder von Hausarbeiten. Sie hat den ganzen Tag lang viel für meinen Vater oder für mich getan. Sie hat den Haushalt geführt, alles überwacht. Sie war besser als der Kapitän eines Schiffes«, sagte er stolz, »und sie hat immer wie die Frau eines bedeutenden Grundbesitzers ausgesehen.«

»Aber es geht nicht nur darum, daß sie keine Bücher mehr liest und ihre Freundinnen nicht mehr sieht, Papa. Mamma tut nichts mehr für sich. Sie ist so traurig, daß ihre Kleidung und ihr Haar sie nicht mehr interessiert, und sie...«

»Sie hat ohnehin viel zuviel Wert darauf gelegt, sich attraktiv zu machen«, stichelte Emily. »Wenn sie mehr Zeit darauf verwandt hätte, die Bibel zu lesen und regelmäßig in die Kirche zu gehen, dann wäre sie jetzt nicht so verzagt. Was passiert ist, ist passiert. Es war der Wunsch des Herrn, und man kann nichts dagegen tun. Wir müssen es hinnehmen und dankbar dafür sein.«

»Wie kannst du etwas so Grausames sagen? Es war schließlich ihre Tochter, die gestorben ist, unsere Schwester!«

»Meine Schwester, nicht deine«, gab Emily hitzig zurück.

»Mir ist egal, was du sagst. Eugenia war auch meine Schwester, und ich war ihr bei weitem mehr eine Schwester, als du es ihr je warst«, beharrte ich.

Emily lachte, freudlos und rauh. Ich sah Papa an, doch er kaute einfach weiterhin auf seinem Essen herum und sah starr vor sich hin.

»Mamma ist so traurig«, wiederholte ich und schüttelte den Kopf. Ich spürte, wie die Tränen unter meinen Augenlidern brannten.

»Der Grund dafür, daß Mamma so niedergeschlagen ist, bist du!« warf Emily mir vor. »Du läufst mit einem grauen Gesicht und Augen herum, in denen Tränen stehen. Du erinnerst sie Tag für Tag daran, daß Eugenia tot ist. Du läßt sie nicht einen Moment in Frieden«, klagte sie mich an. Ihr langer Arm und ihr knochiger Finger bohrten sich durch die Luft und wiesen über den Tisch hinweg auf mich.

»Das ist nicht wahr!«

»Jetzt reicht es aber«, sagte Papa. Er zog seine dichten dunklen Augenbrauen zusammen und sah mich finster an. »Deine Mutter wird sich schon von selbst mit der Tragödie abfinden, und ich lasse nicht zu, daß das als Diskussionsthema beim Abendessen durchgeht. Und ich will auch in Gegenwart eurer Mutter keine langen Gesichter mehr sehen«, warnte er mich. »Hast du gehört?«

»Ja, Papa«, sagte ich.

Er griff sich eine Zeitung und fing an, über die Tabakpreise zu klagen.

»Sie schnüren den kleinen Pflanzern die Kehle zu. Das ist auch eine Art, den alten Süden zu vernichten«, murrte er.

Warum war ihm das wichtiger als das, was mit Mamma vorging? Warum waren alle außer mir blind und erkannten nicht, was sie Furchtbares durchmachte und wie sehr es sie veränderte und ihre Augen stumpf werden ließ? Ich fragte Louella, und nachdem sie sich vergewissert hatte, daß weder Emily noch Papa in Hörweite waren, sagte sie: »Niemand ist so blind wie jene, die nichts sehen wollen.«

»Aber wenn sie sie lieben, Louella, und das müssen sie doch sicher tun, warum ignorieren sie dann absichtlich, was mit ihr vorgeht?«

Louella bedachte mich nur mit einem ihrer vielsagenden Blicke, einem Blick von der Art, der alles besagte, ohne irgend etwas auszusagen. Papa muß Mamma doch lieben, dachte ich, sie auf seine ganz eigene Art lieben. Er hat sie geheiratet, er wollte Kinder mit ihr haben, und die haben sie. Er hat sie dazu auserwählt, Herrin über seine Plantage zu sein und seinen Namen zu tragen. Ich wußte, wieviel ihm all das bedeutete.

Und Emily war – trotz ihrer gemeinen und widerlichen Art, ihrer fanatischen Frömmigkeit und ihrer Härte – doch schließlich Mammas Tochter. Der Mensch, der hier in vielerlei Hinsicht schrittweise starb, war ihre Mutter. Sie mußte ihr doch leid tun, und sie mußte einfach Mitgefühl aufbringen und ihr helfen wollen.

Aber tatsächlich bestand Emilys Lösung darin, mehr Gebete vorzuschlagen, längere Bibelstunden und mehr fromme Hymnen. Immer wenn sie in Mammas Gegenwart aus der Bibel las oder betete, stand oder saß Mamma regungslos da. Ihr hübsches Gesicht verbarg sich hinter dunklen Schatten, und ihre Augen waren glasig und unbewegt wie die eines Menschen unter Hypnose. Wenn Emily ihrer Frömmigkeit freien Lauf gelassen hatte, warf Mamma mir einen kurzen Blick zu, der tiefste Verzweiflung ausdrückte, und dann zog sie sich in ihr Zimmer zurück.

Ja, sie hatte zwar seit Eugenias Tod nicht viel gegessen, doch mir fiel auf, daß ihr Gesicht rundlicher geworden war und daß sie um die Taille Gewicht zugelegt hatte. Als ich Louella darauf ansprach, sagte sie: »Kein Wunder.«

»Was soll das heißen, Louella? Wieso ist das kein Wunder?«

»Das kommt von all den Minzgetränken mit einem kräftigen Schuß von Mr. Booths Schnaps und von diesen Bonbons. Sie ißt sie pfundweise«, sagte Louella kopfschüttelnd, »und sie hört nicht auf mich. Was ich sage, geht zum einen Ohr rein und zum anderen genauso schnell wieder raus, daß ich mein eigenes Echo im Zimmer hören kann.«

»Sie trinkt Schnaps! Weiß Papa das?«

»Ich vermute, ja«, sagte Louella. »Aber er hat nichts

weiter getan, sondern nur zu Henry gesagt, er soll noch eine Kiste mitbringen.« Sie schüttelte entrüstet den Kopf. »Das führt zu nichts Gutem«, sagte sie. »Das führt zu nichts Gutem.«

Das, was Louella mir erzählt hatte, versetzte mich in Panik. Das Leben auf The Meadows war ohne Eugenia ohnehin schon traurig genug, aber ein Leben auf The Meadows ohne Mamma wäre unerträglich gewesen, denn dann wären mir als Angehörige nur noch Papa und Emily geblieben. Ich machte mich eilig auf den Weg zu Mamma und fand sie vor ihrer Frisierkommode. Sie trug eines ihrer seidenen Nachthemden mit dem dazu passenden Morgenmantel, beides burgunderrot, und sie bürstete sich das Haar, aber ihre Bewegungen waren so langsam, daß sie fünf- oder sechsmal länger dafür brauchte, als nötig gewesen wäre. Einen Moment lang blieb ich in der Tür stehen und sah sie an, beobachtete sie, wie sie ganz still dasaß und den Blick starr auf ihr Spiegelbild gerichtet hatte, sich aber ganz eindeutig nicht sah.

»Mamma«, rief ich und eilte an ihre Seite, wie ich es schon so oft getan hatte. »Möchtest du vielleicht, daß ich dir das Haar bürste?«

Im ersten Moment glaubte ich, sie hätte mich nicht gehört, aber dann seufzte sie tief und wandte sich zu mir um. Als sie das tat, roch ich den Schnaps in ihrem Atem, und mir wurde schwer ums Herz.

»Hallo, Violet«, sagte sie und lächelte dann. »Du siehst heute abend sehr hübsch aus, aber andererseits siehst du ja immer sehr hübsch aus.«

»Violet? Ich bin nicht Violet, Mamma. Ich bin Lillian.«

Sie sah mich an, aber ich war sicher, daß sie mich nicht gehört hatte. Und dann wandte sie sich ab und schaute sich wieder im Spiegel an.

»Du willst von mir wissen, wie du dich Aaron gegenüber verhalten sollst, nicht wahr? Du willst von mir wissen, ob du ihm mehr erlauben solltest, als nur deine Hand zu halten. Mutter sagt dir ja nichts. Nun«, sagte sie und wandte sich wieder an mich, und dabei lächelte sie strahlend, und ihre Augen leuchteten, aber es stand ein seltsames Licht in ihnen, »ich weiß, daß ihr bereits weitergegangen seid, als nur Händchen zu halten, stimmt's? Ich merke es doch, Violet, und daher ist es zwecklos, es zu leugnen.

Widersprich mir nicht«, sagte sie und legte ihre Finger auf meine Lippen. »Ich werde deine Geheimnisse schon nicht verraten. Wozu sind Schwestern denn da, wenn nicht, um die Geheimnisse der anderen sicher im eigenen Herzen zu verschließen? Wenn du die Wahrheit hören willst«, sagte Mamma und schaute sich wieder im Spiegel ab, »ich bin eifersüchtig. Du hast jemanden, der dich liebt, der dich wirklich liebt. Du hast jemanden, der dich nicht nur um deines Namens und um deines gesellschaftlichen Status willen heiraten will. Du hast jemanden, der in einer Ehe mehr als nur eine weitere unter vielen geschäftlichen Transaktionen sieht. Du hast jemanden, der dein Herz in Schwingungen versetzt.

O Violet, ich würde augenblicklich mit dir tauschen, wenn ich könnte.«

Sie drehte sich wieder zu mir um.

»Sieh mich nicht so an. Ich erzähle dir nichts, was du nicht ohnehin schon weißt. Meine Ehe ist mir verhaßt; sie war mir von Anfang an ein Greuel. Diese Klagelaute, die du in der Nacht vor meiner Hochzeit aus meinem Zimmer gehört hast, waren ein Ausdruck meiner Qualen. Mutter war außer sich, weil Vater so wütend war. Sie hatte Angst, ich würde ihnen Schande machen. Wußtest du, daß es mir wichtiger war, ihnen eine Freude zu bereiten, indem ich Jed Booth heirate, als an mich selbst zu denken? Ich komme mir vor... ich fühle mich wie jemand, der zum Opfer gebracht worden ist, um die Ehre des Südens zu retten. Ja, so ist es«, sagte sie mit fester Stimme.

»Sieh mich nicht so schockiert an, Violet. Du solltest mich lieber bemitleiden. Bemitleide mich, weil ich nie die Lippen eines Mannes kosten werde, der mich so sehr liebt, wie Aaron dich liebt. Bemitleide mich, weil mein Körper in den Armen meines Mannes nie die Freuden erleben wird, die deiner in den Armen deines Mannes erleben wird. Ich werde bis zu meinem Tod ein halbes Leben leben, denn das bedeutet es, mit einem Mann verheiratet zu sein, den man nicht liebt und der einen nicht liebt... ein halbes Leben«, sagte sie und wandte sich wieder dem Spiegel zu.

Ihr Arm hob sich, und langsam, mit derselben mechanischen Bewegung, die ich vorhin schon beobachtet hatte, fing sie wieder an, ihr Haar zu bürsten.

»Mamma«, sagte ich und legte eine Hand auf ihre Schulter. Sie hörte mich nicht. Sie war zu tief in ihre eigenen Gedanken versunken und durchlebte noch einmal einen Moment, den sie vor vielen, vielen Jahren mit meiner leiblichen Mutter verbracht hatte.

Plötzlich fing sie an, mir eines ihrer Lieder vorzusummen. Sie saß eine Zeitlang da und seufzte dann tief, und ihr Busen hob und senkte sich, als sei ihr ein bleierner Schal um die Schultern gelegt worden.

»Ich bin heute abend so müde, Violet. Wir reden morgen früh weiter.« Sie küßte mich auf die Wange. »Gute Nacht, geliebte Schwester. Süße Träume. Ich weiß, daß deine Träume süßer als meine sein werden, aber das ist schon in Ordnung. Du hast es verdient. Du hast alles Schöne und Gute verdient.«

»Mamma«, sagte ich mit einer Stimme, die sich überschlug, als sie aufstand. Mein Atem stockte, und ich hielt ihn an, als ich die Tränen schluckte. Sie ging zu ihrem

Bett und zog langsam ihren Morgenmantel aus. Ich beobachtete sie, wie sie unter die Decke schlüpfte, und dann ging ich zu ihr und strich ihr über das Haar. Ihre Augen waren geschlossen.

»Gute Nacht, Mamma«, sagte ich. Sie wirkte so, als schliefe sie bereits. Ich drehte die Öllampe auf ihrem Nachttisch herunter und ließ sie in der Dunkelheit ihrer Vergangenheit und der Dunkelheit ihrer Gegenwart zurück, und was ich fürchtete, war die gräßliche Dunkelheit der Zukunft.

In den kommenden Monaten versank Mamma immer wieder in diese tristen Tagträume und tauchte nur zwischenzeitlich daraus auf. Immer wenn ich sie allein in ihrem Zimmer antraf oder sogar, wenn ich ihr im Flur begegnete, wußte ich, ehe ich anfing, mit ihr zu reden, nicht mit Sicherheit zu sagen, ob sie in der Gegenwart oder in der Vergangenheit lebte. Emilys Reaktion bestand darin, es zu ignorieren, und Papas Reaktion war die, immer unduldsamer zu werden und immer mehr Zeit außer Haus zu verbringen. Und wenn er zurückkam, roch er im allgemeinen nach Whiskey oder Cognac, und seine Augen waren blutunterlaufen und so wutentbrannt über irgend etwas, was ihm geschäftlichen Ärger bereitet hatte, daß ich es nicht wagte, mich auch nur mit einer Silbe zu beklagen.

Manchmal kam Mamma zum Abendessen nach unten und manchmal auch nicht, wenn Papa fort war. Wenn Emily und ich allein miteinander am Tisch saßen, aß ich gewöhnlich so schnell ich konnte, und ging dann gleich wieder. Das heißt, wenn Emily es mir erlaubte. Papa hinterließ klare und unmißverständliche Instruktionen zur Haushaltsführung, wenn er sich außer Haus aufhielt.

»Emily«, bemerkte er eines Abends beim Essen, »ist die Älteste und Klügste, vielleicht derzeit sogar klüger als eure Mutter« fügte er noch hinzu. »Immer wenn ich fort bin und eure Mutter sich nicht gut fühlt, ist Emily die Verantwortliche, und du wirst ihr ebensoviel Respekt und Gehorsam entgegenbringen wie mir. Ist das klar, Lillian?«

»Ja, Papa.«

»Dasselbe gilt für die Dienstboten, und sie wissen es. Ich erwarte von allen, daß sie sich an dieselben Vorschriften und Abläufe halten, die sie befolgen würden, wenn ich zu Hause wäre. Mach deine Arbeit, sprich deine Gebete, und benimm dich.«

Emily sog diese zusätzliche Macht und Autorität wie ein Schwamm in sich auf. Da Mamma jetzt die meiste Zeit verwirrt und Papa häufiger außer Haus war, herrschte sie über alle und ließ die Zimmermädchen ihre Arbeit größtenteils mehrfach tun, bis sie mit dem Ergebnis zufrieden war, und dem armen alten Henry brummte sie eine Aufgabe nach der anderen auf. Eines Abends vor dem Essen, als Papa fort war und Mamma sich in ihr Zimmer zurückgezogen hatte, bat ich Emily um etwas mehr Nachsicht.

»Henry ist älter geworden, Emily. Er kann nicht mehr so viel tun und auch nicht mehr so schnell arbeiten wie früher.«

»Dann sollte er von seinem Posten zurücktreten«, bekundete sie streng.

»Und was tun? Für ihn ist The Meadows mehr als nur ein Arbeitsplatz, es ist sein Zuhause.«

»Das hier ist das Haus der Booths«, rief sie mir ins Gedächtnis zurück. »Hier ist nur die Familie zu Hause, und diejenigen, die keine Booths sind, aber hier leben, leben auf unbestimmte Zeit hier, und alles Weitere steht in unserem Ermessen. Und vergiß eines nicht, Lillian: Das trifft auch auf dich zu.«

»Du bist einfach widerlich. Wie kannst du behaupten,

so fromm und religiös zu sein, wenn du gleichzeitig so grausam bist?«

Sie lächelte mich mit ihrem kalten Lächeln an.

»Typisch, daß du das sagst und es andere glauben machen willst. Das ist Satans Art und Weise, diejenigen in Verruf zu bringen, die wahrhaft gläubig sind. Es gibt nur ein Mittel, um Satan zu bezwingen, nämlich das Gebet und die Frömmigkeit. Hier«, sagte sie und schob mir die Bibel hin. Louella kam mit unserem Abendessen, doch Emily verbat ihr, es auf den Tisch zu stellen.

»Nimm es wieder mit, bis Lillian ihren Text gelesen hat«, ordnete sie an.

»Aber Sie haben Ihre Gebete schon gesprochen, und es ist alles fertig, Miss Emily«, protestierte Louella. Sie war stolz auf ihre Kochkunst, und es war ihr verhaßt, Speisen zu servieren, die abgekühlt waren oder zu lange gekocht hatten.

»Nimm das Essen wieder mit«, fauchte Emily. »Fang da an, wo ich das Lesezeichen eingelegt habe«, befahl sie mir, »und lies.«

Ich schlug die Bibel auf und begann zu lesen. Louella schüttelte den Kopf und zog sich mit dem Essen wieder in die Küche zurück. Ich las Seite für Seite, bis ich fünfzehn Seiten gelesen hatte, aber Emily gab sich immer noch nicht damit zufrieden. Als ich fand, es genügte jetzt, und die Bibel hinlegen wollte, befahl sie mir, weiterzulesen.

»Aber Emily, ich habe Hunger, und es wird schon spät. Ich habe mehr als fünfzehn Seiten gelesen.«

»Und du wirst noch fünfzehn weitere Seiten lesen«, ordnete sie an.

»Nein, das werde ich nicht tun«, sagte ich trotzig. Ich knallte die Bibel auf den Tisch. Ihre Lippen wurden weiß, und dann landete ihr finsterer Blick, der Verachtung und blanken Haß ausdrückte, wie ein Schlag in meinem Gesicht.

»Dann gehst du jetzt in dein Zimmer und bekommst nichts zum Abendessen. Geh schon«, befahl sie mir. »Und wenn Papa nach Hause kommt, wird er von deiner Aufsässigkeit hören.«

»Das ist mir ganz egal. Er sollte es wirklich zu hören bekommen, und er sollte wissen, wie brutal du alle behandelst, wenn er nicht da ist, und daß alle so verärgert sind, daß sie laut murren und sich überlegen, ob sie nicht fortgehen sollten.«

Ich rammte meinen Stuhl gegen den Tisch und rannte aus dem Eßzimmer. Zuerst ging ich in Mammas Zimmer, um zu sehen, ob ich sie nicht doch dazu bringen konnte, einzuschreiten, aber sie schlief bereits und hatte nur wenig von dem gegessen, was Louella ihr gebracht hatte. Frustriert marschierte ich in mein eigenes Zimmer. Ich war wütend und müde und hungrig. Kurz darauf hörte ich ein sachtes Pochen an meiner Tür. Es war Louella. Sie hatte mir ein Tablett mit Essen gebracht.

»Wenn Emily dich sieht, wird sie Papa sagen, du hättest dich ihren Anweisungen widersetzt«, sagte ich, und es widerstrebte mir, das Tablett entgegenzunehmen und Louella Schwierigkeiten zu machen.

»Das interessiert mich nicht mehr, Miss Lillian. Ich bin zu alt, um mir darüber noch Sorgen zu machen, und die Wahrheit ist, daß meine Tage hier gezählt sind. Ich wollte es dem Rittmeister diese Woche ohnehin sagen.«

»Gezählt? Was soll das heißen, Louella?«

»Ich werde von The Meadows fortgehen und zu meiner Schwester in South Carolina ziehen. Sie hat ihre Stellung aus Altersgründen aufgegeben, und es ist an der Zeit, daß ich meine auch aufgebe.«

»Oh, nein, Louella«, rief ich aus. Sie war für mich viel mehr ein Familienmitglied als eine Hausangestellte. Ich konnte nicht annähernd zählen, wie viele Male ich zu ihr gelaufen war, wenn ich mir in den Finger geschnitten oder mir das Knie zerschrammt hatte. Louella war diejenige gewesen, die mich in meiner Kindheit gepflegt hatte, wenn ich krank war, und Louella war diejenige gewesen, die meine Kleider geflickt und die Säume herausgelassen hatte. Als Eugenia gestorben war, war Louella diejenige gewesen, die mir den meisten Trost gespendet hatte und die ich getröstet hatte.

»Es tut mir leid, Schätzchen«, sagte sie, doch dann lächelte sie. »Aber mach dir keine Sorgen um dich. Du bist jetzt ein großes Mädchen, und du bist ein kluges Mädchen. Es wird nicht mehr lange dauern, bis du deinen eigenen Haushalt gründest und auch von hier fortgehst.« Sie umarmte mich und ging.

Schon allein bei dem Gedanken, Louella könnte von The Meadows fortgehen, war mir ganz elend zumute. Mir verging der Appetit, und ich starrte das Essen, das sie mir gebracht hatte, teilnahmslos an und stocherte mit wenig Interesse mit der Gabel in den Kartoffeln und dem Fleisch herum. Wenige Momente später wurde meine Tür aufgerissen, und Emily, die finster in mein Zimmer sah, nickte.

»Dachte ich es mir doch«, sagte sie. »Ich habe doch gesehen, wie sich Louella durchs Haus geschlichen hat. Das wird euch noch leid tun, euch beiden«, drohte sie. »Das kann ich dir versichern.«

»Emily, das einzige, was mir leid tut, ist, daß uns die arme Eugenia genommen worden ist und nicht du«, fauchte ich sie an. Sie lief so rot an, wie ich es noch nie zuvor bei ihr erlebt hatte. Einen Moment lang war sie sprachlos. Dann zog sie die Schultern zurück und wandte sich ab. Ich hörte, wie ihre breiten Absätze durch den Korridor klapperten, und dann hörte ich, wie ihre Zimmertür zugeknallt wurde. Wenige Momente später herrschte Totenstille. Ich holte tief Atem und machte mich wieder ans Essen. Ich wußte, daß ich für das, was gewiß folgen würde, meine Kraft brauchen würde.

Ich brauchte nicht lange zu warten. Als Papa am selben Abend nach Hause zurückkam, stand Emily schon in der Tür, um ihn zu begrüßen und ihm von meiner Aufsässigkeit am Eßtisch zu berichten, und sie informierte ihn auch über das, was sie als Louellas und meine Verschwörung zum Ungehorsam darstellte. Ich hatte mich früh schlafen gelegt und erwachte davon, daß ich Papas schwere Schritte im Korridor hörte. Seine Stiefel stapften laut über die Bodendielen, und plötzlich riß er die Tür zu meinem Zimmer auf. Da das Licht von hinten auf ihn fiel, sah ich ihn als eine Silhouette. Er hielt einen breiten Gürtel aus Rindsleder in der Hand. Mein Herz fing an zu hämmern.

»Schalte die Lampe an«, befahl er mir. Ich kam seiner Anweisung schleunigst nach. Dann trat er in mein Zimmer und machte die Tür hinter sich zu. Sein Gesicht war rot vor Wut, aber sowie er mir näher kam, roch ich sofort den Bourbon. Es schien mir ganz so, als hätte er ein Bad darin genommen. »Du hast dich gegen die Bibel aufgelehnt«, sagte er. »Du hast an meinem Tisch Blasphemie geübt?« Nicht nur seine Stimme war wutentbrannt, sondern auch seine tiefschwarzen Augen, die fest auf mich gerichtet waren. Ich bekam kaum noch Luft.

»Nein, Papa. Emily hat mich aufgefordert zu lesen, und das habe ich auch getan. Ich habe mehr als fünfzehn Seiten gelesen, aber sie wollte immer noch nicht zulassen, daß ich aufhöre, und ich hatte Hunger.«

»Du läßt deinen Körper über die Bedürfnisse deiner Seele siegen?«

»Nein, Papa. Ich hatte genug aus der Bibel gelesen.«

»Du weißt nicht, was genug ist und was nicht. Ich habe dir gesagt, daß du Emily gehorchen sollst wie mir«, sagte er und kam noch näher.

»Das habe ich auch getan, Papa. Aber sie war uneinsichtig und ungerecht und brutal, und das nicht nur mir gegenüber, sondern auch bei Louella und Henry und...«

»Schlag deine Bettdecke zurück«, befahl er mir. *»Zieh sie zurück!«*

Ich tat es eilig.

»Leg dich auf den Bauch«, ordnete er an.

»Papa, bitte«, flehte ich. Ich fing an zu weinen. Er packte mich an den Schultern und drehte mich abrupt um. Dann zog er mein Nachthemd hoch und entblößte meinen Hintern. Einen Moment lang spürte ich nur seine Handfläche, die darüberglitt. Es schien, als streichelte er mich zart. Ich wollte mich gerade umdrehen, als er mich anbrüllte.

»Wende dein Antlitz ab, Satan«, schrie er. In dem Moment, in dem ich es tat, spürte ich den ersten Schlag. Der Gürtel brannte sich in mein Fleisch. Ich schrie, aber er schlug wieder und immer wieder auf mich ein.

Papa hatte mich schon öfter geschlagen, aber so hatte er mich noch nie geschlagen. Ich war zu schockiert, um zu schreien. Statt dessen erstickte ich fast an meinem Schluchzen. Endlich beschloß er, ich sei genügend bestraft worden.

»Widersetze dich nie, nie mehr einem Befehl in diesem Haus, und wage es nicht, noch einmal eine Bibel auf den Tisch zu knallen, als sei sie ein gewöhnliches Buch«, wies er mich an.

Ich wollte etwas sagen, aber ich erstickte an meinen Worten und konnte sie nicht herauswürgen. Ich spürte das Brennen so sehr, daß der Schmerz bis in meine Brust reichte und mein Herz sich so heiß anfühlte, daß es war, als hätte sich der Riemen durch meinen Körper geschnitten. Ich rührte mich nicht, und ich konnte noch lange Zeit hören, wie er dastand, über mir aufragte und schwer atmete. Dann wandte er sich ab und verließ mein Zimmer. Ich rührte mich immer noch nicht. Ich grub mein Gesicht in das Kissen, bis ich imstande war, meine zurückgehaltenen Tränen zu vergießen.

Aber kurze Zeit darauf hörte ich wieder Schritte. Ich hatte gräßliche Angst, er sei noch einmal zurückgekommen. Das Prickeln in meinem Nacken sagte mir deutlich, daß jemand in meiner Nähe war. Ich wandte mich ein wenig um und sah Emily, die neben mir kniete. Ich sah, wie sie den Kopf senkte, aber ich konnte sie nur haßerfüllt anstarren. Sie hob den Kopf und stemmte dann ihre spitzen Ellbogen auf die Abschürfungen meiner Haut, damit die Knochen mir Schmerzen bereiteten. Ihre Hände hielten ihre dicke schwere Bibel umklammert. Ich ächzte und protestierte, aber sie ignorierte mich und bohrte ihre Ellbogen noch tiefer in mein Fleisch, damit ich stillhalten mußte.

»›Wer anderen eine Grube gräbt, fällt selbst hinein; und wer einen Zaun durchbricht, den wird eine Schlange beißen‹«, setzte sie an.

»Laß mich los«, flehte ich heiser. »Emily, tu deine Ellbogen weg. Du tust mir weh.«

»›Die Worte aus dem Munde eines Weisen sind kostbar‹«, fuhr sie fort.

»Geh von mir runter. Hau ab«, sagte ich. »Verschwinde!« schrie ich, und endlich fand ich die Kraft, mich umzudrehen. Sie erhob sich, blieb aber über mir stehen, bis sie gelesen hatte, was sie lesen wollte, und dann schloß sie die Bibel.

»Sein Wille geschehe«, sagte sie und ging.

Papas Schläge bereiteten mir solche Schmerzen, daß ich nicht sitzen konnte. Ich konnte nichts anderes tun, nur liegenbleiben und darauf warten, daß die Schmerzen nachließen.

Nicht lange darauf kam Louella in mein Zimmer. Sie

brachte eine Salbe und schmierte sie auf meine Wunden, bei deren Anblick sie laut schluchzte.

»Mein armes Kind«, sagte sie. »Mein armes Kleines.«

»O Louella, verlaß mich nicht. Bitte, verlaß mich nicht«, bettelte ich.

Sie nickte.

»Ich gehe noch nicht gleich, Kind, aber meine Schwester braucht mich auch, und ich muß zu ihr gehen.«

Sie umarmte mich, und wir wiegten uns einen Moment lang beide auf meinem Bett. Dann deckte sie mich gründlich zu. Sie gab mir einen Kuß auf die Wange und ging. Ich hatte immer noch große Schmerzen, aber ihre wohltuenden Hände hatten die Qualen beträchtlich gemildert. Zum Glück konnte ich schlafen.

Ich wußte, daß es zwecklos war, mich bei Mamma darüber zu beklagen, was vorgefallen war. Am nächsten Morgen erschien sie zum Frühstück, sagte aber kaum ein Wort. Jedesmal wenn sie mich ansah, schien sie kurz vor den Tränen zu stehen. Sie merkte noch nicht einmal, wie unwohl ich mich dabei fühlte, auf meinem geschundenen, schmerzenden Hinterteil zu sitzen. Ich wußte, daß Papa wütend werden würde, wenn ich auch nur einen Laut von mir gegeben hätte.

Emily las ihre Bibelstellen, und Papa thronte wie üblich als Hausherr über den Tisch und warf kaum einen Blick auf mich, als ich andauernd herumruckelte, um weniger Schmerzen zu haben. Wir aßen alle schweigend. Schließlich, gegen Ende der Mahlzeit, räusperte sich Papa, um etwas zu sagen.

»Louella hat mir mitgeteilt, daß sie die Absicht hat, ihren Dienst in zwei Wochen zu beendigen. Ich ahnte bereits so etwas und habe schon ein Ehepaar als Ersatz für sie kommen lassen. Sie heißen Slope, Charles und Vera. Vera hat einen einjährigen Sohn, der Luther heißt, aber sie hat mir versichert, daß er sie nicht daran hindern wird, ihre Verpflichtungen auszuführen, wenn sie ihn gleichzeitig großziehen muß. Charles wird Henry bei seinen Aufgaben behilflich sein, und Vera wird natürlich in der Küche arbeiten und soviel wie möglich für... für Georgia tun«, sagte er und wandte sich Mamma zu. Sie saß jetzt mit einem reichlich albernen Grinsen auf dem Gesicht da und lauschte, als sei sie auch nur eines der Kinder in diesem Haushalt. Als Papa fertig war, legte er seine Serviette hin und stand auf.

»Ich muß mich in den nächsten Wochen um einige dringende geschäftliche Angelegenheiten kümmern und werde ab und zu für ein oder zwei Tage fort sein. Ich erwarte, daß unsere bisherigen Probleme nicht wieder auftauchen werden«, betonte er und sah mich finster an. Ich schlug eilig die Augen nieder und sah auf meinen Teller. Dann machte er auf dem Absatz kehrt und ließ uns sitzen.

Mamma fing plötzlich an zu kichern wie ein Schulmädchen. Sie schlug sich eine Hand auf den Mund und kicherte noch einmal.

»Mamma? Was ist?«

»Sie ist an ihrem Kummer durchgedreht«, sagte Emily. »Ich habe es Papa schon gesagt, aber er ist nicht darauf eingegangen.«

»Was ist los, Mamma?« fragte ich und fürchtete mich inzwischen noch viel mehr.

Sie zog ihre Hand zurück und biß sich so fest auf die Lippen, daß ich sah, wie die Haut weiß wurde.

»Ich weiß ein Geheimnis«, sagte sie und sah verstohlen erst Emily und dann mich an.

»Ein Geheimnis? Was für ein Geheimnis, Mamma?«

Sie beugte sich über den Tisch und warf einen Blick auf die Tür, durch die Papa verschwunden war, und dann wandte sie sich wieder zu mir um.

»Ich habe gestern gesehen, wie Papa aus dem Geräteschuppen gekommen ist. Er war dort mit Belinda drin, und sie hatte den Rock hochgezogen und die Unterhose runtergezogen«, sagte sie.

Im ersten Moment brachte ich kein Wort heraus. Wer war Belinda?

»Was sagst du da?«

»Sie redet nur Blödsinn«, sagte Emily. »Komm schon. Es ist Zeit. Wir müssen gehen.«

»Aber, Emily...«

»Laß sie einfach in Ruhe«, ordnete Emily an. »Sie kommt schon allein zurecht. Louella wird sich um sie kümmern. Hol deine Sachen, oder wir kommen zu spät zur Schule, Lillian«, fauchte sie, als ich mich nicht von der Stelle rührte.

Ich stand von meinem Stuhl auf und ließ Mamma nicht aus den Augen, die sich zurückgelehnt hatte und wieder mit der Hand vor dem Mund kicherte. Mir lief ein Schauer über den Rücken, als ich sie so sah, aber Emily stand wie ein Gefängniswächter mit einer Peitsche am Tisch und wartete darauf, daß ich ihren Befehlen gehorchte. Widerstrebend und mit einem Herzen, das schwer genug war, um sich wie ein Stein in meiner Brust anzufühlen, stand ich eilig vom Tisch auf, um meine Bücher zu holen, und dann folgte ich Emily aus dem Haus.

»Wer könnte Belinda bloß sein?« fragte ich mich laut. Emily drehte sich mit einem höhnischen Grinsen um.

»Eine Sklavin auf der Plantage ihres Vaters«, erwiderte sie. »Ich bin sicher, daß sie sich an etwas erinnert, was wirklich passiert ist, etwas Widerwärtiges und Gottloses, und ich bin sicher, daß du es nur zu gern gehört hast.«

»Das stimmt doch gar nicht! Mamma ist sehr krank. Warum läßt Papa keinen Arzt kommen?«

»Es gibt keinen Arzt, der das heilen kann, was sie hat«, sagte Emily.

»Was hat sie denn?«

»Schuldgefühle«, erwiderte Emily mit einer selbstzufriedenen Miene. »Schuldgefühle, weil sie nicht so fromm war, wie sie es hätte sein sollen. Sie weiß, daß ihre sündhafte Art und ihre Verruchtheit dem Teufel die Kraft gegeben haben, in unserem Haus zu leben. Wahrscheinlich in deinem Zimmer«, fügte sie noch hinzu. »Und schließlich Eugenia zu holen. Jetzt tut es ihr leid, aber es ist zu spät, und sie ist an ihren Schuldgefühlen verrückt geworden.

Das steht alles in der Bibel«, fügte sie mit einem zynischen Lächeln hinzu und verzog die Lippen. »Man braucht es dort nur nachzulesen.«

»Du bist eine Lügnerin!« schrie ich. Sie lächelte mich nur auf ihre kalte Art an und beschleunigte dann ihre Schritte. »Du bist eine abscheuliche Lügnerin! Mamma trifft keine Schuld. In meinem Zimmer war kein Teufel, und Eugenia hat er auch nicht geholt. Du Lügnerin!« schrie ich, und die Tränen strömten über meine Wangen. Sie verschwand um eine Biegung. Sei froh, daß du sie los bist, dachte ich und folgte ihr langsam mit gesenktem Kopf, und die Tränen tropften immer noch von meinen Wangen, als ich Niles erreichte, der an der Auffahrt zum Haus seiner Eltern auf mich gewartet hatte.

»Lillian, was ist los mit dir?« rief er und kam auf mich zugerannt.

»O Niles.« Meine Schultern bebten derart, weil ich so schluchzte, daß er eilig seine Bücher hinlegte und mich umarmte. Heulend schilderte ich ihm knapp, was passiert war, wie Papa mich geschlagen hatte und daß Mamma immer seltsamer wurde.

»Aber, aber«, sagte er und küßte mich zart auf die Stirn und die Wangen. »Es tut mir leid, daß dein Vater dich geschlagen hat. Wenn ich älter wäre, würde ich hingehen und es ihm ordentlich heimzahlen«, bekundete er. »Das täte ich wirklich.«

Er sagte es so entschieden, daß ich aufhörte zu weinen und den Kopf hob. Nachdem ich mir die Augen abgewischt hatte, sah ich ihm ins Gesicht, und dort erkannte ich die Wut, die er empfand, und ich begriff, wie sehr er mich lieben mußte.

»Ich würde mit Freuden die Schmerzen ertragen, die Papas Schläge mir bereiten, wenn man bloß etwas für Mamma tun könnte«, sagte ich.

»Vielleicht kann ich meine Mutter dazu überreden, daß sie deine Mutter einmal besucht und sich ansieht, was aus ihr geworden ist. Dann kann sie deinen Vater bitten, etwas zu unternehmen.«

»Oh, würdest du das tun, Niles? Das könnte vielleicht etwas nutzen. Ja, doch, vielleicht schon. Niemand kommt mehr zu Mamma zu Besuch, und daher weiß niemand, wie miserabel es ihr geht.«

»Ich werde heute beim Abendessen darauf zu sprechen kommen«, gelobte er mir. Er wischte mir die restlichen Tränen mit dem Handrücken aus dem Gesicht. »Wir sollten jetzt lieber sehen, daß wir die anderen einholen«, sagte er, »ehe Emily auch daraus noch etwas Sündiges macht.«

Ich nickte. Er hatte natürlich recht, und daher beeilten wir uns, um rechtzeitig zur Schule zu kommen.

Niles' Mutter kam ein paar Tage später tatsächlich zu Besuch. Leider schlief Mamma, und Papa war auf einer seiner Reisen. Sie sagte Louella, sie käme ein anderes Mal wieder, aber als ich Niles danach fragte, sagte er, sein Vater hätte seiner Mutter verboten, The Meadows einen weiteren Besuch abzustatten.

»Mein Vater sagt, das ist nicht unsere Angelegenheit und wir sollten die Nase nicht in deine Familienangelegenheiten stecken. Ich glaube«, sagte er und senkte den Kopf vor Scham, »er fürchtet sich schlicht und einfach vor deinem Vater und seiner aufbrausenden Art. Es tut mir leid.«

»Vielleicht werde ich Doktor Cory eines Tages einfach selbst aufsuchen«, sagte ich. Niles nickte, obwohl wir beide wußten, daß ich es wahrscheinlich nicht tun würde. Was Niles über Papa gesagt hatte, stimmte. Er war von Natur aus aufbrausend, und ich fürchtete mich davor, seine Wut auf mich zu ziehen. Es konnte durchaus passieren, daß er den Arzt am Kommen gehindert und mich trotzdem geschlagen hätte, weil ich ihn darum gebeten hatte.

»Vielleicht wird sie bald wieder gesund«, sagte Niles hoffnungsvoll. »Meine Mutter sagt, daß die Zeit schließlich alle Wunden heilt. Papa sagt, deine Mutter bräuchte eben etwas länger, das sei alles, und wir sollten alle geduldig sein.«

»Vielleicht«, sagte ich ohne allzu große Hoffnung. »Die einzige, die echte Sorge zeigt, ist Louella, aber wie du weißt, verläßt sie uns schon bald.«

Die Tage, die mir noch mit Louella blieben, vergingen viel zu schnell, und dann kam der Tag ihrer Abreise. Als ich wach wurde und mich erinnerte, daß heute der Tag war, widerstrebte es mir, aufzustehen und nach unten zu gehen, um mich zu verabschieden, aber dann überlegte ich mir, wie furchtbar es für Louella gewesen wäre, abzureisen, ohne sich von mir verabschiedet zu haben. Ich zog mich so schnell wie möglich an.

Henry brachte Louella und ihre Sachen nach Upland Station, und dort würde sie die erste Etappe der Reise antreten, die sie zu ihrer Schwester in South Carolina bringen würde. Er lud ihre Truhen auf den Wagen, während sich alle Arbeiter und Bediensteten um sie herum versammelten, um sich von ihr zu verabschieden. Alle hatten Louella ins Herz geschlossen, und in den Augen der meisten standen Tränen. Manche unter den Zimmermädchen, vor allem Tottie, weinten unverhohlen.

»Jetzt hört mir alle mal gut zu«, verschaffte sich Louella Gehör, als sie mit den Armen in den Hüften auf die Veranda trat. Sie trug ihre Sonntagskleider und ihren Hut. »Ich werde nicht ins Grab getragen. Ich werde lediglich meiner ältesten Schwester, die sich zur Ruhe gesetzt hat, etwas zur Hand gehen, und ich selbst werde mich auch zur Ruhe setzen. Manche von euch weinen doch bloß, weil ihr neidisch seid«, schimpfte sie, und Gelächter ertönte. Dann stieg sie die Stufen von der Veranda hinunter und umarmte und küßte sie alle und schickte sie dann los, damit sie sich an die Arbeit machten.

Papa hatte sich schon am Vorabend von ihr verabschiedet, als er sie in sein Büro bestellt hatte, um ihr die Pension auszuzahlen. Ich hatte in der Nähe der Tür gestanden und gehört, wie er sich förmlich bei ihr dafür bedankte, daß sie eine gute Hausangestellte gewesen war, anhänglich und ehrlich. Sein Tonfall war kalt und förmlich, obwohl sie schon so lange auf The Meadows war, daß sie ihn noch als einen kleinen Jungen in Erinnerung hatte.

»Natürlich«, hatte er gegen Ende des Gesprächs gesagt, »wünsche ich Ihnen viel Glück und ein gesundes langes Leben.«

»Danke, Mr. Booth«, sagte Louella. Es entstand eine kurze Pause, und dann hörte ich sie sagen: »Wenn ich nur noch etwas sagen dürfte, ehe ich gehe, Sir.«

»Ja, bitte?«

»Es geht um Mrs. Booth, Sir. Ich finde, sie sieht nicht gut aus, und ich habe den Eindruck, daß es nicht gut um sie steht. Sie grämt sich furchtbar, weil ihr kleines Mädchen tot ist, und…«

»Ich bin mir durchaus über Mrs. Booths albernes Benehmen bewußt, Louella, vielen Dank. Ich bin sicher, daß sie bald wieder zu sich kommen wird, und dann wird sie ihr Leben wie bisher weiterführen und unseren Kindern eine Mutter sein, wie man es von ihr erwarten sollte, und sie wird mir wieder eine Frau sein. Machen Sie sich darüber bloß keine Gedanken mehr.«

»Ja, Sir«, sagte Louella, doch ihre Stimme zitterte vor Enttäuschung.

»Also dann, alles Gute«, schloß Papa. Ich lief schnell fort, damit Louella nicht erfuhr, daß ich sie belauscht hatte.

Als sie jetzt die Treppe herunterkam, um sich zu verabschieden, konnte ich dem Strom meiner Tränen keinen Einhalt gebieten. Es war, als sei ein Damm gebrochen.

»Jetzt mach Louella bloß kein schrecklich schlechtes Gewissen, Schätzchen. Ich habe eine lange Reise vor mir, und mir steht einiges bevor. Glaubst du vielleicht, es wird einfach, wenn zwei alte Frauen mit ihren festgefahrenen Vorstellungen in einem winzigen Haus zusammenleben? No, Sir, no, Sir«, sagte sie.

Ich lächelte durch die Tränen.

»Ich werde dich vermissen, Louella... ich werde dich schrecklich vermissen.«

»Oh, ich denke, ich werde Sie auch vermissen, Miss Lillian.« Sie drehte sich um und schaute zum großen Haus der Plantage auf. Dann seufzte sie. »Ich rechne damit, daß mir The Meadows sehr fehlen wird, daß mir jeder Winkel jedes Schranks und jeder Abstellkammer fehlen wird. Zwischen diesen Mauern hier ist viel gelacht und geweint worden.«

Sie wandte sich wieder zu mir um.

»Sei nett zu eurer neuen Haushaltshilfe, und paß so gut du kannst auf deine Mamma auf, und ansonsten kümmere dich um deine eigenen Angelegenheiten. Du wächst zu einer sehr hübschen jungen Dame heran. Jetzt ist es nur eine Frage der Zeit, bis ein gutaussehender Herr um dich wirbt und dich zu sich holt, und wenn es soweit ist, dann denk an die alte Louella, hast du gehört? Dann schreibst du mir und berichtest mir alles. Versprichst du mir das?«

»Natürlich, Louella. Ich werde dir oft schreiben. Ich werde dir soviel schreiben, daß es dir schnell zuviel wird.«

Sie lachte. Sie umarmte und küßte mich, und dann warf sie einen letzten Blick auf The Meadows, ehe sie sich von Henry beim Aufsteigen helfen ließ. Erst jetzt wurde mir klar, daß Emily sich noch nicht einmal die Mühe gemacht hatte, nach unten zu kommen, um sich zu verabschieden, obwohl sie, ebenso wie ich, Louella ihr Leben lang gekannt hatte.

»Bereit zum Aufbruch?« fragte Henry sie jetzt. Sie nickte, und er schnalzte mit der Zunge. Die Pferde setzten sich in Bewegung, und die Kutsche fuhr über die lange Zedernallee. Louella sah sich um und winkte mit ihrem Taschentuch. Ich winkte ebenfalls, aber mein Herz kam mir so leer vor und meine Füße so taub, daß ich glaubte, ich könnte vor Kummer das Bewußtsein verlieren. Ich stand da und schaute ihr nach, bis der Wagen verschwunden war, und dann wandte ich mich um und stieg langsam die Stufen wieder hinauf, um in das Haus zu gehen, das jetzt viel leerer war, in dem man sich viel einsamer fühlte, das weit weniger als früher ein Zuhause war.

Zweiter Teil

9

Gute Nacht, süßer Prinz

Charles Slope und seine Frau Vera, das Paar, das Papa eingestellt hatte, damit Vera Louella ersetzte und Charles Henry unter die Arme griff, war sehr nett, und Luther, der Sohn, war entzückend, aber ich kam nicht gegen die Leere an, die ich in meinem Herzen fühlte. Niemand hätte Louella je ersetzen können. Vera war jedoch eine ausgezeichnete Köchin, und wenn sie die Gerichte auch ganz anders zubereitete, dann schmeckten sie doch immer lecker; und Charles konnte wahrhaft zupacken und hart arbeiten, und somit wurde Henry einiges abgenommen, und er hatte den Beistand, den er in seinem Alter brauchte.

Vera war eine große Frau von Ende Zwanzig mit dunkelbraunem Haar, das sie zu einem Knoten aufsteckte, der so straff saß, daß man hätte meinen können, ihr Haar sei aufgemalt. Nie sah ich eine Strähne, die sich gelöst hatte. Ihre Augen waren von einem zarten, hellen Braun, und sie hatte einen auffallend dunklen Teint. Ihr Busen war klein, und sie hatte eine schlanke Taille und schmale Hüften. Sie war zwar langbeinig, aber sie bewegte sich anmutig, und nie schlurfte sie schwerfällig durch die Gegend wie Emily und andere große Frauen, die ich beobachtet hatte.

Vera verwertete Lebensmittel geschickt und sparsam, was Papa in diesen wirtschaftlich immer härter werdenden Zeiten sehr zu schätzen wußte. Nichts wurde verschwendet. Reste wurden zu Eintöpfen verarbeitet oder fanden in Salaten wieder Verwendung, und das ging so weit, daß die Jagdhunde sich benachteiligt fühlten und enttäuscht aufblickten, wenn ihnen die Abfälle vorgeworfen wurden. Vera hatte vorher in einer Pension gearbeitet und war es gewöhnt, mit weit weniger auszukommen. Sie war eine stille Frau, bei weitem stiller als Louella. Wenn ich an der Küche vorbeikam, hörte ich Vera nie singen oder vor sich hinsummen, und sie war ziemlich verschlossen, wenn es um ihre Vergangenheit ging, und nur selten erzählte sie von sich aus etwas über ihre Jugend. Papas förmlicher Umgangston schien ihr keine Angst einzujagen, und ich konnte seinen Augen ansehen, wie sehr er sich freute, wenn sie ihn als Sir oder Rittmeister Booth ansprach.

Mich interessierte selbstverständlich, wie sie auf Emily reagieren und wie Emily mit ihr umgehen würde. Vera widersprach Emily zwar nie und widersetzte sich keiner ihrer Anordnungen, doch sie hatte eine Art, sie scharf anzusehen, die mir deutlich sagte, daß sie sie nicht mochte, aber klug genug war, um ihre Gefühle unter ihrem »Ja, Ma'am« und »Nein, Ma'am« sorgsam zu verbergen. Sie stellte nie Fragen, beklagte sich nie und lernte schnell die Hackordnung.

Veras gesamte Zärtlichkeit war ihrem kleinen Sohn Luther vorbehalten. Sie war eine gute Mutter, der es immer gelang, für ihn zu sorgen und ihn zu waschen und frisch anzuziehen, ihn zu füttern und darauf zu achten, daß er beschäftigt war, und das trotz ihrer Arbeit in der Küche und der zusätzlichen Belastung, sich von Zeit zu Zeit um Mamma zu kümmern. Papa mußte sie auf Mammas seltsames und unberechenbares Verhalten vorbereitet haben, denn sie schien nicht überrascht zu sein, als Mamma das erste Mal zu müde oder zu durcheinander war, um zum Abendessen zu erscheinen. Sie bereitete ein

Tablett für Mamma vor und brachte es ihr, ohne eine Bemerkung darüber zu machen oder gar Fragen zu stellen. Eigentlich gefiel es mir sehr gut, wie Vera sich um Mamma kümmerte und immer wieder nach ihr sah, um sich zu vergewissern, daß Mamma morgens aufstand. Sie half ihr beim Ankleiden und manchmal sogar beim Waschen. Es dauerte nicht lange, bis sie Mamma dazu gebracht hatte, ihr zu erlauben, daß sie ihr das Haar bürsten durfte, wie Louella es so oft getan hatte.

Mamma freute sich sehr darüber, ein kleines Baby im Haus zu haben. Vera achtete zwar sorgsam darauf, daß Luther Papa nicht störte, doch es gelang ihr, dafür zu sorgen, daß Mamma ihn fast täglich sah, mit ihm redete und sogar mit ihm spielte. Das schien Mamma mehr als alles andere aus ihrem Trübsinn und ihrer Niedergeschlagenheit herauszureißen, wenn sie auch unvermeidlich wieder in ihre Melancholie und ihr seltsames Verhalten zurückfiel.

Luther war ein neugieriges Kind, das sich leicht in Kleiderbergen im Waschkorb verhedderte oder furchtlos unter Möbelstücke und hinter Schränke kroch, um alles auszukundschaften, wenn man ihn nicht im Auge behielt. Für sein Alter war er groß und kräftig, und er hatte dunkelbraunes Haar und haselnußbraune Augen. Er war bereits ein harter kleiner Bursche, der selten weinte, selbst dann nicht, wenn er hinfiel und sich den Kopf anstieß oder mit den Fingern zu nah an etwas kam, was heiß oder scharf war. Statt dessen wirkte er wütend oder enttäuscht und machte sich gleich daran, etwas anderes zu finden, was für ihn von Interesse war. Er hatte mehr Ähnlichkeit mit seinem Vater als mit seiner Mutter, und er hatte dieselben kurzen Hände wie Charles.

Charles Slope war ein freundlicher Mann von Anfang Dreißig, der Erfahrung mit Automobilen und Maschinen hatte, und das war etwas, was Papa gefiel, da er kürzlich einen Ford gekauft hatte – eines der wenigen Automobile in diesem Teil des Landes. Charles' Wissen über mechanische Dinge schien unbegrenzt zu sein. Henry erzählte mir, es gäbe nichts, aber auch gar nichts auf der Plantage, was Charles nicht reparieren konnte. Besonders brillant war er, wenn es darum ging, Ersatzteile zu improvisieren, was hieß, daß ältere Maschinen und Werkzeuge weiterhin brauchbar waren und Papa neue Investitionen hinausschieben konnte.

Die wirtschaftlichen Schwierigkeiten nahmen zu, nicht nur für uns, sondern auch für unsere Nachbarn auf den angrenzenden Farmen. Jedesmal, wenn Papa von einer seiner Reisen zurückkam, betonte er die Notwendigkeit, neue Einsparungen im Haus und auf den Feldern vorzunehmen. Er fing an, einige unserer Feldarbeiter zu entlassen, und dann begann er, unsere Hausangestellten zu reduzieren, was anfangs hieß, daß Tottie und Vera im Haus zusätzliche Arbeiten übernehmen mußten. Dann beschloß Papa, Teile der Plantage stillzulegen, was mich nicht weiter störte, auch dann noch nicht, als Flügel des Hauses nicht mehr benutzt wurden, doch an dem Tag, an dem er sich entschloß, Henry zu entlassen, wurde mir schwer ums Herz.

Ich war von der Schule zurückgekommen und wollte gerade nach oben gehen, als ich weiter hinten im Haus jemanden wimmern hörte und Tottie fand, die in einer Ecke neben dem Fenster der Bibliothek saß. Sie hielt einen Staubwedel in der Hand, aber sie rührte keinen Finger. Sie saß zusammengekauert auf dem Stuhl und schaute starr zum Fenster hinaus.

»Was ist los, Tottie?« fragte ich. Die harten Zeiten waren so ungestüm über uns hereingebrochen, daß ich keine Ahnung hatte, was mich erwartete.

»Henry wird weggeschickt«, sagte sie. »Er packt seine Sachen und geht.«

»Weggeschickt? Wohin?«

»Er muß die Plantage verlassen, Miss Lillian. Ihr Papa, der sagt, daß Henry jetzt zu alt ist, um für ihn noch von irgendeinem Wert zu sein. Er soll zu Verwandten gehen und bei ihnen leben, aber Henry, der hat keine Verwandten, die noch am Leben sind, jedenfalls niemanden, der der Rede wert wäre.«

»Henry kann nicht einfach fortgehen!« rief ich aus. »Er hat fast sein ganzes Leben hier verbracht. Er ist immer davon ausgegangen, daß er bis zu seinem Tod hier bleibt, und so muß es auch sein.«

Tottie schüttelte den Kopf.

»Er wird noch vor Anbruch der Nacht fortgehen, Miss Lillian«, verkündete sie so feierlich, als bräche das Jüngste Gericht an. Sie schniefte und stand dann auf und machte sich wieder ans Abstauben. »Nichts ist mehr so wie früher«, murrte sie. »Diese dunklen Wolken wälzen sich immer näher, eine nach der anderen.«

Ich machte kehrt, warf meine Bücher auf den Tisch in der Eingangshalle und rannte aus dem Haus. So schnell ich konnte, lief ich zu Henry und klopfte an seine Tür.

»Na so was, guten Tag, Miss Lillian«, sagte Henry und lächelte strahlend, als sei nichts passiert. Ich schaute um ihn herum und sah, daß er seine Kleidung zu einem Bündel zusammengeschnürt und einen alten und zerbeulten Lederkoffer mit allem gefüllt hatte, was er sonst noch besaß. Dort, wo der Koffer früher einmal Schnallen gehabt hatte, hatte er ihn mit einem Strick zugebunden.

»Tottie hat mir gerade erzählt, was Papa getan hat, Henry. Du kannst nicht einfach fortgehen. Ich werde ihn bitten, daß er dich bleiben läßt«, stöhnte ich. Meine Augen füllten sich schnell mit Tränen.

»Oh, nein, Miss Lillian, das können Sie nicht tun. Die Zeiten sind schwer hier, und der Rittmeister, der hat kaum eine andere Wahl«, sagte Henry, aber ich konnte ihm ansehen, wie sehr es ihn schmerzte. Er liebte The Meadows ebensosehr, wie Papa die Plantage liebte. Sogar noch mehr, dachte ich, denn Henrys Schweiß und Blut war in diese Plantage geflossen.

»Wer soll für uns sorgen und uns Lebensmittel beschaffen und...«

»Oh, Mr. Slope wird seine Sache gut machen, wenn es um diese Arbeiten geht, Miss Lillian. Machen Sie sich bloß keine Sorgen.«

»Ich mache mir keine Sorgen um uns, Henry. Ich will nicht, daß jemand anderes diese Dinge übernimmt. Du kannst nicht weggehen. Erst geht Louella in den Ruhestand, und jetzt wirst du fortgeschickt. Wie kann Papa dich entlassen? Du gehörst ebensosehr zu The Meadows wie... wie er. Ich lasse nicht zu, daß er dich wegschickt. Das kommt gar nicht in Frage. Hör sofort mit dem Pakken auf!« rief ich und rannte zum Haus, ehe Henry mir mein Vorhaben ausreden konnte.

Papa saß in seinem Büro hinter dem Schreibtisch und war über seine Papiere gebeugt. Neben ihm stand ein Glas Bourbon. Als ich eintrat, blickte er nicht auf, bis ich praktisch vor seinem Schreibtisch stand.

»Was ist denn jetzt schon wieder, Lillian?« fragte er barsch, als belästigte ich ihn Tag und Nacht mit Bitten und mit Fragen. Er setzte sich aufrecht hin und zog an den Enden seines Schnurrbarts, und seine dunklen Augen musterten mich kritisch. »Ich will mir nicht schon wieder Geschichten über deine Mutter anhören, falls es das ist, was du willst.«

»Nein, Papa, ich...«

»Also gut, worum geht es dann? Du siehst doch selbst, daß ich mich mit diesen verdammten Rechnungen herumschlage.«

»Es geht um Henry, Papa. Wir können ihn nicht gehen lassen, das dürfen wir einfach nicht tun. Henry liebt The

Meadows. Er gehört bis an sein Lebensende hierher«, sagte ich eindringlich.

»Bis an sein Lebensende«, warf mir Papa an den Kopf, als hätte ich einen Fluch über ihn verhängt. Er schaute einen Moment lang aus dem Fenster und beugte sich dann vor. »Diese Plantage hier ist immer noch eine Farm, die bestellt wird, ein Betrieb, ein Unternehmen, das Geld einbringen soll. Weißt du, was das heißt, Lillian? Das heißt, daß man Kosten und Ausgaben auf der einen Seite und Gewinne und Einnahmen auf der anderen Seite verbucht, siehst du?« sagte er und pochte mit seinem langen rechten Zeigefinger auf seine Papiere. »Und dann zieht man in regelmäßigen Abständen die Kosten und Ausgaben von den Einnahmen ab und sieht, was man hat und was nicht, und wir haben nicht mehr ein Viertel von dem, was wir noch vor einem Jahr gehabt haben. Nicht einmal mehr ein Viertel!« schrie er, und seine Augen waren weitaufgerissen und sahen mich so wütend an, als sei das alles meine Schuld.

»Aber, Papa, Henry...«

»Henry ist ein Arbeitnehmer wie alle anderen auch, und wie alle anderen auch muß er seine Arbeit bewältigen oder gehen. Es ist eine Tatsache«, sagte Papa in einem ruhigeren Tonfall, »daß Henry weit über seine Blütezeit hinaus ist, weit über das Alter hinaus, in dem er sich zur Ruhe setzen und irgendwo auf einer Veranda hinter dem Haus seine Maiskolbenpfeife rauchen und sich an seine Jugend erinnern sollte«, sagte Papa, und ein Anflug von Wehmut war aus seiner Stimme herauszuhören. »Ich habe ihn behalten, solange es nur irgend ging, aber sogar sein geringer Lohn schlägt sich in unseren Unkosten nieder, und ich kann es mir heutzutage nicht leisten, auch nur einen Penny zu vergeuden.«

»Aber Henry macht seine Arbeit, Papa. Er hat immer gut für uns gearbeitet.«

»Ich habe einen neuen jungen Mann eingestellt, damit er all diese Arbeiten erledigt, und er kostet mich eine ganze Menge, aber er ist sein Geld wert. Geschäftlich gesehen, wäre es jetzt die reinste Dummheit, Henry weiterhin zu behalten, damit er ständig hinter Charles herläuft und ihm im Weg steht, wenn er etwas tut, oder etwa nicht? Du bist ein kluges Mädchen, Lillian, und daher müßtest du das verstehen. Und außerdem löst es bei einem Mann mehr als alles andere den Wunsch, sich hinzulegen und zu sterben aus, wenn er weiß, daß er nutzlos ist, und so erginge es Henry tagtäglich, wenn er hier bliebe.

Insofern«, sagte er und lehnte sich selbstzufrieden mit seiner logischen Erklärung zurück, »tue ich ihm gewissermaßen einen großen Gefallen, wenn ich ihn gehen lasse.«

»Aber wohin soll er gehen, Papa?«

»Oh, er hat einen Neffen, der in Richmond lebt«, sagte Papa.

»Henry wird sich in einer Stadt nicht wohl fühlen«, murrte ich.

»Lillian, darüber kann ich mir jetzt keine Sorgen machen, siehst du das denn nicht ein? The Meadows, darum geht es hier. Das ist der Punkt, um den ich mir Sorgen machen muß, und auch du solltest dir Sorgen darum machen. Und jetzt geh schon, verschwinde, und tu das, was du sonst auch immer um diese Tageszeit tust, was auch immer das sein mag«, sagte er und entließ mich mit einer abwehrenden Handbewegung, ehe er sich wieder über seine Papiere beugte. Ich stand noch einen Moment lang da und ging dann langsam fort.

Obwohl es draußen hell und sonnig war, wirkte alles grau und unfreundlich, als ich aus dem Haus trat und mich auf den Weg zu Henry machte. Er war mit dem Pakken fertig und verabschiedete sich gerade von den Feldarbeitern, die noch bei uns arbeiteten. Ich sah zu und wartete. Dann warf sich Henry seinen Sack über die Schulter und packte den improvisierten Griff seines alten Koffers und kam über die Einfahrt auf mich zu. Er blieb stehen und stellte seinen Koffer ab.

»So, so, Miss Lillian«, sagte er und sah sich um. »Ein schöner Nachmittag für einen langen Spaziergang, meinen Sie nicht auch?«

»Henry«, schluchzte ich. »Es tut mir so leid. Ich konnte Papa nicht von seinem Entschluß abbringen.«

»Ich will nicht, daß Sie sich grämen, Miss Lillian. Dem alten Henry wird es schon gut ergehen.«

»Ich will nicht, daß du weggehst, Henry«, stöhnte ich.

»Aber, aber, Miss Lillian, ich glaube nicht, daß ich weggehe. Ich glaube nicht, daß ich von hier fortgehen könnte. Ich trage The Meadows hier drinnen«, sagte er und preßte sich die Hand aufs Herz, »und hier drinnen«, sagte er und deutete auf seine Schläfe. »All meine Erinnerungen drehen sich nur um The Meadows, um die Zeiten, die ich hier verbracht habe. Die meisten Menschen, die ich kenne, sind nicht mehr da. Ich hoffe nur, sie sind in eine bessere Welt weitergezogen«, fügte er hinzu. »Manchmal«, sagte er und nickte, »ist es schwerer, derjenige zu sein, der übrigbleibt.

Aber«, sagte er lächelnd, »ich bin froh, daß ich lange genug hier rumgetrödelt habe, um noch zu sehen, wie Sie erwachsen werden. Sie sind eine prachtvolle junge Frau, Miss Lillian. Sie werden einem feinen Herrn eine gute Frau abgeben und eines Tages Ihre eigene Plantage haben, oder etwas, was genauso groß und gepflegt ist.«

»Wenn es dazu kommt, Henry, wirst du dann zu mir ziehen und bei mir leben?« fragte ich und wischte mir die Tränen aus dem Gesicht.

»Unter allen Umständen, Miss Lillian. Darum brauchen Sie den alten Henry nicht zweimal zu bitten. Also, nun«, sagte er und streckte die Hand aus. »Passen Sie gut auf sich auf, und denken Sie ab und zu mal an den alten Henry.«

Ich sah seine Hand an und trat dann vor und umarmte ihn. Das überraschte ihn so sehr, daß er einen Moment lang einfach regungslos dastand, während ich ihn umklammerte, mich an das klammerte, was auf The Meadows schön und gut war, mich an die Erinnerungen an meine Kindheit klammerte, mich an warme Sommertage und Sommernächte klammerte, an den Klang der Mundharmonika in der Nacht, an die weisen Worte, in die Henry mich eingewoben hatte, an das Bild, wie er auf mich zugeeilt war, um mir mit Eugenia zu helfen, oder an das Bild, wie er in der Kutsche neben mir gesessen hatte, wenn er mich zur Schule gefahren hatte. Ich klammerte mich an die Lieder und an die Worte und an das Lächeln und an die Hoffnung.

»Ich muß jetzt gehen, Miss Lillian«, flüsterte er mit einer Stimme, die brüchig war und seinen Gefühlsüberschwang verriet. Seine Augen schimmerten im Glanz seiner unvergossenen Tränen. Er hob den zerbeulten Koffer auf und lief die Auffahrt hinunter. Ich rannte neben ihm her.

»Wirst du mir schreiben, Henry? Und mir Bescheid geben, wo du bist?«

»Ja, gewiß, Miss Lillian. Ich melde mich bestimmt.«

»Papa hätte Charles sagen sollen, daß er dich im Wagen hinbringt, gleichgültig, wohin du willst«, rief ich und lief immer noch neben ihm her.

»Nein, Charles hat seine Arbeit zu erledigen. Lange Märsche sind mir nichts Neues, Miss Lillian. Als ich ein Junge war, dachte ich mir gar nichts dabei, von einem Horizont zum anderen zu laufen.«

»Aber du bist kein kleiner Junge mehr, Henry.«

»Nein, Ma'am.« Er zog seine Schultern hoch, soweit es

eben ging, und er beschleunigte seine Schritte, von denen jeder einzelne den Abstand zwischen ihm und mir vergrößerte.

»Auf Wiedersehen, Henry«, rief ich ihm nach, als ich es aufgab, neben ihm herzurennen. Eine Zeitlang lief er einfach weiter, und dann drehte er sich am Ende der Auffahrt um. Ein letztes Mal sah ich Henrys strahlendes Lächeln. Vielleicht war es ein Zauber; vielleicht war in meiner Verzweiflung meine Phantasie mit mir durchgegangen, aber er sah in meinen Augen jünger aus; er sah aus, als sei er nicht einen Tag gealtert, seit er mich damals auf seinen Schultern durch die Gegend getragen und gesungen und gelacht hatte. In meiner Vorstellung gehörte seine Stimme ebensosehr zu The Meadows wie der Gesang der Vögel.

Im nächsten Moment bog er am Ende der Auffahrt auf die Straße ein und war verschwunden. Ich senkte den Kopf, und mit einem Herzen, das schwer genug war, um meine Schritte schwerfällig werden zu lassen, ging ich auf das Haus zu. Als ich aufblickte, sah ich, daß eine große, schwere Wolke vor die Sonne gezogen war und einen grauen Schleier auf das große Haus warf und sämtliche Fenster dunkel und unbelebt wirken ließ, alle Fenster bis auf eines, das Fenster von Emilys Zimmer. Dort stand sie und schaute auf mich herunter, und auf ihrem langen weißen Gesicht lag ein Ausdruck des Mißvergnügens. Vielleicht hatte sie gesehen, wie ich Henry umarmt hatte, dachte ich mir. Bestimmt würde sie meinen Ausdruck der Zuneigung in etwas anderes verkehren und als etwas Schmutziges und Sündiges hinstellen. Finster und trotzig schaute ich zu ihr auf. Sie lächelte ihr kaltes, boshaftes Lächeln, hob ihre Hände, in denen sie die Bibel hielt, und wandte sich ab, um sich vom Dunkel ihres Zimmers schlucken zu lassen.

Auf The Meadows ging das Leben weiter, und manchmal lief alles glatt, manchmal eher holprig. Mamma hatte ihre guten und ihre schlechten Tage, und ich mußte mir immer wieder ins Gedächtnis rufen, daß sie das, was ich ihr erzählte, bis zum nächsten Tag mühelos wieder vergessen haben konnte. In ihrem Gedächtnis gerieten Erinnerungen an ihre Jugend oft mit gegenwärtigen Geschehnissen durcheinander. Die älteren Erinnerungen schienen ihr lieber zu sein, und sie klammerte sich zäh daran und entschied sich dafür, sich ganz gezielt an ihre schönen Zeiten als kleines Mädchen zu erinnern, als sie auf der Plantage ihrer Familie gelebt hatte. Die Bilder aus jenen Zeiten waren für sie weit deutlicher vorhanden als die Gegenwart.

Sie fing wieder an zu lesen, aber oft las sie immer wieder dieselben Seiten und dasselbe Buch. Am schmerzlichsten war es für mich, wenn ich hörte, wie sie über Eugenia sprach oder daß sie sich so über meine kleine Schwester äußerte, als sei sie noch am Leben und in ihrem Zimmer. Ständig wollte sie »Eugenia dies bringen« oder »Eugenia jenes erzählen«. Ich brachte es nicht übers Herz, sie daran zu erinnern, daß Eugenia gestorben war, doch Emily zögerte nie, sie darauf anzusprechen. Ebenso wie Papa hatte sie wenig Nachsicht mit Mamma und duldete ihre Erinnerungslücken und ihre Tagträume nicht. Ich bemühte mich, sie dazu zu bringen, daß sie mehr Mitgefühl zeigte, doch sie widersprach mir.

»Wenn wir die Dummheit nähren«, sagte sie und wählte Papas Worte, »dann wird sie nur noch unterstützt.«

»Es ist keine Dummheit. Die Erinnerung ist nur so schmerzlich, daß sie Mamma unerträglich ist«, erklärte ich. »Mit der Zeit...«

»Mit der Zeit wird es immer schlimmer mit ihr werden«, verkündete Emily in ihrem überheblichen prophetischen Tonfall. »Es sei denn, wir bringen sie wieder zu Verstand. Hier hilft kein Verhätscheln.«

Ich schluckte meine Worte und ließ sie stehen. Ich war, wie Henry sich ausgedrückt hätte, der Meinung, es sei leichter, eine Fliege davon zu überzeugen, daß sie eine Biene war, und sie dazu zu bringen, daß sie Honig machte, als Emily von ihrer Denkweise abzubringen. Der einzige, der meinen Kummer verstand und ein gewisses Mitgefühl bekundete, war Niles. Er hörte sich mein Wehklagen und meine Geschichten mit mitfühlenden Augen an und nickte.

Niles war groß und schlank. Er war erst dreizehn, als er anfing sich zu rasieren. Sein Bartwuchs war dicht und dunkel. Da er jetzt älter war, hatte er auf der Farm seiner Familie seine festen Aufgaben, die er regelmäßig erfüllen mußte. Ebenso wie uns fiel es auch den Thompsons schwer, ihren finanziellen Verpflichtungen nachzukommen, und ebenso wie wir mußten auch sie einige ihrer Dienstboten entlassen. Niles sprang ein und verrichtete schon bald die Arbeit eines erwachsenen Mannes. Er war stolz darauf, und seine Verantwortung veränderte ihn, ließ ihn härter und reifer werden.

Aber das hinderte uns nicht daran, weiterhin unseren verwunschenen Teich aufzusuchen und an dessen Magic zu glauben. Von Zeit zu Zeit schlichen wir uns gemeinsam fort und machten einen Spaziergang, der uns an den Teich führte. Anfangs war es schmerzlich, an den Ort zurückzukehren, an den wir Eugenia gebracht hatten und an dem Wünsche geäußert worden waren, aber es war ein gutes Gefühl, etwas zu haben, was insgeheim nur uns gehörte, unser beider Geheimnis war. Wir küßten und wir streichelten einander und enthüllten immer mehr von unseren geheimsten Gedanken, Gedanken, die wir gewöhnlich in unserem Herzen hinter Schloß und Riegel hielten.

Niles war der erste, der sagte, er träumte von unserer Heirat, und als er einen solchen Wunsch erst einmal eingestanden hatte, gestand ich ihm, denselben Traum zu haben. Später einmal würde er die Farm seines Vaters erben, und dort würden wir leben und unsere Kinder großziehen. Ich würde immer in Mammas Nähe sein, und wenn wir erst einmal alles zu ordnen begonnen hatten, würde ich augenblicklich Henry verständigen und ihn zurückholen. Wenigstens würde er dann The Meadows ganz in seiner Nähe haben.

Niles und ich saßen oft im zarten Schein der Nachmittagssonne am Rand des Teichs und spannen unsere Pläne mit einer solchen Zuversicht, daß einem Lauscher gar nichts anderes übriggeblieben wäre, als fest daran zu glauben, daß all das schicksalhaft und unausweichlich war. Wir setzten großes Vertrauen in die Macht der Liebe. Sie würde uns garantieren, daß wir immer glücklich waren. Sie würde wie eine Festung sein, die um uns herum gebaut war und uns gegen den Regen und die Kälte schützte, gegen die Tragödien, die über andere hereinbrachen. Wir würden das Traumpaar sein, das meine leiblichen Eltern angeblich gewesen waren.

Nachdem Louella und Henry The Meadows verlassen hatten, gab es in den wirtschaftlich schweren Zeiten, die wir alle durchmachten, wenig, worauf ich mich hätte freuen oder was ich spannend hätte finden können, abgesehen von meinen Treffen mit Niles und dem, was ich in der Schule lernte. Aber gegen Ende Mai löste die bevorstehende Party zum sechzehnten Geburtstag von Niles' Schwestern, den Thompson-Zwillingen, eine Menge Spannung aus, die sich immer mehr aufbaute.

Eine Party zum sechzehnten Geburtstag war schon aufregend genug, aber wenn sie zu Ehren von Zwillingen veranstaltet wurde, dann war das etwas ganz Besonderes. Alle redeten darüber. Einladungen standen so hoch im

Kurs wie Gold. In der Schule schmeichelten sich alle Jungen und Mädchen, die eingeladen werden wollten, jetzt schon bei den Zwillingen ein.

Es wurden Pläne geschmiedet, die große Eingangshalle im Haus der Thompsons zu einem enormen Ballsaal umzugestalten. Ein professioneller Dekorateur wurde engagiert, der Kreppapier in Form von Girlanden und Kugeln, aber auch die Lichter und Lametta anbrachte. Täglich fiel Mrs. Thompson noch etwas Neues ein, was sie auf die beeindruckende Speisekarte setzen ließ, aber abgesehen davon, daß es das größte Festmahl des Jahres werden würde, würde ein echtes Orchester aufspielen: professionelle Musiker, die Tanzmusik spielen sollten. Natürlich würden Spiele und Wettbewerbe organisiert werden, und die Krönung des Abends sollte das Anschneiden der Torte sein, die versprach, die größte Geburtstagstorte zu werden, die je in Virginia gebacken worden war. Schließlich handelte es sich um eine Torte für zwei Mädchen, die sechzehn wurden, nicht nur für eines.

Eine Zeitlang glaubte ich, Mamma würde die Party tatsächlich besuchen. Täglich eilte ich nach der Schule zu ihr, um ihr die Neuigkeiten bis in alle Einzelheiten zu erzählen, die ich über die Party gehört hatte, und dabei schmückte ich die Dinge aus, die Niles mir berichtet hatte, und an den meisten Tagen war sie ganz aufgeregt. Eines Tages schaute sie sogar ihre Garderobe durch und beschloß dann, sie bräuchte etwas Neues, etwas Modischeres zum Anziehen, und sie machte Pläne für einen Einkaufsbummel.

An jenem Nachmittag hatte ich ihre Begeisterung derart wachgerufen, daß sie sich vor ihre Frisierkommode setzte und tatsächlich anfing, sich mit ihrer Frisur und ihrem Make-up zu beschäftigen. Sie wollte sich dringend über die neuesten Moden informieren, und daher lief ich nach. Upland Station und besorgte ihr eine Ausgabe von einer der neuesten Modezeitschriften, aber als ich sie ihr brachte und ihr die Bilder zeigte, schien sie zerstreut zu sein. Ich mußte sie daran erinnern, warum wir uns Gedanken über unsere Kleider und unsere Frisuren machten.

»O ja«, sagte sie, als die Erinnerung wieder aufgefrischt war, »wir werden einkaufen gehen und uns neue Kleider und Schuhe besorgen«, versprach sie, aber wenn ich sie in den darauffolgenden Tagen daran erinnerte, lächelte sie lediglich und sagte: »Morgen. Laß es uns morgen tun.«

Dieses Morgen kam nie. Entweder sie vergaß es, oder sie versank in einen ihrer Anfälle von Melancholie. Und dann geriet sie entsetzlich durcheinander, und jedesmal, wenn ich die Party für den sechzehnten Geburtstag der Thompson-Zwillinge erwähnte, fing sie an, über eine ähnliche Party zu reden, die für Violet veranstaltet worden war.

Zwei Tage vor der Party suchte ich Papa in seinem Büro auf und berichtete ihm, wie Mamma sich verhielt. Ich bat ihn regelrecht, etwas zu unternehmen.

»Wenn sie wieder aus dem Haus geht und andere Menschen sieht, wird ihr das helfen, Papa.«

»Eine Party?« sagte er.

»Die Party zum sechzehnten Geburtstag der Thompson-Zwillinge, Papa. Alle gehen hin. Erinnerst du dich denn nicht mehr?« fragte ich, und meine Stimme zitterte vor Verzweiflung.

Er schüttelte den Kopf.

»Du glaubst wohl, ich hätte zur Zeit keine anderen Sorgen, als an eine alberne Geburtstagsfeier zu denken? Wann, sagtest du noch einmal, findet sie statt?« fragte er.

»Am kommenden Samstag abend, Papa. Wir haben die Einladung schon vor einer ganzen Weile bekommen«, sagte ich. Ein Gefühl der Leere begann, sich in meiner Magengrube breitzumachen.

»Am kommenden Samstag abend? Da kann ich nicht hingehen«, kündigte er an. »Ich werde nicht vor Sonntag morgen von meiner Geschäftsreise zurückkommen.«

»Aber, Papa... wer wird Mamma und Emily und mich hinbringen?«

»Ich bezweifle, daß deine Mutter hingehen wird«, sagte er. »Falls Emily hingeht, kannst du auch hingehen. Auf die Art bist du in anständiger Begleitung, aber wenn sie nicht hingeht, gehst du auch nicht hin«, erklärte er entschieden.

»Papa. Das ist die wichtigste Party des ganzen... des ganzen Jahres. All meine Schulfreundinnen gehen hin, und sämtliche Familien aus der Umgebung besuchen die Party.«

»Eine Party also«, sagte er, »stimmt's? Du bist noch nicht alt genug, um allein zu einer Party zu gehen. Ich werde mit Emily darüber reden und Anweisungen hinterlassen«, sagte er.

»Aber, Papa, Emily mag keine Parties... sie hat noch nicht einmal ein anständiges Kleid oder die richtigen Schuhe, und sie...«

»Das ist nicht meine Schuld«, sagte er. »Du hast nur eine ältere Schwester, und leider geht es deiner Mutter derzeit nicht besonders gut.«

»Warum fährst du dann wieder fort?« warf ich ihm weit schneller und schärfer, als ich es beabsichtigt hatte, an den Kopf, aber ich war verzweifelt, frustriert und wütend, und die Worte sprudelten ganz von selbst über meine Lippen.

Papa traten die Augen fast aus dem Kopf. Sein Gesicht wurde so rot wie eine Kirsche, und er erhob sich mit einer Wut von seinem Stuhl, die mich rückwärts taumeln ließ, bis ich gegen einen hochlehnigen Stuhl stieß. Er sah aus, als würde er explodieren, als könnte er jeden Moment platzen und Stücke von ihm in alle Richtungen fliegen.

»Wie kannst du es wagen, so mit mir zu reden! Wie kannst du es wagen, aufsässig zu sein!« brüllte er und kam um seinen Schreibtisch herum.

Ich ließ mich schnell auf den Stuhl sinken und kauerte mich zusammen. »Es tut mir leid, Papa. Ich wollte nicht aufsässig sein«, rief ich aus, und die Tränen flossen schon, ehe er auch nur die Gelegenheit hatte, einen Arm zu heben. Mein Weinen beschwichtigte das Unwetter, das in ihm tobte, und er blieb einfach nur eine Weile stehen und rauchte vor Wut.

Dann wies er mit einem beherrschten, aber immer noch sehr aufgebrachten Tonfall auf die Tür und sagte: »Du gehst jetzt augenblicklich in dein Zimmer und schließt dich dort ein, bis ich dir die Erlaubnis erteile, wieder rauszukommen, hast du gehört? Ich will noch nicht einmal, daß du zur Schule gehst, ehe ich es dir befehle.«

»Aber, Papa...«

»Du wirst dieses Zimmer nicht verlassen!« befahl er. Ich senkte schnell den Blick. »Nach oben mit dir!«

Langsam stand ich auf und machte mit gesenktem Kopf zögernd einen Bogen um ihn. Er folgte mir bis zur Tür.

»Geh schon, verschwinde, und mach diese Tür zu. Komm mir nicht mehr unter die Augen, und ich will auch keinen Mucks von dir hören«, brüllte er.

Mein Herz hämmerte heftig, und meine Füße waren bleischwer. Papa schrie so laut, daß sämtliche Hausangestellten durch die Türen lugten. Ich sah Vera und Tottie in der Tür zum Eßzimmer stehen, und auf dem oberen Treppenabsatz stand Emily und sah finster nach unten.

»Dieses Mädchen wird bestraft«, verkündete Papa

allen Anwesenden. »Sie wird keinen Fuß aus ihrem Zimmer setzen, solange ich es nicht erlaube. Mrs. Slope, sorgen Sie dafür, daß ihr die Mahlzeiten auf ihr Zimmer gebracht werden.«

»Ja, Sir«, sagte Vera.

Emilys Kopf schaukelte auf ihrem langen, dürren Hals von einer Seite auf die andere, als ich an ihr vorbeikam. Ihre Lippen waren geschürzt und ihre Augen klein und durchdringend. Ich wußte, daß sie sich wieder einmal im Recht fühlte und sich in ihrer Überzeugung bestärkt sah, daß ich die Saat des Bösen war. Es war zwecklos, sich flehentlich an sie zu wenden, noch nicht einmal, wenn es um Mamma ging. Ich begab mich in mein Zimmer und betete, Papa würde sich frühzeitig genug wieder beruhigen und ich könnte doch noch die Party besuchen.

Doch dazu kam es nicht, und er verließ The Meadows, um seine Geschäftsreise anzutreten, ohne mir vorher die Erlaubnis zu erteilen, mein Zimmer zu verlassen. Ich hatte meine gesamte Zeit damit zugebracht, zu lesen und am Fenster zu sitzen und auf das Anwesen hinauszuschauen, und dabei hatte ich gehofft und gebetet, Papa würde einen weichen Kern in seinem Herzen finden und mir meine Aufsässigkeit verzeihen, aber da sich niemand für mich einsetzte und Mamma verwirrt und in ihrer eigenen Welt eingekapselt war, Emily sich sogar darüber freute, wie es um mich stand, hatte ich keinen Fürsprecher. Ich bat Vera, Papa zu mir zu schicken. Als sie wiederkam, um mir die nächste Mahlzeit zu bringen, berichtete sie mir, er hätte den Kopf geschüttelt und gesagt: »Ich habe im Moment keine Zeit für solchen Blödsinn. Soll sie ruhig noch ein Weilchen länger über ihr Benehmen nachdenken.«

Ich nickte verzagt.

»Ich habe die Party erwähnt«, offenbarte mir Vera, und ich blickte hoffnungsvoll auf.

»Und?«

»Er hat gesagt, Emily ginge nicht hin, und daher sei es zwecklos, ihn zu bitten, daß Sie hingehen dürfen. Tut mir leid«, sagte Vera.

»Vielen Dank für den Versuch, Vera«, sagte ich zu ihr, und sie ging wieder.

Ich war ganz sicher, daß Niles sich in der Schule nach mir erkundigte, aber aus Emily konnte ich keine zufriedenstellende Erklärung herausholen. Am Tag, an dem die Party stattfand, kam er jedoch und fragte, ob er mich sehen könnte. Vera mußte ihm sagen, ich würde bestraft und dürfte keinen Besuch empfangen. Sie schickte ihn fort.

»Wenigstens weiß er jetzt, was passiert ist«, murmelte ich, als Vera mir von seinem Auftauchen berichtete. »Hat er sonst noch etwas gesagt?«

»Nein, aber er hat ein langes Gesicht gemacht, bis auf die Füße hing sein Kinn, und er hat ausgesehen wie jemand, dem man gesagt hat, daß er die Party auch nicht besuchen darf«, sagte Vera.

Der Nachmittag verging sehr langsam. Ich saß am Fenster und sah zu, wie das Tageslicht schwächer wurde. Auf meinem Bett hatte ich mein bestes Kleid ausgebreitet, und auf dem Boden davor standen meine hübschesten Schuhe, Schuhe, von denen ich mir erträumt hatte, darin zu tanzen, bis meine Beine unter mir zusammensackten. In einem ihrer klaren Augenblicke hatte Mamma mir eine Smaragdkette und ein dazu passendes Smaragdarmband gegeben, damit ich beides tragen konnte. Diese Schmuckstücke lagen neben dem Kleid. Ab und zu sah ich all das sehnsüchtig an und träumte davon, ganz großartig herausgeputzt zu sein.

Genau das tat ich nach Einbruch der Dunkelheit. Ich machte mich zurecht, wie ich es getan hätte, wenn Papa mir die Erlaubnis erteilt hätte, die Party zu besuchen. Ich nahm ein Bad und setzte mich dann vor meine Frisierkommode, bürstete mir das Haar und steckte es zu einer Frisur auf. Dann zog ich mein Partykleid und meine Schuhe an und legte den Schmuck an, den Mamma mir gegeben hatte. Vera brachte mir das Abendessen. Sie war schockiert und gleichzeitig begeistert.

»Sie sehen so hübsch aus, meine Süße«, sagte sie. »Es tut mir so leid, daß Sie nicht hingehen können.«

»Aber ich gehe hin, Vera«, sagte ich zu ihr. »Ich werde mir alles vorstellen und mir einbilden, ich sei dort.«

Sie lachte und erzählte mir ein wenig aus ihrer Jugend.

»Als ich in Ihrem Alter war, bin ich immer zur Plantage der Pendletons gelaufen, wenn sie eine ihrer großen Galaveranstaltungen hatten, und dann habe ich mich so nah wie möglich herangeschlichen und all die elegant gekleideten Damen in ihren Ballkleidern aus weißem Satin angeschaut und die Männer, die mit ihren Westen und Halstüchern so schick ausgesehen haben. Ich habe zugehört, wie das Gelächter und die Musik durch die offenen Fenster über die Veranden geströmt ist, und dann habe ich mit geschlossenen Augen getanzt und mir eingebildet, ich sei eine schicke junge Dame. Das war ich natürlich nicht, aber Spaß hat es trotzdem gemacht.

Na ja«, fügte sie achselzuckend hinzu. »Ich bin sicher, daß es für Sie noch andere Parties geben wird, andere Gelegenheiten, bei denen Sie sich groß herausputzen können und so hübsch aussehen werden wie jetzt. Gute Nacht, meine Süße«, fügte sie noch hinzu und ging.

Ich aß nicht viel; meine Blicke waren die meiste Zeit auf die Uhr gerichtet. Ich versuchte, mir vorzustellen, was zum jeweiligen Zeitpunkt gerade geschah. Jetzt trafen die Gäste ein. Die Musik erklang. Die Zwillinge begrüßten alle an der Tür. Mir tat Niles leid, von dem ich wußte, daß er sich gemeinsam mit seiner Familie an der Tür aufstellen und fröhlich und aufgeregt wirken mußte.

Gewiß dachte er an mich. Eine Weile später malte ich mir aus, daß die Besucher jetzt tanzten. Wenn ich dort gewesen wäre, hätte Niles mich aufgefordert. Ich ließ mich von meiner Phantasie mitreißen. Ich fing an zu summen und mich durch mein kleines Zimmer zu bewegen, und ich stellte mir Niles' Hand auf meiner Taille und meine Hand in seiner vor. Alle Partygäste beobachteten uns. Wir waren unter allen Anwesenden das schönste junge Paar.

Als die Musik endete, schlug Niles vor, wir sollten etwas essen. Ich ging zu dem Tablett, das Vera mir nach oben gebracht hatte, und knabberte auf etwas herum, und dabei tat ich so, als schlemmten Niles und ich und bedienten uns vom Roastbeef, vom Truthahn und von den Salaten. Nachdem wir gegessen hatten, setzte die Musik wieder ein, und wieder waren wir auf der Tanzfläche. Ich schwebte in seinen Armen.

»Di da, di da, di, da, da, da«, sang ich und wirbelte in meinem Schlafzimmer herum, bis ich ein Pochen an meiner Fensterscheibe hörte und erschrocken innehielt. Ich schnappte nach Luft und schaute auf eine dunkle Gestalt hinaus, die in mein Zimmer starrte. Wieder wurde an die Scheibe gepocht. Mein Herz hämmerte heftig. Dann hörte ich meinen Namen und lief eilig ans Fenster. Es war Niles.

»Was tust du da? Wie bist du da raufgekommen?« rief ich aus, nachdem ich das Fenster aufgerissen hatte.

»Ich bin geklettert, habe mich an dem absplitternden Abflußrohr raufgezogen. Darf ich reinkommen?«

»O Niles«, sagte ich und schaute auf meine Tür. »Wenn Emily das herausfindet...«

»Sie wird nichts merken. Wir werden ganz leise miteinander reden.«

Ich trat zurück, und er stieg durchs Fenster. In seinem Anzug mit Krawatte sah er so gut aus, obwohl sein Haar vom Klettern zerzaust war und seine Hände von dem

Abflußrohr und dem Dach schwarz und schmutzig waren.

»Du ruinierst dir noch die Sachen, die du anhast«, sagte ich und trat zurück. Er hatte einen Schmutzfleck auf der linken Wange. »Geh in mein Bad, und wasch dich«, ordnete ich an. Ich bemühte mich, meine Stimme aufgebracht und kritisch klingen zu lassen, doch mein Herz barst vor Freude. Er lachte und lief eilig ins Bad. Wenige Momente später kam er wieder heraus und wischte sich die Hände am Handtuch ab.

»Warum hast du das getan?« fragte ich. Ich saß mit den Händen auf dem Schoß auf meinem Bett.

»Ich habe beschlossen, daß die Party ohne dich sowieso keinen Spaß macht. Ich bin geblieben, solange ich unbedingt bleiben mußte, und dann habe ich mich heimlich fortgeschlichen. Niemand wird mein Verschwinden bemerken. Dort sind so viele Menschen, und meine Schwestern sind vollauf beschäftigt. Ihre Tänze sind längst alle reserviert.«

»Erzähl mir von der Party. Klappt wirklich alles so, wie es geplant war? Und sind die Dekorationen großartig? Und die Musik, ist die Musik nicht wunderbar?«

Er stand einfach nur da und lächelte mich an.

»Jetzt mal ganz langsam«, sagte er. »Ja, die Dekorationen sind prächtig gelungen, und die Musik ist sehr gut, aber frag mich nicht, was die anderen Mädchen anhaben. Ich habe mir kein einziges anderes Mädchen angeschaut. Ich habe immer nur an dich gedacht.«

»Jetzt hör aber auf, Niles Thompson. Wenn man bedenkt, wie viele hübsche junge Frauen dort sind…«

»Ich bin hier, oder etwa nicht?« betonte er. »Und überhaupt«, sagte er und trat zurück, um meinen Anblick ganz in sich aufzusaugen, »siehst du recht hübsch für ein Mädchen aus, das Stubenarrest hat und eingesperrt worden ist.«

»Was? Oh«, sagte ich errötend. Mir wurde klar, daß ich bei meinem Vortäuschungsmanöver, die Party doch zu besuchen, ertappt worden war. »Ich...«

»Mich freut es, daß du dich so herausgeputzt hast. Das gibt mir das Gefühl, daß du auf der Party bist. Nun, Miss Lillian«, sagte er mit einer übertriebenen Verbeugung, »ist mir das Vergnügen vergönnt, mit Ihnen zu tanzen, oder haben Sie schon alle Tänze vergeben?«

Ich lachte.

»Miss Lillian?« fragte er mich noch einmal.

Ich stand auf.

»Ich habe schon noch ein oder zwei Tänze frei«, sagte ich.

»Wie schön«, sagte er und nahm meine Hand. Dann legte er seine andere Hand genauso auf meine Taille, wie ich es mir vorgestellt hatte, und wir fingen an, uns zu unserer eigenen Musik zu bewegen. Als ich die Augen schloß und sie dann wieder aufschlug und uns beide in meinem Frisierspiegel sah, glaubte ich einen Moment lang, wir seien auf der Party. Ich konnte die Musik und die Stimmen und das Gelächter anderer Menschen hören. Er hatte die Augen ebenfalls geschlossen, und wir bewegten uns immer wieder im Kreis, bis wir gegen meinen Nachttisch stießen und die Lampe auf den Boden fiel. Das Glas zerbrach.

Einen Moment lang rührten wir uns beide nicht, und keiner sagte ein Wort. Wir lauschten nach Schritten im Korridor. Ich bedeutete ihm, wir sollten still sein, und ich kniete mich hin, um die größten Glasscherben aufzusammeln. Als ich mir an einer Scherbe den Finger zerschnitt, schrie ich auf. Niles nahm augenblicklich meine Hand und preßte meinen verletzten Finger an seine Lippen.

»Wasch dir das Blut ab«, sagte er. »Ich sammele den Rest auf. Mach schon.«

Ich tat es, aber ich war gerade erst ins Bad gegangen, als ich Schritte vor meinem Zimmer hörte. Ich streckte den Kopf durch die Tür, um Niles zu warnen, der sich in dem Moment, als Emily meine Tür aufriß, schnell flach auf den Bauch hinter mein Bett legte.

»Was geht hier vor? Was ist passiert?« fragte sie.

»Meine Lampe ist vom Tisch gefallen und zersplittert«, sagte ich und kam aus dem Bad.

»Was... warum bist du so herausgeputzt?«

»Ich wollte sehen, wie ich ausgesehen hätte, wenn ich wie jedes andere junge Mädchen in meinem Alter die Erlaubnis bekommen hätte, die Party zu besuchen«, gab ich zurück.

»Das ist ja lachhaft.« Sie verzog ihr Gesicht zu einem verbissenen und argwöhnischen Ausdruck und kniff die Augen zusammen, als sie sich in meinem Zimmer umschaute und dann mich ansah, als sie merkte, daß mein Fenster weit offenstand. »Warum ist dieses Fenster so weit aufgerissen?«

»Mir war warm«, sagte ich.

»Dir werden alle möglichen Insekten ins Zimmer fliegen.«

Sie ging auf das Fenster zu, aber ich machte einen Satz und erreichte es noch vor ihr. Als ich nach unten schaute, sah ich, daß Niles unter mein Bett gekrochen war. Emily stand mitten in meinem Zimmer und schaute mich interessiert an.

»Papa wollte nicht, daß du zu der Party gehst; er würde ganz bestimmt nicht wollen, daß du dich dafür herausputzt. Zieh diese albernen Sachen aus«, befahl sie mir.

»Das sind keine albernen Sachen.«

»Es ist albern, wenn du sie in deinem Zimmer trägst, findest du nicht? Also, was ist?« sagte sie, als ich nicht darauf reagierte.

»Ja, vermutlich schon«, sagte ich.

»Dann zieh sie aus, und pack sie weg.« Sie verschränkte die Arme unter ihrem kleinen Busen und zog ihre Schultern zurück. Ich konnte ihr ansehen, daß sie sich nicht zufriedengeben und gehen würde, solange ich nicht getan hatte, was sie verlangte, und daher trat ich vor den Spiegel und knöpfte mein Kleid auf. Ich ließ es an mir hinuntergleiten. Dann zog ich Mammas Kette und ihr Armband aus und legte beides in den Kasten auf meiner Frisierkommode. Anschließend hängte ich mein Kleid auf. Emily beruhigte sich allmählich.

»So ist es schon besser«, sagte sie. »Statt all diese albernen Dinge zu tun, solltest du beten und um Vergebung für deine Taten bitten.«

Ich stand im Büstenhalter und im Schlüpfer da und erwartete, daß sie gehen würde, aber sie starrte mich weiterhin an.

»Ich habe mir Gedanken über dich gemacht«, sagte sie. »Mir Gedanken darüber gemacht, was ich tun sollte, was Gott von mir will, und ich bin zu einem Schluß gekommen. Er will, daß ich dir helfe. Ich werde dir die Gebete und die Bibelstellen vorlegen, die du wieder und immer wieder lesen solltest, und wenn du tust, was ich verlange, könntest du vielleicht doch noch erlöst werden. Wirst du das tun?«

Ich glaubte, ihr zuzustimmen sei die einzige Möglichkeit, sie aus meinem Zimmer zu entfernen.

»Ja, Emily.«

»Gut. Knie dich hin«, befahl sie.

»Jetzt?«

»Was du heute kannst besorgen, das verschiebe nicht auf morgen«, sagte sie auf. »Knie dich hin«, wiederholte sie und deutete auf den Boden. Ich tat, was sie sagte, und kniete mich neben das Bett. Sie zog einen Zettel aus ihrer Tasche und drückte ihn mir in die Hand. »Lies und bete«, befahl sie. Langsam nahm ich den Zettel entgegen. Es war der 51. Psalm, ein sehr langer. Ich stöhnte innerlich, begann aber damit.

»Gott, sei mir gnädig...«

Als ich fertig war, nickte Emily zufrieden.

»Sag das jeden Abend, ehe du schlafen gehst«, verordnete sie mir. »Hast du verstanden?«

»Ja, Emily.«

»Gut. Also dann, gute Nacht.«

Ich atmete erleichtert auf, als sie ging. In dem Moment, in dem sie die Tür geschlossen hatte, kroch Niles unter dem Bett hervor.

»Meine Güte«, sagte er, als er aufstand. »Mir war nie klar, wie verrückt sie ist.«

»Es ist noch viel schlimmer, Niles«, sagte ich. Und dann begriffen wir beide, daß ich in Slip und BH dastand. Niles' Augen wurden zärtlicher. Ganz langsam und behutsam kam er näher. Ich wandte mich nicht ab und griff auch nicht nach meinem Morgenmantel. Als nur noch ein paar Zentimeter zwischen uns lagen, nahm er meine Hand.

»Du bist so wunderschön«, flüsterte er.

Ich ließ mich von ihm küssen und preßte meine Lippen dabei fester auf seine. Die Fingerspitzen seiner rechten Hand streiften die linke Seite meiner Brust. Tu das nicht, tu das nicht, hätte ich gern geschrien. Laß uns nicht noch mehr tun, nichts, was Emilys Sichtweise meiner Person Glaubwürdigkeit verleihen würde, aber meine Erregung erstickte die Schreie meines Gewissens und löste sie statt dessen durch ein lustvolles Stöhnen ab. Meine Arme sprachen für mich, als sie ihn näher zogen, damit ich ihn wieder und immer wieder küssen konnte. Ich spürte, wie seine Hände sich schneller bewegten, mich streichelten und rieben, die Konturen meiner Schultern nachzeichneten, bis seine Fingerspitzen die Schnalle des BHs fanden.

Ich klammerte mich an ihn und preßte meine Wange an sein pochendes Herz. Er zögerte, aber ich sah ihm in die Augen und sagte mit meinen Augen ja. Ich spürte, wie der Verschluß geöffnet wurde, und der BH schien sich aus eigenem Antrieb von meinem Busen zu lösen. Als meine Brüste unbedeckt waren, setzten wir uns auf mein Bett, und Niles' Lippen legten sich auf meine Brustwarzen.

Jeglicher Widerstand wich aus mir. Ich erlaubte, daß er mich auf das Kissen zurücklegte. Ich schloß die Augen und spürte, wie seine Lippen die Konturen meines Busens nachzogen und sich dann hinunter auf meinen Bauchnabel bewegten. Ich fühlte seinen heißen Atem auf meinem Bauch.

»Lillian«, flüsterte er. »Ich liebe dich. Ich liebe dich wirklich.«

Ich preßte meine Hände auf sein Gesicht und zog ihn zu mir hoch, bis seine Lippen wieder auf meinen lagen, während seine Hände weiterhin meine Brüste kosten.

»Niles, wir sollten lieber aufhören, ehe es zu spät ist.«

»Ich werde rechtzeitig aufhören«, versprach er mir, aber er hörte nicht auf, und ich stieß ihn nicht von mir, selbst dann nicht, als ich spürte, wie er sich steif an mir rieb.

»Niles, hast du so etwas schon einmal getan?« fragte ich.

»Nein.«

»Woher wissen wir dann, wann wir aufhören müssen?« fragte ich. Er war so sehr damit beschäftigt, mich zu liebkosen, daß er nichts darauf sagte, aber ich wußte, daß wir bestimmt zu weit gehen würden, wenn ich ihn nicht daran erinnerte. »Niles, bitte, woher wissen wir, wann wir aufhören müssen?«

»Das merken wir schon«, versprach er mir und küßte mich nachdrücklicher. Ich spürte, wie seine Hand sich zwischen seinen und meinen Bauch legte, bis sie auf meinem Hüftknochen lag, und seine Finger ließen eine derartige Woge der Erregung durch meinen ganzen Körper strömen, daß ich heftig zusammenzuckte.

»Nein, Niles«, sagte ich und stieß ihn mit dem letzten Widerstand, der mir noch geblieben war, von mir. »Wenn wir das tun, werden wir nicht mehr aufhören.«

Er senkte den Kopf und holte mehrfach tief Atem. Dann nickte er.

»Du hast recht«, sagte er und drehte sich auf meinem Bett auf den Rücken. Ich konnte sehen, wie seine Hose sich ausbeulte.

»Tut es weh, Niles?« fragte ich.

»Was?« Er sah in die Richtung, in die ich schaute, und setzte sich schnell auf.

»Oh. Nein«, sagte er und lief knallrot an. »Mir fehlt nichts. Aber ich sollte jetzt besser gehen. Ich weiß nicht, wie brav ich sein kann, wenn ich noch länger hierbleibe«, gestand er. Er erhob sich eilig und strich sich das Haar aus dem Gesicht. Er vermied es, mich anzusehen, ehe er ans Fenster trat. »Ich sollte mich ohnehin wieder auf den Rückweg machen.«

Ich hüllte mich in meine Decke und ging zu ihm. Ich preßte meine Wange wieder an seine Schulter, und er küßte mein Haar.

»Ich bin froh, daß du gekommen bist, Niles.«

»Ich auch.«

»Sei vorsichtig, wenn du vom Dach kletterst. Es ist sehr hoch.«

»He, ich bin ein Experte, wenn es darum geht, auf Bäume zu klettern, oder etwa nicht?«

»Doch. Ich kann mich noch erinnern«, sagte ich lachend. »Das war praktisch das erste, was du mir an jenem ersten Tag erzählt hast, an dem wir gemeinsam von der Schule nach Hause gelaufen sind – du hast damit angegeben, wie gut du auf Bäume klettern kannst.«

»Um zu dir zu kommen, Lillian, würde ich den höchsten Berg besteigen und auf den höchsten aller Bäume klettern«, schwor er mir. Wir küßten uns, und dann kletterte er zum Fenster hinaus. Dort zögerte er noch einen Moment lang, ehe er in der Dunkelheit verschwand. Ich lauschte, als er über das Dach schlich.

»Gute Nacht«, flüsterte ich.

»Gute Nacht«, hörte ich ihn zur Antwort flüstern, und dann schloß ich das Fenster.

Charles Slope war derjenige, der ihn am nächsten Morgen als erster fand, wie er verrenkt neben dem Haus lag. Er hatte sich bei dem Sturz das Genick gebrochen.

10

Ich habe nie Glück

Ich erwachte von lautem Geschrei. Ich erkannte Totties Stimme, und dann hörte ich, wie Charles Slope einigen der anderen Arbeitskräften Befehle zurief. Ich schlüpfte eilig in meinen Morgenmantel und die Hausschuhe. Der Trubel draußen legte sich nicht, und daher widersetzte ich mich Papas Anweisungen und verließ mein Zimmer. Ich eilte durch den Gang zum oberen Treppenabsatz. Alle rannten wie aufgescheuchte Hühner in alle Richtungen auseinander. Ich sah, wie Vera mit einer Decke auf dem Arm durch die Eingangshalle stürzte. Ich rief sie, aber sie hörte mich nicht, und daher lief ich die Treppe hinunter.

»Wohin gehst du?« kreischte Emily hinter mir. Sie war gerade aus ihrem Zimmer gekommen.

»Es ist etwas Furchtbares passiert. Ich muß nachsehen, was los ist«, erklärte ich.

»Papa hat gesagt, daß du dein Zimmer nicht verlassen darfst. Geh sofort zurück!« befahl sie mir und wies mit ihrem langen Arm und dem knochigen Zeigefinger steif auf meine Tür. Ich schenkte ihr keine Beachtung und stieg unbeirrt weitere Stufen hinunter. »Papa hat dir verboten, dein Zimmer zu verlassen. Komm sofort zurück!« schrie sie, doch ich war bereits auf dem Weg durch die Eingangshalle zur Haustür.

Ich wünschte, ich wäre umgekehrt. Ich wünschte, ich hätte dieses Zimmer nie verlassen, wäre nie durch dieses

Haus gelaufen, sei nie einer lebenden Seele begegnet. Ein vages Gefühl der Leere hatte sich bereits in meiner Magengrube breitgemacht, ehe ich die Haustür erreicht hatte. Irgendwie brachte ich es fertig, weiterzulaufen, aus dem Haus zu treten, die Stufen der Veranda hinab- und um das Haus herumzugehen, und dort sah ich Charles, Vera, Tottie und zwei der Arbeiter, die auf den Körper herabschauten, der jetzt unter der Decke lag. Als ich die Schuhe sah, die aus der Decke hervorschauten, und sie wiedererkannte, spürte ich, wie meine Knie weich wurden und unter mir zusammenzusacken drohten. Ich blickte auf und sah das zerbrochene Abflußrohr in der Luft baumeln. Schreiend fiel ich auf den Rasen.

Vera erreichte mich als erste. Sie zog mich in ihre Arme und wiegte mich sachte.

»Was ist passiert?« schrie ich.

»Charles sagt, das Abflußrohr hat nachgegeben, und er ist gestürzt. Wir können uns nur denken, daß er auf dem Kopf gelandet ist.«

»Ihm fehlt doch nichts?« rief ich aus. »Ihm darf einfach nichts fehlen.«

»Oh, doch, Schätzchen, das kann man wohl sagen. Das ist doch der kleine Thompson, oder nicht? War er gestern abend in deinem Zimmer?« fragte sie. Ich nickte.

»Aber er ist früh wieder gegangen, und er ist gut im Klettern«, sagte ich. »Er kann auf den höchsten Baum steigen.«

»Es lag nicht an ihm; es lag an dem Abflußrohr«, wiederholte Vera. »Seine Familie muß außer sich vor Sorge sein, weil alle sich fragen werden, was ihm zugestoßen ist. Charles hat Clark Jones zu den Thompsons rübergeschickt.«

»Ich will ihn sehen«, sagte ich. Vera half mir beim Aufstehen und führte mich zu Niles. Charles blickte vom Boden auf und schüttelte den Kopf.

»Dieses Rohr war an den Verbindungsstücken verrostet und konnte sein Gewicht einfach nicht tragen. Er hätte sich nicht darauf verlassen dürfen«, sagte Charles.

»Wird er wieder gesund werden? Er wird doch wieder gesund?« fragte ich in meiner Verzweiflung.

Charles sah erst Vera und dann mich an.

»Er weilt nicht mehr unter uns, Miss Lillian. Der Sturz hat ihn... das Leben gekostet. Ich denke, er hat sich das Genick gebrochen.«

»Oh, nein, bitte nicht. Lieber Gott, bitte nicht«, stöhnte ich und sank neben Niles auf die Knie. Langsam zog ich die Decke zurück und sah ihn an. Der Tod hatte seine Augen bereits fest verschlossen, der Tod, der dieses Haus schon zuvor aufgesucht und uns voller Schadenfreude Eugenia geraubt hatte. Ungläubig schüttelte ich den Kopf. Das konnte nicht Niles sein. Das Gesicht war zu blaß, die Lippen zu blau und zu dick. Keiner der Gesichtszüge gehörte zu Niles. Niles war ein gutaussehender Junge mit dunklen einfühlsamen Augen und einem sanften Lächeln auf den Lippen. Nein, sagte ich mir, das war nicht Niles. Ich lächelte über meine Dummheit, mich derart zu irren.

»Es ist nicht Niles«, sagte ich und atmete erleichtert aus. »Ich weiß nicht, wer das ist, aber Niles ist es nicht. Niles sieht viel besser aus.« Ich schaute zu Vera auf, die mich mitleidig ansah. »Er ist es nicht, Vera. Das ist jemand anderes. Vielleicht ist es ein Landstreicher. Vielleicht...«

»Komm mit ins Haus, Schätzchen«, sagte sie. Sie zog mich hoch und umarmte mich. »Es ist ein gräßlicher Anblick.«

»Aber es ist nicht Niles. Niles ist zu Hause, und ihm fehlt nichts. Ihr werdet es ja selbst sehen, wenn Clark Jones zurückkommt«, sagte ich, aber mein Körper zitterte nach wie vor. Sogar meine Zähne klapperten.

»Schon gut, Schätzchen, schon gut.«

»Aber Niles ist wirklich gestern abend zu meinem Fenster hinaufgeklettert, weil ich die Party nicht besuchen durfte. Wir waren ein Weilchen zusammen, und dann ist er aus meinem Fenster gestiegen und wieder nach unten geklettert. Er ist in die Dunkelheit gelaufen und hat sich auf der Party wieder seiner Familie angeschlossen. Jetzt ist er zu Hause und liegt im Bett, oder vielleicht steht er gerade auf und macht sich fürs Frühstück fertig«, erklärte ich, als wir wieder zur Vorderseite des Hauses liefen.

Emily stand auf den Stufen der Veranda, hatte die Arme unter der Brust verschränkt und wartete.

»Was ist los?« fragte sie barsch. »Was soll dieses ganze Gezeter?«

»Es ist wegen des kleinen Thompson, Niles«, erwiderte Vera. »Er muß gestürzt sein, als er vom Dach gestiegen ist. Ein Abflußrohr ist gebrochen und...«

»Vom Dach?« Emily sah mich mit prüfenden Blicken an. »Er war letzte Nacht in deinem Zimmer? DU SÜNDERIN!« schrie sie, ehe ich etwas darauf erwidern konnte. »Du hast ihn in dein Zimmer gelassen!«

»Nein.« Ich schüttelte den Kopf. Ich fühlte mich beschwingt und unbeschwert und trieb wie die langen bauschigen Wattewolken über den silbrigblauen Himmel. »Nein, ich bin zu der Party gegangen. Ja, richtig. Ich war auf der Party. Niles und ich haben den ganzen Abend miteinander getanzt. Es war einfach wunderschön. Wir haben getanzt wie zwei Engel.«

»Du hast ihn in dein Bett gelassen, stimmt's?« beschuldigte mich Emily. »Du hast ihn verführt. Isebel!«

Ich lächelte sie lediglich an.

»Du hast ihn in dein Bett gelassen, und der Herr hat ihn dafür gestraft. Du hast seinen Tod verursacht, es ist deine Schuld«, bekundete sie.

Meine Lippen begannen wieder zu beben. Ich schüttelte den Kopf. Ich bin nicht hier draußen; in Wirklichkeit naht der Morgen noch gar nicht, dachte ich. Nichts von alledem spielt sich wirklich ab. Ich träume; es ist ein furchtbarer Alptraum. Jeden Moment werde ich in meinem Zimmer aufwachen, in meinem Bett, wohlig und geborgen, und nichts wird passiert sein.

»Warte nur, bis Papa das erfährt. Er wird dich bei lebendigem Leib häuten. Man sollte dich steinigen, wie die Huren in alten Zeiten, die man herausgezerrt und gesteinigt hat«, sagte sie mit ihrer arrogantesten und herablassendsten Stimme.

»Miss Emily, wie können Sie nur so etwas Furchtbares sagen. Sie ist derart außer sich, daß sie nicht weiß, wo sie ist oder was geschieht«, sagte Vera. Emily hob den Blick und richtete ihre feurigen Augen auf unsere neue Hausangestellte.

»Bemitleiden Sie sie jetzt bloß nicht. Damit bringt sie Sie dazu, ihre Schlechtigkeit nicht zu durchschauen. Sie ist eine gerissene Betrügerin. Sie ist ein Fluch, und sie ist es schon immer gewesen, schon vom Tag ihrer Geburt an, als ihre Mutter gestorben ist, während sie sie geboren hat.«

Vera wußte nicht, daß ich nicht Mammas und Papas Kind war. Die Neuigkeit schockierte sie, aber sie ließ mich keinen Moment lang los und wich auch nicht zurück.

»Niemand ist ein Fluch, Miss Emily. So etwas dürfen Sie nicht sagen. Komm, Schätzchen«, redete sie mir zu. »Du solltest jetzt besser wieder in dein Zimmer gehen und dich ausruhen. Komm mit.«

»Es ist doch nicht Niles, oder?« fragte ich sie.

»Nein, er ist es nicht«, sagte sie. Ich drehte mich um und lächelte Emily an.

»Es ist nicht Niles«, sagte ich.

»Isebel«, murmelte sie und machte sich auf den Weg, um sich die Leiche anzusehen.

Vera brachte mich in mein Zimmer und packte mich ins Bett. Sie zog mir die Decke bis ans Kinn.

»Ich werde dir etwas Heißes zu trinken und einen Happen zu essen bringen. Sie sollten am besten im Bett bleiben, Miss Lillian«, sagte sie und ließ mich allein.

Ich lag da und lauschte. Ich hörte den Lärm, die Geräusche der Pferdehufe, die Kutsche, die Schreie. Ich erkannte Mr. Thompsons Stimme, und ich hörte die Zwillinge weinen, und dann wurde es totenstill. Vera brachte mir ein Tablett.

»Jetzt ist alles vorbei«, sagte sie zu mir. »Sie haben ihn fortgeholt.«

»Wen?«

»Den jungen Mann, der vom Dach gefallen ist«, sagte Vera.

»Oh. Haben wir ihn gekannt, Vera?« Sie schüttelte den Kopf. »Trotzdem ist es fürchterlich. Was ist mit Mamma? Hat sie etwas von dem ganzen Aufruhr mitbekommen?«

»Nein. Manchmal ist es ein Segen, daß sie in diesem Zustand ist«, sagte Vera. »Sie ist heute morgen nicht aus ihrem Schlafzimmer gekommen. Sie liegt im Bett und liest.«

»Gut«, sagte ich. »Ich möchte nicht, daß sie umsonst beunruhigt wird. Ist Papa schon nach Hause gekommen?«

»Nein, noch nicht«, sagte Vera. Sie schüttelte den Kopf.

»Sie armes Ding. Ich bin sicher, Sie werden die erste sein, die erfährt, wenn er nach Hause kommt.« Sie sah zu, wie ich meinen Tee trank und ein paar Löffel von der heißen Hafergrütze zu mir nahm. Dann ging sie.

Ich aß so schnell wie möglich auf und entschloß mich dann, aufzustehen und mich anzuziehen. Ich war sicher, daß Papa mir heute nach seiner Rückkehr erlauben würde, mein Zimmer zu verlassen. Meine Strafe war abgebüßt, und ich wollte ein paar Dinge planen, die ich mit Niles gemeinsam unternehmen wollte. Wenn Papa mir erlaubte, das Haus zu verlassen und einen Spaziergang zu machen, würde ich zu den Thompsons gehen und ihnen einen Besuch abstatten. Ich wollte mir all die wunderbaren Geschenke ansehen, die die Zwillinge mit Sicherheit bekommen hatten. Und während ich mich dort aufhielt, würde ich natürlich auch Niles sehen, und vielleicht würde er mich nach Hause begleiten. Wir könnten vielleicht sogar einen Umweg über den verwunschenen Teich machen.

Ich trat vor meine Frisierkommode, bürstete mir das Haar und band es mit einer rosafarbenen Schleife zusammen. Ich zog ein leuchtend blaues Kleid an und wartete geduldig, saß am Fenster und schaute auf den hellblauen Himmel hinaus, und dabei stellte ich mir vor, womit die verschiedenen Wattewolken Ähnlichkeit haben könnten. Eine sah wegen des Höckers in der Mitte wie ein Kamel aus, und eine andere sah aus wie eine Schildkröte. Es war ein Spiel, das Niles und ich am Teich miteinander gespielt hatten. Es sah so aus, daß er sagte: »Ich sehe ein Schiff«, und dann mußte ich auf die entsprechende Wolke deuten. Ich wette, daß er jetzt an seinem Fenster sitzt und im selben Augenblick dasselbe tut, dachte ich. Darauf würde ich wirklich wetten. So waren wir eben – ständig dachten und fühlten wir gleichzeitig dasselbe. Es war uns bestimmt, ein Liebespaar zu sein.

Als Papa nach Hause kam, hörte ich seine schweren Schritte, als er auf der Treppe auftrat, und das Stampfen seiner Stiefel hallte durch den Korridor. Es schien die Grundfesten des Plantagengebäudes zu erschüttern und durch sämtliche Wände zu hallen. Es war, als kehrte ein Riese nach Hause zurück, der Riese aus dem Märchenland. Papa öffnete langsam meine Tür. Seine breiten Schultern füllten den Türrahmen aus, als er stumm dastand und mich anschaute. Sein Gesicht war purpurrot, und seine Augen waren groß.

»Hallo, Papa«, sagte ich und lächelte. »Heute haben wir einen schönen Tag, meinst du nicht auch? Ist deine Geschäftsreise erfolgreich verlaufen?«

»Was hast du getan?« fragte er, und seine Stimme war heiser. »Was für eine neuerliche Schmach und Schande hast du über das Haus Booth gebracht?«

»Ich war nicht ungehorsam, Papa. Ich bin letzte Nacht in meinem Zimmer geblieben, genauso, wie du es befohlen hast, und es tut mir sehr leid, daß ich dir Kummer bereitet habe. Kannst du mir jetzt verzeihen? Bitte.«

Er schnitt eine Grimasse, als hätte er sich gerade eine bittere Mandel in den Mund gesteckt.

»Dir verzeihen? Es steht nicht in meiner Macht, dir zu verzeihen. Das steht noch nicht einmal in der Macht des Geistlichen. Nur Gott kann dir vergeben, und ich bin sicher, daß Er Seine Gründe hat, zu zögern. Es tut mir leid um deine Seele. Sie ist gewiß dazu verdammt, zur Hölle zu fahren«, sagte er und schüttelte den Kopf.

»Oh, nein, Papa. Ich spreche die Gebete, die Emily für mich ausgewählt hat. Sieh nur, Papa«, sagte ich und stand auf, um das Blatt Papier zu holen, auf dem der Psalm stand. Ich hielt es ihm hin, damit er den Psalm selbst lesen konnte, doch Papa warf keinen Blick darauf und nahm mir das Blatt auch nicht aus der Hand. Statt dessen schaute er mich weiterhin finster an und schüttelte noch nachdrücklicher den Kopf.

»Du wirst nichts mehr anrichten, um Schande über diese Familie zu bringen. Du warst von Anfang an eine Last für mich, aber ich habe dich bei mir aufgenommen, weil du ein Waisenkind warst. Jetzt sieh dir nur an, wie du es mir dankst. Statt des Segens, mit dem wir überschüttet werden sollten, lasten Flüche über Flüche auf uns. Emily hat recht, was dich angeht. Du bist ein Jonas und eine Isebel.« Er richtete sich zu einer gestrengen Haltung auf und sprach sein Urteil über mich wie einer der Richter aus der Bibel.

»Vom heutigen Tage an wirst du, solange ich dir nichts anderes vorschreibe, The Meadows nicht mehr verlassen. Mit deinem Schulbesuch ist Schluß. Du wirst deine Zeit mit Gebeten verbringen und in dich gehen. Ich werde persönlich deine reumütigen Taten überwachen. Und jetzt antworte mir ohne Umschweife«, brüllte er. »Hast du zugelassen, daß dieser Junge dich im biblischen Sinne erkennt?«

»Welcher Junge, Papa?«

»Der kleine Thompson. Hast du dich mit ihm gepaart? Hat er dir letzte Nacht in diesem Bett die Unschuld geraubt?« fragte er und wies auf mein Kissen und meine Decke.

»Oh, nein, Papa. Niles achtet mich. Wir haben nur miteinander getanzt. Wirklich.«

»Getanzt?« Verwirrung trat in seine Augen. »Was, zum Teufel, soll das heißen, Mädchen?« Er trat näher vor mich hin, und seine Augen musterten mich kritisch. Ich lächelte weiterhin freundlich. »Was ist los mit dir, Lillian? Mit dir stimmt doch etwas nicht. Weißt du denn nicht, was du Furchtbares getan hast und was daraufhin Furchtbares passiert ist? Wie kannst du mit diesem albernen Grinsen auf dem Gesicht dastehen?«

»Es tut mir leid, Papa«, sagte ich. »Ich bin einfach glücklich, ob ich will oder nicht. Heute ist doch ein wunderschöner Tag, oder findest du nicht?«

»Nicht für die Thompsons, ganz und gar nicht. Das ist der finsterste Tag in William Thompsons Leben, der Tag, an dem er seinen einzigen Sohn verloren hat, und ich weiß, was für ein Gefühl es ist, keinen Sohn zu haben, der den Namen der Familie tragen und das Land der Familie erben wird. Und jetzt hör auf, so blöd zu lächeln«, befahl mir Papa, aber ich brachte es nicht über mich. Er trat vor und ohrfeigte mich fest, aber mein Lächeln verflog nicht. »Schluß damit!« sagte er. Er ohrfeigte mich noch einmal, diesmal so fest, daß ich zu Boden fiel. Es schmerzte, stach und brannte. Mir war schwindlig, und alles drehte sich vor meinen Augen, aber ich sah dennoch lächelnd zu ihm auf.

»Heute ist ein zu schöner Tag, um unglücklich zu sein, Papa. Laß mich doch bitte aus dem Haus gehen, ja? Ich möchte einen schönen Spaziergang machen, den Vögeln lauschen und mir den Himmel und die Bäume ansehen. Ich werde auch brav sein. Ich verspreche es dir.«

»Hörst du denn nicht, was ich sage?« brüllte er mich an, während ich noch auf dem Boden lag. »Weißt du denn nicht, was du angerichtet hast, als du zugelassen hast, daß dieser Junge zu deinem Fenster hinaufklettert?« Er streckte den Arm aus und wies auf das Fenster. »Er ist aus diesem Fenster gestiegen und in den Tod gestürzt. Er hat sich das Genick gebrochen. Der Junge ist tot. Er ist tot, Lillian! Heiliger Strohsack«, bemerkte Papa. »Erzähl mir bloß nicht, daß du jetzt so verrückt wie Georgia wirst. Das dulde ich nicht!«

Er streckte die Hand aus, packte mich am Haar und zog mich auf die Füße. Ich schrie vor Schmerz. Dann zerrte er mich an den Haaren ans Fenster.

»Schau dort raus«, sagte er und preßte mein Gesicht gegen die Scheibe. »Mach schon, schau hinaus. Wer war letzte Nacht dort? Wer? Rede. Sag es mir jetzt sofort, Lillian, oder ich werde dich, so wahr mir Gott beisteht, nackt ausziehen und dich auspeitschen, bis du entweder stirbst oder mir sagst, wer es war. Wer?«

Er hielt meinen Kopf fest, und daher konnte ich den Blick nicht abwenden, und einen Augenblick lang sah ich

Niles' Gesicht, das mich ansah, mit strahlendem Lächeln und verschmitzten Augen.

»Niles«, sagte ich. »Niles war hier.«

»Stimmt, und dann ist er gegangen und hat versucht, am Abflußrohr nach unten zu klettern, aber das Rohr hat nachgegeben, und er ist gestürzt. Du weißt doch, was ihm passiert ist, oder nicht? Du hast die Leiche selbst gesehen, Lillian. Vera hat es mir gesagt.«

Ich schüttelte den Kopf. »Nein«, sagte ich.

»Doch, doch, doch«, brüllte Papa. »Der kleine Thompson hat die ganze Nacht tot dagelegen, bis Charles ihn heute morgen gefunden hat. Der kleine Thompson. Sag es, verdammt und zum Teufel. Sag es. Niles Thompson ist tot. Sag es.«

Mein Herz war ein wildes panisches Tier in meiner Brust.

Es raste gegen meine Rippen, prallte daran ab, schrie und wollte sich befreien. Ich fing an zu weinen, anfangs lautlos, und die Tränen strömten über meine Wangen. Dann bebten meine Schultern, und ich spürte, wie mein Magen einen Knick machte und meine Beine weich wurden, aber Papa hielt mich eisern fest.

»Sag es!« schrie er mir ins Ohr. »Wer ist tot? Wer?«

Das Wort kam so langsam aus meiner Kehle wie ein Kirschkern, den ich verschluckt hatte und ausspucken mußte.

»Niles«, sagte ich.

»Wer?«

»Niles. O Gott, nein. Niles.«

Papa ließ mich los, und ich brach zu seinen Füßen zusammen. Er blieb stehen und sah auf mich herunter.

»Ich bin sicher, daß du lügst, wenn du mir erzählst, was sich hier zwischen dir und ihm abgespielt hat«, sagte er und nickte. »Ich werde dir den Teufel aus der Seele austreiben«, murrte Papa. »Das gelobe ich dir, ich werde ihn dir austreiben. Wir werden heute mit deiner Buße beginnen.« Er machte auf dem Absatz kehrt und stolzierte zur Tür. Als er sie öffnete, drehte er sich noch einmal zu mir um.

»Emily und ich«, verkündete er, »werden dir den Teufel austreiben. So wahr mir Gott helfe.«

Er ließ mich schluchzend auf dem Boden liegen.

Stundenlang lag ich dort, hatte mein Ohr an die Bodendielen gepreßt und lauschte den Lauten, die von unten heraufdrangen, hörte die gedämpften Stimmen und die Bewegungen, fühlte den Hall. Ich malte mir aus, ich sei ein Fötus, noch im Leib meiner Mutter, das Ohr an die Schleimhaut gepreßt, wie ich die Laute der Welt aufgriff, die mich erwartete, jede Silbe, jedes Pochen, jeder Klang etwas, was mir Rätsel aufgab. Nur hatte ich im Gegensatz zu einem Fötus Erinnerungen. Ich wußte, daß es das Klappern von Geschirr oder das Klirren von Gläsern war, daß der Tisch fürs Abendessen gedeckt wurde, daß eine mürrische Stimme bedeutete, daß Papa Anweisungen erteilte. Ich erkannte die Schritte fast aller vor meiner Tür und wußte, wann Emily mit der Bibel in der Hand und einem Gebet auf den Lippen vorbeilief. Ich lauschte gebannt auf Geräusche, die auf Mamma hingewiesen hätten, doch nichts dergleichen war zu vernehmen.

Als Vera in mein Zimmer kam, fand sie mich immer noch auf dem Fußboden vor. Sie stieß einen leisen Schrei aus und stellte das Tablett ab.

»Was tun Sie da, Miss Lillian? Kommen Sie schon, stehen Sie auf.« Sie half mir auf die Füße.

»Ihr Vater hat angeordnet, daß Sie heute abend nur Brot und Wasser bekommen, aber ich habe ein Stück Käse unter dem Teller versteckt«, sagte sie und blinzelte mir zu.

Ich schüttelte den Kopf.

»Wenn Papa sagt, daß ich nur Brot und Wasser zu mir nehmen darf, dann bleibt es dabei. Ich will Buße tun«, sagte ich zu Vera. Meine Stimme klang fremd, selbst in meinen eigenen Ohren. Sie schien aus einem anderen Ich aufzusteigen, einer kleineren Lillian, die in einer größeren hauste. »Ich bin eine Sünderin; ich bin ein Fluch.«

»Oh, nein, das sind Sie nicht, meine Liebe.«

»Ich bin ein Jonas, eine Isebel.« Ich zog das Stück Käse unter dem Teller heraus und reichte es ihr.

»Sie armes Ding«, murmelte sie und schüttelte den Kopf. Sie nahm den Käse und ging.

Ich trank mein Wasser und knabberte auf meinem Brot herum, und dann sank ich auf die Knie und sagte den einundfünfzigsten Psalm auf. Ich wiederholte ihn, bis meine Kehle schmerzte. Es wurde dunkler, und daher legte ich mich hin und versuchte einzuschlafen, aber kurz darauf ging die Tür auf und Papa trat ein. Er schaltete meine Lampen an, und als ich zur Tür blickte, sah ich, daß ihm eine ältere Frau aus Upland Station gefolgt war, in der ich Mrs. Coons erkannte. Sie war Hebamme und hatte viele Dutzende von Babies im Lauf der Jahre ans Licht der Welt gebracht, und das tat sie immer noch, obwohl von manchen Seiten behauptet wurde, sie ginge schon auf die Neunzig zu.

Sie hatte sehr dünnes graues Haar, so dünn, daß ein großer Teil ihrer Kopfhaut zu sehen war. Über ihren Lippen hatte sich ein dunkler Streifen grauer Haare gebildet, so klar umrissen wie der Schnurrbart eines Mannes. Ihr Gesicht war schmal und hatte eine lange, dünne Nase und eingefallene Wangen, aber ihre dunklen Augen waren groß geblieben und wirkten sogar noch größer, weil ihre Wangen derart eingefallen waren und sich auf ihrer Stirn der Knochen durch die papierdünne, faltige und fleckige bleiche Haut drückte. Ihre Lippen waren so dünn wie Bleistiftstriche, aber rosa und glanzlos. Sie war eine kleine Frau, nicht viel größer als ein Mädchen, und sie hatte knochige Arme und Hände. Es fiel einem schwer, zu glauben, daß diese mageren Arme je die Kraft besessen hatten, ein Baby in diese Welt herauszuholen, und noch viel schwieriger war es, sich vorzustellen, sie könnte es heute noch tun.

»Da ist sie«, sagte Papa und wies mit einer Kopfbewegung auf mich. »Machen Sie sich an die Arbeit.«

Ich kauerte mich in meinem Bett zusammen, als Mrs. Coons auf mich zukam. Ihre schmalen, knochigen Schultern sackten nach unten, und ihr Kopf war mir zugeneigt. Sie kniff die Augen zusammen, aber ihr Blick war durchbohrend. Sie sah mir forschend ins Gesicht und nickte dann.

»Kann schon sein«, sagte sie. »Es könnte schon sein.«

»Du wirst dich von Mrs. Coons untersuchen lassen«, ordnete Papa an.

»Was soll das heißen, Papa?«

»Sie wird mir sagen, was sich letzte Nacht hier abgespielt hat«, sagte er. Meine Augen wurden groß. Ich schüttelte den Kopf.

»Nein, Papa. Ich habe nichts Böses getan. Wirklich nicht.«

»Du erwartest doch nicht, daß dir einer von uns jetzt noch glaubt, oder, Lillian?« fragte er. »Mach es nicht für alle Beteiligten noch schwerer«, riet er mir. »Wenn es sein muß, halte ich dich eigenhändig fest«, drohte er mir.

»Was hast du vor, Papa?« Ich sah Mrs. Coons an, und mein Herz fing an, heftiger zu pochen, weil ich die Antwort kannte. »Bitte, Papa«, stöhnte ich. Schnell flossen die Tränen, glühendheiße Tränen. »Bitte«, flehte ich.

»Tu, was sie sagt«, befahl Papa.

»Zieh deinen Rock hoch«, ordnete Mrs. Coons an. Ihr waren die meisten Zähne ausgefallen, und die wenigen, die noch übrig waren, waren dunkelgrau. Sie bewegte die

Zunge zwischen den Zähnen. Sie sah braun und feucht aus, wie ein verfaulendes Stück Holz.

»Tu schon, was sie sagt!« fauchte Papa.

Ich schluchzte so heftig, daß meine Schultern bebten, als ich meinen Rock bis zur Taille hochzog.

»Sie können ruhig wegschauen« sagte, Mrs. Coons zu Papa. Ich spürte ihre Finger, Finger, die so kalt und hart wie Eisenstäbe waren, als sie meinen Schlüpfer packte, und ihre Nägel zerkratzten meine Haut, als sie ihn mir über die Knie und bis auf die Knöchel zog. »Zieh die Knie an«, sagte sie.

Ich glaubte, keine Luft mehr zu bekommen. Ich keuchte und keuchte. Dabei war mir schwindlig. Ihre Hände lagen auf meinen Knien, zogen sie hoch und spreizten meine Beine auseinander. Ich wandte den Blick ab, doch nichts half. Die Erniedrigung blieb mir nicht erspart. Es war schmerzhaft, und ich schrie. Ich muß zudem einen Moment lang ohnmächtig geworden sein, denn als ich die Augen aufschlug, stand Mrs. Coons mit Papa in der Tür und versicherte ihm, ich hätte meine Unschuld nicht eingebüßt. Nachdem die beiden gegangen waren, lag ich da und schluchzte, bis meine Augen trocken waren und meine Kehle schmerzte. Dann zog ich mir den Schlüpfer hoch und schwang die Beine über dic Bettkante.

Als ich gerade aufstehen wollte, kam Papa wieder, diesmal gefolgt von Emily. Er trug eine große Truhe, und sie hatte eines ihrer schlichten Sackleinenkleider zusammengefaltet über dem Arm hängen. Er stellte die Truhe hin und sah mich an, und seine Augen waren immer noch wutentbrannt.

»Aus allen Ecken des Landes kommen Menschen zum Begräbnis dieses Jungen angereist«, sagte er. »Unser Name ist in aller Munde, und das haben wir dir zu verdanken. Es mag zwar sein, daß ich das Kind Satans in meinem Haus habe, aber ich brauche es ihm dort nicht auch noch gemütlich zu machen.« Er nickte Emily zu, die vor meinen Kleiderschrank trat und anfing, meine hübschen Kleider von den Bügeln zu ziehen. Achtlos stapelte sie sie vor ihren Füßen, warf meine Seidenblusen, meine schönen Röcke und Kleider auf den Boden, all die Dinge, die Mamma mit viel Liebe hatte anfertigen lassen oder für mich gekauft hatte.

»Vom heutigen Tag an wirst du nur noch einfache Dinge tragen, nur noch einfache Nahrung zu dir nehmen und deine Zeit mit Gebeten zubringen«, verfügte Papa über mich. Und dann stellte er seine Vorschriften auf.

»Du wirst deinen Körper sauberhalten, aber nichts süßlich Duftendes auftragen, keine Cremes, kein Makeup, keine parfümierten Seifen.

Du brauchst dir das Haar nicht abschneiden zu lassen, aber du wirst es aufstecken und dich niemals mit gelöstem Haar blicken lassen, vor allem keinem Mann mit gelöstem Haar unter die Augen kommen.

Ohne meine ausdrückliche Genehmigung wirst du dieses Haus oder dieses Anwesen niemals verlassen.

Du mußt dich in jeder erdenklichen Hinsicht demütigen. Sieh dich jetzt als eine Bedienstete an, nicht länger als ein Familienmitglied. Wasch deiner Schwester die Füße, leer ihren Nachttopf aus, und erhebe niemals trotzig den Blick gegen sie oder gegen mich oder auch nur gegen andere Hausangestellte.

Wenn du wahrhaft bußfertig bist und dich von dem Bösen in dir befreist, dann darfst du in unsere Familie zurückkehren wie der verlorene Sohn, der wieder aufgefunden worden ist.

Hast du mich verstanden, Lillian?«

»Ja, Papa«, sagte ich.

Sein Gesicht wurde ein wenig gütiger.

»Du tust mir leid, leid für das, womit du jetzt in deinem Herzen leben mußt, aber gerade, da du mir leid tust, habe ich mit Emily und dem Geistlichen die Schritte deiner Buße abgesprochen.«

Während er diese Worte sprach, zog Emily energisch all meine schönen Schuhe aus dem Schrank und warf sie auf den Stapel. Sie stopfte alles in die Truhe, und dann ging sie zu meiner Kommode und holte meine hübsche Unterwäsche aus den Schubladen und warf sie dazu. Sie fiel regelrecht über meinen Schmuck, meinen Krimskrams und meine kleinen Kostbarkeiten her. Als sie die Schubladen ausgeleert hatte, machte sie eine Pause und sah sich um.

»Das Zimmer muß so schlicht wie eine Klosterzelle eingerichtet sein«, kündigte Emily an. Papa nickte, und Emily nahm all meine schönen Bilder und meine gerahmten Schularbeiten mit den guten Noten von den Wänden. Sie sammelte meine Stofftiere ein, meine Erinnerungsstücke, meine Spieldose. Sie riß sogar meine hübschen Vorhänge von den Fenstern. Alles wurde in diese Truhe gestopft. Dann stellte sie sich vor mich. »Zieh aus, was du anhast, und zieh dir dieses Kleid über«, sagte sie und wies auf das Sackleinenkleid, das sie mitgebracht hatte. Ich sah Papa an. Er zog an den Enden seines Schnurrbarts und nickte.

Ich stand auf und knöpfte mein hellblaues Kleid auf. Ich ließ es von meinen Schultern gleiten und auf meine Füße sinken, dann legte ich es auf den Haufen, den Emily aus all meinen Sachen in der Truhe gebildet hatte. Ich stand zitternd da und schlang die Arme um mich.

»Zieh das an«, sagte Emily und reichte mir das Sackleinenkleid. Ich zog es mir über den Kopf. Es war zu weit und zu lang, aber weder Emily noch Papa störten sich daran.

»Ab morgen darfst du zu den gemeinsamen Mahlzeiten nach unten kommen«, sagte Papa, »aber vom heutigen Tag an wirst du nicht reden, solange man dich nichts fragt, und es ist dir verboten, mit den Dienstboten zu sprechen. Es schmerzt mich, all das zu tun, Lillian, aber der Schatten der Hand des Bösen liegt über diesem Haus, und er muß von dort entfernt werden.«

»Laßt uns zusammen beten«, schlug Emily vor. Papa nickte. »Auf die Knie, Sünderin«, fauchte sie mich an. Ich ließ mich auf die Knie sinken, und sie tat es mir nach, und Papa schloß sich uns ebenfalls an. »O Herr«, sagte Emily«, gib uns die Kraft, dieser verdammten Seele zu helfen und dem Bösen den Sieg streitig zu machen«, sagte sie, und dann betete sie das Vaterunser. Als sie am Ende angelangt war, trugen sie und Papa die Truhe hinaus, die all meine hübsche weltliche Habe enthielt, an der mein Herz hing, und sie ließen mich mit kahlen Wänden und leeren Schubladen zurück.

Doch ich empfand kein Mitleid mit mir selbst. Meine Gedanken weilten nur bei Niles. Wenn ich Papa keinen Gehorsam geleistet hätte, hätte ich die Party besuchen können, und wenn ich die Party besucht hätte, hätte Niles es nicht für notwendig gehalten, zu meinem Fenster zu klettern, und dann wäre er jetzt noch am Leben.

Zwei Tage später, als Niles' Begräbnis stattfand, nahm dieser Glaube noch ausgeprägtere Formen an. Jetzt ließ sich nicht mehr leugnen, was passiert war, und es nützte nichts mehr, wenn ich wünschte, es sei ein böser Traum gewesen. Papa verbat mir, dem Gottesdienst und dem Begräbnis beizuwohnen. Er sagte, es wäre eine Schande, wenn ich dort erschiene.

»Die Augen aller wären auf uns Booths gerichtet«, erklärte er und fügte dann noch hinzu: »Und zwar haßerfüllt. Es genügt schon, daß ich hingehen und neben den Thompsons stehen und sie bitten muß, mir zu verzeihen, daß ich dich zur Tochter habe. Ich werde mich voll und ganz auf Emily verlassen.« Er schaute sie mit mehr

Respekt und Bewunderung an, als ich je zuvor in seinen Augen gesehen hatte. Sie zog die Schultern zurück.

»Der Herr wird uns die Kraft geben, unsere mißliche Lage tapfer zu ertragen, Papa«, sagte sie.

»Und das haben wir nur deiner Frömmigkeit zu verdanken, Emily«, sagte er. »Nur ihr haben wir es zu verdanken.«

An jenem Morgen saß ich in meinem Zimmer und schaute in die Richtung, in der die Plantage der Thompsons lag, denn ich wußte, daß Niles dort in seine letzte Ruhestätte hinabgelassen wurde. Ich konnte das Weinen und das Schluchzen so laut hören, wie ich es gehört hätte, wenn ich selbst dabeigewesen wäre. Meine Tränen flossen, als ich das Vaterunser aufsagte. Dann stand ich auf, um die Bürde meines neuen Lebens bereitwillig auf mich zu nehmen, und ironischerweise verschaffte es mir eine gewisse Erleichterung, mich selbst zu erniedrigen und mich zu quälen. Je barscher Emily mit mir sprach und je derber sie mich behandelte, desto besser fühlte ich mich. Ich lehnte sie jetzt nicht mehr ab. Ich begriff, daß es auf dieser Welt einen Platz für die Emilies gab, und ich lief nicht mehr zu Mamma, um Hilfe und Trost zu suchen.

Und überhaupt bekam Mamma nur am Rande mit, was vorgefallen war, denn ihr war nie klar gewesen, wie nah Niles und ich einander gestanden hatten. Sie hatte die Einzelheiten über den gräßlichen Unfall gehört und Emilys Version dessen vernommen, was dazu geführt hatte und was darauf gefolgt war, aber sie ging so schnell darüber hinweg oder vergaß es, wie sie auch alles andere abwehrte oder vergaß, was sie als unerfreulich ansah. Mamma war wie ein Gefäß, das bereits mit Traurigkeit und tragischen Geschehnissen bis zum Rand angefüllt war und keinen weiteren Tropfen mehr fassen konnte.

Gelegentlich machte sie Bemerkungen zu meiner Kleidung oder zu meinem Haar, und an Tagen, an denen sie klarer bei sich war, fragte sie, warum ich nicht zur Schule ging, doch sowie ich begann, es ihr zu erklären, wechselte sie das Thema.

Vera und Tottie versuchten immer wieder, mich dazu zu bringen, daß ich mehr aß oder Dinge tat, die ich früher gern getan hatte. Es betrübte sie, wie auch die anderen Hausangestellten und Feldarbeiter, daß ich mein Los so bereitwillig akzeptiert hatte. Aber wenn ich an all die Menschen dachte, die mich geliebt hatten und die ich geliebt hatte, und daran, was ihnen allen zugestoßen war – angefangen mit meiner leiblichen Mutter und meinem leiblichen Vater über Eugenia bis zu Niles –, dann blieb mir nichts anderes übrig, als meine Strafe hinzunehmen und die Erlösung zu suchen, wie Emily und Papa es mir verordnet hatten.

Jeden Morgen stand ich früh genug auf, um in Emilys Zimmer zu gehen und ihren Nachttopf auszuleeren. Ich wusch ihn aus und brachte ihn zurück, ehe sie sich auch nur rührte. Dann setzte sie sich auf, und ich brachte die Schüssel mit warmem Wasser und ein Tuch, um ihr die Füße zu waschen. Nachdem ich sie abgetrocknet hatte und sie ihr Kleid angezogen hatte, kniete ich mich neben sie in eine Ecke ihres Zimmers und wiederholte die Gebete, die sie bestimmte. Dann gingen wir zum Frühstück nach unten, und entweder Emily oder ich lasen die Bibelworte, die sie ausgewählt hatte. Ich gehorchte Papa und sagte nie etwas, wenn ich nicht direkt angesprochen wurde. Gewöhnlich genügte zur Antwort ein Ja oder ein Nein.

An den Vormittagen, an denen Mamma sich uns anschloß, war es schwieriger, mich an die Gebote zu halten, die mir auferlegt worden waren. Mamma verlor sich oft in einem früheren Erlebnis und beschrieb es mir genauso, wie sie es mir vor vielen, vielen Jahren schon beschrieben hatte, und sie erwartete von mir, daß ich mich so wie damals dazu äußerte und darüber lachte. Dann wandte ich meinen Blick Papa zu, weil ich sehen wollte, ob er es mir erlaubte, auf sie einzugehen. Manchmal nickte er, und ich ging auf Mamma ein, und manchmal schaute er mich finster an, und ich blieb stumm.

Es war mir gestattet, meine Bibel zu nehmen und eine Stunde aus dem Haus zu gehen, über die Felder zu laufen und zu beten. Emily achtete auf jede einzelne Minute und rief mich zurück, wenn meine Stunde abgelaufen war. Mir wurden nicht viele Hausarbeiten zugewiesen. Meine Buße mußte sich auf Bürden beschränken, die meine Seele läutern würden. Ich glaube, Papa und Emily war klar, daß die Bediensteten mir die Arbeiten ohnehin abgenommen hätten. Natürlich mußte ich mein eigenes Zimmer sauberhalten und gelegentlich Dinge für Emily tun, aber die meiste Zeit sollte ich mit Bibelstudien und religiösen Betrachtungen zubringen.

Eines Nachmittags, Wochen nach Niles' Tod, kam Miss Walker auf die Plantage, um nach mir zu sehen. Tottie, die gerade vor der Bürotür den Flur putzte, hörte das Gespräch mit an und kam in mein Zimmer, um mir davon zu berichten.

»Unsere Schullehrerin war hier und wollte nach Ihnen sehen«, kündigte sie aufgeregt an. Sie vergewisserte sich, daß sie mein Zimmer ungesehen betreten konnte, und erst dann trat sie ein und schloß die Tür leise hinter sich. »Sie wollte wissen, wo Sie gesteckt haben, Miss Lillian. Sie hat Ihrem Papa gesagt, daß Sie ihre beste Schülerin sind und daß es eine Sünde ist, Sie nicht zur Schule zu schicken.

Der Rittmeister, der ist ganz böse geworden, als sie das gesagt hat. Ich konnte es seiner Stimme anhören. Sie wissen ja, wie es ist, wenn es so klingt, als hätte er eine ganze Schaufel Kies im Mund, und er hat ihr gesagt, daß Sie von jetzt an zu Hause unterrichtet werden und daß Ihre religiöse Erziehung an erster und oberster Stelle steht.

Aber, Miss Walker, sie hat ihm gesagt, daß das nicht richtig ist und daß sie sich bei den Behörden über ihn beschweren wird. Dann ist er wütend geworden und hat gesagt, wenn sie auch nur einen Mucks verlauten läßt, kostet es sie ihren Job, dafür wird er sorgen. Er hat ihr gesagt, daß sie ihm nicht drohen kann. Wissen Sie denn nicht, wer ich bin? hat er geschrien. Ich bin Jed Booth. Diese Plantage ist eine der bedeutendsten im ganzen Land.

Sie ist jedenfalls nicht einen Schritt zurückgewichen. Sie hat wiederholt, daß sie sich über ihn beschweren wird, und er hat sie aufgefordert, sein Haus zu verlassen.

Was halten Sie davon?« fragte Tottie mich. Ich schüttelte betrübt den Kopf und seufzte. »Was ist los mit Ihnen, Miss Lillian? Freuen Sie sich denn gar nicht darüber?«

»Papa wird Sie bestimmt feuern lassen«, sagte ich. »Sie ist auch nur einer der Menschen, die mich gemocht haben und darunter leiden werden. Ich wünschte, ich könnte sie dazu bringen, daß sie den Versuch aufgibt.«

»Aber, Miss Lillian... alle sagen, daß Sie zur Schule gehen sollten. Da gehören Sie hin und...«

»Du solltest lieber gehen, Tottie, ehe Emily dich hier hört und dafür sorgt, daß du auch gefeuert wirst«, sagte ich.

»Ich brauche nicht gefeuert zu werden, Miss Lillian«, erwiderte sie. »Ich werde diese unwirtliche Stätte verlassen, und zwar schon bald.« Ihre Augen standen voller Tränen. »Es ist mir einfach verhaßt, Sie derart leiden zu sehen, und ich weiß, daß es Louella und dem alten Henry das Herz zerreißen würde, wenn sie etwas davon hören würden.«

»Dann sag es ihnen nicht, Tottie. Ich will nicht noch

mehr Menschen Leid bescheren«, sagte ich. »Und unternimm auch nichts mehr, um es mir leichter zu machen, Tottie. Ich muß es schwer haben. Ich muß bestraft werden.« Sie schüttelte den Kopf und ging.

Die arme Miss Walker, dachte ich. Ich vermißte sie, vermißte die Schule, vermißte die Faszination, immer mehr dazuzulernen, aber ich wußte auch, wie gräßlich es für mich gewesen wäre, meinen Sitzplatz im Klassenzimmer wieder einzunehmen und mich dann umzuschauen und Niles' leeres Pult zu sehen. Nein, Papa tat mir einen Gefallen, wenn er mich von der Schule fernhielt, dachte ich, und ich betete nur, er würde nichts unternehmen, was Miss Walker ihre Stellung kostete.

Eine Woge wirtschaftlicher Probleme führte jedoch dazu, daß Papa alles andere vergaß, darunter auch die Drohungen, die er Miss Walker gegenüber ausgestoßen hatte. Wenige Tage später mußte Papa vor Gericht erscheinen, weil er von einem unserer Gläubiger wegen Unterlassens der Rückzahlungen unserer Schulden angeklagt wurde. Zum ersten Mal bestand tatsächlich die Möglichkeit, The Meadows könnte uns verlorengehen. Die Krise war das einzige Gesprächsthema auf der Plantage und im Haus. Alle saßen wie auf glühenden Kohlen, während sie den Ausgang der Verhandlungen abwarteten. Das Endergebnis war, daß Papa etwas tun mußte, was er mehr als alles andere gefürchtet hatte – er mußte ein Stück von The Meadows und sogar ein paar unserer Landwirtschaftsmaschinen verkaufen.

Der Verlust eines Teils der Plantage, selbst wenn es ein noch so kleiner Teil war, war etwas, was Papa nahezu unerträglich war. Daher veränderte er sich drastisch. Er lief nicht mehr so aufrecht, zuversichtlich und arrogant wie früher herum. Statt dessen senkte er den Kopf, wenn er sein Büro betrat, als schämte er sich, den Porträts seines Vaters und seines Großvaters gegenüberzutreten. The Meadows hatte das Schlimmste überlebt, was den Plantagen im Süden je zugestoßen war – den Bürgerkrieg –, aber die Plantage konnte die wirtschaftlichen Probleme nicht unbeschadet überstehen.

Papa trank zunehmend mehr. Ich sah ihn kaum noch ohne ein Glas Whiskey in der Hand oder neben ihm auf dem Schreibtisch. Nachts, wenn er endlich seine Büroarbeiten abgeschlossen hatte und nach oben kam, hörte ich seine schweren Schritte. Er stapfte schwerfällig durch den Korridor, blieb vor meiner Tür stehen, manchmal fast eine Minute lang, und stapfte dann weiter. Eines Nachts stieß er gegen einen Tisch und warf eine Lampe um. Ich hörte, wie sie auf dem Boden zerschmetterte, aber ich hatte zu große Angst, um meine Tür aufzumachen und hinauszuschauen. Ich hörte ihn fluchen und dann weiterwanken.

Niemand kam darauf zu sprechen, wieviel Whiskey Papa trank, obwohl alle es wußten. Sogar Emily sah darüber hinweg oder fand Entschuldigungen für ihn. Einmal kam er von einer Geschäftsreise derart betrunken zurück, daß Charles ihn in sein Zimmer bringen mußte, und eines Morgens fanden Vera und Tottie ihn auf dem Fußboden neben seinem Schreibtisch vor, wie er bewußtlos seinen Rausch ausschlief, doch niemand wagte es, ihn zu kritisieren.

Natürlich fiel es Mamma nie auf, oder falls sie es doch merkte, tat sie so, als sei es nicht so. Wenn er trank, wurde Papa im allgemeinen noch bösartiger. Es war, als rüttelte der Bourbon all die Ungeheuer wach, die in seinem Innern schliefen, und brächte sie dazu, sich aufzulehnen und zu wüten. Es gab eine Nacht, in der er durchdrehte und in seinem Büro Gegenstände zerbrach, und es gab die Nacht, in der wir ihn alle schreien hörten und glaubten, er kämpfte mit jemandem. Es stellte sich heraus, daß es sich bei diesem Jemand um das Porträt seines

Vaters handelte, der ihm, wie wir ihn sagen hörten, vorwarf, er sei ein schlechter Geschäftsmann.

In einer grauenhaften Nacht, nachdem Papa in seinem Büro getrunken hatte und seine Papiere durchgearbeitet hatte, zog er sich am Geländer die Treppe herauf, bis er den oberen Treppenabsatz erreicht hatte, doch sowie er dort angekommen war, ließ er das Geländer los und taumelte, bis er das Gleichgewicht verlor und Hals über Kopf die Treppe hinunterstürzte und mit einer solchen Wucht auftraf, daß das Haus bebte. Alle kamen aus ihren Zimmern gelaufen, das heißt, alle, außer Mamma.

Papa lag längelang unten an der Treppe und ächzte und stöhnte. Das rechte Bein lag unter ihm und stand in einem Winkel von ihm ab, daß es aussah, als sei es abgebrochen. Charles mußte Hilfe holen, um Papa vom Fußboden aufzuheben, doch in dem Moment, in dem die Männer sein Bein berührten, brüllte Papa vor Schmerz, und sie ließen ihn dort liegen, bis der Arzt geholt worden war.

Papa hatte sich das Bein direkt über dem Knie gebrochen. Es war ein schlimmer Bruch, der wochenlange Bettruhe erforderte. Der Arzt brachte den Gips, und Papa wurde nach oben getragen, aber da er spezielle Pflege und mehr Platz brauchte, wurde er in dem Schlafzimmer neben seinem und Mammas Zimmer untergebracht.

Ich stand neben Mamma, die dastand, ihr seidenes Taschentuch zwischen den Händen wrang und nur immer wieder sagte: »Ach, du meine Güte, was sollen wir bloß tun, was sollen wir bloß tun?«

»Er wird eine Zeitlang Schmerzen haben«, sagte der Arzt zu uns allen, »und es muß dafür gesorgt werden, daß er sich ruhig hält. Ich werde von Zeit zu Zeit vorbeikommen, um nach ihm zu sehen.«

Mamma zog sich eilig wieder in ihre Suite zurück, und Emily ging zu Papa, um nach ihm zu sehen.

Ich konnte mir nicht vorstellen, daß Papa an ein Bett gefesselt war. Als er wach wurde und alles begriff, was vorgefallen war, brüllte er natürlich vor Wut. Tottie und Vera widerstrebte es, ihm das Tablett mit seinem Essen zu bringen. Als Tottie ihm das erste Mal ein Tablett brachte, warf er es gegen die Tür, und sie mußte alles wegwischen. Ich war sicher, daß er und Emily eine Möglichkeit finden würden, mir die Schuld an seinem Unfall zu geben, und daher blieb ich in meinem Zimmer und zitterte in Erwartung dessen, was auf mich zukam.

Eines Nachmittags, zwei Tage nach dem Unfall, kam Emily zu mir. Ich hatte mein Mittagessen gegessen und mich wieder in mein Zimmer zurückgezogen, um die Passagen in der Bibel zu lesen, die mir zugewiesen worden waren. Emily hatte die Schultern so weit zurückgezogen, daß sie aussah, als hätte man ihr einen Metallspieß ins Rückgrat gesteckt. Sie lächelte hämisch und schürzte die Lippen, wobei sich ihr mageres Gesicht anspannte.

»Papa will dich sehen«, sagte sie. »Jetzt sofort.«

»Papa?« Mein Herz fing an, heftig zu schlagen. Welche neuerliche Strafe würde er mir infolge dessen, was ihm zugestoßen war, auferlegen?

»Geh augenblicklich zu ihm«, befahl sie mir.

Ich stand langsam und mit gesenktem Kopf auf und ging an ihr vorbei in den Flur. Als ich die Tür zu Papas Zimmer erreicht hatte, sah ich mich noch einmal um und stellte fest, daß Emily mich finster anschaute. Ich klopfte an die Tür und wartete.

»Komm schon rein«, schrie er.

Ich öffnete die Tür und trat in das Schlafzimmer, das für ihn zu einem Krankenzimmer umgestaltet worden war. Auf dem Tisch neben dem Bett standen seine Bettpfanne und seine Urinflasche. Auf dem Nachttisch stand sein Frühstückstablett. Er saß aufrecht da und hatte zwei große dicke Kissen als Rückenstütze, an denen er lehnte.

Die Steppdecke lag über seinen Beinen und seinem Rumpf, aber der Gips schaute am Fußende und seitlich heraus. Neben ihm lagen Papiere und Bücher auf dem Bett.

Das Haar fiel Papa wüst in die Stirn. Er trug ein Nachthemd, das am Kragen offenstand. Er wirkte unrasiert, und seine Augen waren trüb, doch als ich eintrat, nahm er im Sitzen eine aufrechtere Haltung an.

»Jetzt komm schon rein. Steh nicht da wie der letzte Dummkopf«, fauchte er.

Ich trat ans Bett.

»Wie fühlst du dich, Papa?« fragte ich.

»Fürchterlich – was hast du denn sonst erwartet?«

»Das tut mir leid, Papa.«

»Allen tut es leid, aber ich bin derjenige, der hier in diesem Bett liegt und nicht aufstehen darf, während alles mögliche getan werden muß.« Er musterte mich genauer, und seine Augen glitten von meinen Beinen langsam nach oben. »Du hast dich wirklich angestrengt, bußfertig zu sein. Du hast deine Sache gut gemacht, Lillian. Das muß sogar Emily zugeben«, sagte er.

»Ich bemühe mich, Papa.«

»Gut«, sagte er. »Jedenfalls hat mich dieser Unfall in eine üble Klemme gebracht, und ich bin von unfähigen Menschen umgeben, und dazu kommt noch, daß deine Mamma in solchen Momenten vollkommen unbrauchbar ist. Sie streckt noch nicht einmal den Kopf zur Tür herein, um nachzusehen, ob ich tot oder am Leben bin.«

»Oh, ich bin sicher, daß sie...«

»Das ist mir jetzt egal, Lillian. Wahrscheinlich ist es besser für mich, daß sie nicht nach mir sieht. Sie würde mich nur noch mehr aus der Fassung bringen. Was ich beschlossen habe, ist, daß du diejenige sein wirst, die für mich sorgt und mir bei meiner Arbeit hilft«, verkündete er eilig. Ich sah überrascht auf.

»Ich, Papa?«

»Ja, du. Sieh darin nichts weiter als einen Teil deiner Buße. Nach allem, was ich weiß... so, wie Emily es hinstellt, könnte es tatsächlich so sein. Aber das ist jetzt unwichtig. Was wichtig ist«, sagte er und sah mich wieder scharf an, »ist, daß ich sorgsam gepflegt werde und jemanden habe, bei dem ich mich darauf verlassen kann, daß er tun wird, was getan werden muß. Emily ist vollauf mit ihren Bibelstudien beschäftigt, und außerdem«, sagte er und senkte die Stimme, »warst du im Rechnen immer besser. Ich muß diese Zahlenkolonnen aufstellen«, sagte er und hielt eine Handvoll Papiere hoch. »Und mein Verstand ist wie ein Sieb. Alles fällt nach kurzer Zeit heraus. Ich will, daß du die Zahlen addierst und die Gesamtsumme errechnest und meine Buchführung übernimmst, verstehst du. Du wirst schnell dahinterkommen, wie das geht, da bin ich ganz sicher.«

»Ich, Papa?« wiederholte ich. Seine Augen wurden größer.

»Ja, du. Was glaubst du wohl, mit wem, zum Teufel, ich die ganze Zeit geredet habe, seit du hier bist? Also«, fuhr er fort, »ich will, daß du mir das Essen bringst. Ich werde dir sagen, was ich haben will, und du wirst es Vera sagen, verstanden? Du wirst jeden Morgen kommen und meinen Nachttopf leeren, und du wirst dieses Zimmer sauberhalten.

Abends«, sagte er mit einer freundlicheren Stimme, »wirst du dann herkommen und mir die Zeitungen und ein paar Seiten aus der Bibel vorlesen. Hörst du mir zu, Lillian?«

»Ja, Papa«, sagte ich schnell.

»Gut. Also, zuerst bringst du mein Frühstückstablett nach unten. Anschließend kommst du her und beziehst mir das Bett frisch. Ich komme mir vor, als hätte ich schon seit Tagen in meinem eigenen Schweiß geschlafen.

Ein sauberes Nachthemd brauche ich auch. Wenn das erledigt ist, will ich, daß du dich an diesen Tisch dort drüben setzt und diese Rechnungen addierst. Ich muß wissen, was ich diesen Monat abzuzahlen habe. Nun«, sagte er, als ich mich nicht von der Stelle rührte, »fang schon an, Mädchen.«

»Ja, Papa«, sagte ich und nahm sein Frühstückstablett.

»Ach ja, und noch etwas, wenn du wieder raufkommst, dann geh auf dem Weg in mein Büro, und hol mir ein Dutzend von meinen Zigarren.«

»Ja, Papa.«

»Und noch etwas, Lillian...«

»Ja, Papa?«

»Bring die Flasche Bourbon mit, die ich in der linken Schreibtischschublade aufbewahre. Und ein Glas. Ab und zu brauche ich ein wenig Medizin.«

»Ja, Papa«, sagte ich. Ich blieb noch einen Moment lang stehen, um zu sehen, ob mir sonst noch etwas aufgetragen würde. Er schloß die Augen, und daher verließ ich eilig das Zimmer, und ich war sehr durcheinander. Ich dachte, Papa haßte mich, und jetzt bat er mich, all diese wichtigen und persönlichen Dinge für ihn zu tun. Er mußte zu dem Schluß gekommen sein, daß ich auf dem Weg zur Erlösung große Fortschritte gemacht hatte, dachte ich. Er hatte mir deutlich gezeigt, daß er meine Fähigkeiten respektierte. Zum ersten Mal seit Monaten beflügelte ein Anflug von Stolz meine Schritte, als ich durch den Korridor zur Treppe eilte. Emily erwartete mich am unteren Treppenabsatz.

»Er zieht dich mir nicht vor, weil er dich lieber hat als mich«, versicherte sie mir. »Er hat beschlossen, und ich habe ihm darin zugestimmt, daß das, was du im Moment brauchst, zusätzliche Bürden sind. Erledige prompt und gründlich, was er von dir verlangt, aber wenn du damit fertig bist, vernachlässige deine sonstige Buße nicht«, sagte sie.

»Ja, Emily.«

Sie sah das leere Tablett an.

»Geh schon«, sagte sie. »Tu, was dir aufgetragen worden ist.«

Ich nickte und eilte in die Küche. Auf dem Rückweg sammelte ich alles zusammen, was Papa haben wollte, und brachte es ihm in sein Zimmer. Dann ging ich nach unten zum Wäscheschrank und holte das frische Bettzeug. Es war schwierig, Papas Bett zu beziehen, da ich ihm beim Umdrehen helfen mußte, während ich an dem Laken unter ihm zog. Er stöhnte und schrie vor Schmerz, und zweimal hörte ich auf und rechnete damit, er würde mich schlagen, weil ich ihm Qualen bereitete. Aber er hielt den Atem an und drängte mich, weiterzumachen. Ich schaffte es, das schmutzige Laken abzuziehen und das Bett mit einem sauberen Laken zu beziehen. Dann bezog ich seine Decke und seine Kopfkissen mit frischen Hüllen. Als das geschafft war, holte ich ihm ein sauberes Nachthemd.

»Dabei brauche ich deine Hilfe, Lillian«, sagte er. Er zog die Bettdecke zurück und hob sein Nachthemd hoch. »Komm schon«, sagte er. »Ich glaube nicht, daß dich das, was du siehst, erstaunen wird.«

Ich war unwillkürlich verlegen. Papa war nackt unter seinem Nachthemd. Ich half ihm dabei, sein schmutziges Nachthemd auszuziehen, und dabei versuchte ich, nicht hinzusehen, aber bis auf die Bilder, die ich mir in seinen Büchern in der Bibliothek betrachtet hatte, hatte ich noch nie die nackte Gestalt eines Mannes gesehen, und daher war ich zwangsläufig ein wenig neugierig. Er ertappte mich dabei und starrte mich einen Moment lang an.

»So hat der gütige Herr uns erschaffen, Lillian«, sagte

er mit einer seltsamen zarten Stimme. Ich spürte, wie die Röte in meinen Hals und mein Gesicht aufstieg, und ich wollte mich schon abwenden, um nach seinem sauberen Nachthemd zu greifen, aber er packte meinen Arm so fest, daß ich fast geschrien hätte. »Sieh es dir genau an, Lillian. Du wirst es ohnehin immer wieder sehen, denn ich will, daß du mich mit dem Schwamm wäschst, verstanden?«

»Ja, Papa«, sagte ich, und meine Stimme war kaum mehr als ein Flüstern. Papa streckte die Hand aus, um sich einen Bourbon einzuschenken. Er trank schnell einen großen Schluck, etwa zwei Finger breit, und wies dann mit einer Kopfbewegung auf das saubere Nachthemd.

»So, und jetzt hilf mir beim Anziehen«, sagte er. Ich tat es. Anschließend lehnte sich Papa in seinem frischgemachten Bett zurück und schien sich wesentlich wohler zu fühlen als vorher.

»Du kannst dich jetzt an diese Papiere machen, Lillian«, sagte er. Mit einer Kopfbewegung wies er auf die Papiere und den Schreibtisch. Ich hob die Papiere eilig auf und setzte mich an den Schreibtisch. Ich merkte erst, wie sehr ich von Kopf bis Fuß zitterte, als ich anfing, ein paar Zahlen zu notieren. Meine Finger zitterten so stark, daß ich eine Weile warten mußte. Als ich mich umdrehte, ertappte ich Papa dabei, daß er mich ansah. Er hatte sich eine seiner Zigarren angezündet und schenkte sich noch einen Bourbon ein.

Eine halbe Stunde später schlief er ein und schnarchte. Ich schrieb alle Gesamtsummen ordentlich in die entsprechenden Spalten seiner Bücher und erhob mich dann langsam und schlich auf Zehenspitzen zur Tür. Ich hörte ihn stöhnen und wartete, doch er schlug die Augen nicht auf.

Er schlief immer noch, als ich ihm das Mittagessen

nach oben brachte. Ich wartete an seinem Bett, bis er die Augen aufmachte. Er wirkte einen Moment lang verwirrt, und dann setzte er sich stöhnend auf.

»Wenn du willst, Papa«, sagte ich, »werde ich dich füttern.«

Er starrte mich einen Moment lang an und nickte dann. Ich flößte ihm die heiße Suppe mit dem Löffel ein, und er ließ sich füttern wie ein Baby. Ich wischte ihm sogar den Mund mit einer Serviette ab. Dann schmierte ich ihm Butter aufs Brot und goß ihm Kaffee ein. Er aß und trank schweigend und starrte mich währenddessen unablässig seltsam an.

»Ich habe mir Gedanken gemacht«, sagte er. »Es ist mir zu lästig, jedesmal, wenn ich etwas brauche, nach jemandem rufen zu müssen, vor allem mitten in der Nacht.«

Ich wartete verständnislos.

»Ich will, daß du hier bei mir schläfst«, sagte er. »Bis ich wieder allein zurechtkomme«, fügte er schnell hinzu.

»Ich soll hier schlafen, Papa?«

»Ja«, sagte er. »Du kannst dir auf diesem kleinen Sofa dort dein Bett machen. Geh schon, kümmere dich darum«, befahl er mir. Ich stand langsam und verwundert auf. »Ich habe mir die Büroarbeiten angesehen, die du erledigt hast, Lillian. Das hast du gut gemacht. Du hast deine Sache wirklich gut gemacht.«

»Danke, Papa.« Ich wollte gehen, und wirre Gedanken kreisten durch meinen Kopf.

»Und noch etwas, Lillian«, sagte Papa, als ich die Tür erreicht hatte.

»Ja, Papa?«

»Heute abend, nach dem Essen, wirst du mich zum ersten Mal gründlich mit einem Schwamm waschen«, sagte er. Dann schenkte er sich noch einen Bourbon ein und steckte sich eine Zigarre an.

Ich ging und war nicht sicher, ob ich traurig oder froh über die Wendung der Ereignisse sein sollte. Ich traute dem Schicksal nicht mehr und hielt die Vorsehung für einen Kobold, der mit meinem Herzen und meiner Seele spielte.

11

Papas Pflegerin

An jenem Abend nach dem Essen las ich Papa seine Zeitung vor. Er saß da, rauchte seine Zigarre und trank seinen Bourbon, während ich ihm vorlas, und ab und zu machte er zu diesem oder jenem eine Bemerkung, verfluchte einen Senator oder einen Gouverneur und klagte über ein anderes Land oder einen anderen Staat. Er haßte die Wall Street, und zwischendurch tobte und wetterte er über die Macht einer kleinen Gruppe von Geschäftsleuten aus dem Norden, die das Land und insbesondere die Farmer im Würgegriff hielten. Je wütender er wurde, desto mehr Bourbon trank er.

Als er genug von den Zeitungsnachrichten hatte, sagte er, es sei jetzt an der Zeit, und ich sollte ihn waschen. Ich füllte eine große Schale mit warmem Wasser, holte ein Stück Seife und einen Schwamm und kam zurück. Er hatte es bereits bewerkstelligt, sich das Nachthemd auszuziehen.

»Nun gut, Lillian«, warnte er mich. »Bemüh dich, das Bettzeug nicht mit Wasser vollzuspritzen.«

»Ja, Papa.« Ich war nicht sicher, wo oder wie ich anfangen sollte. Er ließ sich auf sein Kissen sinken, streckte die Arme neben sich aus und schloß die Augen. Er hatte sich die Decke bis zur Taille hochgezogen. Ich fing mit seinen Armen und Schultern an.

»Du kannst ruhig etwas kräftiger reiben, Lillian. Ich bin nicht aus zartem Porzellan gemacht«, sagte er.

»Ja, Papa.« Ich wusch ihm die Schultern und die Brust und beschrieb dabei kleine Kreise mit dem Schwamm. Als ich bei seinem Bauch ankam, zog Papa seine Decke ein wenig tiefer.

»Du wirst die Decke dann ganz runterziehen müssen, Lillian. Es fällt mir zu schwer, es selbst zu tun.«

»Ja, Papa«, sagte ich. Meine Hände zitterten so stark, daß die Decke tatsächlich vibrierte. Wie sehr ich doch wünschte, Papa hätte schlicht und einfach eine ausgebildete Krankenschwester einstellen können, damit sie sich um ihn kümmerte. Ich wusch um seinen Gips herum und bemühte mich dabei, meinen Blick fest auf sein Bein zu richten. Ich spürte die Glut in meinem Gesicht und wußte, daß ich vor Verlegenheit knallrot war. Als ich ihm ins Gesicht schaute, sah ich, daß Papa die Augen weit geöffnet hatte und mich aufmerksam musterte.

»Weißt du«, sagte er, »du siehst deiner leiblichen Mutter inzwischen wirklich sehr ähnlich. Sie war eine sehr hübsche junge Dame. Als ich um Georgia geworben haben habe ich Violet häufig geneckt und gesagt: ›Ich werde Georgia vergessen und auf dich warten, Violet.‹ Sie war eine sehr schüchterne junge Dame, und sie ist dann immer ganz rot geworden und hat ihr Gesicht hinter einem Buch versteckt oder ist fortgelaufen.«

Er leerte sein Whiskeyglas mit einem großen Schluck und nickte, während er in seinen Erinnerungen schwelgte.

»Ein hübsches Mädchen, ein sehr hübsches Mädchen«, murmelte er, und dann richtete er seinen Blick starr auf mich. Das bewirkte, daß mein Herzschlag einen Moment lang aussetzte, und ich senkte schnell den Blick auf die Wasserschale und spülte den Schwamm aus.

»Ich hole jetzt ein Handtuch und trockne dich ab, Papa«, sagte ich.

»Du bist noch nicht fertig, Lillian«, sagte er. »Du mußt mich überall waschen. Ein Mann muß von Kopf bis

Fuß sauber sein«, sagte er. Mein Herz hämmerte heftig. Es blieb nur noch ein Bereich seines Körpers, den ich nicht gewaschen hatte.

»Mach schon, Lillian«, sagte er. »Mach schon«, redete er mir in einem gebieterischeren Tonfall zu, als ich zögerte. Ich führte den Schwamm an seine intimsten Körperteile und bewegte ihn schnell. Er schloß die Augen, und ein leises Stöhnen entrang sich seinen Lippen. Als ich spürte, daß er zuckte, wich ich zurück, doch er umklammerte mein Handgelenk und hielt mich fest. Er drückte sogar so fest zu, daß ich vor Schmerz eine Grimasse schnitt.

»Wie weit bist du mit diesem Jungen gegangen, Lillian? Hast du kurz davor gestanden, deine Unschuld zu verlieren? Ist es das, woran du dich jetzt erinnert fühlst? Erzähl es mir«, sagte er und schüttelte meinen Arm.

Tränen brannten unter meinen Lidern. »Nein, Papa. Bitte, laß mich los. Du tust mir weh.«

Er lockerte seinen Griff, nickte aber mit einem mißbilligenden Gesichtsausdruck.

»Deine Mutter hat ihre Pflicht bei dir nicht erfüllt. Du weißt nicht, was du zu erwarten hast, was du wissen mußt, ehe du dich in die Welt hinausbegibst. Es fällt nicht unter die Aufgaben eines Mannes, dir das beizubringen, aber wenn man bedenkt, in welcher Verfassung Georgia ist, dann werde ich wohl einspringen und ihr Versäumnis nachholen müssen. Ich will aber nicht, daß irgend jemand etwas davon erfährt, was zwischen uns vorgeht, Lillian. Das bleibt ganz unter uns, hast du gehört?«

Was meinte er bloß mit »mir etwas beibringen«? Was wollte er mir beibringen, und wie? Ich zitterte so heftig, daß meine Knie gegeneinanderschlugen, aber ich sah, daß er eine Antwort erwartete, und daher nickte ich eilig.

»Also gut«, sagte Papa und ließ mich los. »Und jetzt hol das Handtuch.«

Ich eilte ins Bad und kehrte mit dem Handtuch zurück. Papa hatte sich noch ein Glas Whiskey eingegossen und nippte daran, als ich anfing, seine Schultern mit dem Handtuch abzutrocknen. Ich spürte, daß seine Blicke mir jedesmal folgten, wenn ich eine Bewegung machte oder ihn berührte. Ich trocknete ihn so schnell wie möglich ab, doch als ich mich an seine Beine machte, versuchte ich, nicht hinzusehen, während ich ihn abtrocknete.

Plötzlich lachte er ganz merkwürdig.

»Das macht dir wohl angst?« sagte er und lachte wieder.

»Stimmt's?« Ich fürchtete, der Whiskey könnte die Ungeheuer wieder einmal zum Leben erweckt haben.

»Nein, Papa.«

»Klar macht es dir angst«, sagte er. »Ein erwachsener Mann ist für ein junges Mädchen erschreckend.« Dann wurde er ernst, packte mein Handgelenk und zog mich so dicht an sich, daß ich seinem heißen Atem auf meinem Gesicht spürte. »Wenn ein Mann erregt ist, Lillian, dann wird er größer, aber eine erwachsene Frau freut sich darüber, statt sich davor zu fürchten. Du wirst es ja sehen. Eines Tages wirst du das verstehen«, prophezeite er. »Schon gut, genug jetzt«, fügte er eilig hinzu. »Mach schon weiter, und sieh zu, daß du endlich fertig wirst.«

Ich trocknete ihm die Füße ab und faltete dann das Handtuch zusammen und half ihm dabei, sein Nachthemd wieder anzuziehen. Nachdem ich ihn zugedeckt hatte, brachte ich die Wasserschale, den Schwamm und das Handtuch ins Bad. Mein Herz hämmerte immer noch. Ich konnte es kaum erwarten, das Zimmer zu verlassen. Papa benahm sich äußerst merkwürdig. Seine Augen glitten über meinen Körper, als sei ich hier diejenige, die nackt war, nicht er. Aber als ich aus dem Bad zurückkam, war er wieder wie immer, und er forderte mich auf, ihm eine Bibelstelle vorzulesen.

»Lies, bis ich einschlafe, und mach dir dann dort drüben dein Bett«, sagte er und wies mit einer Kopfbewegung auf das Sofa. »Zieh dir dein Nachthemd an, und sieh zu, daß du auch schläfst.«

»Ja, Papa.«

Ich setzte mich ans Bett und fing an zu lesen. Das Buch Hiob. Während ich las, sah ich, daß Papas Lider schwerer und immer schwerer wurden, bis er sie nicht mehr offenhalten konnte und einschlief. Als er anfing zu schnarchen, schloß ich leise die Bibel und ging in mein Zimmer, um mein Nachthemd zu holen.

Inzwischen war es still im ganzen Haus, still und dunkel. Ich fragte mich, was Mamma wohl tat. Wie sehr ich wünschte, es ginge ihr so gut, daß sie sich selbst um Papa kümmern könnte. Ich lauschte an ihrer Tür, hörte aber nichts. Auf dem Rückweg zu Papas Zimmer sah ich Emily in ihrer Tür stehen und mich ansehen.

»Was tust du mit deinem Nachthemd?« fragte sie.

»Papa will, daß ich in seinem Zimmer auf dem Sofa schlafe, für den Fall, daß er in der Nacht etwas braucht«, erklärte ich.

Sie sagte nichts darauf. Statt dessen schloß sie ihre Tür.

Ich betrat Papas Zimmer wieder. Er schlief noch, und daher bewegte ich mich so leise wie möglich. Ich zog mir mein Nachthemd an, machte mir das Bett, flüsterte meine Gebete und legte mich selbst schlafen. Stunden später wurde ich von Papa geweckt.

»Lillian«, rief er. »Komm her. Ich friere.«

»Du frierst, Papa?« Ich fand, es sei nicht allzu kalt. »Willst du noch eine Decke haben?«

»Nein«, sagte er. »Leg dich neben mich«, sagte er. »Ich brauche nichts weiter als die Wärme deines jungen Körpers.«

»Was? Wie meinst du das, Papa?«

»So ungewöhnlich ist das nicht, Lillian. Schließlich hat mein Großvater sich früher immer von jungen Sklavinnen warmhalten lassen. Er hat sie seine Bettwärmer genannt. Komm schon«, drängte er mich und hob seine Decke an. »Schmieg dich einfach an mich«, sagte er.

Zögernd und mit pochendem Herzen setzte ich mich neben ihn auf das Bett.

»Eil dich«, rief er. »Das bißchen Wärme, das ich unter meiner Decke spüre, strömt heraus.«

Ich streckte die Beine aus, kehrte ihm den Rücken zu und schlüpfte unter die Decke. Papa zog mich augenblicklich näher an sich. Eine Zeitlang lagen wir so da, ich mit weit aufgerissenen Augen, er schweratmend. Ich spürte seinen heißen Atem in meinem Nacken und roch den Whiskey vom Vorabend in seinem Atem, und mein Magen revoltierte.

»Ich hätte auf Violet warten sollen«, flüsterte er. »Sie war viel schöner als Georgia, und mit einem Mann wie mir hätte sie sich nicht in Schwierigkeiten gebracht. Dein leiblicher Vater war zu weich, zu jung und zu schwach«, murmelte er.

Ich rührte mich nicht; ich gab kein Wort von mir. Plötzlich spürte ich, wie Papas Hand unter mein Nachthemd glitt und auf meinem Oberschenkel liegenblieb. Seine dicken Finger drückten sachte mein Bein, und sein Arm glitt langsam höher und zog mein Nachthemd mit sich.

»Ich muß mich wärmen«, murmelte Papa an meinem Ohr. »Bleib einfach still liegen. So ist es brav, ja, so ist es brav.«

Voller Entsetzen und mit einem Herzschlag, der aussetzte, schlug ich mir eine Hand auf den Mund und erstickte einen Schrei, als Papas Hand sich auf meine Brust legte. Gierig umfaßte er sie, und mit der anderen

Hand zog er mir das Nachthemd bis über die Taille hoch. Ich spürte, wie seine Knie sich unter meine zwängten, und dann traf seine Steifheit auf mich und stieß gegen mich. Ich wollte mich losreißen, doch sein Arm spannte sich um meinen Körper und zog mich enger und immer enger an ihn.

»Mich wärmen«, wiederholte er. »Ich muß mich wärmen, das ist alles.«

Aber das war nicht alles. Ich kniff die Lider so fest wie möglich zu und fing an, mir einzureden, daß all das nicht passierte. Ich fühlte das nicht, wovon ich spürte, daß es sich zwischen meinen Beinen nach oben bewegte; ich spürte nicht, wie meine Beine gewaltsam gespreizt wurden, und ich spürte nicht, wie Papa sich mir aufzwang und sich in mich stieß. Er stöhnte und biß mir gerade noch sanft genug in den Hals, daß es nicht blutete. Ich keuchte und wollte mich losreißen, aber Papa schwang seinen schweren Körper samt Gips einfach auf mich und stieß mich auf die Matratze zurück. Er schnaubte und preßte sich in mich.

Meine Schreie waren leise, und meine Tränen wurden schnell von dem Kissen und dem Bettzeug aufgesogen. Mir erschien es, als ginge es endlose Stunden immer so weiter, obwohl es in Wirklichkeit nur Minuten waren. Als es vorbei war, ließ Papa mich nicht los, und er zog sich auch nicht aus mir zurück. Er hielt mich weiterhin genauso fest und preßte seinen Kopf an meinen.

»Jetzt ist mir warm«, murmelte er. Ich wartete und wartete und fürchtete mich davor, mich zu rühren, fürchtete mich davor, mich zu beklagen. Kurz darauf hörte ich ihn schnarchen, und ich machte mich an das mühselige Werk, mich aus seiner Umklammerung zu lösen und unter seinem Gewicht herauszuschlüpfen. Es muß mich Stunden gekostet haben, denn mir graute bei der Vorstellung, ihn zu wecken, aber endlich hatte ich mich soweit befreit, daß ich aufstehen und mich fortschleichen konnte. Er ächzte und fing dann wieder an zu schnarchen.

Ich stand zitternd im Dunkeln und schluckte mein Schluchzen, erstickte einen der Laute, die in meine Kehle aufstiegen, nach dem anderen. Da ich fürchtete, ein Schluchzer würde sich mir entringen und ihm würde ein weiterer folgen, der Papa wecken würde, schlich ich mich auf Zehenspitzen aus dem Zimmer und in den schwach erleuchteten Korridor. Ich holte tief Atem und schloß die Tür leise hinter mir. Dann wandte ich mich nach rechts und spielte mit dem Gedanken, zu Mamma zu gehen. Aber ich zögerte. Was hätte ich ihr schon sagen können, und was hätte sie schon tun können? Würde sie mich dann verstehen? Es hätte leicht dazu führen können, daß Papa vor Wut außer sich geriet. Nein, ich konnte nicht zu Mamma gehen. Ich konnte nach unten zu Vera und Charles gehen, aber ich schämte mich zu sehr. Selbst Tottie konnte ich es nicht erzählen.

Ich drehte mich verwirrt immer wieder im Kreis, und mein Herz hämmerte, und dann eilte ich in den Raum, in dem all die alten Bilder und Gegenstände aufbewahrt wurden. Schnell fand ich das Bild meiner leiblichen Mutter und preßte es an mich, während ich auf dem Boden kauerte. Dort wiegte ich mich und weinte, bis ich Schritte hörte und sah, wie der dünne Lichtschein von Emilys Kerze das Dunkel teilte. Wenige Momente später stand sie in der Tür.

Sie hob ihre Kerze, um das Licht auf mich fallen zu lassen.

»Was tust du hier? Was hältst du in den Händen?«

Ich biß mir auf die Lippen und schluchzte. Ich wollte ihr erzählen, was passiert war; ich wollte es laut hinausschreien.

»Was ist das?« fragte sie. »Was umklammerst du da? Ich will es sofort sehen.«

Langsam gab ich ihr den Blick auf das Porträt meiner leiblichen Mutter frei. Emily schaute einen Moment lang überrascht und betrachtete mich dann genauer.

»Steh auf«, befahl sie mir. »Mach schon. Steh auf.«

Ich tat es.

Emily kam näher, hob die Kerze hoch und lief um mich herum.

»Sieh dich nur an«, sagte sie plötzlich. »Du hast deine Zeit, und du hast keine Vorkehrungen getroffen. Du solltest dich schämen. Besitzt du denn nicht die Spur von Selbstachtung?«

»Ich habe meine Periode nicht.«

»Dein Nachthemd hat Flecken«, bemerkte sie.

Ich holte hörbar Atem. Das war der richtige Zeitpunkt, um es ihr zu erzählen, aber die Worte blieben mir in der Kehle stecken.

»Zieh dir ein sauberes Nachthemd an, und hol dir augenblicklich eine Monatsbinde«, befahl sie mir. »Ich könnte es schwören«, sagte sie kopfschüttelnd, »aber manchmal glaube ich, daß du nicht nur moralisch minderbemittelt, sondern auch geistig zurückgeblieben bist.«

»Emily«, setzte ich an. Ich war so verzweifelt, daß ich es jemandem erzählen mußte, sogar ihr, wenn es sein mußte.

»Emily, ich...«

»Ich denke nicht daran, noch eine weitere Minute mit dir hier im Dunkeln zu stehen. Leg dieses Bild weg«, sagte sie, »und geh schlafen. Du mußt noch viel für Papa tun«, fügte sie hinzu. Sie wandte sich eilig ab und ließ mich in der Dunkelheit stehen.

Mir schauderte bei dem Gedanken, in Papas Schlafzimmer zurückzukehren, aber vor allem anderen fürchtete ich mich. Nachdem ich mein Nachthemd gewechselt hatte, ging ich zurück und blieb zögernd in der Tür stehen, um mich zu vergewissern, daß er noch schlief. Dann kroch ich eilig in mein provisorisches Bett, zog mir die Decke über den Kopf und rollte mich wie ein Embryo zusammen. In dieser Haltung weinte ich mich in den Schlaf.

Was Papa getan hatte, gab mir das Gefühl, unrein zu sein, das Gefühl, daß der Fleck auf meinem Nachthemd sich in meinem ganzen Körper ausbreitete, bis er mein Herz erreichte. Keine zwanzig, keine hundert, keine tausend Bäder würden mich von diesem Makel befreien. Meine Seele war besudelt und beschmutzt. Wenn Emily mich am nächsten Morgen bei Tageslicht sah, würde sie wissen, daß ich geschändet worden war. Dieses Stigma würde ich für alle Zeiten im Gesicht tragen.

Gewiß, sagte ich mir, war das auch ein Teil meiner Strafe. Ich hatte kein Recht, mich zu beklagen. Alles Schlimme, was mir jetzt zustieß, stieß mir nicht grundlos zu. Und überhaupt, bei wem hätte ich mich schon beklagen können? Die Menschen, die ich liebte und die mich liebten, waren entweder tot oder fortgegangen oder selbst krank. Ich konnte nichts weiter tun, als um Vergebung zu beten.

Irgendwie, dachte ich, hatte ich Papa in Versuchung geführt, etwas Böses zu tun. Jetzt würde ihm etwas Furchtbares zustoßen, und wieder einmal würde alles meine Schuld sein.

Papa erwachte am Morgen noch vor mir. Er stöhnte und schrie mich dann an, ich sollte wach werden.

»Gib mir diese Urinflasche«, befahl er. Ich sprang aus dem Bett und reichte sie ihm. Während er sich erleichterte, schlüpfte ich eilig in meinen Morgenmantel und zog meine Hausschuhe an. Als er fertig war, ging ich mit der Flasche ins Bad und leerte sie dort aus. Doch sowie ich das erledigt hatte, fing er auch schon an, nach seinem Frühstück zu schreien.

»Heute morgen will ich heißen Kaffee und Eier. Ich habe einen Bärenhunger.« Er klatschte in die Hände und lächelte. Konnte es etwa sein, daß er vergessen hatte, was er in der Vornacht getan hatte? fragte ich mich. Keine Spur von Reue oder Schuldbewußtsein stand in seinem Gesicht.

»Ja, Papa«, sagte ich und mied seinen Blick, als ich mich auf den Weg zur Tür machte.

»Lillian«, rief er. Ich drehte mich um, hielt den Blick jedoch gesenkt. Obwohl er sich mir aufgedrängt hatte, war ich diejenige, die beschämt war. »Sieh mich an, wenn ich mit dir rede«, forderte er mich auf. Langsam hob ich den Kopf. »So ist es schon besser. Also, ich muß sagen«, sagte er, »daß du dich hervorragend um mich kümmerst. Ich bin sicher, daß ich durch deine Pflege schneller wieder genesen werde. Und wenn jemand eine gute Tat tut, wie du es tust, dann macht derjenige damit manche der schlechten Taten wieder gut, die er begangen hat. Der Herr ist gnädig. Denk immer daran«, sagte er.

Ich schluckte das Verlangen zu weinen und erstickte das Stöhnen, das sich einen Weg durch meine Kehle bahnen wollte. Was ist mit letzter Nacht? wollte ich schreien. Wird der Herr das auch vergeben?

»Wirst du immer daran denken?« fragte er. Anstelle einer Frage schwang in seinen Worten eine Drohung mit.

»Ja, ich werde es mir merken, Papa.«

»Gut«, sagte er. »Gut.« Er nickte, und ich eilte aus dem Zimmer und in die Küche, um ihm sein Frühstück zu holen. Emily war bereits aufgestanden und wartete am Tisch. Ich war sicher, daß sie in dem Moment, in dem ihr Blick auf mich fiel und sie wieder daran dachte, wie sie mich in der vergangenen Nacht vorgefunden hatte, wissen würde, was passiert war, aber sie sah mich nicht anders an als an jedem anderen Morgen auch. Ihr Gesicht drückte dieselbe Verachtung aus, denselben Abscheu.

»Guten Morgen, Emily«, sagte ich, als ich auf die Küche zulief. »Ich muß Papa das Frühstück besorgen.«

»Einen Moment mal«, fauchte sie. Ich zögerte, versuchte aber, sie nicht direkt anzusehen.

»Hast du gestern nacht noch getan, was du tun mußtest, um sauber zu bleiben?«

»Ja, Emily.«

»Du solltest darauf achten, wann du deine Monatsblutung bekommst, auf den Zeitpunkt deiner Periode achten, damit sie dich nicht überrascht. Denk nur daran, woher es kommt – damit wir immer an Evas Sünde im Paradies erinnert werden.«

»Ich werde es mir merken, Emily.«

»Warum schläfst du so lange? Warum warst du heute morgen noch nicht in meinem Zimmer, um meinen Nachttopf auszuleeren?« fragte sie eilig.

»Es tut mir leid, Emily, aber...« Ich schaute jetzt doch zu ihr auf. Vielleicht, wenn ich ihr erklärte, wie es dazu gekommen war... »Aber Papa hat letzte Nacht gefroren und...«

»Das interessiert mich alles nicht«, sagte sie schnell. »Ich habe es dir doch gesagt... du mußt weiterhin büßen wie bisher und all deine Pflichten erfüllen und dich zusätzlich noch um Papa kümmern. Hast du verstanden?«

»Ja, Emily.«

»Hmm«, murmelte sie. Sie schürzte die Lippen und preßte die Augen zu argwöhnischen Schlitzen zusammen. Ich beschloß, wenn sie mich fragte, warum ich mich an das Bild meiner leiblichen Mutter gewandt hatte, dann würde ich es ihr sagen. Ich würde es ihr an den Kopf werfen. Aber sie fragte nicht, weil sie sich eigentlich gar nicht dafür interessierte, warum ich mich in diesem Raum aufgehalten und geschluchzt hatte.

»Also gut«, sagte sie nach einem Moment. »Wenn du

mit Papa fertig bist, gehst du in mein Zimmer und leerst den Nachttopf aus.«

»Ja, Emily.« Ich stieß die angehaltene Luft aus und ging in die Küche, und dort fand ich Vera vor, die Mamma einen Tee kochte.

»Ich habe heute morgen nach ihr gesehen«, erklärte Vera. »Sie hat gesagt, sie hätte Bauchschmerzen und wollte nichts anderes haben.«

»Mamma ist krank?«

»Wahrscheinlich hat sie die ganze Nacht diese süße Schokolade gegessen und es übertrieben«, sagte Vera. »Ich schwöre, daß sie von einem Augenblick zum nächsten vergißt, wieviel Süßigkeiten sie schon gegessen hat. Wie geht es dem Rittmeister heute morgen?«

»Er hat Hunger«, sagte ich und berichtete ihr, was Papa haben wollte. Vera starrte mich einen Moment lang an.

»Ist alles in Ordnung mit dir, Lillian?« fragte sie mitfühlend. »Du bist ganz blaß, und du siehst müde aus.« Ich wandte eilig die Augen ab.

»Mir geht es gut, Vera«, erwiderte ich und biß mir auf die Unterlippe, um die Schreie und das Schluchzen zurückzuhalten, das über meine Lippen kommen wollte. Vera blieb weiterhin skeptisch, doch sie bereitete schnell Papas Frühstück zu. Ich nahm das Tablett und ging. Auf dem Rückweg wollte ich mit Papas Tablett bei Mamma vorbeischauen, doch Emily folgte mir, trieb mich zur Eile an und verbot mir, Mamma zu besuchen.

»Dann wird nur sein Essen kalt, und er wird wütend«, warnte sie mich. »Du kannst später nach Mamma sehen. Ich bin sicher, daß ihr ohnehin nichts fehlt. Du weißt ja selbst, wie sie ist.«

Papa wirkte enttäuscht, als er sah, daß Emily mir in sein Zimmer folgte. Ich stellte sein Tablett auf seinen Nachttisch, und dann, ehe er einen Bissen essen konnte, begann Emily mit dem Morgengebet.

»Fasse dich heute morgen kurz, Emily«, sagte er. Sie warf mir einen verärgerten Blick zu, als gäbe sie mir die Schuld an Papas aufbrausender Art, und dann las sie nur einen kurzen Text.

»Amen«, sagte Papa in dem Moment, in dem sie mit dem Lesen fertig war. Er stürzte sich auf sein Frühstück. Emily sah ihm einen Moment lang beim Essen zu und wandte sich erst dann an mich.

»Zieh dich an«, befahl sie, »und komm schleunigst selbst zum Frühstück runter. Du hast nach wie vor deine morgendlichen Pflichten in meinem Zimmer zu erfüllen und zu beten.«

»Und dann kommst du sofort wieder her«, fügte Papa hinzu. »Ich habe ein paar Briefe, die du für mich abschreiben mußt, und ein paar Bestellungen, die du ausfüllen mußt.«

»Mamma fühlt sich heute nicht gut, Papa«, sagte ich. »Vera hat es mir gesagt.«

»Vera wird sich schon um sie kümmern«, sagte er. »Verschwende keine Zeit auf ihren Blödsinn.«

»Ich werde zu ihr gehen und dafür sorgen, daß sie ein Gebet spricht«, versicherte uns Emily.

»Gut«, sagte Papa. Er trank seinen Kaffee in großen Schlucken und richtete den Blick fest auf mich. Ich wandte eilig den Kopf ab und eilte dann hinaus, um Emilys Nachttopf auszuleeren und mich anzuziehen, um unten mit ihr zu frühstücken. Vorher schlich ich mich jedoch noch in Mammas Zimmer.

Als sie dort unter ihrer Steppdecke lag, allein in ihrem breiten Bett mit den dicken dunklen Eichenpfosten und dem breiten Kopf- und Fußteil, und den Kopf mitten auf ihrem großen bauschigen Kissen liegen hatte, sah Mamma wie ein kleines Mädchen aus. Ihr Gesicht war so bleich wie eine stumpfe Perle, und das ungebürstete Haar fiel ihr in weichen Wellen um den Kopf. Ihre Augen waren geschlossen, doch sie schlug sie auf, als ich näher kam. Ein kleines Lächeln bildete sich auf ihren Lippen und ließ ihre Augen leuchten, als sie mich sah.

»Guten Morgen, mein Schatz«, sagte sie.

»Guten Morgen, Mamma. Ich habe gehört, daß es dir heute morgen nicht gutgeht.«

»Ach, das ist nur ein böser Bauchschmerz. Er ist schon fast wieder vergangen«, sagte sie und griff nach meiner Hand.

Begierig griff ich nach ihren Händen. Oh, wie gern ich ihr doch erzählt hätte, was passiert war. Wie sehr ich mir doch wünschte, ich hätte meinen Kopf in ihrem Schoß begraben und mich von ihr umarmen und trösten lassen können, und sie hätte mir gesagt, ich sollte mich selbst nicht hassen. Wie sehr ich es gebraucht hätte, von ihr zu hören, daß alles wieder gut werden würde, von ihr gestreichelt und beruhigt zu werden. Ich brauchte Mutterliebe, diese Verbindung mit etwas, das warm und zärtlich ist. Ich sehnte mich danach, ihren Lavendelduft einzuatmen und ihr weiches Haar zu spüren. Ich verzehrte mich nach ihren zärtlichen Küssen und dem Frieden, der über mich kam, wenn ich mich in ihren Armen geborgen fühlte.

Ich wollte wieder ein kleines Mädchen sein; ich wollte in dem Alter sein, ehe all die schrecklichen Wahrheiten über mich hereingebrochen waren, als ich noch jung genug war, um an Magie zu glauben, wenn ich auf Mammas Schoß oder mit dem Kopf auf ihrem Schoß neben ihr saß und ihrer sanften Stimme lauschte, während sie die Wunder dieser Märchen spann, die sie Eugenia und mir früher immer vorgelesen hatte. Warum mußten wir bloß erwachsen werden und in eine Welt voller Trug und Abscheulichkeit eingehen? Warum konnten wir nicht in den guten Zeiten verharren, vom Glück gefangengehalten werden?

»Wie geht es Eugenia heute morgen?« fragte sie, ehe ich auch nur auf den Gedanken kam, ihr etwas Unerfreuliches zu erzählen.

»Es geht ihr gut, Mamma«, sagte ich und unterdrückte ein Schluchzen.

»Wie schön. Ich werde versuchen, später zu ihr zu gehen. Ist es draußen warm und sonnig?« fragte sie. »Es sieht ganz so aus«, sagte sie und wandte sich den Fenstern zu.

Mir wurde klar, daß ich heute morgen selbst noch gar nicht aus dem Fenster geschaut hatte. Vera hatte Mammas Gardinen aufgezogen, aber ich sah einen Himmel, der mit dunkelgrauen Wolken verhangen war, und nicht den blauen Himmel, den Mamma zu sehen glaubte.

»Ja, Mamma«, sagte ich. »Es ist ein wunderbarer Tag.«

»Schön. Vielleicht werde ich heute einen Spaziergang machen. Hättest du Lust mitzukommen?«

»Ja, Mamma.«

»Komm nach dem Mittagessen zu mir, und dann gehen wir spazieren. Wir werden durch die Felder laufen und wildwachsende Blumen pflücken. Ich brauche frische Blumen für mein Zimmer. Einverstanden?«

»Einverstanden, Mamma.«

Sie tätschelte meine Hand und schloß dann die Augen. Im nächsten Moment lächelte sie, hielt die Augen jedoch geschlossen.

»Ich bin immer noch ziemlich erledigt, Violet«, sagte sie. »Sag Mamma, daß ich noch etwas länger schlafen möchte.«

O Gott, dachte ich, was geschieht bloß mit ihr? Warum schwebt sie immer noch zwischen zwei Welten, und warum unternimmt niemand etwas dagegen?

»Mamma, ich bin Lillian. Ich bin es, nicht Violet«, beharrte ich, aber sie schien es nicht zu hören oder auch nur in irgendeiner Art wahrzunehmen.

»Ich bin so müde«, murmelte sie. »Ich bin gestern nacht zu lange aufgeblieben und habe die Sterne gezählt.«

Ich stand noch einen Moment lang da und hielt ihre Hand und starrte auf sie herunter, bis ihr Atem sachte und gleichmäßig ging und mir klar wurde, daß sie wieder eingeschlafen war. Dann ließ ich ihre Hand los und wandte mich langsam ab, und ich fühlte mich, als triebe ich wie ein Luftballon mit dem Wind fort und rechnete damit, von den rauhen Winden, die zu erwarten waren, dahin gezerrt und dorthin gestoßen zu werden, während die Schnur, die einem Kind aus der Hand geglitten war, unter ihm baumelte.

Im Lauf der nächsten Tage fing ich wirklich an, mich zu fragen, ob Papa vom Teufel besessen gewesen war oder nicht, als er mir angetan hatte, was er mir angetan hatte. Papa machte keinerlei Anspielungen auf den Vorfall, und er tat oder sagte auch nichts, was mir Unbehagen bereitet oder mich beschämt hätte. Statt dessen überschüttete er mich Tag für Tag mit Lob und Komplimenten, vor allem in Emilys Gegenwart.

»Lillian ist besser als ein gelernter Buchhalter«, verkündete er. »Sie errechnet diese Zahlen im Handumdrehen, und sie hat Adleraugen, wenn es darum geht, Fehler zu entdecken. Schließlich hat sie herausgefunden, wo ich zuviel für Schweinefutter bezahlt habe, stimmt's, Lillian? Die Leute versuchen doch immer, einem zuviel Geld abzunehmen, und das gelingt ihnen auch, wenn man nicht höllisch aufpaßt. Du hast deine Arbeit gut gemacht, Lillian. Du hast enorm gute Arbeit geleistet«, sagte er.

Emilys Augen wurden schmaler, und sie schürzte die Lippen, aber sie war gezwungen, zu nicken und mir zu sagen, ich sei jetzt auf dem rechten Weg.

»Komm nur nicht wieder vom rechten Pfad ab«, warnte sie mich.

Gegen Ende der Woche kam der Arzt, um nach Papa zu sehen, und er sagte ihm, er sollte sich einen Rollstuhl und Krücken besorgen und aufstehen und das Zimmer verlassen.

»Sie brauchen frische Luft, Jed«, erklärte er. »Ihr Bein ist gebrochen, aber der Rest von Ihnen braucht wenigstens ein bißchen Bewegung. Mir scheint«, sagte er und sah in meine Richtung, »Sie werden von all den hübschen Frauen verwöhnt, die Sie von vorn und hinten bedienen, was?«

»Na und?« fauchte Papa ihn an. »Sein ganzes Leben bringt man damit zu, sich für seine Familie abzurackern und zu schuften. Es ist doch wohl nicht zuviel verlangt, daß die anderen sich ab und zu auch einmal um mich kümmern.«

»Gewiß nicht«, sagte der Arzt.

Emily war diejenige, die vorschlug, Eugenias alten Rollstuhl herauszuholen und ihn Papa zu geben. Charles brachte ihn, nachdem er ihn geölt und poliert hatte, bis er funkelnagelneu aussah. Am selben Nachmittag wurden Papas Krücken geliefert, und er stand zum ersten Mal seit seinem Unfall aus dem Bett auf. Aber als Emily vorschlug, er sollte in Eugenias früheres Zimmer ziehen, beschwerte sich Papa bitterlich.

»Mir reicht es schon, hier oben rumzufahren und zu humpeln«, sagte er. »Wenn ich soweit bin, nach unten zu gehen, machen wir uns darüber Gedanken.«

Die Vorstellung, sich in Eugenias Schlafzimmer aufzuhalten und in ihrem Bett zu schlafen, schien ihm Grauen einzuflößen.

Statt dessen befahl er mir, ihn oben durch die Räume zu fahren. Ich brachte ihn zu Mamma, und dann beschloß er, mit mir eine Führung durch Teile des oberen Stockwerks zu unternehmen und mir die Zimmer zu schildern, wie sie früher ausgesehen hatten, wer dort gelebt hatte und wo er als kleiner Junge gespielt hatte.

Als er sein Zimmer verlassen konnte, besserte sich seine Laune, und sein Appetit nahm zu. Später am Nachmittag half ich ihm dabei, sich zu rasieren und eines seiner schöneren Hemden anzuziehen. Ich mußte das eine Bein von seinen Hosen aufschneiden, damit er sie über den Gips ziehen konnte. Er übte sich im Laufen mit Krücken und arbeitete am Schreibtisch. Ich hoffte, all das hieße, daß meine Tage und Nächte, in denen ich ihn pflegen mußte, ein Ende fänden, aber Papa schickte mich nicht in mein eigenes Zimmer zurück, damit ich dort schlief.

»Ich komme jetzt besser zurecht, Lillian«, sagte er, »aber ich brauche deine Hilfe trotzdem noch ein Weilchen länger. Du willst mir doch helfen, oder nicht?« fragte er. Ich nickte eilig und beschäftigte mich mit etwas anderem, damit er mir die Enttäuschung nicht im Gesicht ablesen konnte.

Papa fing an, einige seiner alten Freunde zu empfangen, und eines Abends ein paar Tage später fand in seinem Zimmer ein Kartenspiel statt. Ich brachte den Männern Erfrischungen und ging, um unten zu warten. Ehe sie alle gegangen waren, war ich auf dem Ledersofa in Papas Büro eingeschlafen. Ich hörte sie lachen, als sie die Treppe herunterkamen, und ich lief eilig nach oben, um nachzusehen, was Papa noch wollte, ehe er einschlief. Ich fand ihn sehr wütend und übellaunig vor. Er hatte viel getrunken und anscheinend auch eine Menge Geld verloren.

»Ich habe einfach eine Pechsträhne«, murrte er. »Hilf mir, die Sachen auszuziehen«, rief er im nächsten Moment und fing an, sich das Hemd vom Leib zu reißen. Ich eilte zu ihm und half ihm dabei, sich zu entkleiden. Ich zog ihm die Stiefel und die Socken aus und zog ihm dann die eigens für ihn präparierte Hose mit dem aufgeschnittenen Hosenbein herunter. Er war mir kaum behilflich, hielt nicht still und fluchte über sein Pech. Immer wieder griff er nach seinem Bourbonglas, und als er es geleert hatte, verlangte er von mir, ich sollte es nachfüllen.

»Aber es ist schon spät, Papa«, sagte ich. »Willst du denn jetzt nicht lieber schlafen?«

»Schenk mir meinen Whiskey ein, und meckere nicht«, fauchte er mich an. Ich tat es eilig und faltete dann seine Kleidungsstücke zusammen.

Ich räumte die Unordnung auf, die Papas Freunde hinterlassen hatten, und ich versuchte, das Zimmer zu lüften. Es hing soviel Zigarrenrauch in der Luft, daß selbst die Wände stanken, aber Papa schien sich nicht daran zu stören. Er trank sich in den Schlaf und murrte dabei über seine Fehler beim Kartenspiel.

Erschöpft legte ich mich endlich selbst schlafen. Stunden später erwachte ich von dem Geräusch, mit dem er auf den Boden fiel. Soweit ich es mir zusammenreimen konnte, hatte er sein gebrochenes Bein vergessen und in seiner bewußtlosen Trunkenheit versucht, aufzustehen und ins Bad zu gehen. Ich sprang eilig auf, um ihm zu Hilfe zu kommen, aber es ging weit über meine Kräfte, ihn vom Fußboden hochzuheben. Er war lebloses Gewicht und trug nichts dazu bei, mich in meinen Bemühungen zu unterstützen.

»Papa«, flehte ich ihn an. »Du liegst auf dem Fußboden. Versuch, dich wieder ins Bett zu legen.«

»Was... was«, sagte er und zog mich bei dem Versuch, sich aufzurichten, auch auf den Boden.

»Papa«, flehte ich, doch er hielt mich fest und preßte mich an sich, und mein Körper lag derart ungünstig und verrenkt da, daß ich mich kaum rühren oder gar entkommen konnte. Ich spielte mit dem Gedanken, nach Emily zu rufen, aber ich fürchtete das, was sie sagen würde, wenn sie mich so in Papas Armen vorfand. Statt dessen flehte ich ihn an, mich loszulassen. Er murrte und ächzte und drehte sich endlich so weit um, daß ich mich losreißen konnte. Wieder einmal versuchte ich, ihn dazu zu bringen, daß er sich helfen ließ. Diesmal packte er den Bettpfosten und zog daran, bis er seinen Oberkörper auf das Bett gezogen hatte. Ich hob seine Beine hoch und stieß so lange dagegen, bis ich ihn ganz auf dem Bett hatte. Erschöpft trat ich zur Seite und keuchte.

Aber plötzlich lachte Papa und packte blitzschnell mein Handgelenk. Er zog mich zu sich auf das Bett.

»Papa, nein«, rief ich aus. »Laß mich los. Bitte.«

»Bettwärmer«, murmelte er. Er griff nach meinem Nachthemd und riß es hoch, während er mich unter sich zog. Da sein Gewicht mich auf die Matratze preßte, konnte ich nur noch versuchen, mich zu winden, um ihm zu entkommen, doch meine Bewegungen machten ihm nur Spaß und feuerten ihn sogar noch mehr an. Er lachte und murmelte Namen, die ich noch nie gehört hatte. Anscheinend verwechselte er mich mit Frauen, die er auf seinen Geschäftsreisen kennengelernt hatte. Ich fing an zu schreien, aber er preßte mir seine große Hand auf den Mund.

»Psst«, sagte er. »Sonst weckst du noch das ganze Haus auf.«

»Papa, bitte, tu das nicht wieder. Bitte«, flehte ich.

»Du mußt etwas lernen«, sagte er. »Du mußt wissen, was du zu erwarten hast. Ich werde es dir beibringen... ich werde es dir beibringen. Besser ich als irgendein Fremder, irgendein schmutziger Fremder. Ja, ja... laß es dir von mir zeigen...«

Im nächsten Moment war er wieder in mir. Ich wandte den Kopf ab, als er ächzte und seinen Körper auf mich preßte. Ich versuchte, die Augen zu schließen und mir vorzumachen, ich sei woanders, aber sein heißer übelriechender Atem drang bis in meine Gedanken vor, und seine Lippen bewegten sich schnell über mein Haar und meine Stirn, saugten, leckten, küßten. Ich spürte, wie er glühend in mir explodierte, und dann fühlte ich, wie sein Körper schlaff zusammensackte. Er stöhnte und wälzte sich langsam auf die Seite.

»Pech«, sagte er. »Nichts weiter als eine Pechsträhne. Ich muß mich daraus befreien.«

Ich rührte mich nicht. Ich konnte mein Herz so heftig schlagen hören, daß ich glaubte, es würde in meiner Brust zerspringen. Langsam setzte ich mich auf und verließ das Bett. Papa rührte sich nicht und sagte auch kein Wort. Von den Geräuschen seines Atems her war ich sicher, daß er wieder eingeschlafen war. Das Schluchzen, das seinen Ausgangspunkt in meinem Herzen hatte und in meiner Brust steckenblieb, ließ meinen Körper beben. Ich sammelte meine Sachen zusammen und zog mich aus dem Zimmer zurück. Ich wollte in meinem eigenen Bett schlafen. Ich wollte in meinem eigenen Bett sterben.

Am nächsten Morgen rüttelte Emily mich wach. Ich war mit einem Kissen im Arm eingeschlafen, das ich immer noch an mich preßte. Als ich die Augen aufschlug, sah ich, daß sie finster auf mich herunterschaute.

»Papa ruft nach dir«, sagte sie. »Hörst du ihn denn nicht im Korridor schreien? Muß ich dich erst noch wekken? Steh augenblicklich auf«, befahl sie mir.

Ich sah das Kissen an, und einen Moment lang spürte ich wieder Papas heißen verschwitzten Körper auf mir. Ich hörte, wie er Versprechen murmelte und mich bei anderen Namen nannte. Ich spürte, wie seine Finger meine Brüste quetschten und sein Mund sich auf meinen preßte, und ich schrie laut auf.

Ich schrie so laut und unerwartet, daß Emily mit aufgerissenem Mund zurückwich. Dann fing ich an, auf das Kissen einzuschlagen. Ich trommelte mit meinen Fäusten darauf, schlug immer wieder zu und verfehlte manchmal das Kissen so weit, daß ich auf mich selbst einschlug, doch ich hörte nicht auf. Ich zog an meinem Haar und preßte mir dann die Handflächen auf die Schläfen und schrie wieder und immer wieder, sprang auf dem Bett herum und schlug mir auf die Oberschenkel, in den Bauch und auf den Kopf.

Emily zog ihre Bibel aus der Tasche ihres Hausmantels und fing an zu lesen. Sie las mit erhobener Stimme, um meine Schreie zu übertönen. Je lauter sie las, desto lauter schrie ich. Endlich war ich zu heiser, um weiterzuschreien, und meine Kehle war so trocken, daß ich auf dem Bett zusammensackte und zitternd und bebend liegenblieb. Meine Lippen bewegten sich unkontrolliert, und meine Zähne klapperten. Emily las weiterhin ihre Bibeltexte und bekreuzigte sich dann wieder. Als sie begann, sich zurückzuziehen, sang sie dabei eine Hymne.

Sie holte Papa in mein Schlafzimmer. Er blieb an der Tür stehen, stützte sich auf seine Krücken und schaute ins Zimmer.

»Der Teufel ist letzte Nacht in sie gefahren«, sagte sie zu ihm. »Ich habe schon mit dem Prozeß der Austreibung begonnen.«

»Hmm«, sagte Papa. »Gut«, sagte er und zog sich eilig wieder in sein eigenes Schlafzimmer zurück. Er verlangte nicht noch einmal, daß ich wieder zu ihm kommen sollte. Vera und Tottie kamen, um nach mir zu sehen, und sie brachten mir heiße Getränke und ein warmes Essen, aber ich wollte nichts anrühren, keinen einzigen Bissen. Ich trank lediglich am Abend und am Morgen ein wenig Wasser. Ich blieb den ganzen Tag im Bett, und den nächsten Tag ebenfalls. In regelmäßigen Abständen schaute Emily vorbei, um Gebete aufzusagen und eine Hymne zu singen.

Am Morgen des dritten Tages stand ich schließlich auf, nahm ein heißes Bad und ging nach unten. Vera und Tottie waren froh, mich zu sehen, und sie hielten es für ein gutes Zeichen, daß ich aufgestanden war. Sie waren bemüht, mich zu verwöhnen, und sie behandelten mich wie die Dame des Hauses. Ich sagte sehr wenig. Ich ging zu Mamma und saß den größten Teil des Tages bei ihr, hörte mir ihre Phantasiegeschichten an, sah ihr beim Schlafen zu und las ihr einen ihrer Liebesromane vor. Sie hatte immer wieder seltsame Energieschübe und stand zwischendurch auf, um sich zu frisieren, legte sich aber dann wieder ins Bett. Manchmal stand sie auf und zog sich an, und dann zog sie sich eilig wieder aus und schlüpfte in ein Nachthemd und einen Morgenmantel. Ihr planloses Vorgehen, ihr unergründliches Benehmen und ihre Verrücktheit schienen mich zu beschwichtigen. Ich fühlte mich selbst so hilflos und verwirrt.

Die Tage vergingen. Papa fing an, immer mehr selbst zu bewältigen. Schon bald konnte er die Treppe auf seinen Krücken zurücklegen und ging in sein Büro. Jedesmal, wenn er mich sah, wandte er schnell die Augen ab und beschäftigte sich mit etwas anderem. Ich bemühte mich, ihn nicht zu sehen; ich versuchte, durch ihn hindurchzuschauen. Schließlich fing er dann an, hallo oder guten Morgen zu murmeln, und ich murmelte eine Begrüßung zurück.

Emily begann, aus welchen Gründen auch immer, mich ebenfalls in Ruhe zu lassen. Sie sprach ihre Gebete und forderte mich von Zeit zu Zeit auf, etwas aus der Bibel vorzulesen, aber sie wachte nicht mehr über mich und verfolgte mich nicht mit ihren religiösen Ansinnen, wie sie es seit Niles' Tod getan hatte.

Ich verbrachte einen großen Teil meiner Zeit damit, zu

lesen. Vera brachte mir das Spitzenklöppeln bei, und ich fing an, kleinere Arbeiten vorzunehmen. Ich machte meine Spaziergänge und nahm relativ stumm die Mahlzeiten zu mir. Ich hatte das seltsame Gefühl, neben mir selbst zu stehen; ich kam mir vor wie ein Geist, der über allem schwebte und beobachtete, wie mein Körper seine Alltagsroutine mit trostloser Monotonie bewältigte.

Eines Tages gelang es mir, Mamma aus dem Haus zu locken, aber sie hatte häufiger als gewöhnlich Kopfschmerzen und Bauchschmerzen und verbrachte die meiste Zeit im Bett. Das einzige lange Gespräch, das ich mit Papa führte, drehte sich um sie. Ich bat ihn, den Arzt holen zu lassen.

»Sie bildet es sich nicht nur ein, Papa. Sie simuliert auch nicht«, sagte ich zu ihm. »Sie hat wirklich Schmerzen.«

Er murrte, wich wie üblich meinen Blicken aus und versprach, etwas zu unternehmen, wenn er seine Büroarbeiten erledigt hätte. Doch es vergingen Wochen, ohne daß er etwas tat, bis Mamma schließlich eines Nachts derartige Schmerzen hatte, daß sie buchstäblich brüllte. Papa bekam selbst einen großen Schrecken und schickte Charles weg, damit er den Arzt holte. Nachdem er sie untersucht hatte, wollte er sie ins Krankenhaus bringen lassen, aber das wollte Papa nicht zulassen.

»Keiner von uns Booths ist je ins Krankenhaus gegangen, noch nicht einmal Eugenia. Geben Sie ihr irgendein Mittel, und es wird ihr schon wieder gutgehen«, beharrte er.

»Ich glaube, es ist etwas Ernsteres, Jed. Ich muß sie von ein paar anderen Ärzten untersuchen lassen, und es werden etliche Untersuchungen notwendig sein.«

»Geben Sie ihr irgendein Mittel«, wiederholte Papa. Widerstrebend gab der Arzt Mamma ein Mittel gegen Schmerzen und ging. Papa sagte ihr, sie sollte das Mittel immer dann einnehmen, wenn sie Schmerzen hatte. Er versprach ihr, ihr Nachschub zu besorgen, falls sie es wollte. Ich sagte Emily, daß er im Irrtum war, und ich bat sie, ihn dazu zu überreden, daß er auf den Arzt hörte.

»Gott wird über Mamma wachen«, gab Emily zurück, »und nicht eine Horde von atheistischen Ärzten.«

Die Zeit verging. Bei Mamma setzte keine Besserung ein, aber ihr Zustand schien sich auch nicht zu verschlechtern. Das Mittel hatte eine beruhigende Wirkung, und sie schlief die meiste Zeit. Sie tat mir leid, weil der Herbst mit leuchtenderen Gelb- und Brauntönen, als ich sie in Erinnerung hatte, ins Land gezogen war. Ich wäre gern mit ihr spazierengegangen.

Eines Morgens faßte ich gleich nach dem Erwachen den Entschluß, Mamma anzuziehen und aus dem Bett zu locken, aber als ich aufstehen wollte, überkam mich eine Woge von Übelkeit, die mich ins Bad eilen ließ, und dort übergab ich mich, bis mein Magen schmerzte. Ich hatte nicht die geringste Vorstellung, was diese Übelkeit verursacht haben könnte, und dann auch noch so plötzlich. Ich saß auf dem Fußboden und hatte die Augen geschlossen, denn mir war schwindlig.

Dann begriff ich es. Es traf mich wie ein Eimer eiskaltes Wasser, doch mein Gesicht blieb dennoch glühend heiß, und mein Herz hämmerte. Es waren fast zwei Monate vergangen, seit ich das letzte Mal meine Periode gehabt hatte. Ich stand schnell auf, zog mich an und eilte nach unten, um mich direkt in Papas Büro zu begeben und in seinen medizinischen Büchern nachzulesen. Ich schlug das Buch auf, von dem ich wußte, daß dort die Schwangerschaft abgehandelt wurde, und dort las ich die schockierenden Tatsachen, die meinem Herzen bereits bekannt waren.

Ich saß immer noch auf dem Fußboden und hielt das Buch aufgeschlagen auf dem Schoß, als Papa sein Büro betrat. Er blieb erstaunt stehen.

»Was tust du hier um diese Uhrzeit?« fragte er. »Was liest du da?«

»Es ist eines deiner medizinischen Bücher, Papa. Ich wollte erst ganz sicher sein«, sagte ich. Meine Stimme war so aufsässig, daß Papa überrascht zurückwich.

»Was soll das heißen? Wessen wolltest du sicher sein?«

»Daß ich schwanger bin«, verkündete ich. Die Worte trafen ihn wie Donnerschläge. Er riß die Augen weit auf. Er schüttelte den Kopf. »Doch, Papa, es ist wahr. Ich bin schwanger«, sagte ich. »Und du weißt, warum und wie es dazu gekommen ist.«

Plötzlich zog er die Schultern zurück und wies mit dem Finger auf mich.

»Wage es nicht, wüste Anschuldigungen hervorzubringen, Lillian. Wage es nicht, etwas Empörendes zu sagen, hörst du, oder...«

»Oder was, Papa?«

»Oder ich werde dich auspeitschen lassen. Ich weiß, wie du dich in diese unsägliche Lage gebracht hast. Es war dieser Junge in jener Nacht. Genauso war es; damals ist es passiert«, entschied er und nickte, nachdem er ausgeredet hatte.

»Das ist eine Lüge, Papa, und das weißt du selbst. Du hast Mrs. Coons kommen lassen. Du hast selbst gehört, was sie gesagt hat.«

»Sie hat gesagt, daß sie nicht sicher ist«, log Papa. »Das stimmt, genau das hat sie gesagt. Und jetzt wissen wir, warum sie nicht sicher war. Du bist eine Schande für das Haus Booth und die Familie, deren Namen du entehrst, und ich lasse nicht zu, daß jemand diese Familie entehrt! Niemand wird etwas davon erfahren. Genau«, sagte er und nickte noch einmal.

»Was ist? Was ist los, Papa?« fragte Emily, die hinter ihm auftauchte. »Warum schreist du Lillian schon wieder an?«

»Warum ich schreie? Sie ist schwanger. Sie kriegt ein

Baby von diesem toten Jungen. Deshalb schreie ich«, sagte er eilig.

»Das ist nicht wahr, Emily. Es war nicht Niles«, sagte ich.

»Halt den Mund«, sagte Emily. »Natürlich war es Niles. Du hast ihn in dein Zimmer gelassen, und du hast mit ihm gesündigt. Und jetzt wirst du dafür büßen.«

»Es besteht kein Grund dafür, daß sonst noch jemand etwas davon erfährt«, sagte Papa. »Wir werden sie verstecken, bis alles vorbei ist.«

»Und was wirst du dann tun, Papa? Was wird mit dem Baby geschehen?«

»Das Baby... das Baby...«

»Es wird Mammas Baby sein«, sagte Emily schnell.

»Ja«, sagte Papa und stimmte ihr eilig zu. »Natürlich. Niemand hat Georgia in der letzten Zeit zu sehen bekommen. Alle werden es glauben. Das ist eine gute Idee, Emily. So retten wir wenigstens den guten Namen der Booths.«

»Das ist eine abscheuliche Lüge«, sagte ich.

»Ruhe«, sagte Papa. »Geh nach oben. Du wirst nicht mehr nach unten kommen, bis... bis es geboren worden ist. Und jetzt geh schon.«

»Tu, was Papa sagt«, befahl mir Emily.

»Setz dich in Bewegung!« schrie Papa. Er kam auf mich zu. »Oder ich werde dich schlagen, wie ich es dir angedroht habe.«

Ich schloß das Buch und eilte aus dem Büro. Papa brauchte mich nicht auszupeitschen. Ich wollte die Schande und die Sünde selbst vertuschen; ich wollte mich in einem finsteren Winkel verkriechen und sterben. Das erschien mir gar nicht so furchtbar. Ich wollte ohnehin lieber mit meiner verlorenen kleinen Schwester Eugenia und Niles, der Liebe meines Lebens, zusammensein, als in dieser gräßlichen Welt zu leben, dachte ich, und ich betete, mein Herz würde schlichtweg stehenbleiben.

12

Meine Gefangenschaft

Während ich auf meinem Bett lag und die Decke anstarrte, saßen Papa und Emily unten in seinem Büro und planten den großen Betrug bis in alle Einzelheiten. In dem Moment war mir vollkommen gleichgültig, was sie taten oder sagten. Ich glaubte ohnehin nicht mehr daran, mein Schicksal noch in der Hand zu haben. Wahrscheinlich hatte ich auch nie den geringsten Einfluß darauf gehabt. Als ich noch kleiner war und herumgesessen und all die wunderbaren Dinge geplant hatte, die ich mit meinem Leben anfangen würde, hatte ich schlichtweg geträumt und mir selbst etwas vorgemacht, dachte ich. Jetzt wurde mir klar, daß arme Seelen wie ich in diese Welt geworfen wurden, um als Illustrationen dafür zu dienen, was für schreckliche Dinge einem zustoßen konnten, wenn die Gebote Gottes nicht befolgt wurden. Es spielte keine Rolle, wer im Stammbaum der Ahnen gegen die Gebote verstoßen hatte. Die Sünden der Väter kamen, wie Emily so oft zitierte, auf die Köpfe der Kinder herab. Dafür war ich mit Sicherheit ein lebendiger Beweis.

Und doch war es verwirrend und erschreckend, daß Gott auf jemanden gehört hatte, der so brutal und abscheulich wie Emily war, während er so sanftmütigen und gütigen Menschen wie Eugenia und Mamma oder einem so aufrichtigen Wesen wie mir ein taubes Ohr hingehalten hatte. Ich hatte für Eugenia gebetet, ich hatte für

Mamma gebetet, und ich hatte für mich selbst gebetet, aber keins dieser Gebete war beantwortet worden.

Irgendwie war aus rätselhaften Gründen Emily in diese Welt gestellt worden, um über uns zu richten und uns alle herumzukommandieren. Bisher, so schien es mir, waren alle ihre Prophezeiungen, all ihre Drohungen und all ihre Voraussagen wahr geworden. Der Teufel hatte meine Seele schon vor meiner Geburt an sich gebracht, und er hatte mich so nachhaltig mit Bösem besudelt, daß ich den Tod meiner Mutter verursacht hatte. Wie Emily so oft gesagt hatte: Ich war ein Jonas. Als ich mit der Hand auf dem Bauch auf meinem Bett lag und mir darüber klar wurde, daß in mir ein unerwünschtes Kind heranwuchs, kam ich mir tatsächlich vor, als sei ich von einem Walfisch verschluckt worden und kauerte jetzt in den dunklen Gemäuern eines anderen Gefängnisses.

Genau dazu sollte mein Zimmer nämlich werden, wenn es nach Papa und Emily ging, zu einem Gefängnis. Gemeinsam kamen sie hereinmarschiert, mit den Bibelworten zu ihrer Rechtfertigung bewaffnet, und verkündeten mein Urteil wie die Richter von Salem, Massachusetts, die haßerfüllt auf eine Frau herunterschauten, die verdächtigt wurde, eine Hexe zu sein. Ehe sie etwas sagten, betete Emily und las einen Psalm vor. Papa stand mit gesenktem Kopf neben ihr. Als sie fertig war, hob er den Kopf, und seine dunklen Augen wurden hart, als sie sich auf mich hafteten.

»Lillian«, verkündete er mit dröhnender Stimme: »Du wirst in diesem Zimmer hinter Schloß und Riegel bleiben, bis das Baby geboren ist. Bis dahin wird Emily, und zwar nur Emily, den Kontakt zwischen dir und der Außenwelt herstellen. Sie wird dir dein Essen bringen und für dein Wohlergehen sorgen, körperlich und geistig.«

Er trat näher, denn er erwartete Einwände von meiner

Seite, aber meine Zunge war an meinem Gaumen wie festgeklebt.

»Ich will keine Klagen hören, kein Wimmern und kein Weinen, kein Hämmern an der Tür, kein Schreien aus dem Fenster, hast du gehört? Wenn du das tust, werde ich dich auf den Dachboden bringen und dich dort an der Wand anketten lassen, bis es an der Zeit ist, daß das Baby geboren wird. Das ist mein Ernst«, sagte er, und hinter seiner Drohung stand Entschiedenheit. »Verstanden?«

»Aber was ist mit Mamma?« fragte ich. »Ich will sie täglich sehen, und sie wird mich auch sehen wollen.«

Papa zog seine dichten dunklen Augenbrauen zusammen und dachte einen Moment lang nach. Er sah Emily an, ehe er sich entschied und sich wieder an mich wandte.

»Einmal am Tag wird Emily, wenn sie es für angemessen hält, kommen, um dich zu holen, und sie wird dich in Georgias Zimmer bringen. Du wirst eine halbe Stunde dortbleiben und dann wieder in dein Zimmer zurückkehren. Wenn Emily dir sagt, daß deine Zeit abgelaufen ist, wirst du auf sic hören, denn andernfalls... wird sie dich nicht mehr hinbringen«, verkündete er, und seine Stimme klang streng.

»Und ich darf wirklich nicht ins Freie gehen, mir die Sonne ins Gesicht scheinen lassen und frische Luft einatmen?« fragte ich. Selbst Unkraut braucht ein wenig Sonne und frische Luft, dachte ich, aber ich wagte nicht, es auszusprechen, denn Emily hätte mit Sicherheit darauf erwidert, daß Unkraut nicht sündigte.

»Nein, verdammt noch mal«, gab er mit rotem Gesicht zurück. »Verstehst du denn nicht, was wir hier vorhaben? Wir versuchen, den guten Namen der Familie zu bewahren. Wenn jemand dich mit dickem Bauch sieht, dann wird geredet und geklatscht, und im Handumdrehen wird man im ganzen Land von unserer Schande wissen. Setz dich einfach dort ans Fenster. Da kommt genügend Sonne und frische Luft rein, hörst du?«

»Was ist mit Vera und Tottie?« fragte ich leise. »Darf ich die beiden nicht sehen?«

»Nein«, sagte er streng.

»Sie werden sich fragen, warum sie mich nicht sehen dürfen«, murmelte ich und riskierte seinen Zorn.

»Darum werde ich mich kümmern. Mach dir darüber keine Sorgen.« Er wies mit seinem dicken rechten Zeigefinger auf mich. »Du wirst deiner Schwester gehorchen, ihre Befehle befolgen und genau das tun, was man dir vorschreibt, und wenn all das vorbei ist, kannst du wieder eine von uns sein. Aber nur«, fügte er eilig hinzu, »wenn du dich als dessen würdig erweist.

Damit du nicht vollständig verblödest«, sagte er, »werde ich dir von Zeit zu Zeit meine Buchführung bringen, damit du sie erledigst, und du kannst Bücher zum Lesen haben und diese Handarbeiten weiterhin betreiben. Ich werde immer nach dir sehen, wenn sich mir eine Gelegenheit dafür bietet«, schloß er und wandte sich ab, um zu gehen. Emily blieb noch in der Tür stehen.

»Ich werde dir jetzt das Frühstück bringen«, sagte sie mit ihrer arrogantesten und hochnäsigsten Stimme und folgte Papa aus meinem Zimmer. Ich hörte, wie Emily einen Schlüssel in die Tür steckte und ihn umdrehte, bis das Schloß zuschnappte.

Doch sowie sie gegangen und ihre Schritte verhallt waren, fing ich an zu lachen. Ich konnte nichts dagegen tun. Ich begriff, daß Emily mich bedienen würde. Sie würde mir meine Mahlzeiten bringen und mit meinem Tablett treppauf und treppab laufen, als sei ich jemand, den man verwöhnen mußte. Natürlich sah sie es nicht so; sie sah sich als meinen Gefängniswärter an, als meinen Herrn und Meister.

Vielleicht lachte ich in Wirklichkeit gar nicht; vielleicht

war es meine Art zu weinen, denn mir waren die Tränen ausgegangen, und jeder Schluchzer war in mir erstickt. Mit meinem Kummer konnte ich einen Fluß füllen, und ich war gerade erst vierzehn Jahre alt. Sogar das Lachen tat weh. Es riß an meinem Herzen und ließ meine Rippen schmerzen. Ich holte tief Atem, um meine Selbstbeherrschung wiederzufinden, und dann trat ich ans Fenster.

Wie verlockend die Welt draußen doch aussah, nachdem sie mir jetzt verboten worden war. Der Wald war eine Landschaft aus Herbstfarben, mit Bändern von Orange, Brauntönen und gelben Sprenkeln durchsetzt. Auf den unbestellten Feldern wuchsen winzige Kiefern und braunes und graues Gestrüpp. Kleine Wattewölkchen hatten nie so weiß gewirkt, der Himmel nie so blau, und die Vögel... die Vögel waren einfach überall und demonstrierten ihre Freiheit und ihre Liebe zum Fliegen. Es war qualvoll, sie in der Ferne zu sehen und ihre Lieder nicht zu hören.

Ich seufzte und zog mich vom Fenster zurück. Da mein Zimmer zu einer Gefängniszelle gemacht worden war, erschien es mir kleiner. Die Wände wirkten dicker, die Winkel finsterer. Sogar die Decke schien sich auf mich herabzusenken. Ich fürchtete, sie würde mir jeden Tag ein wenig näherrücken, bis ich in meiner Einsamkeit zerquetscht wurde. Ich schloß die Augen und bemühte mich, nicht daran zu denken. Bald darauf brachte Emily mir das Frühstück. Sie stellte das Tablett auf meinen Nachttisch und trat mit hochgezogenen Schultern, zusammengekniffenen Augen und geschürzten Lippen zurück. Ihre teigige Blässe ekelte mich an. Ich fürchtete, wenn ich in diesen vier Wänden eingesperrt war, würde ich bald denselben aschfahlen Teint haben.

»Ich habe keinen Hunger«, verkündete ich, nachdem ich mir das Essen angesehen hatte, vor allem die ungewürzte warme Hafergrütze und das trockene Brot.

»Ich habe es von Vera eigens für dich machen lassen«, bemerkte sie und deutete auf den warmen Haferschleim. »Du wirst es essen, und du wirst es bis auf den letzten Löffel aufessen. Obwohl du die Sünde begangen hast, ein Kind zu bekommen, muß man auch an das Kind denken und es beschützen. Was du hinterher mit deinem Körper anfängst, ist absolut unbedeutend, aber was du jetzt damit anfängst, ist entscheidend, und solange ich dafür zuständig bin, wirst du kräftig essen. Iß«, befahl sie, als sei ich ihre Marionette.

Aber das, was Emily sagte, leuchtete mir ein. Weshalb das Kind in mir bestrafen? Dann hätte ich dasselbe getan, was mir angetan worden war – das Kind mit den Sünden seiner Eltern belasten. Ich aß mechanisch, während Emily mir zusah und wartete, um sich zu vergewissern, daß ich auch jeden Bissen schluckte.

»Ich weiß, daß du es weißt«, sagte ich und unterbrach mich beim Essen. »Niles ist nicht der Vater meines Kindes. Ich bin sicher, du weißt, wieviel schrecklicher es in Wirklichkeit ist.«

Sie starrte mich lange Zeit an, ohne etwas zu sagen, und dann nickte sie schließlich.

»Um so mehr Grund für dich, auf mich zu hören und mir zu gehorchen. Ich weiß nicht, warum es so ist, aber du bist ein Gefäß, durch das der Teufel sich einen Weg in unser aller Leben bahnt. Wir müssen ihn für immer in dir verschließen und dürfen ihn in diesem Haus keinen Sieg mehr erringen lassen. Sprich deine Gebete, und beschäftige dich mit dem verabscheuungswürdigen Zustand, in dem du bist«, sagte sie. Dann nahm sie mein Tablett, trug mein leeres Geschirr aus dem Zimmer und schloß die Tür wieder hinter sich ab.

Der erste Tag meiner neuerlichen Gefängnisstrafe war angebrochen. Ich wich in mein kleines Zimmer zurück, das für lange, lange Monate meine Welt sein sollte. Mit der Zeit würde ich jeden Ritz in der Wand kennenlernen, jeden einzelnen Flecken auf dem Fußboden. Unter Emilys Aufsicht würde ich jeden einzelnen Einrichtungsgegenstand säubern und polieren und ihn dann wieder säubern und nachpolieren, jeden Zentimeter dieses Raums. Papa lud im Abstand von wenigen Tagen jeweils die neueste Buchführung bei mir ab, wie er es angekündigt hatte, und Emily brachte mir, wie Papa es befohlen hatte, mit widerwilligem Gesichtsausdruck Bücher zum Lesen. Ich beschäftigte mich mit meinen Handarbeiten und stellte ein paar schöne Stücke her, die ich an meine ansonsten kahlen Wände hängen konnte.

Mein größtes Interesse galt jedoch meinem eigenen Körper. Ich stellte mich in meinem Bad vor den Spiegel und sah mir die Veränderungen genau an. Ich sah, wie meine Brüste und Brustwarzen größer wurden und daß sich meine Brustwarzen dunkler färbten. Winzige neue bläuliche Blutgefäße bildeten sich in meinem Busen, und wenn ich die Fingerspitzen darüber gleiten ließ, spürte ich ein unbekanntes Prickeln und fühlte die Fülle, die immer üppiger wurde. Die morgendliche Übelkeit hielt an, bis ich schon weit im dritten Monat war, und dann fand sie ein abruptes Ende.

Eines Morgens erwachte ich und fühlte mich vollständig ausgehungert. Ich konnte es nicht erwarten, bis Emily mir mein Tablett brachte, und als sie endlich kam, verschlang ich innerhalb von Minuten alles und bat sie, mir noch mehr zu bringen.

»Noch mehr?« fauchte sie mich an. »Glaubst du, ich renne den ganzen Tag lang die Treppe rauf und runter, um jede deiner Launen zu befriedigen? Du ißt, was ich dir bringe, und zwar dann, wenn ich es dir bringe, und mehr gibt es nicht.«

»Aber, Emily, in Papas medizinischem Buch steht, daß eine schwangere Frau oft mehr Hunger hat. Sie muß für zwei essen. Du hast gesagt, du willst nicht, daß das Baby für meine Sünden büßt«, erinnerte ich sie noch einmal. »Ich erbitte nichts für mich; ich erbitte nur etwas für das ungeborene Kind, das nach mehr lechzt und mehr braucht. Wie sonst kann es uns sagen, was es braucht, wenn nicht durch mich?«

Emily verzog hämisch das Gesicht, aber ich sah ihr an, daß sie nachdachte.

»Also gut«, räumte sie ein. »Ich bringe dir jetzt noch eine Kleinigkeit, und ich werde dafür sorgen, daß du von jetzt an von allem zusätzliche Portionen bekommst, aber wenn ich sehen sollte, daß du dicker und immer dicker wirst...«

»Ich werde zwangsläufig ein wenig zunehmen, Emily. Das liegt in der Natur der Sache«, sagte ich. »Sieh doch in dem Buch nach, oder sag Papa, daß er Mrs. Coons fragen soll.« Wieder einmal machte sie sich Gedanken über das, was ich sagte.

»Wir werden es ja sehen«, sagte sie und ging, um mir noch etwas zu essen zu holen. Ich gratulierte mir zu meinem Erfolg, denn schließlich hatte ich Emily dazu gebracht, etwas für mich zu tun. Vielleicht hatte ich eine gewisse List angewandt, aber es war ein gutes Gefühl. Es bereitete mir soviel Freude wie schon seit Monaten nicht mehr, und ich stellte fest, daß ich lächelte. Natürlich verbarg ich mein Lächeln vor Emily, die immer noch in meinem Zimmer herumlungerte und mich bei jeder Gelegenheit, die sich ihr bot, argwöhnisch musterte.

Am späten Nachmittag, lange nachdem sie mir mein Mittagessen gebracht hatte, hörte ich ein sachtes Klopfen an meiner Tür und ging hin. Natürlich war sie nach wie vor verschlossen, und daher konnte ich nicht aufmachen.

»Wer ist da?« fragte ich.

»Ich bin es, Tottie«, erwiderte Tottie in einem lauten Flüsterton. »Vera und ich machen uns schon die ganze

Zeit Sorgen um Sie, Miss Lillian. Wir wollen nicht, daß Sie glauben, Sie seien uns gleichgültig. Ihr Papa hat uns gesagt, wir dürften niemals raufkommen und nach Ihnen sehen, und wir sollten uns auch keine Sorgen machen, aber wir sind besorgt. Ist alles in Ordnung mit Ihnen?«

»Ja«, sagte ich. »Weiß Emily, daß du hier bist?«

»Nein. Sie und der Rittmeister sind im Moment außer Haus, und daher habe ich es riskiert.«

»Du solltest lieber nicht zu lange bleiben, Tottie«, warnte ich sie.

»Warum haben Sie sich in Ihrem Zimmer eingeschlossen, Miss Lillian? Es stimmt doch nicht, was Ihr Papa und Emily sagen, oder? Sie wollen es doch nicht so haben, oder doch?«

»Es läßt sich nichts dagegen machen, Tottie. Stell mir jetzt bitte keine Fragen mehr. Mir geht es gut.«

Tottie schwieg einen Moment lang. Ich glaubte schon, sie könnte sich auf Zehenspitzen fortgeschlichen haben, doch dann hörte ich wieder ihre Stimme.

»Ihr Papa erzählt den Leuten, daß Ihre Mamma schwanger ist. Vera sagt, sie macht nicht den Eindruck, als sei sie schwanger, und sie benimmt sich auch nicht so. Ist sie schwanger, Miss Lillian?«

Ich biß mir auf die Unterlippe. Ich wollte Tottie die Wahrheit erzählen, aber ich hatte Angst, weniger um mich selbst, als um sie. Es ließ sich nicht abschätzen, was Papa getan hätte, wenn sie irgend jemandem von mir berichtet hätte. Und überhaupt schämte ich mich dessen, was passiert war, und daher wollte ich nicht, daß jemand es erfuhr.

»Ja, Tottie«, sagte ich eilig. »Es ist wahr.«

»Und warum sperren Sie sich dann in Ihrem Zimmer ein und wollen hinter Schloß und Riegel bleiben, Miss Lillian?«

»Ich möchte nicht darüber reden, Tottie. Bitte, geh

jetzt wieder nach unten. Ich will nicht, daß du Schwierigkeiten bekommst«, sagte ich und schluckte die Tränen.

»Das macht nichts, Miss Lillian. Eigentlich bin ich gekommen, um mich zu verabschieden. Wie ich schon sagte, ich gehe. Ich werde in den Norden gehen, nach Boston, und dort bei meiner Großmutter leben.«

»O Tottie, ich werde dich vermissen«, rief ich aus. »Ich werde dich so sehr vermissen.«

»Ich würde Sie gern zum Abschied umarmen, Miss Lillian. Wollen Sie wirklich nicht die Tür aufmachen und mir auf Wiedersehen sagen?«

»Ich… ich kann nicht, Tottie«, sagte ich. Inzwischen weinte ich doch.

»Können Sie nicht, oder wollen Sie nicht, Miss Lillian?«

»Auf Wiedersehen, Tottie«, sagte ich. »Viel Glück.«

»Auf Wiedersehen, Miss Lillian. Sie und Vera und Charles und ihr kleiner Sohn Luther sind die einzigen Menschen, von denen ich mich verabschieden wollte. Und natürlich von Ihrer Mutter. Die Wahrheit ist, daß ich froh bin, von diesem unseligen Ort fortzukommen. Ich weiß, daß Sie da drinnen in Ihrem Zimmer nicht glücklich sind, Miss Lillian. Wenn es irgend etwas gibt, was ich noch für Sie tun kann, ehe ich fortgehe… irgend etwas…«

»Nein, Tottie«, sagte ich, und meine Stimme überschlug sich. »Ich danke dir.«

»Auf Wiedersehen«, wiederholte sie und ging.

Ich weinte so sehr, daß ich glaubte, ich hätte keinen Appetit auf das Abendessen, aber mein Körper versetzte mich in Erstaunen. Als Emily mit meinem Tablett erschien, warf ich nur einen Blick auf das Essen und stellte fest, daß ich großen Hunger hatte. Dieser gesteigerte Appetit blieb mir für den vierten Monat und bis in den fünften Monat hinein erhalten.

Mein großer Hunger brachte ein Aufleben meiner Energien mit sich. Meine kurzen Ausflüge waren bei weitem nicht genug Bewegung für mich, und wenn ich Mamma sah, konnte ich nirgends mehr mit ihr hingehen und schon gar nicht, als ich im sechsten Monat war. Inzwischen lag Mamma ohnehin die meiste Zeit im Bett, und ihr Gesicht war fahl, ihre Augen stumpf, Emily und Papa hatten Mamma erzählt, sie sei schwanger, der Arzt hätte sie untersucht und das gesagt. Sie war wirr und umnachtet genug, um diese Diagnose hinzunehmen, und soweit ich es verstand, hatte sie selbst Vera mitgeteilt, daß sie schwanger war. Natürlich rechnete ich nicht damit, daß Vera ihr glaubte, aber ich erwartete, daß sie taktvoll damit umgehen und sich um ihre eigenen Angelegenheiten kümmern würde.

Inzwischen hatte Mamma immer häufiger Bauchschmerzen und sprach immer öfter von den Schmerztabletten. Papa hatte in dem Punkt sein Wort gehalten. Es gab Dutzende von Röhrchen in Mammas Zimmer, manche von ihnen leer, andere halbvoll, und sie waren alle auf der Frisierkommode und dem Nachttisch aufgereiht.

Wenn ich sie jetzt besuchte, lag Mamma jedesmal im Bett und stöhnte leise: Sie hatte die Augen nur einen Spalt weit geöffnet und merkte kaum, daß ich da war. Manchmal gab sie sich Mühe, sich schönzumachen, und sie trug Make-up auf, aber wenn ich zu ihr kam, war ihr Make-up meistens schon verschmiert, und sie war unter dem Rouge und dem Lippenstift trotz allem noch blaß. Ihre großen Augen schauten ausdruckslos zu mir auf, und was ich auch sagte, sie lauschte nur mit einem Ohr.

Emily wollte es nicht zugeben, aber Mamma hatte viel Gewicht verloren. Ihre Arme waren so dünn, daß ich den Ellbogenknochen deutlich erkennen konnte, und ihre Wangen waren gräßlich eingefallen. Wenn ich eine Hand auf ihre Schulter legte, faßte sie sich an, als hätte sie die

Knochen eines kleinen Vogels. Daran, was sie auf ihrem Teller übrigließ, konnte ich deutlich sehen, daß sie kaum noch etwas aß. Ich versuchte, sie zu füttern, aber sie schüttelte nur den Kopf.

»Ich habe keinen Hunger«, wimmerte sie. »Mein Magen stellt sich wieder an. Ich muß ihm eine Ruhepause gönnen, Violet.«

Jetzt nannte sie mich meistens Violet. Ich gab den Versuch auf, sie zu verbessern, obwohl ich wußte, daß Emily, die hinter mir stand, hämisch grinste und den Kopf schüttelte.

»Mamma ist sehr, sehr krank«, sagte ich eines Nachmittags zu Beginn des siebten Monats meiner Schwangerschaft zu Emily. »Du mußt Papa dazu bringen, daß er den Arzt kommen läßt. Sie muß ins Krankenhaus gebracht werden. Sie siecht dahin.«

Emily schenkte mir keinerlei Beachtung und lief weiter durch den Flur, und dabei rasselte sie mit ihrem verabscheuenswerten Schlüsselbund, der sie zum Gefangenenwärter machte.

»Machst du dir denn überhaupt nichts aus ihr?« rief ich aus. Ich blieb im Gang stehen, und Emily war gezwungen, sich umzudrehen. »Sie ist deine Mutter. Deine leibliche Mutter!« schrie ich.

»Senk deine Stimme«, sagte Emily und trat zurück. »Natürlich mache ich mir etwas aus ihr«, erwiderte sie kalt. »Ich bete jeden Abend und jeden Morgen für sie. Manchmal gehe ich in ihr Zimmer und bete eine volle Stunde lang an ihrem Bett. Hast du die Kerzen denn nicht bemerkt?«

»Aber, Emily, sie braucht ärztliche Betreuung, und zwar schnell«, flehte ich. »Wir müssen den Arzt auf der Stelle holen lassen.«

»Wir können den Arzt nicht holen lassen, du Dummkopf«, fauchte sie. »Papa und ich haben aller Welt erzählt, daß Mamma mit deinem Kind schwanger ist. Solange das Kind nicht geboren ist, können wir den Arzt nicht holen und auch sonst nichts dergleichen unternehmen. Und jetzt laß uns wieder in dein Zimmer gehen, ehe dieses ganze Gezeter Aufmerksamkeit auf sich zieht. Komm schon.«

»Wir können so nicht weitermachen«, sagte ich. »Mammas Gesundheit ist zu wichtig. Ich weigere mich, auch nur einen Schritt weiterzugehen.«

»Was?«

»Ich will Papa sprechen«, sagte ich trotzig. »Geh zu ihm, und sag ihm, daß er raufkommen soll.«

»Wenn du nicht sofort wieder in dein Zimmer gehst, hole ich dich morgen nicht, um dich zu Mamma zu bringen«, drohte Emily.

»Hol Papa«, beharrte ich und verschränkte die Arme unter meinen Brüsten. »Ich rühre mich keinen Zentimeter von der Stelle, solange du das nicht tust.«

Emily schaute mich wütend an und machte dann kehrt und ging nach unten. Kurz darauf kam Papa die Treppe herauf. Sein Haar war zerzaust, seine Augen blutunterlaufen.

»Was ist?« fragte er barsch. »Was geht hier vor?«

»Papa, Mamma ist sehr, sehr krank. Wir können nicht mehr so tun, als sei sie hier diejenige, die schwanger ist. Du mußt augenblicklich den Arzt kommen lassen«, beharrte ich.

»Heiliger Strohsack!« sagte er, und sein Gesicht verfärbte sich vor Wut und glühte. Mit lodernden Augen schaute er auf mich herunter. »Wie kannst du es wagen, mir vorzuschreiben, was ich zu tun habe? Geh wieder in dein Zimmer. Geh schon«, sagte er. Als ich mich nicht von der Stelle rührte, versetzte er mir einen Stoß. Ich zweifelte nicht daran, daß er mich geschlagen hätte, wenn ich auch nur noch einen Augenblick gezögert hätte.

»Aber Mamma ist sehr krank«, stöhnte ich. »Bitte, Papa. Bitte«, flehte ich ihn an.

»Ich werde nach Georgia sehen. Kümmere du dich lieber um dich selbst«, sagte er. »Und jetzt geh.« Er streckte den Arm aus und wies mit dem Finger auf meine Tür. Ich wich langsam zurück, doch sobald ich eingetreten war, schlug Emily meine Tür zu und schloß sie ab.

An jenem Abend kam sie nicht, um mir das Essen zu bringen, und als ich mir Sorgen machte und an die verschlossene Tür klopfte, reagierte sie so schnell, daß ich nur annehmen konnte, sie hätte die ganze Zeit über vor der Tür gestanden und nur darauf gewartet, daß ich ungeduldig werden würde, weil ich hungrig war.

»Papa sagt, daß du heute ohne Abendessen schlafen gehen mußt«, verkündete sie durch die geschlossene Tür. »Das ist deine Strafe für dein schlechtes Benehmen heute nachmittag.«

»Wieso habe ich mich schlecht benommen, Emily? Ich mache mir doch nur Sorgen um Mamma. Das fällt doch nicht unter schlechtes Benehmen.«

»Aufsässigkeit ist schlechtes Benehmen. Wir müssen sehr sorgsam über dich wachen und dürfen nicht die kleinste Unbedachtheit durchgehen lassen«, erklärte Emily. »Wenn der Teufel erst einmal eine Öffnung gefunden hat, und mag sie auch noch so klein sein, dann zwängt er sich hindurch und in unsere Seelen. In dir wächst jetzt eine andere Seele heran, und die bekäme er nur zu gern auch in seine Klauen. Schlaf jetzt«, fauchte sie.

»Aber, Emily... warte«, rief ich, als ich hörte, wie ihre Schritte sich entfernten. Ich hämmerte gegen die Tür und rüttelte am Türknopf, doch sie kam nicht zurück. Jetzt kam ich mir wirklich wie eine Gefangene in meinem eigenen Zimmer vor, aber schmerzlicher als alles andere war die Erkenntnis, daß die arme Mamma nicht die ärztliche Fürsorge bekommen würde, die sie so dringend brauchte. Wieder einmal würde jemand, den ich liebte, meinetwegen leiden.

Als Emily am nächsten Morgen mit meinem Frühstückstablett wiederkam, verkündete sie, daß sie und Papa einen neuen Entschluß gefaßt hatten.

»Bis diese schwere Zeit vorüber ist, haben wir beide uns darauf geeinigt, daß es das beste ist, wenn du Mamma nicht mehr besuchst«, sagte sie und stellte mein Tablett auf den Tisch.

»Was? Warum nicht? Ich muß Mamma sehen. Sie will mich sehen; es heitert sie auf«, rief ich aus.

»Es heitert sie auf«, äffte Emily mich verächtlich nach. »Sie weiß nicht einmal, wer du bist. Sie hält dich für ihre Schwester, die vor langer Zeit gestorben ist, und sie kann sich, wenn du sie besuchst, nicht einmal mehr an deinen letzten Besuch erinnern.«

»Aber... sie freut sich trotzdem darüber. Es macht mir nichts aus, wenn sie mich mit ihrer Schwester verwechselt. Ich...«

»Papa hat gesagt, es sei das beste, wenn du erst wieder zu ihr gehst, nachdem du das Kind geboren hast, und ich bin seiner Meinung«, verkündete sie.

»Nein!« rief ich aus. »Das ist ungerecht. Ich habe alles andere getan, was ihr von mir verlangt habt, du und Papa, und ich habe mich immer gut benommen.«

Emily kniff die Augen zusammen und preßte die Lippen so fest aufeinander, daß ihre Mundwinkel sich weiß verfärbten. Sie stemmte die Hände in ihre knochigen Hüften und beugte sich zu mir vor, und ihr stumpfes, strähniges Haar fiel seitlich an ihrem hageren, verbitterten Gesicht herunter.

»Zwing uns nicht, dich auf den Dachboden zu zerren und dich dort an die Wand zu ketten. Papa hat damit gedroht, und er wird es auch tun!«

»Nein«, sagte ich und schüttelte den Kopf. »Ich muß Mamma sehen. Ich muß sie einfach sehen.« Die Tränen strömten über mein Gesicht, aber Emilys hassenswertes Gesicht veränderte sich nicht.

»Es ist so beschlossen worden«, sagte sie. »Unser Entschluß steht fest. Und jetzt iß dein Frühstück, ehe es kalt wird. Hier«, sagte sie und warf einen Packen Papiere auf mein Bett. »Papa will, daß du all diese Zahlen sorgfältig überprüfst.« Sie machte auf dem Absatz kehrt, stolzierte aus meinem Zimmer und schloß die Tür hinter sich ab.

Ich hatte geglaubt, mir seien keine Tränen mehr geblieben, ich hätte in meinem kurzen Leben soviel geweint, daß es für ein ganzes Leben reichte, aber es war einfach zuviel, daß man jetzt meinen Kontakt zu dem einzigen sanften und liebevollen Menschen abschnitt, mit dem ich noch zu tun hatte. Mir machte es nichts aus, daß Mamma mich mit meiner leiblichen Mutter verwechselte. Sie lächelte mich trotzdem an und sprach freundlich mit mir. Sie wollte trotzdem meine Hand halten und über erfreuliche Dinge mit mir reden, über nette Dinge, über angenehme Dinge. Sie war der einzige leuchtende Farbtupfer, der mir in einer Welt dunkler, grauer und trostloser Schatten noch geblieben war. Neben ihr zu sitzen, selbst dann, wenn sie schlief, wirkte beschwichtigend und tröstlich auf mich und half mir dabei, den Rest meines furchtbaren Tages zu überstehen.

Ich aß mein Frühstück und weinte. Jetzt würde die Zeit noch viel langsamer vergehen. Jede Minute würde mehr von einer Stunde haben, jede Stunde mehr von einem ganzen Tag. Ich hatte keine Lust mehr, auch nur noch ein Wort zu lesen, einen weiteren Nadelstich zu machen oder auch nur einen Blick auf Papas Buchführung zu werfen. Ich saß nur noch am Fenster und schaute die Welt vor dem Fenster an.

Wie stark meine kleine Schwester Eugenia doch gewesen war, dachte ich. So hatte sie die meiste Zeit ihres kurzen Lebens zugebracht, und doch war sie in der Lage gewesen, ein wenig Fröhlichkeit und Hoffnung zu bewahren. Nur meine Erinnerungen an sie und ihre Faszination an allem, was ich tat und ihr anschließend schilderte, gaben mir in den nächsten Tagen und Wochen Kraft.

In der letzten Woche des siebten Monats meiner Schwangerschaft wurde ich dicker und nahm mehr zu als bisher. Zeitweilig fiel mir das Atmen schwer. Ich konnte spüren, wie das Baby in mir um sich trat. Es kostete mich jeden Morgen mehr Mühe, aus dem Bett aufzustehen und mich in meinem kleinen Zimmer zu bewegen. Das Putzen des Fußbodens und das Polieren der Möbel, ja selbst das Sitzen über einen längeren Zeitraum ermüdete mich schnell. Eines Nachmittags, als Emily gekommen war, um das Geschirr vom Mittagessen zu holen, kritisierte sie mich, ich sei zu träge und würde zu dick.

»Es ist nicht mehr das Baby, das die zusätzlichen Essensportionen verlangt, du bist es selbst. Sieh dir doch nur dein Gesicht an. Sieh dir deine Arme an!«

»Was hast du denn erwartet?« fauchte ich sie an. »Du und Papa, ihr erlaubt mir schließlich nicht, aus dem Haus zu gehen. Ihr untersagt mir jede Bewegung.«

»So muß es eben sein«, verkündete Emily, aber nachdem sie gegangen war, beschloß ich endlich, so müßte es eben nicht sein. Ich war fest entschlossen, aus dem Haus zu kommen, und sei es auch nur für ein kleines Weilchen.

Ich ging zur Tür und sah mir das Schloß genauer an. Dann holte ich eine Nagelfeile und nahm sie mit zur Tür. Langsam versuchte ich, die Nagelfeile in dem Schloß zu drehen, bis die Tür aufging. Es dauerte etwa eine Stunde, in der ich es ein Dutzendmal fast schaffte, nachdem ich die richtige Stelle gefunden hatte, und dann doch wieder scheiterte, aber ich gab nicht auf, bis ich endlich an der Tür zog und spürte, daß sie mir entgegenkam.

Im ersten Moment wußte ich nicht, was ich mit meiner neuen Freiheit anfangen sollte. Ich stand einfach nur an der offenen Tür und starrte in den Korridor hinaus. Ehe ich auf den Flur trat, schaute ich erst nach rechts und dann nach links, um mich zu vergewissern, daß die Luft rein war. Sowie ich mein Zimmer ohne Emily verlassen hatte, die mich ständig begleitete und mir einen bestimmten Weg und eine bestimmte Richtung vorschrieb, war mir schwindlig vor Aufregung. Jeder Schritt war spannend, und mir erschien jeder Winkel des Hauses, jedes alte Bild und jedes Fenster neu und aufregend. Ich begab mich auf direktem Weg zum oberen Treppenabsatz und schaute in die Eingangshalle hinunter, die in den vergangenen Monaten nichts weiter als eine Erinnerung gewesen war.

Es war außerordentlich ruhig im Haus, fand ich. Ich konnte nichts weiter hören als das Geräusch der alten Standuhr. Dann fiel mir wieder ein, daß viele unserer Hausangestellten fortgegangen waren, darunter auch Tottie. Saß Papa unten in seinem Büro und arbeitete an seinem Schreibtisch? Wo steckte Emily? Ich fürchtete, sie würde mir aus einem von Dutzenden finsterer Winkel entgegenspringen. Einen Moment lang spielte ich mit dem Gedanken, mich wieder in mein Schlafzimmer zurückzuziehen, doch mein Trotz und mein Zorn verliehen mir den Mut, weiterzulaufen. Ich stieg behutsam die Stufen hinunter und blieb beim leisesten Quietschen stehen, um mich zu vergewissern, daß mich auch wirklich niemand gehört hatte.

Auf dem unteren Treppenabsatz blieb ich wieder stehen und wartete. Ich glaubte, Laute gehört zu haben, die aus der Küche drangen, aber bis auf diese Geräusche und die Standuhr war im ganzen Haus nichts zu vernehmen. Mir fiel auf, daß kein Lichtschein aus Papas Büro drang. Die meisten Räume im Erdgeschoß lagen in tiefer Dunkelheit da. Ich lief immer noch auf Zehenspitzen, als ich mich zur Haustür schlich.

Als meine Hand den Türknopf unter sich fühlte, durchzuckte mich eine elektrisierende Aufregung. In wenigen Momenten würde ich das Haus verlassen haben und im Tageslicht stehen. Ich würde die warme Frühlingssonne auf meinem ganzen Körper spüren. Ich wußte, daß ich es riskierte, hochschwanger von jemandem ertappt zu werden, aber da meine eigene Schande mich inzwischen nicht mehr bedrückte, öffnete ich langsam die Tür. Sie quietschte so laut, daß ich sicher war, das Geräusch würde Emily und Papa anlocken, die nachsehen wollten, aber niemand tauchte auf, und ich trat ins Freie.

Wie wunderbar die Sonne sich auf der Haut anfühlte. Wie süß die Blumen dufteten. Gras war noch nie so grün gewesen, Magnolien nie zuvor so weiß. Ich gelobte mir, nie mehr etwas als selbstverständlich hinzunehmen, und wenn es auch die bedeutungsloseste Kleinigkeit zu sein schien. Ich begeisterte mich für alles – für das Knirschen des Kieses unter meinen Füßen, den Flug der Rauchschwalben, das Bellen der Jagdhunde, die Schatten, die die Sonne warf, den Geruch der Tiere, die wir züchteten, und für die weiten Felder mit den hohen Gräsern, die sich in der lauen Brise wiegten. Nichts war so kostbar wie die Freiheit.

Ich lief weiter und freute mich einfach über alles, was ich sah. Zum Glück war niemand in der Nähe. Sämtliche Landarbeiter waren noch auf den Feldern, und Charles hielt sich wahrscheinlich im Stall auf. Ich merkte gar nicht, wie weit ich gelaufen war, bis ich mich umdrehte und zum Haus zurückschaute. Aber ich machte nicht kehrt; ich lief weiter, folgte einem alten Pfad, über den ich als kleines Mädchen oft gerannt war. Er führte mich in die Wälder, in denen ich den kühlen Schatten und den würzigen Geruch der Nadelbäume auskostete. Spottdrosseln und Eichelhäher flatterten überall herum. Sie machten ganz den Eindruck, als seien sie genauso aufgeregt wie ich, weil ich in ihr Allerheiligstes vordrang.

Als ich auf dem kühlen schattigen Pfad weiterlief, strömten die Kindheitserinnerungen ungehindert durch meinen Kopf. Ich dachte wieder daran, wie ich mit Henry in den Wald gegangen war, um Holz zu suchen, das sich gut zum Schnitzen eignete. Mir fiel wieder ein, wie ich einem Eichhörnchen nachgerannt war, um ihm dabei zuzusehen, wie es seine Eicheln vergrub. Ich erinnerte mich an das erste Mal, als ich mit Eugenia einen Spaziergang gemacht hatte, und natürlich erinnerte ich mich wieder an unseren wunderbaren Ausflug zu dem verwunschenen Teich. Bei dieser Erinnerung begriff ich, daß ich dreiviertel des Weges zur Plantage der Thompsons zurückgelegt hatte. Dieser Waldweg war eine Abkürzung, die die Thompson-Zwillinge, Niles, Emily und ich oft benutzt hatten.

Mein Herz fing an zu hämmern. Gewiß war der arme Niles in jener grauenhaften Nacht über diesen Pfad gelaufen, um mich zu besuchen. Als ich weiterlief, sah ich sein Gesicht und sein Lächeln vor mir, und ich hörte seine Stimme und sein fröhliches Lachen. Ich sah, wie seine Augen mir Liebe schworen, und ich spürte, wie seine Lippen meine streiften. Es verschlug mir den Atem, doch ich lief trotzdem weiter, ungeachtet der Mattigkeit, die ich in meinen Beinen fühlte. Ich schleppte nicht nur mehr Gewicht mit mir und fand das Laufen mit meinem dicken Bauch schwieriger, sondern dazu kam noch, daß mein Körper seit Monaten nicht mehr soviel Bewegung gehabt hatte. Meine Knöchel taten weh, und ich mußte stehenbleiben, um zu verschnaufen. Und außerdem hatte ich das Ende des Waldwegs erreicht und schaute jetzt über die Felder der Thompsons.

Ich sah auf das Plantagengebäude, auf die Ställe und das Räucherhaus. Ich sah ihre Wagen und ihre Traktoren, aber als ich mich nach rechts wandte, schlug mein Herz Purzelbäume, und ich wäre fast in Ohnmacht gefallen. Hier, am Rand eines der südlichsten Felder, lag der Privatfriedhof der Thompsons. Niles' Grabstein war nur etwa ein Dutzend Meter von mir entfernt. Hatte das Schicksal mich hierhergeführt? Hatte ich mich irgendwie von Niles' Geist anziehen lassen? Ich zögerte. Ich fürchtete mich nicht vor dem Übernatürlichen; ich hatte Angst vor meinen eigenen Gefühlen, fürchtete den Tränenstrom, der mich in diesem neuerlichen Meer von Kummer zu ertränken drohte.

Aber nachdem ich schon so weit gekommen war, konnte ich nicht umkehren, ohne einen Blick auf Niles' Grab zu werfen. Langsam bahnte ich mir einen Weg zu den Gräbern und stolperte zweimal fast über Unterholz, als ich auf Niles' Grabstein zuging. Er sah noch ganz neu aus. Jemand hatte frische Blumen auf das Grab gelegt. Ich holte tief Luft und hielt den Atem an, als ich den Blick hob, um die Inschrift zu lesen:

NILES RICHARD THOMPSON
VON UNS GEGANGEN, ABER NICHT VERGESSEN

Ich starrte die Daten an und las immer wieder seinen Namen. Dann trat ich so dicht an das Grab, daß ich meine Hand auf den Grabstein legen konnte. Die Nachmittagssonne hatte den Granit gewärmt. Ich schloß die Augen und dachte an seine warme Wange an meiner, an seine warme Hand, die meine hielt.

»O Niles«, stöhnte ich. »Verzeih mir. Verzeih mir, daß ich auch für dich ein Fluch war. Wärst du doch bloß nicht in mein Zimmer gekommen... hätten wir einander doch nie auch nur mit der geringsten Zuneigung in die Augen gesehen... hätte ich dein Herz doch nur unberührt gelassen... verzeih mir, daß ich dich geliebt habe, lieber Niles. Ich vermisse dich mehr, als du dir je hättest vorstellen können.«

Tränen tropften von meinen Wangen und fielen auf sein Grab. Mein Körper wurde von einem Schauer geschüttelt, und meine weichen Knie sackten unter mir zusammen. Ich kniete und schluchzte immer heftiger, bis Atemnot mich in Angst und Schrecken versetzte. Ich lechzte nach Sauerstoff; ich könnte hier sterben, dachte ich, an Ort und Stelle, und mein Baby würde ebenfalls hier sterben. Die Panik packte mich. Ich streckte die Hand aus, hielt mich an Niles' Grabstein fest und zog mich so ungeschickt auf die Füße, daß ich einen Moment lang bedrohlich taumelte, ehe ich sicher auf beiden Füßen stand. Dann wandte ich mich von dem Grab ab, während meine Tränen immer noch strömten, und eilte zu dem Waldweg zurück.

Ich hatte einen furchtbaren Fehler begangen. Ich hatte mich zu weit vom Haus entfernt. Die Angst und die Sorge bemächtigten sich meiner Beine und machten jeden Schritt zu einer Tortur. Mein Bauch wurde doppelt so schwer, und mein Atem ging immer schneller und flacher. Mir wurde schwarz vor Augen. Plötzlich verfing sich mein Fuß unter der Wurzel eines Baumes, und ich fiel nach vorn und schrie, als ich mich an einem Strauch festhielt und spürte, wie er mir die Arme und den Hals zerkratzte. Ich schlug auf dem Boden auf, und der Aufprall ließ einen heftigen Schmerz von meinen Schultern durch meine Brust in meinen Bauch zucken. Ich ächzte und drehte mich auf den Rücken. Minutenlang blieb ich dort liegen und hielt mir den Bauch und wartete nur darauf, daß die gräßlichen Schmerzen nachlassen würden.

Es war still im Wald geworden. Die Vögel waren ebenfalls schockiert, dachte ich mir. Was so erfreulich und wunderbar begonnen hatte, war zu etwas Finsterem und Beängstigendem geworden. Allein schon die Schatten, die auf dem Hinweg so kühl und einladend gewirkt hatten, machten jetzt einen finsteren und unheimlichen Eindruck, und der Waldweg, der mich angelockt und mir Freuden verhießen hatte, hatte sich in eine angsteinflößende Wegstrecke verwandelt, auf der es von Gefahren und Bedrohungen nur so wimmelte.

Ich setzte mich auf und stöhnte leise. Allein die Vorstellung, wieder aufzustehen, schien mir eine kaum zu bewältigende Aufgabe zu sein. Ich holte zweimal tief Atem und zog mich mühsam auf die Füße, stand auf wie eine neunzigjährige Frau. In dem Moment, in dem ich das tat, mußte ich die Augen schließen, weil der Wald sich zu drehen begann. Ich wartete, atmete schnell und kurz und preßte mir die rechte Handfläche auf das Herz, als wollte ich mich vergewissern, daß es nicht aus meiner Brust sprang. Endlich verlangsamten sich mein Atem und mein Herzschlag, und ich schlug die Augen wieder auf. Die Schatten waren jetzt tiefer; im Wald war es kälter. Ich lief auf dem Pfad weiter und versuchte dabei, schnell voranzukommen, bemühte mich aber gleichzeitig, einen weiteren unangenehmen Sturz zu vermeiden. Die Nachwirkungen meines letzten Sturzes spürte ich immer noch. Mein Bauch schmerzte beängstigend, und der dumpfe, aber anhaltende Schmerz rutschte tiefer und immer tiefer, bis ich Nadelstiche in meinen Lenden spürte und jeder Schritt mir schwerer fiel als der vorangegangene.

Ich hatte das Gefühl, schon sehr weit gelaufen zu sein, aber ich erkannte die Umgebung und einige Anhaltspunkte wieder und wußte, daß ich erst die Hälfte des Rückwegs hinter mich gebracht hatte. Wieder einmal packte mich enorme Angst, und mit ihr ging ein beschleunigter Herzschlag einher, der mir den Atem verschlug. Ich mußte stehenbleiben und mich an einem jungen Bäumchen festhalten und warten, bis der Anfall von Panik sich legte. Meine Angst ließ bald nach, fiel jedoch nicht von mir ab. Ich wußte, daß ich weiterlaufen mußte, und zwar so schnell wie möglich, denn in meinem Innern spielte sich etwas Seltsames und Neues ab. Wo bisher nie Aufruhr geherrscht hatte, herrschte jetzt Aufruhr. Das Problem bestand darin, daß der Schmerz mit jedem weiteren Schritt immer mehr zunahm, der Aufruhr in meinem Bauch sich nur noch steigerte.

Oh, nein, dachte ich. Ich werde den Rückweg nicht schaffen; ich werde nicht nach Hause kommen. Ich fing an zu schreien, gab erst nur leise Rufe von mir, schrie dann aber kräftiger und verzweifelter, als die Schmerzen zunahmen, immer schlimmer wurden. Meine Beine rebellierten ebenfalls. Sie wollten sich nicht voranbewegen, und mein Rücken... es war, als triebe jemand bei jedem Schritt, den ich zurücklegte, Nägel in mich. Nach einer Weile wurde mir klar, daß ich nur etwa ein Dutzend Meter hinter mich gebracht hatte. Ich schrie wieder, und diesmal ließ die Anstrengung meinen Kopf schwirren und die Augen in ihre Höhlen zurücktreten. Ich keuchte und sank wieder auf den Waldboden, als alles schwarz vor meinen Augen wurde.

Als ich das Bewußtsein wiederfand, glaubte ich im ersten Moment, ich sei in meinem Zimmer, läge in meinem Bett und träumte, aber als ich spürte, daß kleine Ameisen und andere Insekten unter meinem Rock an meinen Schenkeln hochkrochen, bestätigte mir das schnell wieder, wo ich war. Ich strich mein Kleid glatt, und als ich das tat, spürte ich das warme, nasse Rinnsal, das über meine Waden lief. Durch die Bäume strömte gerade noch soviel Tageslicht, daß ich es als Blut erkennen konnte.

Diese neuerliche Panik ließ mich frösteln. Meine Zähne fingen wirklich an zu klappern. Ich wälzte mich herum und zog mich erst einmal in eine sitzende Haltung. Dann griff ich nach einem Ast und zog mich daran auf die Füße. Ich nahm die Schmerzen nicht mehr wahr und war derart betäubt vor Furcht, daß ich nicht mehr merkte, wenn Sträucher oder Äste mich zerkratzten, als ich vorwärtsstapfte, mich schwerfällig, aber unablässig voranbewegte. In dem Moment, in dem ich das Plantagengebäude sehen konnte, stieß ich wieder einen Schrei aus, und diesmal schrie ich aus voller Kehle. Zum Glück brachte Charles gerade Geräte in den Schuppen zurück und hörte mich.

Ich nehme an, mein Anblick war schockierend: ein schwangeres junges Mädchen, das mit zerzaustem Haar und tränenüberströmtem schmutzigem Gesicht aus den Wäldern kommt. Er starrte mich einfach nur an. Ich brachte nicht die Kraft auf, noch einmal zu schreien. Ich hob die Hand und winkte, und dann gaben meine Knie unter mir nach, und ich fiel auf den Boden. Ich blieb liegen, denn ich war zu ermattet, um einen Versuch zu unternehmen, mich von der Stelle zu rühren. Statt dessen schloß ich die Augen.

Mir ist alles egal, dachte ich. Mir ist alles egal. Soll es doch so enden. Das ist besser für uns beide, mein Baby und mich. Soll es doch enden. Mein Gebet hallte durch den langen, hohlen Korridor meines verdüsterten Verstandes. Ich hörte nicht einmal, daß jemand kam; ich hörte Papas Schreien nicht; ich spürte nicht, wie ich hochgehoben wurde. Ich hielt die Augen geschlossen und machte es mir in meiner eigenen behaglichen Welt bequem, einer Welt weitab von Schmerz und Haß und Sorgen.

Tage später erzählte Vera mir, Charles hätte gesagt, auf dem gesamten restlichen Heimweg hätte ein Lächeln auf meinem Gesicht gelegen.

13

Kleine Charlotte, süße Charlotte

»Wie kannst du es wagen, das zu tun, nachdem Papa und ich uns derart angestrengt haben, die Schande geheimzuhalten?« schrie Emily mich an. Mit größter Mühe schlug ich die Augen auf und sah in ihr wutentbranntes Gesicht auf, das häßlich verzerrt war. Nie waren ihre steingrauen Augen so groß gewesen; nie hatte eine so lodernde Wut darin gestanden. Ihre Lippen schnitten sich an den Mundwinkeln in ihre Wangen, und ihre Unterlippe hing in der Mitte so weit herunter, daß ihre matten Zähne bis hin zu dem bleichen Zahnfleisch entblößt waren. Ihr glanzloses Haar hing seitlich an ihrem Gesicht herunter, ohne jede Spannkraft und mit gespaltenen Spitzen. Sie war derart außer sich vor Wut, daß sie wie eine Bulldogge durch ihre kleinen Nasenlöcher schnaubte.

Stechende Schmerzen durchzuckten meinen Bauch, bis hin zu den Lenden, und an den Seiten meines Körpers setzten sie sich wieder nach oben fort. Ich fühlte mich, als sei ich in eine Badewanne voller Küchenmesser gesetzt worden. Ich stöhnte und versuchte, mich aufzusetzen, aber mein Kopf war ein Klumpen Eisen, und meinem Hals fehlte die Kraft, ihn auch nur einen Zentimeter vom Kissen zu heben. So gut es eben ging, sah ich mich in meinem Zimmer um. Im Augenblick war ich derart verwirrt, daß ich mich an überhaupt nichts erinnern konnte. Hatte ich mein Zimmer verlassen, mich tatsächlich hinausgeschlichen und einen Spaziergang durch den Wald gemacht, oder war all das nur ein Traum? Nein, es konnte kein Traum gewesen sein, dachte ich. Emily würde nicht derart schreien und die Hände ringen, wenn es ein Traum gewesen war.

Wo steckte Papa? Wo steckten Charles und Vera und alle anderen, die mir ins Haus geholfen hatten? Hatte Mamma etwas von dem ganzen Aufruhr mitbekommen und sich danach erkundigt, was mir zugestoßen war?

»Wo warst du? Was hattest du vor?« fragte Emily barsch. Als ich nichts darauf erwiderte, packte sie meinen Arm und schüttelte mich, bis ich wieder die Augen öffnete. »Also, was ist?«

Der Schmerz raubte mir den Atem, doch ich keuchte meine Antwort heraus.

»Ich wollte... nur ins Freie gehen, Emily. Ich... wollte nur einen Spaziergang machen und... Blumen und Bäume sehen und... die Sonne auf meinem Gesicht spüren«, sagte ich.

»Du Dummkopf, du kleiner Dummkopf«, sagte sie und schüttelte den Kopf. »Ich bin sicher, daß dir der Teufel persönlich die verschlossene Tür geöffnet und dich gedrängt hat, aus dem Haus zu gehen.«

Ich hätte vor Schmerz gern geschrien, doch ich mißachtete den Schmerz und trotzte statt dessen Emily.

»Nein, er war es nicht, Emily. Ich habe es selbst getan, weil ihr mich in die Verzweiflung getrieben habt, du und Papa!«

»Wirf uns das nicht vor. Wage es nicht, mir oder Papa etwas vorzuwerfen. Wir haben nur getan, was wir tun mußten, damit die Rechtschaffenheit wieder Einzug in dieses Haus hält«, erwiderte sie sofort darauf.

»Wo ist Papa?« fragte ich und sah mich wieder um. Ich rechnete damit, daß er noch wütender war als sie, daß eine regelrechte Flut von Flüchen und Drohungen über mich hereinbrechen würde.

»Er ist aus dem Haus gegangen, um Mrs. Coons zu holen«, sagte sie, und ihre Worte trafen mich wie Dolche. »Und das haben wir nur dir zu verdanken.«

»Mrs. Coons?«

»Weißt du denn nicht, was du angerichtet hast? Du blutest. Irgend etwas ist dem Baby in deinem Bauch passiert, und es ist alles deine Schuld. Wahrscheinlich hast du es getötet«, klagte sie mich an und trat zurück. Ihr Kopf wackelte auf ihrem langen Hals, und die knochigen Arme hatte sie unter der Brust verschränkt. Ihre Haut war an ihren spitzen Ellbogen so weiß wie Milch.

»Oh, nein«, sagte ich. Wahrscheinlich war das der Grund, weshalb ich so große Schmerzen hatte. »Oh, nein.«

»Doch. Jetzt kannst du der Liste deiner Sünden auch noch Mord hinzufügen. Gibt es irgend etwas oder irgend jemanden außer mir, mit dem du in Berührung gekommen bist und dem du keinen Schaden und kein Leid zugefügt hast?« fragte sie, und dann beantwortete sie schnell ihre eigene Frage. »Natürlich nicht, weshalb Papa erwartet hat, es könnte anders kommen, weiß ich nicht. Ich habe es ihm gleich gesagt; ich habe ihn gewarnt, aber er hat geglaubt, er könnte etwas dagegen tun.«

»Weiß Mamma, was mir zugestoßen ist?« fragte ich. Mir war inzwischen völlig gleichgültig, was Emily sagte. Ich beschloß, sie einfach zu ignorieren.

»Mamma? Natürlich nicht. Sie weiß nicht, was ihr selbst zugestoßen ist«, gab Emily zurück, »und noch viel weniger begreift sie, was anderen zustößt.« Sie wandte sich ab und wollte gehen.

»Wohin gehst du?« Ich mühte mich damit ab, den Kopf zu heben, und sei es auch nur für ein paar Zentimeter. »Was hast du vor?« schrie ich.

»Bleib du hier liegen, und halt den Mund«, murrte sie zur Antwort und ließ mich allein. Sie schloß die Tür.

Mein Kopf fiel auf das Kissen zurück. Ich fürchtete mich ohnehin davor, mich zu bewegen. Bei der kleinsten Erschütterung zuckten glühende Stiche durch meinen Körper, und viele, viele Dutzende von heißen Nadeln strömten durch meine Adern, klemmten sich ein, blieben stecken und stachen mich. Mir war von Kopf bis Fuß so glühend heiß, daß es mir vorkam, als sei mein Herz in einer Brust voll kochenden Wassers eingeweicht. Ich stöhnte lauter. Es wurde immer schlimmer.

»Emily!« schrie ich. »Hol Hilfe. Ich habe starke Schmerzen. Emily!«

In meinem Bauch passierte etwas. Ich spürte eine Erschütterung, und dann zog sich mein Bauch enger und immer enger zusammen, was unerträgliche Schmerzen auslöste. Ich schrie so laut, daß meine Stimmbänder weh taten. Mein Bauch spannte sich immer mehr an, und dann begann die Spannung zum Glück nachzulassen. Es verschlug mir den Atem, und ich keuchte und hustete. Mein Herz hämmerte. Mein Körper bebte und erschauerte so heftig, daß das ganze Bett klapperte.

»O Gott«, betete ich. »Es tut mir leid. Es tut mir leid, daß ich ein solcher Jonas bin, selbst für ein ungeborenes Kind ein Fluch. Bitte, habe Erbarmen. Nimm mich jetzt zu dir, und mache meinem Elend ein Ende.«

Ich ließ mich zurücksinken, keuchte, betete und wartete.

Endlich wurde die Tür geöffnet, und Papa trat langsam ein, gefolgt von Mrs. Coons und Emily, die die Tür hinter sich schloß. Mrs. Coons kam näher und schaute auf mich herunter. Schweißperlen standen auf meiner Stirn und meinen Wangen. Es kam mir vor, als seien meine Augen, meine Nase und mein Mund zum Zerreißen angespannt. Mrs. Coons legte ihre hageren Finger und ihre schwieligen Handflächen auf meine Stirn und preßte dann die Hand auf mein Herz. Als ich zu ihr aufblickte und in ihre stumpfen grauen Augen sah, in ihr ausgemergeltes Gesicht und auf ihre braungefleckte Haut, hatte ich das Gefühl, ich sei wirklich gestorben und befände mich jetzt im Land der Toten. Ihr heißer Atem roch nach Zwiebeln. Das schlug mir noch mehr auf den Magen, und eine Woge von Übelkeit stieg in meine Kehle auf.

»Was ist?« erkundigte sich Papa ungeduldig.

»Reißen Sie sich zusammen, Jed Booth«, gluckste Mrs. Coons. Dann legte sie ihre Hände auf meinen Bauch, ließ sie dort liegen und wartete. Wieder fing alles an, sich zu verkrampfen, diesmal noch heftiger und schneller als beim vorigen Mal. Ich atmete flach und schnell, und dann fing ich an zu stöhnen, und meine Schreie wurden länger und lauter, als mein Bauch fester und fester wurde, bis er sich wie ein Felsbrocken anfühlte. Mrs. Coons nickte und richtete sich auf. Einen Moment lang waren ihre Vogelaugen fest auf mich gerichtet.

»Sie hat es beschleunigt«, verkündete sie. »Also, Emily«, sagte sie, »du wolltest lernen, wie das geht. Jetzt bekommst du deine erste Lektion. Hol ein paar Handtücher und eine Schüssel heißes Wasser, je heißer, desto besser«, sagte sie.

Emily nickte, und ihr Gesichtsausdruck verriet Aufregung und Faszination. Zum ersten Mal erlebte ich, daß Emily sich noch für etwas anderes als ihre Bibelstudien und ihre religiösen Unterweisungen interessierte.

Mrs. Coons wandte sich an Papa, der bleich und verwirrt wirkte. Er trat erst weiter nach rechts und dann weiter nach links. Seine Augen glitten ruckartig von einer Seite auf die andere, und er fuhr sich mit der Zunge über die Lippen, als hätte er gerade etwas Köstliches gegessen. Schließlich zog er an den Enden seines Schnurrbarts und richtete den Blick auf Mrs. Coons.

»Sie wollen helfen, Jed Booth?« fragte Mrs. Coons. Die Augen traten ihm aus dem Kopf.

»Heiliger Strohsack! Nein!« schrie er und rannte aus dem Zimmer. Mrs. Coons kicherte wie eine Hexe und sah ihm nach.

»Ich habe noch nie einen Mann erlebt, der den Mut gehabt hätte, zuzusehen«, spottete sie und rieb sich die skeletthaften Hände. Die Adern auf ihren Handrücken zeichneten sich purpurn und blau durch die runzlige Haut ab.

»Was ist los mit mir, Mrs. Coons?« fragte ich.

»Was mit dir los ist? Gar nichts ist mit dir los. Wenn jemandem etwas passiert ist, dann dem Baby in deinem Bauch. Du hast es zu stark durchgeschüttelt«, sagte sie. »Jetzt zappelt es rum und ist verwirrt. Die Natur sagt ihm, daß es noch warten soll, daß es noch nicht an der Zeit ist, aber dein Körper zeigt, daß es schon auf dem Weg ist.

Das heißt, falls es noch am Leben ist«, fügte sie hinzu. »Jetzt wollen wir dich erst mal ausziehen. Komm schon. Du bist nicht so hilflos, wie du glaubst.«

Ich tat, was sie verlangte, doch als der Schmerz wieder einsetzte, konnte ich mich nur auf den Rücken legen und warten, bis er nachließ.

»Hol tief Luft, hol immer wieder tief Luft«, riet mir Mrs. Coons. »Es wird noch viel schlimmer, ehe es besser wird.« Sie kicherte wieder in sich hinein. »Jetzt scheint sich das Vergnügen nicht mehr zu lohnen, das dich in diese Lage gebracht hat, stimmt's?«

»Ich hatte kein Vergnügen daran, Mrs. Coons.«

Sie lächelte, und ihr nahezu zahnloser Mund war ein klaffendes dunkles Loch in ihrem Gesicht, als sie mit der Zunge schnalzte.

»In solchen Momenten fällt es einem schwer, sich daran zu erinnern«, sagte sie. Ich brachte nicht die Kraft auf, ihr zu widersprechen. Die Schmerzen kamen jetzt immer öfter. »Allzulange wird es nicht mehr dauern«, sagte sie mit der Gewißheit voraus, die ihre Erfahrung ihr verlieh.

Emily kam mit dem Wasser und den Handtüchern und stellte sich neben die alte Hexe, die sich am Fußende des Bettes plaziert hatte, nachdem sie mir vorher noch gesagt hatte, ich sollte die Knie anziehen.

»Beim ersten Mal ist es immer am schwersten«, sagte sie zu Emily. »Vor allem, wenn die Mutter noch so jung ist. Sie ist noch nicht ausgewachsen und noch nicht genügend gedehnt. Wir werden bestimmt nachhelfen müssen.«

Mrs. Coons hatte recht. Die Schmerzen, die ich bisher gehabt hatte, waren keineswegs die schlimmsten gewesen. Als es ganz schlimm wurde, schrie ich so laut, daß ich sicher war, jeder im Haus und auch Leute außerhalb im Umkreis von einer Meile könnten mich hören. Ich keuchte und krallte meine Finger in das Bettzeug. Einmal griff ich nach Emilys Hand, und das nur, weil ich Trost darin suchte, einen anderen Menschen zu spüren, doch Emily weigerte sich, meine Hand zu halten. Sowie unsere Finger sich berührten, zog sie ihre Hand zurück. Vielleicht hatte sie Angst, ich würde sie anstecken oder sie sogar mit meinen Schmerzen versengen.

»Drücken«, befahl Mrs. Coons. »Du mußt fester pressen. Pressen«, schrie sie mich an.

»Ich presse ja!«

»Es macht es uns nicht leicht«, murmelte sie und legte ihre kalten Hände auf meinen Bauch. Ich spürte, wie ihre Finger sich in meine Haut gruben und mir auf den Bauch drückten. Ich hörte, wie sie Emily murmelnd Befehle erteilte, aber in dem Moment stand ich solche Qualen aus, daß ich ihr nicht zuhören konnte; ich konnte sie nicht einmal mehr sehen. Das Zimmer war von einem gazeartigen roten Nebelschleier verhangen. Sämtliche Laute entfernten sich weiter und immer weiter von mir. Selbst meine eigenen Schreie schienen von einem anderen Menschen in einem anderen Zimmer ausgestoßen zu werden.

Es dauerte endlose Stunden. Die Schmerzen waren erbarmungslos, und meine Anstrengungen erschöpften mich. Jedesmal, wenn ich versuchte, mich zu entspannen, schrie mir Mrs. Coons ins Ohr, ich sollte stärker pressen. Inmitten einer Woge übermächtiger Schmerzen kniete sich Emily neben das Bett und flüsterte mir ins Ohr.

»Da siehst du es... da siehst du, wie man für die Sünden der Lust zahlt; da siehst du, wie sehr wir für das Böse leiden, das wir tun. Verfluche den Teufel; verfluche ihn. Vertreibe ihn. Sag es. Scher dich in die Hölle, Satan. Sag es!«

Ich hätte alles getan, um den Schmerzen ein Ende zu bereiten, alles, damit Emilys endloses Flüstern an meinem Ohr aufhörte.

»Scher dich zur Hölle, Satan!« schrie ich.

»Gut. Sag es noch einmal.«

»Scher dich zur Hölle, Satan. Scher dich zur Hölle, Satan.«

Sie fiel in meine Worte ein, und dann fiel zu meinem Erstaunen sogar Mrs. Coons in den Chor ein. Es war zum Verrücktwerden – wie wir alle drei den Singsang anstimmten: »Scher dich zur Hölle, Satan. Scher dich zur Hölle, Satan.«

Irgendwie schien sich der Schmerz jedoch bei meinen Schreien zu legen, vielleicht, weil ich so sehr abgelenkt war. Hatte Emily recht? Vertrieb ich etwa doch den Teufel aus mir und aus dem Zimmer?

»Pressen«, schrie Mrs. Coons. »Endlich ist es soweit. Preß jetzt stärker. Pressen!«

Ich stöhnte. Ich war sicher, daß die Anstrengung mich umbringen würde, und jetzt verstand ich, wie meine leibliche Mutter bei meiner Geburt gestorben sein konnte. Aber das war mir gleichgültig. Nie war mir so sehr danach zumute gewesen zu sterben wie in diesem Moment. Die Versuchung, die Augen zu schließen und in mein eigenes Grab zu sinken, war gewaltig. Ich betete sogar darum.

Ich spürte einen Sog, eine heftige Bewegung. Mrs. Coons murmelte so schnell vor sich hin, als sie Emily Befehle und Belehrungen erteilte, daß es wie ein unverständlicher Hexenzauber klang. Und dann bebte und erschauerte mein Körper plötzlich heftig, und es passierte... das Baby kam heraus. Mrs. Coons schrie auf. Ich sah den Ausdruck des Erstaunens auf Emilys Gesicht, und dann sah ich, wie Mrs. Coons den neugeborenen Säugling mit blutbeschmierten Händen hochhob. Die Nabelschnur war natürlich noch nicht durchgetrennt und baumelte an ihm, aber das Kind machte einen einwandfreien Eindruck.

»Es ist ein Mädchen!« verkündete Mrs. Coons. Sie preßte den Mund auf das blutüberströmte Gesicht und die Lippen des Säuglings, und dann stieß das Baby einen Schrei aus; seinen ersten Klagelaut, soviel stand für mich fest. »Es ist am Leben!« rief Mrs. Coons.

Emily bekreuzigte sich eilig.

»Und jetzt schau genau hin, damit du lernst, wie man die Nabelschnur durchschneidet und knotet«, sagte Mrs. Coons zu ihr.

Ich schloß die Augen, und ein überwältigendes Gefühl der Erleichterung strömte durch meinen Körper. Ein Mädchen, dachte ich. Es ist ein Mädchen. Und es ist nicht tot geboren. Ich bin keine Mörderin. Vielleicht brachte ich keinen Fluch mehr über diejenigen, die ich berührte und die mich berührten. Vielleicht war mit der Geburt meines Kindes auch ich wiedergeboren worden.

Papa wartete an der Tür.

»Es ist ein Mädchen«, verkündete Emily, als er eintrat. »Und es ist am Leben.«

»Ein Mädchen?«

Ich sah ihm die Enttäuschung im Gesicht an. Er hatte auf den Sohn gehofft, den er sich wünschte.

»Schon wieder ein Mädchen.« Er schüttelte den Kopf und sah Mrs. Coons an, als sei das ihre Schuld.

»Ich mache sie nicht. Ich helfe nur dabei, sie auf die Welt zu bringen«, sagte sie zu ihm. Er senkte den Kopf.

»Machen Sie schon weiter«, befahl er und bedachte Emily mit einem verschwörerischen Blick. Sie verstand ihn sofort.

Nachdem das Baby gesäubert und in eine Decke gewickelt worden war, gingen sie zur zweiten Phase des großen Betrugs über. Sie brachten mein Kind in Mammas Zimmer.

Jetzt war es vorbei, dachte ich. Aber ehe ich einschlief, wurde mir auch klar, daß alles jetzt erst wirklich anfangen würde.

Zwei Tage und zwei Nächte lang stand ich nicht aus dem Bett auf. Emily gab mir augenblicklich zu verstehen, daß sie jetzt nicht mehr für mich sorgen würde.

»Vera wird dir das Essen bringen und dir bei den notwendigen Dingen behilflich sein«, erklärte sie. »Aber Papa will, daß du möglichst schnell wieder aufstehst. Vera hat schon genug zu tun, ohne sich auch noch um deinesgleichen zu kümmern.

Du wirst Vera gegenüber kein Wort über die Geburt des Babys verlieren. Niemand in diesem Haus wird dieses Thema anschneiden oder auch nur irgendeine Andeutung machen. Papa hat das klargestellt, damit alle Bescheid wissen.«

»Wie geht es meinem Baby?« fragte ich sie, und sie geriet augenblicklich in Wut.

»Du darfst nie, nie, nie von ihr als deinem Baby sprechen. Sie ist Mammas Baby, Mammas«, trichterte sie mir ein.

Ich schloß die Augen, schluckte und fragte sie dann noch einmal.

»Wie geht es Mammas Baby?«

»Charlotte geht es gut«, teilte sie mir mit.

»Charlotte? So heißt sie?«

»Ja, Papa dachte, Mamma würde es gern wollen, daß sie Charlotte genannt wird. Charlotte war der Name von Mammas Großmutter«, berichtete sie mir. »Das werden alle verstehen, und es wird allen helfen, daran zu glauben, daß das Baby Mammas Baby ist.«

»Und wie geht es Mamma?«

Ihre Augen verfinsterten sich.

»Mamma geht es nicht gut«, sagte sie. »Wir müssen beten, Lillian. Wir müssen so oft und so lange wie möglich für sie beten.«

Ihr ernster Tonfall erschreckte mich.

»Warum läßt Papa jetzt den Arzt nicht kommen? Es gibt keinen Grund mehr, ihn nicht zu holen. Das Baby ist geboren«, rief ich aus.

»Ich nehme an, er wird es tun... schon bald«, sagte sie. »Du siehst also... daß uns viele ernste und schwierige Angelegenheiten bevorstehen und wir es nicht gebrauchen können, daß du auch noch wie eine verhätschelte Invalide herumliegst.«

»Ich bin keine verhätschelte Invalide. Ich liege nicht freiwillig im Bett, Emily. Ich habe Schreckliches durchgemacht. Das hat sogar Mrs. Coons gesagt. Du warst hier. Du hast es selbst gesehen. Wie kannst du bloß so gefühllos und so teilnahmslos sein und trotzdem noch so tun, als seist du fromm?« fauchte ich.

»So tun als ob?« schnaubte sie. »Ausgerechnet du bezichtigst mich der Heuchelei?«

»Irgendwo in dieser Bibel, die du unter dem Arm trägst, steht, daß man bedürftige Mitmenschen lieben, für sie sorgen und sie pflegen soll«, erwiderte ich entschieden. All diese Jahre der Bibelstunden, die mir aufgezwungen worden waren, waren nicht umsonst. Ich wußte, wovon ich redete. Aber Emily wußte es auch.

»Und irgendwo darin steht auch etwas über das Böse in unseren Herzen und die Sünden der Menschen und was wir tun müssen, um unsere Schwächen zu überwinden. Nur wenn der Teufel vertrieben worden ist, kommen wir in den Genuß, einander lieben zu dürfen«, sagte sie. Das war ihre Philosophie, das war ihr Glaubensbekenntnis, und dafür bemitleidete ich sie. Ich schüttelte den Kopf.

»Du wirst immer allein sein, Emily. Du wirst nie einen anderen Menschen als dich selbst haben.«

Sie riß den Kopf zurück und richtete sich zu ihrer vollen Größe auf.

»Ich bin nicht allein. Ich wandele mit dem Erzengel Michael, der das Schwert der Vergeltung in seiner Hand führt«, brüstete sie sich. Ich sah sie lediglich kopfschüttelnd an. Nachdem meine Qualen ausgestanden waren, brachte ich nur noch Mitleid für sie auf. Das spürte sie, und sie ertrug es nicht, daß ich sie so ansah. Sie machte auf ihren schweren Absätzen schleunigst kehrt und eilte aus dem Zimmer.

Als Vera mir das erste Mal etwas zu essen brachte, fragte ich sie, wie es Mamma ginge.

»Mit Sicherheit kann ich es dir nicht sagen, Lillian. Der Rittmeister und Emily haben sich in den letzten Tagen um sie gekümmert.«

»Papa und Emily! Aber warum?«

»Der Rittmeister will es so haben«, erwiderte Vera, aber ich konnte ihr ansehen, daß es sie ebensosehr beunruhigte wie mich.

Die Sorge um Mamma brachte mich dazu, schneller aus dem Bett aufzustehen, als ich erwartet hätte. Am dritten Tag nach Charlottes Geburt stand ich am frühen Morgen auf. Anfangs lief ich herum wie eine alte Frau, so vorgebeugt und gekrümmt wie Mrs. Coons, aber während ich mich beim Laufen bemühte, die Steifheit abzuschütteln, holte ich tief Atem und richtete mich auf. Dann verließ ich mein Zimmer und machte mich auf den Weg zu Mamma.

»Mamma?« sagte ich, nachdem ich sachte an die Tür geklopft hatte. Es kam keine Reaktion, aber sie machte nicht den Eindruck, als schliefe sie. Nachdem ich die Tür hinter mir geschlossen hatte, drehte ich mich um und sah, daß sie die Augen offen hatte.

»Mamma«, sagte ich und ging auf sie zu. »Ich bin es, Lillian. Wie geht es dir heute?«

Ich blieb stehen, ehe ich ihr Bett erreicht hatte. Mamma sah aus, als hätte sie weitere zehn Kilo abgenommen, seit ich sie das letzte Mal besucht hatte. Ihr einst magnolienweißer Teint war jetzt kränklich gelb. Ihr wunderschönes flachsblondes Haar, das ungewaschen, ungebürstet und seit Tagen ungepflegt sein mußte, wenn nicht seit Wochen, sah trocken und stumpf aus. Das Alter, das ihre Krankheit mit sich brachte, hatte sich in ihren Körper geschlichen und sogar die Haut auf ihren Fingern runzlig werden lassen. Sie hatte Falten im Gesicht, Falten an Stellen, an denen ich nie welche gesehen hatte. Ihre Wangen- und Kieferknochen zeichneten sich unter der trockenen, schuppigen Haut deutlich ab. Obwohl sie reichlich mit ihrem Lavendelduft eingesprüht worden war, nach dem jetzt das ganze Zimmer roch, wirkte Mamma ungewaschen und ungepflegt, so vernachlässigt und im Stich gelassen wie irgendeine verarmte Frau, die in der Armenstation eines staatlichen Krankenhauses lag und ohne Fürsorge vor sich hinsiechte.

Doch was mich am meisten erschreckte, war die Art, wie Mamma die glasigen Augen starr auf die Decke richtete. Ihr Blick wandte sich nicht von der Decke ab; nicht einmal ihre Lider zuckten.

»Mamma?«

Ich stand neben ihrem Bett und biß mir fest auf die Unterlippe, um nicht laut zu schluchzen. Sie lag so still da. Ich konnte ihr nicht einmal ansehen, daß sie atmete. Ihr Busen hob und senkte sich nicht unter der Decke.

»Mamma«, flüsterte ich. »Mamma, ich bin es... Lillian. Mamma?« Ich legte eine Hand auf ihre Schulter. Sie fühlte sich so kalt an, daß ich die Hand schockiert zurückzog und ein Keuchen unterdrückte. Dann bewegte ich meine Hand ganz langsam, zentimeterweise, zu ihrem Gesicht und berührte ihre Wange. Sie fühlte sich genauso kalt an.

»Mamma!« schrie ich laut auf. Ihre Lider flatterten kein bißchen. Sachte, aber doch entschieden, rüttelte ich ihre Schultern. Ihr Kopf bewegte sich ein wenig von einer Seite auf die andere, doch ihre Augen bewegten sich nicht. Diesmal schrie ich aus voller Kehle.

»MAMMA!«

Ich schüttelte sie wieder und immer wieder, und doch wandte sie sich mir nicht zu und rührte sich auch ansonsten nicht. In meiner Panik war ich wie angewurzelt. Ich stand nur einfach da und schluchzte, und meine Schultern hoben und senkten sich. Wie lange war es her, seit jemand bei ihr gewesen war? fragte ich mich. Ich hielt nach einem Frühstückstablett Ausschau, fand aber keins. Nicht einmal ein Glas Wasser stand auf ihrem Nachttisch.

Ich hielt mir den Bauch und erstickte mein Schluchzen, als ich mich abwandte und zur Tür von Mammas

Suite ging. Dort blieb ich stehen, um sie noch einmal anzusehen, einen Blick auf ihre Gestalt zu werfen, die unter der schweren Steppdecke in den Seidenkissen versank, das sie so sehr liebte. Ich öffnete die Tür, um in den Flur zu treten und zu schreien, doch in dem Moment kam mir Papa entgegen. Er streckte die Hände aus und packte meine Schultern.

»Papa«, schrie ich, »Mamma atmet nicht. Mamma ist...«

»Georgia ist von uns gegangen. Sie ist im Schlaf gestorben«, sagte Papa trocken. In seinen Augen standen keine Tränen, und seine Stimme klang nicht bewegt. Er stand so aufrecht und stramm wie immer da und hatte die Schultern zurückgezogen und den Kopf mit diesem Stolz der Booths, den ich zu hassen gelernt hatte, hoch erhoben.

»Was ist mit ihr passiert, Papa?«

Er ließ meine Schultern los und trat zurück.

»Vor Monaten hat mir der Arzt gesagt, daß er glaubt, Georgia hätte Magen- und Darmkrebs. Er hat mir keine großen Hoffnungen gemacht und mir gesagt, das einzige, was wir noch für sie tun könnten, sei, dafür zu sorgen, daß sie sich nicht zu elend fühlt und möglichst wenig Schmerzen hat.«

»Aber warum hast du niemandem etwas davon gesagt?« fragte ich und schüttelte ungläubig den Kopf. »Warum bist du nicht auf mich eingegangen, wenn ich dir gesagt habe, daß sie mir sehr krank vorkommt?«

»Wir mußten erst einmal mit dieser Situation fertig werden«, erwiderte er. »Jedesmal, wenn Georgia einen klaren Moment hatte, habe ich ihr gesagt, was wir vorhaben, und sie hat gelobt, alles zu tun, um am Leben zu bleiben, bis wir unser Ziel erreicht haben. Wenn du nicht bewirkt hättest, daß dein Baby vorzeitig geboren wird, hätte sie ihr Versprechen nicht halten können.«

»Papa, wie konnte dir dieses Täuschungsmanöver bloß wichtiger als Mamma sein? Wie konnte es dir wichtiger sein als sie?« fragte ich ihn.

»Ich habe dir doch gesagt«, erwiderte er mit stahlharten Augen, »daß wir nichts mehr für sie hätten tun können. Es wäre zwecklos gewesen, unseren Plan aufzugeben, damit sie in einem Krankenhaus stirbt, siehst du das denn nicht ein? Und überhaupt sterben alle Booths zu Hause«, leierte er herunter. »Alle Booths sterben zu Hause.«

Ich schluckte meine Schreie und rang um Selbstbeherrschung.

»Wie lange ist sie... schon tot, Papa? Wann ist es passiert?«

»Direkt nachdem du fortgelaufen bist. Du siehst also«, sagte er und lächelte schwachsinnig, »daß Emilys Gebete etwas genutzt haben. Der Herr hat damit gewartet, Georgia zu sich zu nehmen, und als Er nicht länger warten konnte, hat Er dich dazu gebracht, das zu tun, was du getan hast, um all das zu ermöglichen. Du siehst also, welche Macht Gebete haben, vor allem, wenn ein so frommer Mensch wie Emily sie spricht.«

»Ihr habt ihren Tod tagelang geheimgehalten?« fragte ich ungläubig.

»Ich hatte schon mit dem Gedanken gespielt, die Geschichte in Umlauf zu setzen, daß sie bei der Geburt gestorben ist, aber Emily und ich haben uns darauf geeinigt, daß wir noch ein oder zwei Tage warten sollten, um dann zu behaupten, ihre geschwächte Verfassung in Verbindung mit den großen Anstrengungen, die die Geburt sie gekostet hat, hätte ihrem Leben ein Ende bereitet; sie hätte jedoch tagelang heldenhaft dagegen angekämpft. Genauso, wie man es von meiner Frau eben erwarten kann«, fügte er mit dem arroganten Stolz der Booths hinzu, der wieder einmal deutlich herauszuhören war.

»Die arme Mamma«, flüsterte ich. »Die arme, arme Mamma.«

»Sie hat uns sogar am Ende ihres Lebens noch einen großen Dienst erwiesen«, erklärte Papa.

»Aber was ist mit uns? Welchen großen Dienst haben wir ihr damit erwiesen, daß wir ihre Krankheit und ihre Qualen in die Länge gezogen haben?« gab ich scharf zurück. Papa zuckte zusammen, gewann aber schnell die Fassung wieder.

»Ich habe es dir doch gesagt. Wir konnten nicht mehr für sie tun, und es wäre zwecklos gewesen, eine Gelegenheit ungenutzt zu lassen, den guten Namen der Booths zu bewahren.«

»Den Namen der Booths! Der gute Name Booth, zum Teufel mit dem guten Namen Booth!«

Papa streckte die Hand aus und ohrfeigte mich.

»Und wo bleibt die Familienehre jetzt, Papa? Hat all das der noblen Tradition des glorreichen Südens entsprochen, die du zu lieben und hochzuhalten behauptest? Bist du jetzt stolz auf dich, Papa? Glaubst du, dein Vater und dein Großvater wären stolz auf das, was du mir angetan hast und was du deiner Frau angetan hast? Hältst du dich für einen wahren Gentleman des Südens?«

»Geh in dein Zimmer«, brüllte er mit knallrotem Gesicht. »Verschwinde.«

»Ich lasse mich nicht mehr einschließen, Papa«, sagte ich trotzig.

»Du wirst das tun, was ich dir sage, und du wirst es jetzt gleich tun, hast du gehört?«

»Wo ist mein Baby? Ich will mein Baby sehen«, verlangte ich. Er kam auf mich zu und hob wieder die Hand. »Du kannst mich schlagen, solange du willst, Papa, aber ich werde nicht von der Stelle weichen, solange ich das Baby nicht gesehen habe, und wenn die Leute zu Mammas Beerdigung kommen und meine blauen Flecken sehen, dann wird man viel über die Booths reden«, fügte ich noch hinzu.

Seine Hand verharrte in der Luft. Er kochte innerlich, aber er schlug mich nicht.

»Ich dachte«, sagte er, während er die Hand langsam sinken ließ, »du hättest aus all dem vielleicht ein wenig Demut gelernt, aber wie ich sehe, bist du immer noch aufsässig.«

»Ich bin es müde, Papa, die Lügen und die Täuschungen müde, den Haß und die Wut, und ich habe es satt, mir etwas über den Teufel und Sünden anzuhören, wenn die einzige Sünde, deren ich mich offenkundig schuldig gemacht habe, die ist, daß ich geboren worden und zu dieser gräßlichen Familie gegeben worden bin. Wo ist die kleine Charlotte?« wiederholte ich.

Er starrte mich einen Moment lang an.

»Du sollst von ihr nicht als von deinem Baby reden«, befahl er mir.

»Ich weiß.«

»Ich habe in Eugenias früherem Zimmer ein Kinderzimmer für sie einrichten lassen, und ich habe ein Kindermädchen engagiert, das sich um sie kümmert. Das Kindermädchen heißt Mrs. Clark. Sag bloß kein Wort zu ihr, das sie dazu bringen könnte, etwas anderes als das zu glauben, was wir ihr erzählt haben«, warnte er mich eilig. »Hast du gehört?« Ich nickte. »Also gut«, sagte er und trat zurück. »Du kannst zu ihr gehen, aber merk dir alles, was ich dir gesagt habe, Lillian.«

»Wann wird Mammas Beerdigung stattfinden?« fragte ich.

»In zwei Tagen«, sagte er. »Ich lasse jetzt den Arzt holen und dann die Leichenbestatter, damit sie sie herrichten.«

Ich schloß die Augen und schluckte schwer. Dann lief ich an ihm vorbei zur Treppe, ohne ihn noch einmal anzusehen. Ich schien die Stufen hinunterzufliegen und durch den Korridor zu Eugenias früherer Welt zu schweben.

Mrs. Clark schien eine Frau von Ende Fünfzig oder Anfang Sechzig zu sein, und sie hatte hellbraunes Haar und sanfte kastanienbraune Augen. Sie war eine kleine Frau mit einem Omalächeln und einer angenehmen Stimme. Ich fragte mich, wie Papa es fertiggebracht hatte, jemanden zu finden, der so geeignet war, einen so sanftmütigen Menschen, der für diese Stellung wie geschaffen war. Sie trug eine weiße Uniform, die ihr etwas äußerst Professionelles verlieh.

Mich überraschte, wie vollständig verändert Eugenias Zimmer war. Anstelle von Eugenias alten Möbeln standen jetzt ein Kinderbett mit einer passenden Kommode und einem Wickeltisch da, und die Wände waren heller tapeziert worden, damit sie zu den neuen bunteren Vorhängen paßten. Alle, die kamen, um sich das Kind und insbesondere das neue Kindermädchen, Mrs. Clark, anzusehen, mußten glauben, daß Papa sein neugeborenes Baby liebte.

Es überraschte mich jedoch nicht, daß er das Baby im Parterre und weit entfernt von seinem, Emilys und meinem Schlafzimmer untergebracht haben wollte. Charlotte war versehentlich entstanden, und in Emilys Vorstellung war sie gewiß ein Kind der Sünde. Papa wollte sich nicht mit der Realität dessen auseinandersetzen, was er angerichtet hatte, und jedesmal, wenn die kleine Charlotte weinte, würde es ihn daran erinnern. So, wie er es eingerichtet hatte, ließ es sich machen, daß er sie selten sah.

Mrs. Clark stand von dem Stuhl neben dem Kinderbettchen auf, als ich das Zimmer betrat.

»Hallo«, sagte ich. »Ich bin Lillian.«

»Ja, meine Liebe. Deine Schwester Emily hat mir alles

über dich erzählt. Es tut mir leid, daß es dir nicht gutgegangen ist. Du hast deine kleine Schwester noch gar nicht gesehen, oder?« fragte sie, und dann schaute sie mit einem strahlenden Lächeln auf mein Baby herunter, das in seinem Bettchen lag.

»Nein«, log ich.

»Die süße Kleine schläft gerade, aber du kannst herkommen und sie dir ansehen«, sagte Mrs. Clark.

Ich trat an das Bettchen und schaute auf Charlotte herunter. Sie sah so winzig aus, und ihr Kopf war nicht größer als ein Apfel. Die winzigen Hände hatte sie im Schlaf zu Fäusten geballt, und die Finger waren rosa und lilienweiß. Ich verzehrte mich danach, mich herunterzubeugen und sie in meine Arme zu nehmen, sie an meinen Busen zu schmiegen und ihr kleines Gesicht mit Küssen zu bedecken. Es fiel mir so schwer, zu glauben, daß ein so bezauberndes und schönes Wesen all diesem Schmerz und Leid entstammte. Ich dachte sogar, vielleicht würde ich sie verabscheuen, wenn ich sie das erste Mal zu sehen bekam, aber in dem Augenblick, in dem ich diese winzige Nase und den kleinen Mund anschaute, das Kinn und den puppenhaften Körper, empfand ich nur große Liebe und tiefe Zuneigung.

»Sie hat jetzt blaue Augen, aber wenn Babies größer werden, verändert sich die Augenfarbe oft«, sagte Mrs. Clark. »Und wie du selbst sehen kannst, ist ihr Haar hellbraun mit einem satten Goldschimmer – genauso wie deines. Aber das ist nicht ungewöhnlich. Schwestern haben oft dieselbe Haarfarbe, sogar dann, wenn sie so viele Jahre auseinander sind. Welche Haarfarbe hat deine Mutter?« fragte sie in aller Unschuld, und ich fing an zu zittern, erst nur ein wenig und dann heftiger und immer heftiger. Die Tränen rannen mir über die Wangen. »Was ist los mit dir, meine Liebe«, sagte Mrs. Clark und trat zurück. »Hast du Schmerzen?«

»Ja, Mrs. Clark... sehr, sehr große Schmerzen. Meine Mutter... meine Mutter ist gerade von uns gegangen. Die Geburt des Babys und ihr geschwächter Zustand waren einfach zuviel für sie«, brachte ich heraus und kam mir dabei vor, als sei Papa ein Bauchredner und ich seine Puppe. Mrs. Clark riß den Mund auf und zog mich dann schnell in ihre Arme.

»Du armes Kleines.« Sie sah die winzige Charlotte an. »Du armer, armer kleiner Liebling«, sagte sie. »Daß einem solchen Glück soviel Kummer folgen muß!«

Ich hatte diese nette Dame gerade erst kennengelernt, und ich wußte so gut wie nichts über sie, aber ihre Arme trösteten mich, und ihre Schulter war weich. Ich begrub mein Gesicht daran und weinte mir das Herz aus dem Leib. Mein Schluchzen weckte die kleine Charlotte. Eilig wischte ich mir das Gesicht ab und sah zu, wie Mrs. Clark sie aus ihrem Bettchen hob.

»Möchtest du sie einmal nehmen?« fragte sie mich.

»Oh, ja«, sagte ich. »Sehr gern.«

Ich nahm sie in meine Arme und wiegte sie sachte und küßte ihre winzigen Wangen und ihre Stirn. Wenige Momente später hörte sie auf zu weinen und schlief wieder ein.

»Das hast du wirklich sehr gut gemacht«, sagte Mrs. Clark. »Eines Tages wirst du bestimmt eine wunderbare Mutter abgeben.«

Da ich kein weiteres Wort herausbrachte, reichte ich Mrs. Clark die kleine Charlotte und floh dann aus dem Kinderzimmer.

Am Nachmittag kamen die Leichenbestatter und machten Mamma zurecht. Papa erlaubte mir wenigstens, das Kleid auszusuchen, in dem sie begraben werden sollte, und er sagte, ich wüßte sicher besser als Emily, welches Kleid sich Mamma für diesen Zweck wünschen würde.

Ich suchte etwas Fröhliches aus, etwas sehr Hübsches, ein Kleid, in dem sie sich wahrhaft als die Herrin einer der prächtigen Plantagen des Südens fühlen konnte, ein Gewand aus weißem Satin mit einer gehäkelten Borte am Rocksaum. Emily beklagte sich natürlich darüber und behauptete, das Kleid sei zu festlich für ein Begräbnis.

Ich wußte jedoch, daß Besucher kommen würden, die den offenen Sarg aufsuchen würden, um ihr die letzte Ehre zu erweisen, und ich wußte, daß Mamma nicht gern trostlos ausgesehen hätte.

»Ins Grab«, verkündete Emily auf die prophetische Art, die so typisch für sie war, »kann man seine Eitelkeit nicht mitnehmen.« Aber ich ließ mich nicht umstimmen.

»Mamma hat schon genug gelitten, als sie in diesem Haus gelebt hat«, sagte ich entschieden. »Das ist das mindeste, was wir für sie tun können.«

»Einfach lachhaft«, murrte Emily, aber Papa mußte ihr gesagt haben, sie solle während der Trauerzeit jeden Konflikt und jede Auseinandersetzung meiden. Es kamen zu viele Besucher, und in jeder Ecke und hinter jeder Tür wurde ohnehin schon genug über uns geredet. Sie machte einfach nur auf dem Absatz kehrt und ließ mich mit den Leichenbestattern allein. Ich legte Mammas Kleidungsstücke für sie bereit, sogar die Schuhe und die Armbänder und ihre liebste Kette. Ich bat sie, ihr das Haar zu bürsten, und ich gab ihnen ihren parfümierten Puder.

Der Sarg wurde in Mammas Lesezimmer aufgestellt, in dem sie einen großen Teil ihrer Zeit zugebracht hatte. Emily und der Geistliche stellten die Kerzen auf und drapierten schwarzen Stoff auf dem Boden unter dem Sarg. Sie und der Geistliche stellten sich an die Tür und begrüßten die Leute, die Mamma die letzte Ehre erweisen wollten.

Doch in jenen Tagen der Trauer überraschte Emily mich wirklich. Zum einen verließ sie ihr Zimmer nur, um ins Bad zu gehen, und zum anderen fastete sie streng und nahm lediglich Wasser zu sich. Endlose Stunden verbrachte sie auf den Knien neben Mammas Sarg und betete bis spät in die Nacht hinein. Das wußte ich, weil ich nach unten ging, wenn ich nicht schlafen konnte, und dann fand ich sie mit gesenktem Kopf bei flackerndem Kerzenschein in dem ansonsten dunklen Zimmer vor.

Sie blickte noch nicht einmal auf, als ich eintrat und auf den Sarg zuging. Ich blieb daneben stehen und schaute in Mammas bleiches Gesicht, und dabei stellte ich mir ein kleines zartes Lächeln auf ihren Lippen vor. Ich wollte gern glauben, daß ihre Seele zufrieden war und sich über das freute, was ich für sie getan hatte. Ihr war es ja so wichtig, wie sie in Gesellschaft aussah, insbesondere in Anwesenheit von anderen Frauen.

Das Begräbnis war eines der größten in unserer Gemeinde. Sogar die Thompsons kamen und brachten es über sich, den Booths Niles' Tod soweit zu verzeihen, daß sie beim Gottesdienst und am Grab gemeinsam mit uns trauerten. Papa zog sich seinen besten dunklen Anzug an, und Emily trug ihr hübschestes dunkles Kleid. Ich trug ebenfalls ein dunkles Kleid, aber ich legte auch das Armband mit dem Amulett an, das Mamma mir vor zwei Jahren zum Geburtstag geschenkt hatte. Charles und Vera zogen ihre besten Sonntagskleider an, steckten den kleinen Luther in eine Hose und sein einziges hübsches Hemd. Er wirkte sehr verwirrt und ernst, als er die Hand seiner Mutter hielt. Für ein Kind, das jeden Morgen mit dem Glauben erwacht, daß alles, was es tut und sieht, Unsterblichkeit besitzt, insbesondere seine Eltern und die Eltern anderer junger Menschen, gibt es nichts Verwirrenderes als den Tod.

Aber eigentlich sah ich mir die Trauergäste an jenem Tag nicht wirklich an. Als der Geistliche mit seiner Predigt begann, war mein Blick auf Mammas Sarg gerichtet, der jetzt geschlossen war. Ich weinte erst, als wir am Grab standen und Mamma hinabgelassen wurde, um im Familiengrab für alle Zeiten neben Eugenia zu liegen. Ich hoffte und betete, daß die beiden wieder zusammensein würden. Sicherlich würden sie einander ein Trost sein.

Papa wischte sich einmal mit dem Taschentuch die Augen ab, ehe wir uns von dem Grab abwandten, aber Emily vergoß nicht eine einzige Träne. Falls sie überhaupt weinte, dann nur innerlich. Ich sah, wie manche Menschen sie beobachteten, tuschelten und die Köpfe schüttelten. Emily interessierte sich nicht die Spur dafür, was andere Menschen von ihr hielten. Sie glaubte fest daran, daß nichts auf dieser Welt, nichts, was die Menschen taten oder sagten oder was geschah, so bedeutsam war wie das, was auf dieses Leben folgte. Ihre Aufmerksamkeit war ganz auf das Jenseits und die Vorbereitungen für die Reise auf dem rühmlichen Pfad gerichtet.

Aber ich haßte sie nicht mehr für ihr Benehmen. Durch Charlottes Geburt und Mammas Tod war in meinem Innern etwas passiert. Zorn und Unduldsamkeit wurden von Mitleid und Nachsicht abgelöst. Ich war endlich zu der Erkenntnis gelangt, daß Emily die Bemitleidenswerteste von uns dreien war. Sogar die arme kränkelnde Eugenia war besser dran gewesen, denn sie war imstande gewesen, sich an einigen Dingen auf dieser Welt zu erfreuen, an manchen ihrer Schönheiten und an ihrer Wärme, wogegen Emily nur zu Unglück und Kummer fähig war. Sie gehörte auf Friedhöfe. Seit dem Tag, an dem sie das Laufen gelernt hatte, lief sie herum wie ein Leichenbestatter. Sie hüllte sich in Schatten und fand Geborgenheit und Trost nur allein, in ihre biblischen Geschichten vertieft, die man am besten unter einem grauen Himmel wiederholte.

Das Begräbnis und die Zeit danach lieferten Papa einen neuerlichen Vorwand dafür, Whiskey zu trinken. Er saß mit seinen kartenspielenden Freunden zusammen und kippte ein Glas Bourbon nach dem anderen, bis er auf seinem Stuhl einschlief. In den nächsten Tagen unterlagen Papas Gewohnheiten und sein Verhalten drastischen Veränderungen. Zum einen stand er morgens nicht mehr früh auf. Jetzt kam er spät. Eines Morgens kam er gar nicht, und ich fragte Emily, wo er war. Sie schaute mich nur finster an und schüttelte den Kopf. Dann murmelte sie tonlos eines ihrer Gebete.

»Was ist los, Emily?« erkundigte ich mich.

»Papa erliegt dem Teufel, von Tag zu Tag etwas mehr«, verkündete sie.

Fast hätte ich gelacht. Wie konnte Emily nicht sehen, daß Papa jetzt schon seit einer ganzen Weile mit Satan Umgang pflegte? Wie konnte sie sein Trinken und sein Spielen und sein verabscheuungswürdiges Tun entschuldigen, wenn er das Haus verließ und zu seinen sogenannten Geschäftsreisen aufbrach? Ließ sie sich wirklich von seiner heuchlerischen und oberflächlichen Frömmigkeit zum Narren halten und blenden, die er zeigte, wenn er zu Hause war? Sie wußte, was er mir angetan hatte, und doch versuchte sie, es damit zu entschuldigen, daß sie mir und dem Teufel die gesamte Schuld zuschob. Wie stand es um seine Verantwortlichkeit?

Was Emily letztlich doch beunruhigte, war, daß Papa sogar die Scheinheiligkeit aufgegeben hatte. Er erschien nicht mehr am Frühstückstisch, um die Morgengebete zu sprechen, und er las nicht mehr in seiner Bibel. Er trank sich jeden Abend in den Schlaf, und wenn er aufstand, zog er sich nicht ordentlich an. Er rasierte sich nicht; er machte nicht einmal mehr den Eindruck, als würde er sich waschen. Sowie es ihm möglich war, verließ er das Haus, um in seine Spelunken zu gehen und dort die Nacht über in verräucherten Zimmern Karten zu spielen. Wir wußten, daß es in diesen Lokalen auch Frauen mit üblem Leumund gab, Frauen, deren einziges Ziel es war, die Männer zu unterhalten und ihnen Freude zu bereiten.

Das Trinken, das Spielen und die Unzucht lenkten Papas Aufmerksamkeit von seinen Geschäften ab, und er kümmerte sich nicht mehr um die Leitung der Plantage. Wochen vergingen, in denen die Arbeiter sich darüber beschwerten, daß sie ihren Lohn nicht erhielten. Charles versuchte, die alten und abgenutzten Geräte zu reparieren, aber es verhielt sich mit ihm wie mit dem Jungen, der versuchte, den Deich intakt zu halten, indem er den Finger auf das Loch preßt, durch das das Wasser leckt. Jedesmal, wenn er Papa eine weitere Beschwerde oder die nächste betrübliche Nachricht überbrachte, tobte und raste Papa und schob die Schuld auf die Nordstaatler oder auf die Ausländer. Gewöhnlich endete es damit, daß er sich einen Rausch antrank und daß nichts geschah, daß kein Problem gelöst wurde.

Allmählich fing The Meadows an, wie eine der vernachlässigten alten Plantagen auszusehen, die entweder von jeder Menschenseele verlassen oder vom Bürgerkrieg zerstört waren. Da kein Geld vorhanden war, um die Zäune und die Ställe zu streichen, und da immer weniger unserer Arbeiter bereit waren, Papas Wutanfälle und seine Verzögerungstaktiken hinzunehmen, wenn es darum ging, ihnen den Lohn zu zahlen, der ihnen rechtmäßig zustand, ging es immer weiter bergab mit The Meadows, bis kaum noch die Einnahmen da waren, um das wenige noch aufrechtzuerhalten, was sich noch machen ließ.

Emily zog es vor, Papa nicht offen zu kritisieren, sondern statt dessen Möglichkeiten zu finden, wie im Haus wirtschaftliche Einsparungen vorgenommen werden konnten. Sie befahl Vera, billigere und immer billigere Mahlzeiten zu servieren. Der größte Teil des Hauses wurde nicht mehr beleuchtet und beheizt und nicht einmal mehr abgestaubt. Ein Sargtuch fiel über das herab, was einst einmal ein stolzes und schönes Südstaatenhaus gewesen war.

Erinnerungen an Mammas elegante Barbecues, an die luxuriösen Essensgesellschaften und an die Klänge von Gelächter und Musik wurden immer schwächer, zogen sich in die Schatten zurück und schlossen sich zwischen den Deckeln von Fotoalben ein. Das Klavier war verstimmt, die Gardinen sackten unter der Last von Staub und Schmutz herunter, und die einst so schöne Landschaft voller Blumen und Sträucher erlag dem des Unkrauts.

Alles, was in meinen Augen noch schön und interessant gewesen war, war verschwunden, aber ich hatte die kleine Charlotte, und ich half Mrs. Clark mit ihr. Gemeinsam beobachteten wir, wie sie sich entwickelte, bis sie den ersten Schritt machte und ihr erstes verständliches Wort von sich gab. Es war nicht Mamma oder Papa. Es war Lil… lil.

»Wie wunderbar, und auch so angemessen, daß dein Name der erste verständliche Laut ist, der über ihre Lippen kommt«, bemerkte Mrs. Clark. Natürlich wußte sie nicht, wie wunderbar und angemessen es in Wirklichkeit war, obwohl ich manchmal glaubte, daß sie mehr wußte, als sie zu wissen vorgab. Wie konnte sie mir ins Gesicht sehen, wenn ich Charlotte im Arm hielt oder mit ihr spielte oder sie fütterte, und dabei nicht erkennen, daß Charlotte meine Tochter und nicht meine Schwester war? Und wie konnte sie sehen, wie sehr Papa das Kind mied, ohne es seltsam zu finden?

Oh, ja, er tat einige der grundlegendsten Dinge. Er kam gelegentlich vorbei, um sich Charlotte anzusehen, wenn sie etwas Hübsches anhatte oder ihre ersten Schritte machte. Er ließ sogar von einem Fotografen Aufnahmen von seinen »drei« Kindern machen, aber weitgehend behandelte er Charlotte wie ein Mündel, das seiner Obhut unterstellt worden war.

Etwa einen Monat nach Mammas Ableben begann ich, wieder zur Schule zu gehen. Miss Walker unterrichtete immer noch dort, und sie war recht überrascht darüber, wie weit ich meinen Lernstoff aufgeholt hatte. Tatsächlich dauerte es nicht mehr als ein paar Monate, bis ich Seite an Seite mit ihr arbeitete und die kleineren Kinder unterrichtete und somit als Hilfskraft der Lehrerin fungierte. Emily besuchte die Schule inzwischen nicht mehr und interessierte sich auch nicht für die Dinge, die ich dort tat, ebensowenig wie Papa.

Doch all das fand ein abruptes Ende, als Charlotte etwas älter als zwei Jahre war. Papa kündigte beim Abendessen an, daß er Mrs. Clark entlassen werden müsse.

»Wir können sie uns nicht mehr leisten«, verkündete er. »Lillian, du und Emily und Vera, ihr drei werdet euch von jetzt an um das Baby kümmern.«

»Aber was ist mit meiner Schulbildung, Papa? Ich habe mit dem Gedanken gespielt, selbst Lehrerin zu werden.«

»Damit muß jetzt Schluß sein«, sagte er. »Bis die Lage sich verbessert.«

Aber ich wußte, daß die Lage sich niemals verbessern würde. Papa hatte das Interesse an seinen eigenen Geschäftsangelegenheiten verloren und verbrachte seine meiste Zeit beim Spielen und Trinken. Er war innerhalb von Monaten um Jahre gealtert. Sein Haar war von grauen Strähnen durchzogen; seine Wangen und sein Kinn hingen faltig herunter, und unter den Augen hatte er dunkle Ringe und Tränensäcke.

Allmählich begann er, den größten Teil des südlichen Felds mit dem besonders guten Boden zu verkaufen. Das Land, das er nicht verkaufte, verpachtete er, und mit den wenigen Einnahmen, die daraus resultierten, gab er sich zufrieden. Doch sowie er das Geld in den Händen hatte, zog er los, um es beim Kartenspiel einzusetzen und zu verlieren.

Weder Emily noch ich wußten, wie verzweifelt unsere Lage war, bis er eines Nachts spät nach Hause kam, nachdem er den ganzen Abend getrunken und Karten gespielt hatte, und sich in sein Arbeitszimmer begab. Emily und ich erwachten beide von einem Pistolenschuß, der durch das Haus hallte. Ich spürte, wie mir das Blut in die Füße sackte. Mein Herz fing an zu hämmern. Ich setzte mich eilig auf und lauschte, aber ich hörte nur Totenstille. Dann zog ich mir den Morgenmantel und die Pantoffeln an und rannte aus meinem Zimmer, und im Gang begegnete ich Emily.

»Was war das?« fragte ich.

»Es ist von unten gekommen«, sagte sie. Dann bedachte sie mich mit einem finsteren Blick, der Schlimmes voraussah, und wir rannten beide die Stufen hinunter. Emily trug eine Kerze in der Hand, denn wir hatten es uns angewöhnt, im unteren Geschoß alle Lichter auszumachen, wenn wir uns für die Nacht zurückzogen.

Ein flackernder Lichtschein fiel durch die offene Tür. Mein Herz pochte heftig, als ich wenige Schritte hinter Emily herlief und hinter ihr eintrat. Wir fanden Papa in sich zusammengesunken auf dem Sofa, und die rauchende Pistole hielt er in der Hand. Er war weder tot noch verletzt. Er hatte versucht, sich das Leben zu nehmen, hatte den Lauf der Pistole aber im letzten Augenblick von seiner Schläfe gezogen und die Kugel in die gegenüberliegende Wand abgefeuert.

»Was war das? Was ist passiert, Papa?« fragte Emily. »Warum sitzt du mit dieser Pistole da?«

»Ich könnte ebensogut tot sein«, sagte er. »Sobald ich die Kraft aufbringe, werde ich es noch einmal probieren«, wimmerte er mit einer Stimme, die ganz und gar untypisch für ihn war. Ich mußte zweimal hinsehen, um mich zu vergewissern, daß er es wirklich war.

»Nein, das wirst du nicht tun«, fauchte Emily. Sie riß ihm die Pistole aus der Hand. »Selbstmord ist Sünde. Du sollst nicht töten.«

Er sah aus kläglichen Augen zu ihr auf. Nie hatte ich ihn so schwach und niedergeschlagen erlebt.

»Du weißt nicht, was ich angerichtet habe, Emily. Du hast keine Ahnung.«

»Dann sag es mir«, sagte sie mit scharfer Stimme.

»Ich habe The Meadows verspielt. Ich habe die Plantage bei einem Kartenspiel eingesetzt und verloren. Ich habe das Erbe meiner Familie verspielt«, stöhnte er. »Es an einen Mann verloren, der Cutler heißt. Und dabei ist er noch nicht einmal ein Farmer. Er führt ein Strandhotel«, sagte er geringschätzig.

Er sah zu mir auf, und trotz allem, was er mir und Mamma angetan hatte, konnte ich ihn nur bemitleiden.

»Jetzt habe ich den Schaden angerichtet, Lillian«, sagte er. »Der Mann kann uns, wenn er will, jederzeit vor die Tür setzen.«

Emily fiel nichts Besseres dazu ein, als eines ihrer Gebete zu murmeln.

»Das ist ja lachhaft«, sagte ich. »Etwas, was so groß und bedeutend wie The Meadows ist, kann man nicht bei einem Kartenspiel verlieren. Das kann einfach nicht sein.« Papa riß die Augen vor Erstaunen auf. »Ich bin sicher, daß wir eine Möglichkeit finden werden, etwas dagegen zu unternehmen«, verkündete ich mit einer Selbstsicherheit und Überzeugungskraft, die mich selbst überraschte. »Und jetzt geh schlafen, Papa, und morgen früh, wenn du wieder einen klaren Kopf hast, wirst du eine Lösung für dieses Problem finden.«

Dann machte ich auf dem Absatz kehrt und ließ ihn dort sitzen. Er hatte den Mund weit aufgesperrt, und ich war selbst nicht sicher, warum es mir plötzlich so wichtig war, diese verfallene alte Südstaatenplantage zu erhalten, die für mich nicht nur ein Zuhause, sondern auch ein Gefängnis gewesen war. Eines stand jedoch fest – es war nicht deshalb wichtig, weil es der Sitz der Booths war.

Vielleicht war es wichtig, weil Henry hier zu Hause gewesen war, aber auch Louella und Eugenia und Mamma. Vielleicht war die Plantage um ihrer selbst willen wichtig, um der Frühlingstage willen, an denen morgens die Spottdrosseln und die Eichelhäher zwitscherten, um der Magnolien willen, die vor dem Haus blühten, und um der Glyzinien willen, die von den alten Veranden hingen. Vielleicht verdiente das Haus das nicht, was ihm zustieß.

Aber ich hatte keine Ahnung, wie ich es retten sollte: Ich hatte keine Ahnung, wie ich mich selbst retten sollte.

14

Verlorene Vergangenheit, gefundene Zukunft

Im Lauf der nächsten Tage kam Papa mit keinem Wort mehr darauf zu sprechen, daß er bei einer einzigen Runde Poker die Plantage verloren hatte. Ich dachte, vielleicht hätte er sich zusammengerissen und eine Möglichkeit gefunden, um sein Problem zu lösen. Aber eines Morgens beim Frühstück räusperte er sich, zog an seinem Schnurrbart und kündigte an: »Bill Cutler wird heute nachmittag hier vorbeikommen, um sich das Haus und das Anwesen anzusehen.«

»Bill Cutler?« fragte Emily und zog die Augenbrauen hoch. Sie mochte es nicht, wenn wir Besuch hatten, und schon gar nicht, wenn Fremde zu Besuch kamen.

»Der Mann, der die Plantage beim Kartenspiel gewonnen hat«, erwiderte Papa, der fast an seinen eigenen Worten erstickte. Er fuchtelte mit der geballten Faust durch die Luft. »Wenn ich doch bloß wüßte, woher ich den Einsatz nehmen soll. Dann könnte ich noch einmal pokern und die Plantage so schnell wieder zurückgewinnen, wie ich sie verloren habe.«

»Spielen ist Sünde«, verfügte Emily mit griesgrämigem Ausdruck.

»Ich weiß, was Sünde ist und was nicht. Es ist Sünde, daß ich die Plantage meiner Familie verloren habe. Das ist Sünde«, brüllte Papa, aber Emily zuckte mit keiner Wimper. Sie wich nicht einen Zentimeter zurück, und sie behielt auch ihre herablassende Haltung bei. Emily war unschlagbar, wenn es darum ging, andere anzusehen. Papa wandte den Blick ab und kaute wütend auf seinem Essen herum.

»Wenn ein Mann in Virginia Beach lebt, Papa, warum sollte er dann überhaupt so weit von dort eine Plantage haben wollen?« fragte ich.

»Um sie zu verkaufen, du dummes Ding«, fauchte er.

Vielleicht nahm ich mir ein Beispiel an Emily, die mir gegenüber so selbstsicher und streng am Tisch saß, aber vielleicht lag es auch daran, daß mein eigenes Selbstvertrauen gewachsen war. Woran es auch liegen mochte, ich gab nicht auf.

»Der Tabakpreis ist heruntergegangen, und vor allem für die kleineren Farmer sieht es schlecht aus. Unsere Gebäude sind reparaturbedürftig. Die meisten Landwirtschaftsgeräte sind alt und abgenutzt. Charles klagt ständig darüber, daß etwas kaputtgeht. Wir haben nicht mehr halb so viele Kühe und Hühner wie früher einmal, um unseren eigenen Bedarf zu decken. Die Gärten und Brunnen, aber auch die Hecken sind schon seit vielen, vielen Monaten vernachlässigt worden. Sogar das Haus müßte dringend instand gesetzt werden. Es wird ihm nicht leichtfallen, Leute zu finden, die eine dieser alten, verarmten Plantagen kaufen wollen«, erwiderte ich.

»Ja, doch, das stimmt«, räumte Papa ein. »Es wird ihm kein Vermögen einbringen, soviel steht fest, aber was es ihm auch einträgt, für ihn ist das geschenktes Geld, oder etwa nicht? Und wenn ihr ihn kennenlernt, werdet ihr sehen, daß er genau der Typ Mensch ist, der gern mit anderen Menschenleben spielt, aber auch mit dem, was anderen Leuten gehört. Er braucht das Geld nicht«, murmelte Papa.

»Das klingt ja ganz abscheulich«, sagte ich. Papa machte große Augen.

»Ja, aber leg dich bloß nicht mit ihm an, wenn er

kommt. Ich will in der Lage sein, mit dem Mann zu verhandeln, hast du gehört?«

»Wenn es nach mir geht, brauche ich ihn überhaupt nicht zu sehen«, sagte ich, und ich hatte wirklich die Absicht, eine Begegnung mit ihm zu vermeiden. Ich wäre ihm auch ausgewichen, wenn Papa ihn nicht in Charlottes Kinderzimmer geführt hätte, als ich gerade mit dem Baby spielte. Wir kauerten beide auf dem Fußboden, und Charlotte war von einer von Mammas Haarbürsten mit Perlmuttgriff fasziniert, die ich gerade dazu benutzt hatte, ihr das Haar zu bürsten. Jedesmal, wenn ich mit ihr zusammen war, vergaß ich alles andere und die gesamte übrige Welt. Mich überwältigten die Gefühle, die über mich hereinbrachen und mich immer wieder daran erinnerten, daß ich ein Kind berührte und küßte, das ich geboren hatte, das mein eigen Fleisch und Blut war. Daher hörte ich keine Schritte im Korridor und merkte auch nicht, daß ich beobachtet wurde.

»So, und wen haben wir denn hier?« hörte ich jemanden sagen, und ich schaute zur Tür, in der Papa mit dem großen braungebrannten Fremden stand. Er blickte aus dunklen schelmischen Augen und mit einem verschmitzten Lächeln auf den Lippen auf mich herunter. Er war schlank und breitschultrig und hatte lange Arme und graziöse Hände, Hände, die keine Anzeichen von harter Arbeit aufwiesen, sondern so gepflegt und so sorgsam manikürt waren wie die Hände einer Frau. Später sollte ich entdekken, daß alle Schwielen, die er hatte, vom Segeln herrührten, und das erklärte auch seine tiefe Bräune.

»Das sind meine beiden anderen Töchter«, sagte Papa. »Das Baby heißt Charlotte, und das da ist Lillian.« Papa hob den Kopf ruckhaft zur Decke, um mir zu bedeuten, ich sollte aufstehen und den Fremden begrüßen, wie es sich gehört. Widerwillig stand ich auf, strich meinen Rock glatt und trat vor.

»Hallo, Lillian. Ich bin Bill Cutler«, sagte er und hielt mir seine glatten Finger hin. Ich nahm seine Hand und drückte sie, aber er ließ meine Hand nicht gleich wieder los. Statt dessen lächelte er noch strahlender und sog meinen Anblick in sich auf, ließ den Blick langsam von meinen Füßen nach oben gleiten und auf meinen Brüsten und meinem Gesicht verweilen.

»Hallo«, sagte ich. Langsam, aber entschieden zog ich meine Hand zurück.

»Du mußt wohl den Babysitter spielen, stimmt's?« fragte er. Ich sah Papa an, der steif stehen blieb und den Blick starr auf mich richtete, als er nervös an seinem Schnurrbart zog.

»Ich teile mir mit unserer Haushälterin Vera und mit meiner Schwester Emily die Verantwortung«, erwiderte ich eilig, aber ehe ich mich abwenden konnte, sprach er weiter.

»Ich wette, das Baby ist am liebsten mit dir zusammen«, sagte er.

»Ich bin gern mit der Kleinen zusammen.«

»Das ist es, genau das ist es. Kleinkinder spüren das. Ich habe das bei einigen Familien gesehen, die in mein Hotel kommen. Ich habe ein sehr nobles Hotel am Meer«, brüstete er sich.

»Wie schön für Sie«, sagte ich so teilnahmslos, wie ich es nur irgend herausbringen konnte. Doch er ließ sich nicht abschrecken. Er blieb so unerschütterlich stehen wie ein Baum. Ich hob Charlotte auf meine Arme. Sie schaute Bill Cutler voller Interesse an, doch seine Aufmerksamkeit war ausschließlich auf mich gerichtet.

»Ich wette, dein Vater fährt nie mit euch Mädchen ans Meer, stimmt's?«

»Wir haben keine Zeit für Vergnügungsreisen«, sagte Papa eilig.

»Nein, das kann ich mir denken, wenn Sie beim Kartenspiel so hoch verlieren«, sagte Bill Cutler. Papas Gesicht lief rot an. Seine Nasenflügel zuckten, und seine Lippen waren zusammengepreßt, aber er ließ der Woge der Entrüstung, die aus ihm herausbrechen wollte, nicht freien Lauf. »Natürlich ist das ein Jammer für dich und deine Schwestern, Lillian«, sagte Bill Cutler, der sich wieder an mich wandte. »Junge Frauen sollten die Möglichkeit haben, an den Strand zu fahren, vor allem hübsche junge Frauen«, fügte er noch hinzu, und seine Augen zwinkerten schelmisch.

»Papa hat recht«, sagte ich. »Wir haben hier viel zu tun, seit die Geschäfte auf der Farm schlecht gehen«, sagte ich. »Wir konnten uns die Instandhaltung in der letzten Zeit nicht mehr leisten, und wir müssen mit dem auskommen, was wir haben.«

Papas Augen wurden groß, aber ich wollte dringend meinen Anteil dazu beitragen, The Meadows eher als eine Last und weniger als einen Segen hinzustellen.

»Es sieht ganz so aus, als ginge jeden Tag etwas anderes schief, und täglich gehen Geräte kaputt. Stimmt's, Papa?«

»Was?« Er räusperte sich. »Ja, du hast recht.«

»Nun, mir scheint, in Ihrer Familie gibt es eine sehr gescheite junge Dame, Jed«, sagte Bill Cutler grinsend. »Sie haben sie vor mir geheimgehalten... gezielt geheimgehalten. Was sagen Sie – würden Sie sie mir eine Zeitlang ausleihen?«

»Was?« fragte ich eilig. Er lachte.

»Damit du mich herumführst«, erklärte er. »Ich wette, ein Rundgang mit dir wird weit besser und informativer sein als einer mit Jed. Was ist, Jed?«

»Sie muß auf das Baby aufpassen«, sagte Papa.

»Jetzt hören Sie aber auf, Jed. Sie können sie doch für eine knappe Stunde entbehren. Mir wäre das jedenfalls viel lieber«, fügte er hinzu und sah diesmal Papa aus seinen dunklen Augen fest an. Papa schien sich unwohl zu fühlen. Er haßte es, in dieser Klemme zu stecken, in die Enge getrieben, unter Druck gesetzt und bevormundet zu werden, aber es blieb ihm nichts anderes übrig, als zu nicken.

»Also gut, Lillian, du wirst Mr. Cutler herumführen. Zeig ihm alles, was er sehen will. Ich werde Vera herschicken, damit sie auf Charlotte aufpaßt«, sagte Papa. Siedend vor Wut ging er, um Vera zu suchen.

»Mein Vater weiß auf der Plantage besser Bescheid als ich«, klagte ich und setzte das Baby in seinen Laufstall.

»Mag sein. Vielleicht aber auch nicht. Ich bin kein Dummkopf. Niemandem kann entgehen, daß er sich nicht so sehr um die Plantage gekümmert hat, wie er es hätte tun sollen.« Er trat näher zu mir, blieb so dicht hinter mir stehen, daß ich seinen Atem auf meinem Nacken spürte. »Ich möchte wetten, daß du hier so einiges tust, stimmt's?«

»Ich übernehme meine Aufgaben«, sagte ich und bückte mich, um dem Baby ein Spielzeug in die Hand zu drücken. Ich wollte Bill Cutler nicht ansehen. Wenn ein Mann mich derart prüfend musterte, fühlte ich mich unbehaglich. Wenn Bill Cutler mich ansah, schaute er mich von Kopf bis Fuß an, und seine Augen glitten jedesmal, wenn er etwas sagte, an meinem Körper auf und ab. Ich fühlte mich so, wie eine der jungen Sklavinnen sich bei der Verkaufsauktion gefühlt haben mußte.

»Und worin bestehen diese Aufgaben? Ich meine natürlich, abgesehen davon, daß du dich um deine kleine Schwester kümmerst?«

»Ich helfe Papa bei der Buchführung«, sagte ich. Bill Cutlers Lächeln wurde noch strahlender.

»Dachte ich mir doch, daß du mit solchen Dingen etwas zu tun haben könntest. Du machst den Eindruck, eine sehr kluge junge Frau zu sein, Lillian. Ich wette, du bist bis auf den letzten Penny über die Aktiva und Passiva informiert.«

»Ich weiß nur das, wovon Papa will, daß ich es weiß«, sagte ich eilig. Er zuckte die Achseln.

»Bisher ist mir noch keine Frau begegnet, der ein Mann vorschreiben konnte, was sie wissen oder tun will, wenn sie sich in den Kopf gesetzt hat, etwas zu tun oder herauszufinden«, sagte er spöttisch. Er hatte eine Art, die Augen zu verdrehen und die Lippen zusammenzupressen, die den Eindruck erweckte, als steckte hinter allem, was er sagte, noch eine andere Bedeutung. Ich war froh, als ich Vera zur Tür hereinkommen sah.

»Der Rittmeister hat mich geschickt«, sagte sie.

»Der Rittmeister?« wiederholte Bill Cutler und lachte. »Wer ist der Rittmeister?«

»Mr. Booth«, erwiderte sie.

»Meinen Sie nicht, daß er eher der Kapitän eines sinkenden Schiffs ist?« Er lachte wieder. Dann reichte er mir seinen Arm, damit ich mich bei ihm einhängen konnte. »Miss Booth?«

Ich warf einen Blick auf Vera, die verwirrt und verärgert wirkte, und dann ergriff ich widerstrebend Bill Cutlers Arm und ließ mich von ihm fortführen.

»Sollen wir uns zuerst das Anwesen ansehen?« fragte er, als wir die Haustür erreicht hatten.

»Wie es Ihnen lieber ist, Mr. Cutler«, sagte ich.

»Oh, bitte, nenn mich doch Bill. Ich bin William Cutler der Zweite, aber ich ziehe es vor, Bill genannt zu werden. Das ist... zwangloser, und mit hübschen Frauen pflege ich gern einen zwanglosen Umgangston.«

»Das kann ich mir vorstellen«, sagte ich, und er brüllte vor Lachen.

Als wir auf die Veranda traten, blieb er stehen und schaute über das Gelände hinaus. Ich schämte mich, ihm das Grundstück zu zeigen. Mir schmerzte das Herz, wenn ich sah, wie sehr die Blumenbeete vernachlässigt worden waren, wie man die schmiedeeisernen Bänke hatte verrosten lassen und wie Schmutzwasser in die Brunnen tropfte.

»Das muß früher einmal eine verdammt schöne Plantage gewesen sein«, sagte Bill Cutler. »Als ich die Auffahrt heraufgekommen bin, habe ich mir unwillkürlich vorgestellt, wie dieses Anwesen zu seiner Glanzzeit einmal ausgesehen haben muß.«

»Ja, allerdings«, sagte ich betrübt.

»Das ist das ärgerliche an dem alten Süden. Er will einfach nicht der neue Süden werden. Diese alten Dinosaurier weigern sich einzugestehen, daß sie den Bürgerkrieg verloren haben. Ein Geschäftsmann muß sich nach neuen und moderneren Methoden umsehen, wie man Dinge erledigt, und wenn gute Ideen aus dem Norden gekommen sind, nun, dann muß man sie eben trotzdem einsetzen. Und jetzt führ mich herum«, sagte er. »Ich habe die Pension meines Vaters übernommen und sie zu einem prächtigen Objekt umgebaut. Einige sehr hochstehende Persönlichkeiten zählen zu meinen Gästen. Es ist ein erstklassiges Anwesen am Strand. Mit der Zeit... ja, mit der Zeit, Lillian, werde ich es zu großem Reichtum bringen.« Er unterbrach sich. »Was nicht heißen soll, daß ich jetzt finanziell nicht gut dastehe.«

»Sie müssen sehr gut dastehen, wenn Sie all Ihre Zeit damit zubringen, Karten zu spielen und die Häuser und Grundstücke anderer Menschen zu gewinnen, die weniger glücklich dran sind als Sie«, fauchte ich. Wieder brüllte er vor Lachen.

»Dein Temperament macht mir Spaß, Lillian. Wie alt bist du?«

»Ich bin ziemlich genau siebzehn«, sagte ich.

»Ein wirklich erstklassiges Alter... unverdorben und

doch hast du schon eine gewisse Raffinesse an dir, Lillian. Hast du schon viele Freunde gehabt?«

»Das geht Sie nichts an. Sie wollen auf der Plantage herumgeführt werden, nicht in meiner Vergangenheit«, gab ich zurück. Wieder einmal lachte er schallend. Es schien, als könnte ihn nichts, was ich sagte oder tat, verärgern. Je störrischer und unfreundlicher ich war, desto besser gefiel ich ihm. Frustriert führte ich ihn die Stufen hinunter und zu den Ställen, dem Räucherhaus, der Laube und den Schuppen, in denen alte und rostige Geräte herumstanden. Ich stellte ihn Charles vor, der erklärte, wie schlecht die Dinge standen und wie viele Maschinen ersetzt werden mußten. Er hörte ihm zu, aber ich stellte fest, daß sein Blick ständig auf mich gerichtet war, gleichgültig, was ich ihm zeigte oder wen ich ihm vorstellte.

Das ließ mein Herz flattern, wenn auch nicht in einer Art, die mir gefiel. Er schaute mich nicht mit sanften und zärtlichen Augen so reizend an, wie Niles es getan hatte; er starrte mich mit ungezügelter Lust und Begierde an. Wenn ich mit ihm redete und ihm die Plantage beschrieb, lauschte er mir, aber er hörte kein einziges Wort. Statt dessen stand er mit diesem zynischen Lächeln da, und seine Augen glühten vor Verlangen.

Schließlich erklärte ich, unser Rundgang sei beendet.

»So schnell schon?« klagte er. »Dabei hat es gerade erst begonnen, mir so richtig Spaß zu machen.«

»Mehr gibt es nicht zu sehen«, sagte ich. Ich dachte gar nicht daran, mich mit ihm weit vom Haus zu entfernen – allein mit Mr. Bill Cutler fühlte ich mich nicht sicher. »Sie sehen also, daß Sie sich mit Ihrem Gewinn beim Kartenspiel nur Kopfschmerzen eingehandelt haben«, fügte ich noch hinzu. »The Meadows wird Ihnen lediglich das Geld aus der Brieftasche ziehen.«

Er lachte.

»Hat dein Vater den Text mit dir geprobt, damit du ihn auswendig lernst?« fragte er.

»Mr. Cutler...«

»Bill.«

»Bill. Haben Sie denn in dieser letzten Stunde nichts gehört und nichts gesehen? Sie behaupten, einer der neuen Geschäftsmänner aus dem Süden zu sein, die klüger und moderner sind. Wollen Sie etwa sagen, daß Sie der Meinung sind, ich übertreibe?«

Einen Moment lang wurde er nachdenklich, und dann drehte er sich im Kreis und sah sich um, als seien ihm gerade eben erst die Augen dafür geöffnet worden, in welchem Zustand The Meadows war. Dann nickte er.

»An dem, was du sagst, ist etwas dran...« sagte er lächelnd, »aber ich habe keinen Penny für all das ausgegeben, und ich könnte ganz einfach alles versteigern lassen, Stück für Stück, wenn ich wollte.«

»Werden Sie das tun?« fragte ich mit pochendem Herzen.

Er sah mich lüstern an. »Vielleicht. Vielleicht auch nicht. Es kommt darauf an.«

»Worauf kommt es an?« fragte ich.

»Es kommt eben darauf an«, sagte er, und ich verstand, warum Papa gesagt hatte, daß dieser Mann nur zu gern mit dem Leben und der Habe anderer Menschen spielte. Ich machte mich vor ihm auf den Rückweg zum Haus, und er holte mich schnell wieder ein.

»Könnte ich dich dafür interessieren, heute abend in meinem Hotel mit mir zu essen?« fragte er. »Es ist kein allzu nobles Restaurant, aber...«

»Nein, danke«, sagte ich eilig. »Das geht nicht.«

»Warum geht das nicht? Hast du zuviel damit zu tun, die leeren Bücher deines Vaters zu führen?« gab er zurück, denn er war es offensichtlich nicht gewöhnt, eine Abfuhr zu erhalten.

Ich widersetzte mich ihm offensichtlich.

»Warum sagen wir nicht einfach, daß ich zu tun habe«, sagte ich, »und belassen es dabei.«

»Du bist wirklich erstaunlich stolz«, murmelte er. »Das ist richtig so. Ich mag es, wenn eine Frau Mut hat. Reizbare Frauen sind wesentlich interessanter im Bett«, fügte er noch hinzu.

Mein Gesicht lief rot an, und ich drehte mich zu ihm um.

»Diese Worte sind derb und unangebracht, Mr. Cutler«, warf ich ihm an den Kopf. »Die Gentlemen aus dem Süden mögen in Ihren Augen Dinosaurier sein, aber wenigstens wissen sie, wie man anständig mit einer jungen Dame redet.« Wieder einmal lachte er schallend, und ich eilte fort und ließ ihn lachend stehen.

Aber zu meinem Bedauern tauchte er weniger als eine halbe Stunde später wieder in der Tür zu Charlottes Kinderzimmer auf, um anzukündigen, er sei zum Abendessen eingeladen worden.

»Ich bin nur vorbeigekommen, um dir das zu sagen, weil du meine Esseneinladung nicht angenommen hast und ich daher die Einladung deines Vaters angenommen habe, zum Essen hierzubleiben«, sagte er, und seine Augen waren voller Schadenfreude.

»Papa hat Sie eingeladen?« fragte ich ungläubig.

»Nun«, erwiderte er zwinkernd, »sagen wir lieber, ich habe ihm gewaltsam eine Einladung abgeluchst. Ich freue mich schon darauf, dich später wiederzusehen«, neckte er mich. Er legte die Finger an die Hutkrempe und ging.

Ich fand es ganz abscheulich, daß ein so derber und arroganter Mann sich in unser Haus einschleichen und nach Belieben mit uns umspringen konnte. Und all das lag nur daran, daß Papa diese dummen Kartenspiele spielte. Diesmal mußte ich Emily wider Willen zustimmen – das Spielen war verrucht; es war wie eine Krankheit, fast so schlimm wie Papas Trinken. Gleichgültig, wie sehr es ihm schadete oder wie qualvoll es war – er konnte es einfach nicht lassen und war machtlos dagegen, daß er es wieder und immer wieder tun wollte. Nur würden wir jetzt ebenfalls darunter leiden.

Ich drückte die kleine Charlotte eng an mich und bedeckte ihre Wangen mit Küssen. Sie kicherte und drehte sich Strähnen meines Haars um ihre winzigen Finger.

»In was für einer Welt wirst du bloß aufwachsen, Charlotte? Ich hoffe und bete, daß es eine bessere Welt sein wird als die, in der ich aufgewachsen bin«, sagte ich.

Sie sah zu mir auf und hatte die Augen vor Interesse weit aufgerissen, weil mein Tonfall sie faszinierte und winzige Tränen aus meinen traurigen Augen tropften.

Trotz unserer erbärmlichen wirtschaftlichen Lage erteilte Papa Vera die Anweisung, ein weit luxuriöseres Abendessen zuzubereiten, als wir es in jenen Zeiten gewöhnt waren. Sein Südstaatlerstolz ließ nichts Geringeres zu, und wenn er Bill Cutler auch nicht leiden konnte und ihn ablehnte, weil er beim Kartenspiel The Meadows gewonnen hatte, dann konnte er sich ihm doch nicht an einem Tisch gegenübersetzen, auf dem eine schlichte Mahlzeit auf unserem gewöhnlichen Geschirr serviert wurde. Statt dessen mußte Vera unser bestes Porzellan und unsere edelsten Kristallgläser hervorholen. Große weiße Kerzen wurden in silberne Kerzenleuchter gesteckt, und ein großes Tischtuch aus schneeweißem Leinen, das ich seit etlichen Jahren nicht mehr gesehen hatte, wurde auf den Tisch im Eßzimmer gelegt.

Papa hatte nur noch ein paar wenige Flaschen von seinem kostspieligen Wein übrig, doch zwei davon wurden auf den Tisch gestellt, um zum Entenbraten getrunken zu werden. Bill Cutler bestand darauf, neben mir zu sitzen.

Er war sehr elegant und förmlich gekleidet und sah, wie ich mir eingestehen mußte, außerordentlich gut aus. Aber seine respektlose Haltung, sein zynisches Grinsen und sein kokettes Benehmen ärgerten mich weiterhin und stießen mich ab. Ich sah, wie sehr Emily ihn verabscheute, doch je wütender sie ihn über den Tisch hinweg anfunkelte, desto mehr schien er seinen Spaß an diesem Abendessen bei uns zu haben.

Er wäre fast in Gelächter ausgebrochen, als Emily anfing, aus der Bibel vorzulesen und zu beten.

»Und so macht ihr das jeden Abend?« fragte er skeptisch.

»Selbstverständlich«, erwiderte Papa. »Wir sind gottesfürchtige Leute.«

»Sie, Jed? Sie und gottesfürchtig?« Er lachte schallend, und die drei Gläser Wein, die er bereits getrunken hatte, hatten sein Gesicht gerötet. Papa warf schnell einen Blick auf Emily und mich und lief knallrot an, doch er schluckte seine Wut hinunter. Bill Cutler war so vernünftig, eilig das Thema zu wechseln. Er ließ sich begeistert über das Fleisch aus und lobte Vera, und er überschüttete sie mit so vielen Komplimenten, daß sie errötete. Während der gesamten Mahlzeit schaute Emily ihn mit einem Ausdruck von Abscheu und Ekel an, der so deutlich war, daß ich mein Lächeln hinter der Serviette verbergen mußte. Es wurde so schlimm, daß Bill Cutler es vermied, sie anzusehen, und sich ganz auf Papa und mich konzentrierte.

Er schilderte sein Hotel und das Leben am Meer, seine Reisen und einige seiner Zukunftspläne. Dann entspann sich eine heftige Diskussion zwischen ihm und Papa, in der es um die Wirtschaft und darum ging, was die Regierung unternehmen sollte und was nicht. Nach dem Abendessen verzogen sich die beiden in Papas Büro, um Zigarren zu rauchen und Schnaps zu trinken. Ich half

Vera beim Aufräumen, und Emily ging zu Charlotte, um nach ihr zu sehen.

Trotz allem, was passiert war und was sie wußte, nahm Emily Charlotte gegenüber eher eine schwesterliche Rolle ein. Ich ahnte, daß sie es übernommen hatte, über mein Baby zu wachen, und als ich sie eines Tages darauf ansprach, antwortete sie mit ihrer gewohnten inbrünstigen Frömmigkeit und ihren ebenso vertrauten Prophezeiungen.

»Dieses Kind ist besonders empfänglich für Satan, weil es aus reiner Lust heraus gezeugt worden ist. Ich werde es in einen Ring aus heiligem Feuer einhüllen, der so heiß glüht, daß Satan persönlich sich abwenden wird. Die ersten Sätze, die das Kind von sich geben wird, werden fromme Gebete sein«, gelobte sie.

»Vermittle ihr kein schlechtes Gefühl«, flehte ich. »Laß sie zu einem normalen Kind heranwachsen.«

»Normal?« warf sie mir an den Kopf. »Wie du?«

»Nein. Besser als ich.«

»Genau das beabsichtige ich«, sagte sie zu mir.

Da Emily in Zusammenhängen, in denen es um Charlotte ging, rätselhafterweise sanftmütig und sogar liebevoll war, versuchte ich nicht, mich zwischen die beiden zu stellen, und Charlotte sah sie tatsächlich so an, wie ein Kind einen Elternteil hätte anschauen können. Ein Wort von Emily genügte, und Charlotte hörte sofort auf, mit den falschen Dingen zu spielen. Unter Emilys Aufsicht war sie still und gehorsam, wenn sie angezogen werden sollte, und wenn Emily sie ins Bett brachte, weigerte sie sich nicht.

Emily konnte sie im allgemeinen damit hypnotisieren, daß sie ihr aus der Bibel vorlas. Als ich Vera geholfen hatte und endlich fertig war, ging ich in Charlottes Zimmer und fand Charlotte auf Emilys Schoß vor, wie sie Emily gebannt lauschte, die ihr die ersten Seiten der

Schöpfungsgeschichte vorlas. Charlotte schaute zu ihr auf und hörte fasziniert zu, als Emily ihre Stimme senkte, um die Stimme Gottes nachzuahmen.

Charlotte sah mich neugierig an, nachdem Emily mit dem Lesen aufgehört hatte. Sie lächelte und klatschte verspielt in die Hände, da sie sich auf ein paar fröhlichere und lockerere Momente freute, aber Emily fand das nach dieser religiösen Stunde unangemessen.

»Es ist Zeit, daß sie schläft«, verkündete sie. Sie ließ sich von mir dabei helfen, das Baby ins Bett zu legen, und ich gab Charlotte einen Gutenachtkuß. Doch ehe ich ging, wollte Emily, daß ich mir etwas ansah, damit ich selbst erkannte, welche Fortschritte sie bei Charlotte machte.

»Laß uns beten«, sagte Emily und legte die Handflächen zusammen. Das Baby sah erst mich und dann Emily an, die die Worte und Gesten wiederholte. Dann preßte Charlotte ihre kleinen Hände zusammen und hielt sie tatsächlich still, bis Emily das Vaterunser gebetet hatte.

»Sie ahmt mich bisher nur nach, wie ein kleines Äffchen«, sagte Emily, »aber mit der Zeit wird sie es verstehen, und das wird ihre Seele retten.«

Und wer wird meine Seele retten? fragte ich mich, als ich in mein Zimmer ging, um mich für die Nacht zurückzuziehen. Als ich die Treppe hinaufging, hörte ich, wie Bill Cutlers schallendes Gelächter aus Papas Büro drang. Das beschleunigte meine Schritte, und ich war nur zu froh, eine möglichst große Entfernung und viele Türen zwischen mich und diesen arroganten Mann zu legen.

Aber das war leichter gesagt als getan. Für den Rest der Woche kam Bill Cutler täglich zu Besuch. Es schien, als stünde er jedesmal, wenn ich mich umdrehte, hinter mir oder beobachtete mich von einem Fenster aus, wenn ich mit Charlotte im Freien war. Manchmal spielte er mit Papa Karten, und manchmal tauchte er unter dem Vorwand auf, er wolle sich sein neuerworbenes Anwesen ansehen, um zu entscheiden, was er damit anfangen würde, und manchmal aß er bei uns zu Abend. Er lungerte bei uns herum wie eine gräßliche Drohung, die über uns schwebte, eine Erinnerung daran, was uns bevorstand, sowie es ihm in den Sinn kam, Maßnahmen zu ergreifen. Folglich bestimmte er über unser Haus und unsere Leben oder zumindest über meines.

An einem späten Nachmittag, nachdem ich aus Charlottes Kinderzimmer gekommen und nach oben gegangen war, um mich für das Abendessen fertigzumachen, glaubte ich, Schritte vor meiner Tür zu hören, und als ich aus meinem Bad lugte, sah ich, wie Bill Cutler sich in mein Zimmer schlich. Ich hatte mein Kleid ausgezogen, um mir das Haar zu waschen und zu bürsten, und ich trug nur einen BH und einen Schlüpfer.

»Oh«, sagte er, als er mich herausschauen sah, »ist das dein Zimmer?«

Als ob er das nicht wüßte, dachte ich. »Ja, das ist es, und ich finde es nicht sehr nett von Ihnen, einfach hereinzukommen, ohne vorher anzuklopfen.«

»Ich habe angeklopft«, log er. »Ich nehme an, du hast mich nicht gehört, weil du im Bad Wasser laufen hattest.« Er sah sich um. »Du hast dein Zimmer sehr hübsch eingerichtet... schlicht und einfach«, sagte er und war offensichtlich ein wenig überrascht über die kahlen Wände und die fehlenden Vorhänge an den Fenstern.

»Ich mache mich gerade fertig für das Abendessen«, sagte ich. »Haben Sie etwas dagegen?«

»Oh, nein, nicht im geringsten. Ich habe absolut nichts dagegen. Mach ruhig weiter«, neckte er mich. Mir war nie ein aufreizenderer Mensch über den Weg gelaufen. Er stand mit diesem Grinsen auf dem Gesicht da und sah mich lüstern an. Ich hatte die Arme über dem Busen verschränkt.

»Ich könnte dir das Haar bürsten, wenn du magst.«

»Nein, das will ich nicht. Gehen Sie jetzt, bitte«, beharrte ich, doch er lachte nur und kam ein paar Schritte auf mich zu. »Wenn Sie mein Zimmer nicht verlassen, Mr. Cutler, werde ich...«

»Schreien? Das wäre nicht allzu nett. Und«, sagte er und sah sich noch einmal um, »was dieses Zimmer angeht, so ist es eigentlich nicht dein Zimmer... nun«, sagte er lächelnd, »sondern, wie du weißt, in Wirklichkeit meines.«

»Nicht, solange Sie nicht Besitz davon ergreifen«, erwiderte ich.

»Das ist wahr«, sagte er und kam noch näher. »Besitz ergreifen macht neun Zehntel des Gesetzes aus, vor allem im Süden. Weißt du, du bist eine sehr hübsche und sehr interessante junge Dame. Ich mag die Glut in deinen Augen. Die meisten Frauen, die mir begegnet sind, haben nur eines in den Augen«, sagte er und lächelte noch strahlender.

»Ich bin sicher, daß das auf die meisten Frauen zutrifft, die *Sie* kennenlernen«, fauchte ich. Er lachte.

»Jetzt komm schon, Lillian. Soviel hast du doch gar nicht gegen mich, oder? Ein wenig attraktiv wirst du mich doch finden. Mir ist noch nie eine Frau begegnet, die mich nicht attraktiv gefunden hat«, fügte er dreist hinzu.

»Dann haben Sie eben die erste gefunden«, sagte ich. Er stand jetzt so dicht vor mir, daß ich einen Schritt zurückweichen mußte.

»Das liegt nur daran, daß du mich wirklich noch nicht gut genug kennst. Mit der Zeit...« Er legte die Hände auf meine Schultern, und ich wollte mich losreißen, doch seine Finger packten fester zu.

»Lassen Sie mich los«, verlangte ich.

»Die Glut in diesen Augen«, sagte er. »Ich muß sie

löschen, oder du wirst verbrennen«, fügte er hinzu und senkte seine Lippen so schnell auf meine, daß ich kaum noch die Zeit fand, den Kopf zurückzuziehen. Ich wehrte mich gegen ihn, doch er schlang die Arme um mich und küßte mich heftiger. In dem Moment, in dem er seinen Kopf zurückzog, wischte ich mir mit dem Handrücken seinen Kuß von meinen Lippen.

»Ich wußte doch, daß du aufregend sein wirst. Du bist wie ein ungezügeltes Wildpferd, aber nachdem du zugeritten bist, wette ich, daß du wie nur wenige andere galoppieren wirst«, prophezeite er, und seine Blicke glitten schnell von meinem geröteten Gesicht auf meine Brüste.

»Verschwinden Sie aus meinem Zimmer! Verschwinden Sie!« schrie ich und wies auf die Tür. Er hielt die Hände hoch.

»Schon gut, schon gut. Reg dich bloß nicht auf. Das war nur ein freundschaftlicher Kuß. Du hattest doch nichts dagegen, oder?«

»Mir war jede einzelne Sekunde verhaßt!« fauchte ich.

Er lachte. »Ich bin sicher, daß du heute nacht davon träumen wirst.«

»Nur, falls ich Alpträume haben sollte«, gab ich zurück. Das entlockte ihm schallendes Gelächter.

»Lillian, du gefällst mir wirklich. In Wahrheit ist das der einzige Grund dafür, daß ich mich immer noch mit dieser erbärmlich heruntergekommenen Pracht des Südens amüsiere. Abgesehen davon, daß ich deinen Vater immer wieder im Kartenspiel besiege«, fügte er noch hinzu. Dann wandte er sich ab und ließ mich mit heftig pochendem Herzen stehen. Ich schnaubte vor Entrüstung und vor Wut.

An jenem Abend weigerte ich mich, ihn beim Essen anzusehen, und jede Frage, die er mir stellte, beantwortete ich mit einem schlichten Ja oder Nein. Papa schien meine Gefühle gegenüber Bill Cutler nicht zu bemerken oder sich nicht dafür zu interessieren, und Emily nahm an, ich sähe ihn so, wie sie ihn sah. Ab und zu berührte er mich mit seiner Stiefelspitze oder mit den Fingern unter dem Tisch, und ich mußte es ignorieren oder so tun, als sei es nicht dazu gekommen. Ich sah, wie sehr ihn mein Unbehagen amüsierte. Ich war froh, als die Mahlzeit beendet war und ich mich wieder in mein Zimmer zurückziehen und seinen Neckereien entkommen konnte.

Eine gute Stunde später hörte ich Papas Schritte im Flur. Ich saß im Bett und las und blickte auf, als er meine Schlafzimmertür öffnete. Einen Moment lang blieb er in der Tür stehen und sah mich einfach nur an. Seit Charlottes Geburt hatte er es betont vermieden, mein Zimmer zu betreten. Ich wußte, daß es ihm peinlich war, jetzt zu mir zu kommen. Tatsächlich hielt er sich kaum je, wenn überhaupt, allein in einem Zimmer mit mir auf.

»Du liest wohl wieder, was?« sagte er. »Ich schwöre es, du liest sogar noch mehr als Georgia. Natürlich liest du bessere Bücher«, fügte er hinzu. Sein Tonfall, die Art, wie er den Blick abwandte, wenn er mit mir sprach, und sein zaghaftes Vorgehen machten mich neugierig. Ich legte mein Buch zur Seite und wartete ab. Einen Moment lang wirkte er zerstreut.

»Wir sollten dieses Zimmer wieder herrichten«, sagte er. »Vielleicht sollten wir es streichen lassen oder so. Die Vorhänge wieder anbringen… aber… vielleicht wäre es dumm, die Zeit und das Geld darauf zu vergeuden.« Er unterbrach sich und sah mich an. »Du bist kein kleines Mädchen mehr, Lillian. Du bist eine junge Dame, und überhaupt«, sagte er und räusperte sich, »mußt du sehen, was du aus deinem Leben machst.«

»Was ich aus meinem Leben mache, Papa?«

»Wenn ein Mädchen in dein Alter kommt, erwartet

man das von ihm. Natürlich mit Ausnahme von Mädchen wie Emily. Emily ist anders. Emily ist ein anderes Los bestimmt, und sie verfolgt ein anderes Ziel. Sie ist nicht so wie andere Mädchen in ihrem Alter; sie war es nie. Ich habe das immer gewußt und hingenommen, aber du, du bist…«

Ich sah, wie sehr er mit den Worten rang, um den Unterschied zwischen Emily und mir zu beschreiben.

»Normal?« kam ich ihm zu Hilfe.

»Ja, das ist es. Du bist eine richtige junge Dame aus dem Süden. Also gut«, sagte er und richtete sich mit den Händen hinter dem Rücken auf und lief vor meinem Bett auf und ab, »als ich dich vor rund siebzehn Jahren in unser Haus und in unsere Familie aufgenommen habe, habe ich die Verantwortung eines Vaters übernommen, und als dein Vater muß ich für deine Zukunft sorgen«, leierte er herunter. »Wenn eine junge Dame in unserer Gesellschaft in dein Alter kommt, dann ist es an der Zeit, daß sie sich Gedanken über eine Heirat macht.«

»Eine Heirat?«

»Richtig, eine Heirat«, sagte er streng. »Du kannst nicht erwarten, daß du dich hier müßig herumtreiben kannst, bis du eine alte Jungfer bist, oder? Du kannst deine Zeit nicht nur mit Lesen und Handarbeiten und in dieser Schule verbringen, die nur ein Klassenzimmer hat.«

»Aber ich habe bisher noch niemanden kennengelernt, den ich heiraten möchte, Papa«, rief ich aus. Ich hätte gern noch hinzugefügt: »Seit Niles gestorben ist, habe ich jeden Gedanken an Liebe aufgegeben«, doch ich blieb stumm.

»Genau darum geht es ja, Lillian. Das hast du nicht getan, und das wirst du auch nicht tun. Nicht so, wie die Dinge jetzt stehen. Zumindest wirst du so keinen angemessenen Mann kennenlernen, niemanden, der gut für dich sorgen kann. Deine Mutter... das heißt... Georgia hätte sich gewünscht, daß ich einen akzeptablen jungen Mann finde, einen Mann, der einen gewissen Status hat und es zu einigem gebracht hat. Sie wäre regelrecht stolz darauf gewesen.«

»Einen Mann für mich finden?«

»So werden diese Dinge nun einmal gehandhabt«, verkündete er, und sein Gesicht rötete sich, während er darum rang, das herauszubringen, was er sagen wollte. »Diese blödsinnigen Vorstellungen von Romantik und Liebe sind der Untergang des Südens, der Untergang des Familienlebens im Süden. Ein junges Mädchen weiß nicht, was gut für sie ist und was nicht. Sie muß sich auf ältere, weisere Menschen verlassen. Das hat sich in der Vergangenheit bewährt, und es wird sich auch heute bewähren.«

»Was willst du damit sagen, Papa? Du willst mir einen Ehemann suchen?« fragte ich verblüfft. Bisher hatte er keinerlei Interesse daran gezeigt und es auch nie erwähnt. Als ich allmählich ahnte, was er als nächstes sagen würde, packte mich eine Form von lähmender Erstarrung.

»Selbstverständlich«, erwiderte er. »Und das habe ich bereits getan. Du wirst in zwei Wochen Bill Cutler heiraten. Wir brauchen keine aufwendige Hochzeit zu veranstalten. Das wäre ohnehin nur Geld- und Energieverschwendung«, fügte er hinzu.

»Bill Cutler! Diesen abscheulichen Mann!« rief ich aus.

»Er ist ein echter Gentleman, der aus guten Verhältnissen und aus einer reichen Familie stammt. Sein Grundstück am Meer wird mit der Zeit immer mehr an Wert gewinnen, und...«

»Lieber sterbe ich!« bekundete ich.

»Dann stirb eben!« gab Papa zurück und schüttelte die geballte Faust über meinem Kopf. »Ich werde dich persönlich zum Altar führen, verdammt noch mal.«

»Papa, dieser Mann ist verabscheuungswürdig. Du siehst doch selbst, wie arrogant und respektlos er ist, wie er Tag für Tag nur hierherkommt, um dich zu quälen, um uns alle zu quälen. Er ist kein anständiger Mensch; er ist kein Gentleman.«

»Jetzt reicht es aber, Lillian«, sagte Papa.

»Nein, es reicht noch nicht. Noch lange nicht. Und überhaupt, warum willst du mich eigentlich ausgerechnet mit dem Mann verheiraten, der dir bei einem Kartenspiel die Plantage deiner Familie abgenommen hat und dich damit auch noch verspottet?« fragte ich, trotz der Tränen, die in meine Augen getreten waren. Papas Gesichtsausdruck beantwortete meine Frage. »Du machst ein Geschäft mit ihm«, sagte ich voller Abscheu. »Du tauschst mich gegen The Meadows ein.«

Papa zuckte einen Moment lang zurück und trat dann entrüstet vor.

»Und was ist, wenn ich das tue? Ist das etwa nicht mein Recht? Als du mittellos warst und ohne Mutter und Vater dagestanden hast, habe ich dich damals etwa nicht bereitwillig aufgenommen? Habe ich nicht jahrelang für dich gesorgt und bin für die Kleider aufgekommen, die du am Leib hast, und für das Essen in deinem Bauch? Wie jede andere Tochter auch, stehst du in meiner Schuld. Du bist mir noch etwas schuldig«, schloß er und nickte.

»Und was ist damit, was du mir schuldig bist, Papa?« gab ich zurück. »Was ist damit, was du mir angetan hast? Kannst du das je wieder gutmachen?«

»Sag niemals so etwas«, befahl er mir. Er stand jetzt vor mir, mit geschwellter Brust und zurückgezogenen Schultern. »Wage es nicht, Geschichten in Umlauf zu setzen, Lillian. Das dulde ich nicht.«

»Darüber brauchst du dir keine Sorgen zu machen«, sagte ich leise. »Ich schäme mich dessen mehr als du. Aber, Papa«, rief ich aus und wandte mich flehentlich an den letzten Rest von Weichheit, der vielleicht noch in ihm stecken mochte, »bitte, bitte, zwing mich nicht, diesen Mann zu heiraten. Ich könnte ihn niemals lieben.«

»Du brauchst ihn nicht zu lieben. Glaubst du, alle verheirateten Menschen lieben einander?« sagte er und lächelte sarkastisch. »Das ist das Zeug, das in den dämlichen Büchern deiner Mutter steht. Die Ehe ist von Anfang bis Ende nichts weiter als eine geschäftliche Abmachung. Die Frau gibt dem Mann etwas, und der Mann versorgt die Frau, und in erster Linie geht es darum, daß die beiden Familien davon profitieren. Das heißt, wenn alles richtig arrangiert ist.

Was kann daran so schlimm für dich sein?« fuhr er fort. »Du wirst die Herrin eines vornehmen Hauses sein, und ich vermute, daß du im Handumdrehen mehr Geld haben wirst, als ich je hatte. Ich tue dir einen Gefallen, Lillian, und daher erwarte ich mehr Anerkennung.«

»Du rettest deine Plantage, Papa. Du tust mir keinen Gefallen«, warf ich ihm vor, und meine Augen waren wutentbrannte schmale Schlitze. Einen Moment lang war er sprachlos.

»Nichtsdestoweniger«, sagte er und richtete sich stramm auf, »wirst du Bill Cutler morgen in zwei Wochen heiraten. Richte dich darauf ein. Und ich will kein Wort der Ablehnung mehr hören, hast du verstanden?« sagte er in einem so ausdruckslosen Tonfall, als sei ihm das Herz herausoperiert worden. Einen Moment lang sah er mich finster an. Ich sagte nichts; ich wandte lediglich den Blick ab, und dann drehte er sich um und ließ mich allein.

Ich ließ mich auf mein Bett zurücksinken. Es hatte angefangen zu regnen, und plötzlich war es kühl und klamm in meinem Zimmer. Die Tropfen prasselten an mein Fenster und aufs Dach. Ich hatte das Gefühl, finsterer und unfreundlicher hätte die Welt für mich nicht aussehen können. Mit dem Windstoß, der den Regen gegen das Haus peitschte, durchzuckte mich ein Gedanke, bei dem ich erschauerte: Selbstmord.

Zum ersten Mal in meinem Leben zog ich die Möglichkeit in Betracht. Vielleicht sollte ich auf das Dach klettern und mich in den Tod stürzen, wie auch Niles in den Tod gestürzt war. Vielleicht würde ich dann exakt auf derselben Stelle sterben. Sogar der Tod erschien mir besser als eine Ehe mit einem Mann wie Bill Cutler. Allein schon bei dem Gedanken daran drehte sich mein Magen um. Die Wahrheit war, daß ich nicht wie Spielgeld über den Tisch geschoben worden wäre, wenn Papa in diesem Kartenspiel nicht verloren hätte. Es war einfach ungerecht. Wieder einmal spielte ein launisches Schicksal mit meiner eigentlichen Bestimmung, spielte mit meinem Leben. War auch das ein Teil meines Fluchs? Vielleicht war es besser, dem ein Ende zu setzen.

Meine Gedanken wandten sich Charlotte zu. Was diese Eheschließung, die mir angetragen wurde, noch fürchterlicher machte, war die Erkenntnis, daß ich sie kaum noch zu sehen bekommen würde, denn ich würde Charlotte nicht einfach mitnehmen können. Ich konnte sie schlecht als mein Eigentum beanspruchen. Ich würde mein Baby zurücklassen müssen. Mein Herz wurde so schwer wie ein Stein, als ich zu der quälenden Schlußfolgerung gelangte, daß ich mit der Zeit meinem eigenen Kind mehr oder weniger eine Fremde werden würde. Genauso wie ich würde Charlotte ihre leibliche Mutter verlieren, und Emily würde die Verantwortung immer mehr an sich reißen. Emily würde mehr Einfluß als jeder andere auf ihr Leben haben. Wie traurig. Dieses süße Engelsgesicht würde unter einem ständig grauen Himmel in einer Welt, in der es nur Trostlosigkeit und Verdammnis gab, sein strahlendes Lächeln verlieren.

Natürlich würde ich dieser abscheulichen Welt entkommen, indem ich Bill Cutler heiratete, dachte ich. Wenn es mir doch nur gelingen würde, eine Lösung zu finden, wie ich Charlotte mitnehmen konnte, dann würde ich es vielleicht über mich bringen, ein Leben mit diesem Mann zu ertragen. Vielleicht konnte ich Papa dazu überreden. Irgendwie konnte es vielleicht gehen... und dann wären Charlotte und ich frei von Emily und Papa und dem Elend, das auf dieser Plantage, die im Sterben lag, unter einem Dach mit uns hauste, in einem Haus, das von tragischen Erinnerungen und finsteren Schatten erfüllt war. Das wäre es gewissermaßen wert gewesen, Bill Cutler zu heiraten, sagte ich mir. Was blieb mir sonst schon übrig?

Ich stand auf und ging nach unten. Bill Cutler war gegangen, und Papa räumte gerade ein paar Dinge auf seinem Schreibtisch auf. Er blickte abrupt hoch, als ich eintrat, denn er erwartete eine neuerliche Auseinandersetzung.

»Lillian, ich habe nichts mehr zu diesem Thema zu sagen. Wie ich dir oben bereits gesagt habe...«

»Ich will nicht mit dir darüber streiten, Papa. Ich wollte dich nur noch um eines bitten, und dann bin ich bereit, Bill Cutler zu heiraten und The Meadows für dich zu erhalten«, sagte ich. Er war beeindruckt und lehnte sich zurück.

»Dann rede. Was willst du?«

»Ich will Charlotte. Ich will sie mitnehmen können, wenn ich fortgehe«, sagte ich.

»Charlotte? Das Baby mitnehmen?« Er dachte einen Moment lang nach, und sein Blick richtete sich starr auf die Scheiben, an denen der Regen herunterrann. Einen Moment lang machte er sich ernsthaft Gedanken darüber. Meine Hoffnungen setzten zu einem Höhenflug an. Papa liebte Charlotte nicht wirklich. Wenn er sie auch noch loswerden konnte... doch dann schüttelte er den Kopf und wandte sich wieder an mich. »Das kann ich nicht machen, Lillian. Sie ist mein Kind. Ich kann doch nicht einfach mein Kind hergeben. Was würden die Leute denken?« Seine Augen wurden groß. »Ich werde dir sagen, was sie sich denken würden. Sie würden sich denken, daß du ihre Mutter bist. Nein, niemals. Ich kann Charlotte nicht hergeben.

Aber«, sagte er, ehe ich etwas darauf erwidern konnte, »vielleicht könnte Charlotte später einmal die meiste Zeit ihres Lebens mit dir verbringen. Vielleicht«, sagte er, aber ich glaubte nicht daran. Ich begriff jedoch, daß das das beste war, womit ich rechnen konnte.

»Wo wird die Hochzeit stattfinden?« fragte ich niedergeschlagen.

»Hier, auf The Meadows. Es wird eine Hochzeit im kleinen Kreis sein... ein paar meiner engsten Freunde, ein paar Cousins...«

»Darf ich Mrs. Walker einladen?«

»Wenn es sein muß«, sagte er mürrisch.

»Und darf ich Mammas Brautkleid für mich herrichten lassen? Vera könnte das für mich tun«, sagte ich.

»Ja«, sagte Papa. »Das ist eine gute Idee, sehr wirtschaftlich gedacht. Das nenne ich weises Denken, Lillian.«

»Es geht nicht um Sparsamkeit. Ich dachte aus Liebe daran«, sagte ich entschieden.

Papa richtete seinen Blick einen Moment lang fest auf mich und lehnte sich zurück.

»Es ist gut so, Lillian. Es ist für uns beide gut, daß du jetzt ausziehst«, bekundete er mit bitterer Stimme.

»Dieses eine Mal, Papa, bin ich vollständig deiner Meinung«, sagte ich und machte auf dem Absatz kehrt, um ihn in seinem dunklen Büro allein zu lassen.

15

Der Abschied

Mit Öllampen in der Hand begaben Vera und ich uns auf den Dachboden, um in einer der alten schwarzen Truhen, die im hintersten Winkel verstaut waren, nach Mammas Hochzeitskleid zu suchen. Wir wischten den Staub ab und entfernten die Spinnweben. Dann suchten wir, bis wir das Kleid fanden. Unter Mottenkugeln begraben fanden wir außer dem Kleid, dem Schleier und den Schuhen auch noch ein paar Erinnerungen an Mammas Hochzeit: ihr getrocknetes Ansteckbukett, das zwischen den Seiten der ledergebundenen Bibel gepreßt worden war, aus der der Geistliche gelesen hatte, eine Abschrift der Liste geladener Gäste, die ellenlang war, das inzwischen dunkel angelaufene Silbermesser, das benutzt worden war, um die Hochzeitstorte anzuschneiden, und Papas und ihr gravierter silberner Weinkelch.

Als ich alles herausholte, fragte ich mich unwillkürlich, wie Mamma sich wohl kurz vor ihrer Hochzeit gefühlt haben mochte. War sie aufgeregt und glücklich gewesen? Hatte sie geglaubt, es sei eine ganz wunderbare Sache, Papa zu heiraten und auf der Plantage zu leben? Hatte sie ihn geliebt, und sei es auch nur ein klein wenig, und hatte er ihr vorgemacht, sie auch zu lieben, so daß sie es ihm geglaubt hatte?

Ich hatte einige ihrer Hochzeitsfotos gesehen, das verstand sich von selbst, und auf diesen Bildern hatte Mamma jung und schön ausgesehen, strahlend und hoffnungsvoll. Sie schien so stolz darauf zu sein, wie sie gekleidet war, und all die Aufregung um sie herum schien ihr solche Freude zu bereiten. Wie anders unsere Hochzeit doch aussehen würde! Ihre Hochzeit war eine Galaveranstaltung gewesen, die die ganze Gegend in Aufregung versetzt hatte. Meine würde so schnell und unauffällig vollzogen werden wie eine schlechte Idee. Es würde mir verhaßt sein, die Gelübde abzulegen und den Bräutigam anzusehen. Gewiß würde ich den Blick abwenden, wenn ich sagte: »Ja.« Jedes Lächeln auf meinem Gesicht würde künstlich sein, eine Maske, die Papa mir aufgezwungen hatte. Nichts würde echt sein. Damit ich dieses Zeremoniell auch nur überstehen konnte, entschloß ich mich tatsächlich, mir vorzumachen, ich würde Niles heiraten. Diese Illusion war es, die mich die beiden nächsten Wochen durchhalten ließ. Sie war es, die mir genügend Enthusiasmus einflößte, um die Dinge zu tun, die getan werden mußten.

Vera und ich nahmen das Hochzeitskleid mit nach unten und brachten es in ihr Zimmer, und dort paßte sie es mir an und änderte es, indem sie es kürzte und einnähte, bis es sehr hübsch an mir aussah. Während Vera daran arbeitete, kroch die kleine Charlotte zwischen meinen Beinen durch und um uns herum oder saß einfach still und beobachtete uns interessiert. Ihr war schließlich nicht bewußt, daß diese Festlichkeiten und dieses Zeremoniell mich von ihr trennen würden, und ebenso wie ich würde sie ihre leibliche Mutter verlieren. Ich bemühte mich, nicht bei diesem Thema zu verweilen.

»Wie war deine Hochzeit, Vera?« fragte ich. Sie blickte von dem Saum auf, den sie gerade einnähte.

»Meine Hochzeit?« Sie lächelte und legte den Kopf zur Seite. »Schlicht. Und alles ging ganz schnell. Wir haben uns im Haus des Geistlichen trauen lassen, in seinem Wohnzimmer, und seine Frau, mein Daddy und meine

Mamma und Charles' Daddy und seine Mamma waren die einzigen Anwesenden. Keiner von Charles' Brüdern ist erschienen. Sie mußten arbeiten, und meine Schwester war damals als Haushälterin beschäftigt und konnte sich nicht freinehmen.«

»Wenigstens warst du in den Mann verliebt, den du geheiratet hast«, sagte ich betrübt.

Vera lehnte sich zurück, und ein vages Lächeln trat auf ihr Gesicht.

»Liebe?« sagte sie. »Ja, ich denke schon. Damals schien das nicht so wichtig zu sein wie der Umstand, weiterzukommen und uns ein eigenes Leben aufzubauen. Die Ehe war vielversprechend, eine Möglichkeit, uns zu verbünden und besseren Zeiten entgegenzuziehen. Zumindest«, sagte sie seufzend, »haben wir das damals so gesehen. Als wir jung waren, glaubten wir, es würde alles ganz leicht gehen.«

»War Charles dein einziger Freund?«

»Der absolut einzige, wenn ich auch davon geträumt habe, mein ganz persönlicher gutaussehender Prinz würde mich finden und in die Lüfte tragen«, gestand sie mit einem Lächeln. Dann hob sie mit einem Seufzen die Schultern und senkte sie wieder. »Aber es war an der Zeit, mit den Füßen auf den Boden zu kommen, und daher habe ich Charles' Antrag angenommen. Charles ist vielleicht nicht der bestaussehende Mann auf Erden, aber er ist ein braver Mann, ein hartarbeitender Mann, ein liebevoller Mann. Manchmal«, sagte Vera und sah schnell zu mir auf, »ist das das Beste, was sich ein junges Mädchen erhoffen kann, das Beste, was sie kriegen kann. Die Liebe, so, wie du sie dir jetzt vorstellst... das ist ein Luxus, in dessen Genuß nur die Reichen kommen.«

»Ich hasse den Mann, den ich heiraten werde, obwohl er wohlhabend ist«, sagte ich. Vera hätte dieses Eingeständnis gar nicht erst hören müssen. Sie nickte verständnisvoll.

»Vielleicht«, sagte sie und nahm die Nadel und den Faden wieder in die Hand, »kannst du ihn verändern, jemanden aus ihm machen, den du wenigstens ertragen kannst.« Sie unterbrach sich. »Du bist in diesen letzten Jahren viel erwachsener geworden, Lillian. Ich habe keinen Zweifel daran, daß du die Stärkste unter den Booths bist, und auch die Intelligenteste. Etwas in dir wird dir das stählerne Rückgrat geben, das du brauchst. Da bin ich ganz sicher. Weiche nur nicht von deinem Standpunkt ab. Ich habe den Eindruck, Mr. Cutler interessiert sich viel zu sehr für sein eigenes Vergnügen, als daß er gewillt wäre, einen größeren Aufruhr zu veranstalten, wenn es zu Konflikten kommt.«

Ich nickte und lief dann auf Vera zu, um sie zu umarmen und mich bei ihr zu bedanken. Das ließ Tränen in ihre Augen treten. Die kleine Charlotte war eifersüchtig auf diesen Ausdruck von Zuneigung und weinte, damit ich sie auf den Arm nehmen mußte. Ich hob sie hoch und küßte sie auf die Wange.

»Paß bitte auf Charlotte auf, so gut du kannst, Vera. Es bricht mir das Herz, sie hier zurückzulassen.«

»Darum brauchen Sie mich nicht erst zu bitten, Miss Lillian. Sie steht mir so nah wie mein eigener Luther. Die beiden werden gemeinsam aufwachsen, Seite an Seite, und sie werden auch aufeinander aufpassen, da bin ich ganz sicher«, sagte Vera. »Und jetzt wollen wir dieses Kleid herrichten. Es mag vielleicht nicht die aufwendigste aller Hochzeiten sein, aber Sie werden so prachtvoll aussehen, als sei es die eleganteste Hochzeit, die man in diesem Teil von Virginia je erlebt hat. Miss Georgia würde es sich nicht anders wünschen.«

Ich lachte und mußte ihr unweigerlich zustimmen. Wenn Mamma noch am Leben und bei guter Gesundheit gewesen wäre, würde sie jetzt durch das ganze Haus rennen und sorgsam darauf achten, daß alles sauber war und blinkte. Sie hätte überall Blumen aufstellen lassen. Alles wäre genauso gewesen wie früher, wenn sie zu einem ihrer berühmten Barbecues lud. Ich konnte sie jetzt vor mir sehen, wie sie von Minute zu Minute, die uns dem großen Ereignis näher brachte, immer mehr aufblühte. Als Mamma noch jung und schön war, hatte sie sich in Trubel und Aufregung gesonnt und diese Dinge so gierig aufgesogen, wie eine Blume sich den Sonnenstrahlen zuwendet.

Diese Lebensfreude war etwas, was Emily nicht von ihr geerbt hatte. Sie hatte wenig Interesse an den Vorbereitungen, abgesehen davon, daß sie die religiösen Aspekte des Zeremoniells mit dem Geistlichen absprach und die Gebete und die Hymnen aussuchte. Und Papas einzige Sorge war, die Kosten so gering wie möglich zu halten. Als Bill Cutler hörte, wie viele Einschränkungen Papa bei den Ausgaben machte, sagte er ihm, er sollte sich wegen der Unkosten keine Sorgen machen; die Rechnung für den Empfang, der auf die Trauung folgte, würde er übernehmen. Er wollte, daß es ein schönes Fest wurde, wenn es auch nur im kleinen Rahmen stattfand.

»Ein paar enge Freunde von mir kommen. Sorgen Sie unbedingt dafür, daß Musik gespielt wird«, ordnete er an. »Und es muß viel guter Whiskey vorrätig sein. Kein schwarzgebrannter aus dem Süden.« Papa war es peinlich, dieses Almosen von seinem zukünftigen Schwiegersohn anzunehmen, aber er kam Bill Cutlers Forderungen nach, verpflichtete eine Kapelle und stellte einige Dienstmädchen ein, damit sie Vera beim Servieren und beim Zubereiten der Speisen halfen.

Mit jedem Tag, der mich meiner Hochzeit näher brachte, wurde ich nervöser. Manchmal ließ ich alles, was ich gerade tat, stehen und liegen, weil meine Finger zitterten, meine Beine wacklig waren und ein flaues Gefühl der Leere in meiner Magengrube kreiste. Als wüßte er, daß ich es mir bei seinem Anblick anders überlegen würde, hielt sich Bill Cutler bis zu unserem Hochzeitstag von The Meadows fern. Er sagte Papa, er müsse nach Cutler's Cove zurückkehren und sich dort um sein Hotel kümmern. Sein eigener Daddy war tot, und seine Mutter war zu alt und zu senil, um eine Reise zu unternehmen. Er war ein Einzelkind und würde mit einigen engen Freunden, jedoch ohne Verwandtschaft zurückkommen.

Einige Cousins und Cousinen von Papa und Mamma würden kommen. Miss Walker nahm meine Einladung an und versprach zu kommen. Papa beschränkte seine Einladungen auf ein halbes Dutzend Familien aus der Nachbarschaft, zu denen die Thompsons nicht zählten. Alles in allem kamen nur knapp drei Dutzend Gäste zusammen, bei weitem nicht die Menschenmenge, die früher zu einer der großen Einladungen erschienen war.

Am Abend vor meiner Hochzeit brachte ich beim Essen kaum einen Bissen hinunter. Mein Magen war vollständig verknotet. Ich fühlte mich wie jemand, der dazu verurteilt worden war, in einem Trupp aneinandergeketteter Sträflinge zu arbeiten. Papa warf nur einen einzigen Blick auf mich und bekam einen Wutausbruch.

»Wage es nicht, morgen mit diesem langen Gesicht die Treppe herunterzukommen, Lillian. Ich will nicht, daß die Leute glauben, ich schickte dich in den Tod. Ich gebe aus, soviel ich mir nur irgend leisten kann, und einiges geht dafür drauf, daß es ein schönes Fest wird«, sagte er und tat so, als hätte er kein Geld von Bill Cutler angenommen.

»Es tut mir leid, Papa«, rief ich aus. »Ich bemühe mich, aber ich kann nichts dafür, wie mir zumute ist.«

»Du solltest es als einen Segen ansehen«, warf Emily ein. »Du wirst an einem der heiligsten Sakramente teilhaben – dem Sakrament der Ehe –, und du solltest ausschließlich das darin sehen«, schalt sie mich aus und schaute mich hochnäsig an.

»Ich kann in meiner Heirat kein Sakrament sehen; es ist eher so etwas wie ein Fluch«, gab ich zurück. »Ich werde nicht besser behandelt als die Sklaven vor dem Bürgerkrieg, wenn ich wie ein Pferd oder eine Kuh verschachert werde.«

»Verflucht noch mal!« rief Papa aus und schlug mit der Faust auf den Tisch. Das Geschirr klirrte. »Wenn du mich morgen blamierst...«

»Mach dir keine Sorgen, Papa«, sagte ich seufzend. »Ich werde durch den Gang zum Altar schreiten und Bill Cutler zum Mann nehmen. Ich werde die Worte aufsagen, aber das ist auch schon alles, was es sein wird, ein Herunterleiern von Auswendigerlerntem: Ich werde keines der Gelübde, die ich ablege, ernst meinen.«

»Wenn du mit der Hand auf der Bibel lügst...« begann mir Emily zu drohen.

»Hör auf damit, Emily. Glaubst du, Gott ist taubstumm? Glaubst du, Er kann nicht in unseren Herzen lesen? Wozu soll es gut sein, wenn ich sage, ich glaube an den Wortlaut der ehelichen Gelübde, die ich ablege, wenn ich in meinem Herzen nicht daran glaube?« Ich lehnte mich zurück. »Eines Tages, Emily, wirst du vielleicht erkennen, daß Gott auch etwas mit Liebe und Wahrheit und nicht nur mit Strafe und Vergeltung zu tun hat, und dir wird klarwerden, wieviel dir dadurch entgangen ist, daß du im Dunkeln gesessen hast«, sagte ich zu ihr. Ich stand auf, ehe sie etwas darauf erwidern konnte, und ich ließ sie und Papa im Eßzimmer zurück, damit sie ihre niederträchtigen Gedanken widerkäuen konnten.

Ich schlief nur sehr wenig. Statt dessen saß ich am Fenster meines Zimmers und beobachtete, wie der Nachthimmel sich mit immer mehr Sternen überzog. Gegen

Morgen glitt eine Wolkenbank über den Horizont und begann, die winzigen blinkenden Diamanten zu verdekken. Ich schloß die Augen und schlief für ein Weilchen ein, und als ich wieder wach wurde, sah ich, daß es ein trostloser grauer Tag werden würde, an dem Regen drohte. Das trug nur noch zu meinem Gefühl von Niedergeschlagenheit und Verzweiflung bei. Ich erschien nicht zum Frühstück. Vera hatte dies wohl vorausgeahnt und kam mit einem Tablett mit heißem Tee und Haferschleim nach oben.

»Du solltest darauf achten, daß du etwas im Magen hast«, riet sie mir, »oder du wirst vor dem Altar ohnmächtig werden.«

»Vielleicht wäre das besser so, Vera«, sagte ich, aber ich hörte auf sie und aß, soviel ich hinunterbrachte. Ich hörte, wie einige der Leute, die eingestellt worden waren, um bei dem Empfang zu helfen, unten eintrafen und wie die Vorbereitungen zur Dekoration des Ballsaals begannen. Kurz darauf trafen allmählich einige der Cousins und Cousinen von Mamma und Papa ein. Etliche hatten mehr als hundert Meilen zurückgelegt. Die Musiker erschienen, und sobald sie ihre Instrumente aufgebaut hatten, erklang Musik. Es dauerte nicht lange, bis eine festliche Stimmung auf der Plantage herrschte. Die Düfte köstlicher Speisen zogen durch die Korridore, und das dunkle alte Haus wurde von Licht und Geräuschen durchdrungen, und aufgeregtes Plaudern war zu vernehmen. Trotz meiner inneren Verfassung freuten mich diese Veränderungen unwillkürlich.

Charlotte und Luther fanden das Eintreffen all der Gäste und Dienstboten sehr spannend. Manche von Mammas und Papas Verwandten hatten Charlotte noch nie gesehen und waren von ihr begeistert. Später brachte Vera sie zu mir in mein Zimmer. Sie hatte ihr ebenfalls ein süßes kleines Kleidchen genäht, und sie sah einfach entzückend aus. Sie hatte es eilig, wieder nach unten zu kommen und sich Luther anzuschließen, weil sie nichts versäumen wollte.

»Wenigstens sind die Kinder glücklich«, murmelte ich. Mein Blick fiel auf die Uhr. Mit jedem Ticken rückten die Zeiger der Stunde näher, zu der ich aus meinem Zimmer heraustreten und zu der Melodie des Brautmarschs die Treppe hinuntergehen mußte. Mir kam es so vor, als stiege ich die Stufen zu meiner Hinrichtung hinab.

Vera drückte meine Hand und lächelte.

»Sie sehen sehr hübsch aus, Schätzchen«, sagte sie. »Ihre Mutter würde vor Stolz platzen.«

»Danke, Vera. Wie sehr ich wünschte, Tottie und Henry wären noch hier.«

Sie nickte, nahm Charlottes kleine Hand und ging, um mich allein darauf warten zu lassen, bis die Uhr die volle Stunde schlug. Vor gar nicht allzu vielen Jahren, als Mamma noch am Leben und gesund gewesen war, hatte ich mir erträumt, wie sie und ich meinen Hochzeitstag verbringen würden. Wir würden Stunden über Stunden vor ihrer Frisierkommode sitzen und jede einzelne Strähne meines Haars sorgfältig herrichten. Dann würden wir mit Rouge und Lippenstift experimentieren. Ich würde mein eigenes Hochzeitskleid tragen, das für mich maßgeschneidert worden war, und die dazu passenden Schuhe und den entsprechenden Schleier. Mamma würde über ihrem Schmuckkasten brüten, um zu entscheiden, welches kostbare Armband und welche kostbare Halskette ich tragen sollte.

Nachdem alles, was ich tragen sollte, ausgesucht und die Vorbereitungen abgeschlossen worden waren, würden wir stundenlang dasitzen und miteinander reden. Ich würde ihr zuhören, während sie sich an ihre eigene Hochzeit erinnerte, und Mamma würde mir Ratschläge erteilen, wie ich mich in meiner ersten Nacht mit meinem frisch angetrauten Ehemann verhalten sollte. Dann, wenn ich die Treppe herunterkam, würde ich sehen, wie sie mit stolzen und liebevollen Augen zu mir aufblickte. Wir würden einander zulächeln und Blicke austauschen wie zwei Komplizinnen, die jeden der kostbaren Momente bis in die letzte Einzelheit geplant hatten. Sie würde meine Hand nehmen und sie drücken, ehe ich zum Altar schritt, und wenn alles vorbei war, würde sie die erste sein, die mich umarmte und küßte und mir alles Glück und alle Zufriedenheit wünschen würde, die das Leben zu bieten hatte. Ich würde weinen und mich ängstigen, wenn ich endlich zu meinen Flitterwochen aufbrach, aber Mammas Lächeln würde mich beschwichtigen, und ich würde stark genug sein, um mein eigenes wunderbares Eheleben zu beginnen.

Statt dessen saß ich jetzt allein in meinem trostlosen Zimmer und lauschte dem gräßlichen Ticken meiner Uhr, und dabei leisteten mir nur meine eigenen tristen Gedanken Gesellschaft. Ich wischte die unvermeidlichen Tränen fort und holte tief Luft, als ich erst hörte, wie die Musik lauter wurde, und dann, wie Papas Schritte durch den Flur hallten. Er war gekommen, um mich an den oberen Treppenabsatz zu begleiten. Er war gekommen, um mich fortzugeben, um mich zu verschachern und die großen Fehler seines eigenen Lebens auszubügeln. Ich stand auf und empfing ihn mit versteinertem Gesicht, als er meine Tür öffnete.

»Bist du soweit?« fragte er.

»Wenn es denn sein muß«, sagte ich. Er verzog das Gesicht, zupfte an seinem Schnurrbart und reichte mir seinen Arm.

Ich hängte mich bei ihm ein und setzte mich mit ihm in Bewegung, und in der Tür blieb ich noch einmal stehen, um einen letzten Blick auf mein Zimmer zu werfen, ein Zimmer, das zwischendurch ein Gefängnis für mich gewesen war. Doch ich glaubte, Niles' lächelndes Gesicht zu sehen, das durch die Fensterscheibe schaute. Ich lächelte ihn an, schloß die Augen und machte mir vor, daß er es war, der mich unten erwartete. Dann machte ich mich mit Papa auf den Weg.

Ich ging langsam die Stufen hinunter, denn ich fürchtete, meine Beine würden zersplittern wie Glas und ich würde Hals über Kopf die gewundene Treppe hinunterfallen und vor den Füßen der lächelnden Gäste landen, die alle dasaßen und warteten. Ich richtete den Blick auf Miss Walker, die lächelnd zu mir aufsah, und ich sammelte alle meine Kraft. Papa nickte einigen seiner Freunde zu. Ich sah die Gesichter der Freunde meines zukünftigen Ehemannes, Fremde, die mich forschend ansahen, weil sie sehen wollten, wer Bill Cutlers Herz gewonnen hatte. Einige lächelten so anzüglich und lüstern wie er; die anderen wirkten interessiert und neugierig.

Wir blieben unten an der Treppe stehen. Die Anwesenden applaudierten. Vor uns wartete der Geistliche mit Bill Cutler. Er drehte sich um und begrüßte mich mit seinem arroganten Lächeln, als ich wie ein Lamm zur Schlachtbank durch den Gang geführt wurde. In seinem Smoking und dem welligen dunklen Haar, das seitlich zurückgebürstet war und makellos am Kopf anlag, sah er tatsächlich gut aus. Ich sah, daß Emily ganz vorn saß und Charlotte neben sich hatte, die ordentlich dasaß und deren große Augen jeder Bewegung folgten und sich noch weiter öffneten, als sie mich kommen sah. Papa führte mich vor und trat zurück. Die Musik setzte aus. Jemand hustete. Ich hörte ein leises Lachen von Bills Freunden, und dann hob der Geistliche die Augen zur Decke und begann.

Er sprach zwei Gebete, das eine länger als das andere. Dann nickte er Emily zu, und sie stimmte die Hymne an.

Die Gäste waren unruhig, aber weder er noch Emily störten sich daran. Als der Gottesdienst endlich vorbei war, richtete der Geistliche seine traurigen Augen auf mich, Augen, von denen ich immer das Gefühl gehabt hatte, sie gehörten in das Gesicht eines Leichenbestatters, und fing an, die ehelichen Gelübde vorzusprechen. Sowie er fragte: »Wer gibt diesem Manne diese Braut zur Frau?«, sprang Papa vor und sagte prahlerisch: »Ich.« Bill Cutler lächelte, aber ich schlug die Augen nieder, als der Geistliche fortfuhr und schilderte, wie heilig und ernst die Ehe war, bevor er an der Stelle angelangte, an der er mich frage, ob ich diesen Mann zu meinem rechtmäßigen Ehemann nehmen würde.

Bedächtig ließ ich den Blick über das Gesicht meines zukünftigen Ehemannes gleiten, und das Wunder, um das ich betete, geschah. Ich sah nicht Bill Cutler, ich sah Niles: reizend und gutaussehend, wie er mich so liebevoll anlächelte, wie er es immer wieder an dem verwunschenen Teich getan hatte.

»Ja«, sagte ich. Keinen Moment lang hörte ich Bill Cutlers Gelübde, aber als der Geistliche uns zu Mann und Frau erklärte, spürte ich, wie er meinen Schleier hochhob und seine Lippen begierig auf meine preßte und mich so lange und heftig küßte, daß einige der Zuschauer hörbar nach Luft schnappten. Ich riß die Augen auf und sah in Bill Cutlers Gesicht, das vor Freude gerötet war. Es wurde gejubelt, und die Gäste erhoben sich, um uns zu gratulieren. Jeder der Freunde meines frischgebackenen Ehemannes küßte mich und wünschte mir Glück, und dabei zwinkerten sie mir zu. Ein junger Mann sagte: »Sie können eine Menge Glück gebrauchen, wenn Sie mit diesem Gauner verheiratet sind.« Endlich konnte ich mich aus der Menge lösen, um mit Miss Walker zu reden.

»Ich wünsche dir alles an Glück und Gesundheit, was

das Leben zu bieten hat, Lillian«, sagte sie und umarmte mich.

»Und ich wünschte, ich ginge noch in Ihre Schule, Miss Walker. Ich wünschte, es sei viele Jahre früher, und ich sei nichts weiter als ein kleines Mädchen, das begierig darauf ist, etwas zu lernen, und das jede kleinste Kleinigkeit spannend findet, die es lernt.«

Sie strahlte.

»Du wirst mir fehlen«, sagte sie. »Du warst die intelligenteste und beste Schülerin, die ich je hatte. Ich hatte gehofft, du würdest Lehrerin werden, aber mir ist klar, daß du jetzt als Hausherrin eines bedeutenden Hotels in einem Seebad weit größere Verantwortung tragen wirst.«

»Ich würde lieber Lehrerin sein«, sagte ich. Sie lächelte, als wünschte ich mir etwas Unmögliches.

»Schreib mir ab und zu«, bat sie, und ich versprach es ihr.

Sowie das Zeremoniell beendet war, begann das Fest. Ich hatte keinen Appetit, und das trotz der wunderbaren Speisen, die serviert wurden. Ich plauderte mit einigen von Mammas und Papas Verwandten, sorgte dafür, daß Charlotte etwas zu essen und zu trinken hatte, und schlich mich dann, sowie es mir möglich war, heimlich davon. Ein leichter Regen hatte eingesetzt, aber ich schenkte ihm keinerlei Beachtung. Ich hob meinen Rock an und eilte durch die Hintertür aus dem Haus und lief schnell über den Rasen, bis ich auf den Weg zum nördlichen Feld traf. Ich rannte mehr oder weniger zu unserem Privatfriedhof, damit ich mich von Mamma und Eugenia verabschieden konnte.

Regentropfen vermischten sich mit meinen Tränen. Lange Zeit brachte ich kein Wort heraus. Ich konnte nichts anderes tun, als dastehen und schluchzen; meine Schultern bebten, und mein Herz war so schwer, daß ich glaubte, es sei in meiner Brust zu Stein geworden. Meine

Erinnerung führte mir einen sonnigen Tag vor vielen, vielen Jahren vor Augen, als Eugenia noch nicht so krank war. Sie, Mamma und ich saßen in der Laube. Wir tranken frische Limonade, und Mamma erzählte uns Geschichten aus ihrer Jugend. Ich hielt meine kleine Schwester an der Hand, und wir beide ließen unsere Gedanken schweifen und uns von Mamma mitreißen, die uns in einige der schönsten Tage ihrer Jugend mitnahm. In ihrer Stimme lag soviel Gefühl und Spannung, daß wir beide den Eindruck hatten, alles selbst zu erleben.

»Oh, was für ein prachtvoller Landstrich der Süden damals war, Kinder. Es wurde gefeiert und getanzt. Eine festliche Stimmung hing in der Luft; die Männer waren immer so höflich und zuvorkommend, und die jungen Frauen standen immer kurz davor, für den einen oder anderen zu schwärmen. Wir verliebten uns täglich in einen anderen Mann, und unsere Gefühle ließen sich von dem Wind tragen. Es war eine märchenhafte Welt, in der jeder Morgen mit den Worten ›Es war einmal‹ begann...

Ich bete darum, meine kleinen Lieblinge, daß es für euch beide auch so sein wird. Kommt, laßt euch von mir umarmen«, sagte sie und breitete die Arme aus. Wir schmiegten uns an ihre Brüste und spürten, wie ihr Herz vor Freude schneller schlug. In jenen Zeiten schien es, als könnte uns nichts Niederträchtiges oder Brutales etwas anhaben.

»Auf Wiedersehen, Mamma«, sagte ich schließlich. »Auf Wiedersehen, Eugenia. Ihr werdet mir ewig fehlen, und ich werde euch ewig lieben.«

Der Wind zerzauste mein Haar, und der Regen wurde stärker. Ich mußte umkehren und mich eilig auf den Rückweg zum Haus machen. Die Party war jetzt in vollem Gang. Alle Freunde meines Mannes waren laut und ungebärdig und wirbelten die Frauen beim Tanzen wüst herum.

»Wo warst du?« fragte Bill, als er mich in der Tür stehen sah.

»Ich war draußen, um mich von Mamma und Eugenia zu verabschieden.«

»Wer ist Eugenia?«

»Meine kleine Schwester, die gestorben ist.«

»Noch eine kleine Schwester? Aber wenn sie tot ist, wie konntest du dich dann von ihr verabschieden?« fragte er. Er hatte bereits viel Alkohol zu sich genommen und schwankte beim Reden.

»Ich bin auf den Friedhof gegangen«, sagte ich trokken.

»Friedhöfe sind nicht der rechte Ort für eine frischvermählte Braut«, murrte er. »Komm schon, laß uns den Leuten zeigen, wie man eine Gigue tanzt.« Ehe ich mich weigern konnte, packte er meinen Arm und zog mich auf die Tanzfläche. Diejenigen, die tanzten, hielten inne, um uns Platz zu machen. Bill wirbelte mich ungeschickt herum. Ich bemühte mich, so anmutig wie möglich zu wirken, aber er stolperte über seine eigenen Füße, stürzte und zog mich mit sich auf den Boden. All seine Freunde fanden es rasend komisch, daß ich so auf ihm lag, aber mir hätte es gar nicht peinlicher sein können. Sowie ich wieder auf den Füßen stand, rannte ich aus dem Saal und in mein Zimmer. Ich zog mein Hochzeitskleid aus und schlüpfte in meine Reisekleidung. All meine Sachen waren schon gepackt, und die Koffer standen neben der Tür.

Eine gute Stunde später kam Charles nach oben und klopfte an.

»Mr. Cutler hat mich beauftragt, Ihre Sachen in sein Automobil zu packen, Miss Lillian«, sagte er in einem bedauernden Tonfall. »Er hat mich aufgefordert, Ihnen zu sagen, daß Sie nach unten kommen sollen.« Ich nickte, holte tief Luft und machte mich auf den Weg. Die meisten Gäste waren noch da und warteten darauf, sich von uns zu verabschieden und uns viel Glück zu wünschen. Bill rekelte sich auf einem Sofa und hatte die Krawatte abgelegt, und sein Hemdkragen stand offen. Er wirkte ziemlich angetrunken, sprang aber bei meinem Erscheinen auf die Füße.

»Da ist sie!« verkündete er. »Meine frischangetraute Ehefrau. Und jetzt geht es ab in die Flitterwochen. Ich weiß, daß ein paar von euch gern mitkämen«, fügte er hinzu, und seine Freunde lachten, »aber in unserem Bett ist nur Platz für uns beide.«

»Warte es nur ab«, kreischte jemand. Wieder ertönte Gelächter. All seine Freunde versammelten sich um ihn, um ihm ein letztes Mal auf den Rücken zu klopfen und ihm die Hand zu drücken.

Papa, der viel zuviel Alkohol getrunken hatte, war auf einem Stuhl zusammengesackt, und sein Kopf war zur Seite gesunken.

»Bist du bereit?« fragte Bill.

»Nein, aber wir können jetzt gehen«, sagte ich. Darüber lachte er und wollte sich schon bei mir einhängen, als ihm noch etwas einfiel.

»Moment mal«, sagte er und zog Papas Eigentumsurkunde heraus, die er beim Kartenspiel gewonnen hatte. Er schlenderte zu ihm und rüttelte ihn an den Schultern.

»Wa... was ist?« sagte Papa, dessen Lider sich flatternd öffneten.

»Da hast du es, Pappy«, sagte Bill und drückte Papa das Dokument in die Hand. Papa sah es einen Moment lang benommen an und schaute dann zu mir auf. Ich wandte den Blick ab und sah Emily an, die mit einigen unserer Verwandten abseits stand und an einer Teetasse nippte. Sie sah mir in die Augen, und einen Moment lang glaubte ich, einen Ausdruck von Mitleid und Mitgefühl in ihrem Gesicht zu sehen.

»Laß uns gehen, Mrs. Cutler«, sagte Bill. Die Menschenschar folgte uns zur Tür, an der Vera mit Charlotte auf dem Arm und Luther an ihrer Seite wartete. Ich blieb stehen, um Charlotte ein letztes Mal an mich zu drücken und ihr einen Kuß auf die Wange zu geben. Sie sah mich seltsam an und ahnte allmählich die Endgültigkeit dieser Trennung. Ihre Augen wurden klein und besorgt, und ihre winzigen Lippen zitterten.

»Lil«, sagte sie, als ich sie Vera wieder in die Arme gab. »Lil...«

»Auf Wiedersehen, Vera.«

»Gott segne Sie«, sagte Vera und schluckte schnell die Tränen. Ich strich Luther über das Haar und küßte seine Stirn, und dann folgte ich meinem Ehemann aus dem Haus. Charles hatte alles in den Wagen gepackt, und Bills unflätige Freunde gröhlten hinter uns her.

»Auf Wiedersehen, Miss Lillian. Viel Glück«, sagte Charles.

»Sie braucht kein Glück mehr«, sagte Bill. »Sie hat doch mich.«

»Etwas Glück können wir alle gebrauchen«, beharrte Charles. Er half mir in den Wagen und schloß die Tür, als Bill einstieg und sich auf den Fahrersitz setzte. Sowie der Motor angesprungen war, legte Bill den Gang ein und fuhr über die holprige Auffahrt.

Ich sah mich um. Vera stand an der Tür. Sie hielt Charlotte noch im Arm, und Luther, der neben ihr stand, hielt sich an ihrem Rock fest. Sie winkte.

Auf Wiedersehen, formten meine Lippen. Ich verabschiedete mich von einem anderen Zuhause, von The Meadows zu den Zeiten, zu denen ich die Plantage in angenehmer Erinnerung hatte und nicht missen wollte. Auf der Plantage, von der ich mich in Gedanken verabschiedete, herrschte Heiterkeit und Leben.

Mein Abschied galt dem Zwitschern der Vögel, dem

Geschnatter der Eichelhäher und Spottdrosseln, der Freude, ihnen zuzusehen, wenn sie von einem Zweig zum anderen hüpften. Mein Abschied galt einem hellen, sauberen Plantagengebäude mit blitzblanken Fenstern und Säulen, die stolz in der Sonne des Südens aufragten, einem Haus mit Geschichte und Tradition, von dessen Wänden die Stimmen von Dutzenden von Hausangestellten widerhallten. Mein Abschied galt den weißblühenden jungen Magnolienbäumen, den Glyzinien, die sich über die Veranden rankten, den weißgetünchten Ziegelsteinen und den rosaroten Myrtensträuchern, den welligen grünen Rasenflächen mit den funkelnden Brunnen, in denen Vögel badeten und ihr Gefieder eintauchten. Mein Abschied zog sich über eine Auffahrt, die von dicken Eichen mit üppigem Laub gesäumt war. Mein Abschied galt Henry, der bei der Arbeit sang, Louella, die die duftende Wäsche aufhängte, Eugenia, die aus ihrem Fenster winkte, und Mamma, die mit geröteten Wangen von einem ihrer Liebesromane aufblickte.

Und mein Abschied galt einem kleinen Mädchen, das aufgeregt über die Auffahrt lief und eine Schularbeit in der Hand hielt, auf die es eine ausgezeichnete Note bekommen hatte, und ihre Stimme war so voller Freude und Begeisterung, daß sie glaubte zu zerspringen.

»Warum weinst du denn?« fragte Bill.

»Es ist nichts«, sagte ich eilig.

»Heute sollte der glücklichste Tag in deinem Leben sein, Lillian. Du bist mit einem gutaussehenden und aufstrebenden jungen Gentleman aus den Südstaaten verheiratet. Ich errette dich. Ja, genau das tue ich«, brüstete er sich.

Ich wischte mir die Tränen von den Wangen und drehte mich um, als wir weiter über die Auffahrt holperten.

»Warum wolltest du mich überhaupt heiraten?« fragte ich.

»Warum? Lillian«, sagte er, »du bist die erste Frau, die mir je begegnet ist und die ich haben wollte, die ich aber doch nicht dazu bringen konnte, daß sie mich will. Ich wußte von Anfang an, daß du etwas ganz Besonderes bist, und Bill Cutler ist niemand, der sich etwas Besonderes entgehen läßt. Und außerdem haben mir alle erzählt, es sei an der Zeit, daß ich mir eine Frau suche und heirate. Cutler's Cove ist ein familiärer Betrieb. Du wirst schon bald dazugehören.«

»Du weißt, daß ich dich nicht liebe«, sagte ich. »Du weißt, warum ich dich geheiratet habe.«

Er zuckte die Achseln.

»Mir soll das recht sein. Wenn ich erst anfange, dir im Bett zu zeigen, was ich kann, dann wirst du auch anfangen, mich zu lieben«, versprach er mir. »Dann wird dir klar, welches Glück du hast.

Und überhaupt«, sagte er, als wir The Meadows hinter uns ließen und auf die Straße einbogen, »habe ich beschlossen, daß wir auf dem Weg haltmachen und unser Glück nicht länger als nötig hinauszögern sollten. Wir werden unsere Hochzeitsnacht nicht in Cutler's Cove verbringen, sondern in einer kleinen Pension eineinhalb Stunden von hier. Wie klingt das?«

»Einfach gräßlich«, murmelte ich.

Er lachte schallend. »Es ist genauso, als wollte man einen wilden Hengst zureiten«, bekundete er. »Das wird mir viel Freude machen.«

Wir fuhren weiter, und ich schaute mich nur noch ein einziges Mal um, als wir an dem Pfad vorbeikamen, den ich und Niles zu dem verwunschenen Teich gegangen waren. Wie sehr ich doch wünschte, ich hätte dort vorbeigehen, meine Hände in das wunderbare Wasser tauchen und mich an einen anderen Ort wünschen können.

Aber Wunder ereignen sich nur, wenn man mit Menschen zusammen ist, die man liebt, dachte ich. Es würde lange dauern, bis ich den Teich wiedersehen oder berühren würde, und das gab mir mehr als alles andere das Gefühl, einsam und allein zu sein.

Wenn ich einen Mann geheiratet hätte, den ich liebte und bei dem ich gewußt hätte, daß auch er mich liebt, dann wäre mir der Dew Drop Inn – das niedliche kleine Hotel, das Bill für unsere Hochzeitsnacht ausgesucht hatte – entzückend und romantisch erschienen. Es war ein zweistöckiges Gebäude mit leuchtend blauen Fensterläden, die sich gegen die weißgetünchten Bretter absetzten, und es schmiegte sich ganz nah an der Durchfahrtsstraße in ein Grüppchen von Eichen und Walnußbäumen. Das Haus hatte Erkerfenster, und die Veranda wurde von gedrechselten Pfosten getragen. Unser Zimmer im oberen Stockwerk lag in einem Flur, durch dessen großes Fenster man einen weiten Ausblick über die Landschaft hatte. Im Erdgeschoß gab es einen großen Aufenthaltsraum mit guterhaltenen Möbeln aus der Kolonialzeit und Ölgemälden über dem Kamin und an den Wänden der Flure, aber auch in dem geräumigen Eßzimmer.

Die Dobbs, die Besitzer, waren ein älteres Paar, das Bill auf dem Weg zu The Meadows offensichtlich schon kennengelernt hatte, als er unseren Terminplan aufgestellt hatte. Sie wußten, daß er mit seiner frischangetrauten Ehefrau zurückkommen würde. Mr. Dobbs war ein großer, hagerer Mann mit zwei ovalen Stellen grauen Haares, das wie Stahlwolle aussah, seitlich von seiner spiegelnden Glatze, die mit dunklen Altersflecken übersät war. Er hatte kleine hellbraune Augen und eine lange schmale Nase, die bis über seine dünnen Lippen ragte. Aufgrund seiner Größe und seiner hageren Gestalt, aber auch wegen seiner Gesichtszüge, erinnerte er mich an eine Vogelscheuche. Er hatte große Hände mit langen Fingern und rieb sich beim Reden ständig nervös die Handflächen aneinander. Seine Frau, die ebenfalls groß, aber kräftiger war und Schultern wie ein Holzfäller und einen schweren Busen hatte, stand ein wenig abseits und nickte immer, wenn ihr Mann etwas sagte.

»Wir hoffen, daß Sie es warm und gemütlich haben und sich bei uns sehr wohl fühlen werden«, sagte Mr. Dobbs. »Und Marion wird Ihnen ein ausgezeichnetes Frühstück zubereiten, stimmt's, Marion?«

»Ich mache jeden Tag ein gutes Frühstück«, antwortete sie ernst und lächelte dann. »Aber morgen wird es etwas ganz Besonderes geben, wenn man den Anlaß bedenkt und so weiter.«

»Und ich rechne damit, daß Sie beide großen Hunger haben werden«, fügte Mr. Dobbs hinzu und zwinkerte Bill lächelnd zu, der die Schultern zurückzog und ebenfalls lächelte.

»Damit rechne ich auch«, erwiderte er.

»Alles ist genauso vorbereitet, wie Sie es haben wollten«, sagte Mr. Dobbs. »Wollen Sie, daß ich Sie noch einmal herumführe?«

»Nicht nötig«, antwortete Bill. »Zuerst werde ich meiner Frau das Zimmer zeigen, und dann komme ich wieder und hole ein paar von unseren Sachen.«

»Oh, möchten Sie vielleicht, daß ich Ihnen dabei helfe?« fragte Mr. Dobbs.

»Nicht nötig«, sagte Bill. »Ich habe heute abend jede Menge Energien«, fügte er hinzu. Er nahm mich an der Hand und ging mit mir auf die Treppe zu.

»Also, dann schlafen Sie gut, und lassen Sie sich nicht von den Wanzen beißen«, rief Mr. Dobbs uns nach.

»Wir haben keine Wanzen, Horace Dobbs«, fauchte seine Frau ihn an. »Und wir hatten auch nie welche.«

»Das war doch nur Spaß, Mutter. Nur Spaß«, murmelte er und entfernte sich eilig.

»Herzlichen Glückwunsch«, rief Mrs. Dobbs uns nach,

ehe sie ihrem Mann folgte. Bill nickte und zog mich weiter die Treppe hinauf.

Das Zimmer war hübsch. Es hatte ein Messingbett mit kunstvollen Verzierungen auf den Pfosten und dem Kopfteil, und auf der breiten Matratze lagen eine Steppdecke mit einem Blumenmuster und zwei riesengroße passende Kissen. Vor den Fenstern hingen helle, blauweiß gemusterte Baumwollgardinen. Der Hartholzboden sah so aus, als sei er stundenlang poliert worden, um seinen natürlichen Schimmer zu betonen. Vor dem Bett lag ein eierschalfarbener Wollteppich, der sehr weich wirkte. Auf beiden Nachttischen standen Öllampen aus Messing.

»Die Kulisse für eine Verführung«, verkündete Bill heiter. »Wie gefällt es dir?«

»Es ist sehr hübsch«, mußte ich zugeben. Warum sollte ich mein Unglück an den Dobbs auslassen, dachte ich, oder an diesem gemütlichen kleinen Häuschen.

»Ich habe einen Blick für solche Dinge«, brüstete er sich. »Man merkt, daß der Hotelbesitzer viel Liebe in seine Arbeit gesteckt hat. Ich bin vorbeigefahren und habe an unsere erste Nacht gedacht, und als mein Blick auf dieses Haus gefallen ist, bin ich auf die Bremse getreten und habe die Vereinbarungen getroffen. Im allgemeinen strenge ich mich nicht an, um einer Frau Freude zu machen. Das solltest du wissen.«

»Nach den Worten des Geistlichen bin ich für dich nicht mehr nur irgendeine Frau. Er hat etwas von Eheleuten erwähnt«, sagte ich trocken. Bill lachte und zeigte mir, wo im Gang das Bad war.

»Ich gehe jetzt runter und holte deine und meine Tasche rauf, und du machst es dir inzwischen behaglich«, sagte er und wies mit einer Kopfbewegung auf das Bett. »Und mach dich fertig.« Er fuhr sich mit der Zungenspitze genüßlich über die Oberlippe und wandte sich dann ab und eilte nach unten.

Ich setzte mich auf das Bett und faltete die Hände im Schoß. Mein Herz begann heftig zu pochen. In wenigen Momenten würde ich mich einem Mann hingeben müssen, den ich kaum kannte. Er würde die intimsten Stellen meines Körpers kennenlernen. Ich hatte mir die ganze Zeit über eingeredet, ich könnte es durchstehen, indem ich die Augen schloß und mir vormachte, Bill Cutler sei Niles, aber als ich jetzt so dasaß, begriff ich, daß es unmöglich sein würde, die Augen vor der Realität zu verschließen und sie durch einen Traum zu ersetzen. Bill Cutler war kein Mann von der Art, die sich etwas abschlagen ließ.

Ich schaute an mir herunter und sah, daß meine Finger zitterten. Das kleine Mädchen in mir wollte um Gnade flehen, nach Mommy rufen. Was sollte ich bloß tun? Sollte ich meinen frischangetrauten Ehemann bitten, zart und sanft mit mir umzugehen und mir mehr Zeit zu lassen? Sollte ich ihm all das Grauen meines Lebens beichten und an sein Mitgefühl appellieren?

Ein anderer Teil von mir schrie laut und deutlich: *Nein.* Bill Cutler war kein Mann, der so etwas verstanden und sich danach gerichtet hätte; er war in keinem Sinne des Wortes ein Gentleman aus dem Süden. Die weisen Worte des alten Henry gingen mir wieder durch den Kopf: »Ein Ast, der sich nicht vom Wind beugen läßt, bricht.« Ich holte tief Atem und schluckte mein Schluchzen hinunter. Bill Cutler würde keine Furcht in meinem Gesicht sehen, keine Tränen in meinen Augen. Ja, der Wind wehte mich von einem Ort zum anderen, und anscheinend ließ sich nichts dagegen tun, aber das hieß noch lange nicht, daß ich jammern und klagen mußte. Ich würde mich schneller als der Wind bewegen. Ich würde mich noch mehr biegen. Ich würde den teuflischen Wind so hinstellen, als könnte er mir nichts anhaben, und ich würde mein Schicksal in die eigenen Hände nehmen.

Als Bill mit unseren Taschen in das Schlafzimmer zurückkehrte, in dem wir unsere Hochzeitsnacht verbringen würden, war ich entkleidet und lag unter der Decke. Er blieb an der Tür stehen, und in seinen Augen zeigte sich Erstaunen. Ich wußte, daß er mit Widerstand gerechnet hatte, sogar darauf gehofft hatte, um mich überwältigen zu können.

»Also, so was«, sagte er und stellte die Taschen ab. »Also, so was.« Er schlich um mich herum, eine Katze, die sich anpirscht und jederzeit sprungbereit ist. »Wenn du nicht einladend aussiehst!«

Ich hätte gern gesagt: Laß es uns endlich hinter uns bringen, aber meine Lippen blieben verschlossen, und meine Blicke folgten ihm. Er zog seine Krawatte aus und riß sich seine Kleider buchstäblich vom Leib, denn er war zu ungeduldig, um sich mit den Knöpfen und Reißverschlüssen abzugeben. Ich mußte eingestehen, daß er ein gutaussehender Mann war, schlank und muskulös. Er war überrascht darüber, wie ich ihn betrachtete, und er hielt einen Moment lang inne, ehe er seine Unterhose auszog.

»Du hast nicht das Gesicht einer Jungfrau«, sagte er. »Du wirkst zu weise und zu ruhig.«

»Ich habe nie behauptet, daß ich Jungfrau bin«, erwiderte ich. Er riß den Mund auf und bekam große Augen.

»Was?«

»Du hast doch auch nie behauptet, du seist jungfräulich, oder?« fragte ich herausfordernd.

»Jetzt hör mal. Dein Daddy hat mir erzählt...«

»Was hat er dir erzählt?« fragte ich interessiert.

»Er hat mir erzählt... mir erzählt...« Er stotterte. »Daß du nie einen Kavalier hattest, daß du... unberührt bist. Wir haben einen Handel abgeschlossen. Wir...«

»Papa hat nicht viel darüber gewußt, was sich auf The Meadows abspielte. Meistens war er fort und hat gespielt und gezecht«, sagte ich. »Warum? Willst du mich jetzt wieder zurückbringen?«

»Was?« Einen Moment lang war er sprachlos.

»Diese ganze Aufregung hat mich ein wenig schläfrig gemacht«, sagte ich. »Ich glaube, ich werde ein Weilchen schlafen.« Ich drehte mich um und kehrte ihm den Rükken zu.

»Was?« sagte er. Ich lächelte vor mich in und wartete. »Jetzt mach aber mal halblang«, stotterte er schließlich. »Das hier ist unsere Hochzeitsnacht. Ich habe nicht die Absicht, sie schlafend zu verbringen.«

Ich erwiderte nichts darauf. Er murrte vor sich hin, und im nächsten Moment legte er sich zu mir ins Bett. Eine Zeitlang lagen wir einfach nur nebeneinander. Bill starrte die Decke an, und ich lag zusammengerollt wenige Zentimeter neben ihm. Endlich spürte ich seine Hand auf meinem Schenkel.

»Jetzt sieh mal«, sagte er. »Wie die Wahrheit über dich auch aussehen mag, wir sind jetzt Mann und Frau. Du bist Mrs. William Cutler die Zweite, und ich fordere meine ehelichen Rechte.« Er drückte fester zu, damit ich mich zu ihm umdrehte. Ich tat es, und in dem Moment packten seine Hände mich, und seine Lippen preßten sich auf meine. Mein Mund öffnete sich unter seinem Kuß. Ich keuchte, weil seine Zunge meine berührte, und dann lachte er und zog den Kopf zurück, um mich herablassend anzusehen. »Du bist wohl doch nicht so erfahren, oder?«

»Bestimmt nicht so sehr wie die Frauen, die du gekannt hast«, sagte ich.

Er lachte. »Du bist wirklich eine reichlich stolze junge Frau, Lillian. Ich sehe schon, daß du eine teuflisch gute Hausherrin für Cutler's Cove abgeben wirst. So dumm war das gar nicht von mir«, sagte er und wiederholte es mehr für sich selbst als für meine Ohren.

Er senkte sein Gesicht auf meines und ließ seine Lippen über meine Augen gleiten, meine Wangen, mein Kinn und meinen Hals, und dann glitten sie tiefer, und er küßte meine Brüste, ließ den Mund auf meinen Brustwarzen ruhen und stöhnte. Er stieß seine Nase gegen meinen Busen und sog meinen Duft in sich ein. Trotz meines Widerwillens und all meines Unglücks erwachte meine Neugier, und ich spürte die prickelnden Gefühle, die Woge für Woge über meinen Körper hinwegspülten und mich an Orte führten, an die zu gelangen ich nie erwartet hätte. Ich schrie auf, als sein Mund seinen Weg über meinen Körper nach unten fortsetzte und seine Lippen über meinen Bauch glitten.

»Gleichgültig, was du sagst«, murmelte er, »für mich bist du wie eine Jungfrau.«

Wie anders der Sex doch war, wenn man ihn erwartete. Was Papa mir angetan hatte, war immer noch im finstersten Winkel meiner Erinnerung eingekeilt, gemeinsam mit den schlimmsten Alpträumen und Kinderängsten verschlossen. Aber das hier war etwas ganz anderes. Mein Körper war interessiert und empfänglich, und gleichgültig, was mein Verstand sagte, das Prickeln wurde stärker, bis Bill schließlich in mich eindrang und unsere Ehe mit animalischer Leidenschaft vollzog. Ich hob und senkte mich bei seinen Stößen, bewegte mich von Momenten des Grauens zu Momenten der Lust, und als es endete, explodierte er mit heißen Zuckungen in mir, und ich glaubte, mein Herz würde aufbrechen und ich würde in meiner Hochzeitsnacht im Bett sterben. Eine glühende Röte stieg in meinen Hals auf und gab mir das Gefühl, meine Wangen stünden in Flammen.

»Also gut«, sagte er. »Also gut.« Er rollte sich auf den Rücken. Auch er atmete schwer. »Ich weiß nicht, wer dein Liebhaber war«, sagte er, »aber er muß ebenfalls jungfräulich gewesen sein.« Dann lachte er.

Ich hätte ihm gern die Wahrheit erzählt. Ich wollte dieses selbstzufriedene, eingebildete Lächeln von seinem Gesicht wischen, aber meine Scham war zu groß.

»Jedenfalls«, fuhr er fort, »weißt du jetzt, warum du dich glücklich schätzen kannst.« Er lachte. »Und jetzt bist du die neue Mrs. Cutler.« Er schloß die Augen. »Ich glaube, du hast recht. Ein kleines Schläfchen wäre gut. Es ist ein anstrengender Tag gewesen.«

Wenige Momente später schnarchte er. Ich lag noch stundenlang wach, so schien es mir. Der bewölkte und regnerische Nachthimmel begann aufzuklaren. Durch das Fenster sah ich einen Stern zwischen den dünnen Wolkenfetzen hervorlugen, die den dicken dunklen Wolken folgten.

Ich hatte diese Tortur überlebt, dachte ich mir. Ich fühlte mich dadurch sogar gestärkt. Vielleicht hatte Vera recht; vielleicht konnte ich mein Leben in die Hand nehmen und Bill Cutler soweit verändern, daß mir er und meine neue Existenz erträglich wurden. Ich war jetzt Mrs. Cutler, und ich war auf dem Weg zu meinem neuen Zuhause, und nach allen Berichten, die ich darüber gehört hatte, war es noch dazu ein imposantes und interessantes neues Zuhause.

Welcher Logik folgte das Schicksal? Welche Gründe hatte es, daß mein Los mir die zarte und wahre Liebe versagte, die Niles und ich miteinander gelebt hätten, und mich statt dessen an die Seite dieses Fremden stellte, der jetzt nach einer Heirat, die von der Kirche sanktioniert war, als mein Ehemann neben mir lag? Der Geistliche hatte keinen Moment lang gefragt, ob wir einander liebten; er verlangte von uns nur den Schwur, an unseren Gelübden festzuhalten. Was ist die Ehe ohne Liebe, fragte ich mich, selbst dann, wenn ein Geistlicher das Zeremoniell durchführt?

Auf der Plantage legte Vera jetzt wahrscheinlich Charlotte schlafen. Charles erledigte die letzten Aufgaben, die noch liegengeblieben waren. Der kleine Luther war höchstwahrscheinlich bei ihm. Emily hatte sich in ihre Gemächer zurückgezogen und murmelte auf den Knien Gebete vor sich hin, und Papa schlief seinen Rausch aus und hielt dabei die Eigentumsurkunde immer noch in seiner großen Hand.

Und ich, ich wartete auf den Morgen und die Reise, die bevorstand, voller Geheimnisse und voller Überraschungen, denn das einzige Versprechen, das mir noch geblieben war, war das, was das Morgen versprach.

16

Cutler's Cove

Der Rest der Reise ging sehr schnell vorüber. Nach einem wunderbaren Frühstück im Dew Drop Inn packten Bill und ich unsere Sachen zusammen und brachen auf, und Horace und Marion Dobbs wünschten uns so oft viel Glück, daß ich sicher war, sie hätten etwas in meinem Gesicht gesehen, was sie dazu drängte, dies zu tun. Es hatte aufgehört zu regnen, und wir hatten einen wunderschönen klaren Tag für die Weiterreise. Ich war nicht sicher, ob er nur müde von der Hochzeit und den sexuellen Aktivitäten war oder ob er gerade wieder in die Rolle seines wahren Ichs schlüpfte, aber Bill war während der restlichen Autofahrt wesentlich stiller und viel netter zu mir. Wenn er etwas sagte, dann schilderte er mir Cutler's Cove und erzählte mir ein wenig von seiner Familie.

»Mein Vater hatte die dämliche Vorstellung, er könnte am Meer Felder bestellen. Er hat ein großes Stück Land erworben, ohne sich zu diesem Zeitpunkt darüber klarzuwerden oder Rücksicht darauf zu nehmen, daß unser Grundstück am Meer lag. Er hat ein schönes Bauernhaus und einen Stall gebaut und sich Viehbestände zugelegt, aber es hat nicht lange gedauert, bis das Wetter und das Land ihm unmißverständlich klargemacht haben, daß er auf das falsche Gebiet gesetzt hat.

Aber meine Mutter war einfallsreich, und sie hat angefangen, Logiergäste aufzunehmen, anfangs nur, damit sie sich ein wenig Geld dazuverdienen konnte.

Eines Tages haben sie und mein Vater sich zusammengesetzt und über all das geredet, und sie haben beschlossen, daß sie das Haus zu einem richtigen Hotel umbauen wollten. Sobald sie diese Entscheidung getroffen hatten, ging alles andere wie von selbst. Pop ließ einen Anlegesteg bauen, damit diejenigen, die fischen wollten, hinausrudern konnten. Er hat auf dem Anwesen Gärten und schöne Rasenflächen angelegt, Pfade für Spaziergänge, einen Teich mit Bänken, Lauben und Brunnen. Er konnte kein Farmer werden, aber er war ein verteufelt guter Gärtner.

Und meine Mutter war eine großartige Köchin. Diese Kombination hat sich als erfolgreich erwiesen, und es hat nicht lange gedauert, bis wir das alte Haus um einen Anbau erweitert haben. Seitdem ist Cutler's Cove, das Hotel, fast immer ausgebucht gewesen. Die Leute oben im Norden haben Mundpropaganda für uns gemacht, und wir haben Gäste aus New York, Massachusetts und sogar aus dem hohen Norden, aus Maine und Kanada. Sie haben alle von dem Essen geschwärmt.«

»Und wer kocht jetzt?« fragte ich.

»Ich habe schon etliche Köche gehabt, seit Ma zu alt ist, um noch mitzuarbeiten. Kurz vor der Hochzeit habe ich einen Ungarn eingestellt, der mir von einem Freund empfohlen worden ist. Er heißt Nußbaum, und er ist ein ausgezeichneter Chefkoch, obgleich sich das Küchenpersonal über seine aufbrausende Art beschwert.

Du wirst ja sehen, wie es ist«, sagte Bill lächelnd. »Die meiste Zeit renne ich herum und bemühe mich, dafür zu sorgen, daß Frieden zwischen den Arbeitern herrscht.«

Ich nickte und lehnte mich zurück, um die Landschaft vorbeiziehen zu sehen. Ich wollte mir nicht anmerken lassen, daß ich noch nie das Meer gesehen hatte, aber als es plötzlich am Horizont auftauchte, keuchte ich vor Ehrfurcht. Ich hatte natürlich darüber gelesen und Bilder davon gesehen, aber es war dennoch überwältigend, ihm gegenüberzustehen. Ich konnte nur wie ein kleines Schulmädchen gaffen und mich über die Segelboote und die Kähne der Fischer freuen. Als ein großes Schiff auftauchte, konnte ich einen Ausruf nicht unterdrücken.

»He«, sagte Bill lachend. »Ich weiß, daß du mir erzählt hast, dein Vater hätte euch Kinder nicht oft ans Meer mitgenommen, aber du bist ja noch nie am Meer gewesen, stimmt's?«

»Stimmt«, offenbarte ich ihm.

»Wirklich? Also, da soll mich doch...« Er schüttelte den Kopf. »Ich habe wohl in vielerlei Hinsicht wahrhaft eine jungfräuliche Braut, stimmt's?« Er lachte. Ich sah ihn finster an. Zeitweise konnte er mich mit seiner Arroganz furchtbar wütend machen. Ich beschloß, das nächste Mal nicht mehr so aufrichtig zu sein.

Kurz darauf bogen wir um eine Kurve, und ich sah das Schild, das ankündigte, daß wir Cutler's Cove erreicht hatten.

»Die Behörden haben diesen Teil der Küste und die kleine Einkaufsstraße nach unserer Familie umbenannt, weil mein Hotel solchen Erfolg hatte«, sagte er mit dem Stolz, der so typisch für ihn war.

Er prahlte weiterhin mit all den wunderbaren Dingen, die er plante, aber ich hörte ihm nicht zu. Statt dessen schaute ich auf die Landschaft hinaus. Die Küste wölbte sich an dieser Stelle landeinwärts, und ich sah, daß die Bucht einen wunderbaren weißen Sandstrand hatte, der schimmerte, als sei er von einem Heer von Arbeitern gesäubert worden, die mit Rechen bewaffnet waren, deren Zinken so klein wie die eines Kammes waren. Sogar die Wellen, die auf den Sand spülten, näherten sich sachte und behutsam, benetzten den Sand und zogen sich wieder zurück.

»Sieh dir das an«, rief Bill. Dort stand ein Schild mit

der Aufschrift: DAS BETRETEN IST AUSSCHLIESSLICH DEN GÄSTEN DES CUTLER'S COVE HOTELS GESTATTET. »Wir haben hier unseren Privatstrand. Das gibt den Gästen ein Gefühl von Exklusivität«, fügte er noch hinzu und zwinkerte, und dann wies er mit einer Kopfbewegung nach links, und als ich dorthin blickte, sah ich, wie sich das Cutler's Cove Hotel erhob, mein neues Zuhause.

Es war ein großes dreistöckiges Haus, das so blau wie ein Rotkehlchenei gestrichen war und milchweiße Fensterläden und eine Veranda hatte, die außen herumführte. Die Veranda betrat man über eine Treppe, die aus gebleichtem Holz gezimmert war. Das Fundament bestand aus geschliffenem Stein. Wir bogen in die Auffahrt ein und fuhren zwischen zwei Steinsäulen hindurch, auf denen runde Laternen angebracht waren. Da und dort schlenderten ein paar Gäste über das Gelände, auf dem zwei kleine Lauben standen, Holzbänke und Steinbänke und Tische, Brunnen, von denen manche wie große Fische geformt waren, manche aber auch wie ganz schlichte flache Becken mit Wasserspeiern in der Mitte, und ein wunderschöner Steingarten, der sich vor dem Haus entlangzog.

»Schon etwas besser als The Meadows, würdest du das nicht auch sagen?« fragte Bill arrogant.

»Nicht zu seiner Blütezeit«, sagte ich. »Damals war es das Juwel des Südens.«

»Ein schönes Juwel«, spottete Bill. »Wenigstens haben wir keine Sklaven als Arbeitskräfte eingesetzt, um dieses Haus zu bauen. Es ist einfach zu schön, wenn die Aristokraten aus den Südstaaten wie dein Vater sich damit brüsten, was ihre Familien aufgebaut haben. Scheinheilige und Heuchler, dieses ganze Pack. Und beim Kartenspielen leicht auszunehmen«, fügte er zwinkernd hinzu.

Ich ignorierte seinen Sarkasmus, als wir um das Gebäude herum zu einem Seiteneingang fuhren.

»So kommen wir schneller zu unseren Zimmern«, erklärte er, als er den Wagen parkte. »Also dann, willkommen zu Hause«, fügte er hinzu. »Muß ich dich über die Schwelle tragen?«

»Nein«, sagte ich eilig.

Er lachte. »Das war nicht ernst gemeint«, sagte er. »Laß einfach alles im Wagen. Ich werde gleich jemanden runterschicken, damit er unsere Sachen holt. Alles der Reihe nach.«

Wir stiegen aus dem Wagen und betraten das Haus. Ein kurzer Korridor führte uns in den Teil des Hauses, den Bill den Familientrakt nannte. Das erste Zimmer, an dem wir vorbeikamen, war ein Wohnzimmer mit einem gemauerten Kamin und antiken Möbeln, die freundlich wirkten – weiche gepolsterte Stühle mit handgeschnitzten Holzrahmen, ein Schaukelstuhl aus dunklem Kiefernholz, auf dessen Sitzfläche eine weiße Baumwolldecke lag, und eine prall gepolsterte Couch mit Beistelltischen aus Kiefernholz. Auf dem Hartholzboden lag ein ovaler eierschalfarbener Teppich.

»Das ist das Porträt meines Vaters, und das ist das meiner Mutter«, machte mich Bill aufmerksam. Die beiden Bilder hingen nebeneinander an der linken Wand. »Alle sagen, daß ich Pop ähnlicher sehe als ihr.«

Ich nickte; es war so.

»Sämtliche Schlafzimmer der Familie sind im ersten Stock. Für Mrs. Oaks habe ich ein kleines Schlafzimmer hier unten hinter der Küche. Sie kümmert sich um meine Mutter, die die meiste Zeit in ihrem Zimmer zubringt. Gelegentlich lüftet Mrs. Oaks sie aus«, scherzte er. Ich konnte mir nicht vorstellen, daß man so lässig über seine kranke alte Mutter redete. »Ich würde sie dir vorstellen, aber sie erinnert sich nicht mehr, wer, zum Teufel, ich eigentlich bin, und um so weniger wüßte sie, wovon ich rede, wenn ich dich zu ihr brächte, damit du sie kennenlernst. Wahrscheinlich wird sie glauben, du seist auch eine dieser Hotelangestellten. Komm schon«, drängte er und schob mich zur Treppe.

Unser Schlafzimmer war ein sehr großer Raum, so groß wie die größten Zimmer auf The Meadows, und es hatte zwei breite Fenster mit Blick aufs Meer. Das Bett war breit und hatte dicke dunkle Eichenpfosten und ein handgeschnitztes Kopfteil, das zwei Delphine zeigte. Es gab eine passende Kommode, Nachttische und einen Kleiderschrank. An der rechten Wand stand eine Frisierkommode mit einem ovalen Spiegel in einem verzierten Rahmen.

»Ich vermute, da du jetzt hier einziehst, wirst du einige Veränderungen vornehmen wollen«, sagte Bill. »Ich weiß, daß dieses Zimmer mehr Helligkeit und Farbe vertragen könnte. Nun, du kannst tun, was du willst. Für diese Dinge habe ich mich noch nie interessiert. Mach es dir bequem, während ich jemanden hole, der unsere Sachen nach oben bringt.«

Ich nickte und trat ans Fenster. Der Ausblick war atemberaubend. Ich hatte erst einen kleinen Teil des Hotels gesehen, doch ich fühlte mich augenblicklich geborgen hier und hatte bereits in dem Moment, in dem Bill mich allein ließ und ich auf das Anwesen hinausschauen konnte, das Gefühl, hierherzugehören. Vielleicht hatte das Schicksal mich doch nicht so achtlos und beliebig umhergestoßen, dachte ich, und dann machte ich mich daran, den Rest des ersten Stockwerks zu erkunden.

Sowie ich aus dem Schlafzimmer trat, ging die Tür eines anderen Zimmers, das im Flur gegenüberlag, auf, und eine kleine, stämmige Frau mit dunklem Haar und dunklen Augen kam heraus. Sie trug eine weiße Uniform, die eher nach der Tracht einer Kellnerin als der einer Pflegerin aussah. In dem Moment, als sie mich sah, blieb sie stehen und lächelte mich mit einem freundlichen, warmherzigen Lächeln an, das ihre Pausbäckchen betonte.

»Oh, guten Tag. Ich bin Mrs. Oaks.«

»Ich bin Lillian«, sagte ich und hielt ihr die Hand hin.

»Mr. Cutlers Frau. Oh, ich freue mich ja so sehr, Sie kennenzulernen. Sie sind wirklich so hübsch, wie es allseits geheißen hat.«

»Danke.«

»Ich kümmere mich um Mrs. Cutler«, sagte sie.

»Ich weiß. Kann ich sie sehen?«

»Ja, natürlich, wenn ich Sie auch warnen muß, denn sie ist sehr senil.« Sie trat zurück, und ich lugte in das Schlafzimmer. Bills Mutter saß auf einem Stuhl und hatte eine kleine Steppdecke auf dem Schoß liegen. Sie war eine zierliche Frau, die durch das Alter noch schmächtiger geworden war, aber sie hatte große braune Augen, die mich flink musterten.

»Mrs. Cutler«, sagte Mrs. Oaks, »das ist Ihre Schwiegertochter, Bills Frau. Sie heißt Lillian. Sie ist gekommen, um Ihnen guten Tag zu sagen.«

Die alte Dame sah mich lange an. Ich hatte die Idee, mein Erscheinen könnte sie aufgerüttelt und wieder ein wenig zur Vernunft gebracht haben, doch plötzlich schaute sie finster.

»Wo bleibt mein Tee? Wann bringen Sie mir meinen Tee?« fragte sie.

»Sie hält Sie für eines der Küchenmädchen«, flüsterte Mrs. Oaks.

»Oh. Er kommt gleich, Mrs. Cutler. Das Wasser ist schon aufgesetzt.«

»Ich will ihn aber nicht zu heiß haben.«

»Nein«, sagte ich. »Bis Sie ihn bekommen, ist er schon ein wenig abgekühlt.«

»Sie hat inzwischen nur noch ganz selten einen klaren Moment«, sagte Mrs. Oaks und schüttelte betrübt den

Kopf. »Das Alter. Das ist die einzige Krankheit, bei der man sich nicht wünscht, daß sie endet, aber andererseits...«

»Ich verstehe.«

»Jedenfalls möchte ich Sie ganz herzlich in Ihrem neuen Zuhause willkommen heißen, Mrs. Cutler«, sagte Mrs. Oaks.

»Danke. Ich komme wieder, Mutter Cutler«, sagte ich zu der alten Frau, die nur noch ein Schatten ihrer selbst war. Sie schüttelte den Kopf.

»Schicken Sie jemanden zum Abstauben rauf«, befahl sie mir.

»Wird sofort erledigt«, sagte ich und trat wieder in den Flur. Ich sah mich noch weiter um und kam in dem Moment in unser Zimmer zurück, in dem Bill zwei Angestellte beauftragte, all unsere Sachen raufzubringen.

»Ehe du irgend etwas auspackst, werde ich dich durch das Hotel führen und dich allen vorstellen«, sagte Bill. Er nahm mich an der Hand und führte mich nach unten. Wir liefen durch den langen Korridor und kamen bei der Küche heraus. Die Düfte von Nußbaums leckeren Speisen schlugen uns schon entgegen. Der Koch blickte von seinen Vorbereitungen auf, als wir eintraten.

»Das ist die neue Mrs. Cutler, Nußbaum«, sagte Bill. »Sie ist eine Gourmetköchin von einer reichen Plantage im Süden, also hüten Sie sich.«

Nußbaum, ein dunkelhäutiger Mann mit blauen Augen und dunkelbraunem Haar, sah argwöhnisch zu mir her. Er war nur wenige Zentimeter größer als ich, aber er wirkte furchteinflößend und selbstsicher.

»Ich bin keine Köchin, Mr. Nußbaum, und alles, was Sie zubereiten, riecht einfach köstlich«, sagte ich eilig. Sein Lächeln begann in den Augen und zuckte dann bis in seine Lippen.

»Hier, probieren Sie meine Kartoffelsuppe«, sagte er und hielt mir einen Löffel hin.

»Wunderbar«, sagte ich, nachdem ich sie gekostet hatte, und Nußbaum strahlte. Bill lachte, aber als wir die Küche verlassen hatten, zog ich ihn augenblicklich zur Seite.

»Wenn du willst, daß ich mit allen gut auskomme, dann stell mich nicht als so arrogant und hochnäsig hin, wie du es bist«, fauchte ich ihn an.

»Schon gut, schon gut«, sagte er und hielt die Hände hoch. Er versuchte, darüber zu scherzen, doch anschließend benahm er sich und behandelte mich vor den anderen Hotelangestellten respektvoll. Ich lernte auch einige der Gäste kennen und sprach dann im Restaurant mit dem Oberkellner.

In den Wochen und Monaten, die folgten, fand ich meine persönliche Nische und suchte mir meinen eigenen Verantwortungsbereich, denn ich klammerte mich immer noch an den Glauben, daß ich mich im Wind neigen und mich von ihm beugen lassen sollte, statt zu zerbrechen. Ich sagte mir, wenn ich schon hier leben und die Ehefrau eines Hotelbesitzers sein mußte, dann würde ich eben die beste Hoteliersfrau an der ganzen Küste von Virginia werden. Diesem Ziel verschrieb ich mich.

Ich lernte, daß die Gäste es besonders gern zu mögen schienen, wenn Bill und ich gemeinsam mit ihnen aßen und sie persönlich begrüßten. Manchmal war Bill nicht rechtzeitig zurück; er war noch in Virginia Beach oder in Richmond, um das eine oder andere zu erledigen. Doch die Gäste wußten es zu schätzen, wenn sie vor dem Abendessen begrüßt wurden. Ich begann, sie auch beim Frühstück zu begrüßen, und die meisten waren erstaunt und erfreut zugleich, wenn sie mich dort in der Tür stehen sahen, wie ich sie erwartete und mir ihre Namen gemerkt hatte. Ich achtete sorgsam darauf, mir auch ihre persönlichen Festtage zu merken: die Geburtstage, die Namenstage und die Hochzeitstage. Ich hielt sie alle in meinem Kalender fest und achtete sorgsam darauf, ihnen Karten zu schicken. Außerdem sandte ich unseren Gästen kleine Dankschreiben für ihren Besuch bei uns.

Mit der Zeit fielen mir zahlreiche Kleinigkeiten auf, die sich verbessern ließen: Dinge, die getan werden konnten, damit der Service schneller und reibungsloser funktionierte. Ich war auch unzufrieden damit, wie das Hotel gereinigt wurde, und ich nahm schnell einige Veränderungen vor, wobei die wichtigste die war, jemanden zu ernennen, der sich um die Instandhaltung des Gebäudes kümmerte.

Mein Leben in Cutler's Cove erwies sich als erfreulicher, spannender und interessanter, als ich es mir je ausgemalt hätte. Es schien, als hätte ich wahrhaft einen Platz im Leben für mich gefunden, meine Bestimmung. Auch Veras Ratschlag direkt vor meiner Heirat mit Bill Cutler erwies sich als prophetisch. Es gelang mir, Bill soweit zu verändern, daß unsere Ehe erträglich war. Er behandelte mich nicht schlecht und machte mich auch nicht zum Gespött. Er war zufrieden mit dem, was ich tat, um das Hotel noch erfolgreicher zu führen. Ich wußte, daß er von Zeit zu Zeit andere Frauen traf, aber das störte mich nicht. Mich davor zu bewahren, daß ich unglücklich war, hieß, daß ich mich auf Kompromisse einlassen mußte, doch das waren Kompromisse, die ich bereitwillig eingging, denn mit der Zeit entdeckte ich wirklich meine Liebe – nicht etwa zu Bill, sondern zu Cutler's Cove.

Bill widersetzte sich keinem meiner Vorschläge, selbst dann nicht, wenn manche der Vorschläge größere Geldausgaben bedeuteten. Im Lauf der Monate übernahm ich mehr und mehr von den Pflichten und Verantwortungen, die er vorher getragen hatte, und das schien ihn sehr zu freuen. Man brauchte kein Genie zu sein, um zu erkennen, daß sein Interesse an dem Hotel nicht so immens war, wie er vorgab. Jedesmal, wenn er einen Vorwand für eine seiner sogenannten Geschäftsreisen fand, brach er sofort auf und kehrte oft tagelang nicht zurück. Allmählich fing das Hotelpersonal an, sich immer mehr auf mich zu verlassen, wenn Entscheidungen getroffen und Probleme gelöst werden mußten. Vor Ablauf meines ersten Jahres als die neue Hausherrin von Cutler's Cove waren die ersten Worte der Mitarbeiter, wenn jemand eine Frage hatte, die beantwortet werden mußte: »Frag Mrs. Cutler.«

Gut ein Jahr nach meiner Ankunft ließ ich mir ein eigenes Büro einrichten. All das belustigte und beeindruckte Bill, doch sechs Monate später, als ich vorschlug, wir sollten uns überlegen, ob wir das Hotel nicht ausbauen und einen weiteren Flügel anbauen wollten, kam es zum Streit.

»Sich zu vergewissern, daß das Bettzeug wirklich sauber ist und daß das Geschirr ordentlich gespült wird, ist eine Sache, Lillian. Ich kann sogar verstehen, daß man jemandem die Verantwortung für all das überträgt und ihm jede Woche etwas mehr Geld dafür bezahlt, aber weitere fünfundzwanzig Zimmer anzubauen, das Restaurant auszubauen und einen Swimmingpool anzulegen? Das kommt gar nicht in Frage. Ich weiß nicht, was für einen Eindruck ich dir vermittelt habe, als wir geheiratet haben, aber soviel Geld habe ich nicht, noch nicht einmal, wenn meine Gewinne beim Kartenspiel dazukommen.«

»Wir brauchen dieses Geld nicht gleich, Bill. Ich habe mit den Banken hier gesprochen. Eine von ihnen ist ganz versessen drauf, uns ein Darlehen zu geben.«

»Ein Darlehen?« Er fing an zu lachen. »Was verstehst du schon von Darlehen?«

»Ich war in der Schule immer gut in Mathematik. Du hast gesehen, wie ich unsere Bücher geführt habe. Das habe ich schon für Papa getan. Ich vermute, Geschäftsabrechnungen fallen mir von Natur aus leicht«, sagte ich. »Trotzdem werden wir schon ziemlich bald einen Geschäftsführer einstellen müssen.«

»Einen Geschäftsführer?« Er schüttelte den Kopf.

»Aber alles der Reihe nach. Wir brauchen dieses Darlehen«, sagte ich.

»Ich weiß es nicht. Eine Hypothek auf das Hotel aufzunehmen, um es auszubauen... ich weiß nicht recht.«

»Sieh dir nur diese Briefe von früheren Gästen und zukünftigen Gästen an, die gern kommen möchten. Sie bitten alle darum, ihnen Zimmer zu reservieren«, sagte ich und nahm etwa ein Dutzend solcher Schreiben von meinem Tisch. »Wir können nicht einmal die Hälfte dieser Leute unterbringen. Siehst du denn nicht, welches Geschäft wir uns jetzt schon entgehen lassen?« fragte ich. Er riß die Augen weit auf und sah sich einige der Briefe an.

»Hmm«, sagte er. »Ich weiß nicht recht.«

»Ich dachte, du hältst dir voller Stolz zugute, daß du ein guter Spieler bist. So riskant ist dieses Spiel doch gar nicht, oder?«

Er lachte.

»Du versetzt mich in Erstaunen, Lillian. Ich habe ein kleines Mädchen hierher mitgebracht oder wenigstens jemanden, den ich für ein kleines Mädchen gehalten habe, aber du hast sehr schnell alles an dich gerissen. Ich weiß, daß das Personal dir bereits mehr Respekt entgegenbringt als mir«, klagte er.

»Das ist deine eigene Schuld. Du bist nicht da, wenn die Leute dich brauchen. Ich bin da«, sagte ich mit scharfer Stimme.

Er nickte. Er hatte zwar nicht das Interesse an dem Hotel, das sich bei mir inzwischen entwickelt hatte, aber er war klug genug, um sich eine potentiell günstige Gelegenheit nicht entgehen zu lassen.

»In Ordnung. Mach einen Termin mit den Bankiers aus, und dann sehen wir uns einmal an, wie das alles im Detail aussieht«, schloß er. »Ich schwöre es dir«, sagte er, als er aufstand und auf mich herunterschaute, während ich hinter meinem Schreibtisch saß. »Ich weiß nicht mehr, ob ich stolz auf dich sein oder mich vor dir fürchten soll. Einige meiner Freunde ziehen mich jetzt schon auf und sagen mir, daß du in unserer Familie die Hosen anhast. Ich bin nicht sicher, ob mir das gefällt«, fügte er beunruhigt hinzu.

»Du weißt doch, daß du die Hosen anhast, Bill«, sagte ich mit einem Anflug von Koketterie. Er lächelte. Ich hatte schnell gelernt, wie leicht es war, ihm zu schmeicheln und meinen Kopf durchzusetzen.

»Ja, solange du es auch weißt«, sagte er.

Ich vermittelte ihm gerade soweit den Eindruck von Untergebenheit, daß er sich weniger bedroht fühlte und ging. Sobald er mein Büro verlassen hatte, kontaktierte ich einen jungen Anwalt, der Updike hieß und mir von einem der Geschäftsleute in Cutler's Cove empfohlen worden war. Ich war sehr beeindruckt von ihm und engagierte ihn, damit er uns bei all unseren Geschäftsangelegenheiten vertrat. Er verhalf uns schnell zu unserer Hypothek, und wir begannen mit einer Erweiterung, die sich über zehn Jahre hinziehen sollte.

Meine Arbeit und meine Verantwortung im Hotel machten es mir schwer, mehr als zweimal im Jahr eine Reise zu unternehmen und The Meadows aufzusuchen. Bill begleitete mich nur bei meinem ersten Besuch. Jedesmal, wenn ich ankam, fand ich die alte Plantage vernachlässigter und ungenutzter vor als beim vorigen Mal. Charles hatte das meiste schon vor langem aufgegeben und versuchte nur noch, sie alle mit dem Notwendigsten zu versorgen. Papa klagte über seine Steuern und die laufenden

Geschäftskosten, wie immer, aber Vera sagte mir, daß er die Plantage immer seltener verließ und auch kaum noch spielte.

»Wahrscheinlich, weil ihm kaum noch etwas geblieben ist, was er verspielen kann«, sagte ich, und Vera stimmte mir zu.

Die meiste Zeit schenkte Papa mir kaum die leiseste Beachtung und ich ihm auch nicht. Ich wußte, daß er neugierig auf mein neues Leben war und daß meine Kleidung und mein neuer Wagen ihn beeindruckten. Bei mehr als einer Gelegenheit glaubte ich sogar, er würde mich um Geld bitten. Doch sein Südstaatlerstolz und seine Arroganz hinderten ihn daran, ein solches Ansinnen vorzubringen – nicht etwa, daß ich ihm etwas gegeben hätte. Es wäre ja doch nur am Kartentisch in andere Hände übergewechselt oder für Bourbon draufgegangen. Aber ich bemühte mich immer, Luther und Charlotte hübsche Dinge mitzubringen.

Mit jedem Jahr, das verging, prägten sich bei Charlotte Papas körperliche Merkmale deutlicher aus. Sie wurde groß und breit und hatte für ein Mädchen lange Finger und große Hände. Die langen Phasen, die wir voneinander getrennt verbrachten, hatten im Lauf der Jahre ihren Tribut gefordert. Als sie fünf war, schien sie sich jedesmal, wenn ich wiederkam, nur noch vage an mich zu erinnern. Wenn ich mit ihr sprach und spielte, fiel mir auf, daß sie länger brauchte, um Dinge zu begreifen, als sie hätte brauchen dürfen, und daß ihre Konzentrationsfähigkeit gering war. Ein glänzender Gegenstand oder etwas ganz Schlichtes konnte sie faszinieren, und dann konnte sie Stunden damit zubringen, diesen Gegenstand in den Händen zu halten und nach allen Seiten zu drehen, aber sie hatte keinerlei Geduld, wenn es darum ging, zu zählen oder die Buchstaben zu erlernen. Als Charlotte alt genug war, nahm Luther sie so oft wie möglich in die

Schule mit, aber sie fiel schnell um Jahre hinter den Stand zurück, den sie hätte erreichen sollen.

»Sie sollten sehen, wie Luther sich um sie kümmert«, erzählte mir Vera bei einem meiner seltenen Besuche. »Wenn es zu kalt ist, läßt er sie nicht ohne einen Schal aus dem Haus gehen, und sowie die ersten Regentropfen fallen, holt er sie sofort ins Haus.«

»Er ist für sein Alter ein sehr ernster und reifer kleiner Junge«, sagte ich. So war es auch. Ich hatte nie einen kleinen Jungen gesehen, der sich so intensiv mit Dingen befaßte und derart selten lächelte oder lachte. Er verhielt sich wie ein kleiner Gentleman, und nach Charles' Angaben leistete er auf der Plantage bereits bedeutende Hilfe.

»Ich schwöre es, der Junge weiß jetzt schon fast soviel wie ich über Maschinen und solches Zeug«, sagte Charles zu mir.

Jedesmal, wenn ich die Plantage besuchte, verbrachte ich einige Zeit auf dem Privatfriedhof der Familie. Wie auch alles andere auf der alten Farm benötigte er dringend liebevolle Pflege. Ich jätete Unkraut, pflanzte Blumen und säuberte alles, so gut es eben ging, doch die Natur schien siegen zu wollen und The Meadows mit Gestrüpp und Schößlingen zu überwuchern. Manchmal, wenn ich ging, sah ich mich um und wünschte, das Haus würde abbröckeln und der Wind würde die Trümmer in alle Richtungen auseinanderwehen. Lieber sollte es verschwinden, dachte ich, als zu überdauern, wie Bills Mutter überdauert hatte, eine vernachlässigte und altersschwache Hülle.

Was Emily anging, hatte sich nichts geändert. Sie hatte auch keine Freude an der Plantage gehabt, als alles schön und prächtig war. Von ihr aus konnten Blumen und gestutzte Hecken, weiße Magnolien und frische Glyzinien wachsen oder auch nicht. Für sie war das alles dasselbe, da sie durch diese grauen Augen auf die Welt hinausschaute und ohnehin keine Farben wahrnahm. Sie lebte in einem Universum, in dem es nur schwarz und weiß gab und ihre Religion das einzige Licht spendete und der Teufel unablässig versuchte, Finsternis aufziehen zu lassen.

Wenn überhaupt, dann wurde Emily noch größer und noch dünner, und doch kam sie mir nie stärker oder zäher vor. Und sie hielt beharrlich an ihren kindlichen Vorstellungen und Ängsten fest. Einmal folgte sie mir nach einem meiner Besuche zu meinem Wagen und hielt diese alte Bibel in den krallenartigen Fingern.

»All unsere Gebete und guten Werke sind belohnt worden«, sagte sie zu mir, als ich mich umdrehte, um mich zu verabschieden. »Der Teufel weilt nicht mehr hier.«

»Wahrscheinlich ist es ihm hier zu kalt und zu dunkel«, scherzte ich. Sie nahm eine stramme Haltung ein und verzog ihre Lippen zu dem bekannten mißbilligenden Ausdruck.

»Wenn der Teufel sieht, daß er keine Siegeschancen hat, zieht er schnell weiter zu saftigeren Weiden. Sieh dich vor, daß er dir nicht nach Cutler's Cove folgt und in deiner gottlosen Höhle des Lasters und der Ausschweifungen sein Quartier einrichtet. Du solltest regelmäßige Gottesdienste einführen, eine Kapelle bauen, Bibeln in jedes Zimmer legen…«

»Emily«, sagte ich, »falls es je nötig sein wird, das Böse aus meinem Leben auszutreiben, werde ich mich an dich wenden.«

»Das wirst du tun«, sagte sie und trat zuversichtlich zurück. »Jetzt scherzt du noch darüber, doch eines Tages wird es dahin kommen.«

Ihre Selbstsicherheit machte mich nervös. Ich konnte es nicht erwarten, nach Cutler's Cove zurückzukommen, und ich besuchte The Meadows auch tatsächlich nicht mehr, bis ein knappes Jahr später Nachricht eintraf, in der uns mitgeteilt wurde, daß Papa gestorben war.

Nur wenige Menschen erschienen zu seinem Begräbnis. Auch Bill begleitete mich nicht und behauptete, er hätte eine wichtige Geschäftsreise zu unternehmen, die sich unter keinen Umständen verschieben ließ. Papa hatte kaum noch Freunde. All seine Kumpel, die mit ihm Karten gespielt hatten, waren entweder gestorben oder fortgezogen, und die meisten anderen Plantagenbesitzer hatten schon längst vor den harten Zeiten kapituliert und ihr Land verkauft, Parzelle für Parzelle. Keiner von Papas Verwandten hatte Interesse daran, die Reise zu unternehmen.

Papa war als einsamer Mann gestorben, der sich nach wie vor allabendlich in den Schlaf getrunken hatte. Eines Morgens war er schlichtweg nicht mehr aufgewacht. Emily vergoß keine Träne, zumindest nicht in meiner Gegenwart. Sie war zufrieden, daß Gott ihn zu sich geholt hatte, denn es war an der Zeit gewesen. Es war ein sehr schlichtes Begräbnis, und anschließend servierte Emily nur Tee und etwas Gebäck. Sogar der Geistliche blieb nicht.

Ich dachte daran, Charlotte zu mir zu nehmen, doch Vera und Charles redeten es mir aus.

»Sie fühlt sich wohl hier mit Luther«, sagte Vera. »Es würde beiden das Herz brechen, wenn sie auseinandergerissen würden.«

Ich konnte sehen, daß Vera in Wirklichkeit meinte, es hätte ihr das Herz gebrochen, denn sie war Charlotte eine Mutter geworden, und nach allem, was ich beobachtete, empfand Charlotte auch so für sie. Emily war natürlich dagegen, daß ich Charlotte in dieses »sündige Sodom und Gomorrha an der Küste« mitnahm. Schließlich entschied ich, es sei das beste, sie dort zu lassen, trotz Emily, denn Charlotte schien sich nicht von Emilys religiösem

Fanatismus beeindrucken oder gar beunruhigen zu lassen. Natürlich hatte ich Bill nie die Wahrheit über Charlottes Geburt erzählt, und ich hatte auch nicht die Absicht, es je jemandem zu sagen. Sie würde meine Schwester und nicht meine Tochter bleiben.

»Vielleicht kommst du mit Charles eines Tages nach Cutler's Cove, und ihr bringt Luther und Charlotte mit und besucht uns eine Zeitlang«, sagte ich zu Vera.

Sie nickte, aber die Vorstellung, eine solche Reise zu unternehmen, erschien ihr so schwierig wie eine Reise zum Mond.

»Glaubst du, daß ihr jetzt alle hier zurechtkommen werdet, Vera?« fragte ich ein letztes Mal, ehe ich aufbrach.

»Oh, ja«, sagte sie. »Mr. Booth hat sich bei der Führung der Plantage schon lange nicht mehr bemerkbar gemacht. Sein Hinscheiden wird sich nicht auf das auswirken, was wir hier zu tun haben. Charles wird sich um alles kümmern. Charles und Luther, sollte ich wohl sagen, denn er wird ihm ein immer kräftigerer und tüchtigerer Helfer. Charles wäre der erste, der das zugibt.«

»Und meine Schwester... Emily?«

»Wir haben uns an sie gewöhnt. Wir wüßten sogar nicht mehr, was wir ohne ihre Hymnen und Gebete täten. Charles sagt, das ist besser als diese beweglichen Bilder, von denen wir gehört haben. Man weiß nie, wann man sich umsieht und sie mit der Kerze in der Hand durch das Haus schwebt und sich vor irgendeinem Schatten bekreuzigt. Und wer weiß, vielleicht hält sie tatsächlich den Teufel aus dem Haus fern.«

Ich lachte.

»Bei Ihnen hat sich doch alles zum Guten gewendet, Miss Lillian, oder nicht?« fragte Vera und kniff die Augen ein wenig zusammen. Sie war grau geworden, und ihre Falten im Gesicht waren jetzt tiefer.

»Ich habe mir mein Nest gebaut und einen Grund gefunden, weshalb ich weitermache, Vera, falls es das ist, was du meinst«, sagte ich zu ihr.

Sie nickte.

»Das dachte ich mir. So, jetzt sollte ich mich aber besser um das Essen kümmern. Ich verabschiede mich lieber gleich.«

Wir umarmten einander, und dann ging ich zu Charlotte, um ihr auf Wiedersehen zu sagen. Sie rekelte sich in Mammas einstigem Lesezimmer auf dem Fußboden und blätterte ein altes Album mit Familienfotos durch. Luther saß auf dem Sofa und schaute die Bilder mit ihr an. Sie blickten beide auf, als ich in der Tür auftauchte.

»Ich fahre jetzt ab, Kinder«, sagte ich. »Schaut ihr euch Familienfotos an?«

»Ja, Ma'am«, sagte Luther und nickte.

»Hier ist eines von dir und mir und Emily«, sagte Charlotte und deutete darauf. Ich sah es an und erinnerte mich wieder daran, wann Papa die Aufnahme hatte machen lassen.

»Ja«, sagte ich.

»Wir kennen die meisten Leute in dem Album«, sagte Luther, »aber die hier nicht.« Er blätterte die Seiten zurück und deutete schließlich auf eine kleine Fotografie. Ich nahm das Album in die Hände und schaute sie an. Es war meine leibliche Mutter. Einen Moment lang brachte ich kein Wort heraus.

»Das ist… Mammas jüngere Schwester Violet«, sagte ich.

»Sie war sehr hübsch«, sagte Charlotte. »Stimmt's, Luther?«

»Ja«, stimmte er ihr zu.

»Findest du nicht, Lil?« fragte Charlotte. Ich lächelte sie an.

»Doch, sehr hübsch.«

»Haben Sie sie gekannt?« fragte Luther.

»Nein. Sie ist gestorben, ehe... direkt nach meiner Geburt.«

»Sie sehen ihr sehr ähnlich«, sagte er und wurde dann knallrot wegen seiner vorlauten Worte.

»Danke, Luther.« Ich kniete mich hin und gab ihm einen Kuß, und dann umarmte ich Charlotte und küßte sie.

»Auf Wiedersehen, Kinder. Seid brav«, sagte ich.

»Sonst wird Emily wütend«, sagte Charlotte. Das brachte mich dazu, durch meine Tränen zu lächeln.

Ich eilte hinaus und drehte mich nicht mehr um, sah mich auch nicht mehr nach den Kindern um.

Bill war auf der Geschäftsreise, die er unternommen hatte, statt mich zu Papas Begräbnis zu begleiten, etwas zugestoßen, denn als er Tage später zurückkam, war er auffallend verändert. Er war stiller und zurückgezogener und saß oft lange Zeit einfach nur auf der Veranda und trank Tee oder Kaffee und schaute aufs Meer hinaus. Er schlenderte nicht durch das Hotel und neckte junge Zimmermädchen, und er hielt auch keines seiner Kartenspiele in dem Spielzimmer für die Kellner, Pagen und Aushilfskellner ab, wobei er ihnen manchmal schäbigerweise ihr hartverdientes Trinkgeld abgeluchst hatte.

Ich dachte, er hätte sich vielleicht eine Krankheit zugezogen, obwohl er nicht bleich oder matt wirkte. Ich fragte ihn ein paarmal, ob alles mit ihm in Ordnung sei. Er sagte ja und schaute mich jedesmal einen Moment lang intensiv an, ehe er wieder ging.

Eines Abends, fast eine Woche später, kam er dann schließlich in unser Schlafzimmer, nachdem ich mich schon ins Bett gelegt und zugedeckt hatte. Nach unseren ersten gemeinsamen Monaten hatten wir uns seltener und immer seltener geliebt, bis lange Zeit verging, in der wir einander nicht einmal mehr küßten. Er wußte, daß ich ihn im Grunde immer aus einem Gefühl des Pflichtbewußtseins und nicht aus Zuneigung küßte oder mit ihm schlief, obwohl er immer noch gut aussah.

Nie hatte unser Liebesakt dazu geführt, daß ich schwanger wurde. In meiner Phantasie malte ich mir aus, es läge einfach an meinen fürchterlichen Erfahrungen bei Charlottes Geburt. Und doch fehlte mir, soweit ich wußte, körperlich nichts, und es gab keinen Grund, weshalb ich nicht mehr hätte schwanger werden können. Es kam nur einfach nie dazu.

Bill trat an mein Bett und setzte sich. Er faltete die Hände auf dem Schoß und senkte den Kopf.

»Was ist los?« fragte ich. Sein seltsames Benehmen ließ mein Herz schneller schlagen. Langsam hob er den Kopf und richtete den Blick fest auf mich – Augen, die voller Traurigkeit und Schmerz standen.

»Ich muß dir etwas sagen. Meine Reisen waren nicht ausschließlich geschäftlicher Natur, und schon gar nicht die Reisen nach Richmond. Ich habe gespielt und... mich herumgetrieben.« Ich stieß den Atem aus, den ich angehalten hatte.

»Das kommt für mich nicht überraschend, Bill«, sagte ich und lehnte mich zurück. »Ich habe dich nie über deine Reisen ausgefragt, und ich werde es auch jetzt nicht tun.«

»Ich weiß, und ich weiß es zu schätzen. Eigentlich ging es mir gerade darum, dir zu sagen, wieviel ich von dir halte«, sagte er zärtlich.

»Woher diese plötzliche Bekehrung?«

»Ich habe auf dieser letzten Reise ein schlimmes Erlebnis gehabt. Ich habe im Zug gespielt, und es hat sich zu einem dieser Spiele entwickelt, die tagelang dauern. Wir haben im Zug angefangen und dann in einem Hotelzimmer in Richmond weitergespielt. Ich habe gewonnen. Ich habe sogar tatsächlich soviel gewonnen, das einer der Spieler, der verloren hat, mir vorgeworfen hat, ich würde beim Spiel betrügen.«

»Was ist passiert?« Wieder einmal fing mein Herz an, vor Aufregung heftiger zu schlagen.

»Er hat mir einen Revolver an den Kopf gehalten. Er hat zu mir gesagt, es sei nur eine Kugel in der Trommel, und wenn ich falsch gespielt hätte, dann würde sie mich treffen. Dann hat er abgedrückt. Ich hätte mir fast in die Hose gemacht, aber es ist nichts passiert. Seine Freunde fanden das sehr komisch, und er beschloß, das sei nur ein Testschuß gewesen, und er müßte es noch einmal probieren. Er drückte wieder ab, und wieder war die Kammer leer.

Schließlich hat er sich dann zurückgelehnt und gesagt, ich könnte meine Gewinne nehmen und verschwinden. Nur um zu beweisen, daß er keine Scherze machte, richtete er den Revolver auf die Wand und drückte noch einmal ab, und diesmal löste sich ein Schuß. Ich bin schleunigst von dort verschwunden und so schnell wie möglich nach Hause gekommen, und auf dem ganzen Weg habe ich mir überlegt, daß mein Leben beinah zu Ende gewesen wäre, und ich habe mich gefragt, was ich dann aufzuweisen hätte. Ich hätte ohne weiteres bar jeglicher Würde in irgendeinem Hotelzimmer irgendwo in Richmond sterben können«, stöhnte er. Ein wenig zu dramatisch verdrehte er die Augen zur Decke und seufzte.

»Meine Schwester Emily hätte sich dieses Geständnis nur zu gern angehört«, sagte ich kühl. »Vielleicht solltest du eine Reise unternehmen und sie auf The Meadows besuchen.« Er sah mich wieder an, und die Worte sprudelten über seine Lippen.

»Ich weiß, daß du nicht in mich verliebt bist und daß du mich immer noch dafür verabscheust, wie ich dich dazu gebracht habe, meine Frau zu werden, aber du bist eine Frau mit einer gewissen inneren Stärke. Du stammst aus einer guten Familie, und ich habe beschlossen... das heißt natürlich nur, wenn es dir recht ist... daß wir Kinder haben sollten. Ich hoffe auf einen Sohn, der das Erbe der Cutlers antreten wird. Ich glaube, wenn du es auch willst, wird es dazu kommen.«

»Was?« Ich lehnte mich erstaunt zurück.

»Ich bin gewillt, mich zu bessern und ein guter Ehemann und ein guter Vater zu werden, und ich werde mich nicht in die Dinge einmischen, die du mit dem Hotel vorhast. Was sagst du dazu?« fragte er eindringlich.

»Ich weiß nicht, was ich sagen soll. Ich vermute, ich sollte froh sein, daß du mich nicht aufforderst, die Karten abzuheben, um diese Entscheidung zu treffen«, fügte ich noch hinzu.

Er schlug die Augen nieder. »Ich weiß, daß ich das verdient habe«, sagte er und blickte wieder auf, »aber ich meine es ganz ernst. Es ist wirklich mein Ernst.«

Ich lehnte mich zurück und musterte ihn. Vielleicht war ich ein Dummkopf, aber er wirkte tatsächlich so, als meinte er es aufrichtig.

»Ich weiß nicht, ob ich schwanger werden kann«, sagte ich.

»Können wir es wenigstens versuchen?«

»Ich kann dich nicht davon abhalten, es zu versuchen«, sagte ich.

»Willst du denn kein Kind?« fragte er, denn meine Antwort schockierte ihn.

Es lag mir schon auf der Zunge, ihm zu sagen, ich hätte schon ein Kind, aber ich schluckte die Worte und nickte nur.

»Doch, ich glaube schon«, gab ich zu.

Er lächelte und klatschte in die Hände.

»Dann ist es also abgemacht.« Er stand auf und fing an, sich auszuziehen, damit wir gleich in jener Nacht damit anfangen konnten. In jenem Monat wurde ich nicht schwanger. Im nächsten Monat schliefen wir um die Zeit herum, zu der ich besonders fruchtbar hätte sein sollen, so oft wie möglich miteinander, aber es dauerte noch drei weitere Monate. Eines Morgens erwachte ich mit der vertrauten Übelkeit, nachdem meine Periode ausgeblieben war, und ich wußte, daß es zu dem kommen würde, was Bill sich wünschte.

Diesmal verlief meine Schwangerschaft wesentlich unkomplizierter, und das Kind wurde in einem Krankenhaus entbunden. Die Geburt selbst ging schnell vorüber, und ich glaubte, der Arzt hatte den Verdacht, daß ich bereits ein Kind geboren hatte, doch er sagte nichts und stellte auch keine Fragen.

Ich gebar einen kleinen Jungen, und wir nannten ihn nach Bills Großvater Randolph Boise Cutler.

In dem Moment, in dem ich mein Kind zum ersten Mal sah, wußte ich, daß meine Gleichgültigkeit von mir abgefallen war. Ich entschloß mich, das Baby zu stillen, und ich stellte fest, daß es mir unerträglich war, von ihm getrennt zu werden, und ebensowenig schien er Trennungen von mir zu ertragen. Niemand konnte ihn so mühelos schlafen legen oder ihn froh machen wie ich. Wir stellten ein Kindermädchen nach dem anderen ein, bis ich schließlich beschloß, daß ich diejenige sein würde, die sich um ihn kümmerte. Randolph würde das eine Kind in meinem Leben sein, das seine leibliche Mutter nie verlieren sollte. Wir würden nie auch nur einen einzigen Tag voneinander getrennt verbringen.

Bill beklagte sich darüber, daß ich ihn verhätschelte, und er sagte, ich würde ein Muttersöhnchen aus ihm machen, aber ich änderte nichts an meinem Verhalten. Als er alt genug war, um herumzukriechen, kroch er in meinem Büro herum, und als er alt genug war, um das Laufen zu lernen, lief er mit mir durch das Hotel und begrüßte die Gäste mit mir. Mit der Zeit war es so, als sei er wirklich ein Teil von mir.

Als Bill erst einmal seinen Sohn hatte, vergaß er schnell seine Versprechen und seine Besserungsabsichten. Es dauerte nicht lange, bis er wieder zu seinen alten Gewohnheiten zurückkehrte, aber mich störte das nicht. Ich hatte meinen Sohn, und ich hatte das Hotel, das immer noch in vielerlei Hinsicht ausgebaut und vergrößert wurde. Ich ließ Tennisplätze anlegen und einen Ballsaal bauen. Ich bot den Gästen Ausflüge mit Motorbooten an, und ich veranstaltete häufiger aufwendige Essensgesellschaften. Der Aufbau des Strandhotels wurde zu meinem einzigen Ziel im Leben, und das ging soweit, daß ich nichts zuließ, was mich bei meinen Fortschritten behinderte oder störte. Im Alter von achtundzwanzig Jahren belauschte ich, wie einer der Hotelangestellten von mir als »die alte Dame« sprach. Anfangs störte es mich, und dann wurde mir klar, daß das lediglich die Art unseres Personals war, mich Boß zu nennen.

An einem Sommertag, einem außerordentlich schönen Tag mit nahezu wolkenlosem Himmel und einer frischen Brise, die vom Meer kam, kehrte ich in mein Büro zurück, nachdem ich die Aktivitäten draußen am Pool überwacht und mit dem zuständigen Mitarbeiter über die Anlage neuer Gärten hinter dem Hotel geredet hatte. Wie üblich erwartete mich Post, die auf meinem Schreibtisch gestapelt war, und wie üblich war es ein hoher Stapel. Ich kämpfte mich hindurch und legte die Rechnungen zur Seite und sortierte die Reservierungswünsche sowie die persönlichen Briefe, die manche unserer früheren Gäste auf meine kleinen Dankschreiben und privaten Glückwünsche zurückschrieben.

Ein Brief zog meine Aufmerksamkeit auf sich. Er war in einer nahezu unleserlichen Handschrift adressiert und offensichtlich kreuz und quer durch die Gegend geschickt worden, ehe er The Meadows erreichte und von dort aus nach Cutler's Cove weitergeschickt worden war. Der Name kam mir nicht bekannt vor. Ich lehnte mich zurück, und als ich den Umschlag aufriß, steckte ein dünnes Blatt Papier darin, auf dem die Tinte so sehr verblaßt war, daß man kaum noch etwas lesen konnte. »Liebe Miss Lillian«, begann der Brief.

Sie kennen mich nicht, aber mir kommt es ganz so vor, als würde ich Sie kennen. Mein Großonkel Henry, der hat vom Moment seiner Ankunft an bis zu dem Tag seines Todes, der gerade erst gestern war, von Ihnen geredet.

Die meisten seiner Tage bei uns hat er damit zugebracht, uns sein Leben auf The Meadows wieder und immer wieder zu erzählen. So, wie er darüber geredet hat, hat es wirklich verlockend geklungen. Besonders gern haben wir uns die Geschichten über diese großen Parties auf dem Rasen vor dem Haus angehört, die Musik und das Essen und die Spiele, die dort gespielt worden sind.

Wenn Onkel Henry von Ihnen gesprochen hat, dann hat er von Ihnen als einem kleinen Mädchen erzählt. Ich bin sicher, er hat sich nie vorgestellt, Sie könnten eine erwachsene Frau sein. Aber er hat so oft an Sie gedacht und so oft darüber geredet, wie hübsch und reizend Sie doch waren und wie nett Sie zu ihm gewesen sind, daß ich dachte, ich schreibe Ihnen, um Ihnen zu sagen, daß seine letzten Worte Ihnen gegolten haben.

Ich weiß nicht, wie es sein kann, daß er mich angesehen und sich das gedacht hat, aber er hat geglaubt, daß ich Sie bin und daß Sie bei ihm sitzen. Er hat meine Hand in seine genommen und mir gesagt, ich sollte mir keine Sorgen machen. Er hat gesagt, er würde auf The

Meadows zurückkehren, und wenn Sie nur gut genug nach ihm Ausschau hielten, würden Sie ihn sehen, wie er schon sehr bald die Auffahrt hinaufkommt. Er hat gesagt, er würde pfeifen, und Sie würden die Melodie wiedererkennen. Es stand soviel Leben in seinen Augen, als er das gesagt hat, daß ich geglaubt habe, es könnte tatsächlich geschehen. Daher wollte ich, daß Sie Bescheid wissen.

Ich hoffe, daß es Ihnen gutgeht und daß Sie nicht über meinen Brief lachen.

Mit vorzüglicher Hochachtung
Emma Lou, Henrys Großnichte

Ich legte den Brief zur Seite und lehnte mich zurück, und die Tränen strömten über meine Wangen. Ich weiß nicht, wie lange ich so dasaß und in Erinnerungen schwelgte, aber es muß eine ganze Weile gewesen sein, denn die Sonne stand schon so tief, daß sie lange Schatten durch die Fenster warf. Es kam mir tatsächlich so vor, als säße ich zurückgelehnt auf The Meadows und sei wieder ein kleines Mädchen, und als ich mich umwandte und aus den Fenstern meines Büros schaute, sah ich das Hotel nicht.

Ich sah die lange Auffahrt, die zu dem Plantagengebäude führte, und einen Moment lang wurde ich in eine andere Zeit zurückgeworfen. Es herrschte viel Trubel im Haus. Um uns herum eilten Hausangestellte in alle Richtungen, und Mamma erteilte zwitschernd ihre Anweisungen. Die Vorbereitungen für eine unserer aufwendigen Parties waren in vollem Gang. Louella kam vorbeigelaufen; sie war auf dem Weg zu Eugenia, um ihr das Haar zu bürsten und ihr beim Anziehen zu helfen. Ich konnte sie alle genauso deutlich sehen wie an dem Tag, an dem ich dort gewesen war, als dieses Fest stattgefunden hatte, aber niemand schien in der Lage zu sein, mich zu sehen.

Alle liefen einfach an mir vorbei, und als ich Mamma rief, unterbrach sie sich nicht bei dem, was sie gerade tat, als hätte sie mich überhaupt nicht gehört. Daraufhin geriet ich in Panik.

»Warum hört mich denn niemand?« rief ich aus. Verängstigt eilte ich aus dem Haus und auf die Veranda. Sie schien unter meinen Füßen sichtlich zu altern, zu modern und baufällig zu werden, die köstlichen Speisen verblaßten, und die Stufen, die nach oben führten, wirkten brüchig und abgebröckelt. »Was passiert hier?« schrie ich. Ein Schwarm Rauchschwalben erhob sich in die Luft und flog über den Rasen vor dem Haus, ehe sie über die Bäume davonglitten. Ich drehte mich im Kreis und schaute mir die Plantage an. Sie wirkte so vernachlässigt und heruntergekommen, wie sie es heute war. Mein Herz hämmerte. Was geschah hier? Was sollte ich bloß tun?

Und dann hörte ich es – Henrys Pfeifen. Ich sprang die Stufen von der Veranda hinunter und rannte in dem Moment über die Auffahrt, in dem er um die Biegung kam. Er hielt seinen alten Koffer in der Hand und hatte sich das Bündel mit den Kleidern über die Schulter geworfen.

»Miss Lillian«, rief er aus. »Warum haben Sie es denn so eilig?«

»Alles ist anders, Henry, und niemand schenkt mir Beachtung«, stöhnte ich. »Es ist, als gäbe es mich gar nicht mehr.«

»Oh, nein, nehmen Sie sich das bloß nicht zu Herzen. Im Moment sind alle beschäftigt, aber niemand hat Sie vergessen«, versicherte mir Henry. »Und nichts hat sich verändert.«

»Aber kann einem das denn zustoßen, Henry? Kann man plötzlich einfach unsichtbar sein und verschwinden? Und wenn ja, wohin geht man dann?«

Henry stellte seinen Koffer und sein Bündel ab und hob mich in seine starken Arme.

»Dann geht man an den Ort, den man am meisten liebt, Miss Lillian, an den Ort, an dem man sich zu Hause fühlt. Das ist etwas, was einem nie verloren gehen kann.«

»Bist du jetzt auch dort, Henry?«

»Ich glaube schon, Miss Lillian. Ja, ich glaube schon.«

Ich drückte ihn an mich, und dann stellte er mich wieder hin, nahm seinen Koffer und sein Bündel und setzte seinen Weg fort, lief über die Auffahrt und auf The Meadows zu.

Und irgendwie, wie durch Zauberhand, bekam das alte, heruntergekommene und vernachlässigte Haus seinen Glanz zurück, wurde zu dem, was es früher einmal war, und Aufregung, Gelächter und Liebe hingen in der Luft.

Henry hatte recht.

Ich war zu Hause angekommen.